염매처럼 신들리는 것

MAJIMONO NO GOTOKI TSUKUMONO by Shinzo Mitsuda

Copyright ⓒ Shinzo Mitsuda, 2006
All rights reserved.

Originally Published in Japan by Hara Shobo Publishing Co., Ltd., Tokyo.
This Korean edition was published by Viche, an imprint of Gimm-Young Publishers, Inc., in 2012 by arrangement with Hara Shobo Publishing Co., Ltd., Tokyo c/o Tuttle-Mori Agency, Inc., Tokyo through Imprima Korea Agency, Seoul.

이 책의 한국어판 저작권은 터틀모리 에이전시와 임프리마 코리아 에이전시를 통한 저작권자와의 독점 계약으로 비채가 소유합니다. 저작권법에 의해 한국 내에서 보호를 받는 저작물이므로 무단전재와 무단복제를 금합니다.

ISBN 978-89-94343-72-3 03830   책값은 뒤표지에 있습니다.

덤매처럼 신들리는 것

厭魅の如き憑くもの

미쓰다 신조 장편소설
권영주 옮김

비채

차
례

들어가기에 앞서　006

무신당　011
윗집 안방　105
은거소　213
오주촌　277
윗집 손님방　367
마주침오솔길　433
무신당　491

끝을 맺으며　540

참고문헌　559

들어가기에 앞서

　이 글을 읽는 독자가 쇼와 몇 년쯤의 세상을 살고 있을지 모르겠다. 어쩌면 새로운 연호로 바뀌었을 가능성도 있다. 그런 의미에서는 '서력 몇 년'으로 고쳐 말하는 게 좋을지 모른다.
　그러나 앞으로 보게 될 대단히 특이한 '세상'도, 그 시대는 명확치 않을 것이다. 왜 그렇게 썼는지, 이유는 본문을 읽다보면 차차 이해할 수 있으리라. 또 적어도 이번처럼 전국 규모의 지자체 합병이 실시되어 어느 특정 지역의 명칭이 소멸되기라도 하지 않는 한 내가 이 원고를 발표할 뜻이 없는 이유도 아마 이해할 수 있지 않을까.

　이런 내용을 소설로 쓰는 사람으로서 신중함은 당연한 것이니 그 부분에 대해선 별반 곤혹을 느끼지 않았다. 하지만 그 사건을 어떻게 정리하면 좋을지 몰라 여간 애먹지 않았다. 내 취재노트에 관계자의 일기며 의사의 업무일지, 나중에 당시를 회상해달라고 부탁해서 받은 수기까지…… 자료는 부족하지 않았지만, 그것을 효율적으로 활용할 방법을 몰라 무척 고심해야 했다.

나 자신이 소용돌이의 한복판에 뛰어드는 모양새로 그 일과 연관을 맺은 경위도 있어, 처음에는 '나'의 일인칭 시점으로 쓰기 시작했다. 그런데 그래서는 내가 보고 들은 사실밖에 기록할 수 없으니 그 많은 기괴한 사건을 묘사하기에 무리가 있었다. 그래서 삼인칭으로 바꾸고, 뿐만 아니라 절대적인 신의 시점에서 서술하는 방법을 택했다. 이렇게 하면 작가는 모든 장면과 모든 사람의 속내를 기록할 수 있다.

그런데 그런 방법으로는 그 기이할 정도로 사위스러운 분위기를 도무지 독자들에게 전달할 수 없었다. 당사자의 일기며 수기에서 느껴지는 그 생생한 느낌을 재현할 능력이 내게 없음을 절감했다.

가가구시神々櫛촌.

음감이 독특한 이 지명을 입에 담기만 해도, 이 특징 있는 글자 표기를 보기만 해도 나는 지금도 전율을 금할 수 없다. 그것은 아마 사기리霧, 렌자부로, 지요가 체험했던 꺼림칙한 사건을 당사자들에게 직접 들었기 때문이며, 나 자신도 그곳에 있으면서 실제로 기이한 경험을 했기 때문일 것이다.

마귀 계통인 가가치 집안과 마귀 계통이 아닌 가미구시 집안이라는 대립하는 두 구가舊家, 신령에게 납치됐다고 생각할 수밖에 없는 불가사의한 상황에서 사라진 아이들, 인습의 의례 중 죽으면 산신령이 될 수 있다고 설득하는 노파, 생령을 봐서 그에 씌었다며 시름시름 앓는 소녀, 염매厭魅가 나왔다고 수군거리는 마을 사람들, 죽은 언니가 돌아왔다며 두려워하는 동생, 흉산을 침범했다가 공포 체험을 한 소년, 정체를 알 수 없는 뭔가에 쫓기는 무녀.
　그리고 내가 마주친, 뭐라 말할 수 없는 불가해한 상황에서 잇따라 끔찍한 의문의 죽음을 당한 사람들과 그들에 얽힌 소름 끼치는 수수께끼들.

　그런 무시무시한 사건들을 완전히 소화해 한 편의 이야기로 엮는 작업에 착수한 것까지는 좋았으나 무엇을 어떻게 해야 될지 알 수 없었다.
　막다른 골목에 부닥친 나는 한동안 고민한 끝에, 입수한 자료를 기본으로 활용하면서 그것만으로는 부족한 부분을 소설로 풀어내는 방법을 생각해냈다. 다만 원상태로는 설명이 부족하거나 지장이 있는 묘사도 일기와 수기에 있었던지라 어느 정도(경우에 따라서는 대폭) 손을 대기로 했다. 만약 그 때문에 원문의 맛이 손상되었다면 그 책임은 모두 작가에게 있음을 미리 밝힌다.

　이 글을 쓰는 지금, 내 뇌리에는 마을에서 만난 사람들의 모습이 꼬리에 꼬리를 물며 떠오르고 있다. 원고를 쓰는 작업을 통해 그들과 재회할 것은 고대되지만, 일련의 괴이를 또다시 체험할 생각을 하니 솔직히 그냥 펜을 내려놓고 싶다.

  이 이야기를 끝까지 완성할 수 있을지 없을지, 지금은 나 자신도 알 수 없다. '뭔가'가 방해하지 않으리라는 보장이 없으니까…….

쇼와의 어느 삼월달에
도조 마사야 또는 도조 겐야

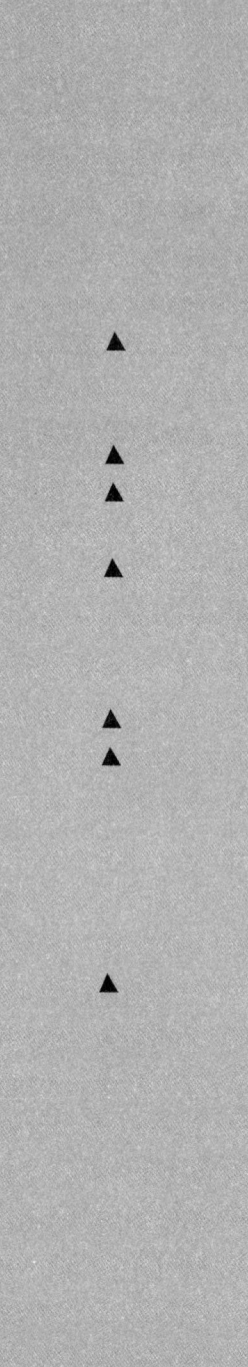

당집의 어둠 속에 촛불 두 개가 흐릿하게 밝혀졌다. 무지한 마을 사람이 연결복도의 널문으로 안을 들여다봤더라면, 발 너머로 보이는 불빛이 두 눈처럼 보여 무서운 염매가 눈을 떴다며 겁에 질려 떨었을 것이다. 기도소에서 사용하는 밀초에 불을 붙였을 때 처음 나는 빛은 그 정도로 어슴푸레하고 섬뜩했다. 하기야 당집 또는 기도소라고 불리는 가가치가의 '무신당'을 자진해서 들여다볼 천벌받을 인간은, 이 가가구시촌에 한 명도 없겠지만.
 황혼이 빠르게 저물어가고는 있어도 바깥세상은 아직 햇빛의 은혜를 누리고 있었다. 그런데도 무신당은 그 얼마 안 되는 빛마저 꺼리듯 덧문을 꽉 닫아놓았다. 그 탓에 기도소 안은 벌써부터 밤의 장막이 드리운 양 어둠이 가득했다. 더욱이 바깥의 빛을 차단해 연출시킨 인공적인 어둠이다보니, 흡사 깊은 밤 깊은 산속에 우두커니 선 것처럼 어둠이 끈끈하고 칠흑 같았다. 아니, 한정된 공간에 갇힌 것이니만큼 대자연에 깔리는 어둠보다 한층 짙을지도 모른다. 그 어둠을 촛불 불빛이 조금이나마 찢어놓았다. 하지만 어둠을 밝힐 광명이 될 불빛도 여기서는 제 역할을 다하지 못했다. 어둠을 불식시켜야 할 불빛이 어둠에 예속된 것처럼 보였다.

그래도 시간이 지나면서 제단 좌우 촛대에 세워진 밀초의 불길이 서서히 높아졌다. 이윽고 제단 중앙에 모신 허수아비님 바로 앞에, 겁도 없이 산신님을 등진 채 정좌하고 앉아 고개를 떨군 사기리::를 가까스로 비추기 시작했다.

무신당의 제단은, 크기가 매년 3월 3일 윗집의 가운뎃방에 장식되는 훌륭한 히나 인형 진열대만 하다. 계단식이라는 점에서도 히나 인형 진열대와 비슷한데, 그 중앙에 크게 움푹 팬 곳이 있고 그곳에 허수아비님이 계신다. 그 때문에 당집을 찾아오는 사람에게는 제단이 둘로 갈라져 그 속에서 허수아비님이 신령하신 모습을 드러낸 것처럼 보였다.

그렇게 박력 있는 산신님 앞에 앉았다고는 해도, 가가치 윗집의 '혼령받이'라는 중요한 역할을 맡고 있는 사기리::는 무척 작고 연약해 보였다.

"……아비라운켄소와카."

손녀와 마주 앉은 사기리˙ 무녀가 마룻바닥에 닿을 만큼 머리를 조아리며 일심불란하게 빙의 의례 주문을 외웠다. 목소리에서 왕년 같은 힘은 느껴지지 않았지만, 그래도 뱃속 깊은 곳에서 쥐어짜내는 듯한 포효가 어둠 속에 울려퍼졌다. 이윽고 주문의 말미가 어둠 속으로 빨려들듯 사라지자, 그녀는 천천히 고개를 들어 두 차례 배례하면서도 날카로운 눈초리로 사기리∷를 살폈다. 혼령받이로서 맡은 역할을 다할 수 있을지 상태를 확인하려는 것이다. 무녀로서도, 혼령받이로서도 미숙했던 아홉 살 때부터 일이 년 전까지보다 요즘 상태에 더 큰 불안을 느끼는지, 손녀를 탐색하듯 바라보는 눈초리는 매우 날카로웠다. 증세가 가벼운 마귀라면 무녀 혼자서도 어렵지 않게 퇴치할 수 있지만, 빙의 상태가 심한 경우는 혼령받이의 존재와 역할이 역시 중요하기 때문이다.

사기리ˇ 무녀와 사기리∷가 조를 짜서 행하는 기도와 축귀는 예로부터 마을 사람들에게 평판이 아주 좋았다. 신탁도 잘 맞는다고 다들 좋아했다. 그런 찬사 뒤에는 실은 윗집의 허수아비님이, 또는 생령이 평소 마을을 떠돌며 온갖 일을 보고 듣기 때문이라는 외경심이 숨어 있었다. 그래서 마을 사람들의 심정은 대단히 복잡해, 잘 맞는다고 고마워하면서도 윗집에는 대들지 않는 게 좋다고 두려워했다.

그런데 한 일 년 전부터 사기리∷가 혼령받이로서 소임을 다하지 못할 때가 생기고 사기리ˇ 무녀도 건강이 좋지 않은 날이 늘어나면서 둘 다 예전 같은 생기를 찾아볼 수 없었다. 무엇을 하건 전체를 주관하는 무녀의 상태가 나쁘면 곳곳에 영향이 나타날 수밖에 없다.

사기리ˇ 무녀는 칠십대 중반이라는 실제 나이 이상으로 늙어 보였다. 사람이 나이를 한 살 더 먹을 때마다 늙는 게 당연하지만, 그녀의 얼굴에는 단순히 나이 탓만으로 돌릴 수 없는 변화가 보였다. 마치 아이가 어른으로 성장해 이윽고 노인이 되는 인생의 과정 뒤에 또 다른 뭔가로 변화할 가능성이 있는 듯한, 바로 지금이 그 도중인 듯 보이는, 뭐라 형언할 수 없이 이상야릇한 외모였다. 원래부터 딸 사기리∷ 그리고 손녀 사기리∷까지, 어머니에게서 딸에게로 미모가 대물림되는 가계다보니 그 외모에 한층 더 기괴함이 감돌았다.

당집 안에 울려퍼지던 주문이 그쳤다. 이윽고 정적이 기도소를 메우기를 기다린 양 잠시 있다가, 제단에서 볼 때 오른쪽 대각선의 어둠 속에서 겁에 질린 목소리가 불분명하게 들려왔다. 연결복도로 이어지는 널문 밖에서 들리는 목소리였다.

"실례합니다."

이어서 널문이 천천히 열리는 소리가 들리더니, 사각으로 잘린 주황색 세계에 그림자 하나가 떠올랐다.

"아가씨를 모시고……."

"멍청한 놈 같으니!"

그림자가 고개를 숙여 인사하고 입을 열려는데, 작지만 격노한 목소리가 당집 안에 울려퍼졌다.

"햇빛을 들이면 안 된다고 몇 번을 말해야 알겠느냐! 얼른 문 닫지 못할까!"

사기리˙ 무녀가 자세를 그대로 유지한 채 내뱉듯 말했다.

"죄, 죄송합니다."

새신집의 하녀인 우메코가 허둥지둥 문지방에 이마가 닿을 듯

머리를 조아렸다.

"아, 아가씨가 대기소에서 나가시는 바람에……."

그러면서도 변명을 늘어놓으려 했으나, 옆에서 누가 즉각 널문을 닫은 탓에 허둥대는 목소리가 뚝 끊겼다.

"어리석은 놈."

또다시 당집을 메운 짙은 어둠 속에서 무녀의 역정이 섞인 중얼거림이 흘러나왔다. 사실 주문을 독송할 때부터 널문 밖이 소란스러운 것은 짐작했을 터였다. 그런데도 내색하지 않고 벌레 씹은 표정을 짓고 있다.

그때 대기소의 문이 열리는 기척이 났다.

본채에서 이어지는 연결복도와 무신당의 입구를 잇는 널문 서쪽에 대기소로 불리는 공간이 마련되어 있었다. 기도나 축귀를 부탁하러 온 이가 준비가 갖춰질 때까지 기다리는 곳인데, 기능상 연결복도 쪽과 당집 내부 쪽에 각각 출입구가 있다. 당집 쪽 널문이 열리는 소리가 나더니, 품위 있으면서도 대가 센 듯한 목소리가 대기소에서 들려왔다.

"결례를 범했습니다."

널문 부근은 완전히 어둠에 싸여 있어서 얼굴이 보이지는 않았지만 새신집의 가미구시 지즈코라는 것은 분명했다. 무녀도 그것을 알았는지, 한순간 뜻밖이라는 표정을 지었다.

"딸아이의 상태가 여느 때보다 더 이상해 심히 애를 먹고 있습니다. 부디 결례를 용서해주시고 잘 부탁드립니다."

대기소와 정화소를 잇는 언저리에서 지즈코가 두 손을 짚고 머리를 깊이 숙여 절하는 듯했다. 우메코만 따라왔다면 신경쓸 필요도 없겠지만, 비록 분가일지언정 가미구시가의 젊은 마님까지 왔다면 함부로 대할 수 없다. 무녀도 그렇게 생각했는지 그제야 비로소 돌아보는 시늉을 했다. 그러면서도 몸은 제단을 향한 채 얼굴만 왼쪽으로 비스듬히 튼 데에서 무녀의 강한 자존심이 엿보였다.

"이리 들어오시게."

지즈코의 딸 지요가 빙의되는 것은 그리 드문 일이 아니었다. 열한두 살 때부터 시작해서 열일곱 살이 된 지금까지 그녀에게 축귀 의식을 거행한 게 한두 번이 아니다. 그러나 한 일 년 전부터 사기리* 무녀의 건강이 좋지 못한 탓에, 마귀를 퇴치하는 역할은 전적으로 가가구시 신사의 신관인 가미구시 다케오가 담당했다. 다케오는 지요의 아버지다.

허수아비님을 모신 제단이 있고 무녀와 혼령받이가 앉는 배례소와, '퇴치할 놈'이라 불리는 빙의자와 그 동행인이 자리하는 정화소는 바닥의 높낮이 차와 발로 구분된다. 발 너머에 지즈코가 앉은 기척을 알아챘는지, 제단 쪽으로 얼굴을 되돌린 무녀가 새신집의 젊은 마님에게 등을 돌린 채 물었다.

"다케오 씨는 어떻게 됐나?"

"그게…… 이번만은 남편도 못 쫓아내겠다고 난처해하는 형편이라……."

지즈코는 곤혹감이 묻어나는 말투로 대답했으나, 한편으로 남편이 친딸을 구하지 못해서 자신이 이곳으로 와야 했다는 데 대해 굴욕을 느끼는지 말을 시원하게 맺지 못했다.

그녀가 가가치가, 그중에서도 특히 여기 윗집에 드나들기 싫어하는 데는, 이 집이 마귀가계라는 것 말고도 다른 이유가 있었다. 남편 가미구시 다케오와 가가치 사기리ː—지금 지즈코가 의지해야 할 무녀의 딸이자 혼령받이의 어머니—사이에, 비록 이십몇 년도 더 전의 일이라지만 혼담이 있었기 때문이다. 더욱이 지즈코 자신은 큰신집의 맏아들 스사오와 결혼했다가 이혼당하고, 전 남편의 동생 다케오와 결혼해 다케오가 그녀의 친정 새신집에 데릴사위로 들어온 경위가 있다. 애초에 다케오와 사기리ː의 결혼은 천지가 개벽해도 절대로 있을 수 없는 일이었다. 그러니 지즈코는 큰신집의 큰며느리로서 냉정하게 소동을 지켜보면 그만이었다. 그렇건만 당치 않게도 거기에 자신의 이혼과 재혼이 얽히고 말았다. 아무리 지난 일이라지만 그녀가 오늘 멀쩡한 심정으로 이곳에 왔을 것 같지는 않다.

"허어, 다케오 씨쯤 되는 분이……."

지즈코의 그런 복잡한 심경을 순식간에 파악한 듯, 사기리˙ 무녀는 근심스러우면서도 어딘지 모르게 경멸 어린 말투로 말했다.

"큰일이군. 여간 심려되는 게 아니겠네."

체력은 감퇴했다지만 상대방의 감정을 정확하게 읽어내는 능력은 여전하다. 특히 분가라고는 해도 가미구시가 사람이라면 더더욱 그렇다.

"어쩐지 이전의 마귀와는 다른 것 같아서…… 딸애가 이전에 보인 상태는 저도 똑똑히 기억합니다만 이번 같은 증상은 처음입니다. 어떻게 말씀드리면 좋을지……."

"여느 때 같은 발열과 망언만이 아니란 말인가."

"예. 그렇게 가벼운 게 아니라……. 그래서 전 더 심각한 게 아닌지, 그야말로 영산靈山의…… 혹시 허수……."

"어허, 어디서 감히 허튼소리를! 그러고도 성할 줄 아는가!"

무녀가 무심코 그런 양 정화소 쪽으로 몸을 비스듬히 틀었다. 그 서슬 퍼런 태도에 놀랐는지 발 너머에서 지즈코가 머리를 깊이 조아렸다.

"부, 부디 용서해주세요. 그저 그렇게라도 생각하지 않으면 딸애의 상태가 도무지 설명되지 않아서……. 도무지 평범한 마귀 같지 않아요. 겁이 나서……. 제발 살려주세요. 저대로 있다간 저애가……."

정중한 말씨도 내팽개치고 말을 잇는 그녀는, 바야흐로 새신집의 지즈코가 아니라 자식을 걱정하는 평범한 어머니였다.

"제발, 제발 부탁드려요. 딸애를 꼭……."

지즈코는 사기리* 무녀의 뒷모습을 향해 머리를 거듭 조아리면서도 얼굴을 들어 흘끔거렸다. 제단에 모신 허수아비님을 의식하는 기색이 역력했다. 무녀에게 불호령을 듣고도 자꾸만 신경이 쓰이는 듯했다.

마을 사람들이 허수아비님에 씌는 일은 좀처럼 없지만, 다른 어떤 마귀보다도 허수아비님이 들리는 것을 더 두려워하고 또 경외했다. 거기에는 단순한 공포 이상의 감정이 존재했다. 무서운 것만으로 말하자면 그 어떤 것보다도 꺼림칙한 염매라는 존재가 있었다. 하지만 허수아비님은 격이 달랐다.

가가구시촌에서 나고 자란 사람에게 허수아비님의 신령하신 모습 자체는 특별히 신기할 것도 없다. 집집마다 최소한 한 위씩은 모시고 있으며 방이 많은 집에서는 그 수가 몇 위에 이르는 게 당연한 일이었다. 하물며 가미구시가 같은 구가쯤 되면 주요한 방마다 빠짐없이 모셔져 있다. 또 집 안뿐 아니라 마을 갈림길이며 다리, 비탈 어귀 등 요소요소마다 허수아비님이 계시는지라 마을 사람들은 그 신령하신 모습을 나날이 접하며 살고 있다고 할 수 있다.

그렇지만 무신당 제단에 모셔진 허수아비님은 역시 특별했다. 그렇다고 마을의 다른 허수아비님과 다른 특징이 있는 것은 아니며, 똑같이 사초와 짚을 엮어 만든 삿갓과 도롱이로 이루어져 있다. 아무것도 모르는 타지 사람이 보면 어리석게도 단순한 허수아비로 생각할지도 모를 만큼 매우 소박한 만듦새였다. 그러나 예로부터 바위나 나무 등 신령이 강림하는 장소나 깃드는 사물은 자연의 모습 그대로 보존하거나, 손을 댄다 해도 공연한 장식을 하지 않는 법이다.

굳이 차이점을 든다면, 마을의 다른 허수아비님들께도 산신님이 깃들어 계시는 것은 틀림없지만 무신당의 허수아비님에게서 그것이 가장 강하게 느껴진다는 점이리라. 지즈코가 정화소에서 제단을 올려다보는 자세로 절하고 있다는 사실을 차치하더라도, 그녀에게 무신당의 허수아비님이 다른 어떤 허수아비님보다 크고 강력하고 무서워 보일 것이 틀림없다. 자신의 딸에게 역시 눈앞의 허수아비님이 씌었노라고 생각하고 있을지도 모른다.

"준비는 되어 있으니 지요를 들라 하게."

평정을 잃기 시작한 지즈코를 불쾌하게 생각했는지, 무녀가 언짢은 목소리로 퇴치할 놈을 정화소로 불러들이도록 지시했다.

"우메야, 그애를 이리로……."

사기리˙ 무녀의 허가가 떨어지자마자 지즈코가 떨리는 목소리로 하녀를 불렀다. 그런데 도무지 대답이 돌아올 기색이 없었다. 무녀와 지즈코가 저도 모르게 귀를 기울이자 우메인 듯한 흑흑 하는 기묘한 숨소리가 대기소 쪽에서 들려왔다.

"우, 우메……?"

지즈코가 겁먹은 목소리로 부르기 무섭게 쿵 하고 쓰러지는 소리가 났다. 이윽고 슥, 슥, 뭔가가 바닥을 스치며 그들 쪽으로 다가오는 기척이 느껴졌다.

"지, 지, 지요냐? 거기 너야?"

걱정스레 딸의 이름을 부르면서도 지즈코는 무의식중에 대기소와 반대 방향으로 슬금슬금 물러났다. 그 정도로 오른편 어둠 속에서 다가오는 뭔가에 심상치 않은 기운이 감돌았다. 물론 무녀도 느꼈을 것이다. 몸을 비스듬히 틀어 앞으로 약간 내밀고 말없이 어둠을 응시했다.
"힉!"
"윽!"
지즈코가 비명을 삼킨 것과 사기리˚ 무녀가 신음한 것은 거의 동시였다.

어둠에 익숙해진 두 사람의 눈앞에 나타난 것은, 마룻바닥에 엎드린 자세로 얼굴만 쳐든 지요가 팔다리를 전혀 쓰지 않고 온몸을 좌우로 구불구불 움직이며 기어오는, 뭐라 형언할 수 없이 기이한 광경이었다.

"아아악!"

딸이 바로 앞에 다다르기 직전에 마침내 지즈코가 비명을 내질렀다. 열일곱 살 먹은 소녀가 옷매무새가 흐트러지는 것도 아랑곳하지 않고 일심불란하게 기어오는 모습은, 비록 친어머니일지라도 공포를 느끼기에 충분한 광경이었다. 그래도 뒤로 조금 물러났을 뿐 도망치지 않은 것은 어머니라는 자각 때문일까. 우메코는 대기소에서 겁에 질려 꼼짝도 못하고 와들와들 떠는지 보이지 않았다.

지요는 곧장 어머니 앞으로 기어온 것처럼 보였으나, 비로소 정신을 차린 지즈코가 황급히 안아 일으키려 하자 몸을 비틀어 거부했다. 그러고는 어쩔 줄 몰라 하는 어머니를 두고 발 앞으로 기어오더니 그야말로 뱀이 대가리를 쳐들듯 목을 쭉 뻗어 배례소 안을 들여다보았다.

"온아로리캬소와카, 온로케이지바라키리쿠소와카, 온마이타레이야소와카, 온아보캬비자샤운핫타……."

지요와 정면에서 대치한 사기리˙무녀가 즉각 주언을 읊었다. 빙의 의례의 주문에 비해 축귀 주언은 훨씬 힘차게 들렸다. 지요의 예사롭지 않은 모습을 보고 무녀로서 자극을 받은 모양이었다.

그런데 주언이 계속되어도 지요의 모습에 변화가 나타나지 않았다. 여느 때 같으면 마귀가 그녀의 몸을 떠나 혼령받이인 사기리˙˙의 몸으로 옮아올 때가 됐는데 그럴 낌새가 도무지 보이지 않았다.

"온바사라다루마키리쿠, 온아미리토도한바운핫타……."

무녀의 주언에서 조바심이 느껴졌다. 좀처럼 없는 일이었다.

"온바라다한도메이운, 온아라하샤노우……."

무녀의 곤혹을 비웃듯 발 너머에서 지요가 목을 한층 위로 쑤욱 쳐들었다.

"온산마야자토잔, 온바사라아라탄노우소와카……."

아니, 실제로 지요는 웃고 있었다. 발의 좁은 틈새에 눈을 쑤셔 넣을 것처럼 얼굴을 들이대고 배례소 안을 들여다보며 웃음을 짓고 있었다.

"온카카카비산마에이소와카, 온잔잔사쿠소와카……."

그 웃음도 '히죽히죽' '히히히' 그런 웃음이 아니라, 쳐진 눈꼬리와 치올라간 입꼬리가 정말로 맞붙을 듯한, 지금 당장이라도 얼굴 전체에서 쑤우욱 하는 소리가 날 것 같은, 그런 섬뜩한 웃음이었다.

무신당 23

"온아로리캬쇼와카앗!"

무녀가 말끝을 한층 높여 지요에게 주언을 날린 순간, 그녀의 사위스러운 웃음이 슥 사라졌다. 남은 것은 소녀의 무표정한 얼굴뿐.

"……."

사기리˙무녀가 어깨를 들먹이며 소리 없이 한숨을 쉬었다. 예전 같으면 이 정도 의식으로는 끄떡도 않았을 텐데, 지금 상태로는 한계에 가까운 듯했다.

"후후후."

그런데 뜻밖에도 발 너머에서 웃음소리가 들려오는 게 아닌가. 무표정해졌던 지요의 얼굴이 삽시간에 일그러졌다. 어렴풋한 촛불 불빛을 받아 어둠 속에 떠오른 얼굴은 바야흐로 인간이 아니라 마귀의 형상이었다.

한순간 주춤했지만 무녀가 곧바로 다시 주언을 외우려 한 바로 그때.

저놈은 예사 마귀가 아니다

낮고 또렷한 목소리가 배례소에 울려퍼졌.

사기리˙무녀는 무시무시한 기세로 홱 돌아보더니 제단 중앙에 모셔진 허수아비님과 손녀를 번갈아 응시했다. 강신의례를 거행하지 않았는데도 산신님의 신령하신 목소리가 들렸다는 사실에 충격을 받은 것이다.

발 앞에서 멀어졌던 지즈코도 어느새 다가와, 제단 앞에 머리를 수그린 채 꼼짝도 하지 않는 사기리::의 기색을 열심히 살폈다. 저도 모르게 정말로 사기리::가 말한 것인지 확인하고 싶어진 게 틀림없다. 귀에 들린 목소리가, 지즈코가 아는 소녀의 목소리와 비슷하기는 한데 어딘지 모르게 섬뜩한 이질감이 느껴졌기 때문이리라.

"마귀가 아니면 무엇이온지요?"

한순간 내비친 동요를 재빨리 극복한 무녀가 침착하게 물었다.

나가나와도 조금 씌었다

"허나 그게 주는 아니라는 말씀이온지요?"

결단코 주는 아니다

"그러하시면 무엇에 씌었사옵니까?"

생령이다

"생령…… 어디에 있는 누구의 생령이온지요?"

소자모노다

"저런, 저희 집 사람이란 말씀이시옵니까? 저희 집 누구이온지요?"

사기리……

"예?"

사기리˚ 무녀가 놀라 나지막이 소리친 것과 동시에 지요가 쿵 하고 쓰러지는 소리가 났다. 배를 깔고 엎드린 자세에서 어느새 무릎을 바닥에 대고 일어서 있었는데, 별안간 힘이 빠진 것처럼 허물어졌다.

"나갔나."

고개를 돌려 지요의 상태를 본 무녀는 다시 사기리::를 돌아보더니 혼령받이에게 빙의한 생령에게 숨도 쉬지 않고 잇따라 질문을 퍼부었다.

"왜 이애에게 붙었지? 무엇 때문에 붙었나? 어찌해서 붙었어? 어인 연유로? 어인 까닭으로? 어인 생각으로? 무슨 인과가 있어서? 무슨 인연이 있기에? 자, 있는 대로 말하라, 없지 않을 터."

이어서 그대로 말투를 유지하며 혼령받이를 통해 생령의 말을 이끌어내려 했다.

"자, 이야기하라, 대답하라. 어서 말하라, 응답하라. 당장 입을 벌려 토해내어라. 네 갖은 원망, 네 갖은 선망, 네 갖은 시기, 전부 뱉어내어라. 있는 대로 말하라, 없지 않을 터."

그뒤로는 계속 같은 말을 되풀이했다. 그러나 무녀의 물음은 처음보다 두번째, 두번째보다 세번째, 거듭될수록 점점 빨라지더니 급기야는 의미를 알 수 없는 주언처럼 되었다. 경우에 따라 몇 십 분씩 계속되기도 한다.

그러나 일곱 번, 여덟 번, 횟수를 거듭하는 사이에 벌써부터 무녀의 숨이 가빠지기 시작했다. 열 번을 넘었을 즈음에는 알아들을 수 없는 주언 같은 말이 더욱 흐트러졌다. 본인도 자각이 있는지 똑똑히 읊조리려 애를 쓰지만 그렇다고 발성에 주의하느라 말하는 속도를 늦추면 주객이 전도되는 것이다. 어디까지나 빠른 속도를 유지하면서 정확하게 주언을 읊어야 한다. 혼령받이에 썬 생령이 입을 열기 전에 무녀가 숨을 쉬었다가는 처음부터 다시 해야 한다. 나머지는 끈기 겨루기라 할 수 있을지도 모른다.

"있는 대로 말하라, 없지 않을 터!"

무녀는 한계에 이르렀다고 느꼈는지 스물몇번째인지 모를 물음을 한층 빠르게, 가장 세차게 발했다. 눈에 보이지 않는 말이 한 덩어리로 뭉쳐 혼령받이를 향해 날아갔다. 보통 사람의 눈에는 결코 보이지 않는 특별한 기였다.

순간 당집 안에 정적이 흘렀다. 심산유곡의 한복판에 있는 것 같은 고요가 어둠과 함께 가득 찼다. 그런데……

못, 줄, 다……

소름 끼치는 목소리가 흘러나왔다. 딸을 끌어안은 지즈코가 흠칫 놀라 얼어붙더니 사기리::에게 머뭇머뭇 시선을 돌렸다. 조금 전 목소리와 비슷하면서도 전혀 다르게 느껴졌기 때문이리라.

"못 준다니 무슨 말인가? 못 준다니 무슨 뜻이지? 못 준다니 무슨 소리야? 못 준다니 그 진의는 무엇인가? 있는 대로 말하라, 없지 않을 터."

사기리˙ 무녀가 즉각 질문을 재개했다. 여기서 꾸물거렸다가는 또 처음부터 다시 해야 한다.

렌······

"렌? 렌이라니 무슨 말인가? 렌이라니 무슨 뜻이지? 렌이라니 무슨 소리야? 렌이라니 그 진의는 무엇인가? 있는 대로 말하라, 없지 않을 터."

렌, 자······부······

"렌자부······. 렌자부라니 무슨 말인가? 렌자부라니 무슨······."

렌, 자, 부······로······

"렌자부로?"

무녀는 자기도 모르게 자문하듯 미간을 찌푸리고 고개를 갸웃했다. 그러나 이내 퍼뜩 깨달은 것처럼 물었다.

"큰신집의 가미구시 렌자부로 말인가?"

그러나 대답이 없었다. 잠시 멈칫한 게 화가 되었다. 그뒤로는 무녀가 아무리 질문을 해도 답이 없었다.

"이제 알겠군요."

당집 안에 다시 정적이 찾아들었을 때, 발 너머에서 지즈코의 목소리가 들려왔다. 조금 전과는 딴판으로 오만하기까지 한 말투였다.

"무녀님도 아시다시피 렌자부로는 지요의 사촌오빠입니다. 전부터 사이가 아주 좋았지요. 큰신집도 맏아드님이 그리되고 둘째 아드님은 ○○에 있는 대학에 간 뒤로 잘 돌아오지도 않으니, 셋째라고는 해도 렌자부로가 장차 대를 잇게 될지도 모릅니다. 그리되면 지요는 큰신집의 며느리가 되겠지요."

그러더니 어둠 속에서도 알 수 있을 만큼 매서운 눈초리로 사기리::를 보며 말을 이었다.

"그게 이 댁 아가씨에게는 참을 수 없는 일인 게 아니겠습니까? 그야 렌자부로는 자상한 아이니 누구에게나 친절하게 대합니다. 그렇다고 곧이곧대로 받아들인다면 호의를 원수로 갚는 일이겠지요."

지즈코는 고상한 척하던 가면을 벗고 독설을 퍼부었다. 마귀를 퇴치해달라고 찾아왔더니만 원흉이 눈앞에 있었던 셈이니 흥분하는 것도 무리는 아니다. 하지만 문제는 그 노여움의 중심에 있는 것이었다. 아무래도 그녀는 이십 수년 전 말이 나왔던 가가치가와 가미구시가의 있을 수 없는 혼인과 이번 일을 겹쳐 생각하는 듯했다. 미래의 가정을 과거의 사실, 그것도 결국 실현되지 않은 일에 끼워맞추는 것이다. 너무나도 어리석은 행위였다.

"게다가 설사 렌자부로와 이 댁 아가씨가 서로 사랑하는 사이가 된다 해도, 큰신집과 윗집은 집안의 격이 원체······."

딸의 문제가 어느새 자신의 이혼과 재혼으로 치환되어 과거의 노여움이 되살아난 지즈코가 더욱 격앙되어 말을 이으려 했을 때였다.

"조용히 못 할까!"

사기리' 무녀의 호통이 그녀의 말을 잘랐다. 결코 큰 목소리도 아니었고 제단에 시선을 고정한 채 고개도 돌리지 않았지만, 지즈코가 입을 딱 다물게 하기에 충분했다.

"아직 마귀가 지요에게서 완전히 떨어진 게 아니네. 혼령받이에 빙의시킨 마귀를 주물呪物로 옮기기 전까지는 저애에게서 쫓아냈다고 할 수 없어. 정확히는 일단 주물을 영산의 산신님께 기탁했다가 히센천에 완전히 떠내려보내고서야 비로소 축귀를 했다 할 수 있는 걸세. 자네도 명색이 가가구시 사람이거늘 그것도 모르는가?"

"그, 그렇지만 이애에게 들려 있었던 건 거기 있는 사기리:: 양의 생령이잖습니까. 본인이 직접 시인했으니 이 이상 확실할 수 없죠. 생령이 본인 몸으로 돌아갔다면 그걸로 끝이……."

"허허, 새신집의 젊은 마님은 언제부터 무녀 일을 시작하셨나?"

"아, 아니, 전 그런 뜻으로 드린 말씀이……."

지즈코는 금세 쩔쩔맸다.

"다른 마귀였다면 나도 이대로 관여 않겠지만 우리 집안의, 그것도 사기리∷의 생령이라면 그럴 수 없지."

무녀는 그녀를 그 이상 상대하지 않고 혼잣말처럼 중얼거리더니 품에서 주물로 쓸 인형을 꺼냈다. 그러고는 인형으로 혼령받이의 온몸을 문지르며 주언을 외우기 시작했다. 몇 분을 그러다가 주물을 제단에 바치더니, 이번에는 회지를 꺼내 펴고 주물을 그리로 옮겨 잘 쌌다. 그것을 제단에 다시 바치고 주문을 읽는 것으로 무신당에서의 축귀 의식은 끝났다.

"이제 됐네. 끝났으니 그애를 데리고 돌아가게."

사기리˙ 무녀가 돌아보지도 않고, 방금 전 지즈코의 독설 따위 없었던 양 사무적으로 말했다.

"……감사합니다."

지즈코는 더 할 말이 있는 것 같았지만, 결국 부자연스러운 침묵 끝에 감사를 표하는 것으로 그쳤다. 그러고는 대기소에서 나오려 하지 않는 우메코를 꾸중해 불러내서 둘이 함께 지요를 부축해 서둘러 돌아갔다.

당집 안에는 무녀 사기리˙와 혼령받이 사기리∷만 남았다. 아니, 한 사람 더 있었다. 출입구인 널문과는 반대편, 당집 왼쪽의 어둠 속에 구로코가 꼼짝하지 않고 대기하고 있었다.

지즈코는 전혀 알아차리지 못했지만, 구로코는 이름 그대로 머리끝부터 발끝까지 시커멓게 입고 당집 구석 어둠 속에서 그들을 주시하고 있었을 터였다. 만약 지즈코가 사기리˙에게 다가들거나, 발을 걷고 배례소에 발을 들여놓기라도 했다면, 그 즉시 구로코가 어둠 속에서 검은 모습을 드러내 그녀를 제지했을 것이다.

구로코는 사기리˙의 시중꾼이었는데, 가가치가 사람들조차 아무도 그 내력을 알지 못했다. 벌써 십 년도 더 전에 무녀가 어디서 데리고 왔는데, 그때 이미 머리에 더러운 자루를 푹 뒤집어쓰고 있었으며 한마디도 하지 않았다. 무녀의 말로는 얼굴을 크게 다쳐 말을 못 한다고 했다. 가가치가에는 예로부터 다양한 사람들이 드나들었거니와, 전후 혼란기인 당시 부모나 일가친척을 모두 잃은 아이들이 많아 이런 촌까지 흘러들어오기도 했다. 다들 십중팔구 그런 아이를 주워왔으리라고 생각했다. 이후 사기리˙ 무녀의 시중꾼으로 가가치가에서 살게 된 소년은 자연히 '구로코'라는 이름으로 불렸다. 그녀가 소년에게 준 검정 옷 때문이었다. 산신님을 열심히 받들었고, 사기리˙ 무녀가, 그리고 가까스로 사기리⋮까지는 말을 하면 반응을 보이지만, 집안의 다른 사람들에게는 아직까지도 마음을 터놓지 않았다. 그러면서도 가가구시촌에 자연스럽게 섞여든 것처럼 보이는, 참으로 특이한 존재였다.

그러나 사기리˙ 무녀에게 지금 구로코의 존재 따위는 염두에 없는 듯했다.

"사기리……."

무녀는 지즈코에게 보였던 태도와는 딴판으로 손녀의 이름을 중얼거리며 방심한 사람처럼 제단 앞에 맥없이 주저앉고 말았다.

그녀의 눈초리는 마치 허수아비님과 사기리::의 모습을 동시에 응시하듯 초점 없이 흐리멍덩했다. 그러나 서서히 초점이 손녀에게 맞춰지면서 두 눈에 빛을 되찾더니 이윽고 정신을 차린 것처럼 흠칫 몸을 떨었다. 무녀는 놀란 표정으로 사기리::를 보더니 다소 허둥대며 손녀의 양 어깨에 손을 얹고 주문을 외워 빙의 상태를 풀기 시작했다.

"무, 녀, 님……."

사기리::의 입에서 천천히 할머니를 부르는 목소리가 흘러나왔다. 의례 중에는 가족도 사기리'를 '무녀님'으로 높여 부른다.

"자, 이것을 잘 들어라."

무녀는 제단에 바쳤던 회지를 사기리::에게 주고는 평소보다 더욱 진지한 표정으로 말했다.

"알겠느냐. 이번에는 반드시 '큰정화소'에서 기도를 올린 다음 '작은정화소'로 가는 거다. 그리고 히센천에 맡긴 주물이 완전히 떠내려갈 때까지 지켜봐야 하느니라. 내 말 알겠느냐? 아무쪼록 주의를 게을리하지 말고 신중하게 하거라."

마치 어린애에게 이르듯 몇 번씩 다짐을 두었다.

"예, 무녀님."

사기리::의 대답은 고분고분하면서도 여전히 힘이 없었다. 사기

리˙ 무녀의 뒤를 이을 가가치가의 무녀로서는 심히 미덥지 않았다.

"자, 꾸물대다가 해가 저물겠다. 어서 가려무나."

무녀는 조금은 인자한 할머니의 말투로 돌아와 손녀에게 말했으나, 두 눈에는 음성과 전혀 다른 감정이 서려 있었다.

흡사 지금까지 익숙하게 알고 지낸 것이 실은 생판 다른, 전혀 엉뚱한 것이었음을 불현듯 깨달은 듯한…… 그런 불안 어린 시선이 사기리˙˙와 허수아비님 사이를 빠른 속도로 몇 차례 오갔다.

가가치가의 무녀로서 사기리˙가 느낀 섬뜩한 불안.

그러나 무녀도 그것이 가가구시촌에 닥칠 그 같은 괴이의 징조였음은 몰랐을 것이다.

사기리의 일기 1

깨어나보니 할머니가 조금 이상하셨다.

깨어나는…… 그래, 혼령받이의 역할을 마치고 의식을 되찾는 순간에는 정말 깊은 잠에서 깨는 것 같다. 렌 오빠는 할머니가 내게 최면술을 거는 것뿐이라고 한다. 하지만 빙의 의례가 끝나고 의식을 잃을락 말락 하는 순간은 정말 잠이 들 때처럼 몽롱하다. 그래서 혼령받이에서 평소의 나로 돌아올 때는 아침에 눈을 뜰 때와 기분이 비슷하다. 하기야 푹 자고 일어난 것 같은 상쾌함은 바랄 수 없지만.

그나저나 할머니는 대체 어떻게 되신 걸까. 요새 건강이 별로 안 좋으신 것은 분명하다. 축귀도 증세가 가벼운 것으로 사흘 전에 오랜만에 하나 하신 정도다. 하지만 오늘 퇴치할 놈은 지요라고 들었다. 그애는 전에도 이미 여러 번 퇴치한 적이 있으니 이제 와서 할머니가 애먹을 것 같진 않은데. 아니면 이번에는 뭔가 엄청난 것에 씌었나? 그러고 보니 깨어난 뒤 할머니께서 주의를 주시는데, 무신당 밖에서 지즈코 아주머니의 목소리가 들린 것 같았다. 여느 때 같으면 우메코만 데리고 올 텐데.

'오늘은 아주머니도 같이 오셨나?'

만약 그렇다면 아주머니가 할머니에게 나에 대해 무슨 말을 했는지도 모른다. 그래서 할머니의 태도가 이상했던 걸지도…….

렌 오빠 말로는 지요의 어머니, 지즈코 아주머니는 젊었을 때 큰신집의 스사오 아저씨와 결혼한 적이 있다고 한다. 그런데 오년이 넘도록 아이가 생기지 않는 바람에 도요 어르신의 명령으로 이혼해야 했다. 정말이지 가혹한 처사다. 게다가 도요 어르신이 스사오 아저씨의 재혼 상대로 고른 사람이 지즈코 아주머니의 동생 야에코 아주머니였다니 더더욱 심하다.

그렇지만 지즈코 아주머니가 친정으로 쫓겨나서 스사오 아저씨가 야에코 아주머니와 재혼했고 렌 오빠가 태어났다는 것은 생각하면 나로선 다행이다 싶다. 지즈코 아주머니에게는 정말 죄송하지만.

그것으로 끝났으면 아무 문제도 없었을 텐데, 도요 어르신이 이번에는 스사오 아저씨의 동생 다케오 아저씨를 지즈코 아주머니와 결혼시켰다. 즉 다케오 아저씨를 새신집에 데릴사위로 들여보낸 것이다. 이 두 분의 아이가 지요다.

"이것만 해도 충분히 복잡한데 마침 그 무렵 다케오 작은아버지의 혼담 소동이 있었거든. 그래서 일이 더 성가셔진 거야."

이 이야기를 했을 당시 렌 오빠는 아홉 살이었는데도 어른처럼 미간에 주름이 잡혀 있었다. 그 표정이 우스워서 어느새 울음도 그치고 어린애에게 어울리지 않는 주름을 멍하니 바라봤던 기억이 있다.

어디서 그런 오래전 이야기를 주워들었는지 몰라도 아무튼 그때 다케오 아저씨와 어머니 사이에 혼담이 있었다고 한다. 적어도 본인들은 생각이 있었던 모양인데, 도요 어르신이 그 혼담을 깨뜨렸다. 두 사람 사이를 갈라놓기 위해 서둘러 다케오 아저씨를 결혼시킨 것이다. 더구나 자기가 이혼시켜 친정으로 돌려보낸 지즈코 아주머니와.

"할머니한테는 일석이조인 셈이지."

당시 아직 어렸던 나는 일석이조가 무슨 뜻인지 몰랐지만, 렌 오빠가 무슨 말을 하려는지는 막연히 알 수 있었다.

결국 그해에 큰신집의 스사오 아저씨는 새신집에서 야에코 아주머니를 신부로 맞아 재혼했고, 새신집으로 돌아간 지즈코 아주머니는 큰신집에서 다케오 아저씨를 신랑으로 들였다. 그리고 어머니는 아랫집에서 아버지를 신랑으로 선택했다.

"알겠어? 지요네 아버지는 옛날에 너희 어머니를 좋아했던 거야. 그러니까 지요네 어머니는 남편이 좋아했던 여자의 딸인 널

아무래도 모질게 대하게 되는 거지."

 이때 렌 오빠는 내가 왜 지요의 여덟 살 생일잔치에 초대받지 못했는지 그 이유를 자기 나름대로 설명한 것이었다. 당시 나도 우리 윗집 그리고 가운뎃집과 아랫집까지 세 가가치가의 아이들과, 같은 흑 계통에 해당되는 마을 모든 집의 아이들이 초대에서 제외될 대상이라는 것은 어렴풋이 이해하고 있었다. 하지만 나는 다른 아이들과 달리 초등학교에 들어와 렌 오빠, 지요와 친해져 사이좋게 지냈다. 그러니 당연히 생일잔치에 초대받을 줄 알고 고대하고 있었다.

 그때 렌 오빠가 진심으로 그렇게 생각해서 말했는지, 아니면 나를 위로하려고 순간적으로 그런 말을 했는지는 지금도 모르겠다. 그러나 성장하면서 지요를 오래 알고 지낼수록 나는 그 설명이 전적으로 틀린 건 아니었구나 싶은 경험을 여러 번 했다.

 물론 그 이전에 가가치가와 가미구시가 사이에는 과거의 혼담 소동 따위 아무것도 아닐 만큼 커다란 장벽이 존재한다. 나이를 먹으면서 나도 차츰 그 사실을 이해하게 되었다. 애초에 어머니와 다케오 아저씨의 혼담이 깨진 것도 그 벽 때문이었다. 인접하는 적대국과의 국경처럼 벽 저쪽과 이쪽, 백과 흑으로 가르는, 눈에 보이지 않는 경계 때문에.

 그렇지만 아무리 그래도 지즈코 아주머니가 나를 대하는 태도가 해가 갈수록 그렇게까지 사나워진 이유는 뭘까. 결코 기분 탓은 아닌 것 같은데.

그런 배경이 있는 터라, 지즈코 아주머니가 지요를 데리고 왔다면 할머니와 아주머니 사이에 다툼이 있었을 가능성은 다분했다.

'하지만 할머니를 보면 어째 훨씬 더 예삿일이 아닌 것 같은데……'

멍하니 생각하다 말고 나는 아직 '큰계단'도 내려가기 전임을 깨닫고 허둥댔다. 혼령받이의 역할을 마치고 난 뒤에는 늘 이렇다. 잠에서 깬 듯하면서도 얼마 동안은 말이고 행동이고 꿈속처럼 흐리멍덩하다. 잠에서 깼는데 아직 꿈결을 헤매는 기분이다. 의식이 없는 혼령받이 상태에서 의식을 되찾은 각성 상태(단 아직 비몽사몽 중)를 거쳐 비로소 현실로 돌아올 수 있다. 어느 시점부터 확고한 현실 세계라고 인식할 수 있는지는 나도 아직 잘 모르겠지만…….

'어쨌든 서두르자. 이러다 해가 지겠어. 지금은 쓸데없는 생각을 할 때가 아니야. 별일은 없겠지만 만에 하나 누가 보기라도 했다간 큰일이야.'

그렇게 자신을 질타하고 계단을 내려가기 시작했다.

마귀를 옮겨넣은 주물은 혼령받이가 히센천에 떠내려보낸다. 그냥 두면 기껏 쫓아낸 마귀가 주물에서 나와, 붙어 있던 사람을 그날 중으로 찾아내 도로 붙으려 하기 때문이다. 하지만 주물을 떠내려보낼 때 혼령받이는 그 모습을 결코 다른 사람에게 보여서는 안 된다. 또 절대 뒤를 돌아보지 말아야 한다. 무신당 제단에서 곧장 히센천의 정화소로 가서 주물을 강물에 떠내려보내고는, 바로 무신당으로 돌아와 제단에서 정화를 받아야 한다. 그러지 않으면 쫓아낸 마귀가 이번에는 혼령받이에게 돌아오려고 한다. 그렇게 되면 혼령받이로서가 아니라 그냥 보통 사람이 빙의된 것 같은 상태가…… 아니, 그 이상으로 위험해진다. 모든 소임이 다 그렇지만 특히 축귀는 마지막 정화를 무사히 마칠 때까지 결코 긴장을 늦출 수 없는 의식이었다.

뒤를 돌아보면 안 된다는 규칙을 지키는 게 실은 머리로 이해하는 이상으로 힘들다는 것을 나는 곧 통감하게 된다. 사람은 시야 바깥에서 들려오는 소리, 느껴지는 기척에 아무래도 불안을 느끼기 때문이다. 불안을 떨치기 위해서는 그쪽을 보고 이상이 없음을 확인하는 수밖에 없다. 그러면 작은 공포 따위는 순식간에 사라진다. 하지만 그것이 불가능한 경우, 처음에는 불안이라 부를 수도 없을 만큼 미미했던 느낌이 자꾸자꾸 쌓이면서 어느새 커다란 진짜 공포로 자라난다. 그게 얼마나 불안하고 무섭고 쓸쓸하고 꺼림칙한 느낌인지는 체험을 한 사람만이 실감할 수 있으리라.

그렇지만 무슨 일이 있어도 절대 뒤를 돌아보면 안 되는 것은 아니다. 어마어마하게 큰 위험을 느꼈을 때에 한해 뒤쪽을 확인하고 대처하는 방법이 있었다. 가가치가의 무녀(혼령받이도 포함해서)는 다양한 마귀를 퇴치할 수 있다. 하지만 조금이라도 빈틈을 보이거나 몸과 마음이 약해지면 도리어 마귀에 씔 우려도 있다. 그 때문에 만일의 경우를 대비해 그런 방법을 마련해두었다. 하지만 그 방법을 쓰는 일은 거의 없다. 무엇보다도 그런 상황은 상상만 해도 등골이 오싹하다.

'그러고 보니 할머니가 큰정화소로 가라고 이르셨는데.'

나는 문득 내가 가고 있는 곳을 떠올리고 새삼스레 생각했다.

'지요는 뭐에 씌었던 걸까.'

혼령받이 노릇을 하면서도 나는 늘 신탁의 내용도, 주물로 옮긴 것의 정체도 알지 못한다. 내 입을 통해 산신님의 말씀이 전달되고 마귀가 자신의 태생을 이야기해도 나는 말한 기억이 전혀 없기 때문이다. 그건 산신님, 또는 마귀의 말이니까.

그런 생각을 하며 걷느라 부주의했던 걸까. 하마터면 계단에서 발을 헛디딜 뻔했다. 자칫 잘못 떨어졌다가는 크게 다칠 수도 있는데. 순간적으로 옆 덤불을 붙들어 무사했지만, 얼마 동안 그대로 꼼짝 못 했을 정도로 무서웠다. 이 계단에는 도무지 익숙해지지 않는다.

이름과 달리 큰계단은 한 명이 간신히 지나다닐 만큼 좁다. 게다가 기술이 없는 사람이 쌓은 것처럼 들쑥날쑥한 데다 군데군데 기울어지기까지 했다. 다행히 양옆이 울창한 덤불이라 발을 헛디뎌 떨어질 것 같을 때 방금 전처럼 붙들고 몸을 지탱할 수는 있다. 그래도 조심해서 내려가지 않으면 대단히 위험한 곳이었다. 특히 다리가 조금 불편한 내게는.

큰계단 입구는 본채 북쪽에 위치한 무신당의 대기소 뒤쪽, 즉 서쪽에 있었다. 대기소는 기도나 축귀 때 퇴치할 놈이 당집으로 들어오기 전 반드시 거쳐야 할 방이다. 대기소는 앞쪽으로는 연결복도, 뒤쪽으로는 무신당과 인접한다. 큰계단은 그뒤쪽에 위치하기 때문에 가족들도 접근하는 일이 좀처럼 없다. 한편 '작은계단'은 무신당 북쪽에 인접한 은거소 뒤편에 있는데, 어느 쪽으로 내려가건 히센천이 나온다. 큰계단, 작은계단으로 구분되기는 해도 사실 폭이며 길이에 차이가 있는 것은 아니다. 그저 큰계단은 큰정화소로, 작은계단은 작은정화소로 이어진다는 차이가 있었다.

큰정화소는 본래의 목적 외에 구구산 산길로 들어서는 입구 역할도 한다. 반면 작은정화소는 주물을 떠내려보내기 위해 설치한 예배소다. 즉, 대개의 경우 축귀 의식 뒤에 가는 곳은 작은정화소 쪽이며, 따라서 작은계단을 내려갈 때가 더 많았다.

그런데 이따금 할머니가 큰정화소로 가라고 지시하실 때가 있다. 마귀의 힘이 보통 때보다 강할 때, 산신님의 지벌이라고 판단했을 때, 빙의한 것이 신령일 때, 또는 구구산에 산다는 나가보즈일 때, 그리고 이 지방에서 염매라 부르며 두려워하는 정체불명의 가장 꺼림칙한 마귀일 때, 그런 경우에는 먼저 큰정화소로 간다.

'그럼 여기에 옮긴 것도 그런 엄청난 것일까?'

나는 뒤늦게 오른손에 든 회지를 조심조심 내려다보았다.

벌써 수백 번을 반복한 일인데도 왜 그런지 등골이 오싹했다. 순간 회지 속에 든 뭔가가 내 공포를 민감하게 알아차리고 꿈틀거려 손가락에 감촉이 느껴지는 듯했다. 나도 모르게 회지를 던져버리려다가 가까스로 참았다. 혼령받이 노릇을 막 시작했던 때면 몰라도 최근 들어서는 좀처럼 느끼지 못한 공포감과 죄의식에 나는 겁이 나면서도 동시에 당황했다.

'내가 왜 이러지……. 할머니만 이상한 게 아냐. 나도 어딘가 이상해. 분명 지요도 평소보다 더 이상했던 거야.'

나는 발치에 신경을 집중하며 오른쪽으로 커다랗게 호를 그리는 계단을 되도록 빨리 내려가려 했다. 물론 오른손에 든 회지를 의식하지 않기 위해서다. 그렇지만 양옆이 덤불로 둘러싸인 그곳은 평소에도 어둑어둑한데, 구구산 너머로 해가 지려는 지금은 마치 땅속 깊은 곳으로 내려가는 굴처럼 캄캄했다. 게다가 오른쪽으로 꺾어지는 곡선이 계속되는 탓에 내려가기가 여간 불편하지 않았다. 그 때문에 마음만 급했지, 실제 속도는 달팽이처럼 느렸을 것이다.

더욱이 나는 보통 사람보다 걸음이 약간 불편하다. 그러다보니 아무래도 공연한 수고가 더 든다. 이미 한두 번 내려가본 게 아닌데도 계단이 영원히 끝나지 않을 것 같은 초조함에 사로잡혀 나도 모르게 눈물이 나려고 했다. 이러다 정말 울겠다고 조바심이 나기 시작했을 때 간신히 계단 밑에 이르렀다.

거기서부터 약간 굽이진 덤불 속 길을 나아가면 시야가 확 트이면서 왼편 남서쪽에서 오른편 북쪽으로 흐르는 히센천의 강변 자갈밭이 나온다. 덤불 속 길에서 나오면 정면에 큰정화소가 있고, 그 왼쪽에 '도코요 다리'가 있다. 난간에 주칠을 한 다리를 건너면 구구산 어귀에 다다를 수 있다.

하지만 다리는 고사하고 강변에도 다니는 사람이 없다. 마을 사람들 대부분이 이곳을 꺼림칙하게 여겨 피하기 때문이다. 그들은 빙의했다가 퇴치된 무수한 마귀가 이 근방 일대에 우글거린다고 믿는다. 마귀를 옮긴 주물을 모두 히센천에 떠내려보낸다는 것을 알고 있을 텐데도. 완전히 퇴치된 게 아니라고 생각하는 모양이다. 하기야 그게 꼭 틀린 생각만은 아니라는 것을 나도 경험으로 알고 있지만……. 그렇지만 마을 사람들은 영산 자체를 꺼림칙하게 여기며 기피하기 때문에, 설사 여기가 축귀를 하는 곳이 아니었다 해도 멀리했을 것이다.

그러는 나도 지금까지 다리를 딱 한 번 건너봤다. 아홉 살이 된 해의 음력 봄, 지금으로부터 칠 년 남짓을 거슬러 올라간 그때.

이제는 기억이 흐려졌지만, 아직 눈이 다 녹지 않은 영산의 풍경 그리고 입구에 기묘한 기둥 두 개가 서 있고 그 앞에 허수아비님 두 위가 모셔져 있었던 것은 생각난다. 내가 어렸던 탓도 있겠지만 허수아비님이 얼마나 크고 무섭게 느껴졌는지 모른다.

"꼭 너희 둘 같구나. 황송한 일이야."

할머니가 사기리:: 언니와 나를 바라보며 그렇게 중얼거리셨다. 허수아비님이 쌍둥이인 우리처럼 똑같이 생긴 것을 말씀하셨던 것이리라. 아니면 전혀 다른 의미가 있었을까.

그뒤 더 무서운 것(산속에 모셔진 허수아비님이었을까)을 본 것 같은데 도무지 기억나지 않는다. 기억을 되살리기조차 싫을 만큼 꺼림칙한 것이었는지 어떤지도 모르겠다. 그렇지만 머릿속 어디선가 '가만두는 게 좋다'는 목소리가 희미하게 들려오는 것은 분명하다. 그래서 나도 구태여 생각해내려 애쓰지 않는다. 확실한 사실은 구구산에 올라가 그곳에서 뭔가를 봤다는 것뿐…….

영산에서 돌아온 뒤, 우리는 가가치가에서 태어난 여자들이 아홉 살이 되면 거행하는 구구의례를 올렸다. 특히 쌍둥이일 경우 의례는 한층 중요한 의미를 갖는다. 각각 무녀와 혼령받이 중 어느 역할을 담당할지 결정하는 의식이기 때문이다. 가가치가는 대대로 딸 쌍둥이가 태어나는 가계로, 어머니도 쌍둥이였다. 할머니와 증조할머니도 그랬다고 한다. 따라서 항상 무녀와 혼령받이 둘 다 갖춰져 있던 셈이다.

하지만 쌍둥이가 태어나지 않거나 성장하기 전에 죽는 경우도 있을 수 있다. 그럴 때는 한 명이 무녀와 혼령받이를 겸한다. 다행이라 해야 할지, 딸이 태어나지 않은 대는 없었던 모양이다. 게다가 개중에는 할머니처럼 쌍둥이 자매가 있어도 혼자서 두 역할을 모두 소화하는 사람도 몇 대에 한 명씩은 나온다고 한다. 실제로 혼령받이 역할을 맡은 할머니의 동생 사기리··가 세상을 떠나고 딸인 어머니는 병약한 탓에 소임을 다할 수 없었던 시기가 있었다. 그때 할머니는 혼자서 전부 도맡아 하셨다고 한다. 그 때문에 뒤에서 뭐라 수군대건 마을 사람들은 지금도 할머니를 인정한다. 아니, 현재의 가가치가는 할머니 덕에 겨우 유지되는 것이라고 단언할 수 있을지도 모른다.

다만 그때 무리했던 게 지금에 이르러 화가 된 것은 부정할 수 없다. 무녀도 혼령받이도 소임을 다하려면 체력을 엄청나게 소모

하기 때문이다. 하지만 최근 그게 다가 아닐지도 모른다는 생각이 든다. 그밖에 어떤 중요한 것도 닮은 것 같은……. 그게 뭔지는 알 듯 말 듯하지만.

'안 돼, 그런 생각은 하는 거 아냐.'

그래, 구구의례를 무사히 마친 것만으로도 나는 운이 좋았다고 할 수 있다. 할머니가 무리를 하신 것은 어머니가 병약한 탓만은 아니었다. 어머니의 쌍둥이 언니이자 무녀 역할을 맡았던 사기리ː 이모가 성장하면서 머리가 이상해졌기 때문이기도 했다. 무녀의 소임은 물론 일상생활에까지 지장이 있었다고 한다. 이웃 마을 의사인 도마야 선생님은 구구의례 중에 마시는 '우카노미타마'라는 약주의 부작용이 아닐까 의심했다. 물론 할머니는 부정했다. 하지만 우카노미타마가 마신 이의 목숨까지 앗을 위험이 있다는 것은 과거의 사례로도 알 수 있다. 그 가장 가까운 예가 사기리ː 언니였다.

무신당에서 의식을 마친 뒤, 언니와 나는 이상한 액체를 마셨다. 맛이 달짝지근하면서도 묘하게 썼다. 걸쭉하고 미지근해 목으로 넘어가는 느낌이 기분 나빴다. 그게 우카노미타마였다. 그뒤의 일은 거의 기억나지 않지만, 의례 후 아흐레 동안 제단 앞에 짚으로 엮어놓은 산실에 둘이 틀어박혀서 하루에 한 번씩 우카노미타마를 마셨을 것이다. 무슨 까닭에선지 밖에 빗자루를 기대 세워놓은 산실 안에서, 이윽고 각각 무녀와 혼령받이로 다시 태어나기 위해…….

그런데 열흘째 날 아침, 언니와 나는 깨어나지 못한 모양이다. 그런데도 의사를 부르지도, 병원에 입원시키지도 않았다. 그저 무신당에 인접한 은거소에 우리 둘을, 그것도 각자 다른 방에 눕혀놓았을 뿐이다. 그 탓인지 아닌지, 나는 회복한 뒤로도 좌반신에 마비가 남아 한동안 걸음이 불안정했다. 그뒤 일단 낫기는 했지만 지금도 전속력으로 달리는 것은 생각지도 못한다.

사기리:: 언니의 상태가 어땠는지는 기억이 거의 없다. 의식을 되찾고 보니 나는 은거소에서 언니가 쓰던 다다미 여덟 첩 방에 있었다. 그런데 언니가 보이지 않았다. 나는 이부자리에서 빠져나와 옆방, 할머니가 쓰는 열 첩 방으로 기어가기 시작했다. 옆방에 할머니가 계신다고 생각했던 걸까.

아니, 아닌 것 같다. 그렇다면 언니가 그곳에 있음을 무의식중에 깨달은 걸까? 쌍둥이라서 서로 통한 걸까? 평범한 자매에게는 없는 감각이 작용한 걸까? 나도 그렇게 생각하고 싶었다. 하지만 그게 있을 수 없는 일이라는 것은 나 자신이 제일 잘 알고 있었.

언니와 나는 생김새는 아주 많이 닮았지만, 외모를 제외한 모든 점에서 전혀 딴판이었다. 어렸을 때부터 총명하고 조숙했던 언니와 달리 나는 나이보다 훨씬 덜떨어진 아이였다. 언니가 할머니의 장서를, 문학작품에서 대중소설, 역사책, 종교 서적에 이르기까지 잇따라 독파하기 시작했을 때, 나는 겨우 그림책을 떼고 어린이 책을 읽기 시작한 참이었다. 마을 사람을 만날 때도, 언니는 어렸을 때부터 이미 할머니의 뒤를 이을 가가치가의 무녀로서 기품과

품격을 갖추고 있었다.

하지만 나는 낯을 가리느라 바빴다. 당연히 할머니는 언니를 더 높이 평가했다. 언니는 할머니의 기대를 한 몸에 받았다. 당시 할머니 나름대로 영재교육 같은 것도 했을 것이다. 그 정도로 차이가 있었던지라 쌍둥이인데도 언니와 같이 논 기억이 없다. 아니, 실은 내성적인 성격 탓에 다른 아이들과 논 기억도 없다. 그것은 언니도 마찬가지였지만 그 모습은 분명 정반대였을 것이다. 언니는 어디까지나 고고했고, 나는 그저 고독했을 뿐. 초등학교에 들어와 지요와 렌 오빠가 말을 걸어주지 않았다면 나는 지금까지도 줄곧 외톨이였을 것이다.

당시 내 눈에 사기리 언니는 어떻게 비쳤을까. 나는 나와 수준이 다른 언니를 선망했던 것도 같고, 열등감을 느낀 것도 같다. 또 할머니의 애정을 독차지한 언니를 미워했던 것도, 어린애답게 놀지 못하는 것을 불쌍하게 생각했던 것도 같다.

그런 자매였으니 그때만 쌍둥이의 유대 같은 것을 느꼈을 리 없다. 그렇다면 옆방에서 어떤 심상치 않은 느낌을 감지한 걸까. 그에 대한 공포가 반대로 나를 끌어당겼나. 아니면 단순히 각성이 불완전했던 탓에 방향을 잘못 잡았나. 이유는 지금도 모르겠지만, 아무튼 나는 일심불란하게 옆방으로 향했다.

이윽고 샛장지에 이르러 문을 열었다. 자리가 깔려 있었다. 그렇지만 누워 있는 것은 언니가 아니었다. 그것을 본 순간, 나는 나가보즈라고 생각해 겁을 먹었다. 그리고 금세 이게 바로 염매구나 싶어 전율했다. 난생처음 맛보는 강렬한 공포였다. 어쩌면 구구산에서 한 체험이 처음이었을 수도 있지만 다행히 기억이 없기 때문에 비교할 수 없다.

그때는 결국 할머니가 발견하실 때까지 장지 너머로 옆방의 그것을 바라보고 있었던 모양이다. 그러나 나 자신의 기억은 그것을 본 데서 그친다. 얼굴이 온통 보랏빛으로 부풀고 군데군데 거무죽죽한, 괴물 같은 그것을.

그렇지만 그것이 사기리∷ 언니였다. 내가 본 것은 이불 밖으로 나온 언니 얼굴이 틀림없다. 아마 온몸이 변색되고 심하게 부어서 그렇게 보였을 것이다. 내가 깨어났을 때도 그 정도로 심하지만 않았을 뿐 손발이 약간 묘했다. 원상태로 회복되기까지 일주일쯤 걸렸다. 나는 분명 증상이 가벼웠기 때문에 살았고, 언니는 중증(그 모습을 보면 문외한이라도 알 수 있다)이었기 때문에 목숨을 잃은 것이다.

이튿날 할머니는 '감사하게도 사기리∷는 허수아비님이 됐다'라고 하셨다. 얼마나 기뻐하셨는지 모른다. 가가치가 사람은 누구나 죽고 나면 혼이 구구산으로 돌아간다. 그중에서도 무녀나 혼령받이로 소임을 다했던 자는 산신님의 일부가 된다고 한다. 나아가 구구의례에서 **선택받은** 자는 산신님 그 자체가 된다. 좀처럼 없는 일인 모양이다. 바꿔 말하면 사기리∷ 언니는 정말 선택받은 자였던 것이다. 그렇기에 할머니는 그렇게 이상할 정도로 기뻐했다. 참고로 산신님이 화신하신 모습이 허수아비님이다. 다만 그 신령하신 이름을 함부로 입에 담아서는 안 된다. 할머니가 '허수아비님'이라고 말씀하신 것도 내가 알기로 그때 딱 한 번뿐이었다.

"사기리::는 선택된 것도, 그 결과 산신님이 된 것도 아냐. 그애는 **살해된 거야**."

작년 정월 내가 역시 고등학교에 갈 수 없다는 것을 알았을 때, 렌 오빠는 뭔가를 결심한 사람처럼 그런 말을 했다.

"살해되다니, 어째서? 누구한테?"

렌 오빠가 마귀신앙에 부정적이라는 것은 전부터 눈치채고 있었다. 하지만 그런 말을 대놓고 한 것은 처음이었기에 무척 놀랐다.

"어째서라니, 그야 가가치가의 구구의례 때문이지. 누구 짓이냐 하면 역시 사기리˙ 어르신이겠고."

그렇게 대답하는 렌 오빠는 조금 괴로운 표정이었다. 내가 할머니에 대해 품고 있는 경애와 외경심을 잘 알기 때문이리라.

"말도 안 돼…… 할머니가 사기리:: 언니한테 그런 일을 하실 리 없어. 뭐니 뭐니 해도 언니를 누구보다도 아끼시던 사람이 할머니인데."

"사기리˙ 어르신한테 살의가 있었다는 건 아냐. 하지만 구구의례에서 쓰는 괴상한 술이 위험하다는 건 충분히 알고 계셨을 거라고. 그걸 알면서 마시게 했다면 사기리::의 죽음에 책임이 있다고 할 만하지 않겠어?"

"그렇지만 할머니가 그런 일을 바랄 리……."

"그래, 그건 나도 알아. 너보다 언니 쪽을 더 총애하셨으니까. 물론 죽일 생각은 티끌만큼도 없으셨겠지. 문제는 구구의례에서 목숨을 잃은 사람은 구구산의 신이 된다고 철석같이 믿는 미신 그 자체야. 사기리˙ 어르신은 너희 언니를 예뻐하셨지만 그 이상으로 중요한 게 신앙일 거라고. 말하자면 나라를 위해 싸우다 죽은 병사는 호국영령이 된다고, 전사는 명예로운 일이라고 믿었던, 그렇게 세뇌됐던 전시의 일본 사람하고 똑같은 거야. 하지만 그게 사실이 아니라는 건 전쟁이 끝나고 다들 깨달았을 거 아냐?"

"……"

"그런데 가가구시촌에는, 가가치가에는 아직도 그런 사고방식이 남아 있어. 하지만 그런 미신은 마을에서 한 발짝만 나가도 통하지 않아. 알겠어? 세간의 시선으론 사기리∷의 죽음이 어엿한 살인이라는 걸 먼저 이해해야 해."

"살인……"

"장례를 재빨리 마친 것도 뒤가 구리기 때문이겠지."

아닌 게 아니라 사기리∷ 언니의 장례는 어린 내가 보기에도 이상했다. 혼은 비록 영산으로 돌아가도 육체는 현세에 남기 때문에 장송이 필요하다는 것은 이해할 수 있다. 다만 그게 너무나도 간소했다.

언니가 산신님이 됐다고 기뻐 날뛰던 할머니는 이틀 뒤 장례에서 아무런 감정도 드러내지 않았다. 모든 준비를 할머니가 도맡아 하셨지만 별 대단한 일은 하지 않았을 터였다. 장례 자체가 밀장이나 다름없었다. 어렸을 때부터 마을의 길고 복잡한 장송의례를 봐온 내 눈에 언니의 장례는 너무나 간략했다. 가가치가가 마을에 미치는 영향력을 생각하면 있을 수 없을 만큼 초라했다. 밤샘도 없이 그날 곧바로 스님을 모셔와 짤막하게 독경을 마쳤다. 집안사람들밖에 없으니 분향도 금세 끝났다. 고별식도 생략했고, 운구 행렬이 마을을 지나지도 않았다.

그 무렵 마을에서는 연례행사인 가카산의 신령님을 모시는 혼령맞이 제례가 거행되는 중이었으므로 할머니에게는 마침 다행이었는지도 모른다. 마을 사람들의 이목을 피해 언니를 매장할 수 있었으니까.

나는 기억나는 대로 상황을 렌 오빠에게 설명했다.

"그것 봐, 이상하잖아. 사기리˚ 어르신은 뒤가 켕기신 거야. 우리 할머니 말씀으로는 예전엔 가가치가의 구구의례에서 산신이 된 사람의 장례…… 아니지, '혼령 돌아가기'라고 하는 모양인데, 그 의식은 정말이지 성대하게 거행했다더라. 뭐, 할머니 어렸을 때니까 꽤 오래전 이야기긴 하지만. 당시는 아마 다들 그게 구구의례에서 목숨을 잃은 사람의, 죽은 사람의 장례라는 의식조차 없었을 테지. 다들 산신님이 됐다고 믿었으니까. 하지만 전후에 들어와선 아무리 그래도 그렇게 생각하는 사람이 얼마 없잖아? 아닌 게 아니라 이 마을은 아직 인습에 매여 있긴 해. 하지만 잘못하면 사람이 죽을지도 모르는 수상쩍은 의례를 언제까지고 묵인해선 안 된다고 생각하거든. 사기리˚ 어르신쯤 되는 분이면 진즉에 그런 분위기를 민감하게 눈치채셨을 거야. 그 때문에 구구의례의 결과를 기뻐하면서도 사기리::의 시신을 서둘러 처리했겠지.”

 “응…… 오빠가 무슨 말을 하려는 건지는 알겠지만 그래도…… 살인이라니…….”

 나는 그 말을 도저히 받아들일 수 없어 고개를 저었다. 뭐라 말하려다가 말을 삼킨 렌 오빠는 잠시 침묵했다가 한층 엄숙한 표정으로 말했다.

 “사기리, 어쩌면 네가 죽었을 수도 있다는 걸 잘 생각해봐.”

 이때 실은 나는 렌 오빠가 언니의 죽음에 관해 타인에게 말할 수 없는 사실을 알고 있는 게 아닐까 하는 의혹을 품었다. 제삼자의 눈에는 언니가 살해당한 것처럼 보일 수 있다는 것은 나도 알겠다. 하지만 살인이라고 강력하게 주장하는 태도에서, 오빠가 그렇게까지 확신할 수 있는 뭔가가 있다는 생각이 들었다. 그렇지만 물어볼 용기는 없는 채 지난 일 년간 기회가 있을 때마다 렌 오빠에게 비슷한 말을 들으며 지내왔다.

 오빠는 원래 내가 ○○시에 있는 고등학교로 진학해 마을을 떠나기를 바랐다. 그렇기에 내가 고등학교 진학 자체를 하지 않는다는 것을 알고 크게 충격을 받은 모양이다. 게다가 그게 내 의사가 아니라 할머니가 정한 일이라는 것을 알기에 참을 수 없는 것이리라.

 렌 오빠의 마음은 물론 기쁘다. 진학 문제뿐 아니라 오빠는 전부터 무슨 일이 있을 때마다 내 생각을 해준다. 오빠와 나의 입장 차를 생각하면 아무리 고마워해도 모자랄 지경이다. 오빠가 기도와 축귀가 인습이고 미신이라 단언한다면 그럴지도 모른다. 아니,

그랬으면 좋겠다. 하지만 가가치가는 흑이고 가미구시가는 백이다. 마을을 양분하는 지주임에는 변함없지만, 우리 집안은 오랜 마귀가계다. 오빠는 그런 게 바로 미신이라고 하지만 엄연한 차별이 지금도 여전히 존재한다. 그것은 부정할 수 없다. 즉 어떻게 해도 흑과 백이다. 설사 만에 하나 맺어질 수 있다 해도 거기에서 태어나는 것은 회색. 백이 더러워질 뿐이다. 검정이 색깔 중에서 가장 진하듯이, 가가치가의 흑도 농도가 짙으니까…….

"지요야, 사기리∷랑 놀면 네가 더러워지지 않니."

지즈코 아주머니의 이런 말을 언제부터 듣게 됐을까.

처음에는 밖에서 놀아서 지요의 옷이 더러워진다는 뜻이라고 생각했다. 그래서 나는 되도록 지요의 옷이 더러워지지 않게 조심했다. 그렇지만 이내 아주머니가 말하는 더러움이 눈에 보이지 않는 것임을 알게 됐다. 이윽고 내 힘으로는 어떻게 할 수 없는 것임을 깨달았다.

그렇다고 특별히 지요나 아주머니를 원망하지는 않거니와, 마귀신앙에 젖어 있는 마을 사람들을 무지하다고 경멸할 생각도 없다. 게다가 렌 오빠의 이야기를 전적으로 받아들일 수 있느냐 하면 아쉽게도 그렇지는 않다.

왜냐하면 나는 아홉 살 때 구구의례를 체험한 이래로 오늘까지 구구산 밑의 두 정화소와 영산에서 흘러 내려오는 히센천에 이미 수백 번 갔기 때문이다. 그리고 그곳에서 정체를 알 수 없는 것의 기척을 느끼고, 듣고, 본 게 한두 번이 아니기 때문이다.

그래, **지금도** 아까부터 뒤에서 뭔가가 내게 붙으려고 꼼짝 않고 기회를 엿보는 것을 알 수 있듯이…….

취재노트1

도조 겐야는 보닛 버스 오른쪽으로 스쳐 지나가는 스자쿠 연산 連山의 험준한 산형에서 눈을 떼지 못했다. 아무리 봐도 싫증이 나지 않는 것은 예로부터 수많은 불가사의한 전승이 존재하는 지역답게 어딘지 모를 기괴함이 느껴지기 때문인 듯했다. 하지만 본래 산과 바다가 별세계임을 생각하면 그런 느낌에 사로잡히는 것도 수긍이 간다.

'싫증이 나지 않는 게 아니라 눈길을 돌릴 수 없는 건지도……. 나도 모르게 산에 홀린다면…….'

문득 그런 생각이 들었다. 순식간에 위팔에 소름이 돋으면서 오한이 등줄기를 훑었다.

그 어떤 별세계라도 발을 들여놓지만 않으면 문제없다. 그러나 이곳에서는 멀리 떨어진 위치에서 보고 있을 뿐인데도 산에서 뭔가 질척하고 정체 모를 기운이 자기를 향해 뻗어오는 듯한 섬뜩함이 느껴진다.

'어이쿠, 괴기소설가가 자기 멋대로 상상해놓고 자기가 겁에 질려서야 쓰나…….'

겐야는 스스로를 비웃듯 쓴웃음을 지으면서도 다소 억지로 시선을 차 안으로 돌렸다.

그러고 보니 지나친 생각인지 모르지만 아까부터 승객들 중 누구 하나 산을 보려 하지 않는 것도 어째 으스스하다. 이 근방에 살면서 이미 물릴 만큼 본 풍경이라 그럴 수도 있겠지만 아무리 그래도 부자연스럽지 않나.

기점인 ○○시에서 버스를 탄 승객 중에 아직 내리지 않은 사람은 겐야뿐이었다. 승객들 대부분은 버스가 스카쿠 연산에 접어들기 전에 내렸다. 유일하게 남아 있던 초로의 남자가 내렸을 때는 이대로 종점까지 혼자 타고 가는 게 아닌가 불안해졌을 정도로, 열몇 명 있던 사람들이 싹 없어졌다. 실제로 버스는 한동안 겐야만 태우고 달렸다. 차창 밖으로는 사람이 사는 마을이 정말 나올까 싶을 정도로 압도적인 자연만 끝없이 펼쳐져 있었다.

그런데 버스가 소류향蒼龍鄕에 들어설 무렵부터 승객이 하나둘 타기 시작했다. 마을은 어디에도 보이지 않는데 산길 버스 정류장에 사람들이 서 있다. 그러는 사이에 그때까지 외톨이였던 게 믿기지 않을 만큼 차 안이 열 명 남짓한 승객으로 꽉 찼다. 다만 인원수는 비슷해도 ○○시에서 같이 탔던 승객들과 지금 동승한 사람들은 분위기가 역력히 달랐다.

앞서 탔던 승객들과 딱히 접촉이 있었던 것은 아니다. 그러나 그들은 적어도 겐야를 여행자로 간주하고 자연스럽게 받아들인다는 것이 느껴졌다. 옆자리에 앉은 사람은 가볍게 머리를 숙여 인사하고 어디서 와서 어디로 가는지도 물었다. 물론 개중에는 타지 사람인 그를 미심쩍게 바라보는 이도 있었지만, 그것은 어디에 가

나 경험하는 지방 특유의 세례 같은 것이다. 겐야도 그런 것 때문에 새삼 이러쿵저러쿵할 정도로 풋내기는 아니다. 차 안에는 타지 사람인 여행자에 대한 적당한 친밀함과 무관심이 동거하고 있었다. 일본 각지에 전해지는 괴이 전승을 찾아 전국을 여행하는 겐야에게는 익숙한 반응이다.

그런데 지금 동승한 사람들은 버스 계단을 올라온 순간부터, 아니 정거장에서 겐야를 봤을 때부터 철저히 무시하는 태도를 취했다. 무관심하다기보다 흡사 그가 눈에 보이지 않는 듯한, 그의 존재를 인정하기 싫은 듯한 태도였다. 뒤집어 말하면 그 정도로 겐야를 의식한다는 뜻이다.

'도시에서 시골 학교로 온 전학생 같은 기분인걸.'

처음에는 그런 느낌이었다. 지방 사람답게 부끄럼을 타는 것이라고 생각했다. 그는 버스 중간쯤 앉아 있었는데, 옆자리뿐 아니라 앞뒤에까지 아무도 앉지 않는 것은 낯을 가리기 때문인 줄 알았다. 그런데 차츰 그런 소박한 이유에서 자기를 경원하는 게 아닐지도 모른다는 생각이 들면서 뭐라 말할 수 없이 불편한 기분을 맛보기 시작했다.

각 지방의 민간전승에 나타나는 괴이담을 수집하는 게 여행의 목적인지라, 겐야는 되도록 현지 주민들 속에 녹아들려 했다. 괴이담은 물론 그 땅의 역사와 민속에 관한 지식도 실제 거기 사는 사람들로부터 얻을 필요가 있기 때문이다. 그 같은 지식은 수집한 이야기의 감상과 해석에 도움이 되기 때문에 이런 종류의 취재 조사에서 꼭 필요하다. 그렇다고 지나치게 적극적으로 사람들 사이에 파고드는 일은 피했다. 어디까지나 자연스럽게 행동하는 게 그의 방식이었다. 그 때문에 목적지 근교에서 승차한 사람들과 한 버스를 탄 상황은 주변 정보를 얻을 절호의 기회라 할 수 있었다.

하기야 이번에는 괴이담의 취급에 주의가 필요한 탓에 다소 말조심을 해야 했다. 그래도 겐야는 반쯤은 습관적으로 마을 사람이 올라탈 때마다 부담스럽지 않을 정도로 미소를 지으며 가볍게 인사했다. 그러나 누구 한 사람 그를 보려 하지 않았다. 어디건 이야기하기 좋아하는 사람이 한두 명은 꼭 있게 마련이라고 생각하던 그도 차츰 웃음기가 걷히고 얼굴이 굳어졌다. 그를 무시하는 사람들의 태도가 소름끼칠 정도로 비슷했기 때문이다. 꼭 사전에 약속이라도 한 양…….

물론 그런 일은 있을 수 없다. 말 그대로 떠돌이나 다름없는 도조 겐야가 오늘 이 버스에 탄다는 것은 본인조차 직전에야 알았으니까. 어쩌면 스자쿠 신사에 다시 찾아갔을 가능성도 있었고, 아는 사람이 머물고 있는 하쿠쇼의 '이와카베장莊'으로 걸음을 옮겼을 수도 있었다. 아니면 마을 사람들은 그가 언젠가는 이 버스에 타리라고 예상하고 있었나.

'아니지, 아니야. 나 참, 어이없어서. 괴기환상작가 도조 마사야를 아는 사람이 어디 가나 있을 리 있겠어? 이 버스에 탄 사람들한테 난 어디까지나 정체불명의 타지 사람일 뿐이야.'

머리로는 알겠는데 일단 찜찜한 기분이 들고 나니 좀처럼 지워지지 않았다.

 버스는 어느새 정거장 표지판 따위 보이지 않는 산길을 끝없이 달리고 있었다. 그즈음에는 겐야도 상당히 불편한 기분을 맛보는 동시에 소류향에 흩어져 있는 마을들의 주민일 승객들에게 대해 뭐라 형언할 수 없는 섬뜩함을 느끼고 있었다.

 그래도 그저 그런 기분에 사로잡혀 있는 것뿐이었다면 그나마 나았을지 모른다. 막연한 불안감은 어느 순간 단숨에 위협으로 바뀌고 말았다.

 오른편 산들을 보기가 어쩐지 싫어졌는데 그렇다고 차 안을 둘러봐봤자 소용없었으므로, 겐야는 반대편인 왼쪽으로 시선을 돌렸다. 그러나 차창 바로 옆으로 산면이 보일 뿐이라 풍경을 바라보는 느낌이 도무지 나지 않았다. 실망해서 시선을 돌리려다가 눈이 마주쳤다. 산면의 우거진 수풀로 그림자 진 창유리 속에서, 그를 몰래 훔쳐보는 마을 사람과.

 행상인 같은 차림새를 한 남자는, 얼굴은 왼쪽 차창을 향하고 있었지만 바깥 경치를 내다보는 게 아니라 반대편 자리에 앉은 겐야를 창유리를 통해 응시하고 있었다.

 겐야가 놀라 뒤를 돌아보자, 왼쪽 대각선 방향에 앉은 농작업복 차림의 남자가 시선을 슥 돌렸다. 허둥지둥 바로 뒤를 보니, 몇 명이 역시 시선을 피하는 모습이 보였다.

 '보고 있었군······.'

 자기가 몰랐을 뿐 단순히 보는 것도 아니고 빤히 응시하고 있었음을 깨달았다. 차 안에 있는 사람들이 모두 완벽하게 그를 무시하면서 한편으로 모든 신경을 그에게 집중하고 있었던 것이다. 모든 사람의 마음속 시선이 자신에게 쏠려 있는 것이 느껴져 저도 모르게 오싹했다.

'타지 사람에 대한 경계심인가.'

그렇게 해석하려 했지만 그런 것치고는 분위기가 예사롭지 않았다. 실은 엄청나게 무시무시한 곳에 발을 들여놓으려 하는 건지도 모른다. 그런 생각을 하니 겐야는 조금 겁이 났다.

사위스러운 이야기가 전해지는 땅, 사람들이 기피하는 장소, 사연이 있는 건물, 온갖 주물 등에 실제로 공포를 느낄 때가 많다. 그러나 뭐니 뭐니 해도 역시 그곳에 사는 인간의 언동만큼 현실적인 공포로 다가오는 것은 없다. 신변이 위험에 노출되어 있다, 언제 위협으로 닥쳐들지 모른다고 의식하는 것만으로도 어마어마한 스트레스다. 게다가 겐야는 그런 공포가 기우에 그치지 않을 수도 있음을 경험상 잘 알고 있었다.

'좌우지간 자극하지 않게 얌전히 있어야겠군.'

그렇게 판단한 겐야가, 늘 들고 다니는 커다란 상자 같은 여행 가방에서 이번 여행을 위해 작성한 자료노트를 꺼내려 했을 때였다.

"……였잖아. 그보다 그거 들었어? 종집의 장례식 이야기?"

한 줄 건너 앞좌석에서 이야기하는 두 남자의 대화가 문득 귀에 들어왔다.

'장례식…….'

 겐야가 반응한 것은 이 말이었다. 정확히 말하자면 그 앞의 '들었어?'에 포함된 미묘한 어감과 합쳐 순식간에 괴이담의 냄새를 맡은 것이다.

 "아니, 할머니가 죽었다는 건 아는데. 왜, 무슨 일 있었어?"
 "그집 둘째 아들 히사시가 스자쿠의 방울집에 데릴사위로 들어갔잖아?"

 종집과 방울집이란 이 근방에서 쓰는 택호인 모양이다.
 "아아, 그 녀석? 제 형하고 달리 엄청 얌전한 애였지."
 "그 히사시가 할머니 장례에 참석하러 돌아왔지 뭐야."
 "부인도 데리고?"
 "그야 아니지. 하하촌 종집하고 스자쿠 방울집 간의 싸움은 자네도 알잖아. 그렇지만 아무리 그래도 히사시는 모른 척할 수 없을 테니 말이야."
 "그러게. 도대체가 그건…….".

 그뒤 이야기가 두 집안의 불화가 어디서 비롯되었나 하는, 겐야에게는 아무래도 상관없는 문제로 넘어가는 바람에 그는 꽤나 속이 탔다. 하마터면 "그래서 아까 그 장례식 이야기는 대체 뭡니까?" 하고 두 사람에게 물을 뻔했다. 어쩌면 말을 거는 것으로 그치지 않고, 앞좌석으로 옮겨앉아 두 사람 사이에 얼굴을 들이밀었을지도 모른다.

 도조 겐야의 난감한 버릇 중 하나가 이것이었다. 본인도 충분히 자각하고 있다. 재미있는 괴이담을 들을 수 있을 것 같으면 그 자리의 상황 따위 아랑곳없이 이야기를 졸라댄다. 물론 민속탐방을 간 곳에서 상대방이 자리를 마련해준 경우라면 그도 예의바르게 이야기를 듣는다. 문제는 일상적인 대화 중에 상대방이 문득 입에 올렸을 때였다.

그런 경우 겐야는 백이면 백 정신을 못 차린다. 설사 상대방과의 사이에 어떤 경위로 험악한 분위기가 감돌고 있었어도, 상대가 괴이담을 안다는 것을 안 순간 싸운 것도 잊고 이야기를 채근할 정도다. 그는 평소 예의바르고 성실한 인상을 주기 때문에 그의 이런 변모에 상대방은 상당한 충격을 받는다. 이런 돌변을 아직 목격한 적 없는 주변 사람이 처음 그것을 체험할 때만큼 재미있는 구경거리가 없다는 게, 겐야의 버릇을 잘 아는 편집자들의 지론이었다.

원래부터 괴담을 좋아하기는 했어도, 괴담 수집은 처음에 괴기소설가인 그에게 소설 집필에 필요한 일종의 취재 활동이었다. 그런데 이미 호사가의 영역을 넘어 불치병 수준에 이르렀으니 하여간 손쓸 방도가 없다.

'집안 간 불화 같은 건 아무래도 상관없으니까 얼른 장례식 이야기를 해달라고.'

그래도 가까스로 속으로만 말하고 그친 것은, 마을 사람들이 자아내는 기묘한 분위기에 그가 아직 압도되어 있었기 때문이리라.

"……나쁘다곤 할 수 없지만, 히사시 입장에선 어렸을 때부터 예뻐해주던 할머니였으니 말이지."

그의 기도가 통했는지 드디어 장례식 이야기로 돌아왔다.

"밤샘에는 못 댔지만 장례에는 참석할 수 있었나봐. 그래서 하룻밤 더 묵은 모양이야. 할머니 위패를 모신 불단 옆방에 자리를 깔고 말이지."

"히사시 혼자?"

"그래. 뭐, 그 녀석도 가기 전에 할머니 곁에서 하룻밤 자자 싶었겠지. 그렇다고 불단 앞에서 자기는 그렇잖아."

"그래서? 서, 설마 할머니가 귀신이 돼서 나온 건……."

"아니, 그런 건 아닌데……. 그 녀석이 자는데 불단이 있는 방에서 말소리가 들리더란 거야."

"그 방에서 자는 사람은 아무도 없었을 거 아냐."

"그래. 그런데 누가 낮은 목소리로 중얼중얼하더란 말이지. 분명히 대화를 하는 것 같은데 이상하게 혼잣말처럼 들리더라나."

"무슨 말을 하는지는 안 들렸고?"

"그렇지. 그래서 히사시도 그게 궁금해서 자리에서 기어나와 장지에 귀를 갖다댔거든."

"……."

"그랬더니 글쎄, 종집하고 방울집 불화에 관해 방금 우리가 한 이야기를 그 목소리가 중얼거리고 있더라지 뭐야."

"그, 그게 대체 뭐야……."

"모르지. 히사시 말로는 어른인지 애인지, 남자인지 여자인지 알 수 없는 괴상한 목소리였다고 해. 목소리하고 내용을 알고 났더니 그 녀석도 더럭 겁이 났겠지. 그래서 허겁지겁 잠자리로 돌아가려다가 장지에 머리를 부딪치고 만 거야. 순간 옆방에서 들리던 목소리가 딱 그쳤어. 들켰구나, 도망쳐야겠다 싶은데 다리 힘이 풀렸으니 일어날 수 있어야지. 그래서 엉덩이를 바닥에 붙인 채 두 손으로 바닥을 짚고서 뒷걸음쳤다나. 그랬더니……."

"그랬더니……."

"옆방 샛장지가 조금씩 열리기 시작해선……."

"……."

"두 치쯤 열리더니 멈췄어. 물론 옆방은 캄캄해서 아무것도 안 보였지. 히사시의 방에도 불은 안 밝혀져 있었지만 그때는 이미 눈이 어둠에 익어 있었어. 히사시는 지금 당장이라도 샛장지가 활짝 열리고 뭔가 무시무시한 게 나올 것만 같아서 돌아버리는 줄 알았다더군."

"그, 그래서……."

"무서워 죽을 것 같았지만, 그러니 더더욱 문틈에서 시선을 뗄 수 없잖아. 그런데 아무것도 안 보인다 싶어서 문득 문틈 꼭대기를 봤더니, 자기를 내려다보는 눈이 보이길래……."

"……."

"그래서 허둥지둥 시선을 낮췄더니 문틈 맨 밑에서 자기를 올려다보는 눈이 보이길래……."

"……."

"그래서 자연히 문틈 가운데 부분을 봤더니 조그맣고 흰 손이 스르르 나오더란 거야. 그 녀석을 향해 다가오길래……."

"히, 히사시는 그래서 어쨌대?"

"일이 그쯤 되니 도망친 모양이더군. 순간적으로 몸이 움직였다나. 그렇지만……."

"그렇지만…… 뭐?"

"방에서 도망쳐나오기 직전에 목덜미랑 오른쪽 발목에 손의 감촉이 느껴졌다나봐."

"헉…… 건드렸다고?"

"잡았다고 하는 게 옳지 않을까. 아무튼 방울집으로 돌아가기 전에 히사시가 나하고 다쓰오 씨한테 이야기해준 거야."

"어이구야, 히사시도 몹쓸 꼴을 당했군."

"그런데 그거 알아? 참, 자네는 계속 여기 없었으니 모르겠군."

"뭘 말이야?"

"히사시가 어째선지 방울집에 안 왔다는 거야."

"안 왔다고? 아직 종집에 있는 건가?"

"그건 아니야. 그 이튿날 우리한테 그 이야기를 해주고 나서 분명히 방울집으로 돌아갔어. 나하고 다쓰오 씨가 배웅했다고. 그런데 저쪽엔 오질 않았다는 거지."

"그럼 대체 어디에……."

"몰라. 방울집에선 아직 종집에 있다고 생각해서, 그러니까 종집에서 안 돌려보낸다고 생각해서 사람을 보낸 모양인데, 와보니까 정말 돌아갔단 말이지. 그런데 그쪽엔 안 돌아왔고. 하하촌하고 스자쿠 사이에서 사라져버렸다고 생각할 수밖에 없어."

"그 경우는 역시 신령납치인 걸까요?"

느닷없이 뒤에서 들려온 겐야의 목소리에 두 사람은 말 그대로 펄쩍 뛰어오를 것처럼 놀랐다. 두 사람은 천천히 고개를 돌려 겐야의 얼굴을 빤히 보았다.

"신령납치는 대개 어린애일 경우가 많은 데다 방금 하신 말씀을 들어보면 별로 그런 인상은 들지 않습니다만. 그래도 그렇잖습니까, 뭐니 뭐니 해도 이곳은……."

실은 겐야도 자기가 언제 앞자리로 옮겨앉았는지 명확한 기억이 없었다. 불단이 있는 옆방에서 말소리가 들렸다는 대목에서 이미 지금 자리에 앉아 있었던 것도 같다.

"샛장지 틈새로 손이 뻗어나왔다면 역시 '가는 손'이나 '긴 손'이겠죠. 사사키 기젠은 《오쿠슈의 집 동자 이야기》에서 '가는 손'과 '긴 손'을 집 동자라고 설명합니다. 혹시 종집에 집 동자 전승이 있는 걸까요?"

두 사람은 얼떨떨한 표정으로 겐야를 물끄러미 쳐다보기만 했다. 겐야는 속 편하게도 자기 이야기를 듣고 있는 것으로 그 모습을 이해했다.

"아, 다만 샛장지 위랑 밑에서 엿보고 있었다는 눈, 이게 영 집 동자 같지 않단 말이죠. 하긴 손은 하나였는데 목덜미와 발목을 잡혔고 눈이 둘 있었다면 두 명 있었다고 생각할 수도 있으니, 그렇게 되면 집 동자가 대개 둘씩 붙어다닌다는 전승하고도 일치하는 셈입니다만……."

두 사람 중 주로 이야기를 들었던 쪽이 그제야 정신이 들었는지 입을 열었다.

"그, 그런데 댁은……."

"아차, 이거 죄송합니다. 저, 전……."

"어이……."

겐야가 자연히 자기소개를 하려는데 다른 한 남자가 허둥지둥 눈치를 주었다. 그와 동시에 뒤쪽에서 누가 불렀다. 그러자 두 사람은 아무 일 없었다는 듯 일어서더니 겐야는 거들떠보지도 않고 뒤쪽으로 자리를 옮겼다.

"앗, 저…… 방금 하신 이야기를 좀더 자세히 듣고, 종집의 집 동자에 관해서도 이것저것 여쭙고 싶습니다만."

겐야는 무심코 두 사람을 쫓아갈 것처럼 엉거주춤 일어섰다. 그러나 버스 뒤쪽에 앉은 사람들 전원의 날카로운 시선을 마주한 순간 퍼뜩 정신이 들었다.

'아차차, 또 이런 실수를…….'

겐야는 누구와도 눈을 맞추지 않고 모호하게 고개를 숙이고서 원래 자리로 돌아왔다.

'게다가 하필이면 이런 분위기에서……'

이제는 앞쪽에 앉은 사람들도 노골적으로 수상쩍은 인물을 보는 눈초리로 그를 뜯어보고 있었다. 그와 마을 사람들 사이에 존재하던 얇은 막이 단숨에 찢어진 느낌이었다.

'이 버스가 막차였으니 중간에 내릴 수도 없고…… 이거 참 거북한걸.'

어떻게 하면 좋을지 몰라 속수무책으로 창밖에 눈길을 주었을 때, 스자쿠 연산의 험준한 산세가 어느새 다소 완만해졌음을 깨달았다.

'자코쓰 연산이다!'

여기까지 오면 소류향의 산촌 중 하나인 하하촌도 이제 얼마 남지 않았을 것이다.

'어이구야, 드디어 하하촌인가.'

안도하며 시선을 앞으로 돌리자 버스 앞쪽으로 가파른 내리막길이 보였다. 버스가 또다시 덜컹덜컹 흔들리기 시작했다. 오르막길에서는 가쁜 숨을 몰아쉬고, 산면을 굽이굽이 도는 길에서는 부들부들 떨리던 낡은 버스가 이제 또다시 큰 소리로 끙끙거리며 비탈길을 내려갔다.

'이, 이건 너무한데.'

무서워 죽을 것 같다. 버스가 비탈을 내려가는 게 아니라 주르르 미끄러지는 꼴이다. 그래도 이럭저럭 무사히 내려온 버스는 한동안 차체를 덜컹거리며 산기슭의 시골길을 달렸다. 이윽고 크게 커브를 그리는 길을 완전히 돌자 앞쪽에 마을 어귀가 보였다. 길 오른편에는 돌로 만든, 왼편에는 지푸라기로 엮은 수호신 상이 꼼짝 않고 서 있었다.

'호, 의외로 큰 마을이잖아. 이보다는 한촌일 줄 알았는데.'

겐야가 마을 전체의 모습을 파악하려는 동안, 수호신 상 사이를 지난 버스는 논밭 사이를 굽이굽이 돌며 뻗은 마을길로 접어들었다. 그러고는 마을의 중심으로 보이는 광장에 이르러 한구석에 조용히 정차했다.

순식간에 열 명 남짓 있던 승객이 모두 내리고 차 안에 겐야만 남았다.

'아아, 살았다.'

처음에 승객이 자기밖에 없는 버스가 산속 깊이 들어갔을 때는 뭐라 말할 수 없는 불안감에 젖었건만, 지금은 홀로 남았다는 데 안도감을 느꼈다. 그러나 그것도 오래가지 않았다. 버스 정류장 주변에 마을 사람들이 서 있는데 이상하게도 타는 사람이 아무도 없었다.

'누굴 마중나온 건가?'

그렇게 생각하며 보고 있으려니, 아닌 게 아니라 버스에서 내린 승객과 광장에 있던 마을 사람들이 여기저기서 마주 보고 이야기하고 있다. 그런데 대략 이야기가 끝났구나 싶은 순간, 그곳에 있던 모든 사람이 일제히 버스 안의 겐야에게 시선을 돌렸다.

'어? 뭐, 뭐지?'

버스에서 자기가 유별나게 행동한 게 마을 사람들에게 알려졌을까. 하지만 그게 그렇다고 모두의 눈총을 받을 일인가. 아무리 생각해도 그들의 태도가 더 유별난 것 같은데.

'모르는 척할 수밖에 없겠군.'

낯선 땅에서 혼자 많은 사람들을 당해낼 수도 없는 데다, 뭐니 뭐니 해도 겐야는 타지 사람이다. 게다가 자신이 양자의 균형을 깨뜨린 장본인이라는 자각도 있었다. 그는 마을 사람들의 시선을 애써 무시하며 여행가방에서 책을 꺼내 그에 집중하려고 했다.

이미 여러 번 읽은 책이었지만 자기를 빤히 쳐다보는 마을 사람들의 불편한 시선에서 도망치기에는 마침 적합했다. 헤미야마 나오나리라는 재야 학자가 전쟁 전에 쓴 《스자쿠와 자코쓰의 마귀 신앙: 가가구시의 염매를 둘러싸고》라는 민속학 책이었다. 부제의 '가가구시'가 이번 여행의 목적지였다.

동서로 뻗은 스자쿠 연산의 중간쯤부터 소류향이 시작되고, 스자쿠에서 서쪽으로 이어지는 자코쓰 연산의 동쪽 끝 기슭에 하하촌이 있다. 중세 말엽까지 세 개의 골짜기에 펼쳐지는 이 마을이 소류향의 가장 서쪽 촌락이었는데, 이윽고 이주민들이 점점 안쪽으로 들어가면서 가가구시촌이 생긴 듯하다. 추측의 영역을 넘지 않는 것은 그것을 입증할 문헌이 발견되지 않았기 때문이다. 다만 간에이에서 게이안 시대(1624-51) 무렵에 하하촌의 가가치가가 마을 안과 밖에 분가 둘을 두었는데, 마을 밖 분가가 가가구시촌의 가가치가며 현재의 윗집은 그 후손이라 한다. 분가 당시 막대한 산림과 전답을 분여받아 당시 이미 가가구시촌의 대지주였던 가미구시가의 뒤를 잇는 지주가 됐다는 것이 문헌으로 확인되기 때문에 마을의 발생 자체는 중세 말기로 추정된다.

가가구시촌으로 분가한 가가치가는 간엔에서 덴메이 시대(1748-88) 무렵 서서히 세력을 키워 마침내 고참인 가미구시가와 입장이 역전되기에 이르렀다. 에도 시대에 들어와 번藩이 지배하던 시기에는 촌장직까지 맡아 마을의 필두지주가 되었다. 이 같은 역전극이 벌어지기 전, 삼 대 당주 때 가가치가가 마을 내에 분가를 했다. 그러면서 당시 아직 대지주였던 가미구시가와 이인자인 가가치가, 그리고 가가치가의 분가를 구별하기 위해 윗집, 가운뎃집, 아랫집이라는 택호가 사용되었다. 그뒤 가미구시가 당주가 칠 대째, 가가치가의 당주가 사 대째 때 우연히 두 가문 모두 분가를 했다. 이때는 이미 입장이 역전된 뒤였는데도 가미구시가는 큰윗집이 되고 그 분가는 새윗집이 되었다. 그리고 가가치가는 차례대로 윗집, 가운뎃집, 아랫집으로 한 단계 낮춰 불리게 되었다. 그러다 세월이 흐른 뒤 가미구시가의 본가와 분가는 上屋(가미야)에서 神屋(가미야)로 한자가 바뀌어 큰신집과 새신집이 되었다. 이렇게 택호 하나만 보더라도, 마을 사람들이 경제적인 의미에서는 가가치가를 필두지주로 인정하면서도 정신적으로는 가미구시가를 마을의 터줏대감으로 받들어왔음을 알 수 있다.

물론 이 정도 역사만이라면 일본 어디에나 있는 시골 마을의 세력 다툼에 불과하고 별달리 신기할 것도 없다. 문제는 가가구시촌이 '신령납치촌' 또는 '허수아비촌' '마귀촌'이라는 별명으로 불린다는 사실이다.

신령납치촌, 즉 가미카쿠시촌은 '가가구시'가 변화한 것이라는 설도 있는데, 마을을 중심으로 한 소류향의 서쪽 끝 일대에서 예로부터 행방불명된 사람이 많았던 것은 확실하다. 이름이 먼저인지, 현상이 먼저인지는 알 수 없지만 어쨌든 그 두 가지가 결부된 것이리라. 허수아비촌이라는 호칭은 엄밀히 말하면 옳지 않다. 마을 갈림길이나 다리, 비탈 등 곳곳에 보이는 삿갓과 도롱이 차림의 인형은 허수아비가 아니기 때문이다. 분명히 허수아비님이라 불리기는 하지만, 그 정체는 매년 2월과 11월에 올리는 혼령맞이와 혼령보내기 제례 때 받드는 산신님의 신령하신 모습이다. 다만 마을 사람들이 가장 꺼림칙한 존재로 두려워하는 염매라는 마물 또한 삿갓과 도롱이 차림이라고 전해지다보니 조금 복잡해진다. 마지막 마귀촌이라는 호칭은 마을의 필두지주이기도 한 가가치가의 윗집을 비롯해 마귀가계를 잇는 가운뎃집과 아랫집 그리고 마을에 흩어져 있는 흑의 가계 모두, 즉 마귀에 들린 마을 모든 집을 가리키는데, 백의 집을 포함해 마을 전체를 지칭하는 이름으로도 쓰인다.

여기서 마귀란 지역적인 편차는 있을지언정 일본 각지에 전해지는, 인간에게 빙의하는 정체불명의 존재 전체를 가리킨다. 정체를 알 수 없기에 뭉뚱그려 마귀라 불렀다. 마귀에 씐 사람은 병을 앓거나 헛소리를 지껄이고 기괴한 행동을 하며 최악의 경우에는 목숨을 잃는다. 그렇기에 인간 쪽에서도 어떻게든 그에 대응하려고 했다. 하지만 상대의 정체를 모르면 대처할 방법도 알 수 없다. 어떻게 해서든 정체를 파악할 필요가 있었다. 그 결과 마귀를 온갖 동물이며 식물, 광물의 혼령 또는 신령과 인간의 혼령 등으로 간주하게 되었다.

다만 동물이라고 해도 여우, 개, 뱀, 너구리, 오소리, 고양이, 원숭이에서 개구리, 두꺼비에 이르기까지 종류가 다양할뿐더러, 갓파 같은 것까지 더하면 동물이라고 하나로 묶는 것 자체가 어렵다. 또 여우도 오사키·구다·이즈나·인호·야코·도뵤·야테이 등 여러 종으로 나뉘는 데다, 예컨대 구다는 구다쇼, 인호는 산족제비·덤불족제비·작은족제비·히미사키, 야코는 야코오·야코바나·고마나바, 야테이는 얏테이상 등, 지방에 따라 부르는 이름이 다르거나 종이 다르다. 뿐만 아니라 야테이의 경우처럼 여우를 하치만八幡 신의 사자라 보는 지역이 있는가 하면, 도뵤를 여우로 보는 곳도 있고 뱀으로 여기는 곳도 있는 등 여간 혼란스러운 게 아니다. 게다가 동물 외에도 온갖 신령 및 인간의 조령, 생령, 사령 같은 영적인 존재에서 집 동자, 지장보살 등 종류를 구분하기 어려운 경계선 상의 존재에 이르기까지, 사람에게 붙는다고 이야기되는 모든 것을 더해야 한다. 거기에 마귀를 부리는 행자며 술자, 마귀에 들린 가계 등도 있다. 도노의 오시라님에게도 가계가 있는 형편이니 한도 끝도 없지 않을까 하는 생각까지 든다. 처음에는 정체불명이었던 것이, 체계화하는 것도 용이하지 않을 만큼 광범위한 존재로 변모한 것이다.

겐야는 이번에 가가구시촌을 찾기 전에 선인들의 연구자료를 참고해 나름대로 마귀의 전체상을 파악하려 했다. 주로 민속학 관런 서적을 참고하며 그런 전승이 있는 지역의 풍토기와 역사책 등을 통해 지금도 일본에 남아 있는 마귀에 관한 자료들을 노트에 정리했다. 그러나 종류와 명칭(다른 호칭), 발생 지역, 전파 경로, 형태, 성질, 영향, 사역과 가계의 유무에 이르기까지 명확히 분류하고 정리하기가 여간 어려운 일이 아님을 뼈저리게 실감했을 뿐이었다.

가가구시촌의 가가치가가 이 일대에서 '소자모노'라 불리는 뱀신의 가계라는 것은 원래부터 알고 있었다. 이는 윗집이라는 택호를 가진 가가치가만의 호칭이며, 나머지 가운뎃집과 아랫집은 나가모치, 나가모노, 나가나와라 불린다. 각각 '큰 궤長持ち' '긴 것長もの' '긴 밧줄長繩'로, 모두 뱀을 나타낸다. 소자모노란 '쌍뱀双蛇もの'을 의미하는데, 윗집에 대대로 딸 쌍둥이가 태어나는 것과 관계 있다는 고찰이 《스자쿠와 자코쓰의 마귀신앙》에 나온다.

뱀을 부리는 것에 관해서는 문헌에서도 일찍부터 찾아볼 수 있는데, 뱀에 씌는 것 자체는 엔포 3년(1675) 구로카와 도유가 쓴 《엔페키 수필 분류 초抄》에 도뵤와 비슷한 '도신'이라는 명칭이, 겐로쿠 10년(1697)에 아마노 사다카게가 쓴 《시오지리塩尻》에 '도비야우蛇蠱'가 등장한다. 또 지하라 데이의 《보소 만록茅窓漫錄》에는 '시코쿠에 도비야우가 있으니 흔히 도뵤土甁라 이른다', 스가에 마스미의 《가타이부쿠로かたゐ袋》에 '이즈모, 이와미국國 일대에 도비야우라고 해서', 호에이 6년(1709)에 가이바라 에키켄의 《야마토 본초大和本草》에 '인가에 다우베우라는 뱀신을 부리는 자 있

무신당 73

으니', 호레키 7년(1757)에 기자키 데키소가 쓴 《습추잡화拾椎雜話》에 '뱀의 배처럼 되는 일이 있는데(중략) 이는 나가모노의 소행이라 한다'라는 구절이 나온다. 우에노 다다치카의 《설창야화雪窓夜話》에서는 '어떤 이가 말하기를 히센국에도 다후베우가 들렸다는 사람이 있는데 이는 여우가 아니다. 담뱃대의 담배설대 정도 되는 작은 뱀으로 길이가 7, 8치에 불과하다'라며 그 상세를 기록했다. 안에이 7년(1778)에 오구리 햐쿠만이 쓴 《도료코 수필屠竜工隨筆》에는 스이카즈라라는 호칭이 나오는데, 이는 쇠퇴한 모양이다. 가가와의 미토요군에서는 돈뵤가미 또는 돈보가미, 에히메에서는 돈뵤라고 부르는데 이는 동부에 치중된다. 도쿠시마와 고치는 개犬신이 성했는데, 미요시군에는 돈베가미가, 다카오카군에는 돈베, 헨비, 구치나와, 나가나와가 있다.

뱀에 들리는 현상은 전국에 널리 유포되어 있지만, 도뵤라는 호칭은 서쪽 지방 것이며 특히 주고쿠, 시코쿠에 집중된다. 인호와 겹치는 주고쿠 지방에서는 산요, 그리고 산인의 이와미에 가장 많이 나타난다. 이즈모의 니타군에는, 어느 집에서 흰 뱀을 항아리에 넣어 받들었는데 하녀가 실수로 뜨거운 물을 부어 죽이자 가세가 기울었으며 그로부터 주위에서 그 집안을 꺼림칙하게 여겨 기피했다는 이야기가 있다. 또 같은 이즈모의 야쓰카군에서는 그런 집안을 가리켜 도바이에 들렸다고 한다.

《가타이부쿠로》에는 '대가리에 흰 줄기가 있는 검은색 뱀을 부린다'라는 구절이 있다. 이와미의 하마다시에서는 흰 선이, 오카야마의 아테쓰군에서는 노란 선이 목둘레를 따라 나 있는 뱀인데, 후자의 경우 일흔다섯 마리가 무리를 이룬다고 한다. 히로시마의 후타미군에서는 가다랑어포처럼 길이가 짧고 가운데가 굵다. 오카야마의 마니와군에서는 목에 환문이 있고 길이가 4, 5치쯤 되는 뱀이다. 가가와의 미토요군에서는 삼나무 젓가락쯤 되는 것부터 대나무 이쑤시개쯤 되는 것까지 크기가 다양하며, 몸은 칠흑이고 배 부위는 연노랑, 목둘레에 이 역시 선이 있는데 이쪽은 금색이라고 한다. 또 길이는 1자 5치에서 2자쯤 되고, 목둘레의 선은 청색과 황색 두 가지라는 곳도 있다. 도쿠시마의 미요시군에서는 5, 6치쯤이며 목둘레에 노란 선이 있다.

시마네의 가노아시군에서는, 쐬면 목이 조여 말을 할 수 없게 된다. 축귀 문답이 불가능하니 기도로 쫓아낼 수밖에 없다. 쫓아낸 뒤에는 띠 모양으로 반점이 남는다고 한다. 야마구치에서는 개신과 비슷하다고 믿으며, 무려 일백 마리가 무리를 이룬다. 집에 붙지 않고 사람에게 붙는데 개신보다 집념이 강하다. 구가군에서는 그런 집안을 쓰카이테라고 부르며, 쓰카이테를 노엽게 하면 기물속에 뱀을 넣는다고 하여 두려워한다. 히로시마의 히바군 경우, 메이지 시대까지 많았는데 이후 개신에게 밀려난 모양이다. 후타미군에서 게도는 여자가 부리지만 도뵤는 남자가 부린다고 여겨지며, 옹기에 넣어 땅속에 묻고 그 위에 사당을 세워 은밀히 모신다. 이따금 뚜껑을 열고 술을 붓는다. 그러면 부를 얻을 수 있다고 한다. 다루는 방법만 그르치지 않으면 평생 화를 가져오지 않는다. 가가와의 미토요군에서는 부엌 바닥 밑이나 저택 안의 사당, 무덤 외에 실내에 풀어놓는 집도 있다고 한다. 도쿠시마의 미요시군에서는 작은 단지에 넣어 흰쌀 또는 쌀밥을 먹여 기르며 마을 축제날에는 감주를 준다고 한다.

오카야마의 마니와군에서는 집에 부귀영화를 가져다주는 흰 뱀과 재앙을 가져다주는 도뵤, 두 종류가 있다고 이야기된다. 또 이 일대에서는 마귀라기보다 재앙을 가져오는 신의 양상이 강해, 고목古木을 신목神木으로 하는 숲을 도뵤님이라 부르며 두려워하는데 그것이 인간에게 붙는다는 개념은 없다. 효고의 시소군에서는 뱀신을 '흉물'이라 부르지만, 이즈모의 가미아리 제祭 때 물가에 밀려온 용뱀을 모셔온 것이라 이름처럼 흉물로 대하지는 않고 오히려 경외한다. 가가와의 쇼도섬에는, 옛날에 큰 궤가 바닷가에 밀려와 마을 사람들이 앞다투어 소유권을 주장했는데 열어보니 속에 뱀이 한가득 들어 있었다는 이야기가 전해진다. 뱀은 궤의 소유권을 차지하려 했던 사람들의 집으로 들어갔으며 이것이 도뵤의 기원이라 여겨진다.

마귀로서의 뱀에 관해 이 같은 지식을 얻었어도, 겐야는 마귀 특유의 형상을 한 특별한 뱀이 존재한다는 생각은 하지 않았다. 다른 마귀의 경우도 마찬가지로, 개신이 쥐보다 약간 크고 새끼를 일흔다섯 마리씩 낳는다는 것을 알아도 그대로 받아들일 마음은 도무지 생기지 않았다.

겐야는 〈몽매의 낙조〉라는 환상단편을 쓸 때 스자쿠 신사에 전해지는 두 무녀 전설에서 소재를 얻은 적이 있는데, 그 전승과 가가치가에 모종의 관련이 있지 않을까 보고 있었다. 따라서 단순히 뱀신에 씐다는 현상보다는 대대로 딸 쌍둥이가 무녀와 혼령받이가 되어 뱀신을 다스린다는 가계 쪽에 흥미를 갖고 있었다.

'언젠가 다른 마귀신앙도 현장에 가서 조사해볼 수 있으면 좋겠는데.'

그는 어느새 헤미야마의 책에서 자신이 정리한 자료노트로 넘어가 뱀신에서 시작해 다른 마귀들에 대해서까지 생각하고 있었다.

'그러고 보니 몇 년 전에도 게도 사건이 있었지.'

쇼와 28년(1953) 히로시마현 고네군에서 기도사가 게도에 씐 사람을 단검으로 위협해 마귀를 쫓아냈다는 사건을 문득 떠올렸을 때였다.

"혹시 가가구시촌에 가시나?"

느닷없이 누가 말을 걸었다. 목소리에 특별한 감정이 담겨 있지는 않았지만 갑작스러운 일이었던 탓에 그는 무심코 흠칫했다. 아무 일도 하지 않았는데 야단맞은 기분이었다.

주뼛주뼛 고개를 들자 언제 탔는지 눈앞에 깡마르고 정정한 노인이 서 있었다. 전형적인 시골 신사다운 풍모에 저도 모르게 미소를 지으려던 겐야는, 노인의 뒤로 마을 사람들 한 무리가 서 있는 것을 보고 표정이 얼어붙었다. 환영한다는 생각이 도무지 들지 않는 날카로운 시선으로 일제히 그를 응시하고 있었다.

"아, 예, 그럴 생각입니다만……."

그래도 느긋한 어조로 대답하며 일어나려던 도조 겐야는 움찔 놀라 눈을 크게 떴다. 그제야 자신이 예사롭지 않은 상황에 처했음을 깨달았다.

험악한 표정의 마을 사람들이 버스를 완전히 포위하고 있었다.

렌자부로의 수기 1

"지요가 몸이 안 좋은 것 같으니까 문안 다녀오렴."

복도에서 마주친 어머니가 그런 말을 했다.

"또 그냥 신경증이겠지."

보나마나 지즈코 큰이모가 전화해서 부풀려 말했을 것이다.

"그런데 그게 여느 때랑 다른 모양이야. 다른 사람도 아니고 언니가 어쩔 줄 몰라 하면서 전화를 걸었더라."

전화상이지만 자존심 센 큰이모가 어머니에게 그런 모습을 보였다는 데에는 약간 흥미가 생겼다. 평소의 이모 같으면 친동생이기는 해도, 아니 친동생이기에 더더욱 그런 태도를 보이지 않았을 것이다. 타고난 성격 탓도 있지만 그것만은 아닌 것 같다. 이미 이십 년도 더 된 옛날 일이지만, 큰이모가 대략 오 년쯤 아버지와 부부였던 과거에도 원인이 있을 것이다. 큰이모가 이혼하고 겨우 일 년 뒤에 어머니가 아버지와 결혼했다고 하니 응어리가 남지 않는 편이 이상하다.

"여느 때랑 다르다니 지요가 드디어 뱀 괴물로 탈바꿈하기라도 했대?"

"그게 글쎄, 잘 모르겠나보더라."

무슨 바보 같은 소리를 하느냐고 야단맞을 줄로만 알았는데, 어머니의 표정은 어두운 복도에서도 알 수 있을 만큼 굳어 있었다.

"그저 진짜 씌었다고, 언니가……."

"어이없어서. 그런 게 진짜 있다면 전쟁 중에 전국의 마귀가계 사람들이랑 행자들을 모아다가 기도를 시켜 미국 군인들한테 붙게 했으면 될 거 아냐. 그럼 분명히 전쟁도 이겼을 텐데."

어머니의 기색이 마음에 걸렸으면서 나도 모르게 얄미운 소리를 지껄이고 말았다.

언제부터였을까. 나는 마을에 뿌리 깊이 남아 있는 마귀신앙의 인습에 거센 노여움을 느끼기 시작했다. 그것은 동시에 치욕과 혐오의 감정이기도 했다. 내가 나고 자란 마을인데도 이 미신을 참을 수가 없었다.

"그러지 말고 얼굴만이라도 비치고 오렴."

부모님은 내 생각을 이해했다. 다만 나처럼 문제라고 생각하는 아버지와 달리, 어머니는 문제임은 이해하면서도 구체적으로 어떻게 할 수 있는 일이 아니라고 체념한 것처럼 보인다. 하기야 부모님이 어떻게 생각하건 할머니가 살아 있는 동안에는 함부로 행동할 수 없다. 게다가 가미구시 큰신집이라는 입장 상 경솔한 언동을 해서는 안 된다는 것쯤은 나도 알고 있었다.

"둘 다 이런 데서 뭘 하고 있는 거지요?"

그런 생각을 하는데 문제의 할머니가 나타났다. 어머니와 이모

사이를 어색하게 만든 장본인이기도 하다. 그나저나 대체 언제부터 우리 이야기를 듣고 있었을까.

"본데없이 이런 데 서서 이야기하는 겝니까?"

"앗, 어머니⋯⋯ 실은 새신집 언니에게서 전화가 와서⋯⋯."

할머니의 재촉에 어머니는 복도 옆방으로 들어가며 지요 이야기를 했다. 나는 도망치고 싶었지만 저항해봤자 소용없음을 알기에 마지못해 어머니 뒤를 따랐다.

"지즈코 씨는 하여간 늘 그렇게 호들갑을 떠는군요. 그나저나 지요도 열일곱 살씩이나 먹어서 그 모양이니 난감한 일입니다."

어머니가 낸 방석에 정좌하고 앉은 할머니가 미간에 성깔 있어 보이는 주름을 잡고 말했다. 나도 그 의견에는 찬성이라 고개를 끄덕이고 있는데, 할머니가 정말 밉살스럽다는 투로 말을 이었다.

"빈틈이 있는 지요도 문제지만, 더 큰 문제는 윗집의 뱀 계집애입니다. 소자모노에게 파고들 틈을 준 것은 가미구시가 사람으로서 미숙하다 하지 않을 수 없지만 지요가 피해자라는 것은 분명하지요."

가가치가의 험담은 처음 하는 게 아니지만 특히 사기리˙ 어르신과 사기리˙˙에 대해서는 가차 없다.

'난 한 번도 쐰 적 없는데요.'

그렇게 빈정거리려다 가까스로 참았다. 그래봤자 세 살 때 고열에 시달렸다, 다섯 살 때 넘어져서 다리를 다쳤다, 여섯 살 때 감기가 도통 낫지 않았다 등…… 죄 끌어내서 그게 전부 마귀 짓이라고 할 게 뻔했기 때문이다.

"렌자부로, 네가 한번 가봐라. 야에코 씨 말을 들어보니 지즈코 씨가 원래 호들갑 떠는 성격인 것을 고려해도 이번에는 예삿일이 아닌 것 같구나."

"그럼 나보다 할머니나 어머니가 가는 게……."

"나나 야에코 씨나 그렇게 갑자기 시간이 날 리가 있겠느냐. 넌 재수 중이니 어차피 시간은 있을 것 아니냐."

보통 가정의 할머니라면 대학입시에 떨어지고 이제 막 재수생활을 시작한 손자에게 도무지 할 것 같지 않은 말이다.

"그럼 잠깐 다녀올게요."

나는 서둘러 그 자리를 벗어나려 했다. 그냥 있으면 형 렌지로가 ○○의 유명 대학 의학부에 단번에 합격한 사실을 꺼낼 게 틀림없다. 그러나 할머니의 자랑거리인 형은 상경한 뒤로 한 번도 집에 오지 않았다. 지금도 한창 봄방학일 텐데 돌아올 눈치가 전혀 없다.

"앗, 이제 곧 손님 올 때 됐잖아?"

불현듯 마음에 걸렸던 것이 생각나 장지문을 닫다 말고 어머니에게 물었다.

"스사오를 찾아오는 손님이란다. 게다가 소개의 소개라니 말이다. 어디서 굴러먹다 온 개뼈다귀인지도 모를 작자야."

할머니가 대신 대답했다. 할머니에게는 좌우지간 가미구시가 사람이 으뜸이고 그 외는 전부 자기들보다 밑이다. 최하층이 가가치 아랫집의 소작인들이라고 생각할 것은 분명하다. 신원이 뚜렷하지 않은 타지 사람도 별로 다르지 않으리라.

"작가 선생님이라는 것 같던데요."

그에 비해 어머니는 천진하게 다소 존경심 어린 어조로 대답했다.

"흥. 글쟁이 따위 천박한 인종입니다. 변변한 자일 리 없지요."

사기리˙ 어르신과 달리 독서 따위 하지 않는 할머니는, 작가란 건실한 직업이 아니라는 고리타분한 편견을 아직 갖고 있는 듯했다.

나는 두 사람을 방에 남겨놓고 어슬렁어슬렁 집을 나섰다. 순간 온통 주황빛으로 물든 기기묘묘한 하늘이 눈에 들어왔다. 대문으로 향하다 말고 멈춰서서 주위를 둘러보았다.

'노을이 묘한데.'

대각선 오른쪽으로 보이는 구구산으로 석양이 막 넘어가려는데, 그 서쪽 하늘 일대가 기이한 색조를 띠고 있었다. 특히 구구산에서 북쪽 방향, 가가치 윗집과 가운뎃집이 위치한 언저리의 노을 색깔이 다른 곳에 비해 이상하게 보랏빛이었다.

'그냥 해가 지는 쪽과 아닌 쪽의 차이겠지.'

얼마 동안 기분 나쁜 하늘을 바라보던 나는 단념하고 대문으로 향했다. 그쪽 하늘 아래 히센천이 흐른다.

'가가치의 사기리˙ 어르신이 좀전에 지요의 축귀를 했다면 아마 지금쯤 사기리˙˙가 주물을 강에 떠내려보내는 중이겠군.'

물론 그 둘은 아무런 관계도 없다. 하늘빛이 이상하다고 그 아래 있는 사람을 걱정하는 건 바보 같은 일이다. 설사 그곳에 구구산과 히센천이 있고 한창 축귀 의식이 거행되는 중이라 해도.

아니, 잠깐. 애초에 마귀신앙 자체가 난센스라고 생각하는 내가 그런 것을 신경쓰는 게 더더욱 이상하다.

"그렇지만 진짜 무섭게 불길한 색인걸."

무심코 구구산을 돌아보며 중얼거렸다. 묘하게 불안한 기분이 들었다. 어째선지 사기리∷의 안부가 걱정되었다. 그렇지만 왜 그런 기분이 드는지는 알 수 없었다.

나도 모르게 히센천으로 가려다가 허겁지겁 그만두었다. 주물을 강물에 떠내려보낼 때까지 그 모습을 다른 사람에게 보여서는 안 된다고 들었다. 아니면 떠내려보내고 무신당으로 돌아올 때까지였던가. 아무튼 지금 사기리∷를 만나면 안 된다. 나는 상관없지만 사기리∷가 싫어할 것이다. 게다가 내가 아무리 마귀를 미신이라 생각한다 해도, 지금 같은 상황에서 믿는 사람을 방해하는 건 현명한 일이 못 된다. 특히 상대가 사기리∷라면 더욱더.

"그래, 기분 탓이야. 희한한 하늘을 봐서 그런 거야."

나는 짐짓 명랑하게 소리내서 말하고는 대문을 나서 새신집을 향해 뛰기 시작했다. 왜 뛰는지 스스로도 잘 알 수 없었지만, 분명 떨칠 수 없는 불안감을 얼버무리려고 순간적으로 취한 행동이었을 것이다.

마을 북산 중턱에 위치한 큰신집에서 동쪽 산면의 분가까지는

무신당 **83**

꽤 멀었다. 마을이 분지 바닥인 평지에 있기는 해도 오르락내리락 기복이 심한 지형이다보니 새신집에 도착했을 때는 숨을 꽤 몰아쉬고 있었다.

"실례합니……."

아무 생각 없이 현관문을 열려다가 허겁지겁 그만두고 인사말도 삼켰다.

그런 짓을 했다가는 곧바로 큰이모에게 들킬 것이다. 부엌문이나 뒷문으로 되도록 눈에 띄지 않게 지요의 방으로 가는 게 좋겠다. 마을에서는 어느 집이나 문을 잠그지 않고 늘 열어놓고 산다. 그 때문에 가미구시나 가가치처럼 큰 저택은 그 집 사람에게 들키지 않고 드나드는 것쯤 식은 죽 먹기다.

"어머나, 렌자부로?"

그런 생각을 하는데 집 안에서 큰이모 목소리가 들렸다. 내가 오는 것을 현관 옆에서 기다렸던 모양이다. 그런 상황에서 문을 닫고 집 뒤쪽으로 돌아가는 것도 부자연스러운지라 하는 수 없이 얼굴을 보였다.

"저런, 본가의 렌자부로가 이렇게 급히 달려와주다니 지요도 참 행복한 아이지."

이모는 가쁜 숨을 몰아쉬는 나를 보며 괴상한 소리를 질렀다.

감정적으로 맺힌 게 있는 동생의 아들인데도 이모는 나를 무척 사근사근하게 대한다. 하기야 본인의 뜻이라기보다 딸의 심정을 반영한 것이겠지만, 솔직히 내게는 이모에 지요까지 이중고다.

"지요는 좀 어떤가요?"

뛰어온 이유를 일일이 설명하기도 귀찮고 괜히 섣불리 말했다가 이야기가 길어질 것 같아서 무뚝뚝하게 물었다. 순간 이제껏 의미심장한 미소를 띠고 있던 이모의 표정이 일그러졌다.

"그게 참, 나도 여느 때와 같은 것이겠거니 했는데…… 남편이 봐도 전혀 나아지질 않지 뭐니."

그렇게 말하면서 얼굴을 가까이 갖다댔다. 목소리도 확 낮춘 것을 보면, 지요의 신경증을 이미 잘 알고 있을 하인들에게도 이번 일은 알리고 싶지 않나보다.

"아닌 게 아니라 일 년쯤 전부터 전에 비해 증상이 심할 때가 있긴 했어. 그래도 대개는 남편의 기도로 나았거든. 가가치의 사기리˙ 무녀님께 부탁을 드리려도 요새는 부쩍 연세가 드셨으니 말이지."

불안한 표정이 마지막에 경멸의 빛으로 바뀐 것은 과연 이모답다 할 수 있다.

"그런데 이번만은 어떻게 할 수가 있어야지. 달리 도리가 없으니 하는 수 없이 사기리˙ 무녀님께 갔더니, 글쎄 말이다, 렌자부로, 지요가 썬 게……."

이모는 혐오감이 들었는지 갑자기 얼굴을 찡그렸다.

"사기리∷라는 거야."

"네?"

나는 말문이 막혔다. 그러나 곧 노여움이 불끈 치밀었다.

무신당 85

"이모, 그렇게 엉터리 같은 말을……."

"어머, 아냐. 나나 지요가 그렇게 생각한 게 아니라 사기리:: 입에서 나온 이야기란다."

"……."

또다시 할 말을 잃었다. 노여움이 슥 사라지는 동시에 뭔가 싸늘하고 정체를 알 수 없는 것이 배 속 깊은 곳에서 끓어올랐다.

"괜찮아. 걱정하지 않아도 돼. 지요와 네 사이를 그런 부정한 집안의 뱀 계집애 따위가 갈라놓게 하지는 않을 테니까."

내가 조용해진 원인을 착각한 이모가 내게 미소를 짓는 한편으로 표독한 얼굴로 내뱉듯 말했다.

"그 계집애 같은 인간을 가리켜 분수를 모른다고 하는 거야. 흑의 집 사람, 그것도 마귀의 혼령받이 역할을 하는 애가 하필이면 백의 집, 그것도 가미구시 본가의……."

"그래서 지요는 어떻죠?"

그대로 가다가는 사기리::에 대한 참고 들을 수 없는 욕설이 이어질 게 뻔했으므로 나는 얼른 안으로 들어갔다.

"어? 어머나, 그랬지. 미안하다, 나도 참……."

지요의 방에 이르기까지 이것저것 말을 붙이는 이모에게 적당히 대꾸하며 나는 형식적인 병문안으로 끝나지 않게 된 것에 당혹했다.

원래는 지요와 잠깐 이야기하고 차나 한잔 하고 돌아오면 되겠거니 했는데, 이렇게 된 이상 무슨 일이 있었는지 알아낼 필요가 있었다. 사기리::에게 사정을 물을 수 있다면 제일 좋겠지만, 그애는 혼령받이 역할을 하는 사이에 벌어지는 일을 전혀 기억하지 못한다. 설사 그애 입에서 나온 말이라 해도 본인에게 자각이 없으니 별수 없다.

그래도 나는 아직 마음 한구석으로 여느 때 같은 신경증이 약간 심해진 정도일 것이라고 생각했다.

그랬건만.

"지요, 렌자부로가 와줬구나."

이모가 말을 하며 지요의 방 장지를 열었다. 자리에 누운 지요의 얼굴이 눈에 들어온 순간, 나도 모르게 숨을 훅 들이마시고 말았다.

정말 뭔가에 씌었다가 풀려난 사람처럼 홀쭉하게 여위었다. 게다가 내가 봐도 진심으로 겁먹었다는 것을 알 수 있었다. 여느 때 같으면 얼굴만 내비쳐도 기운을 반쯤 되찾고 기분도 좋아졌을 텐데, 오늘은 그저 이불 속에서 겁에 질린 시선을 흠칫흠칫 던질 뿐이었다.

"어때? 좀 괜찮아?"

나는 표정을 추스르며 지요의 머리맡에 앉았다.

"그럼 렌자부로, 뒷일을 잘 부탁한다."

전 같으면 등골이 오싹하게 추잡스러운 웃음을 띠며 물러났을 이모가 딸을 보고 가슴이 아픈지 다소곳한 태도로 문을 닫았다.

"무리하지 말고 그냥 누워 있어."

나는 일어나려는 지요를 달래 도로 이불을 덮어주었다. 올봄에 지요는 고등학교 3학년이 되었다. 사기리∷는 진학했더라면 고등학교 2학년, 나는 합격했다면 대학교 1학년일 나이다.

우리 셋의 특별한 관계가 시작된 것은 사기리∷가 초등학교에 들어왔을 무렵이었던 것 같다. 초등학교, 중학교는 이웃 마을인 하하촌까지 산길을 지나다녀야 했기 때문에, 마을 아이들은 몇 개 집단으로 나뉘어 함께 등하교했다. 마을 어른들은 무슨 일이 있을 때마다 두 가미구시가와 세 가가치가를 정점으로 주인과 소작인 조로 나뉘곤 했지만, 아이들은 특히 초등학교 저학년에서 중학년까지는 그런 일이 없었다. 그 때문에 다섯 지주 가문을 기준으로 등하교 집단을 나누기는 했어도 실제로는 친한 아이들끼리 조를 짜서 다녔다.

사기리∷와는 지요가 먼저 친해졌다. 어쩌다보니 마을에 다른 또래 아이가 없었던 데다, 비록 분가일망정 가미구시가의 딸이다 보니 아무래도 다른 아이들과 거리가 있는 지요가 사기리∷와 친구가 된 것은 필연적이었다고 생각한다.

그런 지요의 심정은 나도 이해한다. 큰신집의 아들이라는 이유만으로 소작인의 아이들은 늘 나를 어려워했다. 분명 부모가 그렇게 시켰겠지만, 늘 그러면 같이 놀아도 재미없고 그게 계속되다보면 결국은 귀찮아진다. 어린 시절에 한해 말하자면 가가구시촌에서 가미구시가의 자식은 소외감을 맛본다는 점에서는 마귀가계 사람들과 별 다를 바가 없다. 오히려 아직 어려서 마귀가계가 무엇인지 잘 모르는 아이들 사이에서는 가미구시가의 아이가 역차별을 당할 가능성이 더 높았는지도 모른다.

사기리::에게는 사기리::라는 쌍둥이 언니가 있었는데 학교를 거의 다니지 않았다. 생김새는 똑같았지만 사기리::와 달리 어린 애다운 귀염성이 눈곱만큼도 없는 소녀였다. 늘 오싹할 정도로 무표정해서는 상급생이 됐건 중학생이 됐건 마을 아이들을 철저하게 무시했다. 더욱이 난감하게도 사기리::는 그애가 업신여기는 마을 아이들 누구보다도 실제로 훨씬 총명했다. 매우 조숙해서 어릴 때부터 사기리˙ 어르신에게 공부뿐 아니라 여러 가지를 배웠다는 소문도 사실인 것 같았다. 하지만 아무리 윗집 딸이라 해도 잘못하면 뒤에서 상급생들에게 괴롭힘을 당할 수 있었다. 그 정도로 그애의 태도는 오만했다.

그런데도 그애를 괴롭히는 사람은 아무도 없었다. 물론 사기리˙ 어르신의 존재를 아이들이 몹시 겁냈던 이유도 있다. 그러나 어쩌면 그에 못지않게 사기리::를 두려워했기 때문인지도 모른다. 마치 사기리::에 깃들어 있는 어떤 사악한 것을 어린애만의 민감함으로 모두가 감지한 양.

지요가 사기리::와 가까워지면서 나도 자연히 친해졌다. 마을 아이들이 뒤에서 '큰신집의 렌자부로는 계집애처럼 여자애하고 논다'라고 비웃는 것은 알고 있지만 모르는 척하고 상대하지 않았다. 그렇게 험담하지만 실제로 나와 놀게 되면 금세 설설 기는 녀석들뿐이었기 때문이다. 물론 도요 할머니도 이모도 반기지 않았

다. 특히 할머니에게 여러 번 주의를 받았다. 하지만 어른들이 혼내고 위협하고 타이를수록 나나 지요나 사기리::와 더 몰래 놀았다. 막내에 여동생이 없는 나, 외동에 오빠도 여동생도 없는 지요, 그리고 쌍둥이 언니가 있지만 사이가 좋지 않았던 사기리::는 묘하게 잘 맞았다. 서로 자기에게 없는 것을 상대방에게 구했기 때문이리라. 게다가 나는 늘 우수한 렌지로 형과 비교되며 자랐고, 지요는 어렸을 때부터 어머니에게서 가가치 윗집(특히 사기리::의 어머니)의 험담뿐 아니라 가미구시 본가의 험담까지 들어야 했으며, 사기리::는 말할 것도 없이 온갖 힘든 일을 겪었을 테니, 그런 점에서도 우리 셋의 조합은 궁합이 잘 맞았을 것이다.

남자 하나에 여자 둘. 게다가 남자가 연상이면 자연히 여자들 놀이를 하게 된다. 그것도 마을 아이들이 나를 헐뜯는 이유 중 하나였다. 하지만 나는 여자들 놀이가 싫지 않았다. 오히려 즐겼던 것 같다. 물론 표면적으로는 사기리::와 지요에게 맞춰주느라 여자들 놀이를 한다는 태도를 취했다. 그렇지만 속으로는 그 역할을 꽤 만끽했다고 생각한다. 게다가 사기리::와 지요도 남자들 놀이가 더 재미있겠다 싶을 때는 망설임 없이 그쪽을 택했다.

돌차기가 좋은 예. 땅에 동그라미나 네모꼴로 인접하는 구획을 여러 개 그리고, 그 속에 일부터 십까지 숫자를 쓴다. 그리고 돌멩이를 던져 작은 숫자부터 집어넣는 놀이다. 처음에 일에 돌을 던지면 그곳은 밟지 않고 앙감질(구획의 모양에 따라서 두 발 모두 땅에 짚기도 한다)로 나머지 구획을 차례대로 이동한다. 그리고 돌아오는 길에 돌멩이를 줍는다. 성공하면 다음은 이에 돌을 던져 똑같이 반복한다. 하지만 숫자가 커져 목표 지점이 점차 멀어지면, 돌멩이가 다른 곳에 떨어지거나 돌아오는 길에 돌멩이를 주우려다 두 발을 짚게 되기도 한다. 그러면 실격이고 성공할 때까지 다음 숫자로 나아갈 수 없다.

이게 기본적인 돌차기인데, 이것은 여자애들도 자주 했고 남자애들은 변종인 '어디 가기'를 즐겨 했다. 원을 커다랗게 그린 다음 그 중앙에 그린 작은 원에 '하늘'이라고 쓰고 주위를 열 등분한다. 각 구획에 '신사' '첫째 다리' '절' '세목나무' '아무개네 집' 등이라고 쓴다. 그런 다음 정해진 위치에서 돌멩이를 던져 돌이 떨어진 구획에 적힌 곳까지 갔다 오는 놀이다. 다만 그냥 갔다 오기만 해서는 안 되고 그곳에 분명히 갔다는 증거를 가져와야 했다. 물론 장소에 따라 대단히 까다로운 경우도 있었지만, 가지 않거나 증거를 가져오지 못하면 최소한 그날 하루는 벌칙으로 아이들이 놀이에 끼워주지 않았다. 참고로 '하늘'에 돌멩이를 던져넣을 수 있으면 아무것도 안 해도 된다.

사기리∷는 이 '어디 가기'를 좋아했다. 더욱이 구획에 '윗집 거실' '큰신집 뒷마당' 등 사람에 따라서는 난감한 장소를 써넣곤 했다. 말하나마나 사기리∷가 가장 잘했고 그다음이 지요, 고생하는 사람은 늘 나였다. 이따금 지요도 빼도 박도 못할 곳에 돌멩이를 던져넣곤 했지만, 그렇다고 사기리∷가 좋아하는 이 놀이를 반대한 적은 한 번도 없었다고 기억한다. 사기리∷가 아홉 살이 된 뒤

앙감질을 잘 못하게 된 탓에 돌차기를 하지 않게 되었다. 그때 지요는 사기리⠤가 좋아할 만한 새로운 놀이를 이것저것 궁리했다.

지요도 전에는 사기리⠤에게 다정했다. 사기리⠤보다 훨씬 친언니처럼 그애를 대했다. 사기리⠤가 가가치가의 구구의례 뒤에 앓아누웠을 때도, 회복한 뒤 걸음이 불편해졌을 때도 자기 일처럼 걱정했다. 가미구시가의 소작인 집 아이들이 사기리⠤를 괴롭히면 진심으로 화냈다. 물론 나도 그랬다.

그런 우리 셋의 관계가 변하기 시작한 것은, 내가 중학생이고 둘이 초등학교 고학년이 됐을 즈음이었을까.

"렌자부로…… 무슨 생각 해?"

어울리지 않게 옛날 생각을 하고 있으려니 지요가 누운 채 의아한 목소리로 물었다.

"이름으로 부르지 말라니까."

무슨 생각을 하고 있었는지 들킨 듯한 기분에 창피한 것을 얼버무리려고 화를 내는 척했다. 그렇지 않아도 이름으로 불리는 것에 거부감이 있는 데다, 상대가 지요면 어쩐지 슬그머니 원치 않는 관계가 될 것 같아 더욱 싫었다.

"사기리⠤처럼 렌 오빠라고 부를까?"

그런 내 기분을 짐작하는지 지요가 도전적인 눈초리로 물었다.

"우리도 언제까지고 어린애가 아니잖아……."

그렇게 말하더니 지요는 시선을 다른 곳으로 돌렸다. 한순간 엿보인 슬픈 표정이 폐부를 찔렀지만 나는 일부러 무뚝뚝하게 물었다.

"그래서 사기리::하고 무슨 일이 있었던 거야?"

지금 생각하면 셋 중에 맨 처음 변한 사람 지요였다. 지요가 나를 대하는 태도가 먼저 변했다. 그다음이 나다. 사기리::가 중학생이 됐을 무렵부터 그애를 보는 눈이 변했다. 사기리::만 마지막까지 달라지지 않았다. 그애에게 나는 언제까지고 렌 오빠고, 지요는 언니 같은 친구 지요였다. 이윽고 우리 셋의 새로운 관계 속에서 지요가 마귀에 씌는 현상이 이따금 나타나기 시작했다.

그때마다 지요는 내 관심을 독차지하려 했다. 여기에는 동시에 사기리::를 멀리하려는 의도도 있었다고 생각한다. 대놓고 사기리:: 탓이라고 말하지는 않았지만, 사기리::도 마귀와 연관된 집안의 딸이라는 식으로 보려 했다. 또 주위에도 넌지시 그런 식으로 비쳤다. 특히 내가 그렇게 말해주기를 바랐을 게 분명하다.

그렇기에 이번에도 어차피 지금까지의 연장선상에 있는 일이라고만 생각했다. 적어도 지요의 얼굴을 보기 전까지는 그랬다. 물론 그애의 겁에 질린 표정을 보고도 그런 생각이 완전히 없어진 것은 아니었지만.

"그애랑 무슨 일이 있었던 건 아냐."

지요는 내게 남아 있는 작은 의심을 감지했는지 대뜸 부정했다.

"아냐, 그렇지 않아. 그애야! 그애가……."

그러더니 곧바로 세차게 고개를 내젓고는 머리 꼭대기만 내놓은 채 이불 속 깊이 파고들었다.

"그게 대체 무슨 소리야? 아니래 놓고 또 그렇다니……."
"그러니까 진짜 그애가 아니라 또 하나의……."
"생령이라고? 나 참, 어이가 없어서."
내가 '생령이라고?'라고 한 순간 이불 속으로 더 깊이 숨어들었던 지요가, '어이가 없어서'라는 말에 벌떡 일어나 앉았다. 그러고는 내게 왈칵 매달릴 듯한 기세로 소리쳤다.
"진짜야! 진짜 봤단 말이야!"
"혹시……."
나는 내 팔을 움켜쥔 지요의 손을 살며시 떼어내며 어린애 타이르듯 말했다.
"생령을 봤다는 네 말이 사실이라면, 그건 생령이 아니라 진짜 사기리:: 아니었겠어?"
"그런 게 아냐……."
"아니긴 뭐가 아냐. 내 말이……."
"바로 그때 다른 곳에서 렌자부로가 그애랑 만나고 있었는데도?"
"뭐라고?"
이번에는 내가 나도 모르게 지요의 팔을 붙들었다.
"언제? 어디서?"
"그끄저께 목요일 저녁 첫째 다리에서. 큰신집에 심부름 갔던 우메코가 돌아오는 길에 다리 어귀에서 두 사람을 봤다고……."
예전 같으면 남편의 외도 현장을 목격한 양 말했을 장면이건만,

지요의 목소리에서는 두려움만 느껴졌다.

"그때 말이군. 묘온사에 가는데 다리 반대편에서 사기리::가 오길래 잠깐 이야기를 했는데."

5시경이었나, 새신집의 우메코가 이모 심부름으로 우리 집에 왔는데 그때 지요가 보냈다며 편지를 주었다. 읽어보니 6시에 묘온사에서 기다린다는 내용이었다. 지난 일 년간 나는 입시 공부를 핑계로 되도록 지요를 피했다. 재수를 하게 됐으니 앞으로도 같은 이유를 써먹을 수 있으리라고 생각하기는 했지만, 아무리 그래도 이제 아직 4월 초인데 그렇게 둘러대기는 무리다. 하는 수 없이 집을 나섰는데, 우연히 사기리::를 만나 이야기하는 모습을 우메코가 본 모양이다.

"그때 넌 어디 있었는데?"

"아마…… 셋째 다리를 지나 묘온사로 가는 중이었을걸."

대략 따져서 나와 사기리::가 마을 북쪽에, 지요가 남쪽에 있었다는 뜻이 된다.

"거기서 사기리::를 봤다고? 하지만 우메코가 첫째 다리에서 우리를 목격했을 때하고, 네가 사기리::를 봤다는 시각이 완벽하게 일치하는 건 아니잖아. 너도, 우메코도 몇 시 몇 분에 봤다고 분명하게 아는 거야? 난 우리가 몇 시에 다리에 있었는지, 몇 분쯤 이야기했는지 모른다. 요는 전부 그날 저물녘이었다는 것뿐이잖아. 그런 걸 억지로 엮어서 생각해놓고 사기리::의 생령이니 뭐니 해봤자……."

"렌자부로는 중요한 걸 간과하고 있어."

지요는 일어나 앉은 채 이불을 가슴께까지 끌어올리며 말했다.

"첫째 다리에서 그애랑 헤어지고, 렌자부로는 곧장 묘온사로 향했지?"

"그래, 맞아."

"첫째 다리를 건너지 않고 그냥 가운뎃길로 갔어?"

"그야 당연하지. 다리를 뭐 하러 건너? 그랬다간……."

"그리고 그애는 윗집 쪽으로 갔고?"

연거푸 질문을 던지는 지요의 어조에 어느새 불길한 예감이 들기 시작했다.

"그래. 사기리˚ 어르신의 심부름으로 강 건너 소작인 집에 갔다 오는 길이었으니까."

"그럼 렌자부로랑 헤어져서 윗집 쪽으로 향했을 그애가, 렌자부로를 추월해 셋째 다리보다도 더 멀리 갔을 리는 없지 않아?"

그제야 나도 기이한 상황을 알아차렸다.

가가구시촌 북산 중턱에 위치한 큰신집과 동쪽 산면에 있는 새신집의 중간쯤, 마을 중심에서 보면 북동 방향에 가카산이 있다. 가카산에서 남쪽을 향해 오주천이 마을의 동쪽 절반을 이등분하는 형태로 흐른다. 강에는 북쪽에서부터 차례대로 첫째 다리, 둘째 다리, 셋째 다리가 놓여 있는데, 서쪽으로 그 세 다리를 엮듯 가운뎃길이라는 외길이 북에서 남으로 강을 따라 뻗어 있다. 참고로 묘온사는 큰신집에서 볼 때 남남동에 위치한다. 가운뎃길을 남쪽으로 내려가 오른쪽으로 꺾어지면 나오는 지장갈림길을 지나 계단을 올라가면 묘온사다.

사기리∷와 헤어진 나는 가운뎃길을 따라 묘온사로 갔다. 물론 그게 가장 지름길이기 때문이다. 큰신집에서 마을을 가로질러 곧장 남쪽으로 가지 않은 것도, 첫째 다리까지 가서 가운뎃길을 따라가는 게 절까지 가장 빨리 가는 방법이기 때문이다. 마을 안을 지나는 길은 기복이 심한 데다, 과장을 섞자면 미로처럼 복잡한 탓에 결과적으로 더 많이 걷게 된다. 돌아가는 것처럼 보여도 첫째 다리로 가서 가운뎃길을 따라가는 게 정답이다. 즉 어떻게 생각해도 첫째 다리에서 나와 헤어져 가가치가 있는 서쪽으로 간 사기리가 나를 추월해 셋째 다리보다 더 멀리 갈 수 있을 리가 없다. 절대 있을 수 없는 일이었다.

"아니, 잠깐……. 나랑 만나기 전에 사기리∷가 셋째 다리 부근에 있었고 그걸 네가 봤다면……."

"그러려면 내가 집에서 더 일찍 나왔어야 해. 하지만 그렇게 일찍 집을 나서지도 않았고, 뭣보다도 그애를…… 보고 나서 얼마 있다가 렌자부로도 보였으니까……."

"어, 너 역시 왔었구나? 절까지 갔는데도 네가 없길래 어슬렁거리면서 기다렸는데."

"미안. 계단 밑 나무 뒤에 숨어 있었어."

"숨어 있었다고? 어째서? 네가 불러낸 거잖아."

"그렇지만……."

지요는 냉기로부터 몸을 지키려는 것처럼 이불을 몸에 둘둘 말았다.

"거기서 렌자부로를 만났다간 틀림없이 사기리::의 생령에 씔 거다, 아니, 그게 다가 아니라 진짜 목숨을 잃을 거다, 그런 생각이 들어서 너무 무서워서……."

지요다운 생각이었다. 사기리::에게 그런 감정이 없다는 것은 내가 잘 안다. 아예 없지는 않을테고 그렇게 생각하고 싶지도 않지만 적어도 지요처럼 적극적이지는 않다. 그러니 설사 생령이라는 게 존재한다 해도 지요 앞에 나타날 리 없다. 만에 하나 나타난다 해도 지요에게 붙을 이유가 조금도 없었다.

내가 그렇게 설명해도 지요는 고개를 가로젓기만 했다.

"렌자부로가 합리주의자라는 건 나도 잘 알아. 게다가 지금까지 씌었다고 생각했던 것 중에 솔직히 나나 어머니의 착각이었거나 단순히 호들갑이 지나쳤던 것도 있었을 수 있어. 그렇지만 그때 본 건 역시……."

"무슨 일이 있었길래?"

"처음엔 둘째 다리를 건너 가운뎃길로 나와서 거기서 셋째 다리 쪽으로 가는 길이었어. 뒤에서 묘한 낌새가 느껴져서…… 그런데 뒤를 돌아봐도 아무도 없고, 기분 탓이겠지 했는데 어렴풋이 웃음소리가 들려오는 거야."

그 목소리가 생각났는지 지요는 이불을 더 바짝 끌어당기고 부르르 몸서리를 쳤다.

"애들 장난일지도 모르잖아. 대부분 집안일을 거들고 있을 시간이긴 하지만 가운뎃집이나 아랫집 애라면 가능하지."

가운뎃길은 마을에서 찾아보기 힘든 남북으로 곧장 뻗은 길이지만, 서쪽으로 곁길이 아예 없는 것은 아니었다. 또 나름대로 기복과 굽이가 있어, 거의 평행해서 흘러가는 오주천조차 항상 강둑에 가려지는 형편이었다. 따라서 어린애가 지요에게 들키지 않게 숨는 일쯤은 간단할 터였다.

"그렇지만 가운뎃집이나 아랫집 애들이었다면 나도 눈치챘을 거야. 벌써 여러 번 그런 일을 당했으니까. 하지만 그거랑 달랐는걸."

"달랐다고? 뭐가?"

"뒤를 돌아봤을 때 느껴졌던 묘한 공기가……. 그 언저리에 감돌던 정체를 알 수 없는 기운이……."

나는 그런 추상적인 감각만으로 뭘 알 수 있다는 말이냐고 따지려다가 그만두었다. 지요의 표정을 본 순간 그때의 상황을, 광경뿐 아니라 살갗에 닿는 공기의 느낌과 냄새까지 실감나게 느껴졌기 때문이다. 그 정도로 표정이 심상치 않았다. 말로는 이루 전할 수 없는 것을 여실히 드러내고 있었다. 어렸을 때부터 가까이 지낸 나나 사기리::라면 충분히 알 수 있을 정도로 표정이 이상했다.

"하지만 그게 뭐든 의식하면 안 좋을 것 같았어."

자신이 맛본 섬뜩함을 나도 조금이나마 느낀 것을 감지했는지, 지요가 말을 이었다.

"사기리˙ 무녀님이 전에 염매랑 마주쳤을 때 상대방의 존재를 알아챘다는 걸 절대 들켜선 안 된다고 말했던 것도 기억났고."

"그래, 나도 전에 다른 데서 들은 적이 있어."

사기리∷에게 들었다는 것은 일부러 숨겼다. 사기리∷의 이름을 꺼내지 않는 게 좋겠다고 판단했기 때문인데, 그 이상으로 뒷이야기가 궁금했다. 여기서 지요의 이야기가 다른 데로 빠지는 것은 원하지 않았다.

"뒤에 있는 게 뭐든 간에 아무튼 돌아보지 말아야겠다고 결심하고 걸음을 좀 빨리했는데, 뒤에 있는 뭔가가 따라오는 것 같고 점점 가까이 다가오는 것 같아서……."

지요의 눈에 어느새 눈물이 맺혀 있었다. 내게 이야기하면서 그때의 공포를 또다시 체험하기 때문일까.

"셋째 다리를 지나 오른쪽 길로 접어들었을 땐 나도 종종걸음을 치고 있었어. 바로 지장갈림길로 나왔지만 거기, 길이 다섯 갈래로 엇갈려 있어서 헛갈리기 쉽잖아? 허둥대다가 절로 가는 길이 아닌 다른 길로 들어서고 말았지 뭐야. 그것도 하필이면 애들이 '나없다길'이라고 부르는 그 찜찜한 길로."

그곳은 구 년 전에 정말 신령에게 납치됐다고 생각할 수밖에 없는 상황에 시즈에라는 일곱 살 먹은 여자애가 실종된 길이었다. 그 길로 더 가면 '마주침오솔길'이라 불리는 괴이쩍은 곳도 나온다. 뭐라 말할 수 없이 으스스한 곳이라 인적도 뜸하다.

"그래서 갈림길까지 돌아왔어?"

"그때는 렌자부로를 만날 생각이었으니까. 오히려 한시라도 빨리 만나서 내가 착각한 거라고 딱 부러지게 말해주길 바랐는걸."

물론 그때의 나였다면 그렇게 대답했을 것이다. 아니, 지금도 그 생각을 완전히 버린 것은 아니다.

"그래서 조심조심 되돌아왔는데 아무것도 없는 거야……. 혹시나 싶어서 다른 길도 하나씩 살펴봤지만 역시 아무것도 안 보이고. 아까 그게 뭐였는지는 알 수 없지만 아무튼 무사히 넘긴 줄 알고 절로 가는 길로 들어섰을 때였어."

별안간 지요의 눈초리가 멍해지더니 치매가 들었나 걱정될 정도로 눈에서 생기가 사라졌다.

"지, 요…… 하는 목소리가 뒤에서 들려왔어."

"뭐?"

"뭔가가 내 이름을 불렀어. 웃는 것 같기도 하고 화난 것 같기도 하고 업신여기는 것 같기도 한 목소리로. 나에 대해서 뭐든 다 알고 있다는 듯한 음성으로."

"에이, 아무리……."

"지, 요…… 하고 뭔가가 부르는 거야."

지요가 자기 이름을 반복하는 억양 없는 목소리를 듣고 나도 모르게 위팔에 소름이 쫙 돋았다.

"돌아보면 안 된다고 생각했지만, 돌아보고 확인하지 않으면 미쳐버릴 것 같았어. 날 부른 것의 정체를 본 순간 머리가 돌아버리는 것 이상의 공포를 맛볼지도 모르는데. 그런 두 가지 생각 사이에서 흔들렸기 때문인가봐. 순간적으로 절로 가는 길로 도망쳐 들어가면서 그만 돌아보고 만 거야."

"……."

"아무것도 없었어. 아무도 없었어. 그저 지장갈림길이 보일 뿐. 그렇게 생각하는데 어딘가 이상한 거야. 눈에 익은 풍경인데 어딘가, 뭔가 다르단 느낌이 들었어. 이상하네, 뭘까, 하고 둘러보는데……."

"……."

"지장보살님 사당 너머에, 그것도 거의 땅바닥에 닿을 듯한 위치에 얼굴이 보였어."

"뭐라고?"

"옆으로 쑤욱 내민 얼굴이 날 꼼짝 않고 쳐다보고 있었어."

"그, 그게 사기리∷였다고?"

지요는 어린애처럼 고개를 끄덕였다. 그뒤 계단까지 도망쳐 그 밑 큰 나무 뒤에 숨어서 벌벌 떨고 있었던 모양이다. 이윽고 내가 나타나 계단을 올라가더라고 했다.

"으음."

나는 팔짱을 끼고 신음했다.

"그럼 봤다고 해봤자 얼핏 봤을 뿐이고, 게다가 거리도 있고 어두워질 무렵이었으니 말이지. 역시 애들 장난이 아닐까?"

상식적으로 대답했지만, 실은 스스로도 그런 해석을 받아들여도 되는 건지 알 수 없었다.

사기리::의 얼굴이었다는 것은 지요가 잘못 본 것이라 쳐도, 마을 아이의 장난이라 하기에는 너무 기묘하다는 점이 마음에 걸렸다. 다른 애들이 아무도 없었다는 것도 이상하다. 아이들은 절대 혼자 장난치지 않기 때문이다. 상대가 아무리 지요라 해도 그렇지, 새신집 사람에게 그렇게까지 배짱이 두둑할 수 있는 아이는 마을에 없다. 게다가 대개 마지막에는 상대방을 놀리며 달아나는 법이다. 어떤 의미에서는 그게 장난의 목적이라고 할지, 묘미니까. 나도 어렸을 때 그랬으니 잘 안다.

 그런 내 망설임을 눈치 빠르게 알아차린 듯, 지요가 별안간 힘을 되찾은 눈초리를 내게 향했다.

 "하지만 렌자부로도 옛날에 염매를 본 적 있잖아."

 내가 가장 피하고 싶은, 가장 기억하고 싶지 않은 과거를 꺼냈다.

 "그건 진짜였잖아?"

 "……"

 "그래서 렌자부로의 형님은, 렌타로 씨는……"

 "그만둬! 그런 이야기…… 듣고 싶지 않아."

 나도 모르게 부르짖었지만 지요의 말은 사실이었다.

 나는 어렸을 때 딱 한 번, 마을 사람들이 결코 침범해서는 안 된다고 기피하는 구구산에 렌타로 형과 발을 들여놓았다가 염매와 마주친 적이 있다. 게다가 형은 그뒤…….

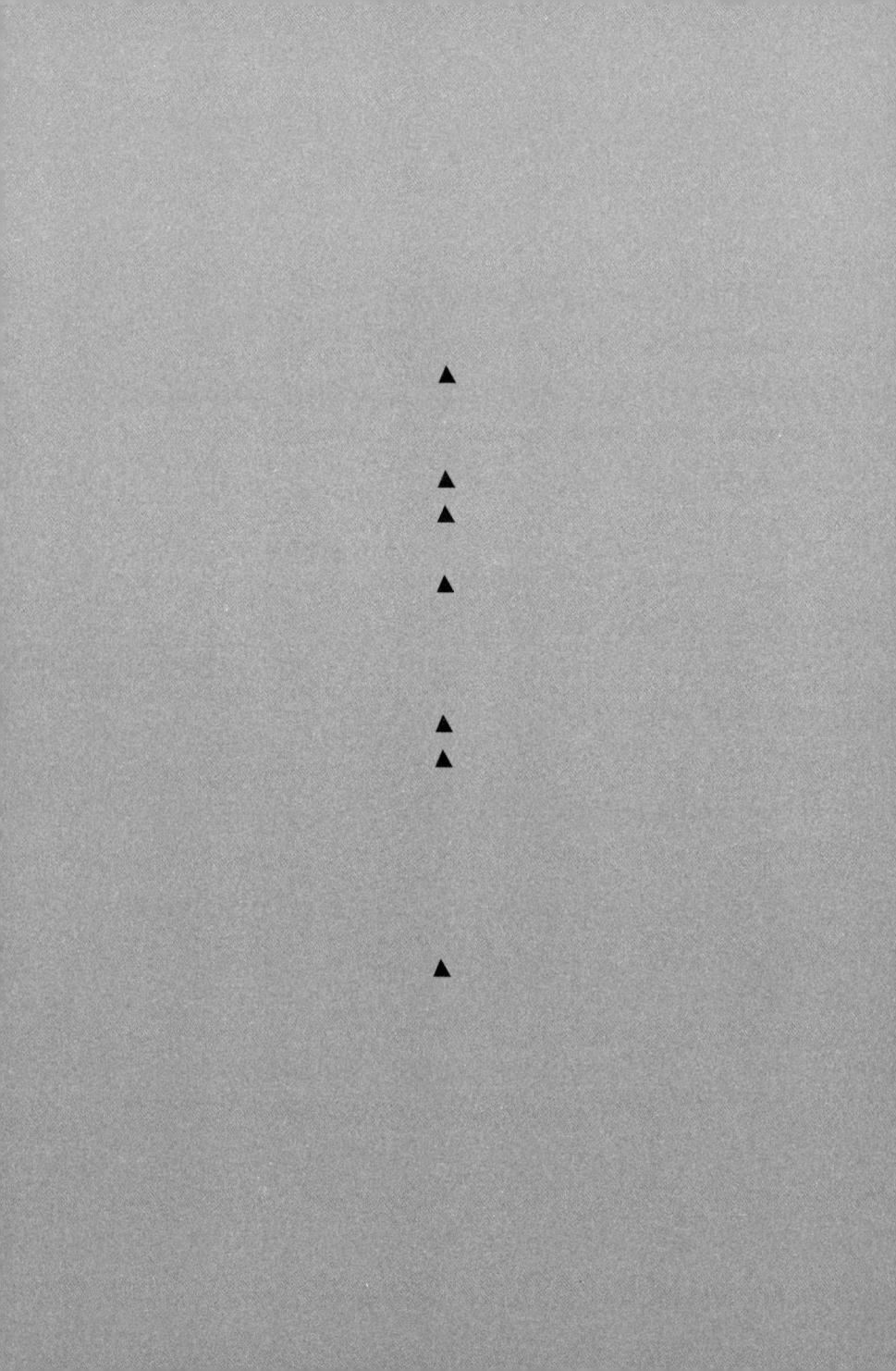

윗집 안방

그날 저녁, 이 대 전 무녀가 과거 다실로 사용했던 윗집 안방에 가가치가 입장에서는 식충이라 해도 무방할 네 명이 모였다.

안쪽 자리에 사기리˚ 무녀와 나이 차가 많이 나는 셋째 남동생(첫째, 둘째는 죽었다) 가쓰토라, 그 오른편에 아랫집에서 데릴사위로 들어온 사기리˚˚의 남편 이사무, 가쓰토라 맞은편에 윗집에서 가운뎃집으로 데릴사위로 들어간 사기리˚ 무녀의 맏아들 구니하루, 그 오른편에 구니하루의 누이동생이며 사기리˚ 무녀의 셋째 딸(○○지방의 구가로 시집갔다가 마귀가계라는 사실이 알려지자마자 이혼당해 돌아왔다)인 기누코가 앉아 있었다.

당연히 이 방에도 모셔져 있는 허수아비님과 장식단을 등지고 가쓰토라와 이사무가 안쪽에, 탁자를 사이에 두고 구니하루와 기누코가 앞방 쪽에 앉은 것은 네 사람의 신분차를 나타내는 듯했다. 원래라면 아랫집 출신인 이사무와 윗집 출신인 구니하루의 입장이 반대가 되어야 할 테지만, 전자가 윗집, 후자가 가운뎃집의 데릴사위가 된 시점에서 뒤바뀌었다. 하기야 이 네 명의 자리 순서가 문제가 되는 것은 관혼상제 때 정도며, 평소 그런 것을 신경 쓰는 사람은 본인들뿐이다. 참고로 사기리:::와의 관계로 따지자면, 가쓰토라는 외종조부, 이사무는 아버지, 구니하루는 외삼촌, 기누코는 작은이모다.

다들 보통 때는 이렇다 할 일 없이 빈둥거리며 지내는데, 며칠 전부터 가쓰토라와 구니하루, 기누코, 이 세 명이 걸핏하면 안방에 모이더니 오늘은 이사무까지 끌어들였다.

"삼촌, 어제 잡화점에서 열린 조합 모임에 참석하느라 고생 많으셨습니다."

자리에 앉기 무섭게 구니하루가 가쓰토라에게 인사를 건넸다.

"아, 그래. 난 시간에 딱 맞춰 갔건만 그놈들이 늦게 나타났지 뭐냐. 거기는 너희 소작인이고 모임을 주최하는 것도 네 역할 아니냐. 교육 좀 제대로 해라."

"삼촌이 너무 일찍 가신 것 아닙니까? 그보다 새신집의 지즈코가 온 모양이던데요."

나이가 오십대 중반인데도 관록이라고는 조금도 없는 가쓰토라의 비난을 피하려는 속셈인지 구니하루가 확인하듯 묻고는, 설명을 덧붙였다.

"마당에 나갔더니 지즈코와 우메코가 둘이서 지요를 부축하고 윗집 쪽에서 나오는 게 보이길래 황급히 쫓아온 겁니다."

격이 더 낮은 가운뎃집에 데릴사위로 들어갔는데도 구니하루는 부인에게 꼼짝하지 못한다. 그 때문에 틈만 나면 윗집에 와 있는 터라 핑계 같은 설명이 아무 의미가 없었으나 그것을 지적하는 사람은 없었다.

"지요가 오는 건 신기할 게 없지만 지즈코 씨까지 얼굴을 내밀다니요. 오빠, 지요의 상태가 그렇게 나빴나요?"

"그러게 말이야. 축귀를 하고 난 상태가 그 정도였으니 씌었을 때는 어땠을지. 창살방에 감금당하기 일보직전이었을지도 모르지."

동생의 질문에 구니하루가 자기만 유일하게 지요의 상태를 목격한 것을 으스대듯 대답했다.

"일부러 어머님께 부탁드리러 왔다면 증상이 분명 심했겠죠. 가엾기도 하지……."

사람 좋고 심약한 탓에 걸핏하면 세 사람에게 이용당하는 이사무가 지요를 걱정하는 눈치를 보였다.

이사무는 가미구시 본가로 따지자면 스사오와 같은 당주다. 그런데 사십대 후반씩이나 되어서도 여전히 도련님 같은 분위기를 벗지 못했다. 데릴사위라는 입장인 데다 사기리˙ 무녀가 실권을 쥔 탓도 있겠지만, 큰신집에서 도요가 섭정을 하는데도 스사오가 당주로서의 관록을 갖춘 것을 보면 역시 본인 탓이 크다는 것을 알 수 있다.

"이러다 지요가 이상해지면 새신집도 창살방이 필요해지겠어요."

"그러게. 윗집하고 똑같아지겠군. 체면깨나 구길 테지."

그러니 이사무가 아무리 지요를 걱정해도 처제와 처남인 기누코와 구니하루는 바보스럽게 웃는다.

"사기리::에 관해 그런 식으로 말하는 놈들이 있냐?"

가쓰토라는 그런 두 사람을 나무랐지만 말투에서 진심이 느껴지진 않았다.

"그렇지만 처형은 보통 때 평범하게 생활하고 있잖습니까."

이사무가 넌지시 처형을 감쌌으나 친동생인 구니하루와 기누코는 아무 느낌 없는 듯했다. 오히려 구니하루는 천박한 웃음을 띠며 이렇게 말했다.

"형님도 윗집에 오신 지 오래됐으니 큰누나가 날뛰기 시작하면 걷잡을 수 없다는 것쯤은 잘 아실 텐데요. 그때마다 힘들게 창살방에 집어넣어야 하니, 하여간 가족도 못해먹을 짓이라니까요."

"오빠는 가운뎃집 사람이 됐으니 상관없잖아요. 같이 사는 우리가 문제죠."

"무슨 소리. 그때마다 나도 거들잖냐."

"그래요? 부르러 가도 맨날 도망치고 없던데요."

"그, 그야 우연히 집에 없을 때도 있지. 그런 걸 도망쳤다고 하다니 너……."

가쓰토라는 방금 전까지 서로 결탁해서 추잡스레 웃더니 그새 싸우기 시작한 두 사람은 아랑곳하지 않고 이사무를 돌아보았다.

"내 조카 사기리::는 그렇다 치고 자네 딸 사기리::도 언제 그렇게 될지 모르는 일이야. 실제로 또 하나의 사기리::도…… 이게 되지 않았나."
 가쓰토라는 자기 뒤에 모셔진 허수아비님 쪽을 겁도 없이 턱짓으로 가리켰다. 그러나 그 불손한 태도가 거꾸로, 그가 이름을 입에 담을 수도 모습을 똑바로 볼 수도 없을 만큼 허수아비님을 두려워한다는 것을 폭로하고 있었다.
 이 방을 다실로 개축할 때 허수아비님을 모신 장식단을 일부러 남쪽 마당으로 돌출되게 설치했다. 그 때문에 측벽 채광창 창살로 지금 이 순간 저물어가는 석양의 마지막 빛이 보였다.
 그런 빛의 변화를 민감하게 감지한 듯, 구니하루가 동생과의 말다툼을 중단하고 일어나 전등을 켜며 물었다.
 "삼촌이 말씀하신 사기리∷는 사기리∷의 죽은 언니 말입니까?"
 그러자 기누코도 오빠의 뒷말을 이어받았다.
 "이 집은 죄 사기리 천지라 하여간 복잡하다니까요."
 가가치가에서는 대대로 무녀와 혼령받이가 될 딸 쌍둥이, 또는 맏딸의 이름을 '사기리'로 지었다. 역대 무녀 중에서도 대단히 우수해 지금까지 현역으로 활약 중인 사기리˙, 그녀의 쌍둥이 동생으로 이미 고인이 된 사기리··, 사기리˙의 딸이지만 병약한 나머지 일찍감치 소임을 다하지 못하게 된 사기리∷, 그리고 그 쌍둥이 언니로 구구의례에서 산신님의 미움을 산 탓에 창살방을 들락거리고 있는 사기리·˙, 사기리∷가 낳은 쌍둥이 딸로 현재의 혼령받이인 사기리∷., 그리고 구구의례에서 산신에게 선택된 사기리∷의 쌍둥이 언니 사기리∷ 등으로 '사기리'라는 이름이 대물림되고 있다.

"그래, 작은 안개小霧 사기리:: 말이다. 언니 이름에 '小' 자를 붙인 것도 누님 특유의 주술이었을 테지."

조카의 물음에 답하면서도 가쓰토라는 이사무 쪽으로 고개를 향한 채 말을 이었다.

"누님은 사기리::가 산신이 됐다고 기뻐했지만 자네로선 느닷없이 귀여운 딸내미를 빼앗긴 셈 아닌가."

"네, 그건 그렇습니다만……. 하지만 태어난 아이가 딸 쌍둥이라는 걸 안 순간부터 체념한 부분은 있었으니까요."

대학과 수년간의 직장 생활로 한동안 마을을 떠나 있던 이사무의 말투는 다른 사람들과 달리 표준말에 가깝다.

"그야 윗집 데릴사위로 결정된 시점에서 그런 각오는 했겠지. 그렇지만 자네는 애초에 그런 각오를 해야 한다는 것 자체가 이상하다는 생각 안 드나? 어떻게 생각해도 이상하지 않나."

가쓰토라의 말에 구니하루가 끼어들면서 그 둘이 한동안 말을 주고받았다.

"삼촌 말씀이 맞습니다, 형님. 전후 농지개혁 탓에 예전 같지 않게 지주와 소작인 관계도 많이 약해졌죠. 물론 금세 없어지지는 않겠지만 그것도 시간문제 아니겠습니까. 게다가 요새 대규모 합병 이야기가 여기저기서 나오니 우리 마을도 방심하고 있을 때가 아닙니다. 그런 세상에 언제까지고 마구니 가계니 지벌 같은 소리를 하고 있다니 시대착오도 이만저만이 아니에요."

"지주로서의 세력이 약해져서 다른 마을하고도 관계를 맺어야 하게 되면 마귀가계라는 게 심각한 마이너스로 작용하면 했지 플러스가 되진 않을 걸세. 오랫동안 큰신집을 제치고 필두지주의 지위를 지켜왔지만 그 세력관계마저 역전될지 모르는 일이야."

"물론 삼촌이 말씀하시는 필두지주 운운은, 전쟁 전처럼 순수한 토지만의 문제가 아니라 이 마을 내에서의 권력 구조를 가리키는 거죠."

말은 거창하지만, 요는 세간의 변화에 가가치가가 뒤쳐지는 게 아닐까 하는 우려와 나아가 아무 능력이 없는 자기들이 살아남을 수 있을까 하는 불안이 삼촌과 조카를 움직이는 것이다.

그에 비해 기누코는 더욱 감정적이었다.

"도대체가 어째서 가가치가가 마귀의 우두머리 취급을 받는 거죠? 뱀신님 덕에 우리가 부자가 됐다고 한다면, 원래 대지주였던 가미구시가도 마귀가계란 뜻 아닌가요? 그런 걸 우리만 마귀 덕에 잘 먹고 잘 사는 것처럼 말하다니 정말 속상해요. 마귀가계라느니, 부정탄다느니, 신부에 붙어 따라왔다느니, 나 참 어이가 없어서!"

그러다 이혼당했을 때가 생각났는지 점점 흥분했다.

"처제가 화내는 것도 당연하다고 생각하고……."

이사무는 우선 처제를 돌아보며 달랬다.

"외숙부님 말씀도, 처남의 지적도 이해합니다. 하지만 이 마을처럼 옛날부터 사람들이 믿어왔고 또 실제로 그런 소동도 빈번히 일어나서, 그게 이미 하나의 장치로 기능하고 있는데 그걸 바꾸기는 무리가 아닐지……."

이어서 구니하루에게, 또 가쓰토라에게 시선을 옮겼다.

"게다가 그런 일을 가가치 윗집 사람이 하려 한들……."

"아니, 우리만이 아니네. 안 그러냐, 구니하루? 큰신집 셋째 아들도 그렇지?"

"그래요, 형님. 렌자부로는 마을 사람들을 계몽해야 한다고 생각하는 모양입니다. 둘째 아들 렌지로는 일찌감치 마을을 버리고 ○○로 갔는데 말이죠. 뭐 의학부에 합격했답시고 기고만장하는 거겠죠. 그 녀석은 어렸을 때부터 계집애 같아서는, 큰신집 삼형제보다 우리 집 쌍둥이 틈에 끼어 있는 게 더 어울리는 한심한 놈이었어요. 게다가 어렸을 때부터 ○○시에서 자란 셈이나 다름없으니 마을에 대한 애착도 없고……."

"그러고 보니 몸이 약해서 어렸을 때부터 ○○시 시립병원에 입퇴원을 밥 먹듯 한 모양이더군. 그게 의사가 되기로 마음먹은 계기가 되지 않았겠나."

"글쎄요. 하지만 그 때문에 삼촌도 렌지로는 별로 본 적이 없으시잖습니까. ○○시에서 자란 거나 다름없어요. 마을에 돌아온 뒤로도 여전히 남들하고 잘 어울리지 않고, 이건 완전히 마을 사람들을 깔보는 태도라니까요. 그런데 또 구로코처럼 정체를 알 수 없는 놈한테 관심을 보이질 않나. 뭐, 같은 별종끼리 죽이 맞았는지도 모르겠지만요. 아니 그런 건 아무래도 상관없고, 내가 하고 싶은 말은 그런 둘째에 비해 렌자부로는 막내긴 해도 제법 싹수가 있다는 겁니다. 그 녀석은 마을 생각을 합니다."

마지막 말은 이사무를 향해 한 것이었다. 렌자부로를 칭찬하려는 게 결코 아니며 자기들 목적을 위해 이용하려는 속셈이 빤히 보였다. 그런데 이사무는 눈치채지 못하는 듯했다.

"그렇습니까……. 가미구시가 사람이 앞장서서 기치를 들어준다면, 아닌 게 아니라 가능할지도 모르겠군요. 하지만 그걸 가미구시의 도요 어르신께서 허락하실 것 같지는……. 아니, 남의 집, 그것도 백의 집을 말하기 전에 도무지 어머님이 그런 걸 인정하실 리 없을 것 같습니다만."

"그게 어떻게 될 듯하니까 이렇게 상의하는 게 아닌가."

가쓰토라는 탁자 중앙으로 몸을 내밀며 다른 사람들에게도 가까이 다가오라고 손짓했다.

"어떤가. 내 보기엔 누님도 요새는 연세가 확 드신 것 같던데."

"내 생각도 그래요. 어머니가 한 일 년 전부터 축귀를 안 했잖아요? 겉으로는 이 증세는 가가구시 신사 쪽이 낫다느니, 우리 집에 드나드는 행자들 수행을 위해서라느니 하지만, 꽤 힘이 부치는 게 틀림없습니다."

"맞아요, 제가 보기에도 어머니가 요새 확 약해지신 것 같아요."

"역시 무녀나 축귀는 제 몸을 깎아내는 일이니 말이지. 아니 그뿐이 아니라 몸속에 정체를 알 수 없는 어떤 무서운 게 대신 쌓이는 게 아닌가 싶거든. 누님도 오랜 세월 깎이고 또 깎여서 약해진 몸을, 쌓이고 또 쌓인 무서운 것에 빼앗기려는 것 아니겠나."

가쓰토라의 말에 구니하루와 기누코가 고개를 끄덕였다. 세 사람은 동시에 이사무를 돌아보았다.

"저, 저도 어머님 건강이 그다지, 음, 좋지 못하다고는 생각하지만, 그게 지금 이야기와 무슨 상관이⋯⋯."

"그러니까 누님은 은거하시게 하고 자네가 가가치가 당주로서 윗집을 꾸려나가라는 거네."

가쓰토라가 차근차근 풀어서 설명하자 이사무는 허둥지둥 대답했다.

"제, 제가요? 세상에⋯⋯ 무리입니다."

"물론 지금 바로 대신하라는 말은 아니네. 그를 위한 준비를 물밑에서 시작하자는 거야. 윗집은 내가 맡을 테니 가운뎃집은 구니하루가 맡고, 아랫집은 물론 이사무, 자네가 맡게. 기누코는 상황에 맞춰 보조하고. 그렇게 우리 집안을 내부에서 개혁하는 한편 큰신집의 렌자부로를 이용, 아니 조력을 얻어서 가미구시가를 전면에 내세워 마귀신앙 타파 운동을 전개하는 걸세. 특히 이 마귀 문제는 다들 알다시피 워낙 뿌리가 깊다보니 어떻게든 가미구시가에서 힘써주지 않으면 안 되네."

누가 들어도 저만 좋은 자기본위적인 이야기였으나 이의를 제기하는 사람은 아무도 없었다. 다만 이사무만이 자기본위 운운하기 전에 그런 일은 현실적으로 불가능하다고 생각하는 듯했다.

"암만 렌자부로 군에게 그럴 마음이 있어도 가미구시가를 움직이는 사람은⋯⋯."

"아뇨, 형님. 실은 렌자부로만이 아니거든요. 렌자부로 말로는 그 녀석 아버지 스사오 씨도 이 마을이 마귀촌이라고 불리는 걸 내심 못마땅하게 생각한다더군요."

"그렇지만 도요 어르신이……."

"그 할멈도 누님이나 마찬가지로 언제까지고 정정할 리가 없다니까. 게다가 우리한테 비책이 있거든."

"그게 뭡니까……."

"자네 딸 사기리::와 렌자부로를 결혼시키는 걸세."

"네? 뭐, 뭐라고요?"

"물론 렌자부로를 가가치가에 데릴사위로 들이는 게 아니라 사기리::를 가미구시가로 시집보내는 거네. 누님은 은퇴하고 사기리::가 시집가면 무녀도, 혼령받이도 없어지지. 윗집의 대를 이을 사람은 가운뎃집이나 아랫집에서 양자를 들여도 되고, 기누코가 결혼해서 자식을 낳는 방법도 있고, 뭐, 어떻게든 될 거야. 중요한 건 가가치가와 관련된 마귀가계의 온갖 요인을 송두리째 끊어버리는 거니까."

"그, 그렇지만 사기리::는 이제 겨우 열여섯 살인데요. 아무리 그래도 그런 어린 나이에 결혼이라니……."

"그러니까 지금 당장 어쩌자는 게 아니라니까. 마귀가계 문제만 해도 시간이 제법 걸릴 테지. 그러니 지금부터 준비하자는 말 아닌가. 말하자면 씨를 뿌리자는 걸세. 싹은 렌자부로가 대학을 졸업하고 난 뒤에야 나겠지만, 그때까지 씨가 잘 자라 싹을 틔울 수 있게 땅을 골라놓자는 말이지. 사기리:: 조카 이야기를 꺼내기는 미안하네만, 자네도 딸이 그리 되기를 바라진 않을 것 아닌가."

"그, 그야 그렇습니다만……."

"물론 개인차가 있겠지. 산실에 틀어박히는 의례 중에 죽는 사람이 있는가 하면 몇 년 뒤에 후유증이 나타나는 사람도 있네. 우카노미타마란 그 수상한 걸 사기리::도 마셨으니 안심은 할 수 없어. 그렇지만 사기리::가 십대 후반부터 조금씩 이상해져서 이십 대 중반에 완전히 돌아버린 걸 생각하면, 그뒤 무녀며 혼령받이 역할을 한 탓도 있다 싶거든."

"그때는 작은누나가 병약해서 큰누나가 혼령받이 역할을 자주 했으니 말이죠."

구니하루가 당시를 떠올리며 이야기하자 가쓰토라는 고개를 끄덕였다.

"그래. 그것만 없었다면 조카가 저리 되지 않았을지 몰라."

"그러고 보니 사기리::가 한 일 년 전부터 어째 지쳤다고 할지, 얼이 빠져 있는 것 같던데요."

기누코가 염려한다기보다 기분 나빠하는 듯한 투로 말했다.

"아, 그건 내가 보기에도 그렇더라. 어깨를 쳐야 겨우 알아차리고 말이지. 가끔 어두운 복도에서 마주치면 순간 오싹……."

구니하루는 십중팔구 소름 끼친다는 말을 하려던 것이겠지만, 그래도 아버지 앞이라고 표현을 바꾸고는 가쓰토라에게 말을 돌렸다.

"……어쩐지 평소의 사기리::하고 다른 것 같던데요. 삼촌 보시기엔 어떻습니까?"

"그러게. 이따금 그애답지 않은 표정을 지을 때가 있더군. 아니, 이대로 내버려두면 그런 상태가 점점 심해질 테지. 여보게, 이사무군……."

이사무가 생각에 잠기듯 시선을 떨어뜨리자, 가쓰토라는 방해하지 말아야겠다고 생각했는지 입을 다물었다. 구니하루와 기누코도 침묵했다. 얼마 동안 고개를 떨군 이사무를 세 사람이 힐끔거리는 상황이 이어졌다.

그런데 앞방에서 묘한 소리가 났다. 무슨 소리인지는 알 수 없지만 모두가 들은 듯 순간적으로 서로를 마주 보았다. 네 사람은 거의 동시에 앞방으로 이어지는 샛장지로 천천히 시선을 돌렸다.

마귀가계에 관해 불평을 늘어놓기는 했어도 여기 있는 전원이 그 존재를 믿지 않는 것은 결코 아니었다. 제아무리 합리적 정신의 소유자라도 예로부터 온갖 괴이 전승이 무수히 전해지는 스자쿠와 자코쓰 일대에서, 하물며 신령납치촌이니 마귀촌이니 불리는 가가구시촌에서, 나아가 이 가가치가에서 나고 자란 사람이 빙의와 관련된 여러 현상과 그 원인을 근본적으로 부인하고 떨쳐내기는 불가능했다.

그것은 논리로 가늠할 수 있는 게 아니었다. 이곳 사람들이 은연중에 습득하는 일종의 감촉으로만 알 수 있는, 실체는 없으나 실감은 할 수 있는 뭔가가 분명히 존재하고 있었다.

"집이 삐걱거리는 소리겠죠……."

구니하루가 아무것도 아닌 척하려 했으나 그에 동조하는 사람은 아무도 없었다. 그렇게 말한 구니하루 자신도 앞방 샛장지에서 눈을 떼지 못하니 더 말할 것도 없다.

가가치가에서는 집 안에 있다보면 문득 정적을 의식한 순간 기묘한 소리가 들릴 때가 가끔 있었다. 소리뿐 아니라 기척일 때도 있고 속삭이는 말소리일 때도 있다. 구체적으로 뭔가를 보는 능력은 네 사람 모두 없었다. 그런데도 방금 전 누가 분명히 복도 모퉁이를 돌았는데 가보면 아무도 없고 어둑어둑한 복도만 뻗어 있다거나, 말소리가 들려 장지를 열어보니 아무도 없고 이번에는 그 옆방에서 목소리가 들려오는 경험 등은 드물지 않았다. 또 측간 문을 두드렸더니 응답이 있어서 기다렸는데, 아무리 기다려도 나오지 않아 이상하다 하던 차에 천천히 문이 열려 아무도 없는 내부를 드러낸 적도 있다.

그런 경험이 누구나 많든 적든 있다보니, 말은 않아도 샛장지 너머에서 느껴지는 기이한 낌새를 다들 암묵적으로 받아들이고 있었을 것이다.

"누, 누구냐?"

가쓰토라가 침을 꿀꺽 삼키고 쉰 목소리로 물었다. 그러나 아무 반응도 없었다. 그저 정적만이 두 방을 메울 뿐이었다.

가쓰토라는 탁자를 가볍게 두드려 조카의 주의를 끌었으나, 구니하루는 덜덜 떨며 고개를 내저었다. 문을 열라고 지시한 것을 터무니없는 소리 말라고 거절하는 것이다. 그러자 의외로 기누코가 움직일 눈치를 보였다. 구니하루가 황급히 그녀의 위팔에 손을 얹고 고개를 저어 말렸다. 그것을 제지하듯 가쓰토라가 몸을 내밀었다. 삼촌과 조카가 말없이 다투는 사이에 기누코가 훌쩍 일어나 샛장지 앞으로 다가가서는 문을 활짝 열었다.

"앗!"

네 사람의 입에서 비명 같은 외침이 터져 나왔다.

산속에 사는 도깨비인가 싶은 차림의 남자가 서 있었다. 안방을 염탐하던 눈치가 역력했다.

"거, 거기서 무슨 짓을……."

"어이쿠, 다들 여기 모여 계셨군요."

가쓰토라가 겨우 정신을 차리고 상대방에게 따지려 했으나, 수험자인 오사노 젠토쿠의 큰 목소리에 눌려 흐지부지되고 말았다.

"무슨 볼일이라도 있습니까?"

항의할 기회를 간발의 차로 놓친 가쓰토라가 하는 수 없이 노골적으로 성가시다는 투로 물었다. 그런데도 젠토쿠는 모른 척하고 들어오더니 뻔뻔하게도 탁자 한옆, 가쓰토라와 구니하루 사이에 앉았다.

"사기리˙ 무녀께서 축귀 의례 중엔 무신당에 접근하지 말라고 하셔서 말이지요."

"호, 그런 때야말로 곁에서 이것저것 배워야 하는 것 아닙니까."

가쓰토라가 기회를 놓칠세라 역습에 나섰다.

"글쎄, 그게 바로 문제란 말이지요. 저처럼 어설피 법력이 있는 자가 당집 안에 있으면 축귀에 방해가 되는 경우도 있으니까요."

"그렇게 능력이 있다면 누님도 지원을 부탁드리면 좋을 것을."

"아니, 그게 그렇게 단순한 문제는 아니거든요."

"그런 중요한 자리에 동석하지 않으신다면 저희 집에 계실 의미가 있는지 모르겠군요."

"'사기리' 무녀 같은 분쯤 되면 일상을 지도해주시는 것만으로도 얻는 게 충분히 있지요."

"허허, 그렇습니까. 우리같이 평범한 사람들 생각엔 실지 견학, 실지 훈련, 실지 연수가 뭣보다도 도움이 될 것 같은데요."

"제가 보기에 사기리' 무녀께서 혼령받이 소임을 맡는 손주분에 대해 불안감을 갖고 계신 것 같더군요. 그분을 아는 어느 비파법사에게 듣기로, 예전에 따님을 혼령받이로 쓰셨을 때는 그런 일이 전혀 없었다던데요."

"흠, 딸 사기리∵가 손녀 사기리∷보다 우수하다는 말씀입니까. 그건 이상하군요. 저희 조카는 병약해 혼령받이 역할을 제대로 해 낸 적이 별로 없었을 텐데요. 혹시 동석을 허락받지 못한 건 그 비파법사와 댁의, 말하자면 견학하는 사람 쪽 문제가 아닙니까?"

음흉하기 그지없는 대화를 주고받는다. 서로 상대를 싫어한다는 것은 누가 봐도 명백한데, 둘 다 그걸 공언할 수 없는 입장이다. 그러다보니 얼굴만 마주치면 무익한 응수를 계속할 수밖에 없는 것이리라.

예전은 물론 전쟁 전부터 전후까지도 자코쓰 연산의 소류향에

속하는 가가구시촌을 아는 사람은 거의 없었다. 극히 일부만이 이 마을의 존재를 인식하고 있었다. 더 엄밀히 말하면 가가구시촌의 가가치가라는 마귀가계의 존재에 관해서다.

그 일부란 기도승, 수험자, 행자, 무녀, 권청법사, 비파법사, 샤미센 악사 등 기본적으로 일정한 거처 없이 전국을 행각하는 수행자들을 가리킨다. 그들 사이에서 가가구시촌의 가가치가라 하면 마귀가계로 유명했으며, 특히 무녀의 기도와 혼령받이의 빙의 능력이 뛰어다나는 게 널리 알려져 있었다. 접해보기라도 하자며 가가치가를 찾아오는 사람들의 발길이 전부터 끊이지 않았다.

오사노 젠토쿠도 그중 한 명이었는데, 그런 사람들 중에는 종종 악덕 행자나 사이비 기도사 등이 종종 섞여 있다. 특히 전쟁이 끝나고 한동안은 그저 끼니를 해결하러 오는 자들도 많았다. 그래도 근래 들어서는 많이 줄었지만 이따금 이 사내처럼 수상쩍은 인물이 훌쩍 나타나곤 했다. 본인은 '수험자 젠토쿠'라고 자신을 소개했고 실제로 그런 차림새를 하고 있었다. 그렇지만 오랜 세월 수행자를 수도 없이 봐온 가가치가 사람들 눈에는 어쩐지 곧이곧대로 믿을 수 없는 뭔가가 있었다. 그런 사람을 받아들인 것도 유감스럽게도 사기리˙ 무녀의 힘이 쇠퇴한 증거로 볼 수 있을지 모른다.

"그나저나 사이좋게 무슨 이야기들을 하고 계셨습니까?"

젠토쿠는 가쓰토라의 빈정거림을 못 알아들은 척하고 낯가죽 두껍게 다른 세 사람에게 시선을 돌리며 물었다.

"친족회의 같은 것이니 다른 분께 말씀드리기는 좀 그렇군요.

게다가 아직 이야기도 안 끝났고 말이죠."

구니하루가 즉각 나가달라는 뜻을 넌지시 비쳤다.

"아, 그렇군요. 사기리˚ 무녀께서 이제 그만 은퇴해서 안락하게 지내시게 하자는 말씀이었지요."

보아하니 연기는 상대가 한 수 위인 듯했다. 앞방에서 은밀한 상의의 중대한 부분을 엿들은 모양이다.

"댁과는 상관없는 가가치가 내부 문제요. 미안하지만 자리 좀 비켜주시지."

가쓰토라가 완곡한 표현으로는 해결이 안 나겠다고 생각했는지 강경한 어조로 말했다.

"물론 남의 집안 문제에 끼어드는 일은 않습니다만, 존경하는 사기리˚ 무녀에 관한 일이라면 저도 흥미가 있지요. 더욱이 여러분의 자상하신 배려로 사기리˚ 무녀께서 은퇴하고 안락하게 지내시게 되는 것이라면, 한시라도 빨리 그 기쁜 사실을 그분께 알려드리고 싶군요."

한 수 정도가 아니라 두세 수 위인 듯했다. 가쓰토라는 대답이 궁해져 입도 벙긋하지 못했다.

"저……."

뜻밖에 이사무가 입을 열었다.

"도사께선 저희 어머님의 건강 상태를 어떻게 보시는지요?"

"흠. 연세가 드셨기는 하지만, 실례되는 말씀이오나 실제 연세 이상으로 노쇠하신 것 같습니다그려. 물론 지금까지 힘든 소임을 다해오셨기 때문이겠지만, 이 이상 계속하기는 어렵지 않을까 슬슬 싶습니다."

"역시 그렇습니까."

"그러니 사기리˚ 무녀께서 은퇴하신다면 저도 꼭 보탬이 되고 싶어서······."

"어이, 네놈의 속셈은 뭐냐."

가쓰토라가 목소리를 낮게 깔고 최대한 으름장을 놓듯 말했다.

"속셈? 그것 참 묘한 말씀을······."

"시치미 떼지 마! 남의 집안 사정을 슬금슬금 캐고 다니는 녀석이. 엿보는 건 미치광이 계집 사타구니 정도로 해두라고!"

가쓰토라의 말에 구니하루가 천박한 웃음을 띠었다. 기누코는 불쾌한 표정으로 눈살을 찌푸렸지만 삼촌을 책망할 마음은 없는 듯 잠자코 있었다. 이사무만 곤혹스러울 게 틀림없었다. 어쩌면 처형과 눈앞의 사내가 묘한 관계일 수도 있기 때문이다.

"흠, 어째 오해가 있는 것 같소이다. 저는 원래 사기리˚ 씨처럼 가엾은 여성분을 그냥 둘 수 없는 성격이라······ 뭐, 그건 됐습니다. 그럼 전 이만 실례하고 무녀께 여러분의 마음을 전해드리기로 하지요. 무신당에 인접한 별채엔 부엌이 있어 자취도 가능할 테니 은거 생활을 하시기에 정말 이상적인······."

"잠깐! 네 이놈, 어느새 은거소에 들어간 거냐? 설마 누님이 안내······ 아니, 타지 사람을 안에 들일 리 없지. 몰래 숨어든 게 틀림없군."

"무슨 그런 말씀을. 그쯤은 별채 주위를 산책하면 충분히 알 수 있는 일."

"큰계단과 작은계단 근처에는 가지 말라고 누님이 주의를 줬을 텐데."

"물론 저도 축귀를 행하는 중에는 그리하지 않습니다. 평소 산책하다가 우연히 알아차렸을 뿐이지요."

"저 녀석, 우리 집 사정을 염탐하고 다니는군."

구니하루가 동생에게 소곤소곤 귓속말로 말했지만 당연히 그 자리에 있던 모두가 그 말을 들었다. 그러나 아무도 입을 열려고 하지 않았고 젠토쿠 도사도 그냥 앉아 있었다. 묘한 공기가 방 안을 지배했다. 맨 처음 말문을 연 사람, 움직인 사람이 흡사 벌이라도 받을 듯한 분위기였다.

그래도 결국 가쓰토라가 나섰다.

"즉, 우리한테 협조하겠다는 말인가."

"뭐, 그런 셈이지. 아닌 게 아니라 애석하게도 축귀 의식에 참석하진 못하지만, 여기 계신 네 분보다는 그나마 내가 사기리* 무녀하고 가깝다고 할 수 있으니까."

"누님의 동향을 탐색하겠다고?"

"가족분보다 내가 더 쉽게 알 수 있는 일도 있지 않겠소?"

"마귀며 기도에 관해선 확실히 그럴 테지. 하지만 내 미리 못 박아두는데, 누님을 은퇴시키고 댁이 가가치가의 무당이 될 속셈이라면……."

"하하하하."

젠토쿠 도사가 저도 모르게 몸을 움찔할 만큼 큰 소리로 웃었다. 소심한 이사무뿐 아니라 다른 세 사람까지 기겁한 듯했다.

"당신들이 아까부터 여러 번 말하지 않았소. 앞으로는 마귀가계 따위 아무짝에도 쓸모없을 거라고."

"……."

"난 일본 전국을 행각하니 말이지. 마귀 지대라 불리는 지역에도 여러 번 가봤다오. 그런 곳에 비해도 이곳은 이질적이오. 물론 윗집에서 아랫집에 이르기까지 세 가가치가 및 마을에 존재하는 마귀가계의 흑의 집들, 그리고 두 가미구시가와 마을의 백의 집들이라는 흑백 구도 자체는 딱히 특수한 게 아니오. 마귀가계일망정 마을 내에 수가 어느 정도 되고 더욱이 지주라는 입장에 있다면 평소 생활에 그리 지장이 있지는 않을 터. 지방에 따라서는 마귀가계가 마을에 한두 집뿐인 곳도 있으니 말이오. 그리 되면 여간 힘든 게 아니라오."

"그런 집 자식들은 어떻게 결혼하려나."

도무지 남 일 같지 않은지 기누코가 끼어들었다.

"뭐, 인근의 같은 마귀가계와 혼인하기도 하고, 결국 집을 버리고 타지로 이사가기도 한다오. 다만 그런 마을에선 대개 축귀를 할 사람이 없다보니 나 같은 사람이 환영받지. 그렇지만 가가구시 촌 같은 곳에서, 게다가 사기리˙ 무녀의 후임이 되다니 그런 건 무리요."

"갑자기 웬 겸손이신가."

가쓰토라가 빈정거림과 의아함을 반반씩 섞어 말했다.

"어머님의 후임 운운하는 건 혹시 '이곳은 이질적'이라고 하신 말씀과 상관있습니까?"

그 말이 마음에 걸렸던 듯 이사무가 곧바로 물었다.

"이 집이, 가가치 윗집이 평범한 마귀가계가 아니라는 건 당신도 알 테지. 그렇지만 나는 당신들이, 아니 마을 사람들이 생각하는 그 이상의 것이 이 집에 있다고 본다오."

"그 이상이라니?"

구니하루의 물음에 젠토쿠는 "그건 나도 모르오" 하고 대뜸 고개를 가로저었다.

"다만 가카산과 구구산, 오주천, 히센천이 마을을 에워싸는 지형에 어떤 의미가 있다는 생각이 드는군. 신령납치며 염매 전승도 있고 말이오. 그 모든 게 가가치가와 관련이 있는지 없는지는 알 수 없지만, 내 보기엔 가계를 뛰어넘어 이 가가구시라는 땅 자체가 뭔가에 씐 것 같소."

다들 조용해진 것을 보고 젠토쿠는 또다시 소리내어 웃었다.

"난 사이비 수험자일지는 몰라도 그런 후각은 발달됐다오."

"그래서 결국 댁이 원하는 건 뭔가?"

이제 와서 이곳이 저주받은 땅이라는 말을 들어봤자 달라질 것 없다는 양, 가쓰토라가 다시 현실적인 이야기를 끄집어냈다.

"흠, 아주 작은 거요. 가가치가와 가미구시가, 두 집안의 혼인이 성립될 때까지 이 댁에 신세지는 것 그리고 모든 일이 원만하게 해결됐을 때 합당한 촌지를 받는 것."
"일이 해결되면 챙길 걸 챙겨 나가겠다고?"
"물론이오. 언제까지고 신세를 질 순 없지 않소?"
요는 앞으로 최소 사오 년은 가가치가에 얹혀살다가 한 재산 챙겨서 새로운 봉을 찾으러 떠나겠다는 말 같다.
"좋아, 그러지."
가쓰토라가 대답한 순간, 그때까지 불안한 표정이던 구니하루와 기누코도 결심이 선 듯 동시에 고개를 끄덕였다. 이사무 홀로 남은 꼴이었으나 아무도 신경쓰지 않았다.
"게다가 혹여 이 혼담이 성공하지 못해도 나한테 비장의 수가 있으니 말이지."
"호, 그러고 보니 나한테도 비장의 수가 될 만한 게 있는데 그걸 어떻게 활용할 수 있을지 모르겠소."
가쓰토라가 의미심장한 말을 중얼거리자, 뜻밖에 젠토쿠 도사도 그런 수수께끼 같은 말을 했다. 가쓰토라에게 맞서 허세를 부리는 게 결코 아니라는 것은 그 대담무쌍한 미소로 잘 알 수 있었다.
"뭐, 비장의 수는 서로 만일의 경우를 위해 남겨두기로 하고, 그럼 결정됐으니 축배라도 듭시다. 그래봤자 술은 없소만. 이건 무신당에서 발견한 특별한 차의 분말인데……."
젠토쿠 도사는 품에서 봉지를 꺼냈다. 훔친 물건을 공공연히 내보이는 것이다.

"설마 구구의례에서 마시는 그……."

"아니, 그것하고는 다른 거요. 마시면 기분이 좋아지는 건 술과 비슷하니 걱정할 필요 없소. 내가 마셔봤으니 그렇게 불안한 표정 짓지 않아도 되오."

가쓰토라는 여전히 의심스러운지 고개를 갸웃거렸으나 결국 기누코에게 주전자와 잔을 가져오게 했다.

"가루약처럼 타면 되네."

가쓰토라가 이렇게 하면 제일 낫다며 방법을 가르쳐주었다. 그러나 완성된 차에 손을 대려는 사람은 아무도 없었다.

"하하하, 다들 제법 조심성이 있으시구려."

젠토쿠 도사는 짐짓 조롱하듯 큰 소리로 웃더니 잔을 들어 단숨에 비웠다.

"음, 훌륭하군. 자, 어서 사양들 마시고……."

먼저 구니하루가 잔을 들었고, 오빠를 살핀 뒤 기누코가 뒤를 이었다. 가쓰토라는 이사무를 재촉해 먼저 마시게 한 뒤 자기는 마지막으로 잔에 입을 댔다. 그래놓고는 맨 먼저 한 잔 더 따랐다.

"그럼 가미구시가의 가족 구성과 가가치가와의 관계, 특히 개별적인 인간관계를 대략 알고 싶소. 그리고 두 집안의 마을 내 세력 구도도."

모두가 기이한 차에 푹 빠져 맛이 훌륭하다고 한마디씩 칭찬한 뒤, 젠토쿠 도사의 요망에 응하는 형태로 새로운 밀담을 시작했다. 자신들의 계략을 귀담아 듣는 ×××의 존재를 알아차린 사람은 아무도 없었다.

사기리의 일기 2

큰정화소는 구구산에서 흘러오는 히센천이 크게 호를 그리는 강변 자갈밭에 있다. 수미단 같은 대좌를 중심으로 완만한 곡선을 그리는 박공지붕을 네 개의 기둥이 떠받치는 구조에서 목조건축만의 중후함이 느껴진다. 그 중앙에 설치된 사당도 조그만 당집이라 할 수 있을 만큼 크다. 본래는 구구산의 외까신사니 으리으리한 게 당연할지 모른다.

나는 밑에서 절을 한 뒤 왼손으로 높직한 난간을 짚으며 계단을 올라가 사당 정면에 섰다. 그리고 격자문을 열고 안으로 들어가서는 주물을 싼 회지를 제단에 올려놓았다. 나는 두 손을 모으고 눈을 감은 다음 주문을 읊었다.

대개는 이즈음부터 현실 속의 소리나 목소리가 사라지고 술렁거림이 느껴진다. 물론 큰정화소 내부가 아니라 주변의 것이다. 왜 아무 소리도 들리지 않는데 술렁거리냐고 물으면 할 말이 없지만, 그밖에 달리 표현할 방법이 없다. 소리 없는 소음이라 할 기척에 에워싸인다.

그러나 의식을 마치고 사당에서 나오면 주위를 둘러본들 아무것도 없다. 무엇보다도 그렇게 찾는 눈치를 보이면 안 된다. 자칫 잘못했다가는 그것이 실체화되도록 거드는 셈이 된다. 그렇게 되면 일이 성가셔진다. 큰정화소에서 나오기 무섭게 직접 접근하려

들기 때문이다. 위험은 되도록 피해야 한다. 하기야 이때 느끼는 것은 이 지방에서는 말하자면 공기 같은 존재인지라 의식하지 않고 평상시대로 행동하는 게 제일 좋다. 우리가 평소 살면서 공기에 관해 별달리 생각지 않는 것과 똑같다.

정해진 주문을 읊고 나서 제단에 올려놓았던 회지를 공손히 받들었다. 손에 닿는 감촉이 명백히 달랐다. 조금 전까지는 어쩐지 끈적끈적한, 종이인데도 묘하게 무거운, 뭐라 형언할 수 없는 느낌이었는데, 그게 거의 사라지고 없었다. 그 차이를 손가락으로 실감했다.

'할머니께서 큰정화소로 가라고 하실 만했구나. 작은정화소였다면 이렇게까지 정화하기는 무리였을 거야.'

새삼 큰정화소의 힘을 실감한 나는 제단을 향해 절한 다음 사당에서 나왔다. 그리고 계단을 내려와 정화소를 향해서도 절을 했다. 그런 다음 강변을 따라 작은정화소까지 가려다가 무심코 왼편으로 보이는 도코요 다리에 눈길을 주었다.

'앗, 영산에 올라가야겠어.'

순간 그런 생각이 들었다. 왜 올라가야 하는지는 알 수 없었다. 그저 영산에 가고 싶다, 가야 한다는 생각이 강하게 들었다.

어렸을 때부터 그렇게 무서워했던 곳이건만 지금은 가까이 가고 싶었다. 영산에 이상하게 끌렸다. 작은정화소로 가야 한다는 생각은 머릿속 한구석에 있었다. 그런데 몸이 자연스럽게 다리 쪽으로 향했다. 아홉 살 때 느꼈던 압도적인 공포가 되살아날 듯했다. 그렇지만 그것을 순식간에 지워버릴 정도로 기분 좋은 바람이 영산 쪽에서 불어왔다. 히센천의 물 흐르는 소리조차 청량한 음악처럼 들렸다. 큰정화소 안에서 체감했던 괴이한 주위 기척이 사라지고, 마치 무릉도원에 온 것처럼 평온함이 주위를 감쌌다. 머릿속이 멍하고 기분이 좋은데, 마음속 저 깊은 곳에서 작은 목소리가 가면 안 된다고 필사적으로 말리는 것 같기도 했다. 하지만 몸은 이미 다리에 발을 디디려 했다. 몸과 마음이 따로 노는 기분이었다.

영산이 부를 때가 있다.

멍한 머릿속에서 할머니의 목소리가 들려왔다. 다음 순간 어디선가 무슨 소리가 들려 퍼뜩 정신이 들었다. 밑을 내려다보니 오른발을 도코요 다리에 막 내려놓으려던 참이었다. 허겁지겁 몇 발짝 물러났다. 다리에 발을 내디뎠다면 나는 틀림없이 영산 어귀까지 갔을 것이다. 두 허수아비님이 모셔진, 아홉 살 때 딱 한 번 가봤던 무서운 곳으로.

'그랬다면 대체 어떻게 됐을까.'

영산에 올라갔을까. 올라가서 뭘 할 생각이었을까. 그런 생각을 하다가, 내 의사로 올라가는 게 아님을 다시금 깨달았다.

영산이 부를 때가 있다.

그렇기에 이곳에 함부로 접근해서는 안 된다. 그것은 가가치가의 무녀와 혼령받이조차도 마찬가지다. 보통 사람과 다른 만큼 오히려 부름을 받기가 더 쉬운지도 모른다.

'정신 똑바로 차려야 해.'

나는 여느 때와 달리 이것저것 쓸데없는 생각을 하는 자신을 질타했다. 마음을 다잡고 조금 전 소리가 무엇이었을까 생각했다.

큰정화소로 돌아가니 사당 문이 반쯤 열려 있었다. 아까 분명히 좌우로 여닫는 격자문을 꼭 닫았는데.

'바람이 불었나?'

아까 들은 소리는 사당 문이 열렸다 닫혔다 하는 소리와 비슷했다. 그렇지만 바람이 분다고 닫혀 있던 문이 열릴까. 게다가 여러 번 되풀이해서 열었다 닫았다 한 것 같은……

인간이 생각할 일이 아니다. 그것을 깨달은 나는 바로 격자문을 잘 닫고 정중하게 절한 다음 큰정화소를 뒤로했다.

히센천을 따라 하류의 작은정화소를 향해 강변을 걷기 시작했다.

할머니 말씀으로, 히센緋遷천은 과거 기록에는 시센贄遷천으로 나와 있는데 '시'가 '히'로 바뀌면서 글자도 바뀌었다고 한다. 원래 이름의 '贄'는 보아하니 산 제물을 뜻하는 모양이다. 따라서 이 강은 구구산에 바쳐진 제물을 돌려보내던, 즉 떠내려보내던 곳이며, 영산도 원래는 구기供犧산이어야 한다는 것이다. '구기'란 산 제물을 말한다. 그렇게 생각하면 히센천의 '緋'도 붉은 실이라는 의미니 뭔가 숨은 뜻이 있을 것 같다. 산 제물의 몸에서 흘러나온 피가 마치 붉은 실처럼 또는 붉은 뱀처럼 강물을 따라 구불구불 흘러가는 모습을 나타내는지도 모른다.

그렇지만 마을 사람들은 이 강을 단순히 오소로시천, 즉 '무서운 강'이라 부른다. 가가치 윗집과 가운뎃집의 뒤쪽 일대, 즉 구구산에서 히센천 하류 근방까지를 '무서운 곳'이라 부르며 기피하니, 강을 그렇게 부르는 것도 당연하리라.

어느새 석양이 구구산 너머로 숨어버렸다. 아직 밤처럼 어둠이 깔리지는 않았지만, 큰정화소에서 주문을 읊고 있을 때에 비하면 많이 어둑어둑해졌다. 게다가 하늘빛이 영 이상했다. 강변으로 나올 때까지는 주황색으로 노을이 져 있었는데, 지금은 짙은 보라색이 섞여 기기묘묘한 소용돌이를 그리고 있었다. 흡사 큰북을 미친 듯이 두들겨대는 무겁고 후텁지근한 음색이 그 속에서 쏟아질 것만 같았다.

'역시 나 오늘 좀 이상해.'

큰정화소에서 나왔을 때 영산이 불러 그뒤로 정신을 똑바로 차린다고 해놓고 어느새 한눈을 팔고 있다. 최소한 지난 몇 년 동안은 이런 일이 없었다. 작은정화소로 가는 길에 강에 눈길을 준 적도, 하늘을 올려다본 적도 없었다. 그저 한결같이 앞만 보고 걸었다. 강변 저 앞에 보이는 작은정화소에서 한순간도 눈을 떼지 않았다.

한눈팔지 않는 것은 물론 주어진 소임을 어서 끝내기 위해서지만 그것만은 아니다. 이곳에서 공연히 주위를 둘러보는 게 무척 위험한 일이기 때문이다. 처음에는 몰랐다. 무신당에서 큰정화소로 가는 길에 느꼈던 긴장은 주물을 정화하는 첫번째 의식을 마치고 나면 아무래도 약간 느슨해지게 마련이다. 그렇게 되면 아무리 할머니가 주의를 주었어도 주위가 신경쓰인다. 무심코 눈길을 주고 만다. 아무리 그래도 돌아보지는 않았다. 그것만은 할머니의 말씀을 지켰다. 그렇지만 뒤가 아닌 왼편의 강물이나 오른편 덤불, 그리고 머리 위의 하늘과 발밑 강변은 늘 쉴 새 없이 시선으로 훑곤 했다.

너무 무서워서…….

똑바로 앞만 보고 작은정화소까지 가면 그만큼 의식을 빨리 끝내고 빨리 돌아올 수 있다. 머리로는 아는데 그게 되지 않았다. 주위를 완전히 차단하고 정화소로 가서 의식을 올리고 주물을 강물에 떠내려보낼 수 있게 되기까지 일 년도 더 걸렸다. 그동안 나는 인간의 말로는 도저히 설명할 수 없는…… 것을 한두 번 본 게 아니다. 그 때문에 더욱 눈을 뗄 수 없어졌다. 어렸으니 그럴 만도 하다.

황혼녘 하늘에 구불구불 떠다니는 길고 굵직한 밧줄 같은 것, 강변의 돌 틈새로 무수히 보이는 핏발 선 눈알들, 울창한 덤불에서 쑤욱 나왔다가 쓱 들어가버리는 거대한 새의 다리, 물결치는 수면 위로 떠올라 나를 부르듯 한들한들 흔들리는 손목, 물고기 비늘과 똑같이 생겼는데 사람 피부가 타는 듯한 냄새를 풍기며 하늘에서 떨어지는 뭔가, 발목에 엉겨드는 갓난아기 것처럼 조그맣고 긴 머리털이 난 손들, 내가 걷는 속도에 맞춰 강을 헤엄치는 팔다리가 붙은 뱀장어 같은 짐승, 몸 크기가 계속 달라지고 덤불 속에 숨어 '꺼내줘 꺼내줘 꺼내줘' 하고 속삭이는 네발짐승, 얼굴,

가슴, 팔다리에 들러붙으려고 앞쪽에서 꿈틀거리며 기회를 엿보는 물컹물컹하고 형태가 없는 검붉은 것, 거대한 스투파처럼 영산의 나무들 사이로 솟은, 납작한 막대기 같은 회색 물체, 아주 낮은 상공에 떠서 가루차 같은 색의 물을 떨어뜨리는 짙은 녹색의 구름 덩어리, 머리는 백발 노파에 몸통은 닭인데 다리는 없고 꿰꿰 기성을 지르며 강변을 기어다니는 짐승, 강을 거슬러 올라오는 수험자며 중, 비파법사, 샤미센 악사 등의 썩은 송장들…….

내가 본 것을 말씀드리면 할머니는 이렇게 말씀하셨다.

"그건 요괴들이 꾸며낸 환영이지, 실제로 존재하는 게 아니다. 이쪽에서 동조하지만 않으면 괜찮을 게야. 다만 그런 것들은 진짜 모습이 환영보다 더 무시무시한 경우도 있으니 절대 한눈팔면 안 된다."

늘 이렇게 꾸중만 듣다보니 나는 이윽고 뭘 봐도 할머니께 말씀드리지 않았다. 하지만 할머니의 충고는 잊지 않았다.

진짜 모습은 더 무시무시하다.

그런데도 계속 한눈을 판 것은, 실은 나도 모르는 사이에 요괴들의 환영에 홀렸기 때문인지도 모른다.

'이러다 그때 같은 상태로 돌아가겠어.'

나는 그런 걱정이 들어 다시 마음을 바로잡기 위해 잠시 멈춰섰다. 그리고 별로 흐트러지지도 않은 무녀복의 매무새를 고쳤다. 혼령받이 역할을 맡는 사람도 무녀와 마찬가지로 백의에 붉은 하카마를 입는데, 무신당에서 나올 때는 그 위에 흰 겉저고리를 걸

친다. 가가치가의 무녀도 혼령받이도 솔직히 내게는 짐이 너무 무겁지만 이 복장만은 꽤 마음에 든다.

'서두르자. 꾸물대다간 정말 어두워지겠어.'

이미 반쯤 온 지점에서 내 나름대로 최대한 걸음을 빨리 했다. 해가 떨어지면 주위를 방황하는 것들이 순식간에 늘어나기 때문에 그 걱정도 있었다. 그런 밤의 존재들은 한눈팔지 않아도 집적댄다. 물론 상대하지는 않지만 그래도 수가 많으면 성가시다. 계속 무시하는 데도 기력과 체력을 쓰게 된다. 그래서 몸이 약해졌을 때 터무니없는 것과 맞닥뜨리기라도 하면 정말 큰일이다. 축귀 의례를 마무리하는 장소라지만 이곳은 결코 성역이 아니다. 성역은커녕 마을 사람들이 두려워하는 마소魔所다.

하류에서 세찬 바람이 불어왔다. 옷자락이 바람을 정면으로 맞아 점차 걸음이 느려졌다. 꼭 나를 보내지 않겠다고 바람이 가로막는 것 같다. 어떤 의사마저 느껴질 정도로 강한 돌풍이 불었다.

힘겹게 나아가 간신히 작은정화소 앞에 이르렀다. 큰정화소 같은 지붕도, 기둥도, 대좌도 없이 그저 강변에 사당이 서 있을 뿐이다. 사당의 크기도 십분의 일쯤 될까. 격자문을 열려면 허리를 굽혀야 한다. 그렇지만 이 정화소를 볼 때마다 나는 엉뚱하게 귀엽다는 생각이 든다. 큰정화소에서는 안심감 그리고 외경심 비슷한 감정을 품게 되는데, 그곳에 비해 작아서 그런 것이리라. 하지만 천벌받을 생각이라는 것은 확실하다. 나도 몹쓸 짓이라고 반성한다. 그렇지만 작은정화소 앞에 서면 어쩐지 마음이 놓이는 것은 사실이었다.

'아차, 긴장을 늦추면 안 돼.'

나는 또다시 스스로를 타이르고는 큰정화소와 같은 순서대로 의식을 올렸다. 오로지 정화 의식만 생각하려고 노력하며 머릿속을 주문만으로 메웠다. 큰정화소를 거쳐서 왔다지만 이곳에서 할 소임도 중요하다.

의식을 마친 나는 회지를 들고 정화소 오른쪽에 설치된 널판 위로 올라갔다. 과장되게 말하자면 선창다리처럼 강에 조금 걸쳐져 있다. 몇 발짝 못 가 바로 끄트머리에 이를 만큼 짧지만 주물을 강물에 떠내려보내는 데 중요한 곳이다.

"네 본디 있던 곳으로 돌아갈지어다."

나는 그렇게 읊으며 회지를 강물에 담근 뒤 말을 이었다.

"결코 성내지 말지어다. 그리고 돌아오지 말지어다. 결코 탄식하지 말지어다. 그리고 돌아오지 말지어다. 결코 교만하지 말지어다. 그리고 돌아오지 말지어다. 그리하여 네 본디 있던 곳으로 돌아갈지어다."

주물을 떠내려보내는 주문을 읊으며 손을 살며시 뗐다.

바로 강물을 타고 떠내려가기 시작한 회지는 얼마 못 가서 빙글빙글 도는가 싶더니 그 자리에 정지했다.

'하필이면 이런 때……'

주물은 하류로 떠내려가 완전히 모습을 감추는 것이 제일 좋고 그 자리에 가라앉는 것은 별로 좋지 못하다. 마귀가 퇴치할 놈에게서 떨어지기는 했지만 있던 곳으로 돌아가지 않았다고 간주된다. 그렇지만 가장 나쁜 게 떠내려가지도 않고 가라앉지도 않고 수면에 떠 있는 것이었다. 축귀 의식 자체가 미흡했을 수 있기 때문이다. 무녀가 문답으로 제압한 듯 보인 것은 상대방의 책략이고 실은 주물에 봉해지지 않았을 수도 있다.

"온아로리캬소와카, 온로케이지바라키리쿠소와카, 온마이타레이야소와카, 온아보캬비자샤운핫타……."

나는 널판에 앉아 곧바로 주언을 외우기 시작했다. 평소 혼령받이 역할을 하지만 할머니 밑에서 무녀로서도 수련을 쌓았다. 혼자서 대처해야 할 상황이 언제 찾아올지 모르기 때문이다.

"온바사라다루마키리쿠, 온아미리토도한바운핫타……."

주언을 읊을수록 회지가 더 빨리 도는 것처럼 보이는 것은 기분 탓일까. 강물에 떠내려갈 것처럼 보이지 않는 이유는 뭘까. 자꾸만 마음이 약해지려는 나를 질타하며 주언에 정신을 집중했다.

"온카카카비산마에이소와카……."

얼마 동안 그러고 있었을까. 문득 얼굴을 들어보니 어둑어둑한 수면에서 새하얀 회지가 사라지고 보이지 않았다. 일심불란하게 주언을 읊으면서 무의식중에 머리를 떨어뜨렸던 모양이다.

'떠내려갔나, 아니면 가라앉았나.'

어쨌든 최악의 사태는 모면했다. 긴장을 푼 순간 주위가 캄캄해진 것을 깨달았다. 아직 완전히 어둠에 싸이지는 않았어도 밤이 이제 얼마 남지 않았음을 알 수 있었다. 그래도 무사히 역할을 다

했다는 안도감 때문인지 생각처럼 조바심이 나지는 않았다.

나는 다시 작은정화소를 향해 절을 하고 큰정화소로 갔다. 원래는 이대로 작은계단을 올라가 무신당으로 돌아가면 된다. 하지만 오늘은 큰정화소에 한 번 더 참배를 드려야 한다는 생각이 들었다. 이건 형식상 잘못된 것이 아니다. 오히려 주물로 옮긴 뭔가가 엄청난 것이었을 경우는 그 정도로 정성스럽게 정화 의식을 올려야 한다. 단 그 역할을 다할 자가 정상적인 상태일 때.

그래, 나는 이날 그렇게 여러 차례 마음이 흐트러졌던 것을 기억하고 한시라도 빨리 '무서운 강'을, '무서운 곳'을 벗어나야 했다.

구구의례 중 영산으로 가는 길에 히센천에 모셔진 두 정화소를 봤을 때, 나는 두 곳 사이에 있는 이 강변이 수호를 받고 있다고 생각했었다. 소위 성역이라고 생각했다. 그렇지 않음을 나는 그 직후 뼈저리게 실감했다. 그런데 지금도 여전히 똑같은 착각을 할 때가 있다. 이때가 그랬다. 이것저것 묘한 분위기에서 간신히 주물을 떠내려보내고 한숨을 돌린 나는 무심코 평소의 나 자신으로 돌아와 있었다. 그 정도로 몇 번씩 마음을 다잡았는데도.

하지만 정말로 다 끝났다고 안심할 수 있는 것은 무신당으로 돌아와 제단을 향해 절한 다음이다.

처음에는 기분 탓이겠거니 했다. 성가시게도 이곳에서 느끼는 온갖 감각은 기분 탓으로 받아들일 수도 있고, 실제로 뭔가의 소행이라고 생각할 수도 있다. 하지만 어느 쪽이건 상대하지 말아야 하는 것은 똑같으니 신경쓸 필요가 없다. 그런데도 나는 이때 그것을 의식하지 않을 수 없었다. 등에 들러붙는 뭔가의 따끔따끔한 시선을…….

큰정화소에 왔을 때 이미 느꼈던 그 기척일까. 그뒤 되도록 의식하지 않으려고 애썼건만.

'신경 안 써. 신경쓰면 안 돼.'

하마터면 돌아볼 뻔했으나 꾹 참았다. 그랬다가는 내가 눈치챘음을 들키게 된다.

'아냐, 분명히 기분 탓이야.'

그렇게 생각해봐도 억지로 자신을 속이는 기분이 들 뿐이었다.

'어쨌든 상대하면 안 돼. 이대로 자연스럽게, 아무것도 못 느끼는 것처럼…….'

자꾸만 빨라지려는 걸음을 애써 참았다. 하지만 속으로는 이곳에서 조금이라도 멀리 떨어지고 싶었다. 등을 무방비로 드러내고 있다는 게 점점 못 견디게 불안해졌다. 그런 기분을 잠재우려고 더 천천히 걸었다.

'어차피 난 뛸 수도 없으니까.'

순간적으로 너무나도 자학적인 생각이 떠올랐다. 광기 어린 웃음을 발작적으로 터뜨리고 싶었다. 한편으로 그런 생각을 한 나 자신이 놀랍고 어처구니없었다. 나는 뛸 수 없다. 그러니 그냥 걸을 수밖에 없다. 그게 자연스러워 보인다. 따라서 내가 눈치챘다는 것을 뒤에 있는 뭔가가 알아차릴 염려도 없다. 나는 그런 계산을 했던 걸까.

내 마음을 알 수 없어졌다. 하지만 등뒤의 그것에 대해 내가 진짜 공포를 느끼기 시작했다는 것만은 알 수 있었다.

'큰정화소만 보면서 그곳에서 읊을 주문으로 머릿속을 메우자.'

그렇게 생각해서 앞쪽에 보이는 사당에 의식을 집중했다. 그러면서도 강변의 돌멩이에 발이 걸리지 않게 조심해서 걸었다. 그렇게 등뒤의 기분 나쁜 느낌에서 조금씩 떨어지기 시작했을 때였다.

뒤에서 소리가 들려왔다. 처음에는 무슨 소리인지 알 수 없었지만 금세 깨달았다. 뭔가가 자갈밭을 걷는 발소리라는 것을. 그것도 자그락자그락 나를 향해 다가오는 소리라는 것을.

얼굴에서 핏기가 가시는 게 느껴졌다. 걸음이 빨라지려는 것을 필사적으로 참았다. 여러 번 말했다시피 내가 눈치챘다는 것을 상대방에게 알려서 좋을 게 없다. 그냥 두면 이윽고 다른 데로 가버릴 가능성도 충분히 있다. 게다가 걷기 불편한 자갈밭에서, 그것도 다리가 성치 않은 내가, 빨리 걸어봤자 무슨 소용이 있겠나. 기왕 하려면 뒤따라오는 그것을 완전히 떼치고 그보다 빨리 큰정화소로 뛰어들 필요가 있다. 상대를 알 수 없는 상황에서 그런 도박에 나설 수는 없다. 역시 알아차리지 못한 척하는 수밖에 없다.

나는 시치미를 떼고 걸으면서도 모든 신경을 등에 집중했다. 어느새 큰정화소에 대한 생각도 잊어버렸다. 그곳이 목적지임에는 변함없었지만, 지금은 뒤쪽의 기척에 주의하며 발소리에 귀를 기울여야 했다.

자그락, 작, 자그락, 작.

나는 이내 묘한 것을 깨달았다. 정상적으로 걸으면 일정하게 들릴 발소리가 이상하게 어긋나곤 했다. 허기야 소리를 내는 **존재가** 정상이 아니기 때문일지도 모르지만.

처음에는 자갈밭을 지그재그로 나아오나보다 했다. 왜 그러는지는 알 수 없다. 십중팔구 이유 따위 없을 것이다. 구태여 말하자면 장난이다. 또는 나를 놀리기 위해서다. 어쨌든 변변한 이유일 리가 없다.

자그락자그락, 작, 자그락자그락, 작, 자그락자그락, 작⋯⋯.

발소리에 또 변화가 생긴 것을 알아차린 순간 하마터면 멈춰설 뻔했다.

'서, 설마⋯⋯.'

나는 알아차렸다. 어째서 발소리가 흐트러지는지.

그렇지만 그게 무슨 의미일까. 거기까지 생각한 순간 등골이 오싹했다. 어째서 내 뒤에서 그런 짓을 하는지를 생각하니 한기가 들었다. 발소리가 흐트러지는 것은 한쪽 발을 끌기 때문이었다.

뭔가가 나를 흉내내고 있다.

정확히 말하자면, 예전의 나를 흉내내고 있다. 지금은 저 정도로 심하게 끌지 않는다. 뛰지만 않으면 나를 모르는 사람은 내게 장애가 있는지 모를 것이다. 그런데도 뒤따라오는 뭔가는⋯⋯.

'이루 헤아릴 수 없는 악의⋯⋯.'

그런 말이 떠올랐다. 완전히 나를 조롱하고 있다. 사악함 말고는 아무것도 느껴지지 않았다. 나를 깔보고 위협하고 접주고 갖고 놀며 즐거워하는 것이다. 한없이 시커먼 악의 덩어리가 등뒤에 보이는 듯했다. 지금껏 마주친 중에서도 가장 고약했다.

'괜찮아. 무, 무섭지 않아.'

사실은 울고 싶었다. 당장에라도 몸이 부들부들 떨릴 것 같았다. 하지만 꾹 참고 버티는 수밖에 없다고 나 자신을 타일렀다. 조금이라도 반응을 보이면 이번에는 또 무슨 일이 생길지 모른다. 그저 모르는 척 잡아떼다보면 이윽고…….

자그락자그락, 자그락, 자그락자그락, 자그락.

갑자기 발소리가 변했다. 보통으로 돌아온 것 같기도 했다. 싫증이 난 걸까 생각하는데…….

자그락자그락자그락, 자그락자그락자그락.

마치 장난은 이제 끝났다는 양 발소리의 리듬이 빨라졌다.

'저리 가…….'

어느새 내 걸음도 빨라졌다. 나도 모르는 새 눈물이 뺨을 적시고 몸이 바들바들 떨리기 시작했다. 오열이 목까지 치밀었을 때 발을 잡아끄는 소리가 또다시 들리기 시작했다. 여유를 부리는 걸까. 시치미 떼는 것도 포기하고 도망치는 나를 비웃는 걸까.

'누굴 바보로 알아!'

무심코 뒤를 돌아보고 소리칠 뻔했다가 오싹했다.

'상대방이 노리는 게 그게 아닐까.'

순간적으로 멈춰선 나는 또다시 오싹했다. 발을 잡아끄는 소리의 정체가 나 자신임을 깨달았기 때문이다. 내가 걸음을 멈춘 순간 뒤에서 들려오던 발소리도 그쳤다. 평범하게 걸으면 아무렇지도 않지만 걸음이 빨라지면 지금도 자연히 발을 끌게 된다. 그것은 내 **발소리였다.**

'나도 모르는 새 걸음이 빨라졌던 거야. 그 소리가 자갈밭에 울려서……. 공포심이 낳은 환청이었어.'

멈춰선 다음에야 비로소 알았다.

'자기 발소리에 겁먹다니…….'

맥이 탁 풀려 흐늘흐늘 주저앉을 뻔했다. 웃음소리가 새어나왔다. 그때 뒤에서 발소리가 다가왔다.

'어?'

환청이 아니었다. 내 발소리도 아니었다. **뭔가가 이쪽으로 다가오는 소리가 분명히 들렸다.**

'도, 도망쳐야 해.'

마음은 급한데 다리에 힘이 들어가지 않았다. 발이 마치 자갈밭에 뿌리를 내린 것처럼 꼼짝도 하지 않았다. 그러는 동안에도 발소리는 부쩍부쩍 커졌다. 얼른 움직여야 하는데, 최소한 다시 걷기라도 해야 하는데. 아니면 저것에게 붙들릴 것이다. 그렇게 되면 저것이 무엇이든 나는 미쳐버릴 것이다. 사기리** 이모처럼.

방에 갇힌 이모의 모습이 머리를 스친 순간 왼발이 한 발짝 앞으로 나갔다. 그뒤로는 무작정 걸었다.

'정말 뒤에 뭐가 있긴 한가?'

인간이란 참 간사하다. 일단 걸음을 떼고 나니 그렇게 겁에 질려 떨면서도 의심이 싹텄다.

 렌 오빠처럼 합리적으로 생각하지는 못하지만, 나도 모든 괴이가 마귀의 소행이라고 생각하지는 않는다. 본인의 정신적 문제 때문에 발생하는 경우도 많다고 본다.

 오늘 나는 이상했다. 그건 분명하다. 그러니 역시 환청일 수도 있고, 결국은 내 발소리의 반향일 가능성도 남아 있다. 어쨌든 그런 상태에서 '무서운 곳'의 영향을 받았다면?

 다만 뒤에서 들려오는 발소리가 너무나도 생생하다는 게 아무래도 마음에 걸린다.

 '확인해볼까?'

 방법은 딱 하나, 돌아보는 것이다. 완전히 돌아보는 것은 아니다. 그것만은 절대 안 된다. 그게 아니라 왼쪽 어깨 너머로 뒤를 본다. 이것은 정말 위험이 닥친 상황에서만 허용되는 일이었다. 원래는 상대방의 진짜 정체를 알기 위한 주법 중 하나라고 한다.

 정체를 알 수 없는 악귀와 대치했을 때 무엇인지 몰라서 물리칠 수 없을 경우, 일단 등을 돌리고 왼쪽 어깨 너머로 상대를 보면 참모습을 알 수 있다고 한다. 단 무슨 일이 있어도 오른쪽 어깨 너머로 보면 안 된다. 그랬다가는 삽시간에 씌고 만다.

 이 방법이라면 축귀 의식 중이어도 문제없다. 하지만 뒤에 정말 뭐가 있다면, 좋건 싫건 그것의 정체를 보게 되는 셈인데……

 '하지만 착각이라면, 환청이라면, 확인해야 해.'

 나는 그칠 기색이 전혀 없는 발소리를 들으며 결심했다. 하지만 무엇을 보게 될지 알 수 없으니 나름대로 각오가 필요했다.

자그락자그락자그락, 자그락자그락자그락.

발소리가 대각선 왼쪽에 오도록 위치를 조절해 걸었다. 얼마 동안 그대로 걸었지만, 돌아볼 순간은 스스로 정하는 수밖에 없다. 생각은 그만하고 단숨에 돌아보기로 했다.

'……'

아무것도 없었다. 괴이도, 사람도 보이지 않았다. 그제야 나는 발소리도 사라졌음을 깨달았다.

'다행이다……. 역시 그랬구나.'

그래도 긴장을 늦추지는 않았다. 걸음을 멈추지 않고 큰정화소로 향했다. 또다시 강 하류에서 불어온 바람이 등을 밀어주었다. 아까는 내 앞을 가로막던 바람이 지금은 고마운 순풍이었다. 그 덕에 큰정화소에 거의 이르렀다. 겨우 다 왔다고 안도했을 때였다.

사…… 기…… 리…….

뒤에서 누가 나를 불렀다. 온몸에 소름이 돋으며 그 자리에 얼어붙었다. 분명히 아무것도 없었는데, 뒤에서 내 이름을 부르는 목소리가 들려왔다.

자그락자그락자그락, 자그락자그락자그락.

발소리가 또 시작되었다. 그도 잠깐.

자락자락자락, 자락자락자락.

금세 걸음이 빨라져 눈 깜짝할 새 내 쪽으로 접근했다. 뭔가가 나를 쫓아오는 엄청난 기색이 등 전체에 느껴졌다. 그것을 환청이라 치부하기는 이제 무리였다.

발소리가 내 바로 뒤에서 그쳤다. 자그락 하고 자갈 밟는 소리가 한 번 난 뒤 심산유곡의 한복판 같은 정적이 주위를 메웠다. 도무지 왼편 위로 가까이 윗집이 있는 것 같지 않았다. 나를 기점으로 반경 몇 십 킬로미터 내에 사람이 아무도 없는 듯했다. 아니, 사람이 아닌 것까지 포함해 아무것도 없다. 있는 것은 오로지 나와 뒤에 있는 그것뿐⋯⋯.

이 정도로 궁지에 몰리면 되레 배짱이 생기는지도 모르겠다. 달리 방법이 없었다고 할 수도 있지만, 나는 또다시 그것의 정체를 확인하기로 했다. 이 정도로 가까이 있으면 설사 투명한 괴물이라 해도 보일 것이라는 확신이 있었다.

'온아로리캬소와카⋯⋯.'

머릿속으로 집중해서 주언을 외웠다. 그리고 머리가 충분히 주언으로 메워졌다 싶었을 때 어깨 너머로 돌아보았다.

아무것도 없었다. 주위는 이제 완전히 어둠에 잠겨 있었지만 바로 뒤에 있는 게 보이지 않을 정도는 아니었다.

'이상하네. 어떻게 된 거지?'

도무지 영문을 모르겠다. 뒤를 보고 있기가 겁나 고개를 도로 앞으로 돌리려 했을 때였다.

사기리⋯⋯.

바로 뒤에서 뭔가가 속삭였다. 비명이 목까지 치밀었다. 그런 지경이 되어서도 무의식중에 참은 것은 아직도 상대방에게 들키는 게 두려웠기 때문일까. 아니면 입 밖으로 소리를 냈다가는 그동안 애써 참았던 것이 터져 이성을 잃게 될 것 같아서였을까. 그런데 그때 왼쪽 어깨에 뭐가 닿았다.

"헉……."

나도 모르게 비명이 새어나왔다. 순식간에 몸이 경직되었다. 왼쪽 어깨를 뭐가 건드리고 있었다.

'뭐, 뭐지…….'

그것은 축축했다. 백의 너머로 뭔가가 싸늘하게 스며드는 기분 나쁜 감촉이 느껴졌다. 굳어 있던 몸이 바들바들 떨리기 시작했다. 나는 아무것도 할 수 없었다. 그것의 젖은 손이 어깨 위에 놓여 있다고 생각했다. 상상만 해도 손가락 하나 까딱할 수 없었다. 왼쪽 어깨가 점점 무거워졌다. 사악한 기운이 몸속으로 스며드는 듯한 불길한 느낌이었다.

'할머니! 살려주세요, 저 좀 살려주세요!'

나는 주언을 외우는 것조차 잊고 속으로 몇 번씩 도움을 청했다. 그렇지만 물론 아무 효과도 없었다. 도움의 손길은 나타나지 않았다. 누가 올 리도 없다. 얼마나 그러고 서 있었을까. 정신을 잃지 않은 게 이상할 정도다.

그러나 나는 곧 아무 일도 일어나지 않았음을 깨달았다. 처음에는 내가 어떻게 나올지 두고보는 줄 알았는데, 그런 것치고는 묘하다 싶었다. 언제까지고 우두커니 서 있을 수 없다. 왼쪽 어깨에 무엇이 있는지 확인하는 수밖에 없었다.

주위는 이제 완전히 캄캄했다. 나는 그래도 눈을 감고 오른손을 살며시 움직여 왼쪽 어깨로 천천히 가져갔다. 이윽고 뭔지 모를 젖은 것에 손이 닿았다. 흠칫 놀라 반사적으로 손을 뺐다. 의지의 힘을 총동원해서 다시 왼쪽 어깨로 가져갔다. 축축한 것에 손이 닿았다. 싫은 것을 억지로 참고 잡아 어깨에서 떼어냈다. 손가락 사이에서 그것이 꿈틀거렸다. 엉겁결에 놓아버릴 뻔했지만 간신히 참았다.

오른손을 가만히 눈앞으로 가져오며 천천히 두 눈을 떴다. 한 박자 뒤 '무서운 곳'에 내 비명이 울려퍼졌다.

히센천에 떠내려보냈을 주물이 눈앞에 있었다.

취재노트 2

"실례되는 질문이오만 그 마을에 무슨 볼일이 있으신지?"

버스에 올라탄 노인의 태도는 신사적이라 할 수 있었지만, 눈빛과 말투에서 대답을 거부할 수 없는 박력이 느껴졌다.

"아, 예…… 그게……."

도조 겐야는 노인의 박력에 눌려 말도 나오지 않자 허겁지겁 여행가방을 뒤져 봉투를 내밀었다. 자신이 섣불리 설명하기보다 봉투가 훨씬 도움이 될 것이라고 순간적으로 판단해서다.

"이게 뭐요? 흠, 잠깐 볼까."

의아한 표정으로 봉투를 받아든 노인은 속에 든 것을 꺼내들고는 노안경을 썼다. 한동안 차 안에 종이가 바스락거리는 소리만

들렸다.

"어이쿠 이런, 큰신집 손님이신 줄 모르고 이거 큰 결례를 범했구먼."

손에 든 편지가 가미구시 본가 앞으로 보내는 소개장이라는 것을 알기 무섭게 노인의 태도가 싹 바뀌었다. 그러더니 뒤를 돌아보고는 갑자기 마을 사람들에게 호통을 쳐 겐야를 놀라게 했다.

"예끼, 네놈들은 대체 언제까지 타고 있을 게냐? 썩 내리지 못할까! 둘러싸고 있는 놈들한테도 비키라고 해. 아, 그리고 운전사를 불러와. 뭣이, 아직 출발할 시간이 아니라고? 알 게 뭐냐! 이게 막차 아니냐. 어차피 이제부터 가가구시에 갈 사람도 없어. 됐으니까 어서 가서 운전사를 데려와."

다만 말씨는 난폭하고 거만해도 듣기에 딱히 불쾌한 기분이 들지 않았다. 마을 사람들도 노인을 인정하는지 말대답을 하거나 하지 않고 고분고분 따랐다. 반항은커녕 오히려 노인을 달래느라 애썼다. 자기들은 사정을 전혀 모르는데 노인의 태도가 표변했으니 꽤나 당황했을 것이다.

"저, 무슨 일 있었습니까?"

하지만 그것은 겐야도 마찬가지였다. 마을 사람들의 괴이한 반응뿐 아니라, 소개장을 보기 전 노인이 보였던 태도도 심상치 않았기 때문이다.

"아이고, 아무것도 아니오. 이런 촌구석이다보니 다들 그저 외지 사람이 신기해서 그렇지."

"그, 그렇습니까."

그렇다고 버스를 포위하느냐고 묻고 싶었지만, 기껏 생긴 우호적인 분위기를 깨뜨릴까봐 잠자코 있었다.

"흠, 이제 와서 얼버무려봤자 소용없을 것 같군."

노인은 생각에 잠겨 겐야의 무릎 위에 놓인 《스자쿠와 자코쓰의 마귀신앙》을 보며 말했다.

"소개장에도 이 일대 민간전승, 특히 마귀에 관한 조사에 편의를 봐주라고 돼 있으니 말이지. 그래, 작가시라고?"

노인은 새삼 겐야를 머리끝부터 발끝까지 유심히 뜯어보았다. 그가 입은 청바지가 신기함과 동시에 수상쩍었으리라.

당시 일본에서는 공식적인 의류 수입이 인정되기 전이었던 터라 청바지는 어디까지나 중고만 구할 수 있었다. 더욱이 질이 좋지 않은 물건이 많을뿐더러 일본인 체형에 맞지도 않았다.

하지만 그렇게 흔치 않은 청바지를 겐야가 자연스럽게 소화해내니 노인의 눈에 몹시 기이해 보였을 것이다. 하지만 다른 사람의 복장을 두고 이러쿵저러쿵하는 취미는 없는지, 아니면 그런 지적은 결례라고 생각하는지, 노인은 청바지에 역력히 흥미를 보이면서도 아무 말 하지 않았다.

"네, 도조 겐야라고 합니다. 소설 자료 취재를 겸해 여기저기 찾아다니죠."

"그렇군. 난 도마야라고, 이 마을 의사요."

노인은 오른손에 든 왕진가방을 들어 보이더니 뜻밖에도 겐야

옆에 앉았다. 보아하니 그저 타지 사람의 정체를 확인하려고 버스에 올라탄 것은 아닌 모양이다.

"가가구시촌에 왕진 가시는 겁니까?"

"음, 좀……. 그쪽에도 오가키란 의사가 있긴 한데 이놈이 영 돌팔이라……."

어쩐지 시원스럽지 못한 말투로 말하더니 노인은 금세 책을 가리키며 말을 이었다.

"실은 나도 취미로 스자쿠에서 자코쓰까지 이 일대의 다양한 전승을 모으고 있다오. 그 책을 쓴 헤미야마 나오나리 씨도, 그게 벌써 몇 년 전인가…… 그렇군, 이십삼 년 전에 만난 적이 있지."

"네, 정말입니까? 혹시 헤미야마 씨가 여기 취재차 오셨을 때인가요?"

"그렇지. 몇 번 온 모양인데, 내가 만난 건 후반쯤이었을 거요."

"그럼 선생님도 취재에 협력하셨겠군요."

겐야는 느닷없이 책을 펴더니 서문과 후기를 훑어보았다. 역시 후기 끝머리에 도마야의 이름과 함께 감사의 말이 적혀 있었다.

"아이고, 난 별로 한 것도 없소. 헤미야마 씨가 관심 있었던 건 마귀신앙이고 난 어디까지나 민간전승이었으니 말이오."

"하지만 겹치는 부분은 있잖습니까."

"그건 그렇겠지. 나도 그리 생각해서 그때까지 수집한 이야기를 전부 보여줬소. 허나 헤미야마 씨가 내게 은혜를 입었다고 생각한다면 그건 아마 다른 일 때문일 거요."

"헤미야마 씨와 가가구시촌 사람들 사이를 선생님이 중재해주셨나보군요?"

"허허, 작가 선생은 역시 날카로우시구먼."

도마야는 감탄한 표정으로 미소를 지었지만 눈은 조금도 웃지 않아 무서웠다. 겐야를 아직 완전히 믿지 못하는 듯했다.

"그래, 도조 씨도 마귀에 관심이 있으신 게요?"

겐야는 자기가 어떤 소설을 쓰는지 솔직하게 이야기했다. 스자쿠 신사의 두 무녀 전설에서 소재를 얻은 단편을 소개하고, 실제의 전승을 소설에서 어떻게 다루었는지 특히 자세하게 설명했다.

"아아, 잘 알았소. 난 그런 소설은 잘 읽지 않소만, 도조 씨가 어설픈 마음가짐으로 쓰지 않는다는 건 내 나름대로 이해했소."

"혹시 여기서 취재한 내용을 기반으로 작품을 쓰게 되더라도 지명 등은 물론 바꿀 테고, 애초에 이곳이라고……."

"음, 나도 아오. 뭐, 어차피 헤미야마 씨 책도 나왔겠다, 다른 민속학 관련 책에도 헤미야마 씨만큼 자세하진 않아도 가가구시촌이 언급되니 이제 와서 숨겨봤자 소용없을 테지. 하지만 그렇다고 어떻게 다루건 상관없는 건 아니오. 난 헤미야마 씨와 이야기를 나눠보고 믿을 만하다고 생각했소. 실례지만 도조 씨도 방금 하신 이야기를 듣고 조금 안심한 참이오."

"아, 예, 감사합니다."

"이렇게 궁벽한 곳인데도 예로부터 이곳엔 온갖 어중이떠중이, 아니, 별의별 잡배들이 곧잘 나타나곤 하지. 그중 대부분이 종교가인데, 이게 원, 개중엔 여간내기가 아닌 자도 있다보니 문제가 생길 때도 허다하거든. 가끔은 도망쳐온 범죄자까지 있다오. 이런 막다른 골목 같은 곳에 구태여 자기를 몰아넣듯 말이오. 이곳에 변변치 못한 인간들을 불러모으는 뭔가가 있는 건지. 아, 도조 씨는 물론 예외요만."

겐야가 불편한 듯 몸을 뒤척인 것을 알아차렸는지 도마야가 황급히 부정했다.

"그래서 마을로 들어가는 사람을 경계하시는 겁니까?"

"하하촌이 가가구시촌의 관문인 건 아니고, 나나 마을 사람들도 결코 감시하는 건 아니오만……."

도마야는 잠시 주저하더니 별안간 은밀한 이야기를 하듯 목소리를 낮추었다.

"실은 가가구시촌에서 묘한 걸 봤다는 자들이 마을에 여럿 있어서 말이오."

"허!"

말이 떨어지기 무섭게 겐야가 몸을 내밀었다. 도마야를 보는 시선도 명백히 조금 전과 달랐다.

"그것도 한 사흘 전부터……. 다만 봤다곤 해도 실제로 목격한 게 아니니 확실치 않소만……."

의사는 의아한 표정을 지었으나 이내 그렇게 단서를 달고 말을 이었다.

"그 마을 가운뎃길은 땅을 파서 만들었나 싶을 정도로 천연 흙벽이 양옆으로 솟아 있다오. 논밭이 그 위에 올라앉은 묘한 형세지. 더욱이 길이 좁고 오르락내리락하는 데다 방향을 빈번히 트는 탓에 시계가 좋지 못하거든. 그래서 마을 사람들이 그 길을 다닐 때는 서로 부딪치지 않게 자기가 있다는 걸 계속해서 알린다오. 이쪽 마을 사람이 그리로 갈 때도 똑같이 하고."

"그거 흥미롭군요. 실제 거기 사는 사람들은 귀찮겠습니다만."

그럴싸하게 맞장구를 치지만, 괴이담이 나오기를 기대하는 눈치가 역력했다.

"아닌 게 아니라 귀찮은 지형이지. 그런데 사흘 전 목요일 저물녘에 우리 마을 사람이 그곳에 갔다가 길 앞에서 인기척을 느꼈다더군. 그래서 말을 걸었는데 대답이 없었다지 뭐요. 이상하다 싶어서 걸음을 재촉해 보러 갔더니 아무도 없더라나. 순간 소름이 쫙 끼쳤다는데, 뭐, 이것뿐이면 착각했나보다 하고 그냥 넘어갔겠소만…… 그뒤로도 똑같은 이야기를 하는 사람들이 몇 명 더 나타난 거요. 어떤 사람은 뭔가를 봤다고 할지, 그림자를 봤다고도 하고. 구체적으로 어떻게 생겼는지는 통 설명을 못 하오만……."

"수상한 타지 사람이 들어온 게 아닐까 하는 말씀이시군요?"

겐야는 조금 실망한 표정으로 말했다. 괴이담을 듣게 될 줄 알았더니만 자신의 지레짐작이었기 때문이다. 물론 겐야가 왜 그런 반응을 보이는지 알 턱이 없는 도마야는 의아하게 그를 바라보면서도 질문에 답했다.

"하지만 지난 며칠 동안 낯선 사람이 버스를 탄 적은 없거든. 그렇다면 그놈은 산길을 따라 마을로 들어왔다는 뜻이지. 허나 전후에는 수험자들마저 버스를 이용하는 지경인데 구태여 산을 넘을 인간이 있겠소?"

"그런 사람이 있다면 그것만으로도 충분히 수상하겠는데요."

"아니면 처음부터 아무것도 안 들어왔거나……."

겐야가 이럭저럭 마음을 다잡고 대답하자, 도마야가 의미심장한 어조로 그런 말을 말했다.

"네? ……원래부터 마을에 있던 사람이란 뜻입니까?"

"우리 마을 사람들은 염매가 나왔다고 하오만."

"여, 여, 염매!"

염매란 소류향에 전해지는 명칭인데, 기본적으로 정체불명의 가장 무시무시한 괴물을 가리킨다. 겐야가 별안간 생기를 되찾은 것은 말할 필요도 없다.

"가가구시촌 사방에 삿갓과 도롱이 차림의 허수아비님이 모셔져 있는 건 도조 씨도 이미 아실 테지."

"네. 매년 2월 8일 가카산에서 산신을 모셔오는 혼령맞이 제례로 모든 허수아비님에 산신님이 강림하기 때문이라고도, 또 산신님이 마을 안 어디든 갈 수 있게 허수아비님을 모신 것이라고도 한다죠?"

"둘 다 틀린 말은 아니오만 실은 숨은 용도가 하나 더 있다오."

도마야의 목소리에 겐야는 왠지 모를 한기를 느꼈다.

"염매가 실은 허수아비님과 똑같이 삿갓과 도롱이 차림이라는 전승이 있거든. 즉 재수 없게 염매와 마주쳤을 때 그걸 마을에 모셔진 허수아비님이라 생각하고 그냥 지나쳐보내기 위한, 말하자면 일종의 방어 수단인 셈이오."

"그것 참 대단한데요."

어린애 눈속임이라는 생각도 들었지만, 그 정도 대처밖에 할 수 없는 염매라는 존재의 무서움을 새삼 깨달은 것 같기도 했다. 겐야는 이내 그와 관련된 의문이 떠올랐다.

"그나저나 가가치가가 모시는 허수아비님은 구구산의 산신님인 셈인데, 그럼 마을 곳곳에 있는 허수아비님은 전부 가카산의 산신님이라고 봐야 할까요?"

"흠, 문제는 다들 '산신님'이니 '허수아비님'이라고만 한다는 거요. 실은 명확하게 구별이 안 된다는 거지. 게다가 노인네들 중에는 염매의 정체가 구구산에 산다는 나가보즈라고 믿는 이들도 있거든. 염매가 허수아비님과 비슷하게 생겼다는 전승 때문에 가가치가의 허수아비님에 관해 무서운 해석이 존재하는 것도 사실이라오."

"그렇군요. 단순하지 않다고 할지, 건드리지 말아야 할 영역 같군요."

"산신님에 씌었을 경우 증세가 가벼우면 가카산, 무거우면 구구산이란 식으로 마을 사람들은 생각하는 모양이오."

"그것참 편리한…… 아, 아닙니다."

"그나저나 도조 씨는 이런 종류의 이야기를 믿소?"

무심코 본심을 말하고 만 겐야가 쩔쩔매는데, 도마야가 중요한 것을 깜박했다는 듯 그를 보며 물었다.

"글쎄요. 믿었을 때 이야기가 더 재미있어진다면 믿는 것 같습니다."

"허, 그렇구먼."

묘하게 감탄하듯 말하지만 자기를 바라보는 시선에서 미심쩍음이 느껴진 것은 겐야의 생각이 지나친 걸까.

"어쨌든 마을 사람들이 착각했을 수도 있지만, 수상쩍은 타지 사람일 가능성도 배제할 수 없겠다 싶어 새로 들어오는 이가 없는지 버스를 주시했던 거요. 기회가 되면 낯선 사람에게 되도록 말도 걸어보면서 말이오."

그의 걱정은 아랑곳없이 도마야는 원래 하던 이야기로 돌아갔다. 겐야는 그렇게 생각하는 사람은 의사뿐이고 마을 사람들의 태도 문제라고 하고 싶었지만, 더 중요한 이야기를 해야 한다는 생각에 그만두었다.

"헤미야마 씨도 그렇게 만나신 겁니까?"

"아니오. 그게 아니라 그 사람이 먼저 만나러 왔더군. 당시엔 나도 바빠서 누가 마을에 들어오는지 일일이 신경쓸 겨를이 없었다오. 그렇지만 지금은 다들 시립병원까지 나가니 말이지. 우리 의원에 오는 건 노인네들뿐이오. 아들놈도 의원을 물려받기 싫다고 ○○○○에 있는 종합병원에서 일하고 있으니 시대가 달라졌다는 뜻이겠지."

어딘지 모르게 달관한 표정으로 말한 도마야는 이내 하던 이야기로 돌아갔다.

"헤미야마 씨는 당시 내가 어느 의학잡지 칼럼에 쓴 원고를 보고 찾아왔다고 했소. 의료와는 상관없이 민간전승에 관해 쓴 글이었소만. 의사도 아닌 사람이 어떻게 그런 것까지 봤나 놀랐던 기억이 있군."

"마귀 관련 전승에 관해 선생님께 이야기를 들을 수 있지 않을까 기대했겠군요."

"당시 헤미야마 씨의 조사는 이미 절반가량 진척된 상황이었다오. 가가구시촌에서도 교묘하게 가가치 윗집에 파고들어서…… 예끼, 왜 이렇게 늦어!"

도마야가 느닷없이 버럭 소리를 지르는 바람에 겐야는 반사적으로 창 쪽으로 물러났다. 그러나 이제야 버스에 올라탄 운전사를 상대로 호통 친 것임을 알고 저도 모르게 쓴웃음을 지었다.

"당장 출발하지 못할까. 기다려봤자 더 탈 사람도 없네."

도마야는 겐야의 반응을 알아차리지도 못하고 여전히 밉살스러운 소리를 했다. 분명 평소에도 늘 이런 식이리라. 운전사도 익숙한지 고개를 연신 꾸벅꾸벅 숙이며 시간 조정이 어떻다느니 변명을 했다. 그러나 하고 싶은 말을 다한 도마야는 이미 겐야에게 고개를 돌린 뒤였다.

"여기는 좀 그러니 뒤쪽으로 자리를 옮깁시다."

그는 대답도 듣지 않고 맨 뒷자리로 향했다.

'운전사가 못 듣게 하려는 건가.'

만약 비밀스럽게 이야기하기 위해서라면, 괴이담뿐 아니라 마을에 관해 상당히 핵심을 파고든 이야기가 나올 가능성이 있다. 한 지방의 역사와 민속을 비롯해 그곳에서 일어난 일들을 아는 것은, 수집한 괴이담을 더 잘 이해하기 위해 중요하다. 하물며 이번 목적은 마귀신앙이니 그 배경을 알고 주변 정보를 많이 모을수록 좋다.

겐야는 황급히 노인을 따라갔다.

"이쪽이 자리도 더 넓고 좋다오. 도조 씨는 창가에 앉는 게 좋으시겠지? 아니, 그쪽 말고 이쪽이오. 왼쪽에 앉으면 산면밖에 안 보이거든."

버스 맨 뒤 긴 좌석 오른편에 순순히 앉자, 도마야는 겐야의 여행가방과 자기 왕진가방을 반대편 창가 자리에 올려놓고 겐야 옆에 앉았다. 제법 친절한 사람이다.

두 사람이 자리에 앉기를 기다린 양 차체가 떨리기 시작하더니 버스가 출발했다. 창밖을 내다보니 아까와는 달리 호기심 가득한 사람들의 시선이 겐야에게 쏠려 있었다. 머리를 꾸벅 숙이자 답례하는 사람도 몇 명 있었다.

"그 책을 읽었다면 아시겠소만, 마침 그 무렵 가미구시가의 둘째 아들과 가가치가의 둘째 딸 사이에 혼담이 있었다오."

도마야는 아무 일도 없었다는 듯 말을 이었다.

"네, 그렇게 쓰여 있더군요. 자세한 이야기는 없었지만, '백의 집과 흑의 집의 혼인이라는 있을 수 없는 사태'라는 표현에서 흥분하면서도 따뜻한 시선으로 지켜보려는 필자의 자세가 느껴졌습니다."

"당시 스물네 살이던 가미구시 다케오와 열아홉 살이던 가가치 사기리∷, 이 두 사람이었지."

도마야는 두 집안의 주요 인물을 한 명씩 상세히 설명해주었다.

"다만 그 혼담이라는 게 두 집안 중 어느 한쪽에서 나온 게 아니었거든. 묘온사 선대 주지가 보다 못해 나섰다는 게 실상이었다오."

"그럼 다케오 씨와 사기리∷ 씨가 연인 관계였다는······."

"젊은 사람이 정말 눈치가 빠르시군. 두 사람은 물론 자기들 사이가 인정받지 못하리란 걸 알고 있었소. 마을 밖에서 만나려고 해도, 다케오는 또 몰라도 사기리∷는 외출하기가 쉽지 않다보니 아무래도 마을 안에서 몰래 만날 필요가 있었소. 그 밀회 장소가 글쎄, 절이었던 거요. 옛날부터 절은 아이들이 노는 곳이었는데, 절 안에서 노는 한 백이건 흑이건 상관없다는 암묵의 양해가 아이들 사이에 있었던 모양이오. 선대 주지가 그렇게 시켰겠지. 그분은 전부터 마을의 마귀신앙을 못마땅하게 여기셨으니까. 아마 두 사람의 관계가 좋은 계기가 되리라고 생각하셨겠지. 백의 대표 집안과 흑의 대표 집안의 혼인으로 오랜 인습을 없애려 하신 거요."

"절 주지라는 입장이었으면 흑백 양쪽에 충고하시기도 어렵지 않으셨을 테니 안성맞춤이군요."

"그렇소. 그런데 난처하게도 실은 그 무렵, 가가치 아랫집에서 이사무를 데릴사위로 들여 사기리∷와 결혼시키자는 이야기가 있었던 거요. 그렇지 않아도 쉽지 않을 혼담인데 그런 것까지 끼어들면 더더욱 수월치 않지. 그런데 본인에게는 딱한 일이지만 이사무가 나이깨나 먹어선, 그때 그 친구가 분명히 스물다섯 살이었소만, 풍진에 걸렸지 뭐요. 그것도 처음 진찰한 게 돌팔이 오가키 놈이라 이놈이 그냥 감기라고 진단하는 바람에 하마터면 목숨까지 잃을 뻔했다오. 그 통에 데릴사위 이야기가 흐지부지되면서, 선대 주지도 기회는 지금밖에 없다고 생각해서 양쪽 집안에 타진한 거지."

"잠깐만요. 하지만 마귀가계와 혼인을 맺은 집안도 마귀가계가 되는 것 아닙니까. 그렇다면 가미구시가가 마을에서 아무리 세력이 있어도 결국은 흑이 됐다고 간주돼서 그뒤로는 가미구시가까지 가가치가와 동류로 취급되지 않을까요?"

"보통은 그렇겠지. 이 경우 사기리∷가 큰신집으로 시집간다면 큰신집은 마귀가계가 되오. 그와 동시에 친척인 새신집도 동류로 간주될 테고. 새신집에서 그런 사태를 피하려면 큰신집과 친척관계를 완전히 끊는 수밖에 없소. 이건 다케오가 윗집에 데릴사위로 들어갈 경우에도 마찬가지요. 부모가 아들과 연을 끊지 않는 한, 설령 데릴사위로 들어가 집을 떠난다 해도 큰신집이 마귀가계가 되는 걸 피할 수 없는 거요. 이게 마귀가계와의 혼인에서 늘 문제가 되지."

"그렇죠? 그럼……."

흥분한 겐야에게 도마야는 진정하라는 듯 한 손을 들었다.
"책에도 쓰여 있을 테지만, 가가구시촌의 세력은 크게 둘, 작게는 다섯으로 나뉘오. 둘이란 물론 가미구시가와 가가치가를 일컫는 것이고, 다섯을 큰 순서대로 열거하자면 가가치 윗집, 가미구시 큰신집, 가가치가운뎃집, 가미구시 새신집, 가가치 아랫집이라오. 여기서 중요한 건 가가치가의 소작인이 전부 마귀가계거나 가미구시가 소작인이 전부 백인 건 아니란 사실이오. 마을 전체에 흑백이 흩어져 있는 셈이지."

"그건 저도 압니다만……. 요는 지주와 소작인의 관계는 다른 일반적인 농촌과 같다는 말씀이시죠?"

"그렇지. 다만 도조 씨도 이곳에 와보고 알았겠지만, 이 일대 마을은 산촌과 농촌, 양쪽의 특징을 다 갖고 있다오. 십중팔구 마을을 둘러싼 지리적·지형적 문제겠지만, 그 때문에 생업이 다양하지. 그렇게 되면 생활하는 데 있어 마을 사람들의 상호부조가 대단히 중요해지거든. 특히 농촌은 뭐니 뭐니 해도 노동력이 필요한 곳이오. 모심기도 추수도 풀베기도 많은 사람들의 노력이 요구되는 일이고, 더욱이 임차 관계를 맺을 일도 허다하단 말이지. 농기구만 해도 예전엔 종류별로 전부 갖춘 사람이 없었으니 서로 빌리고 빌려줄 수밖에 없었소. 물건만이 아니라 노동력도 포함해서. 마을의 생업 전반이 원활하게 돌아가는 것도, 지주와 소작인의 관계가 정상적으로 기능하기 때문이라오."

"마귀신앙이 왕성한 지역에서도 마을의 생업 관련 상호부조 앞에서는 백이냐 흑이냐 하는 문제가 일시적으로 유보되죠. 마을의 생팔을 우선시해 서로 협조하는 겁니다."

"호오, 역시 공부를 많이 하셨군. 가가구시촌에서도 그런 때는 가계와 상관없이 지주와 소작인으로 움직인다오. 가계가 문제가 되는 건 주로 관혼상제가 관련될 때일 거요. 가장 많은 건 일상생활 속의 자잘하고 어처구니없는 차별이겠소만."

"하지만 그럼 가미구시가가 흑이 되면 백에서 배제되고 끝 아닐까요? 어차피 마을의 생업엔 영향이 없을 테니 말이죠."

"가미구시가 평범한 집안이라면 아마 그리 될 테지. 마귀가계라는 게 사사건건 문제가 되는 지방도 있으니. 허나 그런 지역은 처음부터 마귀가계가 몇 안 되는 경우가 많다오. 두어 집을 배척해도 영향이 전혀 없는 거지. 처음부터 노동력으로 인식되지 않으니까. 하지만 가가구시촌처럼 백과 흑이 뒤섞여 있고 더욱이 지주와 소작인 관계가 성립되어 있으면 이게 여간 성가신 게 아니거든. 게다가 상대가 마을에서 두번째로 큰 세력을 가진 큰신집이면 이야기는 별개인 거요. 아닌 게 아니라 상호부조 문제는 발생하지 않겠지만, 지주와 소작인 관계는 뭣보다도 관혼상제 그리고 일상의 다양한 접촉 위에 성립된다오. 마귀가계가 됐다고 배제하기는 아무리 그래도 무리일 거요. 그랬다간 마을이 돌아가질 않소."

"그렇군요. 잘 알았습니다. 헤미야마 씨도 그걸 알고 있었기 때문에 협조하려 했던 거군요."

"이야기가 곁길로 샜군. 그렇지, 그런 거요. 헤미야마 씨는 간사이 산골 출신이라던데, 듣자하니 그 마을에 햐쿠미가란 유서 깊은 대지주 가문이 있었나보오. 그런데 이게 강력한 뱀신가계라 이것 저것 문제가 있었던 모양이오. 그래서 남일 같지 않다고 했소."

"저런, 그렇습니까. 책에는 그런 이야기가 없었는데요."

"자기 고향을 다루기는 쉽지 않지. 그렇지만 말을 듣기로, 그 마을에서 장사 지낼 때 올리는 장송 백百의례란 관습이 이 일대와 대단히 비슷하더군. 그러니 그 사람 나름대로 친근감을 느꼈을지도 모르겠소."

"그럼 혼담은 역시 이루어지지 않았군요?"

겐야가 중요한 결과를 묻자 도마야는 언짢은 표정을 지었다.

"음, 비록 예상할 수 있는 사태였다고는 해도 가미구시가에서 씨도 먹히지 않았던 모양이오. 선대 주지라 그나마 이야기를 꺼낼 수 있었던 거지, 다른 사람이었다면 당장 쫓겨났을 거요. 반대로 가가치가에선 관심을 보였소만, 단 다케오가 데릴사위로 들어오는 조건으로만 받아들이겠다고 했지. 가가치가는 대대로 모계 집안이라 맏딸이 데릴사위를 맞는 풍습이 있다오. 하지만 사기리::의 언니 사기리::는 그 무렵 조금 이상했거든. 그래서 동생인 사기리::를 아랫집 이사무와 결혼시키자는 이야기가 나왔던 셈이오만."

"설령 다케오 씨가 큰신집을 버리고 데릴사위로 들어갔더라도, 그 사실과 무관하게 다케오 씨와 가미구시가의 모든 인연이 자동적으로 끊어졌겠군요."

"그것뿐만이 아니라 어렸을 때부터 쌓아온 모든 인간관계가, 데릴사위로 들어간 순간 하룻밤 사이에 끊어지겠지. 제아무리 좋아하는 여자를 위해서라도, 마을에서 나고 자란 사람에게 그건 우리가 상상할 수 있는 이상으로 크나큰 결단일 거요."

"그래서 두 사람은 헤어졌군요."

"마침 그때에 큰신집의 스사오, 그러니까 다케오의 형이자 맏아들인 이 친구가 새신집에서 신부로 들였던 지즈코와 아이가 생기지 않는다는 이유로 이혼했소. 그때 스사오는 스물일곱 살, 지즈코는 스물세 살이었소만, 이혼은 스사오의 뜻이 아니라 어머니 도요가 사주한 것이었다오. 일이 그리 되니 형과 사이가 좋았던 다케오도 집을 버릴 결심이 좀처럼 서지 않는단 말이지. 참으로 어중간한 상태가 계속되던 중에 도요가 새신집에서 야에코, 그러니까 당시 스무 살 먹은 지즈코의 동생을 스사오의 후처로 들이고, 동시에 이혼해서 새신집으로 돌아가 있던 지즈코와 다케오를 결혼시켜 다케오를 데릴사위로 보낸다는 터무니없는 일을 획책하기 시작한 거요. 하기야 가가치가 쪽에서도 병에서 회복된 이사무를 데릴사위로 들인다는 이야기가 다시 등장한 상황이었으니 어느 쪽이 먼저인지는 모르지. 그렇게 해서 기묘하게도 이듬해에 세 쌍의 부부가 탄생한 셈이오."

"주지스님과 헤미야마 씨께서 무척 낙심하셨겠군요."

"그렇지. 아무것도 한 게 없는 나도 그랬다오. 야에코는 결혼한 이듬해에 맏아들 렌타로를, 그다음 해에 둘째 아들 렌지로를, 그 이 년 뒤에 셋째 렌자부로를 낳았소. 지즈코가 지요를 낳은 건 재혼하고 오 년 뒤, 그러니까 렌자부로가 태어난 이듬해였고."

"지즈코 씨와 야에코 씨 자매는 결혼과 출산이 어쩐지 대조적이군요."

"타고난 성격 탓도 있지만, 야에코는 점차 언니를 어려워하게 됐고 지즈코는 동생, 아니, 그보다 큰신집에 대해 복잡한 감정을 품게 됐다오."

"그럴 만도 하겠습니다."

"이 소동에 말려든, 아니, 그렇다기보다 자발적으로 관여한 헤미야마 씨는 가미구시가와 가가치가 양쪽의 노여움을 사서 말이오. 그뒤로 나와 선대 주지가 여러모로 협력한 거요. 오오, 이 부근은 절경이지."

별안간 도마야가 창밖을 가리키기에 내다보니, 깊은 계곡 건너편에 기암이 줄줄이 이어졌다.

"저런, 대단하군요!"

겐야는 저도 모르게 탄성을 질렀다. 괴기환상소설을 쓰는 겐야는 기경이라 할 이런 경치를 특히 좋아했다. 지방을 찾아다니는 주목적은 그곳의 괴이 관련 민간전승을 취재하는 것이었지만, 기묘한 풍광과의 만남을 원하는 마음도 늘 존재했다.

"창작 의욕을 자극할 만하오?"

겐야의 그런 취향을 재빨리 간파했는지 도마야가 반쯤은 진지한 어조로 물었다.

"글쎄요. 직접적인 재료는 못 되겠지만 이미지를 환기시켜줄지도 모르겠습니다. 그렇지만 모처럼 창가에 앉게 해주셨는데 죄송하지만, 전 지금 선생님 말씀 쪽이……."

"하하, 궁금하시다? 아니올시다. 나야말로 풍경을 즐기게 해드려야지 해놓고 그만 이야기에 열중하는 바람에…… 이거 미안하게 됐소."

"아닙니다. 그럼 두 집안은 그후로 줄곧 관계를 끊고……."

"그렇지. 다만 전쟁은 일본 사람에게 여러 가지를 앗아갔소만, 민주주의 세상이 되면서 이런 촌에서도 예전 같은 봉건제가 무너지기 시작했단 말이지. 봉건제하의 신분제도는 마귀가계 문제와 매우 비슷한 면이 있다오."

"천민 말씀입니까?"

"그렇소. 부락 차별의 문제점 중 다수가 마귀가계의 경우에도 들어맞는다는 생각 안 드시오? 태정관 포고로 해방령이 발령돼서 천민도 평민과 다름없는 대우를 받게 됐다지만, 실제로는 여전히 '사람 아닌 사람' 취급을 받았소. 그 배후에는 메이지 정부의 근대화 정책, 즉 임금이 저렴한 그들의 노동력을 이용해 일본의 자본주의 경제를 발전시키겠다는 의도가 있었지. 그뒤 부락 개선운동이 각지에서 일어나고 다이쇼 11년(1922)에 수평사가 창립되면서 부락 해방운동이 활발해졌소. 물론 전후라고 부락 차별이 사라진 건 아니오만 진전은 있는 것 같지."

"마귀신앙에도 그런 운동이 필요하다는 말씀이신지요?"

"지방에 아직 인습이 많이 남아 있는 건 사실이니 그리 쉽게 달라지진 못할 거요. 허나 젊은 사람들은 그런 것에 얽매이지 않는다고 할지, '마을의 수치'라는 의식도 생기기 시작한 모양이오."

도마야는 큰신집의 셋째 아들 렌자부로가 마을 사람들의 계몽을 생각하고 있다는 것, 그와 새신집의 지요, 두 사람이 가가치 윗집의 사기리::와 어렸을 때부터 친했다는 것, 다만 세 사람이 지금은 삼각관계가 된 듯하다는 것, 큰신집의 스사오는 이십삼 년 전 동생 일이 마음에 남아 있는지 렌자부로의 심정을 헤아려준다는 것, 그러나 도요가 시퍼렇게 살아 있는 동안에는 어려우리라는 것 등을 가르쳐주었다.

"큰신집 당주와 셋째 아들이 협조적이란 건 꽤 희망적인데요."

"게다가 내 보기에 렌자부로는 사기리::한테 반한 것 같으니 그 애와 결혼하면 계몽 활동에도 힘이 실릴 거요. 새신집의 지즈코가 작년 이맘때부터 딸 지요를 렌자부로와 약혼시키려고 획책하는 것 같소만, 뭐, 렌자부로가 그럴 생각이 없다면 괜찮을 테지."

"그렇지만 이런 일은 저쪽에서 주변부터 차근차근 다져 가면 본인 뜻대로 안 되지 않습니까?"

"맞는 말이오. 그러니 방심할 수 없는 상황이지."

"하지만 렌자부로 군과 사기리:: 양의 혼인은 역시 가미구시가의 도요 부인과 가가치가의 사기리˙ 부인이 걸림돌이 될 테죠. 전자는 혼인 자체를 인정하지 않을 테고, 후자는 렌자부로 군이 데릴사위로 들어오는 경우만 인정할 테니까요."

"허나 데릴사위로 들어가는 결혼이면 의미가 없소. 남자가 백이고 여자가 흑일 경우 온갖 면에서 여자 쪽이 세니 말이오. 센 곳에 남자가 들어가 봤자 결국 파묻히고 끝이지."

"그렇게 되면 이 혼담은 더욱 쉽지 않겠습니다. 그런데 렌자부로 군의 형들은 어떤지요? 아버지나 동생 생각에 찬성합니까?"

겐야의 질문에 도마야는 또다시 언짢은 표정을 지었다.

"둘째인 렌지로는 머리는 좋은데 어렸을 때부터 몸이 약한 데다 외모와 성격도 계집애 같다오. 하하촌 사람들은 전부터 실은 가가치 윗집의 쌍둥이 자매 사이에 태어난 게 아니냐고 수군거렸을 정도지. 게다가 ○○시 병원에 입퇴원을 반복하느라 ○○의 별택에서 어린 시절을 거의 보낸 탓에 마을에 관심이 별로 없다고 할지, 굳이 따지자면 싫어하거든. ○○에 있는 대학으로 진학한 뒤로 한 번도 돌아오지 않았소. 게다가 출신을 숨기는지, 작년 봄방학에 렌자부로가 놀러갔을 때 절대 마을 이야기를 말라고 못 박았다나. 특히 취직할 때 들켰다간 절대 합격하지 못할 거라고 아직 이 학년인데 벌써부터 근심이 대단한 모양이오."

"마귀촌이란 별명이 붙은 마을이라지만 가미구시가 사람이라면 문제가 없을 것 같은데요."

"그러게 말이오. 뭐, 워낙 소심한 녀석이니 한번 고민하기 시작하면 헤어나기 어려운 거겠지."

"렌지로 군의 응원은 기대할 수 없다는 말씀이군요. 그럼 맏아들은 어떻습니까?"

도마야의 얼굴에 뭐라 말할 수 없는 당혹의 빛이 떠올랐다.

"렌타로라고, 렌자부로와 사이가 꽤나 좋았던 맏형이 있었소만……."

"네? 죽었습니까?"

"가가구시촌의 또 다른 별명의 희생이 됐다고 할지……."

겐야의 눈이 다시 괴이하게 빛나기 시작했다.

"서, 설마…… 신령한테 납치된……."

의사는 묘하게 흥분하는 그를 의아스레 바라보고는 기억을 더듬는 표정으로 말했다.

"그게 벌써 십이 년 전인가. 렌타로가 아홉 살 때 동생 렌자부로와 함께 구구산에 올라갔던 모양인데…… 그때 행방불명됐다오."

"네? 저, 저 흉산에 들어갔다고요? 그럼 레, 렌자부로 군은 뭐라고 했답니까? 형한테 무슨 일이 있었다는 말은 안 했습니까?"

점점 더 노골적으로 흥분하는 겐야를 도마야는 더욱 이상한 듯 바라보았다.

"당시 여섯 살이었으니 말이오. 본인은 무슨 일이 있었는지 열심히 설명하는데, 듣는 사람이 도무지 알아들을 수가 있어야지. 큰신집에서 사기리˚ 무녀에게 기도를 부탁했소만, '산신님에게 홀렸다'는 신탁이 나오는 바람에 결국 찾는 건 무리라는 결론이 내려졌지 뭐요. 그래도 당시 아직 정정했던 가미구시가의 아마오 씨, 그러니까 렌타로와 렌자부로의 할아버지가 찾아다녔소만, 결국 행방을 알 수 없었다오."

"헤미야마 씨 책에는 신령납치에 관한 언급이 많지 않더군요.

그저 가가치가가 마귀, 그것도 뱀신님뿐 아니라 생령까지 들리는 특수한 가계가 된 건, 마을의 신령납치 전승과 무관하지 않다고 쓴 부분이 있었죠."

좋아해 마지않는 괴이담을 앞에 두고 중요한 사실이 생각난 겐야는 냉정을 되찾으려 애쓰며 도마야에게 물었다.

"가가치가 초대 당주는 엔포 5년(1677)에, 이 대 당주는 교호 10년(1725)에, 삼 대 당주는 간엔 2년(1749)에, 사 대 당주는 덴메이 5년(1785)에 각각 타계했소만, 실은 이게 전부 뱀띠 해라오. 단순한 우연이겠지만, 거슬러 올라가면 뱀신 신앙은 여기에서 비롯된 게 아닐까 싶거든. 그런데 삼 대에서 사 대 당주 때 가가치가의 쌍둥이 자매가 신령에게 납치돼 아흐레 동안 행방불명됐다는 기록이 가미구시가에 남아 있소. 그중 하나는 구구산 기슭에서 멍하니 서 있는 게 발견됐는데 또 하나는 끝내 찾지 못했다오. 게다가 발견된 아이는 그후로 종종 신이 들렸던 거요. 그것도 행방불명된 아이가 빙의된 거지. 그런 빙의 소동이 계속되는 사이에 점차 마을 사람들까지 씌는 사태가 벌어지기 시작했소."

"가가치가가 마귀 계통으로 여겨지게 된 내력이로군요?"

"이 사건이 전부는 아니겠소만 유래의 일부라 봐도 틀리지는 않을 거요."

"신령납치가 발단이라면 좀 성가신걸."

겐야가 혼잣말로 중얼거렸다. 이번 취재 중에 마귀에 관해 조사하는 한편으로 되도록 가계가 발생한 원인까지 규명하고 싶었기 때문이다.

"왜 행방이 불명인지 알 수 없는 게 신령납치니 말이죠. 신령납치에 관해 조사하는 건 거의 불가능하다고……."

"이렇게 생각할 수도 있지 않겠소? 애당초 가계가 생겨난 사유를 신령납치 같은 데서 찾은 단계에서 전부 엉터리일지 모른다고 말이오."

"아, 그렇군요. 그 이상 조사할 길이 없다, 막다른 골목이다, 이렇게 되나요."

"게다가 문헌이 가가치가가 아니라 가미구시가에 있다는 사실도 뭔가를 시사하는 것 같지 않소?"

이것저것 생각해볼 게 많아졌으나, 겐야는 그 전에 다른 사례도 확인해야겠다 싶어 다시 물었다.

"그런데 신령납치는 그밖에 또 어떤 사건이 있었는지요? 예전 이야기 말고 최근 사례도 알고 싶습니다만."

가가치가의 가계 문제를 풀 단서를 다른 신령납치 사건에서 찾을 수 있지 않을까 생각해서다. 최근 사례도 알고 싶다고 덧붙인 것은, 순수하게 괴이담으로 즐길 만한 이야기도 듣고 싶다는 심산에서였다.

불순한 속셈을 모르는 의사는 또다시 표정이 심각해졌다.

"내가 민간전승을 수집하는 게 그런 이야기를 좋아하기 때문이오만…… 단순히 즐길 수 없는 경우도 있다오. 마귀는 다양한 차별로 이어지고, 신령납치는 아이가 실종된다는 비참한 결말로 종종 끝나지. 그래서 나는 그게 영 편치 않은데……."

"표정과 말씀을 보니 옛날뿐 아니라 최근에도 일어났군요?"

도마야는 그리 내키지 않는 듯했지만, 겐야는 어떻게든 듣고 싶은 마음에 다소 죄책감을 느끼면서도(일단 평정을 유지하려 애쓰는 중이었다) 몸을 내밀며 이야기를 유도했다.

"그 이야기를 꼭 듣고 싶습니다만."

이즈음에는 의사도 상대방이 괴이담에 예사롭지 않은 흥미를 보인다는 걸 알아챈 듯했다. 난처한 듯 쓴웃음을 지으며 이야기를 시작했다.

"렌타로 뒤로 같은 일이 있었던 건 지금으로부터 구 년 전이었지. 가가치 아랫집 소작인의 아이가 사라졌소. 시즈에라는 일곱 살 먹은 여자애였다오. 마을 남쪽에 지장갈림길이라고, 다섯 갈래로 갈라지는 길이 있거든. 부근에 묘온사밖에 없는 참 한적한 곳이지. 그 다섯 갈래 길이라는 게 아까도 설명했다시피 양옆이 천연 흙벽으로 막혀 있소. 본래 지형이 그랬으니, 처음부터 농촌에 그리 맞지 않는 땅이었다고 할 수 있을 거요. 가가구시촌이 산촌의 생업에도 종사하는 건 그 언저리에도 이유가 있다오."

도마야는 마을의 생업에 관한 이야기를 계속하려다가 그만 단념하자고 생각했는지 머리를 가볍게 저었다.

"어느 날 저물녘, 아이들이 절에서 놀다가 집으로 돌아가려고 지장갈림길에서 헤어졌소. 절로 이어지는 길을 제외한 나머지 네 길로 각각 흩어진 거요. 절로 통하는 길을 등지고 왼편에 시즈에와 시즈에 언니 그리고 언니 친구가 간 길이, 거의 정면에 오주천 곁 가운뎃길로 이어지는 길이, 그리고 오른편에 강 하류로 통하는 길 두 개가 있소. 둘 중 절에 가까운 쪽 길에 지장보살님 사당이, 그리고 다른 길에 허수아비님이 모셔져 있지. 둘 다 길목을 지나 바로 있다오. 참고로 지장보살님 사당이 있는 길을 따라가면 강 하류의 나루터를 지나 마을 경계가 나오오. 허수아비님이 모셔진 길을 따라가면 강폭이 대단히 좁아 '다리 없음'이라 불리는 지점이 나오고. 이름 그대로 다리는 없지만 판자를 가로질러 놓아서 강을 건널 수 있소."

의사는 겐야가 갈림길의 상황을 이해할 겨를을 주듯 잠시 말을 멈추었다.

"그런데 다른 아이들과 헤어지고 집으로 가는 길에 들어선 시즈에의 언니가 친구랑 걷다가 뒤에서 따라오는 줄 알았던 동생이 없다는 걸 깨달은 거요. 바로 갈림길로 돌아가 다른 아이들을 부르니 나머지 세 길에서 아이들이 고개를 내밀었소. 다들 시즈에가 이 길로는 오지 않았다고 했지. 각 길마다 둘 이상의 아이가 있었으니 거짓말일 것 같지는 않았소. 그렇다고 언니를 앞질러 갔을 것 같지도 않고. 길을 벗어나 흙벽을 오른다는 건 어린애에게 무리지. 그럼 절로 돌아갔나 하는데, 주지, 그러니까 선대의 아들인 다이젠이 나타났다오. 다이젠에게 물으니 절에서 곧장 계단을 내려왔는데 아무도 못 만났다고 하거든. 언니와 언니 친구를 따라 동생이 같은 길로 들어섰다는 건 여러 아이들이 목격했소. 다 놀

앉을 무렵 언니와 싸운 시즈에는 두 아이 뒤를 걷고 있었다고 하오. 언니 말로는 한동안 동생의 기척이 느껴졌던 모양인데, 그게 갑자기 사라져서 반사적으로 돌아봤더니 동생이 보이지 않더라는 거요. 언니와 같이 있던 친구는 길에 들어섰을 때 시즈에가 따라오는지 확인했다 하니까 언니가 거짓말을 하는 건 아니오. 시즈에는 고작 몇 십 초 사이에 모습을 감춰버린 거요. 그 이래로 아이들은 시즈에가 사라진 길을 '나없다길'이라 부르는 모양이오."

"그뒤로 못 찾았고요?"

"유감이지만 그렇소. 찾는다고 해봤자 주변을 둘러보는 것뿐이니 몇 분 만에 끝났지. 게다가 아이들뿐 아니라 다이젠도 있었소. 돌팔이 오가키 놈과 만날 술만 마시는 엉터리 땡중이고 선대에 비하면 한심하기 짝이 없지만, 아이들에게는 자상하거든. 이 근방 역사며 민속에 관해서도 조금은 밝으니 기회가 있으면 찾아가보시는 것도 좋겠지. 아무튼 다이젠이 같이 찾아본 모양이오만 아무데도 없더라고 풀죽어서 말하더군."

"탐정소설 같으면 인간 증발 수수께끼가 될 듯한 사건인데요."

"나도 비록 시골 의사이긴 해도 합리적으로 사고한다고 자부하오만………."

"그렇지만 말씀을 듣기로 시즈에는 길섶에 모셔진 지장보살님 사당이나 허수아비님의 도롱이 속에 숨어 있었던 게 아닐까요? 어쨌든 어린애니까요. 아니, 이유는 저도 모르지만 놀이의 연장이라고 할지……."

"타지 사람 눈에는 그리 보일 만도 하오만 그것만은 절대 있을 수 없소."

도마야는 고개를 가로저으며 딱 잘라 부정했다.

"그 마을이 인습으로 가득하다는 건 뒤집어 말하면 신심이 그만큼 깊다는 뜻이오. 어린애라면 더 말할 것도 없지. 지장보살님 사당에 들어간다는 생각은 하지도 못할 거요. 게다가 사당은 전부 격자로 되어 있으니 설사 사당 안에 들어갔다 해도 밖에서 바로 보일 테고. 또 허수아비님은 지장보살님 사당 이상으로 있을 수 없는 일이오. 그 마을에서 허수아비님의 존재는 아주 특별해서 말이지. 신앙의 대상으로 경배하는 것과 더불어, 아까 염매 이야기에서도 보다시피 공포의 대상이기도 하다오. 마을 사람들에게 이런 일종의 독특한 외경심은 어릴 때부터 확고하게 다져지거든. 어떤 상황에서건 허수아비님에게 실례되는 행동은 할 수 없을 거요."

"그렇군요."

"생각할 수 있는 가능성은, 외부에서 온 유괴범이 시즈에를 점찍어 어떤 방법으로 기절시킨 다음, 사당은 무리니 허수아비님 도롱이 속에 숨겼다는 상황일까."

"이번엔 유괴범이 어디로 사라졌느냐 하는 새로운 의문이 남는군요."

"그렇지. 공연히 신령납치촌이라 불리는 게 아니라는 걸 이제 아시겠소? 이 근방에서 발생한 신령납치를 설명하기는 쉽지 않다오. 왜, 좀전에 도조 씨도 영문을 알 수 없는 상황에서 사라졌기 때문에 신령납치라 하지 않으셨소."
"그렇군요. 요괴도, 해석을 붙이기 어려운 현상을 어떠어떠한 요괴의 소행이라는 식으로 의미를 부여하면서 생기는 경우가 많죠. 세상에 영문을 알 수 없는 상황만큼 무서운 게 없으니까요. 그렇기 때문에 사람은 설사 초자연적인 설명이라 해도 이유를 붙이고 싶어합니다. 전 그런 것까지 포함해서 괴이한 이야기가 좋습니다만……. 하지만 방금 해주신 신령납치 이야기처럼 사라진 상황을 구체적으로 알면 알수록 뭐랄까, 지적 호기심이라고 할지, 그런 게 불끈불끈 치민다고 할지……."

실은 이게 도조 겐야의 두번째로 난감한 버릇이었다. 괴이담을 좋아하는 사람은 보통 이야기 속의 불가사의한 현상을 해석하려 들지 않는다. 그런 멋대가리 없는 짓은 하지 않고 괴이 자체를 즐긴다. 겐야도 기본적으로는 다르지 않았지만, 가끔 괴이가 가져다주는 공포에서 벗어나기 위해(본인은 어디까지나 지적 호기심이라고 주장하지만) 추리를 하기도 한다. 게다가 괴이의 합리적 해석이 불가능함을 밝혀 거꾸로 괴이 자체를 긍정하는 사태를 초래하기도 하니 하여간 성가시다.

괴이담이라면 사족을 못 쓴다는 첫번째 버릇과 이따금 괴이를 해석하고 싶어하는 두번째 버릇 그리고 꼭 합리적 해결을 본다는 보장은 없다는 세번째 버릇(이를 버릇이라고 부르는 것도 이상하지만). 그는 결국 이 버릇들 때문에 자기도 모르는 사이에 터무니없이 기괴한 사건에 말려들어 심지어 위험에 처하곤 한다.

"도조 씨는 탐정소설도 쓰시오? 그럼 이런 수수께끼쯤은 너끈히 풀 수 있을지도 모르겠군. 꼭……."

도마야가 불현듯 생각난 것처럼 추리를 조를 눈치를 보이는 바람에 겐야는 허둥댔다.

"아뇨, 그런 건……. 더욱이 제가 쓰는 건 본격적인 게 아니라 변격 탐정소설이니 추리는 영 무리입니다. 게다가 지금 제가 발을 들여놓으려는 게 과연 괴기환상의 공간인지, 아니면 탐정소설의 세계인지, 실은 의외로 공상과학의 현장인지 아직 잘 알 수가 없으니……."

"저런, 그런 거요?"

겐야의 말이 잘 이해가 안 되는 듯, 도마야는 의아한 표정을 지었다.

'게다가 뭣보다도 논리적 사고를 토대로 괴이에 임한다고 반드시 완전히 합리적인 해석이 가능하다는 보장도 없고.'

겐야는 이전의 설명에 의거해 그렇게 설명하려다가 그만두었다. 현실과 비현실, 합리와 비합리, 흑과 백. 세상 많은 사람들이 매사가 그런 식으로 명쾌하게 구분된다고 무의식중에 믿는다는 것도, 지긋지긋하리만큼 겪어 알고 있었기 때문이다.

"흠, 그건 유감이구먼."

의사는 미련이 남은 듯했으나 신령납치 문제로 돌아가야 한다고 생각했는지 다시 말을 이었다.

"다음 사건은, 그게 칠 년 전이었나…… 가미구시 새신집 소작인의 여덟 살 먹은 아들이었소. 다만 이때 상황은 잘은 모르지만 하도 유별나서 말이지."

도마야는 당시 생각이 났는지, 시즈에 때 이상으로 어딘지 모르게 섬뜩한 표정을 지었다.

"아이가 사라진 건 가카산의 혼령맞이 제례 전날이었다오. 그런 의미에서 참으로 때가 좋지 못했소. 온 마을이 다음 날 제례를 앞두고 준비가 한창이었거든. 밤이 되어 아이가 보이지 않는다 해서 다들 수색에 협조하긴 했지만, 역시 평소에 비해 인원이 부족했을 거요. 게다가 혼령맞이 전날이다보니, 신령납치라기보다 허수아비님이 데려갔다는 소문이 바로 하하촌까지 퍼졌다오."

"말하자면 산신님의 산 제물이 됐다는 뜻입니까?"

겐야도 다시 이야기에 집중하려고 짐짓 미간에 주름을 잡았다.

"그렇지. 그렇게까지 대놓고 말하는 사람은 없었소만……. 다들 그 비슷한 생각은 갖고 있었을 거요. 산신님이라고는 하지만 그런 무서운 일면도 있으시니 말이오."

"유별난 상황이었다는 건 제례와 얽혀 있었기 때문인지요?"

"아니, 그런 게 아니오. 그뒤 얼마 지나서 사라진 아이의 동생이 형을 만났다고 해서 말이오."

"뭐, 뭐라고요? 대, 대체 어디서 말씀입니까?"

"산속에서라고 하는데 본인도 어딘지 알 수 없는…… 아니, 그보다 신사 근처에서 놀다가 자기도 모르게 산속으로 들어간 모양이오. 그래서 얼마 동안 걷다보니 큰 저택이 나왔는데, 거기 형이 있더라는 거요. '형은 산속의 커다란 집에서 부족함 없이 잘 살고 있다'라고 했다더군. 그뿐 아니라 형이 줬다는 선물까지 보여준 모양인데, 그게 당시 마을에서는 구할 수 없던 과자였다는 말이지."

"어쩐 '산속 집' 같은 이야기인데요. 산속에서 길을 잃은 사람이 검은 대문의 으리으리한 저택을 발견합니다. 정원에는 붉고 흰 꽃이 피어 있고 닭이 이리저리 돌아다니고 있죠. 외양간과 마구간도 있고요. 그런데 인기척이 전혀 없거든요. 조심조심 집 안으로 들어가보니, 화로에 무쇠 주전자가 걸려 있고 물이 펄펄 끓습니다. 그런데 역시 사람은 아무도 없다는 이야기가 있죠."

"그 집에서 갖고 나온 사발로 쌀을 푸면 아무리 퍼도 쌀독이 비지 않았다는 민화 말씀이구먼. 욕심 없는 여자가 아무것도 갖고 나오지 않았더니 산에서 흘러 내려오는 냇물에 사발 하나가 둥둥 떠내려왔다는 이야기, 또 그 집을 목격했다는 말을 들은 사람이 산에 들어가 찾았지만 끝내 발견하지 못했다는 이야기도 있지."

"네. 형제의 이야기와 비슷하다는 생각 안 드십니까?"

"그렇구먼. 하지만 문제는 이다음 이야기요. 동생은 그뒤로도 몇 번 형을 만난 모양인데, 정작 집이 어디 있는지는 알지 못했소. 신사 근처에서 놀고 있었다는 데서 가카산을 수색하자는 이야기까지 나온 모양이오만, 어린애 말만 듣고 그렇게까지 할 순 없다고······."

"성역이니 말이죠."

"그런데 그해 가카산의 혼령보내기 제례 전날 동생까지 행방불명돼서…….”
"네? 저, 저, 정말입니까?"
"마을 사람들은 다들 형이 불렀을 거라고 수군거렸다오. 형이 혼령맞이 전날, 동생이 혼령보내기 전날에 사라진 셈이니 그게 참, 암시적이라고 할지…….”
"수, 수색은요? 그럼 결국 형제는 두, 둘 다…….”
도마야가 첫번째 질문에 고개를 가볍게 젓고 두번째 질문에 힘차게 끄덕이자, 겐야는 쓰러지듯 버스 좌석에 몸을 파묻었다. 저도 모르게 큰 한숨이 흘러나왔다.
그제야 버스 안에서 다른 사람의 목소리가 들리는 것을 깨달았다. 겐야는 목소리가 들려오는 앞쪽에 눈길을 주었다.
"저, 선생님, 이제 좀 있으면 가가구시촌에 도착하는데요."
운전사가 매우 조심스럽게 맨 뒷좌석에 앉은 그들에게 알렸다.
"그쯤은 창밖을 보면 안다! 내가 처음 오는 줄 아느냐!"
도마야가 즉각 호통을 쳤다. 운전사가 몸을 움츠렸다.
'드디어 다 왔나.'
일종의 감개를 느끼며 앞쪽을 본 겐야의 눈에, 마을 어귀 양옆에 선 두 허수아비님의 괴기스러운 모습이 보였다.
다음 순간 그를 사로잡은 것은, 방금 느낀 감개와는 반대로 지금 당장 발길을 돌려 돌아가야 하는지도 모른다는 공포였다. 삿갓과 도롱이 차림의 겉보기에는 영락없이 허수아비인 수호신 상에 정체를 알 수 없는 뭔가가 깃들어 있다는 생각이 들었다.

이때 도조 겐야의 뇌리에는, 요사스러운 석양으로 물든 가가구 시촌을 방황하는 허수아비님의 기이한 모습이 압도적이리만큼 사실적으로 생생하게 떠올랐다.

렌자부로의 수기 2

지금까지 살아온 인생을 돌아보면 죽도록 무서운 꼴을 당해 전율한 적이 두 번 있다. 열여덟 해를 살아오면서 두 번이면 많은지 적은지 알 수 없지만, 개인적으로 그 정도면 충분하다고 생각한다.

물론 전쟁 중 공습이 잦았던 지역에 살던 아이라면, 내 또래라도 두 번이 아니라 열 손가락으로도 모자랄 만큼 죽음의 순간을 허다하게 겪었을 것이다. 그에 비하면 내 경험 따위 별것 아닌지도 모른다. 그렇지만 공습이 압도적으로 현실적인 공포인 데 비해, 내 경험은 터무니없이 비현실적인 전율이었다. 그것은 목숨을 잃으리라는 두려움이 아니라 이제껏 그 어떤 인간도 발을 들여놔 본 적이 없는 세계로 끌려갈 듯한 공포요, 자기가 미치는 순간을, 그 찰나를 속속들이 보게 될 것 같은 악몽이요, 좌우지간 아무것도 모르고 그냥 죽는 편이 차라리 훨씬 낫겠다고 절절하게 느낀 사건이었다.

너무나도 불길하고, 너무나도 끔찍한 기억.

첫번째는 지금으로부터 십이 년 전 봄, 전쟁이 끝나고 아직 그리 많이 지나지 않았을 무렵이다.

어린 시절을 전쟁 중에 보낸 나는 다행히도 전쟁의 비참함을 별로 모르고 자랐다. 읍내에 살고 집도 평범한 일반 가정이었다면 사정이 달랐겠지만, 가가구시촌의 큰신집이라 불리는 가미구시가의 셋째 아들로 태어난 나는 그다지 부족함을 겪지 않았다. 아닌 게 아니라 소집되어 전쟁에 나갔다가 전사한 마을 사람도 있었지만, 마을 전체가 공습을 두려워한 적도, 먹을 게 없어 고생한 적도 없었던 것 같다. 하하촌에서는 도시에서 소개疏開된 아이들을 받았지만, 가가구시까지는 오지 않았다고 기억한다. 당시 내가 너무 어려서 몰랐던 부분도 분명 많겠지만.

그래도 전쟁이 끝났음을 알았을 때는, 우스운 일이지만 역시 막연히 해방감을 느꼈다. 어른들 중 남자들은 특히 나이 많은 사람들일수록 기력이 확 쇠한 것처럼 보였지만, 여자들은 어딘지 모르게 안도하는 것처럼 보였다. 그렇지만 아이들이 가장 기뻐했던 것 같다. 이제 마음껏 놀 수 있다고 속으로 쾌재를 불렀을 게 틀림없다. 거의 모든 마을 아이들이 집안일을 거들어야 했으므로 논다 해도 한계는 있었지만, 그래도 어떻게든 노는 게 어린애다.

전후의 그런 해방감이 영향을 미쳤는지 아닌지, 렌타로 형이 유난히 탐험에 열중하나 싶더니만 이내 믿기지 않는 소리를 했다.

"야, 렌자부로. 마을 안은 이제 탐험을 안 해본 데가 없을 정도로 쏘다녔지. 이제 남은 건 가카산하고 구구산 정도야."

"그, 그렇지만 형, 가카산은 신령님의 산이잖아. 들어갔다가 들키면 혼쭐이 날걸. 큰신집 애들이라고 벌도 더 호되게 받지 않을까."

"그야 그렇겠지. 그러니까 가카산 말고 구구산에 가보자."

새신집의 당주가 대대로 신관을 맡는 가가구시 신사를 모신 가카산은 우리에게 논밭과 산들의 풍요를 허락하는 산신님의 거처다. 반면 구구산은 마을의 모든 화의 근원이라 간주되는 흉산이다. 올라가기는커녕 눈길을 주는 것마저 꺼린다. 가가치가 사람들조차 무녀나 혼령받이가 아니면 다가가지 않을 것이다. 무엇보다도 그 산에는…….

"나, 나가보즈를 만나면 어쩌려고."

그런 이름의 괴물이 산다고 어릴 때부터 들으며 자랐다. 이 근방 일대에서 가장 꺼림칙하게 여기며 두려워하는 존재는 뭐니 뭐니 해도 염매지만, 마을 노인들 중에는 염매의 정체가 나가보즈라고 생각하는 사람도 많았다. 그 근거도 진위도 알지 못했지만, 어쨌든 그만큼 무서운 것이 구구산에 있다는 뜻이다.

"그까짓 거, 신사의 부적을 갖고 가면 괜찮아."

나로서는 도저히 '그까짓 거'라고 생각할 수 없었지만, 형은 한번 말을 꺼내면 다른 사람의 충고를 듣지 않는다. 게다가 당시 내게 형은 아주 특별한 존재였다. 형의 말을 거스르는 것은 생각할 수 없었다.

당시 큰형인 렌타로가 아홉 살, 둘째 형 렌지로가 여덟 살, 셋째인 내가 여섯 살이었다. 윗집의 사기리와 아직 친해지기 전이었고, 새신집의 지요와 같이 논 기억도 별로 없다. 나는 오로지 렌타로 형의 꽁무니만 졸졸 쫓아다녔다. 나보다 뭐든 잘하고 몸집도 큰 형을 순수하게 존경했던 것 같다. 실은 이 무렵, 아니, 초등학교

시절의 삼분의 이 이상을 렌지로는 ○○시 별택에서 지냈다. ○○시립 종합병원에 자주 입원한 탓에 생활의 기반을 그곳에 두고 학교도 그곳에서 다녔다.

그래도 간혹 큰신집으로 돌아와 얼마 동안 지낼 때가 있었다. 그때는 특별히 우리와 같은 하하촌 초등학교에 다녔다. 그런 때 큰형은 곧잘 작은형을 보살폈다. 평소 큰형과 나는 거의 바깥에서 놀았지만, 작은형이 있을 때는 주로 집 안에서 놀았다. 그런데도 렌지로는 큰형이 같이 놀자고 해도 자기 혼자 놀 때가 더 많았다. 큰형은 그런 작은형을 불쌍하게 생각했는지 늘 하고 싶은 대로 두었다.

렌타로와 렌지로, 두 형은 나이 차가 한 살밖에 나지 않아서 그런지 생김새가 매우 비슷했다. 어렸을 때부터 '계집애처럼 예쁘장하다'라는 말을 들었고, 가가치가의 사기리::와 사기리::가 성장하면서 그 집 자매와 비교하는 분위기가 한동안 마을 안에 있었을 정도다. 당시 자매가 아직 네 살 정도였음을 생각하면 상당히 억지스러운 비교였을지도 모른다. 요는 걸핏하면 대립하는, 또는 마을 사람들이 대립시키고 싶어하는, 가미구시가와 가가치가의 새로운 경쟁 소재로 아이들에게 초점이 맞춰진 것이리라. 그렇지만 아무리 귀엽게 생겼어도 한쪽은 사내애다. 이내 큰형은 외향적이고 작은형은 내성적이라는 성격의 차이가 성장과 더불어 확연히 드러났다. 나는 작은형이 자라면서 마귀신앙을 그렇게까지 싫어하게 된 것도 어린 시절에 원인이 있지 않을까 본다. 윗집의 쌍둥이를 싫어한 것은 말할 필요도 없고.

그런데도 당시의 나는 작은형이 부러웠다. 늘 큰형과 함께 있는 나와 달리 작은형은 어쩌다 가끔 집으로 돌아올 뿐인데도, 셋째 아들인 나보다 큰형과 훨씬 굳은 유대로 맺어져 있는 것처럼 보였다. 지금 생각하면 전혀 그렇지 않은데 당시에는 그렇게 느껴졌다. 그래서 더더욱 큰형 뒤를 쫓아다녔으리라.

그런 복잡한 심정을 품고 있었던 터라, 나는 큰형이 어떤 제안을 해도 단호하게 싫다고 할 수 없었다.

"그, 그렇지만 가가치가 사람한테 들키면……. 마, 만약 사기리˙ 어르신이 보기라도 했다간 부, 분명 무서운 일을 당할 거야. 그 어르신이 형이랑 나랑 저주해서…… 무시무시한 마귀를 우리 집으로 보내지 않을까."

그런데도 나 나름대로 최대한 의사 표시를 한 것은, 아무리 형의 계획이라지만 구구산에 간다는 것만은 생각할 수 없었기 때문이다.

"오전 중에 가면 걱정 없어."

그렇건만 형은 지극히 침착하게 대꾸했다.

"퇴치할 놈이 윗집에 축귀를 부탁하러 가는 건 아무리 일러봤자 점심때잖아. 게다가 사기리˙ 어르신은 기도랑 축귀를 되도록 저물녘에 하고 싶어하니까, 아침나절에 무녀와 혼령받이가 무서운 곳에 있을 리 없어. 윗집 다른 사람들은 아예 가까이 가지도 않을 테고 마을 사람들도 마찬가지야."

당연하다. 다들 괜히 무서운 곳이라고 부르는 게 아니다. 그 점을 설명하고 싶었지만 당시의 나에게는 무리였다. 내 머릿속에는 탐험 당일 운 좋게 열이라도 났으면 하는 바람밖에 없었다. 거절한다는 선택은 처음부터 존재하지 않았으니 불가항력에 의지하는 수밖에 없다.

그러나 그 주 일요일, 형과 구구산을 탐험하기로 한 날, 나는 평소와 다름없이 잠에서 깼다. 봄인데도 하늘이 온통 찌뿌드드하게 흐려 형이 전날 어머니에게 내일은 묘온사 뒷산에 올라가겠다고 한 거짓말도 통하지 않을 듯한 날씨였다. 나는 최소한 탐험이 연기될 게 틀림없다고 기뻐했으나, 결국 아침을 먹고 나서 주먹밥과 물통, 비옷을 배낭에 넣어 형과 함께 집을 나서야 했다.

"마침 잘됐어. 날씨가 이래선 일요일이라도 아침부터 밖으로 나올 사람은 많지 않을 거야."

주위에 아무도 없는데도 형은 마을로 향하는 비탈길을 내려가며 목소리를 낮추어 말했다.

"가장 큰 문제는 세 그루 소나무 옆길로 들어갈 때 누가 보지 않을까 하는 거니까. 거기서 들켰다간 실패할 게 뻔하지. 하지만 날씨가 이러니까 괜찮을 거야."

나는 거기까지 치밀하게 생각했나 싶어 감탄했다. 하지만 비탈길을 내려가다 마을 서쪽 끝에 위치한 구구산이 보인 순간 그런 기분도 씻은 듯이 사라졌다.

'이렇게 조심성이 많으면서 왜 저 산에 가고 싶어하는 건데?'

형의 언동이 이해되지 않았다. 지금 생각하면 형이 원한 것은 무엇보다도 자극이었으며, 새로운 자극을 체험하기 위해 세심한 주의가 필요했다는 것을 알겠다. 하지만 당시의 내가 그런 것을 이해할 수 있을 턱이 없었다. 게다가 그때 내 마음속에는 한 가지 불안이 싹터 눈 깜짝할 새에 크게 자라나 있었다.

영산이 부를 때가 있다.

마을 사람들, 특히 노인들이 곧잘 하는 말이다. 여기서 영산이란 가카산과 구구산, 양쪽을 가리키는 모양이다. 물론 전자의 경우는 산신님이 부르는 셈이지만, 상대가 신령님이라도 역시 나름대로 화禍가 있다고 한다. 마귀라고 하면 주로 동물이고 거기에 인간의 생령이니 사령이 더해지는 것처럼 대개 생각하지만, 팔백만이라는 어마어마한 수를 자랑하기 때문인지 다양한 신령님들도 마귀에 포함된다. 오히려 신령님의 화만큼 무서운 게 없다는 말도 있다. 다만 대부분은 신사에 참배를 드리는 것으로 해결된다. 그러나 후자의 구구산일 경우, **무엇이 부르는지 알 수 없다.** 그렇기 때문에 다들 구구산에 눈길을 주는 것조차 꺼리는 건데…….

'설마 그 산이 형을 부르는 걸까.'

자꾸만 나보다 앞으로 나서서 걸음을 재촉하는 형의 뒷모습을 보고 있으려니 위팔에 소름이 돋았다. 그렇다고 내가 할 수 있는 일은 아무것도 없다. 불안을 가슴속에 품고도 당시 내가 할 수 있었던 것은 뒤쳐지지 않게 열심히 쫓아가는 것뿐이었다.

가가치 윗집은 구구산을 등지고 마을 서쪽에 혹처럼 불룩 솟은 땅 위에 있다. 그 북쪽에 다소 낮기는 해도 비슷한 혹이 솟은 곳에 가운뎃집이 있다. 이 두 혹의 중간 지점에 뭐라 말할 수 없이 기분 나쁜 소나무 세 그루가 서 있는데, 예전에 이곳에서 목을 맨 사람이 있다고 해서 마을에서는 '세목나무'라고 불렀다. 소나무가 세 그루 있어서 세목나무가 아니라, 여기서 세 사람이 목을 맸기 때문인 모양이다.

벌써 백 년도 더 된 이야기인데, 그 무렵 마을에 와 있던 비파법사가 이 세 그루 소나무의 맨 왼쪽 나무에 목을 맨 것을 어느 날 마을 사람이 발견했다. 자살할 만한 동기도 알 수 없었거니와, 앞이 보이지 않는 비파법사가 용케 목을 맸다고 모두 이상하게 여겼다. 그 정도로 흐트러진 데가 없었기 때문이다. 그렇지만 결국은 타지 사람에 비파법사였으므로 대충 공양만 하고 끝냈다. 그로부터 일 년 뒤 아랫집 소작인 집의 노파가 가운데 소나무에 목을 맸다. 그런데 가족이나 마을 사람이나 노파가 자살한 이유를 도무지 알 수 없었다. 비파법사에게 끌려갔다고 하는 사람도 있었지만, 결국은 단순한 자살로 결론이 내려졌다. 그 이듬해 비슷한 시기에, 이번에는 가운뎃집에서 아이를 보던 소작인의 딸이 맨 오른쪽 소나무에 목을 맸다. 곧바로 가가구시 신사의 신관이 정화를 했지만, 그 후로 마을 사람들은 세 그루 소나무를 세목나무로 부르며 누가 이곳에서 목을 매면 그다음 해와 다음다음 해에 각각 한 명씩 희생자가 나온다고 믿기 시작했다. 실제로 그런 사례가 메이지와 다이쇼 때 한 번씩 있었다고 한다.

그런 이야기를 들으며 자란 탓인지, 그 앞을 지날 때마다 나는 비틀린 소나무의 모습 자체에 혐오감을 느끼곤 했다. 소나무란 원래 비뚤비뚤 자라는 나무지만, 그 비비 꼬인 모습이 섬뜩하고 기분 나빴다. 마치 목을 매단 세 사람이 고통에 몸을 뒤트는 것처럼 보인다. 당장에라도 단말마의 신음 소리가 들려올 것 같다.

그 정도로 사위스러운 곳이 히센천으로 통하는 유일한 길 어귀라는 것도 어쩐지 의미심장하다. 가까이 갈수록 불길한 기분이 들었다. 하지만 이곳을 지나지 않으려면 윗집이 있는 혹의 남쪽 또는 가운뎃집이 있는 혹의 북쪽으로 빙 돌아서 가야 하는 데다, 길다운 길이 없는 숲속을 가로질러야 한다. 그때 윗집의 큰계단과 작은계단에 관해 검토한 기억이 없으니 형도 그 존재를 몰랐을 수 있다. 적어도 나는 그랬다.

"좋아, 아무도 없는걸. 렌자부로, 지금이야!"

형은 세 그루 소나무 앞에서 재빨리 주위를 둘러보더니 그렇게 말하고는 세목나무의 왼쪽 옆으로 뻗은, 짐승들이 다니는 길처럼 험하고 좁은 길로 달려 들어갔다.

"혀, 형, 같이 가……."

나는 무서운 곳으로 이어지는 길에 발을 들여놓기를 망설일 겨를도 없이, 형과 떨어졌다가는 큰일이라는 조바심에 그 뒤를 쫓아갔다.

평소 관리를 전혀 하지 않는다는 것을 어린 나도 알 수 있을 만큼 잡초로 뒤덮이고 험한 길이었다. 그런데 실은 이 외길을 지나 히센천으로 나와 두 정화소 앞을 지나쳐 강변 자갈밭을 걸어간 기억이 없다. 기억나는 것은 무서운 나머지 형에게 들러붙어 있다시피 했다는 것. 동생이 엉겨붙는 와중에도 형이 주머니칼로 능숙하게 나뭇가지를 잘라 지팡이를 만들어주었다는 것. 지팡이 꽁무니에 신사의 부적을 붙여 나름대로 호신용 무기를 만들었던 것. 그리고 정신이 들어보니 도코요 다리에 도착해 있었다는 것.

그나저나 그 다리를 용케 건넜다 싶다. 물론 형의 존재가 컸겠지만, 역시 아무것도 모르는 어린애였기 때문이리라.

다리를 건너자 길은 처음에 왼쪽으로 크게 틀어졌다가 굽이굽이 꺾이면서도 기본적으로는 한 방향으로 뻗은 듯했다. 불그스름한 갈색 흙길에는 강변 자갈밭처럼 크고 작은 돌멩이가 사방에 뒹굴고 있었다. 그 광경이 뭔가와 비슷한 것 같아 고개를 갸우뚱했는데, 이내 신사 참배길에 깔린 자갈처럼 보인다는 것을 깨달았다. 하기야 신사의 돌멩이는 희끄무레하지만 이쪽 돌은 회색인 데다가 앞으로 나아갈수록 점점 거무스름해졌다. 머리 위로 짙은 초목이 우거져 천연 터널을 걷는 기분이 들었다. 잎이 무성한 나뭇가지들이 사라진 뒤로도, 여전히 찌뿌드드하게 흐린 하늘이 유난스레 낮게 깔려 머리 위가 짓눌리는 듯한 압박감은 없어지지 않았다.

몇 번째인지 모를 굽이를 돌고 나자 오른쪽으로 크게 꺾인 길 앞쪽에 돌연히 구구산 어귀가 나타났다.

"저게 뭐지……."

형이 겁에 질린 목소리로 말했다. 분명 본인도 자기가 입을 열었다는 자각이 없었을 것이다. 눈앞의 광경에, 앞쪽에 보이는 어떤 것을 보고, 엉겁결에 말한 것이다. 나는 형 뒤에 숨다시피 했지만, 그래도 형과 나 자신을 지키려고 했는지 왼손에 든 부적 붙은 지팡이를 앞을 향해 쳐들고 있었다.

눈앞에 완만한 오르막길이 뻗어 있었다. 그런데 비탈 중간쯤에 굵고 높다란 통나무가 양옆으로 우뚝 서 있었다. 꼭 도리이의 기둥 같은데 정작 중요한 가로대는 보이지 않았다. 그저 기둥 두 개가 하늘을 향해 솟아 있을 뿐이었다. 그러면서도 도리이 특유의 안쏠림 기법을 쓴 듯했다. 그런 요상한 두 기둥 앞에 허수아비님이 각각 한 위씩 이쪽을 향해 모셔져 있었다.

두 허수아비님은 이제까지 본 것과 조금도 다름없게 생겼다. 오히려 매우 오래된 듯, 그때까지 보았던 어떤 허수아비님보다도 낡아 손만 살짝 대도 허물어질 것처럼 보였다. 허수아비로도 전혀 쓸모가 없을 것 같았다.

그런데…….

그런데도 압도적인 존재감이 있었다. 근처까지 다가간 것도 아닌데 그것이 발하는 뭔가가 생생하게 느껴졌다. 지푸라기와 사초로 엮어 만든 물건에 실체가 있을 리 없건만…… 그런데도 꼭 안에 누가 들어 있는 듯한…… 아니, '누가'가 아니라 '뭔가'가…… 사람이 아닌 존재가 숨어 있다가 저 두 기둥 사이를 지나려 하는 순간…….

"가, 가자."

꿋꿋하게 그렇게 말한 형의 등에 딱 붙어 비탈을 올라가면서도 나는 쉴 새 없이 좌우를 번갈아 살폈다. 두 허수아비님에게 조금이라도 변화가 있는지 징후를 찾으려는 것이었다. 조금이라도 수상쩍은 점이 보이면 형의 팔을 잡고 도망칠 생각이었다. 형이 뭐라 하건 다리를 다 건널 때까지 뒤도 돌아보지 않고 달릴 작정이었다.

다행히…… 지금은 '다행히'가 아니었다고 생각하지만, 그때는 두 허수아비님이 우리를 아무 일 없이 통과시켜준 것을 다행으로 생각하며 안도했다.

그러나 안심한 것도 잠깐뿐이었다. 기묘한 기둥 사이를 지나 영산에 들어선 순간, 주변 공기가 명백히 달라졌다. 나는 도코요 다리를 건넌 시점에서 산에 발을 들여놓았다고 생각했었다. 그러나 참된 의미에서 구구산에 들어선 것은 방금 전임을 실감했다. 아닌 게 아니라 무서운 곳에 감돌던 분위기는 괴이했지만, 그곳의 분위기는 그나마 섬뜩하다거나 무섭다고 표현할 수 있었다. 그러나 영산 안, 두 기둥의 안쪽은, 무無라는 말밖에 할 수 없는 세계였다. 물론 하늘에는 여전히 묵직한 구름이 낮게 깔려 있었고, 주위는 한여름인가 싶을 정도로 초목이 울창했다. 그리고 눈앞에는 왼쪽으로 꺾이는 산길이 존재했지만, 그 모든 것이 마치 무대장치처럼 느껴졌다. 그런 의미에서 무였다.

'죄다 죽은 것 같아.'

퍼뜩 그런 생각이 든 순간, 나는 어떤 것을 깨닫고 오싹했다. 그때까지 들리던 새들이 지저귀는 소리도, 바람 소리도, 나무들이 술렁이는 소리도 모두 사라지고 없었다. 하늘은 흐렸지만 짙은 구름 사이로 햇빛이 비쳤는데, 그게 어째선지 싹 사라져버린 느낌이었다. 밝기에 변화는 전혀 없는데도.

'역시 여기는 산 사람이 올 데가 아니야.'

형을 끌고 돌아가자고 결심했을 때였다. 느닷없이 모든 게 되살아난 양 움직이기 시작했다. 햇빛이 느껴지는 동시에 구름이 천천히 흘러가고, 새들이 지저귀는 소리가 들리는가 싶더니 바람이 불고 초목이 술렁술렁 흔들리기 시작했다.

그러나 나는 믿을 수 없었다. 죽음 같은 정靜에서 가짜 동動까지 시간으로 따지자면 한순간이었다. 산 사람을 맞아들이는 게 너무나도 오랜만이라 어떻게 대해야 하는지 잊어버린 영산이 황급히 얼버무린 듯한, 섬뜩하고 광기 어린 변모였다.

그러나 형은 별 느낌을 못 받은 모양이었다.

"좀 으스스하긴 하지만 별거 아니네."

혼잣말처럼 중얼거리더니 산길을 걷기 시작했다. 말은 허세였을지 모르지만, 형이 나만큼 주위의 극적인 변화를 깨닫지 못했음을 분명히 알 수 있었다.

"형……."

나는 힘없이 형을 불렀을 뿐, 결국 멈춰서서 나를 기다리는 형의 뒤를 따라갔다. 내가 느낀 것을 형이 납득할 수 있게 전달하는 것이 불가능함을 알았기 때문이다. 구체적으로 위험한 것을 봤다면 또 모르지만, 영산이 우리를 속이려 한다고 말해봤자 형이 받아들일 리 없다.

 형이 앞장서고 내가 뒤를 따랐다. 좁은 산길의 양옆으로 우리 둘보다 훨씬 키가 큰 울창한 초목이 별안간 불어온 축축하고 미지근한 바람에 술렁이며 꿈틀거렸다. 좌우의 시야는 완전히 차단되어 있었다. 그렇다고 앞쪽으로 시선을 돌려봤자, 구불구불 뻗어나가던 길이 이윽고 예각으로 굽이굽이 꺾어지는 비탈길로 이어져 길 앞쪽이 전혀 보이지 않았다. 뿐만 아니라 처음에 비교적 평탄하던 땅이 경사가 가팔라지면서 절구 바닥처럼 깊이 패어 점차 걷기 불편해졌다. 게다가 여전히 검은 돌멩이가 다닥다닥 붙어 있으니 자칫 잘못하면 미끄러져 넘어질 것 같았다. 하여간 여러모로 성가신 산길이었다.

 그래도 형과 나는 순조롭게 올라갔다. 처음 발을 들여놓은 산이고 더욱이 가족들 중 누구도 들어가본 적이 없는 곳이라는 흥분에, 두려움에도 불구하고 묵묵히 나아갔다. 얼마나 그러고 올라갔을까. 굽이를 왼쪽으로 돌자 별안간 시야가 트였다. 단 좌우 양옆은 아니고 앞쪽으로만. 그곳에서 길이 일직선으로 뻗어 있었다. 게다가 새로 나타난 길은 뜻밖에도 돌계단이었다.

 "누가 이런 데 계단을 만들었지?"

 형의 의문은 당연했다. 계단을 올려다본 우리는 놀라 숨을 훅 들이마셨다. 똑바로 뻗은 계단 막다른 곳, 아마도 꼭대기인 듯한 곳에 사당처럼 보이는 것이 있었다.

 "저기가 이 산의 중심인가?"

형이 흥미와 실망이 반반씩 섞인 투로 말했다. 계단 양옆은 이전과 마찬가지로 무성한 초목으로 뒤덮여 있고 사당의 크기는 계단 폭과 비슷했다. 그러니 그 이상 산을 올라가는 것은 무리라고 판단했기 때문이리라. 그곳이 영산의 심장부라고 생각하면 흥분되지만, 진짜 꼭대기까지는 갈 수 없음을 알고 낙심했을 것이다.

형과 나는 교정에 실패한 치아 같은 계단을, 한 단 한 단 조심해서 디디며 오르기 시작했다. 표면이 온통 이끼로 뒤덮여 미끄러운 탓에, 산길에서 계단으로 바뀌었는데도 걷기 불편한 것은 마찬가지였다.

사당에 가까워지자 크기가 대충 가늠이 되었다. 큰정화소의 사당보다는 아담하지만, 자세히 보니 격자문이 보통 문 정도는 되고 조그만 당집 같은 분위기가 똑같았다. 하지만 촛대며 향로 같은 것은 보이지 않았다. 대좌 앞단만 돌이 아니라 판자였으니 그곳이 참배를 드리는 정위치인지도 모른다. 전체적으로 상당히 낡고 쇠락했지만, 지붕처럼 위를 덮은 수목이 햇빛이나 비바람은 막아주는 듯 보였다.

형과 나는 판자 단 위에 올라서서 격자 너머로 어둑어둑한 안을 들여다보았다. 처음에는 잘 보이지 않았지만 이내 묘한 것들이 눈에 들어왔다. 죄 우리가 일상생활 중에 보는 낯익은 물건들이었다. 대단히 비일상적인 정경 속에 지극히 평범한 생활용품이 놓여 있는 모습은, 깊은 산속에서 해양 생물과 맞닥뜨린 것만큼 이질적이고 뭐라 말할 수 없이 기기묘묘해 보였다.

그런데 그런 물건 따위 금세 아무래도 상관없어졌다. 기묘한 물건들 너머, 당집 안쪽에 허수아비님이 모셔진 것을 깨달았기 때문이다.

어둠 속의 허수아비님을 본 순간, 어쩐지 당장에라도 움직일 것 같아서 얼굴에서 핏기가 가셨다. 왜 그렇게 보였는지 처음에는 알 수 없었다. 그러나…… 이윽고 허수아비님의 삿갓과 도롱이 속이 비어 있지 않기 때문임을 깨달았다.

나는 순간적으로 판자 단에서 내려와 두어 계단 더 내려왔다. 형이 격자문을 열려고 할까봐 걱정돼서 미칠 것 같았다.

그러나 형은 당집 안에 그 이상 관심을 보이지 않고 주위를 살피기 시작했다. 뭔가를 찾는 듯해서 묻자 "건너편으로 빠져나갈 길이 없나 싶어서"라고 자못 당연하다는 듯 대답했다.

"건너편이라니, 형, 여기가 영산의 끝이잖아. 이렇게 당집에 특별한 허수아비님도 모셔져 있겠다, 여기가 말하자면 꼭대기 아냐?"

"아냐, 아마 더 갈 수 있을 거야. 아까 계단 입구 밑에서 올려다봤을 때, 이 당집 위쪽 나무 너머로도 얼마 안 되지만 계단이 있는 것 같았거든."

"난 아무것도 안 보였어."

"그야 너랑 내가 키 차이가 있으니까 그렇지. 거리가 있었으니까 단언할 순 없지만, 분명 당집 뒤쪽으로도 계단이 이어질 거야."

형은 당집을 흘긋 보더니 또다시 열심히 주위를 살펴보기 시작했다.

 나는 어떻게든 형의 행동을 중지시키고 싶었다. 당집 주위에서 그런 일을 하면 안에 있는 허수아비님이, 아니, 그 안에 든 뭔가가 깨어날 것 같았다. 그러나 형을 제지할 말이 나오지 않아 그저 꼼짝도 못 하고 서 있었다.

 주위를 샅샅이 살펴본 형은 당집 정면으로 돌아왔다. 그러더니 격자문 너머로 연신 내부를 들여다보았다. 나는 형이 문을 열고 들어갈까봐 또다시 불안해졌다. 아무리 그래도 허수아비님을 모신 당집 안에 그런 길이 있을 리 없건만, 반대로 바로 그렇기에 길을 만들었을 것이라고 생각하는 게 형이었다.

 하지만 역시 아무리 찾아도 없는지 또다시 주위를 둘러보더니 "아, 이 판자구나!" 하고 소리쳤다. 그러고는 몇 계단 내려와 그때까지 자기가 올라서 있던 판자 단을 이리 밀고 저리 당겼다.

 처음에는 꿈쩍도 하지 않더니 이윽고 중앙의 판자가 쑥 빠지고 계단이 나타났다. 다른 계단과 똑같았지만 그곳에는 구멍이 있었다. 시커먼 굴이 계단 한가운데에 뚫려 있었다.

 "비밀 통로구나."

 처음에는 조심조심 굴 안을 들여다보던 형은 이윽고 주머니에서 성냥갑을 꺼내 불을 켜고 어둠 속을 살펴보기 시작했다. 물론 안으로 들어갈 셈이리라. 이제는 정말 말려야 한다고 생각하면서도 어느새 나도 호기심이 나서 굴이 있는 데까지 올라갔다.

 "봐, 내부가 석실 같지?"

어렴풋한 성냥불 불빛으로도 구멍 밑이 땅속이 아니라 형의 말처럼 돌을 쌓아 만든 직육면체 공간임을 알 수 있었다. 다만 안길이는 그렇다 치고 폭은 성인 남자가 들어가면 약간의 여유만 있을 정도로 좁았다. 게다가 고약한 냄새가 났다. 형도 바로 내려가려 하지 않았다. 그래도 성냥을 몇 개비 그어 석실을 계속 관찰했다.

"왜 이런 게 있을까."

나는 형이 당장에라도 굴속으로 들어가지 않을까 불안에 떨면서도 솔직한 의문을 표시했다.

"즉신성불이라고 알아? 스님이 산 채로 굴 안에 들어가서 아무것도 안 먹고 나중엔 공기까지 차단하고는, 뭐, 대놓고 말하자면 굶어죽는 거지. 그런 식으로 자진해서 부처가 되는 건 물론 세상 사람들을 구원하기 위해서고. 그런데 즉신성불 하는 사람들 중엔 스님이 아닌 사람들도 있거든. 예를 들어 기근에 시달리는 마을에서 재액을 물리치기 위해 누가 즉신성불을 하는 거야. 그럴 때 본인의 의사를 무시하고 강제로 굴에 가두는 경우도 있었던 모양인데…… 어째 이 굴을 보니까 그 이야기가 생각나는걸."

그러자 형이 그런 섬뜩한 이야기를 꺼냈다. 이 굴이 즉신성불 하던 곳이라는 뜻일까. 그래서 당집 안에 생활용품이 갖춰져 있었나. 내가 다시 물으려는데 형이 불붙은 성냥을 굴속으로 떨어뜨리더니 어둠 속에 타오르는 성냥불을 뚫어지게 응시했다. 그러고는 "괜찮겠어" 하고 만족스레 중얼거린 다음 나를 향해 미소를 지었다.

'뭐가' 하는 물음이 입 밖으로 나오기도 전에 형은 두 다리를 굴에 넣은 상태에서 몸을 반 바퀴 돌렸다. 그러고는 두 팔로 몸을 지탱하며 계단 한가운데 아가리를 벌린 어둠 속으로 내려가기 시작했다.

"형, 안 돼, 그러지 마……."

나도 모르게 비통한 목소리로 애원했지만 형은 매우 냉정하게 대답했다.

"너도 봤잖아. 굴 안에 아무것도 없어. 성냥불을 떨어뜨려도 탔으니까 공기도 괜찮을 테고. 분명 맞은편 벽 위에 당집 저쪽으로 나가는 구멍이 있을 거야. 잠깐 기다려."

형은 그런 말을 남기고는 대롱대롱 매달린 상태에서 손을 뗐다. 바닥에 쿵 떨어지는 불분명한 소리가 들리더니 포석 위를 걸어 안쪽으로 들어가는 발소리가 이어졌다. 이윽고 반대편 벽을 기어오르는 듯한 기척이 있었다.

그런데 그뒤로 형의 기척이 사라졌다. 저쪽 벽을 기어올랐다면 당집 반대편으로 나와야 한다. 그런데 기척이 전혀 없었다. 몇 번씩 굴 안으로 머리를 넣고 형을 불러봤지만 대답은 돌아오지 않았다. 마치 어두운 석실을 지나다가 홀연히 사라져버린 양. 그래, 딱 신령에게 납치된 것처럼…….

"형! 렌타로 형! 형……."

나는 울먹이며 형을 불렀다. 조금만 더 있었으면 엉엉 울었을 것이다. 그 직전에 형의 목소리가 당집 뒤편에서 들려왔다.

형의 설명으로는 맞은편 벽을 기어오른 곳에 출구가 있는 게 아니라, 거기서 또 비스듬히 좁은 통로가 나 있는 모양이었다. 이 또 다른 굴길을 지나면 형의 예상대로 당집 뒤로 이어지는 계단에 난 구멍으로 나오게 된다는 것이다.

"렌자부로, 아까 내가 한 것처럼 해서 굴로 내려와."

평소 놀면서 뛰어내리는 높이보다도 낮으니 두 손으로 잡고 매달리면 쉽게 내려올 수 있다. 안쪽 벽에는 돌과 돌 사이에 틈새가 몇 개 있으니 나도 충분히 기어오를 수 있다. 형은 어째선지 나를 설득하듯 말했다.

이때 내가 망설이지 않고 굴속으로 내려간 것은 오로지 형에게 가고 싶은 마음에서였다. 지금 생각하면 도저히 못 하겠다고 울부짖어 형을 돌아오게 하면 그만이었다. 그러나 당시에는 거기까지 생각할 여유가 없었다. 일 초라도 빨리 형의 얼굴을 보고 싶었다.

조심조심 굴에 두 발을 넣었다. 싸늘한 감촉에 순간 발끝에서 허벅지까지 소름이 돋았다. 이어서 몸을 돌려 허리까지 굴속에 넣자, 이번에는 하반신이 냉기에 싸여 나도 모르게 소변을 지릴 뻔했다. 여느 때 같으면 거기서 그만두었을 것이다. 그러나 형에게 가고 싶은 일념에 나는 밑으로 뛰어내렸다.

착지했을 때의 충격은 형의 말처럼 별로 크지 않았다. 다만 굴속에 있다고 생각하니 뭐라 말할 수 없이 기분이 나빴다. 실제로 퀴퀴한 냄새가 코를 찌르고 공기도 축축했지만, 그 이상으로 터무니없이 사위스러운 분위기가 사방에 가득해 견딜 수 없었다. 만약 이곳에서 하룻밤을 지내야 한다면 미쳐버릴 게 틀림없다고 단언할 수 있을 만큼 끔찍한 굴이었다.

　나는 형보다 세 곱절 이상의 시간을 들여 굴속을 지나 맞은편 벽을 올라갔다. 그리고 좁은 구멍으로 들어가 미끄럼틀처럼 비스듬한 경사면을 기어올라갔다.

　"괜찮아? 안 어려웠지?"

　굴 출구에서 형이 끌어올려주었다. 형의 얼굴을 본 순간 안도한 나머지 울 뻔했지만 꾹 참았다.

　뒤를 돌아보니 당집 뒤쪽의 널벽에서 계단이 이어지고 그 여덟 번째 단 한가운데에 구멍이 있었다. 이쪽에는 판자로 구멍을 감추지 않았는데, 생각하나마나 감출 필요가 없기 때문이다. 시선을 들자 여기까지 올라온 길이의 절반쯤 되는 계단이 보였다. 형에게 가까스로 보였다는 것은 그 맨 꼭대기 단이리라.

　하지만 그 너머에는 대체 무엇이 있을까.

　형과 나는 마주 보고 말없이 고개를 가볍게 끄덕인 다음 계단을 오르기 시작했다. 나는 이때 그저 압도적인 호기심에 떠밀려 움직이고 있었다. 물론 공포심도 여전히 있었지만, 영산의 비밀에 근접했다는 생각에 믿기지 않을 만큼 흥분했다.

　또다시 형이 앞장서고 내가 그뒤를 따라 몇 계단 올라갔을 때 묘한 소리가 들렸다. 그것도 뒤에서 들려왔다. 끼이익 하는, 마치 문이 열릴 때 나는 소리 같았다. 예를 들자면 오랜 세월 닫혀 있던 낡은 당집의 격자문이 방금 안쪽에서 열린 듯한……

　'그런 말도 안 되는……'

그럴 리 없다고 생각하면서도 오한이 등줄기를 훑었다. 형에게 알리려다가 여기서 멈춰서느니 한시라도 빨리 꼭대기까지 올라가는 편이 낫겠다고 판단했다. 되도록 당집에서 멀리 떨어지자.

"앗, 또 산길이 이어지는데."

이윽고 한 발 먼저 계단을 다 올라간 형의 흥분한 목소리가 들렸다. 나는 남은 계단을 단숨에 달려 올라갔으나, 형은 이미 왼쪽으로 난 산길에 들어선 다음이었다. 곧바로 뒤를 따르려다가 멈춰섰다. 그리고 다음 순간 유혹을 이기지 못하고 천천히 계단을 돌아보았다.

형과 내가 나온 구멍에서 뭔가가 얼굴을 내밀고 이쪽을 꼼짝 않고 쳐다보고 있었다.

온몸의 털이 쭈뼛 섰음을 알아채기도 전에 머리 꼭대기부터 발끝까지 소름이 돋고 처음 경험하는 오한이 등줄기를 훑었다.

'저, 저, 저게 뭐야?'

본 것은 잠깐뿐이었다. 보자마자 인간이 엮여서는 안 되는 존재임을 깨닫고 재빨리 시선을 돌렸다. 그러나 잠깐 본 것만으로 충분했다. 응시라도 했다가는 아마 그 자리에서 미쳐버렸을 것이다.

황급히 형의 뒤를 쫓아갔다. 내가 뒤쳐진 것을 알아차리지 못했는지 묵묵히 걷고 있었다. 내가 본 것을 알려야 할지 망설였지만, 뭐라 설명하면 좋을지 알 수 없었다. 무엇보다도 옆으로 난 굴에서 그런 식으로 얼굴을 내밀려면 엎드린 자세로 머리만 기이하게 들어 올려야 한다. 그런 자세는 아무리 생각해도 인간에게는…….

"흠, 계단에 이르기 전에 올라온 길하고 똑같은데."

형의 말에 앞쪽으로 시선을 돌리자 오른쪽으로 크게 틀어진 산길이 보였다. 분명 아래쪽과 마찬가지로 구불구불한 길이 이어질 것이다. 그렇게 대답하며 형을 따라가는 사이에 방금 전 본 것을 이야기할 기회를 놓치고 말았다. 그래도 꼭대기에서 내려올 때는 다른 길을 찾자고 형에게 강력하게 주장할 셈이었다. 온 길을 되짚어 그 굴로 돌아갔을 때 그것이 그대로 있다면…….

'이상한 생각 마.'

나도 모르게 속으로 부르짖었다. 다른 길을 찾지 못할 가능성은 일부러 생각하지 않았다. 형이 있으니까 괜찮다. 형이라면 그 어떤 상황에서도 어떻게 해줄 것이다. 반드시 해결책을 찾아낼 것이다.

산길과 주변 모습에 변화는 없었지만 굽이를 돌아 다음 꺾어지는 곳까지 거리가 점점 짧아졌다. 꼭대기에 다 와간다는 증거였다. 그렇게 생각하니 흥분이 조금 되살아났다. 백의 집 사람으로서는 우리 둘이 처음으로 구구산 정상에 올라서는 것이다. 어쩌면 흑의 집, 아니, 가가치가에서조차 여기까지 올라온 사람은 많지 않을지 모른다. 형과 나의 모험은 위대하다.

그때 문득 묘한 느낌에 사로잡혔다. 처음에는 거리가 짧아진 탓에 드는 위화감인가 했는데 그게 아니었다. 뭔가가 신경쓰였다. 그게 무엇일까 싶어 잠깐 멈춰서자 아래쪽에서 소리가 들려왔다. 자그락, 자그락, 달각달각, 자그락, 달각달각, 하는 소리가.

그것이 쫓아온다는 것을 알 수 있었다. 굴에서 기어나와, 계단을 올라와, 구불구불한 산길을 따라 이쪽으로 오고 있음을.

"혀, 형."

나는 소리 지르고 싶은 것을 꾹 참고 소곤거리며, 이미 앞쪽 모퉁이를 돌려고 하는 형에게 달려갔다.

"이제 다 왔어. 생각보다 시간은 걸렸지만 위에 도착하면 도시락 먹고, 그런 다음……."

"저, 저기…… 와…… 그게…… 형, 그게 와……."

나는 열병 환자의 헛소리처럼 되풀이해서 그렇게 말했다. 어안이 벙벙한 얼굴이던 형은 이내 침착하게, 진정하고 무슨 이야기인지 설명해보라고 했다. 그러나 그러는 사이에도 그것이 다 가온다는 생각을 하니 돌아버릴 것 같았다. 나는 '그게 온다, 그게 온다'라는 말만 되풀이했다. 그래도 형이 참을성 있게 대해준 덕분에 간신히 계단에서 본 뭔가에 대해 이야기할 수 있었다.

내가 이야기하는 사이에 형은 한마디도 하지 않았다. 이야기를 끝내도 입을 열지 않았다. 내 말을 믿지 않나 싶어 절망적인 기분이 들었을 때, 그게 아니라는 것을 알았다. 형은 필사적으로 귀 기울여 듣고 있었던 것이다. 나도 바로 똑같이 했다. 그러자 우리가 방금 올라온 길 바로 밑에서 자그락, 자그락, 자그락, 달각달각 하는 소리가 들려왔다. 명백히 뭔가가 검은 자갈을 밟으며 올라오는 발소리였다. 내가 설명하는 사이에 거리가 좁혀진 것이다.

"렌자부로, 너 부적을 묶은 지팡이는 어떻게 했어?"

형의 물음에 그제야 당집 앞에서 굴로 들어올 때 지팡이를 그만

계단에 두고 왔다는 것을 깨달았다.

"이거 갖고 저기 숨어 있어."

형은 자기 부적을 내게 주고는, 산길이 굽어진 곳으로 가서 몸을 웅크리고 숨어 있으라고 일렀다.

"알겠어? 형이 '뛰어!' 하면 꼭대기까지 단숨에 달려가는 거야. 형도 네 뒤를 따라갈 테니까 걱정 안 해도 돼. 알겠지?"

형은 그렇게 말하며 산길이 꺾이는 지점에 서서 방금 전 우리가 올라온 비탈을 내려다보았다. 내가 본 뭔가의 정체를 확인하려는 것이다.

나는 그러면 안 된다고, 둘이 같이 도망치자며 형의 손을 잡아 끌려다가 얼어붙었다. 산길을 올라오는 발소리가 바로 밑에서 들려왔기 때문이다.

그 순간 형이 묘한 소리를 냈다. 물론 목소리임에는 틀림없었지만 도무지 인간의 목에서 나올 성싶지 않은 소리였다. 순간적으로 형을 본 나는 머릿속으로 소리 없는 절규를 내질렀다. 언제까지고 그쳐지지 않는, 온몸이 떨릴 정도의 비명을.

형은 눈꼬리가 찢어질 것처럼 두 눈을 부릅뜨고 산길 밑에서 모습을 나타낸 뭔가를 응시하고 있었다. 그 눈초리는 이미 정상이 아니었다. 인간의 이성으로는 받아들일 수 없는 무시무시한 것을 본 듯한, 자기가 본 것을 이해하려다가 정신의 빗장이 풀려버린 듯한, 요기와 광기가 어린 눈초리였다.

형은 우뚝 서 있고, 나는 어느새 다리 힘이 풀려 주저앉아 있었다. 그러는 동안에도 발소리는 점점 가까워졌다. 이윽고 형의 눈앞까지 와서 그쳤다. 위에서 내려다보면 아마 나와 형과 그것이 정삼각형을 그렸을 것이다. 나와 그것 사이에는 울창한 초목이 있을 뿐이었다.

다음 순간 삼각형이 깨졌다. 형의 모습이 아래쪽 산길로 사라졌다. 나는 반사적으로 일어나 뒤를 쫓으려 했다. 그런데 실제로 한 행동은 정반대였다. 즉각 등을 돌리고 그 자리에 웅크리고 앉았다. 형 대신 어떤 다른 것이 이쪽을 들여다보는 낌새를 순간적으로 챘기 때문이다.

형이 무엇을 봤는지, 형에게 무슨 일이 일어났는지, 그리고 나는 대체 어떻게 될 것인지, 생각하면 무서운 나머지 발광할 것 같았다. 이윽고 시야가 흐려지고, 다리가 마비되고, 머릿속에 둔통이 느껴지더니 어느새 의식을 잃었던 것 같다. 그 전에 산길을 기어올라오는 녹색 안개를 본 것 같기도 하지만 확실하지 않다. 정신이 들어보니 할아버지가 곁에 있었지만 그다음 일도 거의 기억나지 않는다. 다음에 눈을 떴을 때는 큰신집의 방에 있었다.

나중에 듣기로 내가 구구산에서 발견된 것은 형과 탐험에 나서고 나흘 뒤였던 모양이다. 그날 날이 저물도록 우리가 돌아오지 않자 마을 청년들이 묘온사 뒷산을 밤을 세워 수색했지만 찾아내지 못했다. 이윽고 그날 아침 우리가 서쪽으로 가는 것을 봤다는 사람이 나타났다. 역시 마을 사람의 눈에 띄었던 것이다. 형의 탐험에 대해 알고 있던 어머니는 설마 그럴 리 없다고 생각했지만,

마을 서쪽에 형이 관심을 가질 만한 것이라곤 구구산밖에 없다. 하지만 청년들도 무서운 곳에 발을 들여놓기를 주저했고, 또 가가치가 구구산에 들어가는 것은 절대 허용할 수 없다고 우겼다. 그 결과 마을이 백과 흑으로 양분되어 세목나무 앞에서 일촉즉발의 긴장감 속에 팽팽히 맞섰다. 이때만은 평소의 지주와 소작인 관계보다 백흑의 연고가 앞서, 언제 난투가 벌어져도 이상할 것 없는 상황이었다고 한다. 최종적으로 당시 살아 계셨던 형과 나의 할아버지와 사기리* 어르신, 두 사람만 입산하기로 합의한 모양이다. 하지만 합의에 이르기까지 이틀이나 걸리고 말았다.

형은 배낭만 남기고 자취를 감추어버렸다. 나는 먹은 기억이 전혀 없는데, 형과 내 몫의 주먹밥이 깨끗이 없어지고 물통도 비어 있었으므로 내가 먹고 마셨으리라고 여겨졌다. 그렇기 때문에 나흘 뒤에 발견되었는데도 몸이 별로 쇠약하지 않았던 것이라고. 정신 쪽은 전혀 이야기가 달랐지만…….

그것이 형을 끌고 갔다.

처음에는 아무도 내 말을 믿지 않았다. 가장 큰 원인은 할아버지가 그런 계단이며 당집은 **어디에도 없었다**고 했기 때문이다.

구불구불한 산길이 도중에 직선으로 뻗은 부분은 확실히 있었던 모양이지만, 계단이 아니라 짐승길 같은 좁다란 외길이었다고 한다. 약간 기울어진 듯한 짐승길을 끝까지 올라간 곳에서 또다시 구불구불한 산길이 나타나긴 했지만, 그곳에 문제의 계단과 당집은 없었다. 흔적도 없이 사라져버린 것이다. 하기야 사라졌다고 생각하는 사람은 나뿐이고, 할아버지에게는 처음부터 존재하지 않았던 셈이다. 게다가 내가 두고 온 지팡이를 할아버지는 짐승길 같은 비탈의 중간에서 발견했다. 그 때문에 모두 내 환각이라고 생각했다. 또는 영산이 보여준 허상이거나……. 물론 할아버지가 녹색 안개 따위 보지 못했다는 것은 말할 필요도 없다.

그렇지만 형이 사라진 것은 사실이었다. 할아버지는 구구산 전체를 수색하려 했지만, 사기리˚ 어르신이 완강하게 거부했다. 설사 사기리˚ 어르신이 뜻을 꺾었어도 수색에 참가할 사람은 마을에 아무도 없었을 것이다. 그 무렵에는 다들 내가 본 게 나가보즈고 형은 염매와 마주치는 바람에 사라졌다고 수군거렸다.

회복된 뒤 할아버지에게 물어본 적이 딱 한 번 있다. 형을 찾을 때 구구산 꼭대기까지 올라갔었는지, 그곳에 무엇이 있었는지.

동요하는 모습을 한 번도 보인 적이 없는 할아버지가 이때만은 보일 듯 말 듯 몸서리를 쳤다. 게다가 내 질문에 무언으로 답했다. 다시 묻자 '그런 건 몰라도 된다'라며 고개를 떨구었다. 그래도 집요하게 캐묻자 '도리이 같은…… 작은…… 묘한 기둥이……' 하고 중얼거리다 말고 입을 다물었다. 그뒤로는 넋 나간 표정으로 한마디도 하지 않았다.

그후 할아버지는 노망이 들었다. 차츰 망령과 배회가 심해지더니 반년 뒤 갑자기 돌아가셨다. 그 원인이 정말 구구산 꼭대기에서 본 것에 있는지는 알 수 없지만, 그 산에 오르지 않았다면 좀더 오래 사셨을 것 같다.

결국 그 탐험으로 형은 행방불명됐고, 할아버지는 천수를 다하지 못했고, 그리고 나는…… 나는…….

가미구시 새신집의 지요에게 축귀를 한 이튿날 아침, 사기리˚ 무녀는 자리에서 일어나지 못했다. 실은 나흘 전 저물녘부터 해가 지기까지 가가치 아랫집의 소작인 딸에게 들린 뱀신을 쫓아낸 게 오랜만에 소임을 다한 것이었다. 지금까지 수백 번도 더 쫓아낸 마귀에 비하면 이렇다 할 것도 없는 증세였지만, 무녀는 뜻밖에 체력과 기력을 심하게 소모한 듯했다. 그런데도 미처 회복되기도 전에 지요에게 붙은 생령과 대치한 탓에 결국 몸져눕고 만 것이다.

사기리˚ 무녀가 누운 곳은 무신당과 인접한 은거소의 가운뎃방이었다. 배례소의 오른쪽에 붙은 널문을 열면 복도가 똑바로 이어진다. 복도에 들어서서 바로 왼쪽에 있는 다다미 열 첩 방이 산신님을 모신 방이고, 그다음 여덟 첩이 무녀, 맨 안쪽 네 첩 반이 구로코의 방이다. 복도를 끝까지 나아가면 왼쪽에 봉당이 있고 그곳에 부엌과 간이 욕탕, 뒷문이 붙어 있다. 봉당은 네 첩 반의 북쪽에서 여덟 첩의 서쪽으로 두 방을 둘러싸듯 구부러지고, 측간은 그 서쪽 귀퉁이에 있다.

무녀는 사기리∷가 어릴 때부터 이곳 은거소에서 함께 생활했다. 당시에는 맨 바깥쪽 열 첩 방을 무녀가 쓰고, 가운데 여덟 첩을 사기리∷가 썼다. 안쪽 네 첩 반은 비어 있었다. 은거소가 있는 별채는 어머니 사기리∷나 아버지 이사무조차도 무녀에게 허락을 받아야만 드나들 수 있었다. 십수 년 전에 구로코가 들어와 네 첩 반에 살게 된 뒤로는 더했다. 구로코가 모든 잡일을 도맡아 했기 때문이다. 누가 봐도 기묘한 공동생활이었다.

구구의례로 사기리∷가 산신님이 된 뒤로는, 열 첩 방에도 당집의 제단과 등을 맞댄 모양새로 제단을 새로 마련하고 허수아비님을 모셨다. 그리고 무녀는 여덟 첩 방으로 옮겼다. 그 이래로 사기리∷가 성장하면서 갖는 모든 물건 또는 그 이상이 반드시 산신님의 공물로 열 첩 방에 바쳐졌다. 그곳은 성역이나 다름없는 공간이었다.

"구로코, 거기 있느냐? 구로코."

사이의 샛장지를 활짝 열어젖힌 열 첩과 여덟 첩 방에 사기리˙ 무녀의 힘없는 목소리가 들렸다. 평소 닫아놓는 샛장지를 열어놓은 것은 자리에 누워서도 제단을 볼 수 있도록 무녀가 시킨 것이었다. 바깥쪽 열 첩 방이 산신님의 공간(장엄한 제단과 더불어 어디까지나 사기리∷의 방으로 꾸며진 세계)답게 갖은 사치를 다한 데 비해 그 옆방은 너무나도 간소한 탓에, 두 공간에 퍼지는 그녀의 목소리가 묘하게 썰렁하게 들렸다.

곧바로 안쪽 샛장지가 스르르 열리더니 정좌한 구로코가 나타났다.

"아, 구로코냐. 우선 사기리∷한테 가서 내 걱정은 필요 없으니 아침 근행을 혼자 하라고 전해라. 그리고 낮에라도 괜찮으니까 집 안사람에게 일러서 도마야 선생님께 왕진을 부탁드리라고 하고. 알겠느냐, 돌팔이 오가키 놈 말고 하하촌의 의사 선생님이다. 도마야 선생님이야."

재차 확인하는 무녀에게 구로코는 조그맣게 고개를 끄덕였다.

"아, 그리고 오사노 젠토쿠란 수행자를 조심해라. 신뢰할 수 없는 인간이니까. 내 동생이긴 하지만 가쓰토라는 영 미덥지 못하고, 사위인 이사무는 그보다 더 의지가 안 되지. 딸인 사기리∷도 여전히 저렇게 병약하니……. 지난주 중반부터 주말까지 또 몸져눕지 않았더냐. 하여간 난감한 일이야. 아, 그래서 말이다만 손주 사기리∷가……."

그러더니 구로코에게 손짓해 머리맡까지 다가오게 한 다음 목소리를 낮추고 뭐라 지시를 내리기 시작했다. 가가치가 사람들에게 들릴 리도 없는 은거소에서 그런 행동을 하는 것은, 자신의 우스꽝스러운 모습을 깨닫지 못할 만큼 사기리∷가 어제 보인 모습을 우려해서라고도, 무녀의 정신이 균형을 잃기 시작했기 때문이라고도 볼 수 있을 것이다.

구로코는 말은 한마디도 하지 않았지만 손짓발짓으로 하는 표현은 풍부했다. 적어도 무녀와 사기리∷는 조금도 불편을 느끼지 않고 의사소통을 할 수 있었다. 또 글자도 쓸 수 있는 터라 알 수 없는 부분은 필담으로 보완했다. 무녀에게 그는 음양사가 부리는

귀신, 시키가미나 다름없는 존재였다. 그녀가 직접 듣지 못하는 소문도 어디선가 신기하게 입수해오곤 했다. 마을에 떠도는 이야기일 때가 있는가 하면, 집안 이야기일 때도 있었다. 또 무녀만큼은 아니지만 구로코는 사기리☷의 시키가미기도 했다. 소홀히 할 수 없는 아침 근행을 챙기는 의미도 있었지만, 사실 그 때문에 무녀는 구로코를 사기리☷에게 보낸 것이다.

사기리☷는 어젯밤 이미 날이 저물고 주위에 밤의 어둠이 깔린 다음에야 무신당으로 돌아왔다. 사기리˙ 무녀는 손녀가 늦어지는 것을 무척 걱정하는 듯했으나 결코 마중 나가려고 하지는 않았다. 축귀를 마친 주물을 히센천에 떠내려보내는 일은 혼령받이 혼자 해야 하기 때문이다.

당집 배례소에서 기다리던 무녀 앞에 모습을 나타낸 사기리☷는 몹시 초췌해 보였다. 히센천에서 경험한 일을 생각하면 그럴 만도 하지만, 사기리☷는 그에 대해 한마디도 하지 않았다. 또 무녀도 무슨 일이 있었던 게 아닐까 걱정하면서도 아무것도 묻지 않았다. 그저 둘이서 의례에 정해진 대로 축귀를 마치는 주언만 읊었다.

오늘 아침 사기리˙ 무녀가 평소처럼 일어났다면, 아침 근행 뒤에 사기리☷에게 주물을 떠내려보낼 때 무슨 일이 있었는지 물었을 것이다. 그랬다면 앞으로 마을 사람들을 극심한 공포에 몰아넣을 일련의 괴이도 어쩌면 막을 수 있었을지 모른다. 그러나 그 기회를 놓치고 말았다. ×××에게는 다행히도.

구로코가 사라진 뒤 얼마 있다가 사기리☷가 연결복도 쪽 널문을 열고 무신당으로 들어왔다. 정화소에서 제단을 향해 절을 하고는 발을 걸으려다가 문득 은거소로 통하는 널문을 돌아보았다. 몸 져누운 할머니에게 잠시 가볼까 생각했으리라. 그러나 그랬다간 할머니가 노여워해 되레 몸을 상할 것이라 생각했는지, 그대로 발을 걷고 배례소로 올라가 근행 준비를 시작했다.

사기리˚ 무녀에게는, 아니 대대로 모든 무녀에게 산신님에 대한 신앙이 그 어떤 것보다 우선된다. 다른 것은 모두 그다음 문제다. 물론 허수아비님을 모시는 가가치가를 존속시키고 그러기 위해 훌륭한 무녀와 혼령받이가 될 후계자를 키우는 일에는 역대 무녀들도 열심이었다. 따라서 가문을 유지할 경제 기반의 강화도 중요하게 여겨졌다. 가가치 윗집이 늘 마을의 필두지주로 군림하며, 가미구시가의 두 집을 합쳐도 소작인 수가 가가치가의 세 집에 미치지 못하도록 획책해온 역사도 그 때문이다. 그것은 전후의 농지개혁 뒤에도 달라지지 않았다. 지주와 소작인의 관계가 그리 간단히 사라지지 않는 한 마을의 세력 분포도 그에 의존하기 때문이다. 다만 설령 모든 것을 잃는다 해도 사기리˚ 무녀의 산신님에 대한 신앙심만은 사라지지 않을 것이다. 가가치가가 최후를 맞이하고 홀로 남는다 해도 그녀는 분명 제단 앞에서, 무신당이 없어진다면 구구산에서, 하루도 거르지 않고 아침저녁으로 참배할 것이다.

사기리˚˚도 그것을 알기에 병문안보다 근행을 우선한 것이다.

이윽고 준비가 끝나자 사기리˚˚가 제문을 읊기 시작했다. 평소와는 달리 무녀가 선도하지 않다보니 처음에는 매끄럽지 않았지만, 그래도 매일 아침 해온 게 있는지라 차츰 그럴싸해졌다. 이윽고 트랜스 상태에 빠진 듯 사기리::의 몸이 조금씩 전후좌우로 흔들리기 시작했다. 이런 반 각성 상태가 얼마 동안 이어지면 그녀는 이윽고 완전히 무아의 경지에 이른다. 이것은 혼령받이라면 반드시 갖추어야 할 특질이라 할 수 있었다.

그런데 그때 당집 안에 그림자가 비쳤다. 대기소 문을 열고 발소리를 죽이며 정화소로 침입한 인간이 있었다. 보아하니 연결복도에서 대기소로 들어와 일단 당집 내부를 살핀 듯했다. 은밀히 다가오는 그림자를 사기리::는 전혀 알아차리지 못했다. 상대방도 그것을 아는지 그녀의 뒤로 살며시 다가오더니 대담하게도 발 너머로 배례소를 엿보았다.

그림자의 정체는 자칭 수험자인 오사노 젠토쿠였다. 그는 정말 들키지 않았는지 확인하듯 꼼짝하지 않고 사기리::의 기색을 살폈다. 그러나 사기리::가 자기 존재를 깨닫지 못했다고 판단한 순간, 이번에는 음탕한 눈초리로 그녀의 몸을 훑어보기 시작했다. 보통 상황이었다면 사기리::도 오한을 느껴 돌아봤을 것이다. 그러나 근행 중에 그것은 불가능했다.

그런데 추잡한 시선으로 있는 대로 사기리를 유린하고도, 젠토쿠 도사는 발을 걷어 배례소로 들어오지 않고 은거소로 통하는 널문으로 향했다.

사기리˙ 무녀가 보이지 않는다고 동정을 살피려는 모양이다. 어제 안방에서 가쓰토라 등과 한 몹쓸 모의로 봐도, 애초에 무녀의 동정을 엿보려고 대기소에 숨어든 게 틀림없다. 그러다 뜻하지 않게 홀로 아침 근행 중인 사기리::를 보고 무녀에게 무슨 일이 생긴 게 아닌가 생각했을 것이다. 과연 그런 머리 회전은 빠른 것 같다.

은거소로 사라졌던 젠토쿠 도사는 아니나 다를까 얼마 뒤 히죽거리며 돌아왔다. 십중팔구 복도에서 장지 틈으로 여덟 첩 방에 누운 사기리˙ 무녀를 봤으리라. 그녀가 확실히 약해진 것을 보고 매우 흡족한 듯했다. 그는 히죽히죽 웃으며 살며시 정화소를 가로지르려다가 문득 멈춰섰다. 제단의 허수아비님과 사기리::와 그를 연결하면 일직선이 될 위치였다.

그가 정지한 것은 잠깐뿐이었다. 갑자기 발소리를 죽이고 발 앞으로 접근했나 싶더니, 살며시 발을 들어올리고 당치 않게도 배례소로 침입했다. 만면에 징그러운 웃음을 띠고…….

그런데도 사기리::는 눈치채지 못한 채 머리를 숙이고 눈을 감고 합장하며 일심불란하게 주언을 외웠다.

젠토쿠 도사는 처음에는 조심스럽게 그녀를 관찰하기만 했으나, 먹잇감이 트랜스 상태에 있음을 알아채고는 대담하게도 그녀의 하카마 허리끈을 풀기 시작했다. 첫번째 장애물이 사라지자 하카마 속에 지른 백의의 앞섶을 천천히 풀어헤쳐 가슴을 드러냈다.

"흐흐흐……."

젠토쿠 도사가 사기리::의 하얀 피부를 보고 천박한 웃음을 흘렸다. 촛불 불빛에 두 눈이 사악하고 음탕하게 번득였다.

손놀림이 익숙해 보였다. 십중팔구 전에도 취향에 맞는 여자 의뢰자를 만나면, 기도나 축귀 중에 최면술을 쓰건 약을 먹이건 해서 상대방의 자유를 빼앗고 욕보인 적이 여러 번 있었으리라. 그런 그에게 눈앞의 소녀는 그야말로 안성맞춤의 먹잇감으로 보였을 것이다. 구태여 최면술을 걸거나 약을 먹이는 수고도 덜 수 있으니.

사기리::의 아직 여물지 않은 가슴이 반쯤 드러나자 젠토쿠 도사는 하카마로 손을 가져갔다. 그러나 제아무리 젠토쿠 도사가 익숙해도, 상대방이 정좌하고 앉은 상태에서 하카마를 벗기기는 쉽지 않다. 자연히 손에 힘이 들어갔다. 그래도 애를 먹자 끝내 왼팔로 사기리::의 몸을 안아 들어올렸다.

그쯤 되니 사기리::도 정신이 들었다.

"……응, 어? 뭐, 뭐야……?"

상황을 아직 이해하지는 못하면서도 무의식중에 젠토쿠 도사의 손에서 벗어나려고 몸을 비틀기 시작했다.

"근행이지요. 이것도 중요한 근행입니다. 자, 조용히 하고 다시 눈을 감으십시오. 몸의 힘을 빼고……."

그런데 이 극악무도한 수험자는 터무니없이 뻔뻔했다. 어린애도 믿지 않을 그런 말을 지껄이며 뒤에서 사기리::를 꽉 끌어안고 놓아주지 않았다.

"어? 어, 어, 어? 뭐하는 거예요?"

사기리::도 이제 의식을 완전히 되찾은 듯, 비로소 자신이 백의

의 앞섶을 풀어헤치고 하카마도 요골 언저리까지 흘러내려간 망측한 꼴임을 깨달았다.

"내가, 무녀의 새로운 소임을, 그대에게 꼭, 가르쳐줘야겠다 싶어서…… 그러니까……."

흥분한 젠토쿠 도사가 숨을 거칠게 몰아쉬며 시치미를 뗐다. 어디까지나 종교적 행위인 척해서, 아직 어리다고 할 수 있는 소녀를 욕보일 셈인 듯했다.

"악! 싫어요! 놔요!"

사기리::는 온힘을 다해 도망치려 했으나 되레 역효과였다. 젠토쿠 도사가 그녀를 안고 뒤로 쓰러졌기 때문이다. 그 때문에 몸부림을 치면 칠수록 백의가 헝클어지고 하카마는 허리에서 허벅지까지 흘러내렸다. 젠토쿠 도사는 붉은 하카마 밑으로 드러난 하얀 허벅지를 잡아먹을 듯한 시선으로 응시하더니, 위치를 바꿔 사기리:: 위에 올라타고 덤벼들었다.

"악! 할머니!"

"무녀께서는 푹 주무시는 중이네. 은거소 가운뎃방이니 어지간한 소리는 들리지 않을 게야. 아까 그대가 읊던 축사도 그리 잘 들리지 않더군. 아니, 그보다 편찮으신 분을 이런 일로 깨우다니 안쓰럽지 않나."

젠토쿠 도사는 그런 터무니없는 소리를 지껄이며 왼손으로 사기리의 두 팔을 꽉 누르고 오른손으로 그녀의 가슴을 어루만졌다.

"참고로 구로코는 부엌에서 일하는 중이니 도움을 기대할 생각은 말고."

 젠토쿠 도사는 흡사 확인사살을 하듯 말을 잇고는 음탕한 웃음을 지었다.

 "그대 어머니도 아직 제법 쓸만하지만 유부녀란 게 여간 까다로워야지. 그런 점에서 그대 이모는 다루기 쉬웠지만, 사람이 그렇게 실성해서야 점점 기분이 잡치니 쓰겠나. 게다가 그런 두 분의 미모를 꼭 빼닮았다면 기왕지사 젊은 쪽이 낫지. 물론 미모의 원천이신 무녀가 계시지만, 무녀께서는 아무리 그래도 이미 현역에서 은퇴하셨을 테고 나도 황송해서 감히 건드리기는 좀…… 흐흐흐……."

 그는 추잡한 목소리로 속삭이더니 기분 나쁘게 웃었다.

 그러는 사이에도 별도의 생물처럼 움직이는 오른손으로 그녀의 좌우 가슴을 집요하게 더듬었다. 사기리::는 어떻게든 몸을 비틀려 했지만, 몸집이 큰 성인 남자가 위에 올라탄 데다 머리 위로 두 손을 꽉 누르는 탓에 꼼짝도 할 수 없었다. 흡사 바닥에 못 박힌 듯한 상태였다. 이윽고 사기리::의 허리 위에 올라 앉아 있던 젠토쿠 도사가 아래쪽으로 위치를 옮기는가 싶더니, 오른손이 그녀의 가슴에서 배로, 그리고 하반신으로 내려오기 시작했다.

 "안 돼!"

 위급한 상황에서 사기리::가 무의식중에 젖 먹던 힘까지 발휘했는지 수험자의 몸이 휘청했다. 그도 조금 초조해진 듯 "빌어먹을!" 하고 욕설을 내뱉었다. 그러나 곧바로 다시 허리 위에 올라앉아 "내 그때 봤다! 강에 있던 그대를!" 하고 소리쳤다. 그러자 사기리::의 저항이 뚝 그쳤다.

"네? 강변에 있었어요? 그때 거기 있었어요?"

"글쎄, 어디 있었는지는 말할 수 없지만 뭘 봤는지는 내 말할 수 있지."

"뭐, 뭐, 뭘 봤는데요?"

"호, 내가 뭘 봤는지 알고 싶다? 하기야 지금은 우리 둘밖에 없으니. 그렇지만 그런 멋없는 이야기는 나중에 하도록 하지. 내 말대로 하면 얼마든지……."

젠토쿠 도사는 단숨에 일을 벌이려고, 사기리::는 온힘을 다해 악몽에서 벗어나려고 했다. 그러면서 두 사람의 힘이 우연히 같은 방향으로 움직인 탓인지 엄청난 기세로 제단을 들이받고 말았다.

무신당의 제단에는 늘 마을 사람들이 바친 온갖 물건이 가득하다. 특히 괭이며 쟁기, 낫, 엽총 등 일상적으로 쓰는 도구들이 눈에 띄었다. 그런데 두 사람이 부딪친 충격으로 낫 하나가 미끄러져 우연히도 젠토쿠 도사의 목덜미를 향해 떨어졌다.

"으악! 이게 뭐야!"

그에게는 요행이라고 해야 할지, 낫은 목덜미에 박히지 않고 피부를 살짝 파고들었다가 자루의 무게로 인해 바닥에 떨어졌다.

그러나 아픔과 출혈에 허둥대는 젠토쿠 도사로부터 사기리::가 달아나기에는 충분했다. 그가 반사적으로 오른손을 목덜미에 갖다대며 뒤로 펄쩍 물러난 순간, 그녀는 쏜살같이 연결복도로 나가는 널문으로 달려갔다. 그리고 사이비 수험자가 정신을 수습하기 전에 당집에서 모습을 감추어버렸다.

"빌어먹을, 하필이면 이런 때!"

젠토쿠 도사는 낫을 집어 들고는 밉살스럽다는 듯 바라보았다.

"뭐, 시간은 넉넉하니 됐어. 그 계집애도 아무 말 않을 테고. 강에서 있던 일이 있으니 말이지."

그는 혼잣말을 중얼거리며 히죽 웃었다.

"뜻하지 않게 좋은 기회인지도 모르겠군. 할멈이 앓아누운 사이에 은거소를 잠깐 봐놓을까."

오사노 젠토쿠가 빈손으로 그냥 물러날 수는 없다는 듯이 또다시 별채로 향하려 했을 때였다.

대기소의 널문이 스르르 열리더니 그림자가 당집 안으로 들어왔다.

사기리의 일기 3

정신을 차려보니 내 방에 주저앉아 장지에 그려진 도라지꽃을 멍하니 바라보고 있었다. 얼마나 그러고 있었는지는 모르겠다. 내가 왜 그러고 있는지, 그것도 바로 생각나지 않았다. 그렇지만······.

'그 수험자한테 겁탈당할 뻔했어.'

방금 전 장면이 기억에 되살아난 순간, 몸이 바들바들 떨리기 시작했다. 가슴속에서 뭔가가 치밀어오르는 동시에 오열이 터져

나왔다.

그가 할머니를 찾아 가가치가에 나타났을 때 처음에는 재미있고 서글서글한 아저씨라고 좋은 인상을 받았다. 나를 어린애 취급하지 않고 어엿한 무녀로 경의를 가지고 대해주었다. 그렇다고 딱딱하게 격식을 차리는 게 아니라 늘 웃음을 안겨주며 즐겁게 해주었다. 사교적인 성격인 데다 남의 말도 잘 들어주어서 표면적으로는 집안사람들 틈에 쉽사리 녹아든 듯 보였다. 그러나 가쓰토라 종조할아버지만은 죽이 맞지 않는지 금세 앙숙이 된 모양이었다. 또 할머니도 명백하게 거리를 두셨다. 집에 머물게 허락해주셨을 정도니 싫어하지는 않으셨을 것이다. 하지만 믿지는 않으셨을 게 틀림없다. 아마 옛날부터 찾아오는 수상쩍은 종교가 중 하나쯤으로 여기셨으리라.

그의 인상이 달라진 것은 나를 훔쳐본다는 것을 깨닫고 나서였다. 물론 내가 한눈을 팔 때 우연히 내게 시선이 향했을 수도 있을 것이다. 그러나 같은 일이 여러 번 반복되면 단순한 우연이 아니다. 게다가 본다기보다 훔쳐본다는 표현이 어울리는 눈초리였으니……. 아니, 더 엄밀히 말하자면 엿보는 걸까. 두루두루 핥는 듯한 시선이란 바로 이런 것임을 실감했다.

그런 생각이 들어 주의해서 살펴보니, 그가 그런 눈초리로 보는 사람은 나뿐이 아니었다. 어머니와 기누코 작은이모도 대상일뿐더러 하녀는 더욱 노골적으로 바라본다는 것을 알았다. 게다가 최근 창살방에서 나와 지내는 사기리* 큰이모까지…….

그래도 설마 집 안에서 나를 덮칠 줄은……. 그것도 무신당 제단 앞에서 그런 일을 당할 줄이야.

'어떻게 그럴 수가…….'

그 남자는 할머니가 몸져누우신 것을 알고 있었나? 그래서 나 혼자 아침 근행을 할 것이라고 예상한 건가? 당집에는 웬만해선 집안사람들이 들어오지 않으리라고 짐작했나? 거기까지 계산해서, 그래서 그런 짓을…….

'아, 맞다. 강 이야기를 했는데.'

내가 히센천에서 주물을 떠내려보내는 모습을 봤나?

그렇다면 지요의 축귀를 하는 동안 무신당과 은거소 주위를 돌며 안을 살핀 것이 분명하다. 그래서 지즈코 아주머니와 지요가 돌아가고 내가 큰계단으로 강변으로 내려가자, 자신은 작은계단으로 내려온 것이다.

'하지만 뭘 본 거지?'

나는 순간 오싹했다. 그때 상황을 생각하면 그는 내게 닥쳤던 괴이의 정체를 봤다는 뜻이기 때문이다.

'그건 대체 뭐였을까.'

어마어마한 공포를 느끼면서도 한편으로 호기심을 억누를 수 없었다. 어떻게 하면 좋을지 몰라 머리를 싸안을 뻔했을 때였다.

"사기리⋮…… 너 괜찮니?"

서둘러 복도를 걸어오는 발소리와 어머니의 흥분한 목소리가 들려왔다.

"네?"

대답할 겨를도 없이 복도 쪽 장지가 열리더니 어머니가 병이 났을 때보다 더 창백한 얼굴로 나타났다.

"어떻습니까? 사기리:: 양은 무사하신가?"

이어서 도마야 선생님인 듯한 목소리가 들렸다.

"앗, 선생님, 잠깐 기다려주세요."

물음의 의미까지 더해 이상하게 생각하는데, 어머니가 그제야 정신이 든 듯 복도에 있는 선생님에게 고개를 숙이더니 재빨리 방으로 들어왔다. 그러고는 내 옷매무새를 고쳐주었다. 나는 그제야 복장이 여전히 흐트러져 있었음을 깨닫고 비록 어머니 앞이기는 해도 부끄러워졌다.

"이런 데서 기다리시게 해서 죄송합니다."

내 옷매무새를 만져준 어머니는 다시 복도로 나가, 도마야 선생님과 처음 보는 낯선 남자 한 명을 방으로 들였다.

남자는 처음에 이십대 초반쯤으로 보였으나 차분한 말투와 태도에서 후반일지도 모르겠다고 다시 생각했다. 도시 사람인지 분위기가 세련됐고 지적인 외모까지 더해 첫인상은 싹싹한 청년으로 보였다. 그러나 세련됐다는 느낌과 모순될 수도 있는데, 바지가 어쩐지 작업복 같고 특이했다. 물론 지저분하지는 않았지만 멋을 부린 느낌은 아니다. 옷차림에 별로 신경쓰지 않는 듯 꾸밈이 없었다. 그런 기묘한 바지가 멋져 보였다. 하여간 분위기가 영 묘해 종잡을 수 없는 사람이라는 인상이 남았다. 그게 좋은지 나쁜

지 순간적으로 판단이 서지 않았을 정도다.

"어디 다친 덴 없나? 부딪치거나 상처난 데도 없고?"

내가 무례하게도 초면인 청년을 빤히 쳐다보는 사이에 도마야 선생님이 곁에 앉아 부드럽게 물었다.

"아, 네…… 괜찮아요. 다치진…… 않았어요."

"흠, 그럼 됐고. 아, 이분은 큰신집 손님이신데, 도조 겐야라는 고명하신 소설가 선생이란다."

"앗, 아뇨, 선생이라니 당치도 않습니다. 게다가 고명할 것도 전혀 없는 그냥 글쟁이죠."

도조 씨는 정말 난감한 표정으로 나를 보고는 말을 이었다.

"실은 선생님…… 여기 계시는 도마야 선생님 말씀입니다만, 사기리˙ 어르신께 왕진을 가신다길래 뻔뻔하게도 같이 따라온 건데……."

"흠. 어제 이분과 버스를 같이 탔지. 난 새신집의 지요를 진찰하러 온 건데, 언제 일이 그렇게 됐는지 도조 선생도 동행하게 됐지 뭐냐."

"서, 선생님…… 너무하십니다. 애초에 같이 가겠냐고 말씀하신 건……."

"자자, 이미 지난일인데 어느 쪽이든 무슨 상관이오."

도조 씨의 항의를 도마야 선생님은 가볍게 넘겼다.

"그래서 마침 지요의 병문안을 와 있던 렌자부로와 둘이 새신집에서 큰신집으로 이 선생님을 안내해드렸다가, 나까지 그 댁에 묵게 되는 바람에……."

도조 씨는 그에 대해서도 이의가 있는 눈치였지만 이번에는 잠자코 있었다.

"그랬더니 오늘 아침 의원을 통해 사기리˙ 어르신의 왕진을 부탁한다는 전갈을 받아서 바로 이렇게 왔다만……."

"할머니는요?"

"아아, 걱정 없다. 연세를 생각해서 너무 힘든 기도는 이제 그만 삼가시는 게 좋을 것 같기는 하다만. 아무튼 지금은 당분간 쉬셔야 한다. 그보다 넌 어떠냐?"

"아…… 전……."

나는 대답하려다 말고 뒤늦게 무신당에서 있었던 일을 다들 아는 눈치임을 깨달았다.

'어떻게 알았지?'

도마야 선생님이 할머니를 왕진하러 왔다면 은거소로 가면서 정화소를 지났는지도 모른다. 그곳에서 오사노 젠토쿠와 마주쳤나? 하지만 그렇다 해도 그 남자가 자기의 비열한 행위를 먼저 말할 리가 없다.

'그럼 어떻게?'

그때까지 말수가 많던 도마야 선생님이 별안간 조용해지면서 난감한 듯 얼굴을 찌푸렸다. 어머니는 내게 뭐라 할 말이 있는 것 같은데 눈물만 글썽이고 아무 말도 하지 않았다. 도조 씨는 자기가 있을 자리가 아닌 곳에 와 있음을 알고 쩔쩔매면서도 한편으로 무척 마음에 걸리는 게 있는 듯 보였다. 결국 견딜 수 없는 분위기를 깨뜨려준 사람은 그였다.

"저, 관계없는 제가 끼어들어 죄송합니다만, 아침에 여느 때처럼 근행을 하셨습니까?"

"네…… 아뇨, 할머니…… 아니, 무녀님께서 오늘은 몸이 편찮으셔서 저 혼자……."

"몇 시쯤 시작해서 몇 시쯤 끝났는지요?"

"글쎄요. 6시에 일어나서 세수하고 당집으로 가서 근행 준비를 마친 다음 시작했으니까, 6시 15분쯤일까요."

"그럼 끝난 건요?"

나도 모르게 입을 다물고 고개를 떨어뜨렸다. 그렇지 않아도 말하기 쉽지 않은 일인데, 방금 처음 만난 도조 씨에게 이야기하다니. 생각만 해도 얼굴이 화끈 달아올라 어디론가 사라져버리고 싶었다.

"혹시 근행 중에 젠토쿠라는 수험자가 들어와서 방해한 게 아닙니까?"

그가 나를 떠본다기보다 위로하는 듯한 어조로 물었다.

"그, 그걸 어떻게……."

그뒤 도마야 선생님과 어머니도 합세해서 무슨 일이 있었는지 솔직히 이야기하라고 설득해, 나는 조금씩 상황을 설명했다.

"사기리:: 양이 당집에서 나오기 전까지 누가 들어오지는 않았습니까?"

이야기를 마치자 도조 씨가 조심스럽게 물었다.

"아뇨. 아, 하지만…… 그 남자가 침입한 걸 몰랐을 정도니까 어쩌면 제가 모르는 사이에……."

"아뇨, 그건 됐습니다. 그럼 당집에서 나와 방으로 돌아오는 길에 마주친 사람은 없고요?"

"그건…… 아무도 안 만났다고 생각해요. 다만……."

단언하려다가 별안간 불안해졌다. 딱 잘라 말할 만큼 기억이 선명하지 않기 때문이다.

"기억이 별로 없군요? 그럴 만도 합니다. 하지만 최소한 누굴 만났다는 느낌은 없는 거죠?"

도조 씨는 그런 내 망설임을 눈치챘는지 신경쓸 필요 없다는 표정으로 말했다. 나는 고개를 끄덕했다.

"그럼 이게 어떻게 된 일이오?"

도마야 선생님이 생각에 잠긴 표정으로 도조 씨를 돌아보았다. 이번에는 내가 세 사람에게 물었다.

"대체 무슨 일이 있었던 거예요?"

어머니는 아무 일도 아니라고 했지만, 두 남자는 얼굴을 마주 보더니 동시에 고개를 끄덕였다. 그러고는 서로 이야기하라고 떠넘기기 시작했다. 결국은 도조 씨가 원치 않은 역할을 맡은 듯했다.

"실은 그 젠토쿠 도사란 사람이 무신당 안에서 시체로 발견됐거든요."

"네?"

"제단 오른쪽에 마을 사람들이 바친 낡은 우물 도르래가 있는데, 그 줄로 목을 매고……."

"세, 세상에. 그럴 리가……."

"게다가 제단에 모셔진 허수아비님의 삿갓과 도롱이를 걸쳤더군요."

"……."

"그리고 현장에는 사기리∷ 양의 이모님, 사기리∵ 씨가 있었습니다."

"그럴 리 없어요! 사기리∵ 이모가……."

그 남자가 죽었다는 소식보다, 목을 매달고 죽었다는 놀라움보다, 허수아비님 차림이었다는 전율보다, 그곳에 사기리∵ 이모가 있었다는 사실이 내게는 훨씬 큰 충격이었다.

"당집에서 방으로 돌아오는 사이에 이모님과 엇갈려 지나쳤을 가능성은……."

"없어요."

"역시 사기리∵는 대기소에 숨어 있다가 이애가 당집에서 나간 다음 정화소로 들어갔나보오."

도마야 선생님이 말하는 의미를 잘 알 수 없어 묻자, 도조 씨가 다음과 같이 설명해주었다.

오늘 아침 하녀 다쓰 씨가 현관 앞에서 청소를 시작해 무신당 주변까지 이르렀을 때, 당집에서 나온 내가 연결복도를 지나 본채로 가는 모습을 본 모양이다. 아쉽게도 정확한 시각은 모른다. 다쓰 씨는 손목시계가 없기 때문이다. 그렇지만 나도 근행을 얼마나 계속했는지, 언제 당집에서 나왔는지 모른다. 평소 같으면 삼십 분에서 사십 분쯤 걸리지만, 오늘 아침 어느 시점에서 방해를 받았는지, 또 그 악몽 같은 체험이 몇 분쯤 계속됐는지 객관적으로 어림하기는 쉽지 않다. 방으로 돌아와서 시계를 본 것도 아니고, 어머니와 다른 두 분이 올 때까지 넋을 놓고 멍하니 있었으니 시간의 경과를 알 턱이 없다.

그런데 비슷한 시간대에 또 다른 하녀 기치 씨도 나를 목격했다고 한다. 그녀는 본채를 동서로 가로지르는 T자형 복도를 걷다가 안쪽 손님방 앞에 이르렀을 때, 남쪽 별채로 돌아온 나를 본 모양이다. 안쪽 손님방은 본채의 서쪽 가장자리에 세 개가 나란히 있는데, 그 앞을 지나 남북으로 뻗은 복도는 내가 남쪽 별채에 있는 내 방과 북쪽의 무신당을 오갈 때 이용하는 길이다. 내가 지나가는 것을 본 뒤 가운데 손님방으로 들어간 기치 씨는 괘종시계가 7시를 알리는 것을 들었다고 한다. 다만 그녀의 설명에 따르면 그 시계는 하루에 오 분씩 늦어지는 모양이다. 그래서 아침마다 그녀가 시계를 맞춘다는 것이다. 덧붙여 말하자면 젠토쿠는 왼쪽 끝 방에 머물고 있었다.

이상과 같은 사실에서 도조 씨는 시간 경과를 이렇게 추정했다. 근행을 시작한 것이 6시 15분경, 이십오 분에서 삼십오 분쯤 근행을 했고, 격투(그렇게 표현했다)가 십에서 십오 분쯤 이어져, 7시 넘어서 내가 당집에서 나왔다. 즉 당집에서 나와 본채를 향해 연결복도를 걸어오는 모습을 다쓰 씨가 본채로 들어와서 안쪽 손님 방 앞을 지나 여기 남쪽 별채로 돌아오는 모습을 기치 씨가 본 것이다.

"그게 무슨…… 도움이 되나요?"

나는 솔직히 그런 게 왜 중요한지 알 수 없었다. 그러나 도조 씨는 이런 때 주변에 있던 사람들의 움직임과 시간을 정확하게 파악할 필요가 있다고 설명하고는 이야기를 이었다.

다쓰 씨가 나를 본 후 그녀의 느낌으로 십 분쯤 뒤에 비명이 들려온 모양이다. 그것도 당집에서. 마침 본채 툇마루에 기치 씨가 보이기에 방금 있었던 일을 설명했다. 기치 씨는 곧바로 아버지에게 알렸다. 그러나 아버지는 구니하루 삼촌과 함께 연결복도까지 가기는 했으나, 두 분 다 당집으로 들어가려 하지 않았다. 그런데 마침 지난밤 큰신집에서 묵은 도마야 선생님이 오전 중에 왕진을 올 수 있다고 전화했다. 그래서 사정을 설명하고 일단 선생님이 올 때까지 기다리기로 했다고 한다.

"선생님과 제가 도착한 게 7시 40분경이었습니다. 걸음을 서둘렀는데도 큰신집에서 이 댁까지 이십 분쯤 걸렸나봅니다."

도조 씨는 아는지 어떤지 모르지만, 아버지와 삼촌이 바로 당집에 들어가지 않은 것은 물론 타고난 소심함 탓도 있었겠으나 사기리‥ 이모와 그 남자가 보이지 않음을 깨닫고 주저한 게 아닐까. 그 남자가 사기리‥ 이모가 정상이 아님을 이용해 추근댄 것은 나도 막연히 알고 있었다. 그러나 어른들은 어렴풋이 눈치채고도 그냥 두었다. 아마 어머니만은 아무것도 몰랐겠지만.
"무신당 안으로 들어갔더니 배례소 발 너머로 뭔가 기이한 물체가 매달려 있는 게 보이더군요. 그게 젠토쿠 도사란 분⋯⋯ 젠토쿠 도사란 사람이었던 겁니다."
도조 씨는 그 남자를 높여 부르는 데 거부감을 느낀 듯했다. 나를 배려해준 걸까.
"그 곁에 사기리:: 씨, 사기리:: 양의 이모님이시죠? 그분이 우두커니 서 계셨는데⋯⋯ 그게 저, 그 사람을 꼭 시계추처럼 흔들고 계시더군요."
"비명 소리는 사기리:: 것이었던 모양이다. 목을 맨 젠토쿠 도사의 시신을 갖고 놀다가 흥분해서 소리를 질렀겠지. 내가 진찰했을 때는 많이 진정됐더라만⋯⋯."
"설마 이모가 그, 그 남자를⋯⋯."
나는 도마야 선생님과 도조 씨를 번갈아 봤다. 두 사람은 보일 듯 말 듯 고개를 내젓고는 지금 시점에서는 아직 모른다고 말했다. 도조 씨가 말을 이었다.
"다쓰 씨는 본채로 돌아오는 사기리:: 양을 목격한 뒤 이모님의 비명을 들을 때까지 연결복도가 보이는 위치에 있었지만, 이모님이 무신당으로 들어가는 모습은 보지 못했습니다. 또 사기리:: 양이 당집에 있는 동안 이모님이 들어오시지도 않았죠. 만약 그랬다면 수험자가 알아차렸을 겁니다. 그렇다면 이모님은 사기리:: 양이 나간 뒤 연결복도가 아닌 다른 곳에서 나타났다는 뜻입니다."

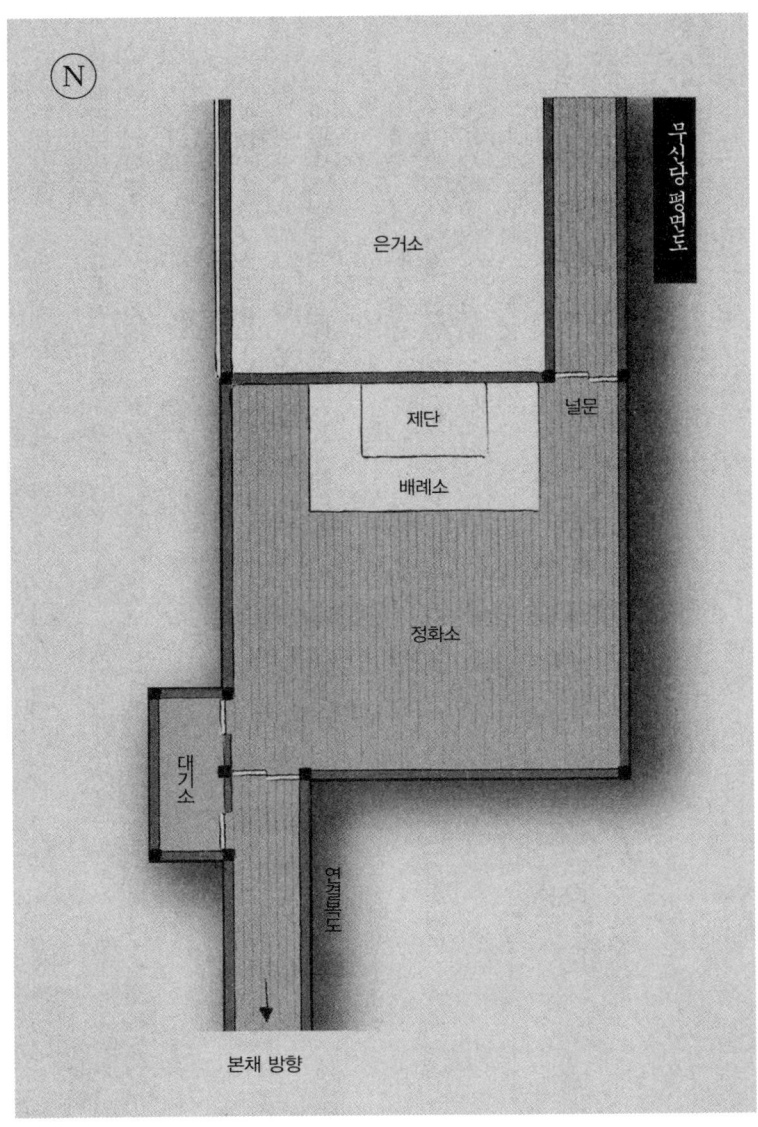

"대기소에 있었다는 말씀이세요?"

"네. 한편 은거소에선 구로코 군이 부엌에서 아침식사를 준비하고 있었던 모양인데, 그사이 뒷문으로 아무도 들어오지 않았다고 합니다. 게다가 뒷문 밖 북쪽 마당에선 가쓰토라 씨가 꽤나 이른 아침부터 산책을 하고 계셨고요."

"네? 종조할아버지가 그런 곳에 계셨다고요?"

보아하니 도마야 선생님과 도조 씨도 단순한 산책이 아니라 느닷없이 몸져누우신 할머님의 동태를 살피려 한 게 아닐까 생각하는 듯했다. 도마야 선생님은 이웃 마을 의사 선생님이지만, 어쩌면 우리 마을 오가키 선생님보다 가가구시촌, 그리고 가가치가와 가미구시가를 더 잘 아는지도 모른다.

"가쓰토라 씨 말씀으로는 구로코 군이 돌아다니는 모습이 이중 격자 창 너머로 보였을 뿐 이상한 점은 아무것도 없었다고 합니다. 물론 뒷문으로 들어간 사람도 나온 사람도 없고요. 또 복도의 덧문도 닫혀 있었으니 누가 그곳으로 침입했을 수도 없습니다. 게다가 오늘 아침 사기리∷ 양의 어머님이 본채에서 이모님을 보셨다고 하니 이모님이 밤사이 은거소에 숨어들었을 가능성도 없죠. 그럼 유일한 가능성은, 다쓰 씨가 연결복도가 보이는 위치에 이르기 전에 이모님이 대기소로 들어갔다는 것뿐입니다."

사기리∷ 이모는 십중팔구 그 남자가 당집으로 향하는 모습을 보고 뒤를 따랐을 것이다. 하지만 할머니에게 들킬까봐(할머니가 편찮으시다는 것을 이모가 이해했을 것 같지 않으니) 일단 대기소에 숨은 것이리라.

'하지만 그럼 이모는 그 남자가 나를 덮치는 걸 보고 있었단 말이야?'

얼굴에서 핏기가 싹 가셨다. 어머니가 그걸 알아차렸는지 어깨에 손을 살며시 올려놓았다.

"그렇게 되면 그 남자가 목을 맸을 때 무신당에 있던 사람은 사기리:: 이모님뿐이고, 은거소에는 사기리˙ 어르신과 구로코 군 두 분이 있었던 셈입니다. 하지만 몸져누우신 어르신이 그런 일을 하실 수 있었을지는 의문이죠. 구로코 군이라면 사기리:: 양의 위기를 목격하고 그런 행동을 했을지도 모릅니다. 하지만 구로코 군이 부엌에서 아침식사를 준비하다 말고 갑자기 당집까지 갔다고 생각하는 것도 좀 부자연스럽거든요. 그럼 남는 사람은……"

"하, 하지만…… 설사 이모가 그렇게 하셨다고 해도 그건 절 구하려고……"

정당방위 같은 일이라고 말하고 싶었지만 정당방위라 하기에는 무리가 너무 많았다. 왜 내가 당집에서 나갈 때까지 기다릴 필요가 있었나. 만약 내가 그때 도망치지 못했다면 이모는 대체 어떻게 했을까. 게다가 칼로 찔렀다면 충동적으로 저지른 일이라고 생각할 수도 있겠지만, 구태여 목을 맸다는 행위는…….

'동기는 질투?'

그런 생각이 떠올랐지만 말로 옮길 수는 없었다. 아니, 어쩌면 두 선생님은 이미 짐작했을지도 모른다.

"이모는 어떻게 되시는 거죠?"

나도 모르게 묻자, 도조 씨는 곤혹과 고뇌가 뒤섞인 표정을 지었다.

"아니…… 실은 한 가지 가능성이 더 있는데…….."

"그게 뭔데요?"

"사기리:: 양이 당집에서 나오기 전에 그 남자의 목을 매달았다는 해석입니다."

도조 씨가 온화한 어조로, 하지만 내 눈을 똑바로 바라보며 말했다.

취재노트 3

어제 일요일 저녁부터 오늘 월요일 아침까지 열몇 시간 동안, 도조 겐야는 자신이 대단히 농밀한 시간을 보내고 있음을 다시금 깨닫고 놀랐다.

우선 자기가 탄 버스가 소류향에 들어선 언저리부터 동승한 마을 사람들에게 섬뜩한 무언의 환영을 받더니, 하하촌에 도착하기 무섭게 기분 나쁜 시선의 집중 포화 속에 버스가 포위되는 꼴을 당했다. 이어서 도마야 의사를 만나 가가구시촌에 출몰한다는 염매에서 시작해 가미구시가와 가가치가의 혼담 소동을 거쳐 신령납치 사건에 이르기까지 여러 이야기를 들었다. 가가구시촌에 도착해서는 의사의 청으로 가미구시 새신집으로 같이 가서 지요의 생령 체험뿐 아니라 렌자부로의 끔찍한 추억(렌타로의 신령납치)까지 들었다. 그뒤 도마야, 렌자부로와 함께 가미구시 큰신집으로 가서 도요와 스사오에게 인사했고, 도조가가 옛 화족 가문임을 안 순간 별안간 태도가 상냥해진 도요의 말 상대를 한참 해야 했다. 녹초가 되어 오늘은 이만 자야겠다고 손님방으로 물러났는데, 도마야와 렌자부로가 따라 들어와 결국 아침까지(의사는 도중에 잠이 들었지만) 이런저런 이야기를 하는 신세가 되었다. 그러다 가가치 윗집을 방문했나 싶더니 지금은 무신당 안에 있다. 그것도 만나려던 사기리˙ 어르신은 못 만난 채 젠토쿠 도사라는 자칭 수험자의 목매단 시체와 대치하는 중이다.

그러나 이때 겐야는 눈앞의 기이한 시체를 바라보면서도 머릿속으로는 사기리∷의 모습을 그리고 있었다.

'불행한 미소녀란 표현이 있는데.'

그녀를 처음 봤을 때 순간적으로 떠오른 말이었다. 지금 생각하면 명색이 소설가라는 자신이 그런 진부한 표현밖에 생각해내지 못했던게 부끄럽다. 그러나 또 한편으로 그런 표현에 딱 들어맞는 소녀가 현실에 존재한다는 사실이 놀라웠다.

'정말 불행한 건지는 아직 모르지만······.'

사기리∷는 자기도 혐의를 받고 있다는 사실에 진심으로 충격을 받은 듯했다. 곧바로 부정하기는 했지만 어쩐지 불안해 보인 것은 명확한 기억이 없기 때문인지도 모른다.

당집으로 돌아온 뒤 도마야에게 말하자 "그 사이비 수험자한테 폭행을 당할 뻔한 것 말고도, 구구의례의 후유증 때문일 수도 있을 거요"라고 했다.

"우카노미타마란 수상쩍은 걸 마신다죠?"

"전에 사기리˙ 부인에게 물으니 주로 사안초蛇顔草를 달여서 만든다고 가르쳐주셨소만······."

"라쿠고에 나오는 사함초蛇含草 말씀이십니까?"

"아니, 그건 '뱀을 품은 풀'이지만 이건 '뱀의 얼굴 풀'이라오."

"앗, 네, 그렇겠군요."

"그런데 사안초 말고도 온갖 초근목피를 넣는 모양이더군. 사기리˙ 부인은 약뿐 아니라 술까지, 그런 달여서 마시는 것을 만드는 명인이니 말이오."

"그럼 정확한 성분은 그분만 아신다는 말씀이군요."

"우카노미타마에 관해서는 그애 큰이모가 실성했고 언니는 죽은 데다 본인도 후유증이 남았으니, 결코 안전한 게 아닌 것만은 확실하지."

"의례 뒤에 사기리:: 양을 진찰하셨습니까?"

"사기리˙ 부인이 없을 때 그애 어머니가 불렀거든. 하지만 솔직히 나도 잘 모르겠소. 증상을 보면 뇌경색과 비슷한데."

"아홉 살 먹은 어린애가 말씀입니까?"

"그렇소. 반신에 마비가 남고 잘 걷지 못하게 된 것도, 증세가 나아진 뒤로도 보행 능력이 예전 같지 않은 것도 뇌경색과 흡사하오. 그애가 약간 멍한 상태라든가 기억이 명료하지 않은 점은 설명할 수 없소만. 둘 다 의례의 후유증이라고는 생각하오. 보행은 많이 나아진 것 같소만 아직 위태로운 데다, 이따금 말을 시킬 때까지 옆 사람의 존재를 알아차리지 못할 때가 있어서…….'

도마야가 설명을 계속하려는데 하하촌 주재소의 다테와키 순사가 나타났다. 가가구시촌의 주재소 순사가 요양을 위해 한 달쯤 휴직해서 동료가 현장으로 복귀할 때까지 그가 두 마을을 같이 담당하는 모양이다. 즉, 지금은 현경에서 수사반이 도착하기 전까지 그가 요양 중인 동료를 대신해 현장을 보존하고 사건의 상황을 파악하는 셈이다.

그렇건만 도마야와 안면이 있는 데다 그에게 완전히 꼼짝도 못하는 듯, 의사가 배례소로 들어가는 것을 묵인했다. 반면 겐야는 민간인일 뿐 아니라 타지 사람이라 그런지 그에게는 태도가 대단히 거만했다. 그러나 그것도 도마야가 일갈하자 금세 정중해졌다.

"자살일 가능성도 있지 않을까요?"

도마야에게 대충 상황 설명을 들은 다테와키가 바닥에 누운 시신을 조사하는 의사에게 물었다. 참고로 목을 맨 젠토쿠 도사를 처음 발견했을 때 겐야는 도마야와 함께 시신을 바닥에 내렸다. 이미 숨을 거둔 것처럼 보이기는 했지만, 그렇다고 소생 처치를 하지 않을 수는 없기 때문이다.

"미성년자 소녀를 폭행하려다가 실패해서 세상을 비관하고 이런 꼴로 목을 맸다는 말인가! 이 얼간이가! 게다가 자살이라면 올라선 받침대가 남아 있어야 할 게 아닌가."

의사는 여전히 마을 사람 상대로는 말씨가 거칠었지만, 말하는 내용은 수긍이 갔다.

"하지만 그럼 사기리:'란 여자의 소행이란 뜻인데, 그 여자가 혼자서 이 남자의 목을 매는 게 가능할까요?"

호통을 들었어도 다테와키는 직무에 충실한 듯 그런 질문을 했다.

"음. 후두부에 혹이 있는 걸로 봐서 머리를 때려 기절시켰겠지. 그런 다음 도르래 밑까지 끌고 가는 건 여자 힘으로도 충분히 가능할 게야. 그러고는 도르래를 이용해 매단 셈인데……."

도마야는 배례소 오른쪽 기둥에 묶은 밧줄을 살펴보며 말했다.

"여기 기둥에 박힌 갈고리…… 촛대인가 보군. 밧줄을 여기에 묶었는데, 보게나, 몇 번씩 당겨가며 감은 흔적이 있지? 이렇게 몇 단계로 나눠 끌어올리면, 뭐, 노인도 가능할 수 있네."

"그렇다면 머리는 이상해도 몸은 건강한 용의자가, 피해자를 이런 상태로 만드는 데 문제가 전혀 없는 셈이군요?"

현재 가장 유력한 용의자인 사기리:'는 의사가 진찰한 뒤 일단 창살방에 가두어놓았다. 특별히 난동을 부리지도 않고 얌전히 있는 모양이다.

"하지만 왜 구태여 그렇게 성가신 일을 했을까요? 피해자를 죽일 생각이라면, 그때 바닥에는 사기리:: 양이 말한 낫도 떨어져 있었고 또 제단에는 괭이며 쟁기 같이 흉기가 될 만한 도구가 얼마든지 있었을 텐데요."

겐야가 가장 마음에 걸리는 점을 지적하자, 다테와키는 별것 아니라는 듯 대꾸했다.

"그러니까 정상이 아닌 겁니다. 두 분이 피해자를 발견하셨을 때도 용의자는 도르래에 매달린 시신을 흔들고 있었잖습니까."

"그럼 이것도 정상이 아닌 증거인가?"

도마야는 젠토쿠의 입안에 든 빗을 가리켰다. 나무로 만든 반원형 머리빗인데 머리를 둥글게 말아 틀어올릴 때 쓰는 것인 듯했다. 겐야와 의사가 그를 끌어내렸을 때 이미 입안에 빗의 일부가 보였다. 당연한 말이지만 피해자가 스스로 머리빗을 물었을 것 같지는 않다.

"바로 그겁니다. 남자의 입에 빗을 쑤셔넣고, 머리에 삿갓을 씌우고, 몸에 도롱이를 걸친 다음 목을 매단다는 행위는 보통 신경으로는 도저히 할 수 없죠."

다테와키가 자기가 말하는 게 바로 그것이라는 양 역설했다.

"흠, 그 소녀에 대해서도 똑같은 말을 할 수 있겠네만."

도마야가 중얼거린 말에 겐야도 동의하고 싶었다. 사기리::에게 동기와 기회가 있는 것은 틀림없다. 게다가 허수아비님처럼 차려 목을 매단 것은, 자기를 강간하려 한 젠토쿠 도사를 욕보이려는 연출(머리빗은 무슨 의미인지 모르겠지만)이라고 생각할 수도 있다. 거기까지 생각했다가 겐야는 조금 전부터 마음에 걸렸던 것을 의사에게 물었다.

"선생님, 머리의 혹 말씀입니다만 사기리:: 양이 저항했을 때, 다시 말해 피해자의 목덜미에 낫이 떨어지기 전에, 제단에 부딪쳐서 났을 수도 있지 않을까요?"

"가능성이 있느냐고 묻는다면 현재로선 부정할 수 없소. 내출혈을 일으킨 것 같고 피는 나지 않았지. 즉, 현 상황에선 제단에 바쳐진 절굿공이로 때린 상처라고도, 제단의 날카롭지 않은 부분에 부딪친 상처라고도 생각할 수 있다오."

"네? 잠깐만요. 그럼 사기리::란 소녀가 범인일 수도……."

다테와키가 당황해서 도마야와 겐야를 번갈아 보았다.

"그러니까 현재로선 그런 결론을 내릴 수 없다고 하지 않나! 자네는 남의 말을 좀 똑바로 듣게!"

의사는 순사를 질타하고는, 이어서 사기리::의 용의가 짙어질 발언을 한 겐야에게도 책망 어린 시선을 돌렸다.

거북해진 겐야는 도마야의 시선을 피했지만 시신을 보는 것도 싫었으므로 제단 주위를 막연히 둘러보았다.

"앗, 이건 회중시계 아닙니까?"

그러다 제단 옆 그늘 속에 뒹굴고 있던 둥글고 납작한 물체를 운 좋게 발견했다.

"앗, 건드리지 마십시오. 본관이 확인하겠습니다."

다테와키가 흰 장갑을 끼고 조심스럽게 집어든 것은 역시 회중시계였다.

"7시 7분 49초에 멈췄는데요. 가짜 수험자가 들고 다니기엔 너무 좋은 시계 같습니다만."

순사가 고개를 갸우뚱거리는 것도 아랑곳 않고 도마야와 겐야는 동시에 소리쳤다.

"7시 7분 49초!"

"그럼 사기리:: 양은 범인이 아니란 뜻입니다."

"7시 5분에 남쪽 별채로 향하는 모습이 목격되었으니 말이지."

두 사람은 안도의 웃음을 띠고 마주 보았으나, 이내 겐야의 표정이 흐려졌다.

"저…… 꼬아서 생각하자면 위장일 가능성도……."

"그애가 시곗바늘을 앞으로 돌리고 일부러 망가뜨렸다는 말씀인가. 글쎄, 거기까지 생각하는 건 어떨까 하오만. 뭣보다도 이 남자가 이런 시계를 갖고 있다는 걸 그애가 알고 있었을지……. 어이, 어서 집안사람들에게 이 시계에 관해 물어보고 오지 못할까!"

마지막 말은 다테와키에게 화풀이하듯 한 것이었지만, 도마야가 겐야의 생각에 화가 난 것은 분명했다.

"댁이 어디까지나 객관적으로 사건을 보려고 하는 태도는 나도 훌륭하다고 생각하오만, 그래도……."

처음 만났을 때처럼 '댁'이라고 불린 겐야는 간이 서늘해졌다. 의사에게 적으로 간주됐다가는 여러 의미에서 대단히 곤란해지기 때문이다.

그뒤 얼마 동안 서먹한 분위기가 당집 안을 메웠다. 도마야는 벌레 씹은 표정으로 침묵을 지켰고, 겐야는 얼른 순사가 돌아오기만을 기도했다.

"물어보고 왔습니다."

이윽고 다테와키가 나타나 회중시계에 관해 보고했다.

"이 시계는 어젯밤 이 댁 가쓰토라 씨가 피해자에게 선사한 것이라 합니다. 한동안 넣어두었던 것을 그저께쯤 가쓰토라 씨가 꺼내 썼던 모양인데, 그랬다가 피해자에게 주었다고……."

"가쓰토라가 이 남자에게……. 음, 이상하군. 뭐, 그건 그렇다 치고, 그것 보게, 겨우 어젯밤 이 남자 것이 됐는데 그애가 그 존재를 알 리 있겠나."

도마야는 마을 사람들을 대할 때처럼 거만한 말투로 말했다.

"그건 그렇습니다만…… 예컨대 피해자를 도르래로 끌어올릴 때 시계가 떨어졌을 수도 있죠. 그런데 그때는 깨지지 않았다. 순간적으로 시계를 이용하자 생각해서, 허수아비님으로 연출하고 목을 매단 뒤 시곗바늘을 돌려……."

"댁은 아직도 그런 소리를 하나."

"앗, 아뇨, 죄송합니다. 실은 다테와키 순사께서 돌아오실 때까지 이것저것 생각해봤는데, 역시 사기리:: 양이 그런 공작을 했을 것 같지는 않습니다. 그걸 먼저 말씀드려야 했는데요. 제가 그게, 의문점이 있으면 하나씩 짚어나가야 납득할 수 있는 성격이라……."

"으, 음…… 아시면 됐소. 그런데 왜 그애를 제외할 수 있다고 판단하신 거요?"

사기리::의 무죄를 믿고 싶은 반면, 어째서 그녀를 용의선상에서 제외했는지 그건 또 그것대로 궁금한 모양이다.

"우선 7시 7분 49초란 시각이 있습니다. 만약 사기리:: 양이 그런 위장 공작을, 소위 알리바이 조작입니다만, 그런 공작을 했다면 이 시각은 너무 미묘한 게 아닐까 싶거든요."

"듣고 보니 그렇군. 나 같으면 적어도 십몇 분으로 바늘을 돌렸을 테지."

"둘째로 진짜 7시 7분 49초가 되기 전에 반드시 무신당 밖에서 누가 자기 모습을 목격하게 하고 상대방에게 시간을 기억하게 했을 겁니다."

"그런가. 맞는 말이군."

"그런데 사기리:: 양은 그런 눈치를 전혀 보이지 않았습니다. 다쓰 씨가 연결복도에서 사기리:: 양을 본 것도, 기치 씨가 본채 복도에서 사기리:: 양을 본 것도, 순전히 우연입니다. 사기리:: 양은 두 사람의 존재를 알아차리지 못했죠. 하기야 다쓰 씨는 정원에 있는 걸 알면서 일부러 모른 척했다고 볼 수도 있습니다. 하지만 기치 씨 쪽은 손님방 앞에서 별채 쪽으로 가는 사기리:: 양을 본 거니까, 목격자를 등지고 있는 사기리:: 양은 기치 씨의 존재를 알 방도가 없습니다. 즉, 사기리:: 양은 그냥 아무 생각 없이, 물론 망연자실한 상태이긴 하겠습니다만, 당집에서 별채의 자기 방까지 걸어갔을 뿐이라고 판단하는 게 적절하겠죠. 상태를 봐도 손님방의 괘종시계가 7시를 알리는 타이밍을 재서 걸었다고 보기는 무리입니다. 게다가 중요한 목격자에 대해 조금도 주의를 기울이지 않았으니 도저히 알리바이 공작을 했다고는……."

"즉 7시 7분 49초가 실제 범행 시각이라고 생각해도 무방하다는 말씀입니까?"

다테와키가 어딘지 모르게 도마야의 눈치를 살피며 겐야에게 물었다.

"사기리∷ 양의 이모님이 이런 공작을 할 수 있었을 것 같지도 않고 또 그 자리에 있었으니 의미도 없죠. 진범의 존재를 감안해도 이 시각으로 알리바이가 입증되는 인물은 현재 아무도 없거니와, 현장 상황의 문제(탐정소설 식으로 보면 일종의 밀실이죠)도 있으니 알리바이 공작 운운하는 것 자체가 난센스라 할 수 있습니다. 이건 어디까지나 제 생각입니다만, 어떤 상황이었는지는 일단 차치하고 그 남자가 목을 맸을 때 회중시계가 떨어져 그 결과 망가진 게 아닐까요."

"허허, 역시 대단하시구먼."

별안간 도마야가 손뼉을 칠 듯한 기세로 감탄했다.

"도조 씨는 괴기소설 말고 탐정소설도 쓰실 수 있겠소. 음, 그것도 어엿한…… 음, 그게 뭐였더라? 아…… 그렇지, 본격탐정소설."

탐정소설을 읽어본 적이 거의 없다는 인물의 단언에 겐야는 쓴웃음이 나려 했지만, 어쨌든 의사의 심기가 나아져 다행이다.

"요컨대 역시 현장에 있던 사기리∷가 범인이란 뜻인가요."

완전히 관계가 회복된 두 사람 옆에서 다테와키가 나지막이 중얼거렸다.

"저도 그게 가장 타당한 해석이라고 생각하긴 합니다만……."

겐야가 무심코 말하자 도마야가 흥미 어린 눈길을 돌렸다.

"사기리:: 양의 이모님이 했다고 하기에는, 아, 그러니까 정신에 이상이 있는 사람의 행위치고는 그렇다는 의미입니다만, 허수아비님의 장식과 목을 맨 상태가 너무 완벽한 것 같거든요."

"더 어중간하다고 할지, 중간에 하다 말았어도 이상할 것 없다는 말씀이오?"

"네. 물론 반대로 편집광적인 힘으로 완성했다고 생각할 수도 있겠습니다만……."

"음. 아니, 무슨 말씀이신지는 나도 알겠소. 하지만 그럼 도조씨는 대체 누가 이런 짓을 했다고……."

의사의 물음에 난감한 듯 배례소를 둘러보기 시작한 겐야는, 제단 앞에 서더니 뭐라 형언할 수 없는 표정으로 도르래를 올려다보았다.

"몹시 바보 같은 소리로 들리리란 건 저도 압니다만……. 전 이젠토쿠 도사란 인물이 별안간 제단 앞으로 슬렁슬렁 다가가서 스스로 빗을 입에 넣고 허수아비님의 차림새를 한 뒤, 목맬 준비를 하고 올가미에 머리를 집어넣고는 제단 오른쪽 가장자리에 서서 뛰어내렸다…… 하는 광경이 자꾸만 뇌리를 스치는군요. 그때 본인은 물론 목을 매겠다는 의사가 **없었는데도** 말이죠……."

렌자부로의 수기 3

마을 아이들에게는 봄방학 마지막 월요일 아침, 가가치가 윗집에 머물고 있던 오사노 젠토쿠라는 수상쩍은 수험자가 무신당에서 목을 맸다는 뉴스는 그날 오전 중으로 가가구시촌에 쫙 퍼졌다. 아마 오후에는 하하촌, 밤에는 스자쿠까지 퍼졌을 게 분명하다.

하기야 정작 중요한 내용은 원인불명의 변사에서 미치광이에게 무참히 살해됐다는 것까지 가지각색이었던 모양이다. 전달 경로를 추적할 수 있다면 뉴스가 소문이 되는 흥미로운 과정을 알 수 있을 것이다. 하지만 공통점이 하나 있었다. 사인이 무엇이건 허수아비님의 벌을 받았다, 또는 염매와 마주쳐서 그렇게 됐다는 해석이 꼭 붙었다는 점이다. 소류향에서 스자쿠에 이르는 일대에서 나고 자란 사람들은, 무슨 그런 미신 같은 소리를 하느냐고 쓴웃음을 짓기 전에 혹시 모르는 일이라며 전율했을 것이다.

수험자는 허수아비님처럼 차리고 목을 맸다.

그런 말을 들었을 때 순간적으로 나조차 '지벌'이며 '빙의' 같은 말을 떠올렸을 지경이다.

사건의 상세한 내막은 저물녘이 되어 큰신집으로 돌아온 도조 겐야를 통해 알 수 있었다.

어젯밤 새신집에서 도마야가 그를 소개해주었을 때, 처음에는 단순히 괴기소설에 쓸 특이한 소재를 찾으러 온 오만한 도시 사람인가 하고 조금 경계했다. 그러나 보면 볼수록 어딘지 모르게 소박한 그의 인품에 끌렸다. 청바지라는 특이한 바지를 입은 것도,

직접 상관은 없지만 어쩐지 재미있게 느껴졌다. 어느새 마귀신앙과 연관된 여러 사건을 이야기하는 나 자신을 발견했다.

이야기가 괴담 방향으로 전개되면 눈빛이 달라지면서 태도가 몹시 뻔뻔하게 변하는 것에 놀라기도 했지만, 그렇다고 불쾌할 정도는 아니었다. 오히려 도마야가 나잇살이나 먹어서는, 그의 이런 버릇을 깨달은 뒤로 일부러 진지한 화제를 제공해 진지하게 이야기하다가 문득 괴이담을 꺼내 그의 반응을 보며 기뻐하는 저속한 장난을 되풀이하는 게 더 거슬렸다.

내가 감탄한 것은 마귀신앙에 관해 이야기하는 중에 그가 현상에만 관심을 보이지 않고 어떻게 하면 마을 사람들을 계몽할 수 있을까 하는 내 고민을 진지하게 들어주며 상담에 응해줬다는 점이었다. 어쩐지 만약 지금 이 자리에 큰형이 있었다면 이렇지 않았을까 하는 생각이 자꾸만 들었다. 결국 그와 밤새도록 이야기했다. 작은형과는 그래 본 적이 한 번도 없는데.

도조가 돌아오자마자 바로 큰방으로 안내해, 그곳에서 할머니와 아버지가 만났다. 물론 나도 동석했다. 할머니는 내가 있는 것을 그리 탐탁지 않게 여기는 듯했지만, 아버지는 별반 뭐라 하지 않았다. 사건에 사기리::가 관여된 듯하다는 데서, 내가 근거 없는 소문이 아닌 정확한 사실을 알아둬야 한다고 생각했는지도 모른다. 할머니와 달리 아버지는 옛날부터 내가 사기리::와 친하게 지내는 것을 인정해주었다. 어머니는 할머니 눈치를 보느라 그런 내색을 할 수 없었으므로 아버지의 이해가 고마웠다.

도조에게 사건에 관해 설명을 들은 우리는 적잖은 충격을 받았다. 수험자가 목을 맨 것에 관해서는 아침부터 소식을 알리러 찾아오는 사람들의 발길이 끊이지 않았던 터라 현장의 괴이한 상황도 어느 정도 알고 있다고 생각했다. 그러나 복수의 사람들에게 세부가 서로 다른 이야기를 듣다보니 억측이 상당 부분 섞여 있음을 깨닫게 되었다. 게다가 억측의 내용이 이 지방 특유의 미신으로 점철되어 있다는 것을 안 단계에서 우리, 특히 나는 그들이 하는 이야기를 다는 믿지 않았다. 그러나 도조의 설명을 듣는 사이에 마을 사람들의 이야기가 결코 미신에 근거한 것만은 아님을 알았다.

어둑어둑한 무신당 안에서 삿갓에 도롱이 차림으로 목을 맨 수험자의 시체를 미치광이 여자가 즐겁게 흔들고 있다.

그런 광경을 떠올리기만 해도 뭐라 말할 수 없는 전율이 등줄기를 훑었다. 그것은 할머니와 아버지도 마찬가지였을 것이다. 그래도 과연 연륜은 무시할 수 없는지 도요 할머니가 셋 중 가장 먼저 정신을 다잡았다.

"언젠가 그런 일이 벌어지지 않을까 생각했더니만 역시 그렇게 됐군요. 아무리 가족이고 집 안에서 지낸다 해도 미친 계집은 창살방에 확실하게 가둬놔야지요. 그렇지 않습니까, 선생님?"

도조의 설명이 일단락됐을 무렵에는 이미 혼자 결론을 내렸다.

"아, 아뇨. 아직 사기리˙˙ 씨, 그러니까 사기리˙˙ 양의 이모님이 한 일인지 확실하지 않습니다. 먼저 이것저것 조사해봐야죠. 그리고 저, 죄송하지만 어젯밤에도 말씀드린 것처럼 그, 선생님이라고 부르시는 건……."

도조가 넌지시 할머니의 일방적인 단정을 나무랐다.

"이런, 그야 선생님께서도 따로 생각이 있으실 테고 그게 분명 옳겠지요. 내가 경솔한 발언을 했군요. 실례 많았습니다. 다만 우리는 회중시계의 시각이니 무신당의 밀실이니 그런 어려운 문제는 선생님만큼 잘 알지 못해도, 우리끼리 하는 말이지만 이것 하나만은 똑똑히 압니다. 그건 그 미친 계집 짓이 틀림없습니다, 선생님."

할머니는 반성하는 듯한 말을 하면서도 결국 자신의 주장을 조금도 굽히지 않고 되풀이할뿐더러 '선생님'까지 연발했다.

"아, 예…… 그야 현재로서는 사기리`` 씨가 범인일 가능성을 완전히 부정할 순 없습니다만."

도조는 어디까지나 객관적으로 상황을 파악하려는 건지 그렇게 대답했다. 선생님이라는 호칭에 관해서는 단념한 모양이다.

결코 처음 대면했을 때부터 할머니의 태도가 이랬던 것은 아니다. 내가 지요의 병문안을 가기 전에 말했듯이 처음에는 '어디서 굴러먹던 개뼈다귀인지 모를 글쟁이라는 천박한 인종'이라고 생각했다. 그랬던 태도를 손바닥 뒤집듯 확 바꾼 것은 도조 가문이 과거 도쿠가와가의 남계 자손이며 그 때문에 메이지 2년 행정관 포고(포달)로 화족 계급이 탄생했을 때 공작으로 서임되었다는 사실을 안 다음이었다. 전부 도조가 아버지에게 준 소개장에 쓰여 있었는데, 정작 도조 본인은 까맣게 몰랐던 듯 몹시 놀랐다. 도마야에게도 보였으면서 자기는 내용을 확인하지 않은 모양이다. 소개한 사람을 어지간히 믿는 건지, 아니면 소개장의 역할만 다해주면 내용 따위 관심이 없는 건지.

아버지 말로는 화족은 가문에 의한 것과 국가에 대한 공훈에 의한 것으로 분류할 수 있다고 한다. 가문에 의한 화족은 옛 황족이나 궁중 귀족, 제후, 승려와 신관, 충신 등의 집안이 대상이다. 국가에 대한 공훈의 경우는 정치가, 관료, 학자, 기업가 등의 문공과 군인 등 무공으로 나뉜다. 작위는 당시 공작, 후작, 백작, 자작, 남작, 이렇게 다섯 개로 나뉘었다고 하니 도조가가 얼마나 명문인지 알 수 있다.

하기야 도조의 아버지 가조는 젊었을 때부터 특권 계급을 싫어했던 모양이다. 이윽고 장남인 자신이 호주가 되어 공작의 지위를 계승해야 한다는 현실에 반발해, 집을 뛰쳐나오다시피 해서 오에다 다쿠마라는 사립탐정의 제자로 들어갔다. 그 때문에 도조가에서 의절당했다는데, 그게 지금은 명탐정으로 유명한 도조 가조라는 말을 듣고 나도 놀랐다. 刀城牙升라는 본명에서 한자를 바꿔 '冬城牙城'라는 새로운 이름을 쓰는 것은, 의절당한 본가를 배려한 결과인 모양이다.

그런데 그 아들인 겐야는 아버지의 탐정사무소를 이어받기 싫어 방랑이나 다름없는 생활을 하며 집필 활동을 계속하고 있다니 하여간 이상한 부자다. 걷는 길은 달라도 부자가 닮았다고 할 수 있을지도 모른다.

할머니에게는 제아무리 명탐정이라도 결국은 탐정 나부랭이에 불과하고, 방랑 작가 따위 가가치가 윗집에 눌어붙어 지내는 수상쩍은 종교가들이나 다를 바 없다. 그러나 옛 공작 가문 출신이라는 사실만으로 그런 부정적인 요인이 말끔히 사라져버린 모양이다. 그러니 도조의 예의 바르고 착실한 태도에 대해서도 "옛 공작 가문의 자제분은 역시 다르시군요. 기품이 있습니다"라며 무척 호의적이었다. 별안간 도조를 '선생님'이라 부르기 시작한 것에서도 그를 높이 평가하는 것을 잘 알 수 있었다. 다만 할머니는 도조의 기묘한 버릇을 아직 모르는 터라, 그걸 보면 어떻게 반응할지 궁금하기도 했다. 도마야에게 뭐라 할 처지가 아니다.

"어쨌든 사기리::가 무사해 다행입니다."

할머니가 하고 싶은 말을 다 하고 자리를 뜬 뒤 아버지가 안도한 얼굴로 말했다. 도조는 복잡한 표정으로 대답했다.

"사기리:: 양의 이모님에게 젠토쿠 도사가 치근덕거리는 건 가가치 사람들도 알고 있었다고 할지, 묵인했던 면도 있었던 모양입니다만…… 설마 사기리:: 양에게까지 그런 짓을 할 줄은……."

"사기리:‥ 씨도 생각하면 측은한 분입니다."

"다들 보고도 못 본 척한 건, 사기리:‥ 씨가 전에 없이 즐거워 보였기 때문인지 그분의 일 따위 문제 삼지 않았기 때문인지……."

아버지의 감상적인 말에 비해 도조는 무심코 흠칫할 정도로 신랄한 말을 내뱉었다. 하지만 구태여 생각해보지 않아도 그의 지적이 정곡을 찌른다는 것을 알 수 있었다.

"그럼 사기리¨ 이모님은 결국 경찰에 연행됐나요?"

중요한 질문을 하자, 도조는 나를 보며 고개를 끄덕였다.

"도요 부인께는 부정적으로 말씀드렸지만 현 상황에서는 그분이 역시 가장 유력한 용의자니까."

그러자 이번에는 아버지가 고개를 끄덕였다.

"하하촌 주재소 순사 말대로 입에 머리빗을 쑤셔넣고 삿갓과 도롱이를 씌운 건 미친 사람의 행동이라는 생각이 드는군요. 물론 미친 사람 같지 않은 완벽함이 느껴진다는 도조 선생의 말씀도 실제로 현장을 보셨으니 충분히 일리가 있겠습니다만."

"사기리¨ 씨가 가장 유력한 용의자라곤 해도 동기라고 할지, 이 경우 발단이라는 말이 적합하겠습니다만, 그게 젠토쿠 도사가 사기리¨ 양을 노린 탓이라고 한다면 일시적인 격정에 의해 범행을 저질렀다는 뜻이 됩니다. 그렇다면 아무리 실성한 사람이라도 더 직접적인 행위를 하는 게 자연스럽죠. 아니, 정상이 아니니까 오히려 이성이 작용하지 않아서 가까이 있던 흉기, 예컨대 낫 같은 걸 사용했을 가능성이 더 높지 않을까요."

"듣고 보니 그렇군요. 선생도 아시다시피 정상인 우리도 일시적인 격정으로 이성을 잃고 흉기를 드는 사건이 세상에 차고 넘치니 말이죠."

"맞습니다. 그런데 여러 번 말씀드려서 죄송합니다만 선생이란 호칭은……."

그뒤로도 사건에 관한 이야기가 이어졌지만, 사기리¨ 외에 범행이 가능한, 다시 말해 동기와 기회가 있고 그런 연출을 의도할 만한 인물이 떠오르지 않은 탓에 화제는 어느새 가가치가 자체로 옮겨갔다.

"그 댁의 원래 본가는 하하촌에 있다고 하던데요."

"난 도마야 선생과는 달리 이 근방, 아니, 마을에 관해서도 예전 일은 잘 모릅니다만, 가가치가 윗집의 본가가 이웃 마을에 있었던 건 확실합니다."

"그럼 지금은 없습니까?"

"네, 본가는 이미 오래전에 망했습니다. 분가는 남아 있지만 일가가 모두 ○○시로 나갔죠. 관리인만 남은 지 벌써 오래됐을 겁니다. 뭐니 뭐니 해도 분가의 당주는 현縣 의회 의원이니까요."

"네? 그럼 마귀가계 문제는……."

"없지는 않지만 이 마을의 가가치가에 비하면 꽤 약할 겁니다. 게다가 ○○시에 있으니 씌었다느니 퇴치했다느니 하는 이야기도 나올 기회가 별로 없죠. 그런 의미에서도 지금은 윗집이 가가치가 본가라 할 수 있습니다. 뭐, 자세한 말씀은 도마야 선생에게 물어보시는 게 나을 겁니다. 도마야 선생은 아직 경찰과 같이 계십니까?"

"네. 저도 시체를 맨 처음 발견했다는 이유로 꽤 오랫동안 조사를 받았습니다만, 선생님은 의사시니 이것저것 경찰에 협조하시는 중일 겁니다."

"그럼 오늘은 이리로 돌아오시지 않겠군요. 해가 지려면 아직 더 있어야 하니 혹시 그런 이야기를 듣고 싶으시면 묘온사 주지 스님을 찾아가보시는 게 좋을 겁니다. 다들 스님이 술을 드신다고 험담하지만, 그래도 저보다는 예전 일을 훨씬 많이 아시니까요."

그래서 내가 절까지 안내하게 됐다.

지난주 목요일 지요의 편지를 받고 묘온사로 갔을 때와 같은 길로 가기로 했다. 마을로 내려가 동쪽으로 갔다가 오주천에 놓인 첫째 다리 앞에서 가운뎃길을 따라 남쪽으로 간다. 그 이야기를 듣자 도조가 말했다.

"지요 양이 사기리:: 양의 생령을 봤다는 그 지장갈림길을 지난다는 말이군? 그리고 구 년 전 아랫집 소작인 집의 시즈에란 일곱 살짜리 여자애가 신령에게 납치된 통칭 '나없다길' 근처도……"

"네. 그렇지만 어느 길로 가든 절에 가려면 어차피 근처를 지나게 되긴 해요."

"하지만 실제 현장을 본다는 건 귀중한 체험이니까 고마운걸."

어젯밤에는 연하인 내게도 말을 놓지 않던 도조가 비로소 마음을 터놓았는지 허물없는 어조로 말했다.

그러고는 그의 부탁으로 어젯밤에 이어 내가 아는 마귀 소동과 신령납치에 관해 이야기했다. 그렇지만 생각해보면 내가 실제로 보고 들은 사건은 별로 많지 않고 대부분이 남에게 들은 이야기라 얼마나 도움이 됐는지는 모르겠다. 적어도 그의 눈빛이 변한 적은 없었던 것 같다.

이윽고 첫째 다리가 보였다. 가운뎃길을 남쪽으로 꺾어지기 전에 다리 중간까지 가서는, 그곳에서 가카산을 바라보며 봄과 가을에 올리는 혼령맞이와 혼령보내기 제례 이야기를 했다. 이미 어느 정도 정보가 있는 듯했지만, 새신집의 다케오 작은아버지가 가가구시 신사의 신관이다보니 그가 모르는 이야기를 조금은 제공할 수 있었는지도 모른다.

도조는 제례의 내용과 의미에 관심을 보이면서도 오주천에 강하게 마음을 빼앗긴 듯 연신 강 상류와 하류를 번갈아 보았다. 가운뎃길에 들어선 뒤로 더욱 현저해졌는데, 십중팔구 자기가 걷는 길보다 강이 더 높이 위치한다는 특수한 상황에 익숙해지지 않는 것이다. 강물이 바로 옆을 흐르는데도 수면이 거의 보이지 않는다. 자연 하천인데 꼭 인공 용수로처럼 보인다.

"이 강도 그렇지만 가가구시촌은 지형이 재미있는걸. 주위가 이렇게 산으로 둘러싸인 분지에선 내부가 평평한 곳이 많은데, 여긴 기복이 워낙 심하다보니 마을 전체를 한눈에 보기가 쉽지 않아. 한눈에 보기는 고사하고, 길 하나만 떨어져 있어도 누가 있는지 모르는 상황이 발생하지."

얼마 동안 가운뎃길을 걷더니 아니나 다를까 그는 그런 감상을 늘어놓았다.

"이 마을이 신령납치촌이라 불리고 염매를 비롯해 좋지 못한 존재를 만나는 걸 '마주치다'라고 표현하는 것도 이 특이한 지형 탓일지 몰라."

흥미로운 분석이다. 여기서 나고 자란 사람에게는 익숙한 풍경인 만큼 그런 지적을 받고 나니 왠지 다시 보인다.

"요는 이 마을이 자아내는 분위기에도 원인이 있다는 말인가요?"

"물론 실제로 사건이 벌어진다는 게 가장 큰 원인이겠지만, 장소가 인간에게 미치는 영향은 눈에 보이지 않는 만큼 잊히기 쉽단 말이지. 예컨대 같은 마을 사람이 조금 서둘러 뒤를 지나쳤을 뿐인 상황도 여기선 어떤 요사스러운 존재하고 마주친 것처럼 느껴지거든. 또 잠깐 다른 데 들렀다 가느라 모습이 보이지 않을 뿐인데도 신령한테 납치됐다고 여겨지고. 그런 게 아닐까. 난 처음엔 마을 곳곳에 허수아비님이 모셔진 광경이 무섭게 느껴졌어. 그리고 이런 환경을 스스로들 만들었기 때문에 섬뜩한 전승이 생겨나는 거라고 생각했지. 하지만 도마야 선생님이 말씀하신 것처럼 이건 자위를 위한 방어책인 거야. 이렇게라도 하지 않으면 도저히 혼자 길을 다닐 수 없을 만큼 사위스러운 느낌이 있는 거지, 이 마을의 지형엔."

"그런데 도조 씨는 아까 제가 이야기한 사건에 관해서는…… 어떻게 생각해요?"

실은 어젯밤부터 그가 이런 현상을 어떻게 생각하는지 내내 궁금했다. 마침 좋은 기회이기에 물었다.

"실제로 그런 일이 있다고 생각하는지, 아니면 방금 설명한 것처럼 주위 환경으로 인한 단순한 착각인지, 사람에 따라 정신질환에 의한 환각인지, 전부 거짓말인지……. 괴기소설가로서 어떻게 생각해요?"

도조는 난처한 표정을 지었다.

"음, 세간에선 내가 괴기환상소설만 쓴다고 그런 종류의 이야기를 믿는다고 생각들 하는 모양인데……."

"실제로는 안 믿는다고요?"

"아니, 안 믿는 건 아닌데……."

"네? 어느 쪽이에요? 얼렁뚱땅 넘기려고 그러는 거면……."

"아니, 그런 건 아니야. 요는 불가사의한 현상이란 흑백을 분명하게 분간할 수 없기 때문에 수수께끼인 거고 또 무섭고 섬뜩하고 그런 거잖아? 그걸 어느 한쪽으로 단정하는 건 난센스라고 생각해."

"그건 그렇지만……."

"기본적으로 난 어떤 현상이 이야기로서 재미있으면 된다는 자세야. 그게 제일 중요하고 진위는 그다음이지. 대개의 경우 그런 이야기를 들은 순간 무섭다는 생각이 들면 그건 이야기의 배경을 어느 정도 믿었기 때문일 테고, 거짓말 같다고 느꼈다면 별로 믿음이 가지 않았던 게 아닐까. 요는 개개의 이야기를 그렇게 일일이 판단하는 수밖에 없다고 생각해. 판단했다고 진위를 알 수 있는 건 물론 아니지만."

도조는 생각난 게 있는지 쓴웃음을 지었다.

"그러고 보니 전에 어떤 신인 작가하고 내 작품을 비교하면서 그 신인보다 내가 그리는 괴기 세계가 더 현실감이 있는 건 작가 자신이 그런 현상을 믿기 때문이라고 뚱딴지같은 소리를 한 서평을 읽고 웃은 적이 있어. 그런 소리를 하자면 애초에 창작이란 무엇인가 하는 중대한 문제를 먼저 논해야 하니까. 덤으로 문제의 신인 작가가 실은 베테랑 작가의 새 필명이라는 걸 나중에 알았거든. 그러고 나니까 그 서평이 어찌나 더 우스꽝스럽게 생각되던지.”

"무슨 말인지는 알 것 같지만…… 굳이 따지자면 부정하는 것 같은데요.”

"가가치가는 마귀가계고 흑, 가미구시 사는 비非마귀가계고 백, 이런 식으로 흑백을 단정할 수 있는 일은 사실 세상에 얼마 없다고 생각해.”

"네…….”

"히다 지방에 우엉 씨앗이라는 생령 전승이 있는데 말이지.”

도조가 느닷없이 이야기를 꺼냈다. 무슨 의미가 있을 게 틀림없다고 생각해서 아무 말도 하지 않았다.

"다른 생령하고 다른 점은 구다 여우나 개신 같은 네 발 마귀처럼 가계가 있다는 거야. 난 가가치가가 뱀신의 가계이면서 거기에 생령이 포함된다는 사실에 주목하고 있는데, 이 우엉 씨앗이 혹시 참고가 되지 않을까 싶거든. 아차, 이야기가 곁길로 샜네. 그래서 이 가계 사람이 예컨대 탐스럽게 여문 이삭을 보고 '올해는 풍년이군요'라고 하면 벼가 말라죽고, 아기의 탄생을 축하하러 찾아가서 '아기가 참 예쁘네요' 하고 칭찬하면 아기가 이내 죽고, 양잠소에서 '잘 자랐네'라고 말하면 누에가 모조리 죽어버린다는 거야.”

"어, 엄청난데요."

"그런 칭찬 뒤에 본인도 자각하지 못하는 질투나 시샘이 종종 숨어 있곤 하거든. 그럼 자기는 전혀 그런 마음이 없어도 우엉 씨앗이 마음속 깊은 곳에 감추어진 목소리를 민감하게 알아차리고 대상을 파멸시키는 거지. 그렇기 때문에 그 가계 사람들은 경사를 축하하거나 병문안을 하러 집에 찾아가도 문전박대를 받는다나."

"그렇네요. 축하하는 자리뿐 아니라 위문하는 자리에서도 섣불리 '건강해졌네' 같은 말을 했다간 순식간에 병세가 악화되겠는데요."

"하지만 그런 칭찬 뒤에 숨은 질투심은 당연히 사람이면 누구나 갖고 있는 거야. 이 가계 사람들만이 아니라고. 그런 걸 일부 사람들만 흑이라고 단정하고 자기들은 백이라고 큰소리치잖아? 자기들은 그런 부정적인 감정하고 무관하다는 양. 만약 그게 사실이라면 백이라는 사람은 이미 인간이 아니라고. 그야말로 마물이지. 좋은 면만 가졌다면 그게 어디 사람이야? 그런 의미에서 우엉 씨앗이란 생령은 인간 심리의 모순을 강렬하게 부각한다는 점에서 아주 흥미로워. 그게 차별로 이어진다는 게 마귀신앙의 가장 큰 문제점이지만."

"그게 바로 제가 이 마을에 퍼뜨리고 싶은 생각이에요. 그 점을 알아주면 좋겠어요. 다만 제가 말하고 싶은 건……."

"그래, 알아. 마귀신앙의 선민의식이며 차별은 문제라 해도, 실제로 뭔가에 씌었다고 생각할 수밖에 없는 증세가 나타난다든지,

생령을 본다든지, 그런 불가사의한 현상이 일어나고 있지. 게다가 이 마을에는 신령에 납치되는 사람들이 있고. 대체 어떻게 대처하면 좋겠느냐는 말이지?"

"백흑을 명확히 가릴 수 있는 문제가 아니란 것도 알지만, 그런 현상이 존재하는 건 엄연한 사실이니까요."

"처음부터 생각해보지도 않고 괴이를 받아들이는 건 인간으로서 한심한 일이야. 그렇다고 인지를 뛰어넘는 건 존재하지 않는다고 단언하는 건 인간으로서 오만한 거고."

"그건 결국 백 아니면 흑 어느 한 쪽을 택하는 거 아닌가요? 어차피 선택할 바엔 역시 합리적으로 생각하는 편이……."

"예컨대 코끼리 한 마리를 수십 명이 보는 앞에서 없어지게 하는 게 가능하냐고 누가 물으면 렌자부로 군은 어떻게 대답하겠어?"

또 묘한 말을 꺼낸다. 나는 일단 진지하게 생각해본 다음 대답했다.

"전 무리지만 실력 있는 마술사라면 가능할지 모른다고 대답할 것 같은데요."

"응. 내 대답도 같아. 그리고 실력 있는 마술사한테 똑같은 질문을 하면 서슴없이 가능하다고 대답할 거야. 다만 무대 설정은 분명 자기가 직접 할걸."

"트릭을 장치하기 위해서요?"

"수십 명이 전부 똑같은 방향에서 코끼리를 보게 한다. 코끼리 뒤에 암막을 붙인다. 관객이 코끼리를 바라보는 면을 제외한 나머지지 세 면에 커다란 칸막이를 설치한다. 예를 들자면 그렇다는 뜻이지만 그런 여러 가지 준비를 하겠지. 여기서 문제는 마술사가 멋지게 코끼리를 없앴을 때, 관객은 무대의 세부 설정을 잊어버리고 그저 코끼리가 사라졌다는 현상만 기억하는 경우가 많다는 거야. 그리고 남들한테 그 점만 강조해서 이야기하고. 사람이 불가사의한 이야기를 퍼뜨릴 때 이게 가장 현저한 경향이 아닐까."

"옛날 사람들이 악귀나 유령을 봤다는 이야기도 그렇다는 뜻인가요?"

"제아무리 불가사의한 현상이라도, 현장을 똑같이 재현해서 객관적으로 관찰, 분석, 추론할 수 있는 인물이 보면 개연성이 있는 해석 몇 가지쯤 생각해내는 게 그리 어려운 일은 아니야. 다만 말 그대로의 재현은 무리란 말이지. 날씨 하나만 들어봐도 햇빛이니 바람의 방향까지 똑같은 날은 있을 수 없으니까. 게다가 이 경우 귀찮은 건 뭐가 그 현상에 영향을 미쳤는지 알 수 없다는 점이거든. 그러니 대개의 경우 중요한 정보가 빠진 상태에서 '불가사의하다, 있을 수 없다' 하고 무서워하는 거야."

"지요의 생령 소동은 저도 착각이라고 생각해요. 빙의 상태는 그애의 신경증이 약간 심해진 게 분명하고요. 하지만 달리 갈 수 있는 길이 없는 상황에서 어린애가 정말로 없어진 신령납치 같은 경우는요? 현장 재현이 불가능하니까 역시 알 수 없는 건가요?"

특별히 의식한 것은 아니지만 이때 내 뇌리에는 아마 형이 있었던 것 같다. 형이 행방불명된 상황에 불가능 요소는 없었을지 모르지만, 할아버지가 구구산에 올라갔을 때 당집과 계단이 사라지고 없었던 현상은 충분히 불가사의했기 때문이리라.

"아니, 인간에겐 상상력이 있으니까 상상력으로 보완해서 생각하는 게 가능하지. 뭣보다도 어떻게 해서 사라졌는가 하는 문제는 어떤 식으로든 해석이 가능하거든."

"네? 그게 제일 어려운 문제 아니에요?"

"제일 어려운 건 왜 없어졌는가 하는 문제야. 물론 어떤 식으로 사라졌는지가 판명되면 이유를 알 수 있는 경우가 있긴 하지만, 꼭 그렇게 잘 풀린다는 보장은 없지."

"그럼 사라진 방법만이라면 도조 씨는 얼마든지 설명을 제시할 수 있다고요?"

"'얼마든지'는 명탐정이 아니면 무리겠지만, 개연성이 있는 방법 한두 가지 정도라면 뭐, 나도……."

"그, 그럼 아까 시즈에란 애가 사라진 사건은요?"

도조는 흥분한 나를 달래듯 앞쪽을 가리켰다.

"봐, 벌써 셋째 다리까지 다 왔는걸. 저기를 지나면 지장갈림길로 금방 접어들지? 완전한 재현은 무리라도 기왕 여기까지 왔으니 현장 조사를 먼저 하자고."

이야기에 열중하느라 어느새 둘째 다리를 지나 셋째 다리까지 온 것도 몰랐다. 가운뎃길은 외길이니 그래도 문제없지만, 이래서는 길을 안내하겠다고 동행한 의미가 없다고 반성했다.

"정말인데. 묘한 다섯 갈래 길이군."

가운뎃길의 남쪽 끝에서 오른쪽으로 꺾어진 부근에서 도조가 중얼거렸다.

길은 그곳에서 왼쪽으로 두 갈래, 오른쪽과 오른쪽 대각선 전방으로 한 갈래씩 뻗어나간다. 오른쪽 길이 시즈에가 없어진 통칭 '나없다길'이고, 오른쪽 대각선 전방으로 뻗은 길이 묘온사 계단으로 이어진다. 왼쪽 두 길 중 앞쪽은 강폭이 매우 좁아 '다리 없음'이라 불리는 곳으로 이어지며 길목에 허수아비님이 모셔져 있다. 한편 뒤쪽 길은 강 하류에 있는 나루터 옆을 지나 마을 경계로 이어진다. 이 길의 분기점에서 조금 들어간 곳에 지요가 사기리:: 의 생령을 봤다는 지장보살 사당이 있었다.

도조는 우리가 방금 걸어온 길을 포함해 다섯 개 길을 한동안 왔다 갔다 했다. 그러더니 만족스러운 웃음을 띠고 갈림길 중심에 우뚝 섰다.

"시즈에가 어떻게 사라졌는지 알았어요?"

그렇게 묻는 내 말투에는 도조 겐야라면 혹시 모른다는 기대감과 이런 단시간에 뭘 알겠느냐는 야유가 반반씩 섞여 있었는지도 모른다.

"해석 자체는 실은 어젯밤 하나 생각해둔 게 있었는데, 이렇게 실제 현장을 보니까 그게 일단 가능하기는 하겠어."

그런데도 그는 변함없는 태도로 말하고는 다시 다섯 길에 차례대로 시선을 던졌다.

"시즈에와 시즈에의 언니 그리고 언니 친구가 들어간 나없다길이 하나. 친구들이 들어선 왼쪽 길 둘에, 가운뎃길로 이어지는 길 하나. 다이젠 주지스님이 절 쪽에서 온 길이 하나. 이렇게 다섯 개 길이 있는데, 도마야 선생님께 듣기로 시즈에가 사라진 건 이 분기점에서 나없다길로 들어서서 몇 미터 못 가서라고 하거든. 그럼 이건 시즈에가 나없다길로 들어섰다가 분기점까지 되돌아왔다고 생각할 수밖에 없어.”

“네? 자발적으로 그랬다고요?”

“그때 주위에는 그애들 말고 아무도 없었어. 시즈에 본인의 의사였을 가능성이 높다고 생각해.”

“하지만 여기까지 돌아왔다 쳐도 아무 데도 갈 수 없잖아요.”

“친구들이 간 세 길에는 각각 두 명 이상 있었다니 그애들 눈을 속이기는 무리겠지. 그렇다면 남는 건 절로 가는 길뿐이거든.”

“그렇지만 그쪽에선 주지스님이 왔는데요.”

“그래. 하지만 주지스님이 나타난 건 시즈에가 사라진 걸 깨달은 언니와 친구가 소란을 피우기 시작한 다음이었어. 그사이에 앞으로 더 갈 수 있었던 거야.”

“저 말이죠, 도조 씨는 모르니까 어쩔 수 없지만 이 길은 절로 올라가는 계단 앞을 지나 서쪽으로 이어진다고요. 설사 시즈에가 이 길로 갈 수 있었다 해도, 시간으로 따져볼 때 이미 계단을 내려와 있었을 주지스님이 못 봤을 리가 없어요. 만약 시즈에가 계단을 올라갔다면 주지스님하고 마주쳤을 테고요.”

“아니, 그 전에 시즈에가 숨었겠지.”

"숨었다고요? 어디에요? 그럴 장소가 없잖아요."

"있을 텐데. 지요 양이 숨어 있었다는, 계단 밑에 우뚝 솟은 나무 뒤가……."

"네? 그 나무 뒤에요?"

"어젯밤 이 해석이 생각난 건, 도마야 선생님 말씀엔 그 나무가 안 나왔기 때문이야. 지요 양 이야기를 듣고 비로소 신령납치의 수수께끼에 대한 답이 최소한 하나는 있다는 걸 깨달은 거지."

"시즈에는 주지스님이 지나가길 기다렸다가 다른 사람들이 찾으러 오기 전에 계단을 뛰어 올라갔다는 말이군요? 하지만 왜죠? 왜 그런 일을 한 건가요?"

내가 다그치듯 묻자 도조는 쓴웃음을 지었다.

"그러니까 현상을 설명하는 것뿐이라면 별로 어렵지 않지만, 발생 이유까지 밝히는 건 매우 어렵다고 한 거야."

"그렇네요. 죄송해요."

"코끼리 증발도, 예컨대 마술이란 걸 전혀 모르는 데다 그런 오락 자체를 근본적으로 이해하지 못하는 사람이 있다 치면 그 사람한테 코끼리가 어떻게 사라졌는지 설명할 수는 있어도, 왜 구태여 그런 일을 하는지 이해하게 하기는 여간 어려운 일이 아니라고 할까."

"그것도 알쏭달쏭한 비유인데요."

"아, 그렇군. 미안. 어디까지나 상상의 범위를 넘지 않지만, 어쩌면 언니에게 앙갚음하고 싶어서 그랬을 수도 있어. 다 놀기 전에 둘이 싸웠다고 하니까. 게다가 언니는 친구랑 먼저 가버리려고 한단 말이지. 자기는 혼자서 두 사람 뒤를 따라가고. 모습을 감춰서 언니를 놀래주자. 순간적으로 그런 생각을 했다 해도 별로 부자연스러운 일은 아니야. 그래서 시즈에는 몰래 왔던 길로 되돌아갔어. 하지만 친구들이 간 길로 들어설 순 없으니까 절로 가는 길을 택했어. 그랬더니 계단으로 주지스님이 내려오길래 황급히 나무 뒤에 숨었어. 주지스님이 지나간 다음 계단을 올라가 절로 들어가서…… 그뒤 어디로 갔는지는 별문제고."

"절 뒷산에 들어갔다가 길을 잃었을지도 모르겠네요."

"아까 현장을 완벽하게 재현하는 게 무리인 데다 뭐가 필요한지 모른다는 게 제일 성가신 점이라고 했는데, 실은 그것 못지않게, 아니 그 이상일지도 모르는 중대한 문제가 있거든."

도조는 잠시 말을 멈추더니 오거리를 둘러보았다.

"그건 현장을 아무리 완벽하게 재현한다 해도 사건 당시 당사자들의 언동을 빠짐없이 파악하는 게 불가능하다는 사실이야. 인간은 생각지도 못한 때 믿기지 않는 행동을 하곤 하잖아? 시즈에가 언니에게 앙갚음을 하려고 했다. 그 정도는 충분히 생각할 수 있는 일이지만, 실제로는 우리 상상을 훨씬 뛰어넘는 심리가 그 순간 작용했는지도 몰라. 게다가 그건 시즈에뿐 아니라 그곳에 있던 사람 모두에 대해 할 수 있는 말이거든. 그냥 제외하긴 했지만, 나머지 세 길로 들어간 친구들 중 어느 한 팀이 실은 시즈에를 어떻게 했을 가능성도 부정할 수 없지. 그저 지금 가진 정보로 거기까지 비약하는 건 무리라는 말일 뿐……."

"현상을 설명할 수 있다는 게 그런 뜻이었어요?"

도조는 내 말투에 섞인 가벼운 실망감을 알아차렸는지 고개를 저었다.

"아닌 게 아니라 근본적인 해결은 안 되지만, 최소한 신령한테 납치됐다고 난리만 치고 인간으로서 사고를 일체 정지하는 것보다는 낫다고 생각해. 아까도 말했다시피 세상의 모든 일은 흑백을 명확히 가릴 수 있는 게 아니야. 하지만 그렇다고 인간으로서 생각하기를 포기하면 안 돼."

"……."

"게다가 이건 어디까지나 이야기로서 그렇다는 거지만 결론을 못 내릴 것도 없어. 예컨대 시즈에가 나무 뒤에 숨은 것까지는 똑같고, 그뒤 계단을 내려온 주지스님이 시즈에를 발견했다 치자고. 주지스님은 사정을 듣고 시즈에를 동정해서 도와주기로 해. 그래서 시즈에한테 절에 가 있으라고 하고, 자기는 다른 애들 앞에 나타나서 이쪽으로는 안 왔다고 말하고 찾는 척해. 그리고 이 정도면 언니를 충분히 혼내줬겠다 싶었을 때 절로 돌아가서 시즈에를 데려오려고 했는데, 돌아가보니 시즈에가 예기치 못한 사고로 목숨을 잃었어. 계단에서 떨어졌을 가능성도 있겠지. 자기 책임이 될까봐 두려워한 주지스님은 시즈에의 시체를 뒷산에 묻어 가짜 신령납치를 진짜로 만들었어."

"지, 진짜 그랬던 거 아니에요?"

"잠깐, 잠깐. 어디까지나 이야기로서 그렇다는 거라고 했잖아."

"아차, 그랬죠."

"지금부터 만날 사람을 두고 터무니없는 상상이다 싶지만, 요는 그 어떤 불가사의한 현상과 마주쳐도 쉽사리 해석을 포기하면 안 된다는 거야. 그렇지만 해석에 따라 진상은 얼마든지 달라질 수 있는 셈이니 너무 거기에만 집착하는 것도 좋지 않아. 그건 인간의 오만이지. 그렇게 되면 결국 흑백을 분명히 가릴 수 없다는 이야기로 돌아오는 건가……."

마지막은 어쩌 얼렁뚱땅 넘어간 것 같았지만, 손쉽게 어느 한쪽에 속하지 않는 이런 자세가 도조 겐야의 매력이라는 생각도 들었다.

도조가 터무니없는 상상을 한 장본인은 절에 없었다. 어쩌면 돌팔이 의사 오가키와 벌써부터 한잔 걸치는 중인지도 모른다. 우리는 내일 오전 중에 다시 오겠다는 말을 남기고 큰신집으로 돌아가기로 했다.

묘온사에서 돌아오는 길에 나는 심정이 복잡했다. 도조는 최종적으로 얼버무렸지만, 굳이 따지자면 그의 마음속에서는 합리적 정신이 우세한 듯했다. 거기에 공감할 수는 있었다. 그러면 여러모로 나와 사기리::, 지요의 힘이 되어줄 것이다. 그러나 한편으로 그런 논리적 사고만으로는 결코 해결되지 않는 분명치 않고 섬뜩하고 사위스러운 어떤 것이 여기 가가구시촌을 뒤덮고 있다는 생각이 자꾸만 들었다. 그야말로 단순한 미신이라고 단칼에 쳐버리면 그만이지만, 아무래도 그런 간단한 일이 아닌 것 같았다.

 어쩌면 도조도 같은 생각에 사로잡혀 있는 게 아닐까. 그렇기에 그는 무신당에서 목을 맨 수험자의 죽음에 관해 어떤 사악한 의지가 작용했다는 인상을 받은 것이리라. 그는 그런 느낌을 자신의 기분 탓으로 치부할 수 없다는 사실에 당혹하며 그것에서 어떤 의미를 찾아내려 하고 있는 게 아닐까.

 그야말로 백과 흑 중간에서 흔들리고 있을지도 모른다.

 황혼이 드리운 가가구시촌을 걸으며 나는 내 마음속에도 황혼이 깃든 듯한 기분을 맛보았다. 도조 겐야라는 태양을 만났건만 그 빛을 가리려 하는 뭔가가 지금 우리 둘을 집어삼키려 하고 있다…… 그런 불길한 기분에 사로잡혀 있었다.

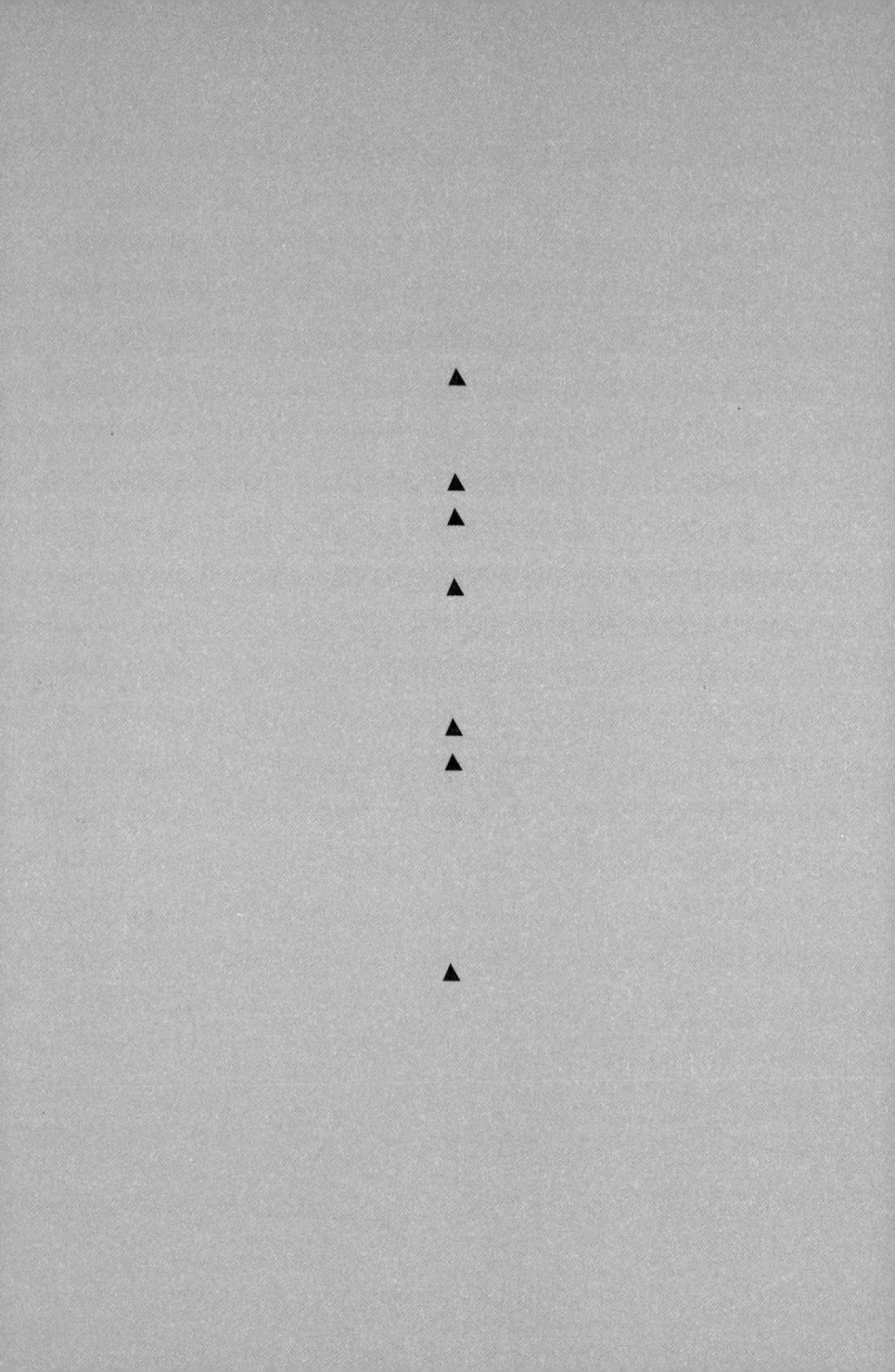

저녁노을 아래 오주천 수면이 흐릿하게 빛나기 시작하고 얼마 후, 가가구시촌에 급속히 밤의 어둠이 깔렸다. 빛에서 어둠으로 바뀌는 이 얼마 안 되는 시간에 마을은 진짜 모습을 드러낸다. 햇빛 아래 쓰고 있던 대외적인 가면을 벗고 진짜 얼굴을 내보인다.

다만 그것은 세상이 밤이 되는 한순간뿐이다. 밤이 찾아오고 나면 마을은 어둠 속에 진짜 모습을 감춘다. 빛이 조금이라도 남아 있는 동안 정체를 드러내는 일은 절대 없다. 더욱이 이 가공할 시각은 황혼이 끝나는 순간에만 찾아오지, 아침 안개에 싸인 마을에 여명이 찾아드는 순간에는 어둠에서 빛이 아닌, 빛에서 어둠으로 이행하는 너무나도 짧은 틈을 타, 마을은 본래의 얼굴로 섬뜩하게 조소하는 것이다.

그렇지만 인간이 아무리 눈을 크게 뜨고 주의해도 그 모습을 볼 수 없다. 인간이 의식하는 동안은 아무리 해가 저물어도 아직 황혼녘이며, 퍼뜩 정신을 차렸을 때는 이미 밤이기 때문이다. 인간이 빛과 어둠의 경계를 포착하기란 불가능하다. 게다가 온갖 마魔

가 그 틈에 인간 세계로 숨어든다. 사람의 눈으로 그런 무서운 입구를 인식한다는 게 가능할 리 없다.

밤의 장막에 싸이기 시작한 마을 곳곳에서 불이 하나둘 들어왔다. 그렇지만 집집의 창문만 환해질 뿐, 마을 자체는 서서히 어둠에 잠식되었다. 그에 대항하듯 가로등이 여기저기서 깜박이기 시작했지만, 드문드문 선 전봇대와 전봇대 사이의 빈약한 조명만으로는 소류향을 뒤덮은 어둠에 대적할 수 없었다. 오히려 당장에라도 주위 어둠 속에 잠길 듯한 가로등 불빛이 마을에 깔린 암흑을 한층 강조했다.

그런 가운데 더욱 짙은 어둠에 싸인 곳이, 가가치 윗집과 가운뎃집 뒤쪽의 무서운 곳 일대, 그리고 가카산에서 기슭의 가가구시 신사를 거쳐 오주천 상류 그리고 하류에까지 이르는 일대였다. 우연히도 마을의 동쪽과 서쪽에 각각 띠처럼 남북으로 뻗은 공간이다. 언뜻 보면 전자의 어둠에서는 사위스러움이, 후자의 어둠에서는 정밀함이 느껴지지만, 그 둘이 너무나도 쉽게 뒤꿴다는 것을 또는 뒤섞인다는 것을 아는 사람은 이 마을에도 이미 많지 않다.

매년 봄과 가을에 올리는 가카산의 혼령맞이와 혼령보내기 제례는, 과거에 구구산에서도 했다고 한다. 엄밀히 말하자면 양쪽에서 똑같은 일을 한 게 아니라 두 개의 의례를 각각 분담해, 봄에는 가카산에서 산신님의 정결한 혼령을 영접하고, 가을에는 마을의 재액을 온몸에 두른 혼령을 구구산으로 보내드렸던 모양이다. 산신은 그곳에서 부정을 벗고 겨우내 마을 주변의 산들을 지켜주신다. 그러다 봄이 오면 가카산으로 돌아와 다시 마을로 내려오신다. 제례의 이런 본래 모습이 가가치 윗집과 묘온사에 남아 있는 문헌에 기록되어 있다.

그랬던 것이 이제 가카산은 신성한 산으로 숭배되고, 구구산은 흉산으로 기피됨과 함께 그 주변 일대도 마소로 여겨지게 되었다. 아마 가가치가의 마귀가계 문제가 얽혀 있지 않을까 싶지만 확실한 것은 알 수 없다.

현재는 먼저 혼령맞이 제례가 매년 2월 8일에 거행된다. 가가구시 신사의 신관 가미구시 다케오가 가카산 중턱의 내內신사로 올라가 그곳에서 산신님을 영접하는 의례를 올린다. 여기서 산신님은 오동나무함에 든 가카 인형에 깃드신다. 다케오는 함을 들고 신사로 돌아와 그곳에서 신도 대표들과 정해진 제례를 거행한다. 그게 끝나면 다시 함을 들고 오주천 상류의 작은 나루터로 내려간다.

여기서부터는 배보내기 의식이다. 우선 상류 나루터에서 함을 열어 가카 인형에 깃드신 산신님의 혼령께 그곳에 모셔진 허수아비님으로 옮겨가시도록 부탁드린다. 그게 끝나면 함을 들고 나룻배로 강을 따라 하류로 향한다. 금세 첫째 다리에 도착하면 그곳에서도 함을 열고 같은 부탁을 드린다. 그뒤 둘째 다리, 셋째 다리 등 요소요소에서 같은 의례를 올려 마을 경계 직전에 있는 나루터의 허수아비님을 끝으로 혼령맞이 제례가 완료된다.

즉 가카산에서 내려오신 산신님은 우선 오주천변의 허수아비님에 옮아가시는 셈이다. 그 때문에 두 나루터와 세 다리의 다섯 허수아비님은 일 년에 한 번, 혼령맞이 전날에 반드시 새로 준비한다. 온 마을의 허수아비님에게 혼령을 전하는 중요한 역할을 맡고 있으니 당연한 일인지도 모른다.

한편 혼령보내기는 11월 8일에 거행된다. 이때는 혼령맞이와 정반대의 순서로 진행되는데, 그 전에 마을 사람들이 모두 나서서 온 마을의 허수아비님께 참배를 드린다. 봄부터 애써주신 데 대해 감사를 표하는 것과 더불어, 오주천변의 다섯 허수아비님에게 돌아가 주십사 부탁드리기 위해서다. 이 행사가 끝나면 새 가카 인형을 오동나무 함에 담아 공손히 받든 가미구시 다케오가 오주천 하류의 나루터에서 배에 올라탄다. 그리고 함을 열어 허수아비님에 깃든 산신님께 가카 인형으로 옮겨와 주십사 부탁드린다. 이어서 배를 타고 상류로 거슬러 올라가는데, 이때는 사공이 동승한다. 그리고 세 개 다리와 상류 나루터에서 똑같은 의례를 되풀이하고 나면, 다케오는 함을 들고 신사로 건너와 신도 대표들과 정해진 제례를 거행한다.

이때 오동나무 함에서 꺼낸 가카 인형에 다른 가카 인형을 반쯤 겹치게 포갠다. 산신님이 도맡으셨던 마을의 재액을 전부 새 가카 인형에 옮겨 그곳에 봉하는 것이다. 즉 제례에는 산신님의 혼령이 영산으로 돌아가시는 것을 준비하고 산신님이 도맡으셨던 화를 정화하는 이중의 의미가 있는 셈이다.

여기까지 끝내면 다케오는 우선 가카산의 내신사로 올라가 최초의 가카 인형에 깃든 산신님께서 돌아가시도록 의례를 거행한다. 그뒤 재액을 옮긴 또 하나의 가카 인형을 들고 나루터로 돌아와 오주천에 떠내려보낸다. 강을 통해 마을 밖으로 화를 내보내는 셈인데, 본래 구구산과 히센천이 맡던 혼령보내기까지 가카산과 오주천으로 억지로 행하려 한 무리가 여기서 드러난다.

퇴치한 마귀를 떠내려보내는 히센천과, 마을의 재액 일체를 떠내려보내는 오주천. 기능은 똑같은데도 마을 사람들의 두 강에 대한 인식은 전혀 다르다. 화를 떠내려보내는 곳이니 오주천이 청정하다면, 히센천 역시 그렇다고 할 수 있다. 또 아무리 떠내려보낸다 해도 마귀의 일부가 히센천에 남는다고 생각한다면, 그것은 오주천도 마찬가지다. 그러나 이런 모순을 지적하는 사람은 아무도 없다. 다들 못 본 척한다. 어쩌면 심지어 못 알아차리는 것 같기도 하다. 밤중에 오주천에 홀로 서 있어 보면 생각이 조금은 달라질지도 모른다. 어둠 속에서 수면을 바라보고 있노라면 눈앞에 흐르는 게 무서운 강이 아닌가, 그런 생각에 사로잡히곤 한다.

그래, 이곳에서는 해가 지고 나면 성역이건 무서운 곳이건 상관없어진다. 가가구시촌 자체가 하나의 마소로 변한다.

마을 사람들도 예로부터 무의식중에 그것을 깨달았다. 그래서 황혼녘이 되면 서둘러 일을 마치고 집으로 갔다. 누구나 해가 떨어지기 전에 반드시 집 안으로 들어갔다. 밤에도 어지간한 일이 아니면 외출하지 않았다. 볼일이 있어 나갈 때는 이웃의 같은 조합 사람과 동행하는 것이 상례였다. 윗집, 가운뎃집, 아랫집, 큰신집,

새신집 밑으로 소작인의 조합이 여럿 존재하는 터라, 일상적인 활동은 대부분 이 조합을 중심으로 돌아갔다. 마을의 이 같은 풍습은 전기가 아무리 보급돼도 기본적으로 달라지지 않는다.

하지만 그것도 렌자부로나 지요 같은 젊은 세대와는 상관없었는지 모른다. 아니, 젊은 세대만이 아니리라. 공경해야 할 것을 함부로 대하고 두려워해야 할 것을 얕보는 작자들이 요새는 하나둘 보이기 시작했으니.

그러나 아침에 목을 맨 채 발견된 오사노 젠토쿠의 기괴한 사건 때문인지, 오늘은 날이 저물기 시작한 지 얼마 안 돼서 인적이 뜸해졌다. 가운뎃길을 지나 큰신집으로 돌아가는 가미구시 렌자부로와 도조 겐야가, 어쩌면 제일 늦게까지 밖을 다니는 사람이었는지도 모른다.

사위스러운 분위기가 감도는 황혼이 지고 칠흑 같은 밤이 마을에 찾아오고 얼마 안 있어, 오주천 상류 나루터에서 목소리가 울렸다.

"아무도 없군. 쳇, 난 시간에 딱 맞춰 왔건만."

십중팔구 젊었을 때부터 오늘에 이르기까지 해가 지고 나서 혼자 밖을 다녀본 적이 한 번도 없을 가쓰토라의 목소리였다.

"하지만 삼촌 혼자 오시라고 했다면서요. 역시 제가 따라오면 안 되는 거 아닙니까."

아니나 다를까 주위를 경계하는 듯한 구니하루의 작은 목소리가 첫째 다리 쪽에서 들려왔다. 보아하니 가쓰토라를 따라와준 모양이다.

"얼간이 같은 놈! 나오지 말라니까!"

그런데도 당사자인 가쓰토라는 불빛이 있는 나루터에 당도해 마음이 놓였는지 별안간 잘난 척을 했다.

"그렇지만 아무도 없으면……."

"게다가 젠토쿠 도사가 그렇게 됐는데 이런 곳에 밤중에 어떻게 혼자 오란 말이냐."

"밤중은요, 삼촌. 아직 해가 지고 얼마 되지도 않았는데요. 뭐, 아닌 게 아니라 어째 으스스한 곳이긴 합니다만. 이 강이 이런 분위기였나요."

이윽고 어둠 속에서 구니하루가 조심스럽게 모습을 드러냈다.

"밤이 되면 신사건 무신당이건 어디를 가나 마찬가지다. 이 마을은 죄 으스스한 곳 아니냐."

나루터에 와서 손전등을 껐던 가쓰토라는 바로 옆 전봇대의 침침한 불빛만으로는 불안한지 도로 켰다.

"젠토쿠 도사 말인데 역시 큰누님 소행일까요?"

"사기리" 말고 누가 있다는 게냐. 사기리⋯⋯ 이거야 원, 이렇게 복잡해서야, 이사무 군의 딸 사기리가, 수험자가 덮쳐서 순간적으로 반격했다면 굳이 귀찮게 상대방의 목을 맬 리가 있겠냐. 비록 미치기는 했어도 사기리도 여자니 말이다. 자기를 살살 꾀던 사내가 눈앞에서 젊은 조카딸한테 추근거리는 꼴을 보고 이성을 잃었겠지. 하지만 제정신이 아닌 애니, 그애 나름대로 무슨 생각이 있어 그런 모습으로 만들어놓은 게 아니겠냐. 제 딴에 신벌을 내린다고 한 짓일지도 모르지."

"그나저나 큰누님은 그렇다 치고 사기리::한테까지 손을 대려 들다니요. 그것도 우리하고 그런 의논을 한 다음······."

"난 처음부터 그자를 믿지 않았다."

"네? 그놈을 한패에 넣은 건 삼촌이잖습니까."

"이 얼간이가! 목소리가 크다! 그때는 어쩔 수 없지 않았냐. 게다가 윗집에 머무는 종교가란 입장에서 우리보다 무신당에 드나들기 쉬울 테니, 우리가 모르는 정보도 이것저것 얻을 수 있었을 테고. 하지만 어쨌든 일찌감치 그놈의 정체를 알아 다행이다. 그대로 공동 전선을 폈다면 중요한 순간에 분명히 배신했을 테지."

"그러게 말입니다. 하지만 삼촌, 어째 기분 나쁘지 않습니까?"

구니하루가 주위를 둘러보면서 말했다. 그러나 지금 상황을 가리키는 것은 아닌 듯했다.

"뭐가?"

"뭐라뇨, 그 녀석이 우리랑 한패가 되자마자 그런 식으로 죽은 것 말입니다."

"그까짓 것 당연히 우연이지."

"네······ 하지만 어제 먼저 형님한테 그 이야기를 했잖습니까. 그리고 그 녀석이 엿들은 걸 알고 한패에 넣었죠. 그런데 우리만의 계획이 아니게 되기 무섭게 그런 일이 생긴 겁니다."

"그러니까 그냥 우연이라 하잖냐. 뭣보다도 그 사내가 죽은 게 정말 우리하고 한패가 된 것 때문이라면 우리가 이미 오래전에 그 꼴로 죽었을 게 아니냐."

"……."

"뭐, 뭐냐, 설마 너도 마을 놈들처럼 허, 허수아비님의 지벌이라고 생각하는 게냐? 그, 그런 다, 당치 않은 일이 정말 있다고?"

"마을 사람들이 말하는 지벌은 그놈이 겁도 없이 가가치 윗집의 무녀한테 손을 대려고 한 것 때문이지만, 우리는 그것만이 아니라는 걸 알잖습니까."

"사기리∷와 렌자부로의 혼인 말이냐."

"그걸 시작으로 마귀신앙 자체를 박멸하자는 건데, 그게 요는 가가치 산신님의 존재를 부정하는 일이잖아요……."

"음……."

얼굴을 마주 본 두 사람은 나루터 널벽에 모셔진 허수아비님을 동시에 돌아보았다.

이따금 깜박거리는 전등 밑에 선 두 사람의 얼굴에는 그늘이 져 있었지만, 그들의 표정에 두려움이 떠오른 것처럼 보인 것은 결코 불빛 때문만은 아닌 듯했다.

"그, 그, 그러고 보니 혼령맞이와 보내기에 쓰는 나룻배가 안 보이는군."

애써 허수아비님을 외면한 가쓰토라가 나루터를 둘러보다가 알아차린 것을 무심코 말했다.

"앗, 저, 정말 그렇군요. 어느 집 애가 자, 장난쳤겠죠."

구니하루는 삼촌에게 편승해 자기도 허수아비님에게서 시선을 뗐지만, 뒷말을 잇지 못했다. 두 사람은 한동안 어둠 속에 강만 바라보며 침묵했다.

그러자 지금껏 전혀 신경쓰이지 않던 물 흐르는 소리가 별안간 들리기 시작했다. 신사의 숲을 술렁술렁 흔드는 바람 소리가 들려온다. 정체를 알 수 없는 짐승의 울음소리가 멀리서 메아리친다. 어디서 인간의 말이 아닌 나지막한 말소리가 들려올 것만 같다.

그런 경우 사람은 스스로를 궁지에 몰아넣곤 한다. 이때 두 사람이 바로 그랬다.

"그, 그나저나 늦는군."

가쓰토라가 얼어붙은 입을 억지로 떼 간신히 말했다.

"마, 맞다. 그래서 삼촌은 대체 누구를 만나시는 겁니까?"

구니하루가 호기심 어린 목소리로 물었다. 정작 만날 사람의 이름을 듣지 못했다는 게 생각나 싹텄던 공포심이 엷어진 모양이다.

"그건 네 눈으로 직접 봐라. 보면 분명 놀랄 거다."

가쓰토라도 질문을 받고 긴장이 풀렸는지 본래의 불손한 태도로 돌아왔다.

"저쪽에서 먼저 접촉한 거죠?"

"그래. 내 방에 편지가 놓여 있더라고 오는 길에 설명하지 않았느냐."

"그 말은 삼촌한테 편지를 보낼 것 같지 않은 사람이란 뜻인가요. 게다가 삼촌 방에 멋대로 드나들 수 있다면……."

"그건 의미가 없지. 이 마을은 어느 집에건 자유롭게 드나들 수 있잖냐. 특히 큰 저택일수록 들키지 않을 가능성이 높지."

"그렇군요. 그나저나 그렇게 뜻밖의 인물입니까?"

"그래. 넌 상상도 못할 거다."

"네? 누구지? 여기까지 데리고 왔는데 이제 가르쳐주셔도 되잖습니까."

물고 늘어지는 구니하루가 성가신지, 가쓰토라는 나루터 주변을 어슬렁거리기 시작했다. 그래도 불빛이 비치지 않는 어둠 속으로는 발을 들여놓으려 하지 않았다.

"널 데리고 온 건 역시 실수였는지 모르겠군. 벌써 7시 16분인데. 약속 시간은 7시였으니 널 보고 경계하는지도 모르지. 저 헛간이 어째 수상한데. 혹시 저기서 우리 동정을 살피는 거 아니냐?"

"삼촌이 저더러 따라오라고 하셨잖아요."

작은 목소리로 투덜대던 구니하루는 이윽고 가가구시 신사 계단 밑까지 가서 주위를 둘러보고 이어서 헛간 안도 살펴보았다. 그뒤 나루터 앞을 지나 첫째 다리로 갔다가 주위를 확인하며 돌아왔다.

"아무도 없는데요. 혹시나 싶어 헛간 안도 봤는데요."

"그러니까 네 녀석 때문에 안 나오는 게 아니냐고 하잖냐!"

헛간이 수상하다고 말한 사람은 자신인데도 가쓰토라는 조카에게 화풀이를 했다.

"그럼 전 그냥 갈까요?"

그래 놓고도 막상 구니하루가 묻자, 어둠 속에 홀로 남는 게 불안했는지 가쓰토라는 대답하지 못했다. 물론 구니하루도 그것을 알고 있다.

"이 근처 어디 숨어 있을까요? 그럼 삼촌도 안심되시겠죠?"

"아니다, 넌 역시 먼저 가라."

가쓰토라가 마치 무척 중대한 결단이라도 내리는 양 괴로운 어조로 대답했다. 여기에는 구니하루도 놀란 듯 순간적으로 대꾸하지 못했다.

"네가 틀림없이 갔다는 걸 알아야 나타날 작정인가보다. 쓸데없는 짓을 해서 모처럼 찾아온 기회를 놓쳤다간 의미가 없지. 뒷일은 내게 맡겨라."

구니하루는 처음부터 혼자 왔으면 될 일을 이제 와서 가라니 어처구니없다는 표정을 지었지만 순순히 고개를 끄덕였다.

"윗집에서 기다릴 테니 다녀와서 꼭 이야기해주셔야 합니다."

그러고는 다시 주위를 둘러보며 첫째 다리로 향했다. 다리를 다 건넌 곳에서 손전등을 껐다 켜서 삼촌에게 마지막으로 인사한 뒤 윗집 쪽으로 사라졌다.

"이거야 원, 이럴 줄 알았으면 나 혼자 올걸 그랬군."

가쓰토라는 이미 오래전에 어둠 속으로 사라진 조카의 모습을 미련이 남는 듯 언제까지고 뒤쫓으면서도 입으로는 그런 말을 했다.

그러나 그는 아직 깨닫지 못했다.

자기 뒤에서 그림자가 슥 뻗은 것을.

일체의 기색을 지운 그림자가 소리도 없이 살며시 다가온 것을.

"으아악!"

이윽고 자기 뒤에 선 ×××를 알아차리고 가쓰토라가 비명을 질렀다. 그래도 소심한 그치고는 최대한 소리를 죽인 외침이었다. 어쩌면 무서운 나머지 비명도 제대로 못 질렀는지도 모르지만.

"사, 사람 놀래지 마라. 수, 숨넘어가는 줄 알았잖나. 허수아비님을 모신 널벽 뒤에 수, 숨어 있었던 거냐? 무슨 그런 천벌받을 짓을. 후우…… 어이구, 놀래라."

공포에 굳었던 얼굴에 안도의 빛이 떠올랐다.

그러나 금세 경악, 이어서 공포에 찬 얼굴로 바뀔 줄은, 본인도 그 순간이 닥치기 전까지 몰랐을 것이다.

왜냐하면…….

사기리의 일기 4

화요일 아침 일찍 가쓰토라 종조할아버지가 오주천에 떠 있는 것을 셋째 다리를 건너려던 마을 사람들이 발견했다. 물론 그들도 처음에는 그것이 종조할아버지라는 것을 몰랐다. 강물에 떠 있던 사람의 뒤통수가 삿갓으로, 등은 도롱이로 덮여 있었기 때문이다.

종조할아버지의 시신은 허수아비님의 차림새를 하고 있었다.

시신을 살펴본 도마야 선생님에 따르면 사인은 익사인 모양이다. 오주천 상류 나루터에 모신 허수아비님이 보이지 않고, 그곳에 묶여 있던 혼령맞이와 보내기에 쓰는 나룻배가 하류에서 발견되었다. 그 때문에 현 시점에서, 종조할아버지는 상류 나루터에서 삿갓과 도롱이를 걸치고 배에 올라타 셋째 다리까지 내려온 다음 물에 뛰어들었다, 또는 누가 종조할아버지에게 삿갓과 도롱이를 입히고 배에 태워 물에 빠뜨렸다고 추정되었다. 이마에 부딪친 상처가 있는데, 흉기로 맞아 생겼는지 아니면 강바닥의 돌에 부딪쳤는지 즉석에서 판단할 수 없다고 한다. 그런데 어째선지 종조할아버지의 입안에 젓가락 한 쌍이 들어 있었다. 그 끝이 목구멍 속까지 들어가 입을 다물 수 없는 상태였다. 마치 젓가락 한 쌍을 입에 물고 삼키려 한 것처럼…….

허수아비님의 차림새를 하고 입에 머리빗을 문 채 무신당에서 목을 맨 젠토쿠.

허수아비님의 차림새를 하고 입에 젓가락을 문 채 오주천에 빠져 죽은 종조할아버지.

순식간에 온 마을에 난리가 났다. 오늘은 아침부터 할머니와 가가구시 신사의 다케오 아저씨를 찾는 마을 사람들의 발길이 끊이지 않았다. 기도와 정화를 부탁하러 오는 것이다. 양쪽 다 찾아온 사람도 적지 않았다고 하니 사람들이 얼마나 심하게 동요했는지 알 수 있다. 흑과 백의 대립을 생각하면 양쪽에 똑같은 부탁을 한다는 것은 대단히 이례적인 사태라 할 수 있다.

그러나 다케오 아저씨가 어떻게 대응하셨는지는 몰라도 할머니는 아직 기도를 하실 수 있는 상태가 아니었다. 그래서 어머니가 마을 사람들에게 그렇게 설명했지만, 다들 이번 일에는 사기리˙ 무녀님의 힘이 꼭 필요하다고 우기기만 하고 좀처럼 물러나려 하지 않았다. 급기야 할머니 대신 어머니와 내가 하라고 하는 사람까지 나타났다. 이런 때 아버지는 아무런 도움이 못 된다. 이대로 가다간 어머니까지 몸 상하겠다고 걱정하는데, 경찰이 대거 나타나 순식간에 마을 사람들을 쫓아냈다. 하지만 안심한 것도 잠깐뿐이었다. 경찰의 조사가 시작되었기 때문이다. 어제 젠토쿠 도사의 죽음으로 조사를 받은 지 얼마 되지도 않았는데.

이번에는 가족들뿐 아니라 하인들까지 한 명씩 불려가 질문 공세를 받았다. 경찰은 특히 젠토쿠 도사와 종조할아버지의 관계에 관해 묻고는, 누가 두 사람과 가까웠나, 어제 저녁 종조할아버지를 봤나, 봤다면 그게 몇 시였나, 그 세 가지를 집요하게 질문했다. 또 내게는 젠토쿠 도사에게 당할 뻔했을 때의 상황을 다시 설명해 보라고 했다. 나는 기억을 되살려 되도록 정확히 설명하려 했지만, 그 이야기를 되풀이하려니 역시 몹시 고통스러웠다.

젠토쿠 도사와 종조할아버지, 이 두 사람 사이에 특별한 관계가 있었는가, 어떤 연관이 있었는가 하는 문제는 결국 밝혀내지 못한 모양이다. 두 사람과 가까웠던 사람이라고 해봤자, 종조할아버지는 구니하루 삼촌, 기누코 작은이모와 가까웠고, 그 남자로 말하자면 사기리˙˙ 큰이모 정도였으므로 단서가 될 만한 것이 없었다.

종조할아버지를 마지막으로 본 사람은 보아하니 다쓰 씨 같다. 이미 어두워지기 시작했는데도 밖으로 나가는 모습을 현관에서 보고 이상하게 생각했다고 한다. 그렇지만 말은 걸지 않았다. 그때가 정확히 몇 시였는지는 확실하지 않지만, 그 전후로 다쓰 씨가 한 행동에서 아마도 6시 반보다 전이었으리라고 여겨졌다. 그녀를 제외하면 어두워지기 전에 집 안에서 봤다는 사람들뿐이었으므로, 경찰은 바깥에서, 윗집에서 오주천 상류 나루터로 가는 길에 종조할아버지를 목격한 마을 사람이 없는지 탐문 조사를 벌였다. 종조할아버지가 간 곳이 나루터라고 짚은 것은, 물론 허수아비님의 복장 때문이다. 그러나 어제는 날이 저문 뒤로 밖을 나다닌 사람이 아무도 없었던지라 종조할아버지를 봤다는 사람은 나타나지 않았다.

젠토쿠 도사에 이어 종조할아버지까지 기이한 상황에서 목숨을 잃었으므로 나는 아침부터 큰 혼란에 빠져 있었다. 아니, 착란에 빠지기 일보 직전이었는지도 모른다. 두 사람의 죽음에 기분 나쁜 공통점이 보이는 데다, 처음 죽은 오사노 젠토쿠가 죽음을 맞기 직전에 연관되어 있던 사람이 나였기 때문이다. 물론 나와 종조할아버지의 죽음을 엮을 만한 거리는 아무것도 없다. 하지만 어쩐지 내가 그 남자를 경유해 종조할아버지의 죽음과도 관련이 된 듯한 꺼림칙한 기분이 자꾸만 들었다.

그래서 오늘은 경찰이 와서 다시 조사를 하기 전에 무신당에 가기로 마음먹었다. 산신님 앞에 앉아 예배하고 마음을 진정시킬 생각이었다. 그래서 별채에서 본채로 건너갔는데, 아버지와 누가 손님방으로 들어가는 모습이 보였다. 구니하루 삼촌과 기누코 이모가 있는 것 같았지만 확실하지는 않다. 집안사람이 손님방에 들어갔다고 딱히 이상할 것은 없지만, 문제는 그 태도였다. 꼭 주위를 신경쓰며 누가 볼까봐 경계하는 것처럼 보였기 때문이다.

본채 복도에 들어선 나는 순간적으로 발소리를 죽였다. 그리고 손님방 두 개를 지나 아버지가 있는 세번째 손님방 앞에서는 특히 소리가 나지 않게 조심하며 그 오른쪽, 할머니의 예전 방으로 들어갔다. 무신당으로 이어지는 연결복도 바로 옆에 위치한 그 방은, 할머니가 사기리:: 언니와 은거소에서 지내기 전에 쓰셨던 방인데 누가 들어오는 일이 좀처럼 없다.

거기까지 생각하며 행동했으면서도 내가 무엇을 할 작정인지는 나도 알지 못했다. 방으로 들어가 옆방 쪽 벽으로 다가가서야 비로소 내가 엿들을 생각이라는 것을 깨달았다. 변명하려는 게 아니다. 실제로 그것을 깨닫고 나서 허둥지둥 방에서 나가려고 했다. 하지만 순간 나지막한 목소리가 들려오는 바람에 꼼짝할 수 없게 돼서…….

"……천 ……장에서 7시…… 갔는데…… 아무도……."

그 방을 선택한 게 실수였다. 목소리가 똑똑히 들리지 않았다. 옆이 손님방이기 때문인지 샛장지가 아니라 벽으로 가로막혔다. 그렇다고 이제 와서 왼쪽 손님방으로 옮겨갈 용기는 없다. 나는 그저 벽에 몸을 바짝 붙이고 귀를 기울일 수밖에 없었다.

결국 단편적으로 들려온 말이 인상에 남았을 뿐, 세 사람(그게 누구누구인지조차 자신 없지만)이 무슨 이야기를 하는지는 이해할 수 없었다. 하지만 경찰에게 이런저런 질문을 받고 조사가 끝난 사람을 붙들어 이야기를 듣는 사이에, 어쩌면 세 사람 중 누가 어제 저녁 종조할아버지의 외출에 관해 뭔가 아는 게 아닐까 하는 생각이 들었다. 그렇게 보면 구니하루 삼촌과 기누코 이모 두 분이 있었던 것처럼 보인 것도 말이 된다. 그곳에 왜 아버지가 함께 있는지는 알 수 없었지만, 우연히 말려들었을 가능성은 충분히 있을 것 같았다.

하지만 그렇다고 내가 할 수 있는 일은 아무것도 없다. 별채 내 방에서 그저 멀거니 앉아 있을 뿐……. 오후 늦게 렌 오빠가 도조 씨와 함께 찾아오기 전까지…….

"이게 대체 무슨 일인지. 사기리::, 너 괜찮아?"

렌 오빠는 우선 나를 걱정해주었다. 도조 씨도 위로가 담긴 눈길로 나를 본 뒤 약간 격식 차린 애도의 말을 했다. 보아하니 두 사람은 마당을 통해 별채로 온 듯, 집에서는 둘이 온 것을 아무도 모르는 것 같았다.

돌이켜 생각하면 옛날부터 지요를 포함해 우리 셋이 서로의 방에 놀러갈 때는 곧잘 상대방의 부모님 모르게 직접 드나들곤 했다. 하기야 우리 집에서는 렌 오빠나 지요를 봐도 누구 하나 뭐라 하지 않았지만, 내가 큰신집에서 도요 할머니에게 들키거나 새신집에서 지즈코 아주머니에게 들켰을 때는 달랐다. 그때마다 '이렇게 해서 모르는 새에 씌는 거다, 아아, 무섭기도 하지'라느니 '몰래 우리 집 물건을 훔치려는 거지?' 같은 말을 들어야 했고, 심할 때는 말도 없이 귀를 잡혀 문밖으로 쫓겨나기도 했다.

그런 기억이 문득 떠올랐다. 예전 같으면 그 순간 견딜 수 없는 기분이 들었을 텐데, 지금은 거꾸로 우리 셋의 소중한 추억처럼 느껴졌다. 어느새 우리 셋의 관계가 예전 같지 않아진 탓인지, 아니면 며칠 전부터 내 주위에서 벌어진 불길한 사건에 비하면 그런 기억도 훈훈하게 여겨지기 때문인지는 알 수 없었지만.

"왜 그래? 정말 괜찮은 거야?"

기껏 찾아와준 두 사람을 앞에 두고 멍하니 있었던 모양이다. 렌 오빠가 걱정스레 내 얼굴을 들여다보았다.

"그럴 만도 하지. 연달아 끔찍한 일이…… 벌어졌으니."

도조 씨까지 염려해주기에 나는 아무렇지도 않다는 것을 보여주려고 살짝 미소를 지었다. 그러나 도조 씨가 하려다 만 말을 짐작한 순간 웃음기가 슥 사라졌다. 그는 원래 이렇게 말하려고 했던 게 아닐까.

연달아 끔찍한 일이 이애 주위에서 벌어졌으니.

왜 그런 식으로 생각했는지는 모르겠다. 그 남자가 목을 매기 전에 나를 덮치려 한 것은 사실이지만, 마지막으로 함께 있었던 사람은 사기리** 이모였다. 가쓰토라 종조할아버지가 가족인 것은 틀림없지만 그건 나 말고 다른 가족도 마찬가지 아닌가.

그러나 나는 히센천에서 그런 체험을 했다. 이 사위스러운 사건의 전조가 아니었을까 싶은 체험을. 하지만 도조 씨가 그것을 알 리 없다.

그런데도 나는 그가 그렇게 말하려고 했음을 확신했다.
"가쓰토라 씨에 관해 별로 이야기하고 싶지 않겠지만……."
렌 오빠가 걱정스럽다 못해 고통스러워 보이기까지 하는 표정으로 내 안색을 살피는 것과는 달리, 도조 씨는 나를 대충 관찰하고 괜찮겠다고 판단했는지 그렇게 입을 열었다.
"괜찮으면 잠깐 이야기를 할 수 있을까요?"
"아, 네……."
"앗, 아, 아뇨, 제가 참견할 문제가 아니라는 건 아는데……."
주저하는 대답을 비난이라고 오해한 듯 도조 씨는 갑자기 쩔쩔매기 시작했다.
"내가 같이 와달라고 부탁드렸어. 이번 사건은 외부 사람의 시선이 필요할 것 같거든. 도마야 선생님도 도조 씨를 높이 평가하시고, 나도 이 사람이라면 널 도와줄 수 있을 것 같아서……."
렌 오빠와 도마야 선생님이 도조 씨를 신뢰한다는 것은 잘 알고 있었고 나도 그에게 어딘지 모르게 끌리는 부분이 있었으므로, 두 사람의 섬뜩한 죽음에 관해 이야기하는 게 싫지는 않았다. 다만 렌 오빠의 마지막 말이…….
'역시 내가 의심을 받고 있구나. 도조 씨가 하려고 했던 말도 나에 대한 것이었던 게 틀림없어.'
나는 더욱 불안해졌지만, 그래도 다시 괜찮다는 뜻을 도조 씨에게 전했다.
그는 안도의 빛을 띠더니 정중하게 감사의 말을 한 다음 자기들이 아는 사실을 상세히 설명하기 시작했다.

"도마야 선생님 말씀으로는, 가쓰토라 씨가 사망하신 건 어젯밤 7시에서 9시 사이라고 합니다. 전두부에 보이는 타박상은 평평한 돌멩이 같은 것에 부딪친 상처로 여겨진다는데, 그런 돌멩이가 발견되지 않아서 확실하지는 않습니다. 설사 그 돌멩이가 강물속에서 발견된다 해도, 흉기로 사용된 다음 버려졌는지, 처음부터 강바닥에 있던 돌에 가쓰토라 씨가 물에 뛰어들면서 부딪쳤는지 판단하기는 어려울 것이라고……. 시신이 하룻밤 내내 강물에 잠겨 있었으니 검시도 쉽지 않을 테죠. 그렇지만 사인이 익사라는 건 틀림없다고 합니다."

그의 설명은 대부분 나도 이미 아는 사실이었지만 다시 듣다보니 우울해졌다. 그래도 하나도 놓치지 않기 위해 집중해서 들은 뒤 이번에는 내가 이야기했다. 하기야 나도 상대방을 놀라게 할 새로운 사실은 말할 수 없었다. 손님방에서 있었던 일에 관해서는 망설인 끝에 결국 이야기하지 않았기 때문이다. 내가 히센천에서 한 체험도…….

"그래서 경찰에선 어떻게 생각하고 있죠?"

나는 숨기는 사실이 있다는 양심의 가책을 얼버무리듯 마지막에 그렇게 물었다.

"솔직히 당황하는 모양입니다. 오리무중이라고 할까요."

내가 다 털어놓지 않았음을 알아차리고도 도조 씨가 모르는 척한다는 생각이 자꾸만 들었다. 내가 너무 예민하게 생각하는 걸까.

"이번 사건에서 경찰이 가장 곤혹한 건, 사기리: 아주머니가 수험자를 살해한 범인일 수도 있다는 가능성이겠지."

잠자코 도조 씨와 내 이야기를 듣던 렌 오빠가 말했다.

"뭐? 그럼 그 남자와 종조할아버지는……."

"그래. 같은 사람한테 살해당했어. 즉 이건 연쇄살인인 거야."

"아니, 아직 단정할 수 있는 상황이 아니기 때문에 경찰도 난처한 걸 거야. 게다가 사기리: 씨는 자기가 젠토쿠 도사를 목매달았다고 인정했고 말이지."

"이, 이모가 자기가 했다고 하세요?"

"하지만 도조 씨, 아주머니는 정상이 아니니까 진술했다고 해봤자……."

"그래, 곧이곧대로 받아들일 수는 없지. 게다가 사기리: 씨는 '그 남자는 허수아비님의 벌을 받았다. 나는 가가치가의 무녀로서 허수아비님을 거들었다'라고 한다니까, 본인한테 자각이 없을 뿐 실은 사후 종범일 가능성도 있어."

도조 씨의 이 말을 듣고 내가 의심받고 있음을 확신한 나는 순간적으로 몸서리를 쳤다. 그는 눈치 빠르게 그것을 알아차린 듯했다.

"아니, 그렇다고 사기리:: 양이 주범이라고 그렇게 단순하게 생각할 순 없죠."

"하지만…… 만약 목을 매단다는 가장 힘든 부분을 아주머니가 했다면…… 사기리::가 지시만 내리고 바로 당집에서 나갔다고 생각한다면…… 사기리::의 알리바이는 의미가 없어지게 되지 않나요?"

렌 오빠가 주저하면서도 내가 두려워하는 부분을 말로 표현했다.

"전적으로 부정할 순 없지만, 설사 사기리:: 양이 범인이라 해도 사기리:: 양의 입장에서 생각하면 있을 수 없는 일이 아닐까."

"왜요? 그게 무슨 뜻이죠?"

"어떻게 구슬려도 사기리: 씨가 목매다는 작업을 마친다는 보장은 없기 때문이야. 젠토쿠 도사는 이미 숨이 끊어진 다음이었고 목을 매는 건 어디까지나 연출이었다면 그래도 상관없을지 모르지. 하지만 실제로는 다르거든. 젠토쿠 도사의 사인은 액사縊死였어. 만약 목을 매다는 작업이 어중간하게 끝났다면 그 사람은 이내 의식을 되찾고 소란을 피웠을 거야. 어쩌면 살인미수를 빌미로 몹쓸 계략을 꾸몄을지도 모르고. 아니, 분명히 협박하는 데 써먹었겠지. 즉 사기리: 씨가 목을 매다는 걸 도왔다는 게 사실이었다 해도, 그때 범인은 옆에 있으면서 마지막까지 지켜봐야 했다는 뜻이야."

"그럼 제가 의심을 받는 건……."

"아뇨, 그렇다고도……. 죄, 죄송합니다. 안심시켜 놓고 이런 말씀을 드려 죄송하지만, 전보다 입장이 더 나빠진 건 확실한 것 같습니다. 다만 이게 렌자부로 군 말처럼 연쇄살인이라면, 첫번째 피해자를 그런 애매한 방법으로 살해할 것 같지는 않으니 사기리:: 양은 자연히 용의자에서 제외되겠습니다만……."

"네? 서, 설마 경찰에서 종조할아버지도 제가……."

"아, 아닙니다. 지금 그건 제 개인적인…… 아, 아뇨, 그렇다고 사기리∷ 양을 의심하는 건 아니고, 그게, 그러니까……."

"온갖 가능성을 검토해봐야 직성이 풀리는 사람이니까 신경쓰지 마."

렌 오빠는 도조 씨가 나를 의심하는 것에 화를 내면서도 그를 신뢰하는 듯했다.

'그럼 렌 오빠는 날 의심하지 않나? 단순히 내가 걱정돼서 도조 씨에게 부탁한 걸까?'

이대로 가다가는 주위 모든 사람을 의심할 것 같다.

"종조할아버지는 역시 상류 나루터까지 가신 걸까요?"

경찰에서 그렇게 보는 줄 뻔히 알면서 순간적으로 머리에 떠오른 말을 했다. 억지로라도 사건에 의식을 집중하고 싶었다.

"아마 누가 불러낸 게 아닐까 싶습니다. 가쓰토라 씨는 날이 저문 뒤 혼자 외출하실 분이 아니었죠. 하물며 무신당 사건이 있은 다음이니 말입니다. 경찰에서 조사한 바로 나루터 주변에 빗자루로 쓴 듯한 자국이 남아 있더랍니다. 빗자루는 바로 옆 헛간에 있어서 아무나 꺼낼 수 있었다더군요. 그러니 그곳이 현장이라 생각해도 될 테죠. 가장 큰 문제는 누가 무슨 용건으로 불러냈나 하는 겁니다."

"하지만 수험자가 목을 맨 뒤라는 걸 생각해보면, 무슨 볼일이건 가쓰토라 할아버지를 밤중에 나루터로 불러내는 게 가능했을지……. 게다가 그곳엔 숨어 있을 만한 데도 없는데요. 헛간은 맨 먼저 의심을 받을 테고요."

"그래. 나도 나루터에 가봤는데 해가 지고 나서는 별로 오고 싶지 않은 곳이던걸. 하지만 허수아비님 도롱이 속에라도 숨어 있다가 가쓰토라 씨가 등을 돌린 순간 뛰쳐나갔다면 충분히 허를 찌를 수 있지 않았을까."

도조 씨의 말에 렌 오빠와 나는 무심코 마주 보았다. 그는 우리 둘의 동작을 보고 자기가 무슨 난처한 말을 한 건가 싶어 고개를 갸우뚱하는 듯했다.

"아뇨, 그런 일만은 절대 없을걸요."

여전히 영문을 모르겠다는 표정의 도조 씨에게 렌 오빠가 힘주어 반론했다.

"이 마을에서 나고 자란 사람이라면 백이건 흑이건 허수아비님을 두려워하는 마음이 엄청나거든요. 이건 신앙 운운하는 문제가 아니라 어렸을 때부터 자연스럽게 몸에 익은 감각이에요. 그러니 가쓰토라 할아버지를 불러낸 사람이 누구건 그런 일은 절대 안 할 거라고 할지, 할 수 있을 리가 없어요. 기껏 해봤자 허수아비님 뒤에, 허수아비님을 모신 널벽 뒤에 숨는 정도겠죠. 그것도 태반의 사람들이 벌받을 일이라고 느껴서 마음이 편치 않을걸요."

"그러고 보니 도마야 선생님께도 비슷한 말을 들었는데 내가 깜박했네. 그럼 왜 나루터를 현장으로 택했나, 어떻게 가쓰토라 씨를 불러냈나, 수수께끼가 늘어나는 셈인데. 범행 현장은 다른 곳이고 시신을 이동했다고 생각하는 수밖에 없겠어. 하지만 그건 그것대로 왜 시신을 구태여 옮겼나 하는 수수께끼가 생기지. 가쓰토라 씨의 사인은 익사니까."

"어쨰 연쇄살인이니 뭐니 하기 이전에 가쓰토라 할아버지가 살해되긴 한 건가 그것조차 애매해지는 것 같은데요."

"맞아. 게다가 현 시점에선 젠토쿠 도사하고 가쓰토라 씨를 잇는 요소를 찾아내지 못했지. 소위 범행 동기야. 같은 집에서 생활했으니 접점이 있다면 있는 거지만, 그 이상의 관계는 발견하지 못했으니까."

렌 오빠의 말에 답하면서도 도조 씨가 나를 본 것은 무슨 의미일까. 그런 생각을 한 순간 뺨이 화끈 달아올라 나도 모르게 얼굴을 다른 데로 돌렸다. 그런 태도를 취하면 뭔가 감추는 게 있는 모양이라고 더더욱 의심을 살 뿐인데.

"또 연쇄살인이라 하기엔 상황이 너무 기괴하다고 할지……."

하지만 렌 오빠의 물음에 답하는 도조 씨는 별반 신경쓰는 것 같지 않았다.

"목을 매달아 죽고, 물에 빠져 죽고…… 아닌 게 아니라 둘 다 살인이라기보다 자살 같긴 한데요. 서, 설마 두 사람 다 스스로 목숨을 끊은 건…… 아니, 그럴 리 없죠. 스스로 허수아비님처럼 차리고 머리빗이며 젓가락을 입에 물 리는……. 그야말로 마을 사람들이 말하는, 염매랑 마주쳤다는 이야기하고 같은 수준이에요. 도조 씨도 그런 이야기는 안 믿죠?"

"응, 뭐…… 흑백을 분명히 가릴 순 없다지만, 이런 현실 속 사건은 역시 합리적인 사고로 접근해야 한다고 생각하긴 하는데……."

도조 씨는 먼 곳을 바라보는 듯한, 눈에 보이지 않는 어떤 것을 보는 듯한 눈초리로 말을 이었다.

"영 마음에 걸리거든. 가쓰토라 씨 입안에 젓가락이 있었다는 걸 알았을 때 처음엔 확실하게 익사시키려고 그런 건 줄 알았어. 전두부를 때려 기절시킨 상태에선 익사하지 않을지도 모른다고 범인이 생각했을 가능성도 있으니까. 그렇게 되면 수험자의 입에 있던 머리빗은 혀를 못 깨물게 하는 의미였을지도 모른다 싶었어. 하지만 설령 그랬다 해도 그럼 점점 더 알 수 없게 된단 말이지. 분명하게 목을 맨 것처럼, 또 물에 빠져 죽은 것처럼 꾸미고 싶었다면 그건 자살로 위장하기 위해서잖아? 하지만 그렇다고 하기엔 시신에 한 장식이 너무 부자연스러워. 그렇다고 살인이라 하기엔 왜 구태여 수고를 들여 목을 매고 익사하게 했나, 그 점이 도무지 이해가 안 되고."

"혹시 범인은 마을 사람들이 말하는 지벌을 이용해서 사건을 흐지부지 끝나게 하려고 그런 연출을 한 게 아닐까요."

"이 마을만의 문제였다면 이럭저럭 가능했을지도 모르지. 하지만 사람이 불가해한 상황에서 죽으면 당연히 경찰이 개입해. 아무리 그래도 경찰한테 그런 터무니없는 소리가 통하지 않으리란 건, 설사 범인이 흑의 집 사람이라 해도 충분히 알 텐데."

"그렇겠죠. 광신적인 사기리˙ 어르신도 그 정도 판단은 할 수 있을 테고."

 내 앞에서 실언을 했다는 것을 알아차렸는지 렌 오빠가 별안간 허둥댔다.

 "하, 하지만 그렇다고 두 사람이 자기 의사로 그런 일을 했다는 건 아무리 그래도……."

 "일련의 행동은 그들이 한 것이었다. 그렇지만 본인의 의사로 모든 행동을 한 건 아니라면?"

 도조 씨는 생각에 잠긴 표정으로 마치 자문하듯 말했다.

 "설마 조종당했다고요? 그거야말로 무리 아닌가요? 실력 있는 최면술사도 자살을 강요하는 건 무리라던데요. 도조 씨, 어떻게 된 거예요? 시즈에의 신령납치에 얽힌 수수께끼를 풀었을 때처럼 두 사람의 죽음에 얽힌 수수께끼도 한번 풀어봐요."

 무슨 소리인지 몰라 묻자 렌 오빠가 자랑스레 가르쳐주었다. 구 년 전 지장갈림길의 나옛다길에서 사라진 아랫집 소작인의 딸, 당시 일곱 살이던 시즈에의 신령납치에 얽힌 수수께끼를 도조 씨가 멋지게 풀었다고 했다.

 "아니, 그건 어디까지나 하나의 해석이고……."

 도조 씨는 허둥지둥 부정하려 했지만 렌 오빠가 아랑곳 않고 이야기해주었다.

 나는 추리의 내용보다 그런 식으로도 생각할 수 있다는 게 놀라웠다. 그 때문이었을지도 모른다. 히센천에서 내가 겪은 일을 털어놓고 그게 두 사람의 죽음과 관계가 있는지 물어볼 생각이 든 것은.

"실은 의논드리고 싶은 게 있어요."

나는 그런 말로 운을 뗀 다음 그날 있었던 일을 전부 이야기했다. 그러자 뜻밖에도 렌 오빠가 도조 씨와 눈짓을 주고받은 다음, 지요가 내 생령에 씌었다는 엄청난 이야기를 들려주었다. 그럼 그때 주물에 봉해져 있었던 것은……

'내 생령이었다고?'

도조 씨의 합리적인 설명에 기대려 했던 것도 삽시간에 잊어버렸다.

"물론 지요가 착각한 거야. 게다가 그때 넌 나하고 첫째 다리에서 헤어져서 윗집을 향해 갔으니……."

"생령은 본인이 어디 있건 상관없잖아."

"생령 같은 건 없다니까! 안 그래요, 도조 씨?"

렌 오빠가 성난 목소리로 동의를 구했지만 뜻밖에 도조 씨는 심각한 표정으로 대답했다.

"스자쿠 신사에 두 무녀 전설이 있다는 건 두 사람 다 아는지?"

나는 반사적으로 고개를 끄덕였고, 렌 오빠는 자세히는 모른다고 중얼거리면서도 역시 수긍했다.

"그것도 생령이라고 할지 분신, 소위 도펠겡어라고 부르는 현상인데, 이건 고금동서의 문헌에서 찾아볼 수 있거든. 일본에선 아쿠타가와 류노스케가 그에 시달렸다는 일화가 유명한데, 아쿠타가와가 공책에 베껴놓은 사례로 '그림자 병'이란 전승이 있어. 에도 시대에 다다노 마쿠즈가 쓴 《오슈 이야기》에 나오는 건데."

"그림자 병……? 일종의 병이란 말인가요?"

"기타 유지란 사람이 어느 날 외출했다 돌아와서 자기 방에 들어오니 책상 앞에 모르는 사람이 앉아 있어. 이놈은 누군가 싶었는데 자세히 보니까 머리를 묶은 모양부터 입은 옷까지 자기하고 똑같더란 말이지. 물론 자기 뒷모습은 본 적이 없지만 아무리 봐도 자기거든. 그래서 얼굴을 보려고 다가갔더니, 남자는 등을 보인 채 책상에서 슥 멀어지더니 장지문의 열린 틈새로 달아났어. 유지는 황급히 뒤를 쫓았지만 장지문을 열었더니 아무도 없지 뭐야. 이상한 일이 다 있다고 어머니한테 이야기했더니 왜 그런지 눈살만 찌푸리고 아무 말도 안 해. 그뒤 유지는 갑자기 병에 걸려 그해가 가기 전에 죽고 말았어. 알고 보니 기타가에서는 삼대에 걸쳐 비슷한 일이 있었어. 어느 날 가장이 자기 자신을 봤다고 말해. 그리고 나면 가장이 갑자기 병이 들어선 머지않아 세상을 떠나. 자기 자신을 보면 본인은 얼마 안 돼서 죽는다. 이건 시대와 장소를 막론하고 거의 모든 도펠겡어 전설에 공통되는 특징인데……."

"사기리∷한테도 그런 일이 일어났다고요?"

"그런 말은 아니야. 다만 사기리∷ 양의 경우 가가치가의 무녀라는 특수한 입장이 있지. 본인을 앞에 두고 말하긴 뭐하지만, 가가치가의 마귀가 뱀신님뿐 아니라 생령도 포함한다는 건 렌자부로군도 알 텐데. 물론 지요 양도 알고 있고."

"그러니까 그건 미신······."

"그래. 무슨 말인지는 아는데, 문제는 사기리:: 양의 생령을 봤다는 지요 양이 그걸 믿는다는 사실이야."

"그야 당연히 지요가 착각한 거죠. 지요는 대체 언제부터 이상해진 건지. 신경증을 앓으면서부터······."

"렌자부로 군, 사물을 합리적으로 생각한다는 건 그런 미신이며 불가해한 현상을 송두리째 무시한다는 것과는 달라."

"그렇지만 도조 씨는······."

"언니일지도 몰라."

격렬하게 말을 주고받는 두 사람 사이에 내 목소리가 슥 끼어들었다. 순간, 두 사람이 조용해졌다. 고작해야 십몇 초였으리라 생각하지만 무서우리만큼 깊은 침묵이 흘렀다.

"사기리:: ······ 방금 뭐라고 했어?"

이윽고 렌 오빠가 마치 어린애를 대하듯 내 얼굴을 들여다보며 물었다.

"사기리:: 언니일지도 몰라······."

다시 한번 말한 순간 나는 모든 것을 깨달았다.

"지요가 본 건 내 생령이나 분신이 아니라 사기리:: 언니였어. 그렇게 생각하면 내가 히센천에서 체험한 기묘한 사건도 설명이 돼. 그것도 언니가 틀림없어. 하필이면 언니를······ 아니, 산신님을 강물에 떠내려보내려고 해서 노여움을 산 거야. 주물이 되돌아온 것도 당연해. 할머니가 몸져누우신 것도 지요에게서 산신님을 쫓아낸 탓이고. 하지만 결국 그것만으로 끝나지 않았어. 이어서 무신당을 더럽히려 한 그 남자가 산신님의 벌을 받았어. 평소 같으면 그렇게 심한 화를 입지 않았을지도 모르지만, 지요랑 할머니랑 내가 산신님을, 이 경우 허수아비님이라 부르는 게 낫겠지, 허수아비님을 풀어놓았잖아. 도조 씨 말씀처럼 그 수험자는 스스로 삿갓을 쓰고 도롱이를 입고 입에 머리빗을 물고 목을 맨 거야. 종조할아버지가 어째서 두번째 희생자로 선택됐는지는 모르지만, 허수아비님을 노엽게 할 언동을 하셨겠지. 그래서 비슷한 상황에서 돌아가시고 말았어. 그렇다면 앞으로 더 많은 사람들이 죽을 거야. 그게 아무리 사소한 일이어도 허수아비님의 노여움을 사면 다음번 희생자가 될 가능성이 있어. 어쩌지? 어서 마을 사람들한테 알려야겠어. 그리고 할머니께도 말씀드려 얼른 허수아비님의 화를 풀어드려야 하는데. 그냥 두면 엄청난 일이 벌어질 거야. 모르겠어? 허수아비님이 염매가 되면 할머니의 힘으로도……."

"사기리:::!"

정신을 차려보니 렌 오빠가 내 두 팔을 붙들고 거세게 흔들고 있었다. 나는 뭐에 홀린 사람처럼 말하는 나 자신을 의식하면서도 멈출 수 없었다. 도중부터는 내 말이 아닌 듯한 느낌마저 들었다. 누군가의 의지로 말하는 듯한, 하지만 그 말이 옳다는 것을 알고 있는, 그런 기묘한 느낌이었다.

"알겠어? 그런 일은 있을 수 없어. 산신님에 씐다느니, 화를 당한다느니, 그런 현상은 존재하지 않아. 게다가 산신님이 너희 언니라니……. 아니, 사기리::는 아닌 게 아니라 죽어서 산신님이 됐을지도 모르지만…… 그건 그럴지도 모르지만…… 하지만 사기리::는 잘 모셔져서 이미 성불했잖아. 안 그래? 그러니까…….”

"그렇지 않아. 렌 오빠는 몰라서 그래. 난 느껴지는걸. 사기리:: 언니가…….”

"그런 건 착각이야. 선입견일 뿐이야. 넌…….”

"눈에 안 보여도 사기리:: 언니의 존재는 알 수 있단 말이야. 그러니까…….”

"피곤해서 그래. 사기리˙ 어르신이 몸져누우신 것처럼 너도 피곤해서…….”

"그게 아냐. 언니가 돌아온 거야. 되살아난 거야. 그래서…….”

"지요한테 씌었다고? 그래, 좋아. 너희 언니였다 치자. 하지만 왜 그애가 지요한테 씐다는 거지? 이상하잖아.”

"그건…… 언니가 렌 오빠를 좋아했으니까…….”

당사자뿐 아니라 도조 씨까지 말문이 막힌 듯했다.

"말도 안 돼. 설사 만에 하나 그애의…….”

한동안 침묵이 흐른 뒤 렌 오빠가 혼잣말처럼 중얼거렸다. 마지막 말은 알아들을 수 없었지만 나는 오빠가 무슨 말을 했는지 알 것 같았다.

설사 만에 하나 그애의 혼령이 있다 쳐도 나를 좋아할 리 없다.

분명 그런 말을 하려 한 것이리라. 역시 렌 오빠는 언니의 죽음에 관해 뭔가 알고 있다. 게다가 그 일 때문에 언니가 자기를 싫어했다고 생각한다.

나는 확신했다. 물어보려면 기회는 지금뿐이다.

"사기리:: 언니가 죽은 건……."

그때 복도 쪽 장지를 톡톡 치는 소리가 났다. 구로코였다. 그는 늘 똑같은 신호를 보낸다. 대답하자 소리도 없이 장지가 스르르 열렸다.

"할머니를 도와드리는 구로코예요."

일단 도조 씨에게 소개하자 그는 그다지 놀라지도 않고 인사했다. 우리 집에 찾아오는 종교가들조차 구로코를 처음 보면 흠칫하는데, 도조 씨는 수험자의 시신을 발견했을 때 이미 만났을지도 모르겠다. 한편 구로코는 도조 씨에게 고개를 숙여 인사하더니, 내게 몸짓으로 할머니가 부르신다고 알렸다.

구로코의 등장으로 사건에 관한 검토는 자연히 끝났다. 언니에 관해서도 결국 묻지 못하고 말았다.

도조 씨는 렌 오빠와 함께 묘온사에 갈 계획이라고 했다. 이 지방 역사와 민속에 관해 다이젠 주지스님에게 이야기를 듣고 싶다고 했다. 그러나 렌 오빠는 내가 당집에서 돌아올 때까지 별채에서 기다리겠다고 했다. 괜찮다고 몇 번을 거절해도 한동안 내 곁을 지키겠다고 우겼다. 이내 도조 씨도 그게 좋겠다고 렌 오빠 편을 들어 하는 수 없이 그 말에 따르기로 했다.

혹시 두 사람은 내가 이상해졌다고 생각해서, 그래서…….

"사기리' 어르신이 회복하셔서 조금 진정되시면 꼭 만나뵙고 말씀을 여쭙고 싶다고 전해주시겠습니까?"

방에서 나서는데 도조 씨가 부탁하길래 꼭 전하겠다고 했다. 그때 렌 오빠와 말다툼을 했을 때 뭔가 매우 중요한 것이 기억나려다 말았던 것 같은 찜찜한 기분이 들었다. 셋이 대화할 때 나왔던 이야기로, 나도 그 의미를 전혀 알 수 없었던 것에 관해 뭔가가 생각날 듯하지 않았던가?

"야…… 야…… 야! 사기리:::!"

멍하니 있었던 모양이다. 렌 오빠가 어깨를 잡아 그제야 정신이 퍼뜩 들었다.

"미, 미안. 잠깐 묘한 게 생각날 듯해서……."

그렇게 말하고 렌 오빠의 얼굴을 본 순간, 그게 무엇이었는지 알았다.

"빗과 젓가락……."

"네? 머리빗과 젓가락에 뭔가 짚이는 데가 있습니까?"

"아, 아뇨, 죄송해요. 그런 게 아니라 그냥 빗이랑 젓가락에 관해 생각날 듯 말 듯한 게 있었거든요. 아까 렌 오빠랑 이야기하던 중에……."

"앗……."

렌 오빠가 나지막이 탄성을 질렀다.

"설마 렌자부로 군도 사기리:: 양과 같은 기분이 든 거야?"

"아, 네……. 그게 뭔지는 잘 모르겠지만……."

도조 씨는 평소의 그답지 않게 불안한 표정을 띤 렌 오빠와 아직 망연한 나를 번갈아 보더니 말했다.

"이런 건 억지로 떠올리려고 해봤자 소용없어. 하지만 두 사람 다 기억의 끄트머리를 잡을 수 있을 성싶으면 살며시 끌어당겨봐. 어쩐지 이번 사건을 해결하는 중요한 단서가 될 것 같으니까."

렌 오빠와 나는 말없이 고개를 끄덕였다. 그렇지만 나는 속으로는 고개를 가로젓고 있었다.

머리빗과 젓가락에 관한 뭔가를 떠올리면 도저히 그것만으로는 끝날 것 같지 않았기 때문이다. 분명 정체를 알 수 없는 무시무시한 어떤 것, 세상에 나오면 안 되는 사위스러운 것까지 같이 끌려 나올 것 같았다.

그래서 나는 다름 아닌 도조 씨의 부탁인데도 속으로 계속해서 머리를 가로저을 수밖에 없었다.

취재노트 4

가가구시촌 서쪽에 위치한 가가치 윗집에서 나온 도조 겐야는, 동쪽의 가운뎃길까지 가는 것은 너무 멀리 돈다고 생각해서 마을을 가로질러 남쪽 묘온사로 향하기로 했다. 이 판단이 실수였다. 금세 길을 잃었기 때문이다.

도마야의 말처럼 마을 안은 기복이 심한 지형이라 길이 미로처럼 복잡했다. 그래도 처음에는 그냥 남쪽으로 가면 될 것이라고 단순하게 생각했는데, 점점 방향 감각이 없어졌다. 길 양쪽으로 흙벽이 솟은 데서는 정말 동서남북을 알 수 없었다. 멀리 큰신집과 윗집이 보이는 곳으로 나와 방향을 겨우 잡으면, 이번에는 남쪽으로 뻗은 길이 없었다. 그런 상황이 반복되는 사이에 길을 잃고 말았다.

게다가 해질 무렵이 가까워오는 탓인지 길을 물으려도 마을 사람이 별로 보이지 않고, 어쩌다 보여도 그가 말을 걸려고 하면 스르르 사라져버렸다. 그야말로 신령 납치 같다. 보아하니 자기를 피하는 듯했다.

'그렇지만 왜? 설마 날 염매라고 생각하는 건 아니겠지?'

이런 시골에서 타지 사람에 관한 소식은 눈 깜짝할 새 퍼진다. 지금은 아이들까지도 자신이 큰신집의 손님임을 알 것이다. 그런데 어째서 피하는 걸까 고개를 갸웃거리다가 드디어 진상을 알았다.

'그렇군. 내가 이 마을에 온 게 일요일 저녁인데 그 이튿날 아침 오사노 젠토쿠의 시체가 발견됐지. 그리고 오늘 아침에는 가가치 가쓰토라의 시체가 발견됐고. 즉 내가 나타난 것과 동시에 참사가 시작된 것처럼 보이는 거야. 그 때문에 마을 사람들 눈에 도조 겐야가 단순한 타지 사람이 아니라 마을에 재액을 가져온 꺼림칙한 이방인으로 비치는 게 틀림없어. 그래서 피하는 거야.'

그렇게 분석하고 혼자 좋아했지만, 이래서는 길을 물을 수 없다는 것을 깨닫고 별안간 조바심이 나기 시작했다. 사람의 발길이 미치지 않은 오지에 홀로 있는 것도 아닌데 우스꽝스럽다고 스스로도 생각했지만, 웃을 기분은 나지 않았다. 하는 수 없이 마침 눈에 띈 민가를 찾아가보기로 했다.

소박한 목조가옥이지만 현관 부근과 조그만 마당이 깨끗하고, 집 안에서는 어린애 웃음소리도 들려왔다. 겐야도 아마 무의식중에 그런 포근한 분위기를 감지하고 그 집을 골랐을 것이다.

"실례합니다."

그런데 현관 앞에서 주인을 부른 순간, 집 안의 인기척이 딱 그쳤다. 과장해서 말하자면 그때까지 나던 화목한 가족의 냄새가 별안간 사라져버렸다.

"저, 제가 길을 잃는 바람에…… 죄송하지만 묘온사로 가는 길을 알 수 있을까요?"

구체적으로 말하는 편이 의심을 덜 사리라 생각해 일부러 절 이름까지 밝혔는데 아무런 소리도 나지 않았다. 어째 자기가 몹시 나쁜 일을 하는 듯한 기분이 들었다.

"전 가미구시 씨 댁, 그러니까 큰신집에 신세지고 있는 사람입니다. 그게, 어제는 렌자부로 군이 안내해줬는데, 오늘은 혼자 가겠다고 길을 나섰다가 창피한 말씀이지만 그만 길을 잃어버렸지 뭡니까."

더욱 구체적으로 설명해도 집 안은 여전히 조용했다. 마치 현관 앞까지 찾아온 꺼림칙한 이방인이 떠날 때까지 가족 전원이 몸을 맞붙이고 숨죽여 기다리는 양.

"아…… 실례 많았습니다."

그 이상 무슨 말을 해봤자 소용없으리라는 것을 깨달은 겐야는, 수선을 피운 데 대한 사과의 뜻을 담아 머리를 가볍게 숙이고는 발길을 돌렸다. 그러고는 자신 없이 길을 걷기 시작했다.

'음, 리처드 매드슨의 《나는 전설이다》 같은 심경인걸.'

소설 속에서 살아남은 사람은 전 지구에 주인공 남자 한 명뿐이다. 나머지는 흡혈귀가 된 인간들뿐. 그들은 밤이 되면 남자를 습격한다. 세상이 이렇게 되면 절대적 다수인 흡혈귀들 입장에서 유일한 인간인 남자가 오히려 이종이다. 그런 얄궂은 대비가 소설의 테마였는데, 겐야는 주인공 남자의 기분이 지금 자신의 기분과 비슷하지 않았을까 싶었다. 물론 마을 사람들은 괴물이 아니고 마귀가게 이야기를 끌어낼 생각도 없다. 어디까지나 신령납치촌이라 불리는 이곳을 홀로 걷고 있는 자신의 지금 심경이 그렇다는 이야기다.

그런 생각에 사로잡혀 아무 근거도 없이 어림짐작으로 걷다보니 앞쪽 비탈면에 비석들이 얼핏 보였다.

'앗, 절 묘지가 틀림없어.'

기뻐한 것도 잠깐뿐, 그뒤 절에 다다르기는커녕 오히려 멀어지는 게 아닐까 싶을 만큼 헤매야 했다. 그야말로 개미지옥이 따로 없었다. 조바심을 치면 칠수록, 움직이면 움직일수록 더 깊이 빠져든다. 그렇지 않아도 흐린 하늘에서 햇빛이 급속히 엷어지는 것을 알 수 있었다. 이제 곧 날이 저문다. 마을 사람들이 가장 두려워하는 시간대가 점차 마을을 뒤덮으려 하고 있었다.

그때였다. 뒤에서 기척이 느껴진 것은.

마을 사람이 지나가는지도 모른다고 생각해서 황급히 돌아보았다. 물론 길을 묻기 위해서다. 그러나 아무도 없었다.

'이상하네. 기분 탓인가.'

그렇게 생각하면서도 어쨌든 묘온사로 가야 한다고 새로운 길에 들어섰을 때 또 기척이 느껴졌다. 순간적으로 돌아보았지만 아무도 없었다. 남쪽 끝까지 거의 다 왔는데 그 주변은 특히 민가가 드물었다. 눈에 보이는 인공물이라곤 곳곳에 모셔진 조그만 사당과 허수아비님 정도였다. 사람은 그림자도 보이지 않았다. 생각해보면 가쓰토라의 시체가 발견된 날 저물녘에 마을 사람이 밖을 나다닐 리가 없다.

겐야는 우선 허수아비님이 보이지 않는 곳으로 이동했다. 내일 아침 마을 사람이 삿갓에 도롱이 차림으로 길섶에 쓰러진 자신을 발견하는 사태만은 피하고 싶었다.

그러나 허수아비님을 보지 않아도 되는 것은 잠깐뿐이었다. 새로운 길로 들어서 가다보면 꼭 다른 허수아비님이 나타났다. 용도를 생각하면 당연한 일이지만, 얼마만큼 가건 어느 방향으로 가건 허수아비님을 보지 않기는 불가능했다. 그렇게 연거푸 허수아비님을 보다보니, 흡사 허수아비님이 미리 앞질러 가 있는 게 아닐까 착각할 것 같았다. 그런 식으로 생각하면 곤란하다는 것은 아는데 어쩔 수 없었다. 게다가 뒤에서는 뭔가가 자기를 따라오는 것 같다.

'허수아비님이냐, 염매냐, 그것이 문제로다.'

일부러 농담처럼 생각해보지만 전혀 웃을 상황이 아니다. 염매가 허수아비님과 비슷하게 생겼다는 이야기가 생각난 뒤로는 냉정함을 유지하는 것조차 쉽지 않았다. 특수한 환경과 길을 잃었다는 상황이 난생처음 맛보는 불안을 부채질한다는 것을 머리로는 이해하겠는데 몸은 별개였다. 지금 당장 어디론가 도망치고 싶어서 안절부절 어쩔 줄을 몰랐다. 이곳을 벗어나고 싶다고 겁에 질려 떨고 있었다. 그러나 달리기 시작한들 별 다를 바 없는 길이 기다리고 있을 뿐이다.

'진정하라고. 이만큼 나이를 먹어서 이게 무슨 한심한 짓이야? 그냥 착각일 뿐이야.'

자신을 타이르며 이 길로 계속 갈까, 되돌아갈까 앞뒤를 살피는데 어딘가 묘하게 어색했다. 뇌가 뭔가 다르다고 신호를 보냈다. 다시 앞을 봤다가 뒤로 시선을 돌렸을 때…….

길섶 사당 뒤에서 뭔가가 엿보고 있었다. 땅바닥에 붙다시피 한 지점에서 자신을 꼼짝 않고 쳐다본다. 순간적으로 얼굴처럼 보였지만 단정은 할 수 없었다. 봤다기보다 시야에 들어온 수준이었다. 직시는 하지 않았다. 저도 모르게 눈길을 줄 뻔한 순간 몸을 돌려 달아났기 때문이다.

'방금 그게 뭐였지?'

겐야는 좌우지간 달아날 생각만 했다. 모퉁이가 나오면 주저 않고 돌고 또 모퉁이가 나오면 돌기를 반복했다. 아마 상대방을 따돌리려 한 것이리라. 그런 수단이 통하는 상대인지 아닌지는 일절 생각하지 않고.

구구산 당집 아래 구멍에서 기어나온 뭔가를 똑똑히 보기 전에 눈을 다른 데로 돌린 렌자부로. 지장갈림길의 사당 뒤에서 엿보는 뭔가를 보고 만 지요. 그뒤 나타난 영향의 차이를 생각해봐도 자신이 취한 행동은 옳았다. 겐야는 그렇게 믿었다. 후에 침착함을 되찾은 그는 분명하게 확인할 것을 그랬다고 후회했지만, 이때 눈곱만큼도 여유가 없었던 것은 어쩔 수 없는 일이다. 그저 사당에서 조금이라도 멀리 떨어지겠다는 일념으로 눈앞에 나타나는 길을 무턱대고 따라갔다.

그런데 결과적으로 이 방법이 통했는지, 길 앞쪽 오른편 경사면에 계단이 보이기 시작했다.

'계단…… 묘온사인가?'

처음에 몰라봤던 것은 그가 어제와는 반대 방향에서 계단을 본 탓이다. 지장갈림길에서 절 쪽으로 이어지는 길을, 오늘은 지장갈림길 반대쪽에서 온 셈이다.

위치가 파악됐을 때 렌자부로의 말이 생각났다. 신령에게 납치됐다는 시즈에가 계단을 올라가지 않고 이 길을 겐야가 온 방향으로 계속 갔다면, 계단을 내려온 주지가 못 봤을 리 없다는 지적이다. 이윽고 계단 밑에 이르렀기에 천천히 올라가며 문제의 길을 내려다보았다. 아닌 게 아니라 계단 위에서 서쪽으로 뻗은 길이 훤히 보였다. 반대로 지장갈림길에서 온 길은 잘 안 보였다.

'생각했던 것보다 더 개연성이 높은 해석인지도 모르겠군.'

절까지 다 왔을 즈음에는 겐야의 동요도 간신히 진정되었다.

'그나저나 기괴한 현상을 이야기로 듣고 합리적으로 추리하는 것하고, 스스로 그런 일을 당하는 것하고는 역시 다르군.'

겐야는 계단 꼭대기에서 복잡한 심정으로 마을을 내려다보았다.

그런 기분을 떨치듯 '자운산紫雲山'이라는 현판이 붙은 산문을 지나 오른쪽으로 완만하게 곡선을 그리는 포석 길을 따라 현관 앞으로 갔다.

"실례합니다."

그러자 아직 어린애라 해도 될 것 같은 동자승이 나왔다. 동자승이라는 단어가 딱 맞는다. 용건을 말하자 이미 들어 알고 있는지 바로 안으로 안내해주었다.

어둑어둑한 건물 안으로 들어가 이윽고 정원에 면한 복도로 나왔다. 문득 오른쪽으로 눈길을 주니 마을을 끼고 반대편, 대략 북서쪽으로 가미구시 큰신집의 커다란 저택이 보였다. 거기서 시선을 서쪽으로 옮기자 이번에는 가가치 가운뎃집, 그리고 윗집이 보인다. 그리고 본가 뒤로, 왜 그런지 그 언저리 상공에만 구름이 짙게 낀 구구산이 얼굴을 내밀고 있었다. 그곳에서 이번에는 동쪽으로 시선을 돌리자 가미구시 새신집이 있고, 그곳과 큰신집 사이에 가카산이 떡하니 자리하고 있고, 기슭에 가가구시 신사가 보였다. 그리고 영산에서 신사 앞을 지나 오주천이 남쪽으로 흘러갔다. 묘지를 끼고 절 반대편에 있되 이 역시 마을 남쪽에 위치한 아랫집은 애석하게도 보이지 않았다.

눈앞에 펼쳐진 광경은 정말 훌륭했다. 음울하고 답답하게 느껴지는 지형일지언정 자연의 아름다움이 있기 때문이리라. 그러나 한편으로 어째선지 모형 정원을 들여다보는 듯한 어색함도 느껴졌다. 처음에는 의도적으로 바깥세상과 분리된 선경 같은 세계관 때문이거나 현대사회와 단절된 벽촌이라는 인상 때문이라고 생각했다. 그러나 어쩐지 좀 다른 듯했다. 주위가 산으로 둘러싸인 지형 때문도 아니다.

'마치 마을 전체가 정체를 알 수 없는 어떤 것으로 뒤덮여 이곳에 갇혀 있다고 할지……'

동자승의 재촉을 받고서야, 겐야는 자신이 복도에 우두커니 서 있었음을 깨달았다. 입 속으로 중얼중얼 사과하고는 허둥지둥 뒤따랐다.

동자승은 그를 안방으로 안내했다. 연결복도 몇 개를 이어 산면을 따라 지은 절이라, 현관보다 꽤 높이 올라온 것 같다. 어쩌면 여기서 더 안쪽으로 들어가면 묘지가 나올지도 모르겠다.

선득한 방에 혼자 앉아 기다리자 이윽고 나이는 육십대 중반쯤 됐을까, 마른 체격의 도마야 의사와는 대조적으로 살집이 좋은 승려가 나타났다. 불그레한 얼굴로 보건대 술살인지도 모르겠다.

"처음 뵙겠습니다. 도조 겐야라고 합니다. 죄송합니다. 오늘 오전 중으로 찾아뵙겠다고 어제 전갈을 남겨놓고 그만 늦어지고 말았습니다."

"아니, 그건 괜찮소만, 아, 주지인 다이젠이오. 아, 그리고 댁에 관한 이야기는 큰신집에서 들어 알고 있으니 설명할 필요 없소.

그런데 또 누가 죽었다지?"

대범하다고 해야 할지, 사소한 일에 구애되지 않는 성격인 듯하다는 게 다이젠의 첫인상이었다.

먼저 사건을 화제로 삼는 것이 자연스러우리라 생각해 가쓰토라 이야기를 꺼낸 겐야는 놀랐다. 다이젠이 윗집에 머물고 있던 수험자와 가쓰토라가 죽었다는 사실을 몰랐기 때문이다. 각각 목을 매어 죽었고 익사했다는 것조차 지금 처음 들었다고 했다.

"음, 지금 처음 들었는지 아닌지는 잘 모르겠군. 듣고도 내가 깜박했을 수도 있으니."

그런 일을 어떻게 잊어버리느냐고 하고 싶었지만, 그보다 허수아비님의 차림새를 하고 있었다는 사실을 어떻게 생각할지 궁금해 두 시신의 상태를 설명했다.

"호, 그것참…… 괴이한 일이로세."

다이젠은 다소 놀란 목소리로 대꾸했을 뿐 그 이상의 반응은 없었다. 사건에 관심이 없는 건가 싶어 고개를 갸웃거리고 있으려니 "난 속사에 어두워 말이오" 하고 느긋한 표정으로 그런 말을 지껄였다. 도마야에게 들은 선대 주지와는 부자지간인데도 꽤 많이 다른 것 같다.

그런데 사건에 관한 이야기를 접고 본래 목적인 소류향 일대의 역사와 민속을 언급하기 무섭게, 느슨하게 풀어져 있던 표정에 별안간 생기가 돌았다. 그뒤로는 다이젠의 독무대가 펼쳐지고, 겐야는 "아, 예" "네" 하고 맞장구를 치는 게 고작이었다. 현재보다 과거, 지금보다 옛날 이야기를 좋아하는 모양이다.

그렇지만 그다지 새로운 이야기는 없었다. 아닌 게 아니라 더 자세하기는 했지만, 겐야가 마을에 오기 전에 조사한 내용과 헤미 야마의 책에서 본 것, 도마야와 가미구시 스사오에게 들은 이야기와 대부분 중복되었다.

하지만 겐야는 실망하지 않았다. 중요한 것은 이다음부터라고 생각하고 있었다.

"가가치가가 마귀가계로 여겨지게 된 삼 대에서 사 대 당주 때 있었다는 쌍둥이의 신령납치에 얽힌 전승이 있잖습니까? 스님께선 그에 대해 어떻게 생각하시는지요?"

"아흐레간 실종됐다가 한 아이는 구구산 기슭에서 발견되고 또 한 아이는 끝내 찾지 못했다. 행방불명된 아이가 발견된 아이한테 붙더니 이윽고 마을 사람들한테까지 빙의했다는 이야기 말이군?"

"네. 도마야 선생님은 그게 가가치가가 마귀가계가 된 기원 중 하나가 아닐까 생각한다고 말씀하셨는데요."

"그 고집불통 의사가 그에 관한 문헌이 큰신집에 있다고 말 않던가? 아니, 실제로는 가가구시 신사의 보물고에 보관되어 있소만."

"네, 그렇게 들었습니다. 보관된 장소는 방금 처음 알았습니다만…… 네? 그럼 설마 전부 가미구시가에서 날조했다는……."

아닌 게 아니라 도마야도 문헌이 가가치가가 아니라 가미구시가에 있다는 사실에 어떤 의미가 있을지도 모른다고 지적했다.

"흥. 고집불통 영감답게 신중하군."

그 말을 하자, 다이젠은 혼잣말처럼 중얼거렸다.

"아까도 말했다시피 가가치가 본가는 본래 하하촌에 있었소. 그 마을은 스자쿠 연산과 자코쓰 연산의 경계에 위치하는 영향으로 세 개의 큰 골짜기에 펼쳐져 있소만, 그런 입지를 염두에 두고 가가치豁呀治라는 이름을 살펴보면 재미있는 사실을 알 수 있거든. 우선 '豁'는 '골짜기 안이 큰 모양'을 나타내지. 이어서 '呀'는 '입을 벌리다' 또는 '입 벌리고 웃는 소리'를 뜻하고. 마지막 '治'는 말 그대로 다스린다는 뜻이오. 즉 가가치라는 성 자체가 자기들은 하하촌의 지배자라고 주장하는 셈이라오."

성씨의 성립에는 지리적 또는 역사적 배경이 존재하는 경우가 많다. 그 점은 겐야도 알고 있었으므로 다이젠의 분석을 잠자코 들었다.

"다만 가가치가도 분가가 되면, 즉 가가구시촌으로 분가된 지금의 윗집 말이오만, 원래 이곳에 있던 가미구시가한테 꼼짝할 수 없단 말이지. 하지만 가가치가 본가가 구태여 마을 밖으로 분가시켰다는 건, 말하나마나 하하촌 밖으로 세력을 확대하려는 의도에서 아니었겠소? 여기서 주목해야 할 건, 분가된 시기가 간에이에서 게이안 시대 즈음이고 윗집의 이 대와 삼 대 당주가 활약한 시기는 화폐경제의 물결이 처음으로 농촌까지 밀려왔던 교호에서 간엔 무렵이었다는 사실이라오."

겐야는 머릿속으로 애써 서력으로 환산했다. 간에이에서 게이안 시대가 1624년에서 1651년, 교호에서 간엔 시대가 1716년에서 1750년이다.

"이 시기는 이전의 자급자족하는 자연경제가 비약적인 상업의 발전으로 크게 변화하기 시작한 시대요. 윗집은 이런 시류에 편승하는 데 성공했지. 가운뎃집을 분가한 게 삼 대 당주 때였다는 사실만 봐도 이 시기에 윗집의 세력이 커졌다는 걸 알 수 있지 않겠소? 그리고 급기야는 원래 대지주였던 가미구시가를 신흥인 윗집이 앞지른 거요. 윗집이 새로이 아랫집을 분가한 시기에 큰신집이 새신집을 분가한 것도, 내 보기엔 가미구시가의 최후의 발악이지 싶소. 뭐, 분가를 하는 데는 여러 가지 이유가 있으니 그렇게 일률적으로 단정할 순 없겠소만."

"이곳에 오기 전에 조금 조사해봤는데, 마귀에 들렸다고 이야기되는 집안, 말하자면 혈통이 문제되는 가계는 조상이 그 지방에서 본래 이인자인 신흥 세력이었던 경향이 강하더군요. 같은 말을 가가치가에 대해서도 할 수 있을 것 같습니다만."

"음, 그렇게 간단히 단정할 수는 없겠소만, 신흥 지주니 신흥 부자 같은, 이를테면 마을 사람들에 대해 중간착취의 지위에 있던 자들 중에 그런 가계가 많았던 건 분명하지. 댁은 이것저것 많이 조사한 것 같으니 알겠지만, 마귀에 씌지 않게 예방하는 방법, 또 씌었을 경우 쫓아내는 방법이 있지 않소? 개신가계의 집 앞을 지날 때 앞섶에 바늘을 꽂아두면 씌지 않는다고 하지. 씌었을 때는 주먹밥 세 개로 몸을 문지른 다음 개신가계의 집을 향해 던진다고 하고, 개신이 가장 싫어하는 게 올빼미니까 문간에 올빼미 발톱을 걸어놓는다든지, 마귀가계의 집 주변에 똥을 뿌려놓는다든지. 뭐, 이것저것 많소만, 마귀가계의 사람이 자기 집에서 마귀 자체를 쫓아내는 방법은 없거든."

"아닌 게 아니라 예전 자료를 봐도, 마귀가계라는 딱지가 붙고 나면 여간해선 떼어버릴 수 없다는 걸 알겠더군요."

"도뵤가계의 경우, 종이에 싼 돈을 사거리에 버린다는 방법이 있잖소? 돈을 주운 사람한테 도뵤도 같이 붙는 거지. 그렇지만 이건 실은 다른 여러 마귀들의 경우에도 공통되는 방법인가보오. 어떤 의미에선 유일한 방법이라 할 수 있을지도 모르지."

"하지만 그렇게 간단한 방법을 왜 다들 쓰지 않는 걸까요? 마귀가계 중엔 부유한 집이 많은데……."

"종이에 싼 돈이라고 해서 얼마 안 되는 금액이라고 생각하는 모양이오만, 여기서 돈이란 전 재산을 의미하는 거요."

"저, 전 재산이라고요? 그건 너무한데요."

"그러니까 이 방법을 쓴 사람이 아무도 없는 거요. 마귀가계라고 차별을 받아도, 그렇다고 무일푼이 될 순 없는 일 아니오? 다만 마을에서 따돌림을 당하는 바람에 재력을 잃고 몰락한 집도 많았으니…… 그런 현실을 생각하면 뭐, 터무니없는 방법이라고 웃을 수만도 없지."

"그나저나 방금 말씀하신 방법은 매우 암시적인데요. 역시 급격히 두각을 나타낸 자에 대한 선망과 질투가 느껴집니다. 그렇다는 건 신흥 가가치가에게 마을을 빼앗긴 꼴이 된 가미구시가에서 가가치가가 마귀가계라는 소문을 퍼뜨린 겁니까?"

"아니오, 실제로 먼저 말을 꺼낸 건 마을 사람들일 테지. 착취당하는 자의 쌓이고 쌓였던 노여움이 어떤 계기로 분출한 거요. 알겠소? 내 생각에 윗집에서 가운뎃집이 삼 대 당주 때 분가됐고 가치가가 마귀가계로 여겨지게 된 사건이 윗집의 삼 대와 사 대 당주 사이에 일어났다는 건 결코 우연이 아니오. 필연이었던 거지. 이 두 사건에는 분명 인과관계가 있소. 물론 거기엔 가미구시가도 관여했을 테지. 소동에 편승했는지, 실은 뒤에서 선동했는지는 알 수 없소만."

"이 사실…… 사실이라 해도 되겠죠. 그걸 아는 사람이 아무도 없습니까?"

렌자부로가 알면 좋아할 해석 아닌가. 물론 마을 사람 전원이 이해한들 그 즉시 차별이 없어질 것 같지는 않지만, 적어도 일보 전진이기는 하다. 겐야는 그렇게 생각해 다이젠에게 물었다.

"전후의 농지개혁 덕에 전쟁 전에 비하면 지주와 소작인 관계가 최소한 경제적으로는 약화되는 중이오. 그렇지만 농지개혁이라고, 지주한테서 무상으로 농지를 몰수한 것도 아니고 그 토지를 무상으로 농민한테 분배한 것도 아니잖소? 게다가 산림은 그냥 남아 있고. 아닌 게 아니라 이걸 계기로 급격히 몰락한 지배 계층도 있소만, 여전히 재력과 권력을 과시하는 자들도 많거든. 그런 사회적, 경제적 배경이 불식되지 않는 한 마귀신앙의 배경을 밝혀내 봤자 소용없다는 말이오."

"그럴까요? 아무것도 안 하는 것보다는……."

"댁이 지금 생각하는 듯한 박멸운동은 그야말로 이미 호레키 시대부터 있었소. 메이지 시대에 들어와서도 마찬가지였고 종종 법정까지 가곤 했지. 그렇지만 한편으로 백과 흑의 젊은 남녀가 서로 좋아하는데도 결혼을 못 해 동반자살을 하는 일도 여러 번 있었거든."

"그렇다면 더더욱……. 게다가 선대 주지께서는 그런 일이 일어나지 않게 어떻게든 두 집안의 혼인을 주선하려 하셨다고 들었습니다."

그때까지 말수가 많던 다이젠이 별안간 조용해졌다. 보아하니 선대에 관한 이야기는 썩 반기지 않는 모양이다. 그렇다고 도로 물릴 수도 없는 노릇이다. 별 힘은 없어도 렌자부로에게 협력하겠다고 약속한 처지에, 조금이라도 도움이 될 정보가 필요했다.

겐야가 어떻게 하면 좋을지 생각하는데, 다이젠이 경직된 얼굴로 입을 열었다.

"선대는…… 선친은 중 같지 않게 철저한 합리주의자였다오."

표정이 묘한 것은 말하기 껄끄러운 화제라 그런 게 아니었던 모양이다. 자세히 보니 웃고 있었다.

"그렇다고 모든 중이 미신을 믿는다는 말은 아니오. 애초에 불교에선 영의 존재를 믿지 않고 말이지. 하지만 어쨌든 죽은 사람을 공양하는 셈이니 뭐……. 그나저나 '기도가 약, 약이 기도'란 말을 아시는지?"

"네? 기도는 신에게 드리는 기도고, 약은……."

"병났을 때 쓰는 약이라오. 요컨대 병이 났을 때 의사뿐 아니라 종교가도 활용하란 뜻이지. 물론 반대 의미도 있고. 의사가 아무리 기분 탓이라고 해도 본인이 뭔가에 씌었다고 믿는다면 백약이 소용없지. 반대로 진짜 병에 걸렸는데 종교가가 정화를 해준들 나을 리가 없잖소? 요는 둘 다 잘 쓰면 되는 거요."

"그, 그건 그렇습니다만……."

"뭐, 돌팔이 의사 오가키 놈처럼 빌붙어서 가려고만 하면 안 되겠소만."

"오가키 선생님이란 분은 보아하니 그리 실력을 인정받지 못하는 것 같던데요."

"음, 그 친구는 어엿한 돌팔이지. 내 비록 그 친구하고 술을 같이 마시긴 해도 아플 때 그 친구한테 진찰을 받을 마음은 조금도 없소. 젊었을 때는 그렇지도 않았는데 역시 술이 문제였던 게지."

"빌붙어가려고 한다는 말씀은 무슨 뜻이신지요?"

"아까 '기도가 약, 약이 기도'란 건 의사와 종교가가 각각 대등한 위치에서, 어디까지나 서로 상대방이 관여할 수 없는 영역을 담당해 환자를 치료해야 마땅한 거요. 그런데 그 돌팔이 놈은, 언제부터인지 의사로서의 역할은 다하지 않고 가가구시 신사하고 무신당에 송두리째 떠넘기게 됐거든."

"설마 환자한테 마귀 탓이라고 진단을 내리는 건……."

"그렇게까지 노골적이지는 않겠지만 아마 비슷할 거요. 지금은 어떤지 몰라도 가미구시가나 가가치가에서 돈을 쥐어주던 때도 있었다니 타락이 말이 아니오. 특히 윗집에선 분명 귀중한 존재였을 거요. 본인 탓으로 돌릴 수만은 없지."

"종교가 쪽에서 병원에 가보라고 하는 일은 있어도 그 반대는 보통 없는데요. 하지만 마귀가계 문제는 그것과는 별개……."

"암, 별개지. 내가 말하려는 건 그게 아니라, 공존할 수 있다면 억지로 풍파를 일으킬 필요가 없다는 거요. 모두 백 가구가 사는 마을에서 마귀가계가 다섯 집밖에 없다면 그야 이것저것 문제가 있겠지. 하지만 이 마을에선 수로만 따지면 백과 흑이 큰 차이가 없거든. 마을이 두 파로 나뉘는 건 일본 어디를 가나 볼 수 있는 일 아니오. 정치적인 이유냐, 종교적인 이유냐 하는 차이뿐이지. 게다가 아까도 말했다시피 전후의 농지개혁으로 마귀 문제의 배경에 조금은 변화가 생겼소. 그러니 이제 시대가 바뀌어 자연히 없어지길 기다리기만 하면 그만인 거요."

"예에……."

"다만 어쩌면 가까운 장래에 그런 습속이며 미신뿐 아니라 전통적인 제사며 일상적인 행사까지 사라질지도 몰라. 전전의 부국강병하고는 다르지만, 전후의 일본도 어째 한 방향으로 무작정 돌진하는 것처럼 보이니 말이지. 뭐, 말은 이렇게 하지만 나도 혼령맞이와 혼령보내기 때만 되면 마을이 소란스럽다고 준비가 시작되는 전날부터 이웃 마을로 달아나는 천벌받을 짓을 매년 하고 있소만. 중이니까 괜찮다고는 해도 그리 잘난 척할 입장은 아닐지도 모르지."

 다이젠의 생각을 바꾸기는 간단하지 않을 성싶었다. 가능하면 렌자부로를 데려와 조금 전 이야기를 들려주고 싶었지만, 그다음이 이래서야 별로 의미가 없을지도 모른다. 그렇지만 이 스님을 무슨 일이 있어도 활용해야(말은 나쁘지만 이용해야) 한다. 그래서 겐야는 어떻게든 이야기를 엮어나가고 싶었다.

 그런데.
 "지금까지 한 말은 뭐, 대외적으로 그렇다는 거고."
 다이젠이 묘한 소리를 했다.
 "대외적이라는 건 무슨 말씀이신지요?"
 "물론 없는 소리를 한 건 아니오. 내가 가진 생각을 댁한테 설명한 거지."
 "그렇지만 그게 다가 아니란 말씀입니까?"
 다이젠은 겐야의 얼굴을 흡사 방금 처음 만난 것처럼 뚫어지게 응시했다. 눈앞에 있는 청년이 어떤 인물인지 다시금 가늠하는 듯한 눈초리였다. 호락호락하지 않은 중이라는 이제까지의 인상으로는 전혀 상상이 되지 않을 만큼 날카로운 눈빛이 가차 없이 겐야를 붙들고 놓아주지 않았다.
 "아까 가가치가의 성씨에 관해 문자가 갖는 의미에 착안해서 설명했소만."
 품평이 끝났는지, 다이젠은 별안간 말을 이었다.
 "아, 네. 성씨의 해석에서도 가가치가가 예로부터 하하촌의 지배자라는 걸 알 수 있다 하셨는데요."

"그걸 음흡, 즉 읽는 소리에 초점을 맞추면 실은 더 재미있는 걸 알 수 있거든."

그렇게 말하면서도 다이젠은 아직 망설이는 듯했다.

"가가치라고 읽는 데서 뭘 알 수 있는지요?"

겐야가 다그치듯 묻자, 다이젠은 경직된 표정으로(이번에는 웃는 게 아니었다) 나지막이 말했다.

"알겠소?《와묘루이주쇼倭名類聚抄》에선 대망, 즉 큰 구렁이를 '야마카가치'라 하오. 이 경우, '야마'는 산맥의 산이지. '카가'는 뱀을 의미하고 '치'라는 건 혼령이오. 즉 '산 뱀의 혼령'이거든. 야마카가시라는 뱀이 있으니 비슷한 표현이 지금도 남아 있다는 걸 알 수 있지. 그렇게 보면 가가치라는 이름은 '뱀의 혼령'이라는 의미를 갖게 되는 거요."

"그, 그럼 가가치가는 원래부터 뱀신에 씌어 있었다는……."

저도 모르게 바짝 다가앉은 겐야와는 대조적으로 다이젠은 목소리를 더욱 낮추었다.

"아니, 이건 가가치라는 한 가문의 문제만은 아닐 거요. 실은《고고슈이古語拾遺》에 '고어에 큰 뱀을 하하라 한다'는 말이 나오거든. '하하'는 뱀을 나타내는 '카가'가 자음변화된 것이라고 보는 시각도 있소. 즉 하하촌은 뱀 마을이고 가가치가는 뱀의 혼령 집안이라는 뜻이 되오. 도대체가 하하爬跛의 '爬'는 기어다닌다는 뜻이고 '跛'는 절룩거린다는 뜻이라는 데서도, '爬跛'라는 문자의 조합이 처음부터 뭘 암시하는지 알 만하지 않겠소? 그렇게 말하자면 입을 벌린다는 '呀'도 어째 뱀 같다는 생각이 들고 말이지. 게다가 그런 식으로 해석하다보면 가가구시촌이라 불리는 이 마을도 그냥 넘어갈 수 없다는 걸 알게 되거든. 우선 '가가'라는 음부터 가……"

이야기가 핵심에 이른 것 같은데 다이젠의 목소리는 점점 작아졌다. 자연히 겐야가 앞으로 다가앉아 두 사람은 꽤나 가깝게 붙어 앉은 상태였다. 그런데도 잘 들리지 않아 좀더 크게 말해달라고 할 뻔했을 때…….

"실례합니다."

방 밖에서 의연한 목소리가 들리더니, 현관에서 겐야를 맞아준 동자승이 장지를 열고 다이젠에게 가가치 윗집으로 갈 시간이라고 알렸다.

"지금 윗집에 가신다고요?"

겐야가 놀라 묻자, 동자승이 대신 오사노 젠토쿠의 임시 밤샘이 있다고 가르쳐주었다.

가족을 찾지 못해 시신을 거둘 사람이 없는지도 모른다. 무신당에서 죽은 데다 사기리의 관여까지 거론되는 상황이니 가가치에서도 모른 척할 수 없었으리라.

그렇지만 다이젠의 이야기가 여기서 중단되는 것은 뼈아팠다. 순간적으로 동행해도 되는지 물으려고 "아, 저, 죄송한 말씀이지만 괜찮으시면 저도……"라고 했다.

그러나 끝까지 말하기도 전에 다이젠이 고개를 내저었다.

"내일 아침에 다시 오시오. 그때까지 나도 마음의 정리를 해둘 테니."

뒷부분은 자신을 타이르듯 말하더니 동자승에게 겐야를 배웅하라 이르고 자기는 바로 방에서 나갔다.

'이렇게 되면 윗집의 임시 밤샘에 나도 참석해서……'

기회를 봐서 다이젠에게 그다음 이야기를 들을까 했지만 결국 그만두기로 했다. 섣불리 졸라 골이라도 났다가는 두 번 다시 상대해주지 않을지도 모른다. 이 스님은 한번 관계가 어긋나면 회복하기 쉽지 않을 듯한 분위기가 있었다.

'하는 수 없지. 내일 아침 아주 일찍 찾아와야겠어.'

그러나 겐야는 이번에도 약속을 지키지 못했다. 그날 밤 가가치가에서 세번째 사망자가 나왔기 때문이다.

렌자부로의 수기 4
언니가 렌 오빠를 좋아했으니까.

도조 겐야가 묘온사로 간 뒤, 나는 사기리⋮⋮가 무신당에서 돌아오기를 기다려 얼마 동안 이야기를 하다가 집으로 돌아왔다. 하지만 머릿속에서는 내내 사기리⋮⋮가 한 말이 맴돌고 있었다. 사건과 무관한 이야기를 해서 조금이라도 근심을 덜어준다고 남아놓고, 내가 더 정신이 딴 데 팔려 있었는지도 모른다.

'사기리⋮⋮가 날 좋아했다고?'

자문하듯 속으로 중얼거렸지만 전혀 실감이 나지 않았다. 그도 그럴 것이, 아무리 어렸을 때 기억을 되살려봐도 그런 눈치가 눈곱만큼도 없었기 때문이다. 아직 어렸을 때니 감정을 숨긴 건가도 생각해봤지만, 사기리::나 지요의 언동을 보면 오히려 반대가 아닌가 싶었다. 적어도 지요는 그럴 것이다. 어렸을 때는 숨김없이 '렌 오빠가 좋아'라고 했는데, 사춘기에 들어오면서 묘한 반응을 보이기 시작해 이제는 우리 셋의 관계가 이렇게 어색해졌다.

사기리::에 대해 기억나는 것은, 사기리::와 지요 곁에 있는 나를 이따금 깔보는 눈초리로 냉랭하게 바라보던 모습뿐이다. 큰신집 애가 윗집 사람과 친하게 지내느냐고, 사내애가 자기보다 어린 여자애와 같이 노느냐고, 가가치가의 무녀가 될 동생을 타락시킨다고 직접 말로 듣는 기분이 들 정도로, 얼음장 같은 시선에서 그 애가 내게 품고 있었을 경멸이 생생하게 느껴졌다.

그래도 처음에는 그애의 성격상 솔직하게 우리 틈에 끼지 못할 것이라 생각해서, 기회가 있을 때마다 '학교에 같이 가자' '오늘은 다같이 집에 가자' '넷이 같이 놀자' 하고 권하곤 했다. 그러나 그 애는 늘 나를 업신여기는 냉소로 답했다고 기억한다.

아닌 게 아니라 여자 마음은 잘 모르겠다. 또 사기리::는 너무나 특별한 애여서 다른 여자애들과 똑같이 생각하면 안 됐는지도 모른다. 그렇지만 그 깔보는 눈초리와 멸시 어린 미소가 그애의 애정 표현이었다면, 미안하지만 내게 그것을 받아들일 수 있는 도량은 없었다. 물론 지금도 없다고 단언할 수 있다. 그애의 지나치게 청개구리 같은 성격이 싫다는 이유도 있지만, 그런 혐오감만으로 그치지 않는 뭐라 말할 수 없는 공포를 느끼기 때문이다. 그 시선과 미소에 생각지도 못한 감정이 숨어 있었다고 생각만 해도 전율을 금할 수 없다.

하지만 설사 사기리::가 정말 나를 좋아했다 해도 그애의 혼령(이 경우는 사령인가, 아니면 산신님이 됐으니 신령이라 불러야 하나)이 지요에게 빙의할 것 같지 않다. 그것도 나를 좋아한다는 이유로는 절대…….

여기서 나는 지금껏 살면서 죽도록 무서웠던 두번째 체험과 대면하지 않을 수 없다. 큰형의 신령납치보다 솔직히 이 사건을 떠올리는 게 더 싫기 때문에 마음은 영 무겁지만…….

물론 형이 행방불명된 것은 지금 생각해도 슬프고 한평생 후회할 일이지만, 그 무시무시한 체험에는 공포만이 아니라 형과의 감미로운 추억도 들어 있다. 형과 함께 구구산에 올랐던 일은 내게 후회해 마땅한 어리석은 짓인 동시에 자랑스러운 모험이기도 하기 때문이다. 형을 생각하면 가슴이 미어지지만, 그런 회한과 더불어 즐겁고 가슴 설레는 기억이기도 하다.

그러나 다른 체험은 그렇지 않았다. 그에 대해 느끼는 것은 불길함, 꺼림칙함, 끔찍함 같은 부정적인 감정뿐이고, 그것들이 마구 뒤섞여 걸쭉하게 녹은 듯한 섬뜩함이 있을 뿐이다.

당시 나는 열한 살, 사기리::는 갓 아홉 살이 됐을 때였는데, 생일 이후로 갑자기 얼굴을 볼 수 없었다. 학교도 나오지 않기에 어디 아픈가 걱정했는데, 이내 병이 났다는 소문을 들었다. 그런데 묘하게 애매모호한 소문뿐이고 분명한 게 아무것도 없었다. 어른들은 뭔가 아는 것 같은데 아무리 물어도 가르쳐주지 않았다. 그럼 병문안을 가야지 했더니 어머니가 강경하게 말렸다. 어머니는 가가치가에 가는 것을 몹시 싫어하는 할머니와 관대한 아버지 사이에서 늘 고생했지만, 시어머니의 눈이 미치지 않는 범위에서는 내 마음대로 하게 해주었다. 그런데도 그때만은 당분간 윗집에 가지 말라고 엄명했다. 어머니가 본인의 의사로 그런 말을 한 것은 이제껏 그때 한 번뿐이다.

나는 그 무렵 우리 집에 자주 드나들던 간 씨라는 나이 지긋한 소작인에게 무슨 일이 있었느냐고 물었다. 물론 우리 집 하인들이 못 보게 몰래. 그런 모습을 들켰다간 바로 할머니에게 고자질할 게 뻔하기 때문이다.

"도련님, 가가치 윗집엔 옛날부터 구구의례란 묘한 풍습이 있거든요."

간 씨가 무슨 일을 했는지 실은 지금도 모르지만, 마을 사정에 유난히 밝았던 것은 확실하다. 그리고 삼형제 중에서 나를 특별히 귀여워해준 것도.

그가 가가치가의 구구의례에 관해 가르쳐주었다. 사기리 자매가 그 의식을 치른 것도 알았다. 그러나 당시의 나는 의례의 자세한 내용과 의미를 이해하기 이전에 "쌍둥이 중 어느 한쪽이 산신님께 선택되는 일도 있죠"라는 말에 큰 충격을 받았다.

"사기리∷가 학교에 오지 않는 건, 산신님께 선택돼서 영산으로 끌려갔기 때문이구나!"

흥분한 나를 달래느라 간 씨도 여간 애를 먹지 않았을 것이다. 구구의례란 무신당에 마련된 산실에 아흐레간 틀어박히는 것이라고 필사적으로 설명해주었다. 그 말을 믿었는지, 아니면 평소 같지 않은 어머니의 엄명이 효과가 있었는지, 나도 애를 태우면서도 윗집에 가려 하지 않았다.

구구의례가 거행된 듯한 날로부터 열하루째 되는 날 아침, '사기리∷가 허수아비님이 됐다'는 소문이 퍼졌다. 가미구시가 사람에게 허수아비님은 가카산의 산신님이 마을에 내려왔을 때 취하는 임시 모습이다. 마을 사람들 중 다수도 같은 인식을 갖고 있다. 그러나 한편으로 허수아비님이 가가치 윗집의 무신당에도 모셔져 있다는 것을 마을 사람 모두 알고 있었다. 가미구시가에 가카산이 있으면 가가치가에는 구구산이 있다. 이 흉산에는 나가보즈라 불리는 괴물이 사는데, 이 지방에서 가장 무서운 마물로 기피되는 염매가 바로 나가보즈라는 말도 있다. 더욱이 염매도 허수아비님과 비슷한 모습을 빌려 쓴다는 전승이 있어서······.

간 씨에게 쌍둥이 중 어느 한쪽이 산신님에게 선택될 때도 있다는 말을 들었을 때, 내 머릿속에는 가카산이 떠올라 있었다. 구구의례가 가가치가의 것이고 '구구'라는 이름을 생각해도 있을 수 없는 이야기였지만, 아마 간 씨도 상대가 어린애(그것도 큰신집의)라 중요한 부분을 얼버무린 것이리라. 그러나 나중에 허수아비님이라는 말을 듣자마자 내가 오해했음을 깨달았다. 평소 생활하면서 보는 가카산 산신님으로서의 허수아비님보다, 여섯 살 때 구구산에서 본 허수아비님의 인상이 강렬하게 남아 있었기 때문이다.

나는 엄청나게 불안해졌다. 허수아비님이 된 게 분명히 사기리::가 맞는지 걱정스러웠다. 간 씨에게 몇 번씩 확인했지만 "네, 언니 쪽이라더군요"라고만 대답했다. 그도 그 이상은 몰랐던 것이다. 하지만 언니와 동생의 차이는 있어도 둘 다 사기리다. 언니 쪽이라는 말을 들어도 안심할 수 없었다. 윗집 사람에게 직접 들은 말이라면 믿을 수 있겠지만, 마을 소문만으로는 아무래도 불안했다.

이틀 뒤, 나는 윗집에 몰래 숨어들기로 했다. 이틀을 기다린 것은 그날이 가카산의 혼령맞이 날이었기 때문이다. 마을 사람들은 백과 흑에 관계없이 대부분 동쪽 오주천 강변에 모인다. 즉 서쪽 윗집으로 내가 가는 것을 들킬 염려가 없다. 형과 구구산에 갔을 때, 마을 사람에게 들키지 않았으리라고 자신했는데도 나중에 알고 보니 목격자가 있었다. 하지만 혼령맞이 날이라면 분명 괜찮을 것이다.

문제는 윗집 사람들이었다. 여느 때 같으면 가가치가 사람들도 매년 혼령맞이와 혼령보내기에 참가하곤 했는데, 이번에는 사정이 다르다. 어린 마음에도 구구의례라는 게 가가치가에게 특별한 의식이라는 것은 이해할 수 있었다. 게다가 쌍둥이 중 어느 한쪽이 허수아비님이 됐다는 더욱 특별한 일이 있었음을 생각하면 다들 집에 있을 가능성이 높다. 그렇다면 아무 생각 없이 정정당당하게 찾아가는 것은 위험할지 모른다. 전에도 대문으로 들어가 사기리::의 방이 있는 남쪽 별채로 알아서 놀러가곤 했지만, 도중에 하인과 마주치거나 별채에서 가족에게 들킨 적은 거의 없었다. 설사 누군가와 마주쳐도 잔소리를 들은 적은 한 번도 없다. 그러나 이번만은 사정이 다르리라. 들키면 쫓겨나는 데 그치지 않고, 머지않아 내가 윗집에 갔다는 이야기가 우리 할머니와 부모님 귀에 들어갈 것이다.

방법은 하나뿐이었다. 세목나무에서 짐승길 같은 샛길을 지나 히센천 강변으로 나와서, 그곳에서 큰계단이나 작은계단을 지나 윗집 북쪽 부지로 침입한다. 그리고 뒷마당을 지나 남쪽 별채로 가는 것이다.

이 무렵에는 나도 큰계단과 작은계단의 존재, 그리고 그 용도에 관한 지식이 있었다. 하지만 오르내리기는 고사하고 가까이 가본 적도 없었다. 가가치가에 사기리::를 찾아갔을 때도 대개 별채 안이나 뒷마당에서 놀았기 때문이다. 먼발치에서 바라본 적은 있어도 무신당에는 절대 가까이 가지 않았다. 사기리::도 본채 북쪽은 의도적으로 피한 것 같다.

그날 나는 점심을 먹고 얼마 동안 시간을 죽이다가 집에서 나왔다. 신사는 아침에 시작됐지만, 신관이 산신님의 혼령을 옮긴 주물을 들고 오주천을 따라 내려가는 배보내기 의식은 오후부터 저물녘에 걸쳐 거행된다. 이 시간대에 마을, 가운뎃길 서쪽 전역이 거의 텅 빈다.

나는 그래도 주위를 경계하며 세목나무로 향했다. 뛰지만 않았을 뿐 좌우지간 조금이라도 빨리 마을 안을 통과하려고 걸음을 서둘렀다. 물론 누가 볼까봐 그런 것이지만, 결심이 약해지기 전에 히센천으로 이어지는 좁은 길로 들어서고 싶다는, 자신을 몰아세우는 기분도 있었다. 그 단계에 이르러서도 나는 망설이고 있었다. 무서운 곳에 침입한다는 데 대해…… 그리고 무엇보다도 그날과 같은 길을 간다는 데 대해…….

그런데 도중에 문득 형이 곁에 있다는 느낌이 들었다. 내 옆을, 앞을, 서둘러 가는 것처럼 여겨졌다. 아마 똑같이 주위를 살피며 세 그루 소나무로 향했던 그날과 지금의 내 모습이 무의식중에 겹쳐졌기 때문이리라.

그러다가 당시 형이 아홉 살이었다는 게 생각나면서 내가 어느새 그 나이를 넘었음을 깨닫고 경악했다. 히센천으로 나가 계단을 올라가서 가가치가에 갈 생각만으로도 나는 이렇게 주춤거리게 되는데, 그날 형은 여섯 살 먹은 동생을 데리고 구구산에 오르려 했던 것이다.

'역시 큰형은 대단했구나.'

그렇게 느낀 당시 내 나이가 열한 살이었지만 기분으로는 아홉 살 먹은 형보다 많이 어렸다고 생각한다. 분명 이런 기분은 아무리 나이를 먹어도 변하지 않으리라. 이때 나는 내가 아홉 살 먹은 형을 영원히 넘을 수 없음을 깨달았다.

이윽고 세목나무에 다다랐다. 어쩐지 형에게 용기를 얻은 것 같아 주저하지 않고 그 곁의 비좁은 샛길로 발을 들여놓았다.

땅에는 눈이 남아 있었다. 소류향은 2월 상순에도 눈이 내리지만 그해는 예년에 비해 눈이 많지 않았다. 그런데도 눈이 있었으니 평소 얼마나 사람들의 발길이 뜸한 곳인지 알 수 있다. 나는 금세 캔버스 운동화를 신고 온 것을 후회했지만 이제 와서 돌아갈 수도 없다. 그날은 날씨가 맑았는데도 신발 속으로 스며드는 냉기에 떨며 계속 걸었다. 예전에 앞을 가로막았던 무성한 잡초보다 눈이 그나마 낫다고 자신을 설득하며 길을 서둘렀다.

히셴천 강변으로 나온 순간, 그때까지 맑았던 하늘이 별안간 어두워졌다. 그러나 하늘을 올려다봐도 갑자기 흐려진 것 같지는 않았다. 구름은 있었지만 파란 부분의 면적이 훨씬 넓었다. 그런데도 몹시 찌뿌드드하게 느껴졌다. 조심조심 주위를 둘러보다가 그것이 강변에 감도는 공기 때문임을 알아차렸다. 날씨가 맑건 흐리건 관계없었다.

그뒤로는 좌우지간 왼쪽에 있을 계단을 찾는 데만 의식을 집중했다. 그게 본래 목적이기도 했지만, 그렇게 하면 자연히 강 반대편을 보게 된다. 저 사위스러운 구구산에서 시작되고 지금까지 어마어마한 수의 마물을 떠내려보낸 히셴천을, 무서운 강을, 보지 않아도 된다.

얼마 가자 오른편 앞쪽으로 작은정화소가 보였다. 작은계단은 그 근방에 있을 가능성이 높다. 나는 걸음을 서두르며 정화소를 조금 앞둔 곳에서부터 왼편에 더욱 주의를 기울이기 시작했다. 이

욱고 반대편 마른 덤불 속에서, 마치 엄청나게 긴 뱀이 구불구불 경사면을 올라가려는 것처럼 보이는 계단을 발견했다.

'이거다! 그나저나 무슨 계단이 이렇게 위태롭지……'

그렇게 생각하면서도 한시라도 빨리 강변을 벗어나고 싶은 마음에 나는 바로 작은계단을 오르려 했다. 그러다 불현듯 이런 생각이 들었다.

'아니, 잠깐. 이 계단은 무신당보다 북쪽에 있지 않았던가? 그럼 여기로 올라가면 가가치가 북쪽 별채의 은거소에서 사기리:: 방이 있는 남쪽 별채까지 가로질러야 한다는 말인데. 아무리 뒷마당이라도 그렇지, 그건 너무 위험해.'

큰계단은 그에 비해 더 남쪽에 위치한다고 들은 적이 있었다. 하기야 그래봤자 연결복도가 있는 언저리였으니 북쪽 별채만큼의 거리를 벌 뿐인지도 모른다. 하지만 누군가에게 들킬 위험이 그 거리만큼 줄어드는 것은 틀림없다. 게다가 구구의례의 소동이 있었던 것을 생각하면, 지금 은거소나 당집 옆을 지나는 일은 최대한 피해야 하지 않을까.

그런 식으로 냉정하게 판단하면서도 나는 좀처럼 작은계단 앞을 떠나지 못했다. 다시 강변을 지날 생각을 하면 차라리 들킬지도 모를 위험을 감수하고 이 계단으로 가가치가로 숨어드는 게 좋을 것 같았다. 가가치가 사람에게 들키는 것 이상의 위험이 여기서 큰계단까지 가는 사이에 숨어 있을 것 같아 무서웠다. 구체적으로 무엇인지는 짐작도 할 수 없었지만.

'하지만 형이었다면 분명 큰계단을 택했을 거야.'

결국 나를 움직인 것은 형이라면 반드시 더욱 현실적인 위험이 존재하지 않는 쪽을 택했으리라는 생각이었다. 마치 형이 등을 밀어준 것처럼, 아니, 오히려 형의 등을 뒤쫓듯 나는 강변을 걷기 시작했다.

그런데 형이 함께 있다는 느낌은 히센천을 거슬러 올라갈수록 점점 엷어지기 시작했다. 흡사 형을 또다시 잃은 것처럼 고통스러운 체험이었다. 게다가 정체를 알 수 없는 불안감이 어느새 마음속 깊은 곳에서 고개를 쳐들었다. 정체불명의 시커먼 뭔가가 떠올라 곧 나를 가득 메우리라는 것을 알 수 있었다.

'그냥 기분 탓이야. 무서운 강에 와서 그런 느낌이 드는 거야.'

나는 애써 그렇게 생각하려 했지만 별로 효과는 없었다. 어느새 강물이 졸졸 흐르는 소리가 마물이 속삭이는 소리로 들렸다. 하류에서 불어오는 강바람은 그것의 털이 뺨에 닿는 감촉 같았다. 내가 강변의 돌멩이를 밟는 소리는 뒤에서 따라오는 그것의 기척처럼 느껴졌다. 조금이라도 긴장을 늦추면 그것이 속삭이는 무시무시한 내용이 또렷이 들리고, 뺨에 어렴풋이 닿는 털이 얼굴을 획 때리고, 뒤에서 따라오던 그것이 나를 앞지를 것이라는 엄청난 공포에 사로잡혔다.

나는 보이지 않는 마물에 쫓기듯 한눈팔지 않고 상류를 향해 강변을 걸었다. 물론 무서웠지만, 그 덕분에 조금이라도 빨리 큰계단에 다다를 수 있다는 생각에 조금은 안심되기도 했다. 지금만 참으면 된다고 긍정적으로 생각할 수도 있었다. 이미 큰정화소가 앞쪽에 보였으므로 간신히 여유가 생겼던 걸까.

그런데도…….

'얼른…… 가야 하는데.'

문득 뇌리에 그런 말이 떠올랐을 때 나는 큰정화소 앞을 지나치는 중이었다. 그 다리를 향해 가고 있었다. 여섯 살 때 딱 한 번 건넌 다리, 구구산으로 이어지는 도코요 다리를 향해.

얼른 영산에 가야 하는데.

점차 초조함 같은 기분이 들기 시작했다. 뭔가가 재촉하는 것만 같았다. 그러나 한편으로 뭔가 중요한 것을 잊어버린 느낌도 들었다. 원래는 달리 갈 데가 있지 않았나. 그러나 바로 그렇지 않다고 고개를 흔들었다. 영산에 가는 것 이상으로 중요한 일이 세상에 있을 리 없다. 그런 생각을 하는 사이에 다리 어귀에 이르고 말았다. 바로 건너려 했는데…….

"혀, 형……."

다리 맞은편에 형이, 렌타로 형이 서 있었다.

"기다려, 형, 나도 금세 그쪽으로 갈게."

내가 큰 소리로 말하자 형이 천천히 오른손을 흔들었다. 마치 다리 이편과 저편에 서로 다른 시간이 흐르는 것처럼 몹시 느릿느릿한 동작이었다. 그러고 보니 형은 아홉 살 이후로 성장하지 않은 것처럼 보였다. 그날 내 앞에서 사라져버린 당시의 모습 그대로 머물러 있는 듯했다.

'이 다리를 건너면 나도 여섯 살로 돌아가는 걸까.'

그런 의문이 뇌리를 스쳤지만 형이 여전히 아홉 살이라면 그것도 괜찮겠다는 생각도 들었다.

"형…… 큰형, 렌타로 형!"

왜 그런지 형의 모습이 흐려지기 시작한 가운데 나는 오 년 만에 소리내어 필사적으로 형을 불렀다. 그 전에도 속으로는 수백 번 불렀지만, 소리내어 부른 것은 그날 이래 처음이었다.

그러자 손을 흔들던 형의 손목이 별안간 축 늘어지더니 묘한 동작을 하기 시작했다. 처음에는 어서 오라고 손짓을 하는 줄 알았는데, 자세히 보니 반대였다. 형은 돌아가라고 하는 것이었다.

"어째서!"

나도 모르게 한 발짝 앞으로 나서려 했을 때 형은 고개를 가로젓기 시작했다. 여전히 느릿느릿한 동작이었지만 '이쪽으로 오지 말라'는 명확한 의사가 읽혔다.

영산에 어서 가야 한다는 의식은 그즈음 완전히 사라지고 없었다. 그저 형 곁으로 가고 싶다는 마음뿐이었다. 마치 그런 변화를 감지한 양 형의 모습이 흔들리기 시작했다. 처음에는 쏟아지는 눈물 때문이라고 생각했지만, 아무리 닦아도 형의 모습은 여전히 부옜다. 소맷부리로 두 눈을 잘 닦고 나서 보니 형이 사라지고 없었다. 대신 구구산으로 이어지는 왼쪽 길에서 녹색이 감도는 안개 같은 것이 천천히 다리를 향해 기어오는 광경이 보였다.

'큰형이 날 구해줬구나.'

그것을 깨닫기 무섭게 나는 그 자리를 벗어나 뒤도 돌아보지 않고 큰정화소까지 달려왔다. 그러고는 열심히 계단을 오르기 시작했다. 형의 마음을 헛되이 하지 않기 위해서도.

다소 구불거리기는 해도 일직선으로 뻗었을 것이라 생각했던 큰계단은 예상과는 달리 위로 갈수록 왼쪽으로 크게 꺾이기 시작했다. 계단 하나하나가 경사진 데다 전체적으로 큰 호를 그리는 탓에 그냥 올라가는데도 몸이 왼쪽으로 튀어나갈 것 같았다. 때문에 끝까지 다 올라갔을 때는 몸도 마음도 녹초가 되어 나도 모르게 안도의 한숨이 나왔다.

그러나 마음을 놓은 것도 잠깐뿐 나는 순간 여기가 어디인지 알 수 없어 심한 혼란에 빠졌다. 어느새 길을 잃고 낯선 곳에 들어선 줄 알았다. 주위를 냉정하게 관찰하고 나서야 비로소 무신당의 대기소 뒤쪽으로 나왔음을 깨달았다. 처음 보는 방향에서 당집을 본 탓에 생소하게 느껴졌나보다.

왼쪽에 보이는 은거소, 정면의 무신당과 대기소, 오른쪽의 연결복도, 그보다 더 오른쪽에 위치한 본채를 차례대로 살펴 아무도 없는 것을 확인한 다음, 나는 뒷마당 가장자리를 따라 남쪽 별채로 향했다. 정원석이며 철쭉 덤불 뒤처럼 몸을 감출 수 있는 곳이 있으면 인기척이 없어도 숨었다. 사실 그렇게까지 조심할 필요는 없었을지 모른다. 본채는 쥐 죽은 듯 조용했다. 집 볼 사람도 남겨두지 않고 모두 혼령맞이에 참가하러 나갔나 싶을 만큼 인기척이 전혀 없었다.

그래도 남쪽 별채에 있는 사기리⋮의 방에 들어갈 때까지 나는 한순간도 긴장을 늦추지 않았다. 세목나무에서 큰계단 위에 이르기까지 한 고생을 생각하면 섣불리 행동할 수 없었다. 툇마루를 통해 별채로 들어와 사기리⋮의 방 앞까지 와서도 한동안 실내의 기척을 살폈다. 그리고 아무도 없다고 판단한 다음에야 "사기리⋮……" 하고 소곤소곤 불렀다.

"렌 오빠……?"

바로 반응이 있길래 나는 장지를 열고 닌자처럼 재빨리 안으로 들어갔다.

"사기리⋮…… 너 괘, 괜찮아?"

나도 모르게 그런 말이 나올 정도로 그애의 안색이 심상치 않았다.

"응……."

사기리⋮는 자리에서 몸을 일으키고 눈앞에 있는 내가 믿기지 않는다는 표정으로 응시하더니 이내 만면에 웃음을 띠었다. 아직 어딘지 모르게 힘없는 미소였지만 보기보다는 건강한 듯했다.

"무슨 일이 있었던 거야? 정말 몸은 괜찮은 거야?"

아직 걱정은 됐지만 나는 사기리⋮의 무사한 모습을 보고 진심으로 안도했다. 오기를 잘했다고, 안부를 확인해서 다행이라고 생각했다.

사기리⋮는 기쁜 표정으로 와줘서 고맙다고 하고는, 구구의례에 관해 띄엄띄엄 이야기하기 시작했다. 대부분은 간 씨에게 들은 이야기와 똑같았지만, 구구산에 올라간 것과 우카노미타마라는 기묘한 차 이야기는 처음 들었다. 하지만 아쉽게도 전자에 관해서는 사기리::의 기억이 확실치 않았고, 후자도 마시고 난 직후 의식이 몽롱해진 탓에 전후 상황을 알 수 없다고 했다. 그뒤의 아흐레 동안도 거의 비몽사몽을 헤맨 모양이다.

"너희 언니 사기리::는……."

죽었느냐고 물으려다가 순간적으로 '자느냐'고 얼버무렸으나, 내가 말을 꺼내기 무섭게 사기리::의 얼굴이 일그러졌다.

그러고는 자기가 은거소에서 본 언니의 모습을 떨리는 목소리로 이야기했다. 게다가 조금 전, 몇 년 전에 묘온사 주지가 된 다이젠을 갑자기 모셔오는가 싶더니 가족끼리 간소한 장례를 치러 눈 깜짝할 새에 끝냈다고 했다. 사기리˚ 어르신이 어제 종일 외출했다고 하니 절에서 그에 대해 의논했는지 모른다. 하지만 오늘 저녁, 정확히는 배보내기 의식이 종반에 접어들어 클라이맥스에 이르렀을 시간대에 묘온사까지 관을 운반할 예정이라고 하니, 장례보다 매장에 관해 상의했을 가능성도 있다. 사기리::의 이야기를 듣기로 사기리˚ 어르신이 손녀의 장례보다 발인과 매장을 더 걱정하는 것처럼 여겨졌기 때문이다. 발인은 어르신이 신뢰하는 소작인이 거들러 올 것이라 했다.

나는 그 이야기를 듣고 사기리::를 잠깐이라도 봐야겠다고 생각했다. 왜 그런 생각이 들었는지는 모른다. 단순한 호기심이었나, 무서운 것일수록 보고 싶은 마음이었나. 그도 아니면 조금은 사기

리::를 가엾게 여겨 나 나름대로 작별 인사를 할 생각이었다. 이때도 형이라면 그렇게 했을 것이라고 생각했기 때문이었다.

사기리::에게 확인하자, 집안사람들은 대부분 혼령맞이를 보러 나갔다고 했다. 이사무 아저씨와 사기리:: 아주머니까지 나갔다는 말을 듣고 딸의 발인과 매장에 참석하지 않을 생각인가 싶어 놀랐는데, 사기리˙ 어르신의 지시라고 했다. 십중팔구 장례 행렬을 눈에 띄지 않게 하고, 또 배보내기 의식에 가가치가 사람들이 참석하면 사기리::의 장송이 그사이에 거행되는 줄 아무도 눈치채지 못할 것이라 생각했기 때문이리라.

당시 내가 밀장이나 다름없는 사기리::의 장례에 숨은 의미를 어디까지 이해했는지는 의문이다. 후에 몇 번이고 사기리::에게 설명하게 될, 구구의례라는 풍습으로 인해 일어난 살인(살의가 없었다면 과실치사라고 해도 되지만)을 은폐하는 게 목적이었다고는 생각지도 못했을 것이다. 그렇지만 어떤 수상쩍은 비밀의 냄새를 맡았던 것은 틀림없다. 거기에 내가 이끌린 것도……

"렌 오빠, 어쩌려고? 설마……"

겁에 질린 눈으로 쳐다보는 사기리:::를 자리에 누이고 곧 돌아올 테니 얌전히 기다리라고 이른 다음, 나는 방에서 나왔다. 물론 무신당에 가기 위해서다.

처음에는 본채를 가로지를까 생각했다. 집안사람들이 전부 나갔다면 그편이 빠르다. 그러나 금세 다쓰나 기치는 남아 있을지도 모른다 싶어 온 길을 되돌아가기로 했다.

별채 툇마루를 통해 밖으로 나와서는 뒷마당 가장자리를 따라 연결복도까지 갔다. 주위를 충분히 살핀 뒤 신발을 벗고 복도 북쪽 끝으로 몸을 낮춰 올라갔다. 바로 무신당의 널문을 열려다가 왼편으로 보이는 대기소 문에 눈길을 주었다. 직접 당집으로 들어가는 것보다 일단 대기소에 숨어 내부를 살피는 게 좋겠다고 순간적으로 생각했다.

나는 소리가 나지 않게 조심해서 널문을 열고 어둑어둑한 움막 같은 공간에 숨어들었다. 눈이 어둠에 익숙해질 때까지 주변을 관찰했다.

두 평쯤 되는 아무것도 없는 다다미방이었다. 서쪽 널벽 윗부분에 격자창이 있고 내가 들어온 널문이 있는 동쪽 벽 왼편에 똑같은 널문이 하나 더 보이는 것 말고는 정말 아무것도 없는 살풍경한 방이다. 그렇지만 뭔가에 씐 사람들이 이곳에서 자기에게 붙은 것을 퇴치해주기를 기다리는 건가 생각하니 기분이 썩 좋지는 않았다. 기다리는 동안 실은 그 사람 모르게 스르르 떨어져나온 마귀들이 이곳에 모여 있는 건 아닐까. 그런 망상에 사로잡히고 나니 무서워 견딜 수 없었다. 천장이며 다다미 구석의 어둠에서 뭔가가 나를 엿보다가 빈틈이 생기는 순간 내게 붙을 것 같았다.

'이런 데서 꽁무니를 빼면 어떻게 해?'

이곳에 오래 머물면 좋지 않겠다고 판단한 나는 왼편 널문을 잡고 조금씩 힘을 주어 살짝 열었다. 그리고 그 틈새로 무신당 내부를 엿보았다.

격자창이 전부 꽉 닫힌 탓인지 당집 안은 캄캄했다. 배례소일 듯한 북쪽 공간의 제단으로 보이는 곳 주위에만 촛불 두 개가 밝혀져 있었다. 얼마 동안 새로운 어둠과 촛불 불빛에 눈이 익숙해지기를 기다렸는데 자꾸만 등뒤가 신경쓰였다. 그러고 보니 뭔가가 사람에게 붙을 때는 목덜미로 들어온다는 말을 어디서 들은 적이 있었다. 하필이면 그런 말이 생각나는 바람에 자연히 두 손이 목으로 올라가 손바닥으로 목덜미 주변을 가렸다.

'믿는 건 아니야. 목덜미가 좀 선득해서 그래.'

변명처럼 속으로 중얼거렸다.

'아무도 없네.'

당집 안으로 들어가도 괜찮겠다고 판단한 나는 대기소에서 나올 수 있는 것에 마냥 기뻐했다. 그러나 내가 들어가려는 곳이 지금 있는 곳보다 수십 배는 더 꺼림칙한 공간이라는 것을 뒤늦게 깨닫고 주저했다. 아무리 불길한 기운이 감돌아도 대기소는 어디까지나 무신당의 부속물이고 본체는 당집 그 자체니까.

'그렇다고 이제 와서 그냥 갈 순 없지.'

사기리::에 대한 체면도 있었다. 그러나 내가 당집의 어둠 속으로 발을 들여놓은 것은 그 이상으로 어둠 속에 숨어 있을 비밀에 매료되었기 때문이리라.

나는 대기소 널문을 열고 정화소로 들어갔다. 무신당의 삼분의 이쯤을 차지하는 널찍한 마루방이다. 그리고 정화소 북쪽의 나머지 삼분의 일 중, 중앙 오분의 삼쯤에 제단이 있는 배례소가 마련되어 있는데 정화소보다 십몇 센티미터 높았다. 윗집의 무녀와 혼령받이가 배례소에, 축귀를 부탁하러 온 퇴치할 놈과 동행인이 정화소에 앉는다. 당집 안은 이렇게 두 개의 공간으로 나뉘어져 있었다.

발치를 주의하며 정화소 한복판까지 조심조심 나아갔다. 눈길이 자꾸만 제단을 향하려는 것을 참으며 당집의 네 귀퉁이를 몇 번씩 확인했다. 기도며 축귀를 할 때 구로코가 그런 곳에 있다고 사기리∷에게 들었기 때문이다. 어쩌면 사기리˙ 어르신이 시신을 지키라고 지시했을지도 모른다. 대기소에서 보기로는 아무도 없는 것 같았지만, 촛불 불빛만으로는 확실히 모른다. 뭐니 뭐니 해도 그 녀석은 머리끝부터 발끝까지 검은 옷을 입었으니 어둠 속에 숨어 있으면 아무도 모를 것이다. 만에 하나 구로코가 있으면 아쉽지만 그가 어르신에게 알리기 전에 사기리∷에게 돌아가는 수밖에 없다. 사기리∷의 이름을 꺼내면서 부탁하면 그도 그냥 넘어가 줄 가능성은 있었지만.

구로코는 내가 초등학교에 입학한 해 마을에 나타났다고 기억하는데, 물론 친하지는 않다. 다만 초등학생이 된 사기리∷를 알게 되어 그애 방에 놀러가는 사이에 구로코와도 안면을 텄다. 얼굴을 가린 데다 말을 못 한다는 장애에도 불구하고 구로코는 가가구시 촌과 가가치가에 감쪽같이 녹아들었다. 사교적인 성격과는 거리가 먼 렌지로조차 마을에서 구로코를 만나면 말을 거는 모양이니 아마 타고난 능력이리라. 그래도 구로코에게는 산신을 빼면 사기리˙ 어르신이 가장 소중한 존재일 게 틀림없으므로, 사기리∷의 이름이 아무리 효력이 있다 해도 될 수 있으면 들키고 싶지 않았다.

구로코가 네 귀퉁이를 비롯해 어디에도 없는 것을 확인한 뒤 배례소로 향했다. 평소에는 정면과 좌우에 발을 치는 모양인데, 지금은 앞의 것이 걷혀 있었다. 어둠 속에 제단과 마을 사람들이 바친 온갖 생활 도구가 보였다. 물론 중앙에는 허수아비님이 모셔져 있었다. 나도 모르게 외경심을 느낄 만큼 존재감이 압도적이었지만, 가장 눈에 띄는 것은 뭐니 뭐니 해도 제단 앞에 설치한 대 위의 조그만 관이었다. 양쪽 촛대의 촛불 불빛을 받아, 관 중앙에 날 부분을 X자로 교차하게 놓은 풀 베는 낫 두 자루가 섬뜩하게 번득였다.

'X자로 놓인 낫은 액막이 부적이야.'

죽어서 혼이 빠져나간 시체는 빈 그릇으로 간주되어 마물(최악의 경우에는 염매)이 숨어든다고 여겨졌다. 관 위에 놓인 낫은 그런 마물이 접근하지 못하게 막는 장치라 할 수 있다. 이 지방의 장송 의례를 아는 사람에게는 별반 신기한 광경이 아닐 텐데도, 왜 그런지 악몽의 한 장면을 보는 기분이었다. 액을 막기 위한 낫이 사위스러운 피투성이 흉기처럼 여겨지고, 낫 두 개가 각각 사기리∷와 사기리∷의 피에 젖은 것처럼 보였다.

'사기리∷는 그렇다 치고 사기리∷는 피를 흘리지 않았다고.'

나 자신을 타이르며 가볍게 머리를 흔들었지만, 관 안을 들여다보려면 낫을 치울 필요가 있다. 다행히 아직 관 뚜껑에 못을 박기 전이니 뚜껑을 여는 것은 가능하다. 문제는 낫이다. 그대로 뚜껑을 움직였다가 낫이 떨어져 소리가 났다가는 큰일이다. 미리 치워 두는 편이 낫다. 염매를 피하기 위해 일부러 관 위에 놓아둔 액막이 부적인 낫을…….

'애, 액막이 부적은 무슨, 그냥 미신이잖아.'

그 무렵 이미 문제라고 생각했던 마귀신앙처럼 눈앞의 낫도 미신이라 생각하며 용기를 그러모아 오른손을 뻗었다. 그런데 첫번째 낫자루를 잡자 날과 날이 스치는 기분 나쁜 소리가 났다. 흡사 손톱으로 유리를 긁는 듯한, 생리적으로 혐오감을 주는 소리였다. 내가 낸 소리인데도 순간적으로 몸서리를 치며 손을 홱 뺐다.

모골이 송연해지는 소리가 마치 경고처럼 들렸기 때문이다. 절대 낫을 움직이지 말라, 무슨 일이 있어도 액막이 부적을 흐트러뜨리지 말라는.

'어쩌지?'

궁지에 몰린 기분이었다. 기어이 관 속을 보고야 말겠다는 강박관념에 사로잡혀 있었던 탓에 단념하고 돌아간다는 생각이 아예 떠오르지 않았다. 그렇다고 낫을 치울 용기는 이미 오래전에 사라지고 없었다.

'그, 그래. 뚜껑을 들어올리려면 힘들 테니까 천천히 옆으로 비끼자. 그럼 낫도 안 떨어질 테고 치울 필요도 없지.'

액막이 부적을 망가뜨리지 않고 시신을 볼 수 있다는 일석이조의 방법이라고, 지금 내가 처한 상황도 잊고 약간 우쭐했다.

나는 즉각 관 뚜껑에 손을 뻗으려다가 얼어붙었다. 달그락달그락하는 소리가 들렸기 때문이다. 꼼짝하지 않고 귀를 기울였다. 그러자 또 같은 소리가 바로 곁에서 들려와 순식간에 정체를 알았다.

액막이 낫의 날이 떨리며 맞부딪치고 있었다.

나는 눈앞에서 보일 듯 말 듯 진동하는 낫을 응시하며 무슨 착오가 있는 것이라고 생각했다. 그랬다가 바로 지진이라고 고쳐 생각했다. 그러나 이어서 관 뚜껑에서 덜컹덜컹 소리가 난 순간 나도 모르게 엉덩방아를 찧었다. 정말 심장이 멎는 줄 알았다. 다리에서 힘이 빠져 일어날 수 없었다.

'시신에 마물이 들어간 거야.'

미신이라는 생각은 쑥 들어갔다. 내가 액막이 낫을 움직인 탓이다. 이제 곧 사기리::의 시체가 관 속에서 일어나 앉을 게 틀림없다. 그렇게 믿으며 전율했다.

그런데 갑자기 뚜껑과 낫의 떨림이 멎었다. 소리가 난 것은 아마 겨우 몇 초뿐이었을 것이다. 그뒤에 찾아온 정적은 어마어마하게 섬뜩했다. 조용한 것은 내가 무신당에 들어왔을 때와 다를 바 없을 텐데도, 그보다 몇 배는 더 짙고 기분 나쁜 무음의 어둠이 배례소에서 당집 안에 퍼져나가는 것 같았다.

똑, 똑, 똑.

이윽고 정적이 깨지고, 뭔가를 두들기는 듯한 소리가 어둠 속에 울려퍼졌다. 눈앞의 관 속에서…….

나는 하마터면 바지를 적실 뻔했다. 어째서 관에서 소리가 들리는지 이유를 생각하다가 비명을 지를 뻔했다. 관 뚜껑이 천천히 올라가고 뭔가가 나오는 광경이라도 봤다면 나는 분명 소변을 지리고 악을 썼을 것이다. 그리고 죽을 때까지 창살방에 갇혀 지내야 했을 것이다.

다행이라고 해야 할지, 똑, 똑, 똑, 하는 소리가 불연속적으로 이어지는 것을 제외하면 무슨 일이 일어날 낌새는 없었다. 물론 관 속에서 들려오는 노크 소리는 어마어마한 공포였지만, 소리가 불규칙하게 반복되는 사이에 나도 차츰 침착함을 되찾았다. 그러고나니 마물이 사기리::의 시체에 들어갔다고 생각하기보다 어쩌면 그애가 되살아났는지도 모른다고 생각하는 편이 훨씬 합리적이라는 판단이 섰다. 그렇다고 무섭지 않았던 것은 아니다. 죽었던 사람이 되살아난다고 구체적으로 그려보니 역시 전율을 금할 수 없었다.

나도 모르는 사이에 관에서 조금이라도 떨어지려고 했나보다. 주저앉은 상태에서 부자연스럽게 상반신을 젖히고 있던 나는 관 옆쪽으로 얼굴을 가져가 불러보았다.

"사, 사, 사기리::야?"

내 딴에는 소리를 크게 낸다고 했는데 실제로는 속삭임에 가까운 쉰 목소리가 나와 나 스스로도 놀랐다.

그러자 관 속에서……

똑, 똑, 똑.

노크 소리가 들려왔다. 아까보다 힘이 없었지만 명백히 내 물음에 대한 응답이었다.

"지, 진짜 사기리::야? 너, 사, 살아 있는 거야?"

공포와 경악이 뒤섞인 흥분에 사로잡힌 나는 반사적으로 일어나 두 손으로 관 뚜껑을 잡으려 했다. 그런데 그때 오른쪽 어둠 속에서 목소리가 들려왔다. 소리를 지르는데 불분명한 목소리라 무슨 말을 하는지 알아들을 수 없었다. 그러나 순간적으로 떠오른 것은 들키겠다는 걱정뿐이었다.

나는 잠시 망설였지만 곧 관 밑에 숨었다. 정확히는 관이 안치된 대 밑이다. 숨을 만한 곳은 그곳밖에 눈에 띄지 않았다. 관 밑에 몸을 거의 집어넣었을 때, 불분명한 외침 소리가 들린 쪽의 널문 열리는 소리가 났다. 그리고 틀림없는 사기리* 어르신의 목소리가 들렸다. 은거소에 있는 구로코에게 무슨 지시를 내리는 듯했다. 그러나 무슨 말을 하는지 내용에 귀를 기울일 여유는 없었다. 그저 대 밑에서 몸을 움츠리고 들키지 않게 해달라고 기도하는 게 고작이었다.

"왜 이렇게 늦나."

바로 옆에서 사기리* 어르신이 중얼거리는 소리가 들려오는 바람에, 나는 하마터면 "앗" 하고 소리 지를 뻔했다. 숨는 데만 정신이 팔려 어르신이 그새 제단까지 다 온 것도 알아차리지 못했다.

"뭘 하는 거지. 배보내기 의식이 끝나면 마을 사람들도 집으로 돌아가기 시작할 테니 일이 어렵게 되겠건만."

어르신의 혼잣말에서 이제 곧 발인을 거들 소작인들이 오리라는 것을 알았다. 본래 관을 지는 데는 네 명이 필요하지만, 어린애의 시신이라면 두 명으로도 충분할지 모른다. 아무리 신뢰하는 소작인이라도 예사 경우가 아니니 인원수는 하나라도 줄이고 싶을 것이다.

그렇지만 사람이 몇 명이건 그런 것은 내게 문제가 아니었다. 이제 곧 당집에 최소한 어른 두 명이 들어올 것이다. 그러면 촛불이 더 늘어날지도 모른다. 아니, 설사 지금보다 더 환해지지 않아도 관을 들어올리면 나는 꼼짝없이 들키고 만다.

'관…… 사기리::…….'

그제야 사기리::가 살아 있다는 것을 어르신에게 알려야 한다고, 그 사실을 아는 사람이 나밖에 없다고 다시 생각했다. 그런데도 꼼짝할 수도, 목소리를 낼 수도 없었다. 어렸을 때부터 사기리 어르신을 두려워하던 마음 때문일까. 아니, 그 이상으로 그 자리의 기이한 분위기가 나를 붙들었던 것 같다. 분위기에 휩쓸린 게 아니라 감지했다고 할까. 본능이 연신 중얼거렸다.

입 다물고 가만있어라, 절대 말하지 마라, 들키지 않게 꼭꼭 숨어 있어라, 하고.

하지만 그러면 사기리::는 어떻게 될 것인가. 이대로 그냥 두었다가 사기리 어르신과 나중에 올 사람들이 아무도 알아차리지 못하면 큰일이다.

똑, 똑…….

머리 위에서 소리가 났다. 관 바닥을 치는 것임을 알았다. 내가 밑에 숨은 것을 눈치채고 사기리::가 신호를 보내는 위치를 바꾼 것이다.

'사기리' 어르신이 이 소리를 들으면…….'

나도 바닥을 쳐서 알아차리게 할까 생각했다. 하지만 관 바닥에서 소리가 계속되면 자칫하면 어르신이 밑을 들여다볼 염려가 있다. 숨는 장소를 옮겨야 한다는 뜻이다. 하지만 기어나오려도 관 좌우로 촛대가 있으니 어둠을 틈탈 수 없다. 물론 정면도 무리다. 그렇다면 방법은 뒤쪽, 제단 밑으로 숨어드는 것밖에 없다.

나는 소리 나지 않게 몸을 틀고는 제단 밑을 살펴보았다. 관과 조금 거리가 있기는 해도 바로 가까이에 허수아비님이 걸친 도롱이의 끝자락이 보였다. 양옆은 어두워서 잘 보이지 않았지만 몸을 숨길 틈새는 없을 듯했다.

'방법이 없나…….'

절망감에 신음하려다가 허둥지둥 제단 아래를 다시 보았다.

'허수아비님의 도롱이 밑으로 숨어들 수 있을지도 몰라.'

도롱이는 짚과 사초를 엮어 만드니 헤치고 지날 수 있을 것이다. 게다가 제단이 혹시 히나 인형 진열대 같은 구조라면 속이 텅 비어 있을 가능성도 있다. 지금 상황에서 탈출하려면 허수아비님의 도롱이 밑을 지나 제단 속으로 숨어드는 수밖에 없다. 그게 유일한 길이었다. 문제는 아무리 발치라지만 과연 허수아비님 속에 들어가는 게 가능하냐는 점이었다. 그것도 다름 아닌 무신당에 모셔진 허수아비님 속에.

백과 흑을 불문하고 가가구시촌에서 나고 자란 사람에게 허수아비님이라는 존재는 특별하다. 신앙심, 외경심, 공포심 등 사람마다 이유는 다양해도, 모독하면 안 되는 대상이라는 것은 누구나 똑같았다. 그런 허수아비님의 발치를 내가 돌파할 수 있을까.

똑, 똑, 똑.

결심을 독촉하듯 또다시 머리 위에서 노크 소리가 들렸다. 지금껏 들은 중 가장 큰 소리였다. 사기리˚ 어르신의 귀에도 들리지 않았을까 생각한 순간, 나는 허수아비님의 발치를 향해 기어나갔다. 머리가 도롱이 속에 들어간 순간에는 나도 모르게 숨을 멈추었다. 도롱이를 헤치고 반대편으로 나가면 바로 벽에 부딪치는 게 아닐까 걱정했으나, 다행히 제단 바로 밑으로 숨어들 수 있었다.

'살았다……'

일단 안도했지만 꾸물댈 겨를이 없다. 관 속에서 일어난 기적을, 내 존재를 들키지 않으면서 사기리˚ 어르신에게 전해야 한다.

캄캄한 어둠 속을 더듬어 버팀목과 가로대의 위치를 파악했다. 어린애라면 충분히 숨을 수 있는 공간이 있다는 것을 알고 이번에는 몸을 낮춰 온 길을 되돌아왔다. 또다시 도롱이 밑에 머리를 집어넣을 때 숨을 멈추고 사초와 짚 틈새로 관을 올려다본 나는, 하마터면 멈추고 있던 숨을 꿀꺽 삼킬 뻔했다. 이어서 '헉' 하고 비명을 지르려다가 가까스로 참았다.

관에서 새하얀 손가락이 꿈틀거리며 기어나오려 하고 있었다.

엉거주춤한 자세로 올려다본 탓에 실제 상황은 알 수 없었지만, 아마 내부에서 뚜껑을 조금씩 옆으로 밀어 그 좁은 틈새로 손가락을 내놓은 것이리라.

오주천 361

'이쯤 되면 사기리' 어르신도 알아차리겠지. 어르신이 못 봐도 도우러 온 사람이 발견할 거야.'

뚜껑에 아직 못을 박지 않았으니 소작인들이 못 보고 넘어갈 수 없을 것이다. 겨우 안도한 내가 이제 남은 일은 무사히 이곳에서 빠져나가는 것뿐이라고 생각하는데, 액막이 낫이 움직인 듯한 소리가 들렸다. 이어서 관 뚜껑이 들어올려졌다.

'앗!'

드디어 사기리::가 자력으로 기어나오는가 싶어 놀랐으나, 바로 관 뚜껑을 잡은 사기리' 어르신 것인 듯한 오른손이 보였다.

'알아차렸구나!'

기뻐한 것도 잠깐뿐, 어르신의 오른손은 뚜껑을 원위치로 돌려 놓더니 난폭하게 닫아버렸다. 나는 내 눈을 믿을 수 없었다. 관 속에서 도움을 청하려고 뻗은 손가락을 잔인하게도 뚜껑으로 짓뭉개려 한 것이다.

'어, 어, 어, 어째서? 어떻게 된 거야?'

영문을 알 수 없는 광경을 목격하고 나는 심한 혼란에 빠졌다. 그러나 그것은 아직 시작에 불과했다. 그뒤 사기리' 어르신이 한 말을 들은 순간, 더 큰 혼란과 더불어 무시무시한 전율이 나를 덮쳐 목덜미에 소름이 돋았다.

"하여간 끈덕진 애로군. **아직도 안 죽었나.** 이렇게 명예로운 일은 이 마을에서 좀처럼 없는 일이건만."

사기리' 어르신은 사기리::가 되살아난 것을 알고 있었나? 그런데도 그냥 매장하려 한다는 말인가? 그렇기 때문에 이렇게 비밀리에 일을 진행하는 건가? 하지만 대체 왜? 사기리∷는 어르신이 누구보다도 자랑스러워하던 손녀 아닌가? 사기리∷보다 몇 배는 더 예뻐하지 않았나? 그런데 왜? 이 무신당에서 대체 무슨 일이 벌어지고 있는 건가?

정말 머리가 빠개질 것 같았다. 그 정도로 내가 받은 충격은 엄청났다.

사기리∷가 허수아비님이 됐다.

그러나 문득 이틀 전 마을에 퍼진 소문이 생각나자 지금 내가 마주친 기괴한 사건의 진상을 조금은 알 듯했다. 나는 더욱 겁에 질렸다.

아닌 게 아니라 사기리˙ 어르신은 사기리∷를 특별취급 했다. 분명 마을에서 가장 높은 **사람**은 사기리∷였을 것이다. 그런 그애가 구구의례로 산신님이 됐다. 어르신은 환희했을 것이 틀림없다. 어르신에게 사기리∷ 이상으로 중요한 것은 뭐니 뭐니 해도 산신님이니까.

그런데 뜻하지 않게 사기리∷가 되살아나고 말았다. 보통 경우라면 죽은 줄 알았던 사람이 살아났으니 기뻐하겠지만, 어르신은 달랐다. 낙담한 것이다. 아니, 그것만으로 끝나지 않았다. 사기리∷가 허수아비님이 됐다는 말은 이미 온 마을에 퍼진 뒤였다. 가가치가의, 윗집의 체면도 있다. 그리고 무엇보다도 어르신 자신이 새 산신님을, 그것도 자신의 피를 이어받은 허수아비님을 원했다.

오주천

그러니 사기리∷가 살아나는 것은 곤란하다.

십중팔구 어르신이 달인 약을 사기리∷에게 먹였을 것이다. 죽음에 이르게 하는 독약인지, 의식을 잃게 하는 약인지는 알 수 없지만, 약효가 완전하지 않았던 것이 틀림없다. 그래서 사기리∷는 관 속에서 의식을 되찾고 밖에 있는 내게(어르신이 아닌 다른 사람이라고 판단했는지도 모른다) 구조를 청했다.

여기까지 무시무시한 상황을 겨우 파악했을 때였다.

"무녀님, 늦어서 죄송합니다. 빠져나오는 데 애를 좀 먹는 바람에……."

연결복도의 널문이 열리는 소리가 나더니 당집에 바깥 빛이 비쳐들고 굵직한 남자 목소리가 들렸다. 이어서 널문이 닫히고 햇빛이 사라지자, 어둠 속에서 소작인 남자 둘이 나타났다.

이렇게 되면 의지할 것은 이 두 사람뿐이다. 아무리 윗집 소작인이라 해도 죽지 않았다는 것을 알면서 어린애를 관에 가둘 리 없다. 그러나 내 그런 생각은 너무 안이했다.

"오느라 수고 많았네. 그런데……."

사기리˙ 어르신은 이제부터 할 일을 설명한 뒤, 오늘 일을 조금이라도 누설하면 삼대가 화를 입을 것이라고 엄청난 박력으로 말했다. 아니, 협박했다.

사기리˙ 어르신에게 그런 말을 듣고 반항할 수 있는 마을 사람은 없다. 그 말을 직접 들은 것이 아닌 나조차 겁을 먹고 벌벌 떨었을 정도다. 내가 지금까지 아무에게도 그때 일을 이야기하지 못했다는 것이 그 증거다.

다만 이 두 사람의 명예를 위해 덧붙이자면, 그들이 알아차릴 만한 이변, 즉 관 속에서 소리가 들려오는 현상은, 최소한 당집 안에서는 일어나지 않았다. 그러니 두 사람이 아무것도 모른 채 절까지 관을 운반했을 가능성이 높다고 생각한다. 하기야 그들도 도중에 자신들이 진 관의 이상을 알아차렸다 한들 사기리˚ 어르신에게 알릴 정도로 어리석지는 않았겠지만. 그때를 대비한 위협은 당집에서 이미 충분하고도 남을 만큼 받았다.

문제는 나였다. 나는 결국 아무것도 하지 못했다. 허수아비님의 도롱이 틈으로 두 남자가 관 뚜껑에 못을 박는 것을 잠자코 지켜보고, 관을 지고 밖으로 나가는 것을 손놓고 보기만 했다. 나는 사기리::가 죽도록 내버려둔 것이다.

가가치가에 대대로 이어져 내려오는 구구의례 때문에 사기리::는 산 채로 매장되었다.

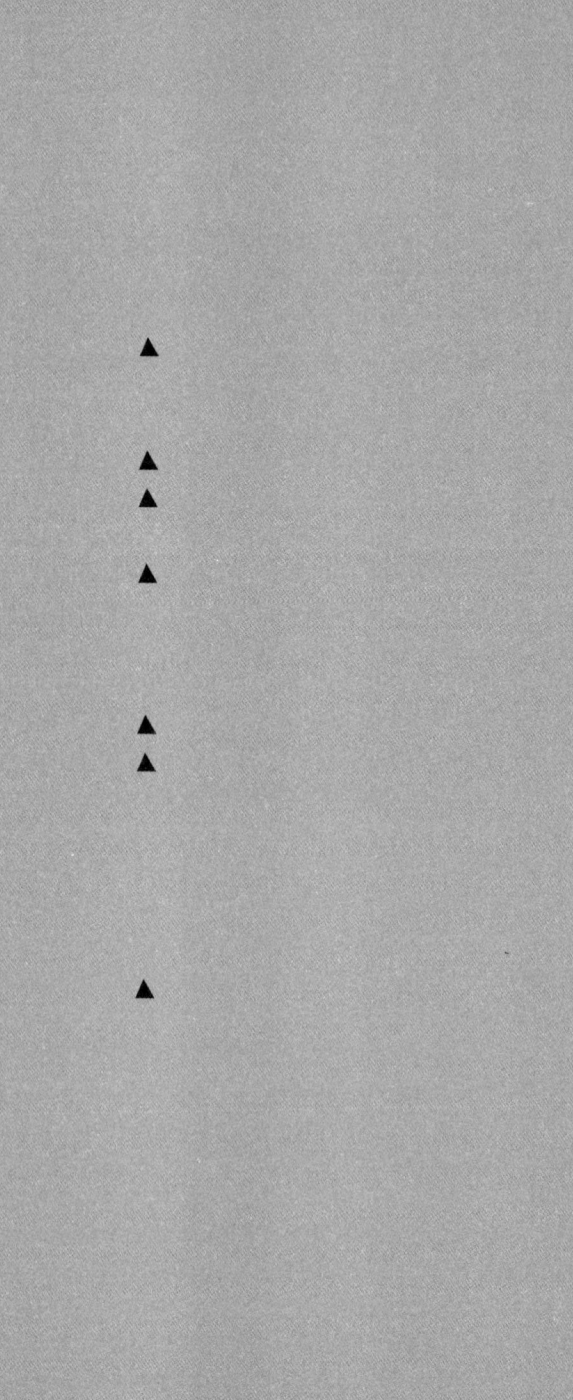

윗집 손님방

가쓰토라의 익사체가 발견된 날 밤, 구니하루와 기누코, 이사무가 이목을 피해 손님방으로 들어왔다.

그래도 일부러 시간차를 둔 듯 몇 분씩 사이를 두었다. 하기야 오전과 저녁에도 똑같이 모였으니 그 정도 학습은 당연한지 모른다. 앞서 두 번은 누가 볼까봐 걱정하는 사람들답지 않게 셋이 줄줄이 드나들었기 때문이다. 미덥지 않은 노인네였을망정 그들을 통솔하던 가쓰토라가 없어진 영향이 생각지도 못한 곳에서 나타났다.

그래도 구니하루를 중심으로 하루에 세 차례나 밀담을 가진 것을 보면 그들이 얼마나 궁지에 몰려 있었는지 알 수 있다. 첫번째는 구니하루가 다른 두 사람에게 어제 저녁 있었던 일(가쓰토라와 히센천 상류 나루터에 갔던 것)을 설명하고 어떻게 하면 좋을지 의논하기 위해서였다. 그리고 두번째는 경찰의 조사가 끝난 뒤 각자 무슨 질문을 받았고 어떻게 대답했는지 이야기해 배신자가 없는지 확인하기 위해서였다. 두 번 다 굳이 따지자면 구니하루의 불안 해소가 목적이었다고 보인다. 즉 그가 솔선해서 다른 두 명을 소집하는 건 자연스러운 일이었던 셈이다.

그러나 세번째는 달랐다. 하인을 포함해 가가치가 사람들 전원에 대한 조사가 끝나고 저녁도 먹어 조금 안정을 되찾고 나자, 경찰이 사람들을 어떻게 대했는지, 어떤 식으로 사건을 보는지, 뭘 찾으려 하는지, 그런 세세한 점들이 서서히 알려졌다. 그러면서 세 사람 다 어마어마한 불안에 사로잡힌 듯했다. 그 때문에 누가 먼저랄 것 없이 세번째 모임을 가진 것이 틀림없다. 그것은 셋이 모여 앉았는데도 구니하루가 입을 열지 않은 데서도 짐작할 수 있다. 덧붙이자면 그는 아침부터 지금까지 가운뎃집에 돌아가지 않고 내내 윗집에 눌어붙어 있었다. 경찰의 조사가 있었다지만, 남은 세 명 중 자신만 윗집을 떠나기가 싫었을 것이다.

맨 처음 손님방에 들어온 사람은 구니하루였다. 오는 길에 챙긴 듯 큼직한 술병과 술잔을 들고 있었다. 그는 조금도 주저하지 않고 가쓰토라를 대신해 장식단 앞 상석에 앉았다. 이어서 그보다 연상에 윗집 당주이기도 한 이사무가 나타났지만, 매제에게 가볍게 고개를 끄덕여 인사한 뒤 아무 말도 않고 그 앞에 앉았다. 구니하루도 술병을 든 채 그저 고개만 끄덕였다. 이윽고 술을 후루룩 마시는 소리가 손님방에 울려퍼져 그렇지 않아도 썰렁한 방을 더욱 적막하게 했다. 마지막으로 들어온 기누코는, 들어오자마자 무슨 말을 하려 했으나 두 사람의 분위기에 압도되었는지 잠자코 오빠 옆에 앉았다.

얼마 동안 아무도 입을 열지 않은 채 시간만 흘렀다.

"스님이 오신 것 같던데요."

이윽고 기누코가 두 남자의 기색을 살피며 말했다. 손님방에 오기 전에 다이젠을 본 것이 생각나 일단 무난한 화제를 꺼낸 것이리라.

"흥."

"아직 시신이 돌아오지도 않았는데……."

그러나 그녀의 왼쪽에 앉은 오빠는 코웃음만 치고 왼쪽 대각선으로 앉은 이사무는 힘없이 중얼거리기만했을 뿐 대화는 이어지지 않았다. 그래도 둘 중에 그나마 형부가 상대가 될 것 같았나보다.

"원래는 벌써 왔어야 하는 거 아닌가요?"

"그렇죠.…… 그러고 보니 아까 경찰이 예정보다 늦어지는 것 같다고 하던데요. 하지만 시신도 없는데 다이젠 주지를 괜히 일찍 오시게 했군요."

"그렇지만 형부, 어째서 우리 집에서 그 수험자의 시신을 거둬야 하는 거죠? 사기리… 큰언니가 죽였다면야 어쩔 수 없겠지만, 삼촌도 그런 무서운 일을 당하면서 언니의 혐의는 옅어졌잖아요. 그런데 왜……."

이사무의 반응에 힘을 얻었는지 기누코가 불만을 털어놓았다.

"윗집에서 시신을 거두자는 건 어머님이 결정하신 일입니다. 게다가 당시는 처형의 혐의가 아직 짙었고, 젠토쿠 도사는 어머님 손님으로 윗집에 머물고 있었으니까요."

"그럼 무신당에서 임시 밤샘을 치르면 되잖아요. 가족도 아닌 사람의 시신을 왜 본채에 들이는 거죠?"

"기분은 이해하지만 당집은 좀……. 어쨌든 범행 현장, 아니, 수험자가 죽은 곳이니 역시 곤란할 겁니다."

"형부, 지금이라도 경찰한테 말해서 우리 집에선 못 하겠다고 하죠? 어머니는 어차피 밤샘이건 장례건 못 나올 테니 들키지 않을 거예요."

"경찰의 말로 추측하건대, 처형이 범인이라고 예상했기 때문에 젠토쿠 도사의 검시도 일찍 끝나 오늘밤 이리로 돌아올 것 같던데요."

"그럼 다시 조사하러 시신을 도로 갖고 갈지도 모르겠네요. 만약 그렇게 되면 형부, 우리 집에선 이제 거두지 않겠다고 경찰한테 확실하게 말씀하셔야 해요."

강경하게 말하는 기누코에게 이사무는 눈을 희번덕거리며 대꾸하지 못했다.

"아무래도 상관없어. 어차피 삼촌의 밤샘하고 장례도 치러야 하는데 한 사람쯤 더 는들 무슨 대수라고."

묵묵히 술을 따라 마시는 동작을 반복하던 구니하루가 드디어 입을 열었다.

"그렇지만 오빠, 어디서 굴러먹다 온 개뼈다귀인지도 모르는 수험자를, 그것도 사이비 같은 종교가를 삼촌이랑 같은 취급을 하다니요……."

"죽고 나면 똑같아. 그보다 살아 있는 자기 자신을 생각하라고."

"그게 무슨 말이에요?"

구니하루의 어조는 퉁명스러웠지만 두려움이 느껴졌다. 기누코도 그것을 깨달았는지 불안스레 되물었다.

"삼촌은 우연이라고 했지만, 일요일 저물녘에서 밤까지 우리가 안방에서 그 이야기를 했잖나. 수험자 녀석도 한패에 끼었지. 그러고나서 이튿날 아침에 그런 일이 벌어진 거야."

"그건 그 작자가 사기리::를 욕보이려고 해서 큰언니가……"

"그럼 삼촌을 그렇게 만든 것도 사기리:: 누나라고?"

"누가 그렇대요? 난 그저…… 어? 그럼 오빠는 역시 두 사람을 죽인 게 같은 사람이라고……."

"그렇게 생각하는 게 정상이지."

"뿐만 아니라 일요일에 한 이야기가 그 이유란 말입니까?"

이사무가 처남의 뒷말을 이어받았다.

"젠토쿠 도사만 죽었다면 아닌 게 아니라 우연이었을지도 모르죠. 하지만 삼촌까지 같은 모습으로 죽었으니까요. 두 사람의 공통점이라곤 그 이야기밖에 없잖습니까."

"하지만 대체 누가……. 아니, 안방에서 한 이야기는 우리 말고 아무도 모를 텐데요."

"수험자 놈이 들었으니 들은 사람이 한두 사람 더 있다 해도 이상할 것 없죠."

"오빠, 구로코 아닐까요? 그애는 집뿐 아니라 마을에서도 고양이처럼 살금살금 행동하니까요. 그 안방, 옛날에 다실로 썼던 거 알죠? 그래서 장식단 측벽에 채광창이 있잖아요? 그밖이 바로 마당이니 거기에 구로코가 숨어 있었다면……."

"그렇지만 구로코 군이었다면 어머님께 알렸을 텐데요. 젠토쿠 도사는 그렇다 치고 설마 친동생까지……."

이사무가 있을 수 없는 일이라는 듯 고개를 내저었다. 그러자 구니하루가 별안간 몸을 내밀고 자기 머리를 가리켰다.

"어머니는 여기가 이상해지신 게 틀림없습니다. 어머니한테 제일 중요한 건 뭐니 뭐니 해도 가가치가니까요. 그것도 산신님을 모시는 윗집의 존속이 뭣보다도 중요할걸요."

"하지만 오빠, 설마 어머니가……. 게다가 어머니는 월요일 아침부터 몸져누워 있었잖아요."

"물론 실제로 죽인 건 구로코야. 지시를 내린 사람은 어머니고."

구니하루는 단숨에 술잔을 비우고 단정하듯 말하더니 이사무와 기누코가 놀랄 말을 덧붙였다.

"하기야 어머니 이상으로 수상한 건 가미구시가 놈들이지만."

"가미구시가? 하지만 처남, 그 댁 렌자부로 군은 협조적이잖습니까. 게다가 그 이야기를 가미구시가 사람이 알 것 같지는…… 아니면 벌써 그 이야기를 구체적으로 진행시키고 있습니까?"

"아뇨, 아직은 아닙니다. 수험자 놈 사건으로 그럴 경황이 없었으니까요."

"그럼 더더욱 그런 일은……."

"형님은 보신 적 없습니까? 가미구시가의 렌지로가 구로코하고 같이 있는 모습을."

"렌지로 군이……? 아뇨, 못 봤습니다만."

"앗, 전 본 적 있어요. 한 번뿐이지만. 묘한 조합이다 싶던데요. 별종끼리 마음은 맞을 것 같지만, 렌지로 군은 마귀가계를 혐오하잖아요? 그런데도 구로코랑 같이 있다는 게 뜻밖이라서……. 하지만 렌지로 군은 대학에 가서 집에도 안 돌아오지 않나요?"

"내가 말하고 싶은 건, 만약 구로코하고 렌지로가 내통하고 있다면 구로코하고 다른 가미구시가 사람도 관계가 있지 않겠느냐 하는 거야."

"구로코 군이 그 이야기를 가미구시가 사람한테 했다는 말입니까? 그건 아닐 것 같은데요. 구로코 군은 어머님께 충성을 맹세한 거나 다름없는데요."

"형님, 바로 그겁니다. 어머님 입장에선 일석이조 아닙니까. 구로코를 통해 가미구시가 사람을 움직여서 우리 계획을 저지할 수 있다면 가가치가는 걱정할 것 없고, 또 설령 범인이 경찰에 붙잡혀도 그게 가가치가 사람이면 제아무리 큰신집이라도 마을 내 지위가 위태로워질 테죠. 안 그렇습니까?"

"으음, 과연 그렇게 잘 풀릴지……. 아니, 잠깐만요. 만약 그렇다면 처음에 젠토쿠 도사와 외숙부님을 잇따라 노린 건 두 사람이 우리 중에서도 참모 격이라…… 그런 말입니까?"

"네? 형부, 그 말씀은 범인이 우리 모두를 노린다는……."

기누코가 이사무를 보더니 이어서 구니하루에게 얼굴을 돌렸다. 동생이 자기를 보는 것을 알 텐데도 구니하루는 천천히 술만 따를 뿐 대답하려 하지 않았다. 참다못한 기누코가 물었다.

"오빠! 어제 저녁 삼촌이랑 나루터에 가는 길에 진짜 아무도 못 봤어요? 삼촌이 누구를 만난다고 정말 말씀 안 하셨어요? 뭐든 좋으니까 생각나는 거 없어요?"

"시끄러워! 벌써 여러 번 말했잖냐. 아무도 못 봤고 삼촌은 아무 말도 안하셨다고. 그저 뜻밖의 인물이라고, 알면 놀랄 사람이라고, 그렇게 넌지시 비치기만 했어."

"외숙부님의 말투를 생각하면 역시 가미구시가 사람이 수상한가요."

"그렇죠. 시체에 그런 괴이한 짓을 한 것도 가가치가 사람의 탓으로 돌리려 그랬다고 생각하면 이해되지 않습니까?"

이사무와 구니하루가 마주 보고 고개를 끄덕이는데 기누코가 중얼거렸다.

"삼촌한테 뜻밖이라면 거꾸로 우리 집 사람인지도 몰라요."

순간, 방 안에 정적이 흘렀다. 세 사람이 처음 모였을 때처럼 침묵 상태로 돌아가고 말았다. 아무것도 알 수 없는 오리무중의, 불안과 의심의 세계에서 각자 허우적대고 있을 게 틀림없었다. 숨 막히는 침묵이 한동안 이어졌다.

이윽고 이사무가 억지로 마음을 가라앉힌 듯한 목소리로 말했다.

"처제가 아까 하려던 말 말인데, 처남은 범인이 남은 우리도 노릴 위험이 있다고 생각합니까?"

구니하루의 어깨가 움찔했다. 그러고는 술병과 잔이 맞부딪치는 귀에 거슬리는 소리를 내며 술을 따라 마시고는 겨우 입을 열었다.

"형님, 그리고 기누코 너도, 한 번 더 확인하겠습니다. 그 이야기는 절대 발설하시면 안 됩니다. 경찰뿐 아니라 누구한테도 말 않는다고 약속하시는 겁니다."

"그렇지만…… 우리도 위험한 거라면 차라리 경찰한테……."

"넌 바보냐! 그랬다간 더 위험해질지도 모르잖냐."

"그, 그럴까요."

"제일 좋은 건 입 다물고 꼼짝 않는 거야. 물론 그 이야기도 없었던 걸로 하고. 아무 말도 하지 않고 아무런 행동도 하지 말아야 해. 한동안 집 밖으로 나가지 않는 게 좋을지도 모르지. 좌우지간 죽은 듯이 있어. 구체적인 언동이 일체 없는 걸 알면 저쪽에서도 쓸데없이 나서지는 않을 테니까."

"일리는 있지만 처제의 걱정도 이해는 됩니다. 경찰은 젠토쿠 도사하고 외숙부님의 관계를, 두 사람의 공통점을 찾아내려고 애쓰고 있으니까요. 우리가 힌트를 주면 범인을 체포할 수 있을지도……."

"형님, 나중 일까지 생각해야죠."

구니하루는 고개를 가로저으며 하여간 골치라는 양 한숨을 크게 쉬었다.

"우리가 무슨 일을 하려고 했는지 알려지면 대체 앞으로 무슨 낯으로 가가치가에서, 이 마을에서 살아가란 말입니까? 렌자부로와 사기리::의 혼인을 물밑에서 추진하면서 그사이에 동지도 서서히 늘려 공표해도 괜찮겠다 싶을 때 이야기한다면 또 몰라도, 아직 아무것도 시작되지 않은 상태에서 계획만 알려지는 건 또 다른 의미에서 목숨이 위태로운 일이라 이겁니다. 기누코, 너도 친정에서까지 쫓겨나는 사태가 벌어졌다간 곤란할 텐데."

여기에 이사무와 기누코는 꼼짝 못 하고 고개를 떨어뜨린 채 한마디도 하지 못했다.

"그러느니 전부 없었던 일로 돌리는 게 그나마 빠르죠."

"범인을 그냥 놔두고 말입니까?"

"수험자는 그렇다 치고 삼촌에게는 미안하지만 어쩔 수 없어요. 뭣보다도 그게 정말 인간의 소행인지……."

"네? 처남, 그게 대체……."

"오빠, 구로코가 우리 이야기를 엿듣고 다른 사람한테 알렸다는 설에 오빠도 찬성한 게 아니었어요?"

이사무와 기누코가 동시에 다그치는데, 구니하루는 어깨를 으쓱하고는 한동안 말없이 술잔만 기울였다.

"이상하다는 생각 안 듭니까?"

그러더니 이윽고 나지막이 중얼거렸다.

"죽은 두 사람의 차림새 말입니까. 하지만 그건 아까 처남이 가가치가 사람의 소행으로 꾸미려 그런 거라고 했잖습니까. 세상 사람들이 우리 집과 연관된 사건이라고 믿게 하려고…… 어라?"
 평소의 그답지 않게 흥분했던 이사무가 갑자기 말을 흐렸다. 그러자 기누코가 그뒤를 이었다.
 "전 어려운 이야기는 잘 모르지만 그건 좀 이상해요. 만약 어머니가 구로코를 시켜 한 일이라면 허수아비님의 차림새를 시키지 않을걸요. 아닌 게 아니라 머리는 좀 이상할지 몰라도, 그래도 어머니라면 신앙심은 분명히 끝까지 사라지지 않을 테니까요. 가미구시가의 누군가를 조종했다 쳐도 같은 말을 할 수 있지 않겠어요? 가가치가에 의혹이 돌아갈 묘한 행동을 할 리가……."
 "맞습니다. 게다가 어머님은 무관하고 처음부터 가미구시가 사람만의 범행이었다 해도 구로코 군이 그런 일에 협조할 리 없죠. 어느 쪽이든 석연치 않은 부분이 생기는 겁니다."
 두 사람은 서로 마주 보더니 다시 구니하루에게 시선을 돌렸다.
 "처남은 지금까지 이것저것 이야기하는 사이에 이 모순을 깨달은 겁니까?"
 "그럼 오빠, 두 사람의 죽음이랑 일요일에 한 이야기는 전혀 상관없다는 게 되잖아요."
 그런데 구니하루는 두 사람의 말에 모두 고개를 내저었다. 부정한다기보다 자기도 모르겠다고 한탄하는 것처럼 보였다. 아니나 다를까, 그는 이렇게 말했다.
 "그런 모순은 방금 듣고 처음 깨달았습니다. 일요일에 한 이야기하고 무관하냐고 묻는다면 난 관계있다고 생각해. 하지만 그런 건 이제 아무래도 상관없는 겁니다. 좌우지간 내가 하고 싶은 말은, 전부 없었던 일로 하자는 것, 그것뿐입니다."

"그건 나나 처제나 잘 알았으니까 괜찮지만, 처남은 달리 걱정되는 게 있는 것 같은데요. 여기서 하는 이야기는 아무한테도 발설하지 않을 테니…… 그렇죠?"

마지막은 처제에게 동의를 구하듯 이사무가 기누코를 보며 말했다. 기누코는 즉각 고개를 끄덕이고는 이야기를 독촉하듯 오빠를 향해 돌아앉았다. 그런 두 사람을 바라보던 구니하루는 술병을 거꾸로 뒤집어 남은 술을 단숨에 들이켰다.

"나루터에…… 뭔가 있었어요."

"네? ……하지만 오빠, 아까는 아무도 없었다고……."

기누코가 저도 모르게 따졌으나, 형부가 얼굴을 찌푸리며 보일 듯 말 듯 고개를 흔드는 것을 알았는지 바로 입을 다물었다. 그러나 구니하루는 그런 두 사람을 알아차린 눈치도 없었다.

"그래, 인간은 아무도 없었어. 나도 주위를 확인하고 다녔으니까. 하지만 뭔가 있었던 거야. 나중에 와서 그때 상황을, 그곳의 분위기를 떠올릴 때마다 자꾸만 그런 생각이 들어."

방금 전 비운 술병을 기울이며, 술이 한 방울도 나오지 않는다는 것을 알아차리지도 못하고 구니하루가 겁에 질린 어조로 말했다.

"서, 설마 처남, 인간이 아닌…… 정체를 알 수 없는 존재가 두 사람의 목숨을 빼앗았다는 말입니까? 그럼 어째서 어머님이며 가미구시가 이야기를……."

"전 좌우지간 그 이야기를 없었던 걸로 하고 싶었습니다. 하지만 그냥 그렇게만 말하면 형님하고 기누코가 납득하지 않을 것 같아서……."

"범인이 죽일지도 모른다고, 그런 현실적인 이야기로 해두는 편이 이해가 빠를 거란 말이죠. 그건 분명히 그렇습니다만……."

이사무는 처남의 의도를 알았는지 연신 고개를 끄덕였지만, 기누코는 거꾸로 입을 다물고 고개를 떨어뜨렸다. 이사무는 그런 처제를 의아한 표정으로 보면서도 말을 이었다.

"어쨌든 그 이야기는 백지로 돌린다는 데 두 사람 다 이의 없는 겁니다? 이런 자리도 이제 갖지 맙시다. 그 이야기를 없었던 걸로 하면 이제 아무것도 의논할 필요가 없으니까요. 공연히 셋이서 계속 만났다간 다른 사람들이 이상하게 여길 겁니다."

"그, 그래요. 그럽시다. 애초에 일요일 밤 안방에 모여 그런 이야기를 한 게 잘못이었습니다."

"오빠랑 형부는 정말 그러면 괜찮을 거라고 생각해요?"

구니하루가 매형의 말에 동조하자, 기누코가 얼굴을 들지 않은 채 그런 말을 했다.

"그야 수험자 놈과 삼촌의 사인이 정말 그 이야기와 상관있는지 없는지는 나도 모르지만…… 두 사람의 공통점은 그것밖에 없잖아. 그럼 같은 일에 연루된 우리도 조심해야지. 그러니까……."

"그건 저도 잘 알았어요."

기누코는 얼굴을 들고 이사무와 구니하루를 번갈아 보았다.

"상대가 인간이라면 그렇게 해서 해결될지도 모르죠. '나머지 녀석들은 이제 아무 짓도 할 생각이 없구나' 하고 그냥 내버려둘지도 몰라요. 하지만 오빠가 불안을 느낀 것처럼 만약 상대가 인간이 아니라면…… 그걸로 정말 될 것 같아요?"

"그건……."

이사무는 처제의 걱정을 부정하려다가 말문이 막힌 듯했다. 합리적으로 생각하고 싶어도, 가가치가 아랫집에서 나고 자라 윗집에 데릴사위로 들어온 그는 무작정 부인할 수 없는 체험을 지금껏 살면서 아마 여러 번 했을 것이다. 그런 사위스러운 과거의 기억이 불현듯 되살아났는지 그의 얼굴이 살짝 일그러졌다.

"그럼 넌 어떻게 하는 게 좋겠다고 생각하냐?"

한편 구니하루는 동생을 꼼짝 않고 응시하며 되물었다.

"어머니한테 기도해달라고 부탁드리는 수밖에 없어요. 마을 사람들도 그러잖아요. 큰신집 다케오 씨의 정화로는 아마 안 될 거예요. 효과가 없진 않겠지만 근본적인 해결은 안 될 것 같아요."

"그 이야기를 백지로 돌리는 것만으로는 이미 안 된다고?"

"그래요. 그냥 두면 물론 우리도 위험하겠지만…… 어쩐지 그것만으로는 안 끝날 것 같아요."

"집안사람한테 화가 미친다는 말이냐?"

"그것만이 아니라 온 마을에 퍼지지 않을까요. 그것도 혼령보내기를 마칠 때까지 계속……."

이번에는 구니하루가 조용해졌다. 무의식중에 또 술병을 집어 이미 오래전에 없어진 술을 따르려 했다. 그래도 이내 자기가 다 마신 것을 알아차렸는지 한숨을 쉬며 술병을 내려놓았다.

"안 되겠어. 이래선 취하지도 못해."

그렇게 중얼거리며 이 주머니 저 주머니 더듬기 시작했다.

"더 늦기 전에 해결해야 해요. 이대로 두면……."

오빠의 태도가 한심해 보였는지 기누코가 강경한 어조로 말을 이으려 했다.

"하지만 처제, 어머님은 지금 그런 일을 하실 몸이 아니지 않습니까. 게다가 기도를 한다지만 대체 어떤……."

"그건 어머니가 가장 잘 아실 거예요. 아무튼 우리는 어떻게 해서라도 윗집 무녀님의 도움을 받아야지, 안 그러면……."

"결국 그 일을 어머님께 말씀드려야 한다는……."

"그건…… 무슨 이야기였느냐고 어머니가 물으면…… 하지만 형부, 어머니도 사건에 관해 아니까 괜한 말은 할 것 없이 그냥 기도를 부탁드린다고만 하면 어떻게든……."

그때 복도에서 목소리가 들려왔다. 어딘지 모르게 주저하는 듯했지만 분명히 사기리의 목소리였다.

"실례합니다."

순간 이사무와 기누코는 입을 딱 다물었고, 뭔가를 찾던 구니하루도 동작을 그쳤다.

"무, 무슨 일이냐?"

얼마 동안 침묵이 흐른 뒤, 이사무가 복도에 있는 딸에게 물었다. 그러자 장지가 열리고 사기리::가 조금 딱딱한 표정으로 들어왔다.

"아, 임시 밤샘이 시작되는 거냐?"

이사무가 앞질러 말하고 엉거주춤 일어서자 사기리::는 고개를 흔들었다.

"아뇨, 아직……."

거기까지 말했다가 말문이 막힌 듯했다. 역시 자기를 덮치려 한 남자를 말하고 싶지 않은 것이리라.

"형님, 수험자의 시신이 아직 안 왔나보군요. 조사하면서 너무 여러 토막 내는 바람에 서둘러 꿰매 붙이는 중 아닙니까?"

조카의 심정을 알아차리지 못하는 듯 구니하루가 그런 무신경한 소리를 했다. 그러면서 조카에게 손짓하며 말했다.

"그런 녀석은 아무래도 상관없고, 사기리::, 너 때맞춰 잘 왔다. 우리가 마침 맛있는 걸 마시려던 참인데 너도 아버지 옆에 앉지 그러냐?"

경망스러운 말을 하며 탁자 위에 조그만 봉지를 꺼내놓았다.

"그건 그 남자가 갖고 있던……."

"무신당에서 훔쳤다는, 아니, 갖고 나왔다고 했죠, 그 차의 분말이잖아요."

이사무와 기누코가 봉지를 보고 비난 어린 눈초리로 구니하루를 보았다. 그런데도 당사자는 아랑곳없이 웃으면서 주전자와 잔을 준비했다.

윗집 손님방 **383**

"뭐 어때요? 맛은 두 사람 다 잘 알잖습니까?"

"그래도…… 아니, 사기리::는 안 됩니다."

"형님, 술도 아닌데 너무 그렇게 엄하게 구시지 말고……."

구니하루는 이사무의 반대를 가볍게 무시하고 기묘한 차를 넉 잔 탔다.

"사기리::, 왜 그러니?"

어른들이 시끌시끌한 사이 손님방에 한두 발짝 들어온 상태로 꼼짝 않고 서 있던 사기리::를 그제야 기누코가 깨닫고 물었다.

"돌아가신 두 분과 여기 계신 세 분 사이에 대체 무슨 일이 있었던 거죠?"

사기리::가 세 사람을 차례대로 보며 천천히, 그러면서도 똑똑히 물었다. 얼버무려봤자 소용없다는 태도였다. 바깥세계를 거의 모르는데도 아버지의 영향인지 사기리::도 표준말에 가까운 말씨를 쓴다.

"애, 애가 대체 무슨 소리냐?"

이사무가 딸을 돌아보며 나무라듯 말했지만, 사기리::의 의연한 눈초리를 보고 부끄러워졌는지 이내 외면했다. 구니하루는 못 들은 척 잔을 들어 사기리 무녀가 조합한 차를 홀짝이기 시작했다. 기누코도 허둥지둥 오빠를 따라해 어색한 분위기를 모면하려고 했다.

"가쓰토라 종조할아버지와 가까우셨던 분은 구니하루 삼촌과 기누코 이모시죠."

그러나 어른들의 그런 회피는 통하지 않았던 모양이다. 사기리∷는 담담한 어조로 끝까지 추궁할 기세였다.

"세 분이 전부터 자주 모이셨던 건 집안사람이면 누구나 아는 사실이에요. 저번 일요일에 안방에서 아버지와 그…… 수험자까지 껴서 이야기하셨다는 것도 들었어요."

"누가 그런 소리를 하던?"

구니하루가 무심코 입을 열었으나, 그런 말 자체가 사실을 인정하는 일이라고 생각했는지 바로 입을 다물었다. 그러고도 "다쓰가 틀림없어" 하고 중얼거린 것을 보면 나중에 고자질한 범인을 찾아낼 셈인지도 모른다.

그러나 사기리∷는 삼촌의 그런 태도에도 아랑곳하지 않고 말을 이었다.

"그리고 오늘 아침과 저녁, 그리고 지금, 이 방에 이렇게 모이셨죠? 무슨 이야기를 하시는 거예요? 두 분은 왜 그런 일을 당하신 거죠?"

"아니, 그건…… 우리도 뭐가 뭔지 알 수 없어서……."

"두 분 일 말고도 마을에서 안 좋은 일이 벌어지기 시작한 것 같단 말이에요."

기누코가 저도 모르게 고개를 쳐들었다. 방금 전까지 자신도 같은 것을 두려워했기 때문이리라. 아니, 구니하루도 같은 생각일 텐데도 그는 완강하게 사기리∷를 외면했다.

"이모, 가르쳐주세요."

기누코의 반응을 민감하게 눈치챈 사기리∷가 이모에게 다가갔다.

"기누코!"

당장에라도 털어놓을 듯한 동생을 구니하루가 야단치듯 불렀을 때, 복도에서 장지를 톡톡 치는 소리가 났다.

"구로코? 왜?"

사기리∷가 말하자 장지가 열리고 구로코가 나타났다. 그는 몸짓으로 사기리˙ 무녀가 부른다고 알리다 말고 갑자기 동작을 멈추었다. 그러고는 탁자 위의 봉지를 뚫어지게 응시했다.

"앗, 그거 혹시 할머니의……."

구로코가 기묘한 태도를 보이는 의미를 깨닫고 사기리∷가 말하려는데, 구로코가 슥 들어오더니 탁자 위의 봉지로 손을 뻗었다.

"어이, 무슨 짓이야!"

당황 반, 노여움 반으로 구니하루도 손을 내미는 통에 구로코가 집으려던 봉지가 이사무 쪽으로 날아갔다. 모두가 봉지의 행방을 눈으로 좇았다. 전원의 주의가 조그만 봉지에 집중된 듯 보였다.

시간으로 따지면 겨우 몇 초 안 되는 소동 중에…….

그림자가 드리워졌다.

가느다란 그림자가 궤적을 그렸다.

결국 소동은 구로코가 구니하루에게서 봉지를 빼앗는 것으로 끝났다. 구니하루는 하인 주제에 어디서 감히 그런 짓을 하느냐고 노발대발했지만, 사기리∷가 원래는 사기리˙ 무녀의 물건이라고 설명했기 때문에 마지못해 물러날 수밖에 없었다.

"흥, 상관없어. 어차피 거의 다 마셨으니까."

구니하루는 그래도 얄미운 소리를 지껄이고는 일부러 구로코 보라는 듯 잔을 들어 비웠다.

그런데.

"……윽……."

몇 초 뒤, 구니하루가 별안간 몸을 앞으로 꺾고 그 상태로 꼼짝 않더니 다음 순간 몸을 뒤로 홱 젖혔다. 그러고는 같은 동작을 몇 번 반복하다가 갑자기 엉거주춤 일어서더니…….

"으아악!"

비명인지 신음인지 알 수 없는 소리와 더불어 피가 섞인 토사물을 쏟아내고 쓰러졌다.

사기리의 일기 5

구니하루 삼촌이 탁자 위에 엎어져 술병과 잔, 주전자가 사방으로 날아가면서 요란한 소리가 울려퍼진 뒤, 무서우리만큼 고요한 정적이 찾아들었다. 다들 꼼짝도 못 하고 그 자리에 얼어붙었다. 다들 숨을 멈추고 한마디도 못 했다. 방금 전의 소란이 거짓말처럼 섬뜩하리만큼 깊은 정적이었다.

그런데도 방 안에 어떤 소리가, 아니, 목소리가, 그것도 아니면 비웃음 소리가 왕왕 울리는 듯했다. 우리 모두를 조롱하는 것 같은 기분 나쁜 웃음소리가……. 그 때문에 귓속이 쩡 울리고 머리가 멍했다. 나만 그런 느낌을 받았는지 아닌지는 모르지만…….

"도, 도, 도마야 선생님을…… 아, 아니, 우선은 오가키 선생님을…… 하, 하, 하지만 도마야 선생님도……."

이윽고 아버지가 똑같은 말을 몇 번씩 되풀이하기 시작했다. 그러자 기누코 이모가 숨을 들이마시듯 "히이이익!" 하고 비명을 지르며 도망치듯 손님방에서 나갔다. 아버지도 그제야 정신을 차리고 어서 의사를 불러야 한다며 나갔다. 구로코는 어떻게 됐나 싶어 둘러보니 어느새 사라지고 없었다. 분명 할머니께 알리러 은거소로 돌아갔을 것이다. 거기까지 생각하고 나니 나 혼자 이곳에 남아 있다는 사실이 갑자기 견딜 수 없어졌다. 어느새 손님방에서 뛰쳐나와 무신당으로 가고 있었다.

하지만 배례소로 올라와 제단 앞에 앉으니 동요가 금세 가라앉았다. 동시에 손님방을 떠나지 말았어야 했다는 것을 깨달았다. 기누코 이모는 도망쳤고 아버지는 의사 선생님을 부르러 나갔다. 나는 그곳에 남아 있어야 했다.

바로 당집에서 나와 연결복도를 통해 본채로 서둘러 돌아갔다. 그러자 손님방 앞 복도에 선 다쓰 씨가 보였다. 그곳에 그녀가 있다는 것도 뜻밖이었지만 얼굴을 보고 나도 모르게 움찔했다. 표정이 심상치 않았기 때문이다. 물론 우연히 손님방 앞을 지나가다가 구니하루 삼촌을 보고 겁에 질린 것이겠지만, 어쩐지 그게 다가 아니라는 것을 알 수 있었다.

"다쓰 씨……."

그녀는 그제야 내가 있는 것을 깨달았는지 소스라치게 놀랐다. 그러더니 이상하게도 떼를 쓰듯 도리질을 하며 뒷걸음치기 시작했다. 그런데도 시선만은 삼촌이 있는 손님방에서 떼려 하지 않았다.

"왜, 왜 그래?"

까닭을 물어도 다쓰 씨는 도리질만 칠 뿐이라 도무지 영문을 알 수 없었다. 언제까지고 복도에 있을 수는 없으니 나는 불안감에 시달리면서도 살짝 열려 있는 장지에 손을 뻗었다가…….

"……."

말문이 막혔다. 순간, 장지 틈새로 보이는 광경이 이해되지 않았다. 하지만 이해되지 않아서 다행이다. 바로 알아봤다면 아마 절규했을 것이다. 문틈으로 얼핏 보였기 때문에 순간적으로 그것이 무엇인지 알 수 없었다. 그래서 말문만 막히고 끝났다. 그렇지만 내가 받은 충격은 어마어마했다. 나는 또다시 무신당으로 달아나고 말았다.

내가 본 것은 손님방의 탁자 위에 엎드린 구니하루 삼촌이 아니라 허수아비님이었다. 삼촌은 젠토쿠와 가쓰토라 종조할아버지처럼 허수아비님의 차림새로 쓰러져 있었던 것이다.

그뒤 어떤 소동이 벌어졌는지 직접 알지는 못한다. 배례소 제단 앞에 주저앉은 나를 어머니가 발견할 때까지 나는 거의 넋이 나간 상태였다. 경찰이 이것저것 물은 것은 기억난다. 하지만 그 모든 게 꿈결 같다고 해야 할지, 얇은 반투명 막을 사이에 두고 체험하는 것처럼 흐리멍덩했다.

이튿날인 목요일 아침에도 이런 기묘한 감각은 사라지지 않았다. 어젯밤보다 조금 나았을 뿐 심한 수면부족인 듯한 기분은 변함없었다. 도마야 선생님은 안정이 필요하니 누워 있으라고 했지만 경찰의 조사를 받지 않을 수 없었다. 똑같은 질문이 반복될 뿐이라 해도……. 다른 점이라고는 어젯밤에는 안방, 오늘 아침은 별채 내 방이라는 장소뿐이었다. 아니, 어젯밤 기억이 불분명한데 단정적으로 말하면 안 된다. 하지만 손님방에 들어간 순서, 봉지를 삼촌과 구로코가 서로 잡으려 했을 당시 사람들의 위치 관계, 그리고 손님방에서 나온 순서와 그뒤의 행동, 이 세 가지에 관해서는 몇 번씩 집요하게 질문을 받은 것 같다. 아니면 나도 이렇게까지 뚜렷하게 기억하지 못할 테니까.

한잠 자고 늦은 점심을 먹은 뒤 세번째로 경찰의 조사를 받았다. 이번에는 그래도 짧았다. 전보다 시간이 걸리지 않은 것은, 내 대답에 새로운 게 없었고 또 도마야 선생님이 동석했기 때문일 것이다. 경찰이 가고 나니 이번에는 도조 씨와 렌 오빠가 나타났다. 선생님이 옆에 있어준 것만으로도 마음이 든든했지만, 두 사람의 얼굴을 본 순간 정말 마음속 깊이 안도감이 들었다.

도조 씨와 렌 오빠는 애도의 말을 하고 내 건강을 걱정해주었다. 진심에서 우러나온 말이라는 것은 나도 잘 알 수 있었다. 하지만 두 사람이 무엇보다도 사건 자체에 흥분한 것은 분명했다. 그럴 만도 하다고 생각한다. 두 사람을 비난할 마음은 털끝만큼도 없다.

"무슨 일이 있었던 겁니까?"

그렇기에 도조 씨가 매우 조심스럽게 물었을 때도 최선을 다해 대답하자고 생각했다.

"다쓰 씨한테 들었는데……."

아버지와 삼촌, 이모가 수상쩍은 모임을 가진 데서 의혹을 품었다는 것부터 자세히 이야기할 셈이었다. 실은 그 이야기는 아직 경찰에게 하지 않았다. 딱히 숨기려고 한 것은 아니다. 손님방 앞을 지나는데 아버지 목소리가 들리기에 안으로 들어갔다는 설명에 경찰이 의문을 제기하지 않아 구태여 내가 먼저 말하지 않았을 뿐이다.

"사건에 관한 설명은 자리를 옮겨 내가 하지."

그런데 도마야 선생님이 내 말을 가로막았다. 내 몸을 염려해서 그런다는 것은 알지만 그러면 두 사람이 별채에 있을 수 있는 시간이 줄어든다. 그래서 선생님에게 여기서 이야기하시라고 부탁했다. 이 말은 하지 않았지만 실은 내 기억이 또렷하지 않다는 게 조금 무서웠다. 그 때문에 세 사람이 사건을 이야기하는 것을 듣고 실제로 무슨 일이 있었는지 재확인하고 싶은 마음도 있었다.

처음에 승낙하지 않던 선생님도, 내가 대화에 끼지 않고 얌전히 자리에 누워 있겠다고 약속하고 혼자 있는 것보다 세 사람이 곁에 있어주는 편이(사건 이야기를 한다 해도) 안정될 것 같다고 하자 조금 흔들렸다.

"그럼 사건 이야기는 하지 말고 다같이 잠깐 있는 걸로……."

나는 대뜸 고개를 흔들며 사건 이야기를 하지 않으며 있는 시간과 하면서 있는 시간은 분명 후자가 더 길 테니까 안 된다고 했다. 이 말에는 선생님도 납득했는지 결국 허락해주었다.

"흠, 환자 옆에서 너무 자극적인 이야기는 안 하는 게 좋을 것 같소만."

아직 조금 투덜대면서도 맺고 끊는 게 분명한 선생님은 두 사람에게(주로 도조 씨를 상대로) 어젯밤에 있었던 일을 이야기하기 시작했다.

"이해하기 쉽게 시간의 경과에 따라 이야기하는 게 좋을 테지. 사건 현장이 된 손님방에 처음 들어간 사람은 구니하루였소. 참고로 이 손님방은 윗집 서쪽 끝에 세 개가 나란히 있는 방 중 가장 북쪽 방이라오. 이어서 모습을 나타낸 사람은 사기리::의 아버지 이사무였고. 이사무의 증언에 따르면 8시 15분쯤이었던 모양이오. 8시 전후로 부엌에서 술을 찾는 구니하루를 기치가 봤다고 하니, 구니하루는 8시에서 8시 15분 사이에 손님방으로 들어갔다는 뜻이지. 세번째는 기누코인데, 본인은 그게 몇 시였는지 잘 모르는 것 같소. 다만 이사무 말로는 자기보다 오 분쯤 뒤였다고 하니 대략 8시 20분이었을 거요."

"세 분은 손님방에서 만나기로 약속하셨던 겁니까?"

도조 씨가 지당한 의문을 표시했다.

"아니, 따로 약속은 없었던 모양이오. 그저 수험자에 가쓰토라까지 의문의 죽음이 이어지고 경찰 조사를 받느라 집안이 워낙 뒤숭숭하다보니 막연히 아침부터 그 방에 모였다고 하더군. 가쓰토라가 그리 되기 전에는 안방을 종종 썼던 모양인데, 사건이 있은 뒤로 경찰에서 조사실로 쓰고 있으니 말이지."

아버지도, 기누코 이모도 모임의 목적을 아직 이야기하지 않은 것 같다. 아침부터 손님방에 드나들었다고 인정한 것은, 나 말고도 본 사람이 또 있을 가능성이 있다고 판단했기 때문이리라.

"그래서 구니하루는 혼자 술을 마시고 이사무와 기누코는 술에 손을 대지 않은 채 9시 넘어서까지 셋이 이런저런 잡담을 했다고 하오. 그런데 이애가 바깥 복도를 지나갔소. 사기리˙ 부인의 상태를 살피려고 무신당에 가려 했던 모양인데, 아버지 목소리가 들리기에 손님방으로 들어갔지. 마침 그때 구니하루는 술이 다 떨어졌다고, 수험자가 슬쩍했다는 사기리˙ 부인이 조합한 약초 분말을 타려던 참이었소. 아마 뱀구슬버섯을 달여 만든 게 아닌가 싶소만. 그 버섯은 환각 작용이 있다고 하는데, 거기에 부인이 다른 초근목피를 더해 흥분제 종류를 만들지 않았을까 하오. 도대체가 사안초를 달인 우카노미타마도……."

도마야 선생님은 이야기가 곁길로 샌 것을 깨달은 듯했다.

"아니, 그런 설명은 나중에 하기로 하고. 그래서 구니하루가 뱀구슬버섯차를 탔을 때 이번에는 구로코가 나타났소. 사기리˙ 부인이 사기리::를 불러오라고 해서 남쪽 별채로, 그러니까 이 방으로 오는 길이었던 모양이오. 구로코가 손짓발짓과 필담으로 한 증언에 따르면, 장지가 약간 열려 있었다더군. 그래서 사기리∷의 목소리가 더 잘 들렸겠지. 이때도 시각이 확실하지 않지만, 사기리∷가 손님방에 들어간 게 9시 5분경이고 구로코는 9시 15분쯤이 아닐까 여겨지오."

"저, 죄송하지만 그때 사람들의 위치 관계를……."

도조 씨가 그렇게 말하며 공책과 연필을 내밀었다. 선생님은 그것을 받아들고는 내게도 보이게 왼손에 공책을 세워 들고 오른손에 쥔 연필로 간략한 그림을 그리기 시작했다.

"동쪽에 복도와 장지가 있고, 서쪽을 보고 오른편에 장식단, 왼편에 반침이 있소. 북쪽은 벽이고 남쪽은 옆 손님방으로 통하는 샛장지요. 안방도 그렇소만 일본식 방은 대개 비슷한 구조지. 그리고 탁자는 대략 북서쪽에 놓여 있었고. 구니하루가 장식단을 등지고 탁자 앞에 앉고, 그 왼쪽, 구니하루를 기준으로는 오른쪽 옆에 기누코가, 구니하루의 맞은편에 이사무가 앉아 있었소. 사기리∷는 아버지의 왼쪽 옆 빈자리와 복도에 면한 장지의 중간쯤에 있었다 하오. 그런데 구로코가 나타나선 탁자에 놓여 있던 봉지를 발견한 거요. 이게 뱀구슬버섯 등을 달인 분말을 담은 봉지였던 모양인데, 구로코는 한눈에 그게 사기리ˊ 부인 것이라는 걸 알아보고 그걸 되찾으려 했소."

"그때 구로코 군은……."

"이사무와 사기리∷ 사이로 뛰어드는 모양새가 됐지. 그런데 구니하루도 그냥 보고만 있지 않고 봉지를 뺏기지 않겠다고 손을 내밀었소. 그 결과 봉지는 이사무 쪽으로 날아갔고. 하지만 이사무가 잡기 전에 구로코가 재빨리 낚아챘다더군. 하는 수 없이 포기한 구니하루가 자기가 탄 그 버섯차 같은 것을 마셨는데, 그러고 나서 몇 초 후에 구토하며 쓰러졌소."

"도, 독극물은 검출됐습니까?"

"아직 검사가 다 끝나지 않았소만, 조금 전 경찰에게 들은 바로는 구니하루의 잔에만 독극물로 여겨지는 성분이 들어 있었다더군."

"버섯차 자체는 해가 없군요?"

"그렇소. 기누코도 같은 주전자에서 따른 차를 마셨지만 아무렇지도 않았으니까. 게다가 일요일에 같은 버섯차를 가쓰토라와 이사무, 구니하루, 기누코, 수험자가 다같이 마신 모양이오만 아무도 중독 증상을 일으키지 않았으니, 이번 사건과 무관하다고 봐도 되겠지."

"그러면 독극물은 구니하루 씨의 잔에 직접 주입됐다는 말씀이군요?"

도조 씨는 선생님에게 물었지만 이미 그렇게 생각하는 듯했다.

"주전자에서도, 다른 잔에서도, 봉지에서도 독극물이 나오지 않았으니 말이지. 다만 그렇게 되면 독극물을 넣을 기회가 있던 사람은 피해자 앞에 앉은 이사무가 아니면 옆에 있던 기누코, 한순간이기는 해도 바짝 접근했던 구로코, 이 셋 중 한 명이라는 뜻이거든. 이애는 다행히 아까 말한 위치에서 거의 움직이지 않은 모

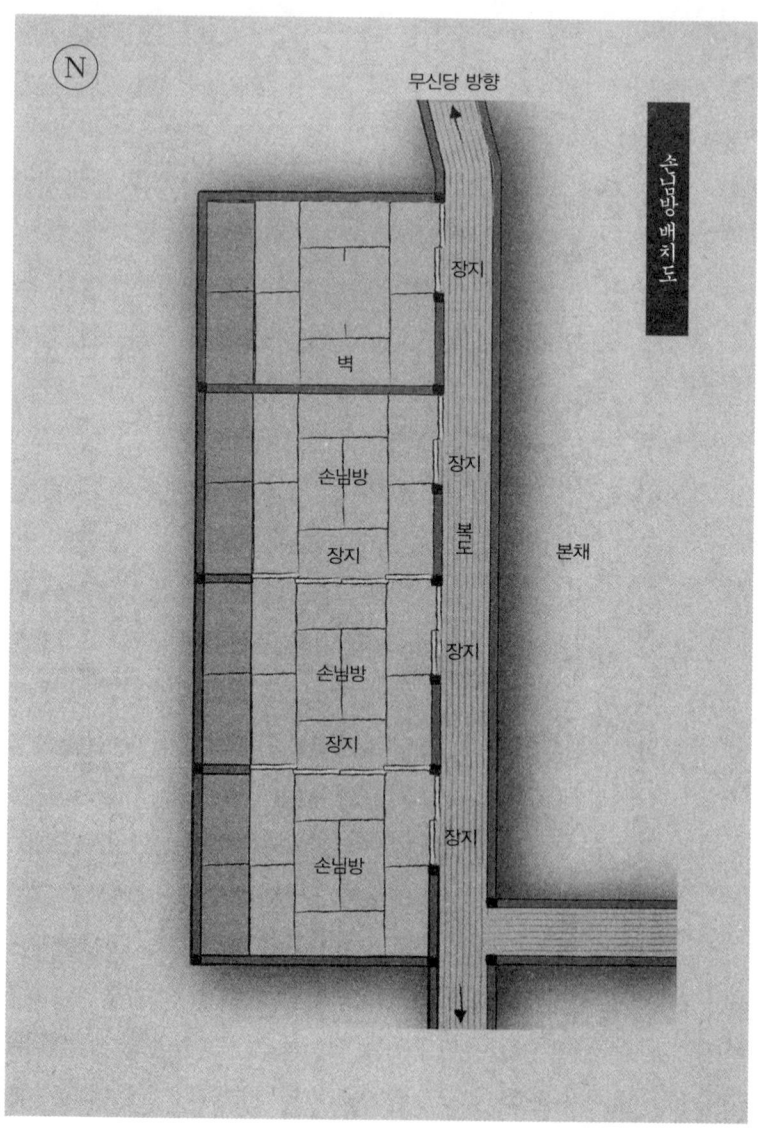

양이더군. 그건 나머지 세 명도 인정한다오."

선생님은 마치 친손녀를 보듯 자상한 눈으로 나를 봤다. 그때까지 잠자코 두 사람의 이야기를 듣고 있던 렌 오빠도 어딘지 모르게 마음이 놓인 표정이었다.

"세 분은 누가 구니하루 씨의 잔에 독을 넣었는지 못 봤고요?"

"애석하게도 그런가보오. 다만 봉지 소동 중에 그런 일이 가능했느냐 하는 문제에 관해선 셋 다 완전히 부정하지 못하더군."

"그럼 경찰에서 세 분을 상당히 집요하게 추궁······."

도조 씨는 그중에 아버지가 들어 있다는 게 생각났는지 도중에 말꼬리를 흐렸다.

"그건 그렇소만······."

그러나 손님방의 상황을 전부 아는 선생님은 이렇게 대답했다.

"그게 그렇게 간단한 문제가 아니거든."

"혹시 더 추가할 요인이 있는 겁니까?"

"실은 아주 많다오."

선생님은 매우 심각한 표정을 지었다.

"구니하루가 쓰러진 뒤 맨 먼저 기누코가 방을 뛰쳐나갔소. 자기 방으로 도망친 모양이더군. 이어서 이사무가 돌팔이 오가키 놈과 내게 전화를 걸러 나왔고. 물론 의사는 나만으로 충분하지만 하하촌에서 달려와야 하니 말이지. 이사무가 오가키도 같이 부른 건 뭐, 어쩔 수 없는 일이오. 하기야 녀석은 역시 아무 도움이 못 된 모양이오만. 내가 도착할 때까지 속수무책이었나보더군."

"아, 예, 그랬겠죠."

도조 씨는 대답이 궁한 듯했지만 선생님을 다루는 법을 이미 익혔는지 미묘하게 맞장구를 쳤다.

"구로코에 관해서는, 기누코의 증언에 따르면 기누코가 방에서 나갈 때 이미 없었다고 하오. 본인 말로는, 아니, 필담이오만, 구니하루가 쓰러지는 걸 보고 바로 무신당으로 돌아갔다고 했소. 그리고 이애가 마지막으로 남은 거요."

그뒤 선생님은 내가 무신당으로 갔다가 돌아왔다는 것, 그때 복도에 다쓰 씨가 있었다는 것, 그리고 구니하루 삼촌이 허수아비님의 모습이 되어 있었다는 것 등을 차례대로 설명했다. 도조 씨와 렌 오빠는 허수아비님에 관해 이미 알고 있었는지 놀란 기색이 없었다.

"여기서 문제가 되는 게 다쓰의 증언이오. 다쓰는 남쪽 별채에서 본채로 들어가려다가 사기리::가 손님방에서 나오는 걸 봤소. 어젯밤은 수험자의 임시 밤샘이 있었던지라 거의 모든 사람이 상복 아니면 검은 옷을 입고 있었다오. 뭐, 가족이 아니니 모두가 그런 건 아니었던 모양이오만. 그래서 사기리::도 기누코도 비슷한 복장이었고 또 밤이었으니 어둑어둑한 복도에서 다쓰가 두 사람을 혼동했을 가능성도 있다고 생각했소만, 사기리::의 옆얼굴을 똑똑히 봤다니 확실한 것 같소. 무신당으로 가는 모습도 봤다고 하니 이애였다는 주장이 더더욱 뒷받침되는 셈이지."

"다쓰 씨가 본 게 기누코 씨인지 사기리:: 씨인지에 따라 크게 달라지는 게 있군요?"

도조 씨의 목소리에서 흥분이 느껴졌다. 렌 오빠도 몸을 내민 듯했다.

"다쓰는 본채로 들어가면서 사기리::가 연결복도로 사라지는 걸 봤는데, 그뒤 이애가 나온 손님방 장지가 살짝 열려 있는 걸 발견했소. 그래서 닫으려고 갔더니……."

"설마 구니하루 씨가 이미 허수아비님의 차림새였던 겁니까?"

더욱 흥분한 기색의 도조 씨에게 선생님은 천천히, 그러면서도 힘 있게 고개를 끄덕였다.

"사, 사기리:: 양…… 사기리:: 양이 손님방에서 나오기 직전까지 구니하루 씨는…… 앗, 죄, 죄송합니다. 그만 약속을 어기고 말았군요."

선생님이 무서운 얼굴로 노려보는 것을 깨달은 도조 씨는 바로 내게 머리 숙여 사과했다.

"삼촌도, 장식단에 모셔진 허수아비님도, 그대로였어요."

나는 선생님이 막기 전에 그를 똑바로 올려다보며 대답했다.

"음, 두 사람 다 규칙 위반이오."

나와 도조 씨를 번갈아 노려본 선생님은 곧 표정을 풀었다.

"즉 사기리::보다 먼저 손님방에서 나온 세 사람은 구니하루를 허수아비님으로 분장하는 게 불가능했소. 몰래 돌아가려도 손님방엔 사기리::가 남아 있었고, 이애가 나온 뒤로는 다쓰가 복도에 있었으니 말이지. 뿐만 아니라 다쓰가 연결복도의 본채 쪽 끄트머리에서 손님방까지 가는 사이에 구니하루는 허수아비님으로 변신했다는 뜻이 되는 거요."

"네? 잠깐만요. 하지만 손님방은 경계가 벽이 아니라 샛장지 아닙니까?"

"맞소. 서로 이어져 있지."

"그럼 누가 가운데 방에 숨어 있다가 현장에서 사기리:: 양이 나가는 걸 확인한 다음 숨어들었을 수도 있잖습니까. 그래서 구니하루 씨를 허수아비님처럼 꾸미고 다쓰 씨가 들여다보기 전에 원래 있던 방으로 돌아가는 게 시간적으로 가능했을 것 같은데요."

"흠, 빠듯하겠지만 가능하기야 하겠지. 그렇지만 옆방에 그런 녀석이 있었다면 그 녀석은 구니하루의 잔에 어떻게 독을 탔다는 거요?"

"독살범과 시신을 장식한 범인이 다른 인물일 가능성도……."

"수험자와 가쓰토라의 경우도 그랬다는 말씀이오?"

"이번 경우에만 두 사람이 있었다고 생각하는 건 부자연스럽겠죠. 하지만…… 아뇨…… 모르겠습니다. 그저 손님방 사건을 설명하려면 그렇게 해석하는 수밖에……."

"그런데 말이오, 도조 씨. 그게 무리거든."

"네?"

"다쓰는 사기리::가 돌아올 때까지 내내 복도에 있었소. 이애가 돌아왔다가 도로 당집으로 도망친 뒤로도 다쓰가 복도를 지킨 셈이오. 그뒤 나와 오가키에게 연락을 마친 이사무가 돌아오고, 소동을 알아차린 기치와 다른 하인들도 나타나기 시작했소. 그렇지, 정작 다테와키는…… 그때 본 하하촌 주재소 순사 말이오만, 그 친구는 가쓰토라 사건이 있은 뒤 여기 윗집에서 지냈는데, 하여간 정작 필요한 순간에는 쓸모가 없어서 거의 마지막으로 나타났다더군. 뭐, 아무도 그 친구에게 알릴 생각을 않은 것도 문제였겠소만……. 요는 시신의 장식범이라고 할지, 그렇게 불러도 지장이 없을 자가 설령 옆방에 있다가 맡은 역할을 실행에 옮길 수 있었다 해도 도망칠 수는 없었다는 이야기요."

선생님의 설명을 잠자코 귀 기울여 듣는 도조 씨를 보니, 이 순간 그의 두뇌가 바쁘게 돌아가는 것을 똑똑히 알 수 있을 듯했다.

"그럼 생각할 수 있는 가능성은 하나뿐입니다. 다쓰 씨가 손님방을 들여다봤다가 놀라 뒷걸음칩니다. 그사이에 장식범은 가운데 손님방에서 남쪽 끝 손님방으로 이동하는 거죠. 그리고 다쓰 씨가 등을 돌린 틈에, 즉 아직 가운데 손님방 앞 언저리를 후퇴하는 사이 남쪽 끝 손님방에서 복도로 나와 남쪽 별채로 이어지는 연결복도로 도망친 겁니다. 아슬아슬한 도박이지만, 다쓰 씨가 복도 어디쯤에 있는지 기척으로 어느 정도 알 수 있을 테니 불가능하지는 않습니다. 장식범은 아마 범행 현장인 손님방에서 작업을 마쳤을 때 복도 남쪽 끝에서 누가 오는 걸 알아차렸을 겁니다. 그와 동시에 손님방 장지가 조금 열려 있는 것도 깨달았죠. 처음부터 알고 있었는데 시간을 아끼느라 안 닫았을 수도 있고요. 아무튼 그 인물은 복도에 있는 사람이 열린 장지를 보고 현장까지 올지도 모른다고 예측했습니다. 그래서 북쪽으로 나아오는 기척을 확인하며 자기는 반대로 남쪽으로 세 손님방을 이동했습니다. 그렇게 생각하면 일단 앞뒤는 맞습니다."

이번에는 선생님이 도조 씨의 설명을 열심히 들었으나, 이야기를 마치자 유감스레 고개를 내저었다.

"도조 씨가 상황을 분명하게 이해했으면 하는 마음에서 조금 번잡할지 모르지만 여기서 상황을 정리하고 한 번 더 설명하겠소. 실제의 정확한 시간 경과는 알 수 없지만 시간의 흐름에 따라 정리하자면 이렇게 되는 모양이오.

1. 남쪽 연결복도 끝에서 다쓰가 가운데 손님방에서 나오는 사기리::를 목격했다.
2. 다쓰가 본채로 들어왔다가 가운데 손님방의 장지가 조금 열려 있는 것을 깨달았다.
3. 다쓰가 손님방 앞까지 와서 실내의 참상을 목격했다.
4. 다쓰가 복도에 우두커니 서 있는데 무신당에 갔던 사기리::가 돌아왔다.

장면별로 나누자면 이렇게 넷으로 정리할 수 있겠지."

도조 씨는 허둥지둥 선생님에게서 노트를 돌려받아 네 개 항목을 적기 시작했다. 선생님은 그가 다 쓰기를 기다려 말을 이었다.

"이렇게 보면 장식범은 1에서 3 사이에 가운데 손님방에 들어가

구니하루를 허수아비님처럼 꾸미고 다시 옆방으로 돌아와야 한다는 뜻이오. 다쓰가 복도를 걸어오는 데 걸린 시간은 정확히 모르지만 빠듯하기는 해도 일단 가능하기는 할 거요, 거기까지는."

"네? 3에서 4까지 시간적 여유가 거의 없었다는 말씀입니까?"

"그렇소. 무신당으로 도망쳤던 사기리::도 현장을 떠나지 말았어야 했다는 걸 바로 깨달아서, 돌아올 때는 서둘렀다고 하오. 다쓰의 이야기로도, 가운데 손님방을 본 뒤로 사기리::가 다시 나타날 때까지 그리 긴 시간이 아니었다고 하더군. 그렇다면 현장의 작업만 해도 빠듯했을 장식범이 그뒤 도조 씨가 설명한 것 같은 방법으로 도망칠 시간적 여유는 없었다고 할 수 있겠지."

"으음……."

생각에 잠긴 도조 씨에게 렌 오빠가 조심스럽게 말했다.

"사소한 점이지만, 장식범이 현장에 들어갔을 때 복도 쪽 장지가 열려 있는 건 바로 깨달았을 거라고 생각해요. 그럼 보통은 닫지 않을까요? 자기가 앞으로 할 작업을 누가 볼 위험이 있잖아요."

그러나 대답은 선생님이 했다.

"일리 있는 말이다. 하지만 그 이전에 나는 독살범과 장식범이 따로 있다는 게 영 납득이 안 되는군."

"먼저 두 사람 때는 그런 눈치가 전혀 없었기 때문입니까?"

"그것도 그렇소만 중대한 이유가 따로 있다오. 알겠소? 독살범이 누구건 봉지 소동은 우연히 벌어진 거요. 어쨌든 버섯차를 탄 사람은 피해자인 구니하루 자신이니까. 그 점을 고려하면 공범을 옆방에 대기시켜 두었을 거라고 생각하기는 어렵지 않겠소? 그런 소동이 없었더라도 독살범이 다른 방법을 준비해두었을 거라고 해석해도 그렇지, 범행 뒤 모두가 손님방에서 나갈 거라는 확신은 없지 않소?"

"그럼 어떻게 되는 거죠? 구니하루 아저씨를 독살할 기회가 있었던 건 사기리∷네 아버지, 기누코 아주머니, 그리고 구로코, 이렇게 세 명이지만, 구니하루 아저씨를 허수아비님처럼 꾸미는 일은 그 세 사람한테는 불가능했다, 그렇다고 독살과 장식이 서로 다른 인물의 소행이라고 생각하는 것도 무리가 있다, 이건가요? 그게 어떻게 가능하죠? 전 도통 모르겠는데요."

렌 오빠가 어떻게 하면 좋을지 모르겠다는 표정으로 도조 씨를 보았다.

"무신당 때 그랬던 것처럼 손님방도 일종의 밀실 상태였다는 건 분명한 것 같지만……."

도조 씨는 그렇게 대답하고는 또다시 생각에 잠겼다.

"밀실인가. 그나저나 구니하루의 죽음은, 그런 불가해한 상황 때문만이 아닌 어떤 섬뜩함이 느껴지는군."

선생님이 얼굴을 찌푸리자 말하자, 도조 씨는 약간 숙이고 있던 고개를 들었다.

"밀실 자체는 범인이 의도한 게 아니라는 생각이 듭니다. 양쪽 다 안에서 잠근 공간은 아니었으니까요. 밀실이 대단히 위태로운, 아슬아슬 균형 위에 성립되어 있다는 건 아시겠죠?"

"흠, 요는 우연히 그렇게 됐다는 말인가."

"네. 다만 그런 우연 중에도 어떤 사악한 의사가 있다는 생각이 자꾸만 들거든요. 범인은 밀실로 꾸밀 의도가 없었지만, 그 사악함으로 인해 현장은 섬뜩함으로 가득 찬 밀실이 되고 말았다…… 음, 잘 설명을 못 하겠습니다만……."

"아니, 무슨 말을 하려는지 충분히 알겠소. 내가 공범이 없다고 생각한 것도, 어떤 강고한 의사가, 그것도 도조 씨가 말씀하는 사악한 의사가, 세 사람의 죽음을 불러왔다고 느껴지기 때문이거든."

"허수아비님 말씀입니까? 앗, 그, 그렇군요! 설마 구니하루 씨도……."

도조 씨가 무슨 말을 하려는지 선생님은 바로 이해한 모양이었다.

"그렇소. 구니하루의 입안에도 또 물건이 들어 있었다오."

"이번엔 뭐, 뭐가……."

"가느다란 댓가지요. 그걸 몇 바퀴 둥글게 만 고리가 구니하루의 입안에서 발견됐다오."

이 이야기는 나도 처음 듣는 것이었다. 나는 놀라는 동시에 한기를 느꼈다. 아마 그것이 무엇을 의미하는지 전혀 알 수 없었기 때문이리라.

"맨 처음이 머리빗, 다음이 젓가락, 그리고 이번에는 댓가지입니까."

도조 씨는 밀실보다 난해한 문제라는 표정이었다.

"대체 무슨 주문일까요? 머리빗과 젓가락은 같은 나무로 만들기도 하겠지만 대나무는 분명 볏과 식물이었죠?"

"그렇지. 셋 다 산에서 재료를 얻을 수 있다는 공통점은 있소만 그럴 것 같으면 마을에 그야말로 썩어나도록 있을 텐데."

"산이란 말이죠…… 가카산과 구구산…… 아니, 그건 상관없겠군요."

도조 씨가 또다시 침사묵고에 빠져들려는데 선생님이 심각한 표정으로 말했다.

"깜박하고 말 못 했소만, 구니하루는 즉사가 아니었소. 그러니 도조 씨가 전에 말씀하신 것 같은 상황이 이번에도 가능하다는 뜻이라오."

"네?"

"즉 구니하루는 스스로 독을 먹고 사기리가 나간 뒤 댓가지 고리를 물고, 장식단에 있는 허수아비님의 차림새를 하고, 그리고 숨을 거두었다는 상황이지."

취재노트 5

가가치 윗집에서 구니하루가 의문의 죽음을 당했다는 소식은, 화요일 10시 넘어 가미구시 큰신집에 전해졌다. 아마 사건이 발생하고 겨우 사십 분이 지난 즈음이었을 것이다.

그날은 큰신집에서 다케오가 저녁식사를 하러 건너왔다. 가가구시 신사 신관의 이야기를 들어보고 싶어하는 도조 겐야를 위해 스사오가 일부러 자리를 마련한 것이었다. 그래서 식후에 손님용 거실로 자리를 옮겨 스사오와 렌자부로까지 넷이 이야기하던 참이었다.

그렇지만 겐야는 사건에 관한 화제는 일부러 피하고 주로 마을의 역사와 민속, 이 일대에 남아 있는 민간전승, 나아가 가가구시 신사의 유래 등에만 집중했다. 그에게는 이것도 하나의 작전이었다. 사실 가장 궁금한 것은 도마야와 묘온사 주지가 말한 가가치가 관련 문헌이었지만 아무리 그래도 대뜸 묻기는 꺼려졌다. 그래서 이야기가 자연히 그쪽으로 흘러가도록 수를 썼다.

그런데 드디어 화제를 문헌으로 유도하는 데 성공했나 싶었건만, 다케오가 딱하다는 투로 대답했다.

"그건 이 댁 어르신이 관리하십니다. 아뇨, 말씀하신 대로 문헌 자체는 신사 보물고에 있습니다만, 제 재량으로는 어떻게도……."

말은 그렇게 하지만 그런 문헌과 얽히고 싶지 않다는 감정이 어조에서 느껴졌다. 또 자신의 어머니 도요를 '이 댁 어르신'이라고 부르는 데에서도, 이십삼 년 전 어머니가 사기리⁑와 자기를 갈라놓은 데 대한 원한이 지금도 남아 있는 것처럼 보였다.

'어쩌 수월하지 않을 것 같은데.'

사이가 그리 좋지 못한 두 사람이 관리하고 있다면, 양쪽의 심기를 거스르지 않고 문헌을 보기는 쉽지 않을지 모른다.

"도요 부인께 부탁드려 볼 수는 없을까요?"

겐야는 그렇게 걱정하면서도 겉으로는 조금도 티를 내지 않고,

다케오뿐 아니라 스사오에게까지 웃어 보이며 물었다.

"어르신에게 부탁하는 건 나보다 형님이 낫지 않겠습니까?"

"아니, 가가치가에 관한 일이라면 누가 됐든 차이 없을 거다."

체격이 다부지고 이목구비가 뚜렷한 스사오와 호리호리하고 하얀 얼굴이 단정한 다케오, 대조적인 두 형제가 주고받는 말에 겐야는 걱정이 들어맞았음을 깨달았다.

"그렇지만 형님이 하는 말은 어르신도 일단 귀담아 듣기는 하잖습니까. 다른 녀석은 아예 상대도 해주지 않죠."

"그건 뭐, 그럴 수도 있다만……."

렌자부로는 그런 아버지와 삼촌을 복잡한 표정으로 바라보고 있었다. 형인 렌타로가 생각났는지도 모른다. 겐야는 이곳에 처음 온 날 밤 앨범을 구경했는데, 렌자부로의 두 형은 아버지보다 작은아버지를 닮았다. 렌자부로가 아버지를 닮은 것을 생각하면 눈앞의 두 사람이 렌타로와 렌자부로 형제로 보였다.

"그럼 제가 한번 어머니께 여쭤보기는 하죠."

결국 스사오가 영 내키지 않는 기색으로 겐야에게 약속했으므로 문헌에 관해서는 그것으로 일단 접어야 했다.

그때 하녀가 나타났다. 소작인 대표가 스사오에게 중요한 할 말이 있다고 찾아온 모양이다. 당주가 자리를 비운 사이 세 사람은 이렇다 할 것 없는 잡담을 했다. 그러다 이윽고 돌아온 스사오에게 윗집에서 구니하루가 죽었다는 소식을 듣고 기겁했다. 명확한 사인과 정확한 상황은 아직 모르지만, 오사노 젠토쿠, 가쓰토라와 마찬가지로 상당히 기이한 죽음이었다는 것은 분명한 듯했다.

겐야는 당장 윗집으로 달려가려 했으나 스사오가 넌지시 말렸다. 겉으로는 시간도 이미 늦었거니와 지금 가봤자 할 수 있는 일은 아무것도 없다는 이유에서였다. 그러나 사실은 큰신집의 손님으로 머물고 있는 겐야가 윗집의 소동에, 그것도 벌써 세번째로 사람이 죽은 현장에 참견하는 사태를 그리 환영할 수 없다는 게 본심이었을 것이다.

겐야의 본래 조사에 관해서는 도요 부인을 비롯해 스사오와 야에코도 이해심을 보여주고 있었다. 그날 밤도 새신집에서 다케오를 초대해주었을 정도다. 그러나 역시 괴이한 사건이 잇따라 발생하는 바람에 구체적인 협조를 얻지 못하는 채 시간만 흘렀다. 겐야도 도마야와 다이젠, 렌자부로, 지요 등에게 참고가 될 만한 이야기를 수집하고는 있었지만, 그보다는 역시 사건을 좇는 데 정신이 팔려 있었다. 게다가 렌자부로까지 끌고 들어가는 형태로 그 한복판에 발을 들여놓으려 하고 있다. 스사오도 대놓고 뭐라 하지는 않았지만, 아버지로서 언짢은 기분일 것은 틀림없다. 그 때문에 마침 좋은 기회라고 못을 박은 것이다.

자리는 그것으로 파했다. 스사오는 집으로 돌아가려는 동생에게 위험하니 자고 가라고 했다. 지금으로서는 괴이한 죽음을 당한 것은 윗집 관계자들뿐이었지만, 마을 사람들은 이미 아무도 해가 진 뒤 혼자 밖을 다니지 않았다.

겐야는 다케오에게 감사를 표한 뒤 손님방으로 돌아오는 길에 렌자부로와 재빨리 의논했다. 물론 윗집에 가기 위해서다. 렌자부로도 같은 생각이었던 듯, 잠시 상황을 살피다가 들킬 염려가 없다고 판단되면 몰래 빠져나가기로 했다. 아무리 스사오가 말려도 두 사람 다 그냥 얌전히 잘 수 있을 리가 없었다.

그러나 결국 헛걸음으로 끝났다. 가쓰토라 사건 이후로 윗집에서 지내는 다테와키 순사에게 걸렸기 때문이다. 그나마 다른 구경꾼을 대할 때보다는 정중한 태도였다. 결국 잠을 설치며 밤을 지새워야 했다.

이튿날 아침 다시 둘이서 윗집으로 갔으나, 이번에는 현경에서 나온 경찰관에게 쫓겨났다. 어떻게든 도마야를 만나 들어가게 해달라고 부탁하려 했으나, 의사는 경찰의 조사에 협조 중이라 만날 수 없었다. 렌자부로가 남쪽 별채에 있는 사기리::의 방으로 숨어들려고 했지만 그것도 금세 경찰관에게 들켰다. 오전 중에는 치성이라도 드리듯 몇 번씩 윗집으로 가보는 수밖에 없었다. 점심 전에야 겨우 도마야를 붙들어 이럭저럭 사기리::를 만날 수 있게 해달라고 부탁했다.

그사이 두 사람이 아무것도 안 하고 윗집 주위를 어슬렁거린 것은 아니다. 윗집에 갈 때만 빼고는, 렌자부로가 잘 아는 마을 사람을 찾아가 어젯밤 사건에 관해 캐내려 했다. 하지만 이 시점에서는 아직 정보가 확실하지 않았다. 오히려 여러 사람에게 온갖 이야기를 듣는 사이에 실제로 무슨 일이 있었는지 더 종잡을 수 없게 되었다. 사건이 늦은 시간에 발생한 데다 경찰이 도착한 뒤로 윗집 출입이 완전히 통제된 탓에 정확한 정보가 외부로 전해지지 않았기 때문이리라.

겐야와 렌자부로가 가장 애를 끓인 것은 사기리::가 사건에 말려들었는지 확인할 수 없다는 점이었다. 현장에 있었다는 소문도 많았던 터라 두 사람 다 걱정으로 제정신이 아니었다. 그런 소문 중에는 구니하루가 죽은 그 시간에 윗집 대문으로 허수아비님의 차림새를 한 염매가 나오는 것을 봤다는 이야기도 섞여 있었으므로 대체로 신빙성은 낮다 할 수 있었지만……. 어떤 내용이건 사기리::에 관한 소문에는 역시 일희일비하지 않을 수 없었다.

사기리::의 안부라는 제일 큰 걱정거리를 빼고 두 사람이 줄곧 마을 사람들 틈에 끼어 이야기한 것은, 세 사람의 죽음이 기괴한 연쇄살인인가, 아니면 광기가 전염되어 발생한 연쇄살인인가, 그도 아니면 마을 사람들 다수가 수군거리는 것처럼 염매의 소행인가 하는 사건의 해석에 관해서였다. 겐야도 렌자부로도 비록 합리적 정신을 중시하기는 하지만, 인간의 이성으로 판단할 수 없는 어떤 것이 마을을 배회하는 듯한 뭐라 말할 수 없는 섬뜩함을 느끼고 있었던지라 이 검토는 매우 흥미로웠다. 결국 이렇다 할 결론을 내지 못한 채 마을 사람들에게 공연한 불안감만 안기고 말았지만…….

오후가 되어서야 도마야의 주선으로 별채에 누워 있는 사기리::의 위문을 할 수 있었다. 소문대로 그녀는 사건 현장인 손님방에 있었던 모양이지만, 구니하루의 잔에 독을 타는 것은 불가능하다고 여겨진 듯해서 겐야는 일단 안심했다. 렌자부로도 같은 기분이었을 것이다. 그래도 어젯밤부터 경찰에게 세 번이나 조사를 받았다는 사실을 생각하면 예측을 불허하는 상황이었다. 현장에 있었기 때문이라지만 혐의가 언제 그녀를 향할지 모르는 일이다.

사기리::의 부탁으로 위문하는 자리가 사건을 설명하고 검토하는 자리로 탈바꿈한 데는 겐야도 놀랐다. 어느 정도는 그녀에게 사정을 물을 셈이었지만, 상세한 부분은 도마야에게 들을 생각이었기 때문이다. 그러나 덕분에 어젯밤 상황을 상세히 알 수 있었거니와 사기리:: 곁에 저물녘까지 머물 수 있었다. 그렇지만 구니하루가 살해된 상황이 드러나면서 겐야는 캄캄하고 깊은 구멍으로 한없이 추락하는 듯한 기분을 맛보았다. 어쩌면 비슷한 괴사怪死가 앞으로도 더 이어지리라는 예감 때문이었는지도 모른다.

위문을 마친 뒤 도마야는 윗집에 계속 남아 경찰에 협조한다고 해서, 겐야는 오늘도 만나러 가기로 약속해놓고 지키지 못한 다이젠을 찾아가기로 했다. 참고로 오사노 젠토쿠의 시신은 어젯밤 돌아오지 않은 모양이다. 도마야의 말로는 오늘밤 가쓰토라와 함께 돌아올 것이며 그때 경찰에서 사기리::도 같이 돌려보낼 것이라고 했다. 가쓰토라의 죽음에 관해서는 어엿한 알리바이가 있으니 당연한 일이지만, 오늘밤 윗집에는 심상치 않은 분위기가 감돌 듯했다.

그런데 렌자부로가 같이 절로 가겠다고 나서는 바람에 난처해졌다. 다이젠과 그리 가까운 사이가 아닌 듯했기 때문이다. 다이젠의 성격으로는 혼자 가는 게 분명 더 나을 것이다. 겐야는 그렇게 판단해 렌자부로에게 혼자 가게 해달라고 부탁했다. 그래도 겐야가 어제 저녁 마을에서 길을 잃은 것을 아는 렌자부로는 그럼 묘온사까지 데려다주기만 하겠다고 했다. 아무리 그래도 그건 미안하다 싶었지만, 본인이 전혀 신경쓰는 것 같지 않아서 결국 호의를 받아들이기로 했다.

두 사람은 저녁노을이 졌다기보다 한바탕 쏟아질 것처럼 흐린 하늘을 올려다보며 가가치 윗집을 뒤로했다.

"스님은 마을 옛날 일하고 가가치의 마귀가계에 관해서 이런저런 이야기를 들으려고 만나는 거죠? 어젯밤 다케오 작은아버지한테 물어본 것처럼."

마을로 내려가는 비탈길 도중에 렌자부로가 물었다. 그 물음에는 명백히 지금은 사건과 무관한 일을 조사할 때가 아니지 않느냐는 비난이 어려 있었다.

"그래. 주지스님을 뵙는 건 물론 가가구시촌을 찾아온 원래 목적인 조사 때문이긴 한데……."

"그게 다가 아니라고요?"

"이번 사건하고 연관이 있는 이야기를 들을 수 있지 않을까 싶어서…… 아니, 애초에 일련의 무시무시한 사건의 근저에 이 지방과 가가치가, 마귀신앙의 역사와 민속이 깊이 관련되어 있다는 생각이 들거든."

"하기야 아예 무관하진 않겠지만…… 그렇지만 그 스님이 관심 있는 건 그야말로 일백 년, 이백 년 전에 있었던 일인걸요."

 다이젠이 세상사에 어두운 것은 널리 알려진 사실인 듯, 렌자부로도 기대해봤자 소용없다는 투였다.

 "나도 뭘 어떻게 하겠다는 건 아니야. 하지만 지금 이 마을에서 벌어지고 있는 일을 이해하는 데는 역시 필요하다고 생각해."

 "예를 들면 어떤 게 알고 싶은데요?"

 "역시 가장 궁금한 건 가가치가의 마귀에 관한 거겠지."

 "처음 온 날 밤 다양한 종류의 마귀를 가르쳐줬잖아요? 그렇게 분류하면 가가치가는 뱀신이 들린 거죠?"

 "가가치 윗집을 중심으로 한 가가구시촌 흑의 집들이 기본적으로 뱀신 신앙이라는 건 틀림없지. 성씨에 관한 주지스님의 해석을 봐도 원래 그런 가계였다는 걸 알 수 있고 말이야."

 "주지스님이 했다는 이야기로 말하자면, 혈통이 문제시되는 가계의 조상 중 다수가 원래 그 지방의 이인자인 신흥 세력이었다는 사실 있잖아요? 그런 걸 가르쳐준다면야 저도 주지스님의 이야기가 도움이 될 거라고 생각하지만……."

 "마귀가계가 있는 지방의 사례를 보면 전국적으로 그런 경향이 현저한 건 확실하고, 가가치가가 그에 들어맞는 것도 분명하잖아? 그러니 마을 사람들에 대한 계몽에 이런 자료를 활용해야 한다고 생각해. 다만 내가 마음에 걸리는 건 뱀신이 아니라 생령 쪽이야."

 "그렇지만 그것도 윗집 삼 대에서 사 대 당주 때 일어났다는 쌍둥이의 신령납치에 원인이 있다면서요? 게다가 그걸 기록한 문헌이 저희 집에 있다는, 실제로 소장하는 건 새신집이지만, 그런 사실로 볼 때 날조되었을 가능성이 있는 거고요."

"그 문헌은 아무래도 쉽게 볼 수 있을 것 같지 않지?"

"할머니, 도조 씨의 부탁이면 다 들어줄 것 같긴 한데…… 음, 이것만은……. 할머니하고 작은아버지를 중재해야 할 아버지도 마음이 내키지 않을 테고…… 하지만 구태여 문헌을 보고 그런 유래가 사실인지 아닌지 확인할 필요도 없지 않나요?"

"내가 알고 싶은 건 다른 거야. 첫째는 가가치가의 쌍둥이가 대대로 맡는 무녀와 혼령받이 역할이 시작된 것도 쌍둥이의 신령납치 소동이 있은 뒤인가. 또 하나는 그때 윗집이 이미 종교가의 역할을 맡고 있었다면 언제부터, 또 어째서 맡게 되었나."

"그거라면 윗집 광을 찾아보는 편이……."

"거기는 이십삼 년 전에 이미 헤미야마 나오나리 씨가 찾아봤단 말이지. 헤미야마 씨는 가가치가의 마귀가계로서의 역사뿐 아니라 종교가로서의 역사도 거슬러 올라가 조사했거든. 그 둘은 떼려야 뗄 수 없는 관계인 데다가, 윗집 같은 사례는 흔치 않으니까."

렌자부로는 의아한 표정으로 말했다.

"마귀가계면서 동시에 마귀를 퇴치하는 무녀의 집안이기도 하다는 것 말인가요?"

"유례가 전혀 없는 건 아니야. 많지 않아서 그렇지, 주위 사람들에게 마귀에 들렸다고 기피되면서도 마귀를 부려 기도를 하는 가계가 존재하긴 하거든. 하지만 거기에 생령가계까지 얽히는 예는 내가 알기로 윗집밖에 없어. 헤미야마 씨도 저서에서 그 점을 가장 강조했지."

"생령가계?"

"아, 미안. 월요일에 묘온사로 가는 길에 이야기한 우엉 씨앗 같은 거 말이야."

"그 무시무시한 생령이……."

"그냥 생령이 아니야. 그거라면 어디까지나 그 사람 개인의 문제니까. 하지만 이 경우는 이름 그대로 가계 문제란 말이지."

"요는 뱀신가계가 부모에서 자식에게로 대대로 뱀신을 물려주듯 생령가계는 생령의 체질을 이어받는다는 건가요."

"그 가계 사람은 거의 모두가 같은 체질을 갖고."

"하지만 가가치가하고 흑의 집들 중에 생령가계라는 집안은 윗집밖에 없잖아요. 그중에서도 특히 쌍둥이가……."

"헤미야마 씨 책에 따르면, 예전에는 가가치가가 모두 그랬는데 세월이 지나면서 윗집에만 집중된 모양이야. 전후에는 생령 이야기가 거의 없었으니 지요 양의 경우는 상당히 흔치 않은 사례가 되겠지. 머지않아 가가치가의 생령은 윗집 쌍둥이만의 특징이 될지도 몰라."

"생령가계 자체는 흔치 않은가요?"

"오키나와에 이치자마라는 생령이 있는데, '살아 있는 사악한 마'라는 뜻으로 '生邪魔'라고 쓰거든. 여기에 씌는 걸 '야마사레루' 또는 '쿠라린'이라고 하는데, 전자는 '병들다'고 후자는 '더해지다' '깨물리다'를 뜻한다고 해. 이치자마한테서 파초나 마늘, 염교의 씨앗이나 희석 식초를 받으면 안 돼. 썩다는 거지. 또 이치자마부토키, 이건 '生邪魔佛'이라고 쓰는데, 이 인형을 냄비에 넣고 끓이면서 주문을 외거나 불의 신 앞에서 선향을 부수면서 태우면 자기가 원하는 상대한테 이치자마가 붙는다고 해. 이치자마에 씐 사람이 있으면 입술에 심황을 발라. 그럼 뛰어가서 어느 집 앞에 쓰러지는데, 거기가 그 사람한테 씐 이치자마의 집이야. 또 이치자마에 씐 사람한테 그 이치자마를 흉본다, 이치자마가 붙게 한 집의 처마에 못을 박는다, 그 집 물독에 파초 잎으로 싼 똥을 넣는다 등등 다른 축귀하고 비슷한 방법도 있지."

　겐야의 장황한 설명을 잠자코 듣던 렌자부로가 입을 열었다.

　"요는 그 이치자마란 것도 어떤 특정 인물만이 아니라 가계라는 건가요?"

　"그래. 이 가계 사람하고 혼인하면 '사니', '씨'라는 뜻인데, 이게 나빠진다고 싫어해. 다만 이 가계 사람들 중에는 왜 그런지 미인이 많다고 하지."

　"흥, 못생긴 사람이 시기하는 거 아니에요? 하지만 듣고 보니 윗집 쌍둥이도 대대로 미인이 많네요. 사기리˙ 어르신도 지금은 저렇지만 제가 어렸을 땐 할머니긴 해도 꽤……."

　"아쉽게도 사기리˙ 부인은 아직 뵙지 못해서 말이야. 하지만 윗집 쌍둥이가 미인이라는 건 알고 있어. 사기리∷ 양이나 사기리∷ 양의 어머니를 봐도 알겠던걸."

눈앞에 렌자부로밖에 없는데도 겐야는 쑥스러운 표정을 짓더니 얼버무리듯 말을 이었다.

"오키나와로 말하자면 '가미다리'라고 부르는 상태가 있는데 말이지. 무녀에 해당되는 '유타'라는 여자가 신들린 상태를 가리키거든. 소위 신병神病이지. 그런데 유타가 되는 건 선천적으로 사다카우마리인 사람이 많다고 해."

그러고는 가미다리는 '神祟り, 神垂り, 神憑き' 등으로 표기하며, 사다카우마리는 '精高生まれ', 즉 '고귀한 혼을 타고 났다'는 뜻이라고 설명했다.

"그거 어쩐지 윗집의 구구의례 같은데요."

"그래. 구구의례의 경우엔 쌍둥이가 아홉번째 생일을 맞으면 우카노미타마로 강제로 신병을 체험한다고 할 수 있을지 모르지. 대개는 본인이 그런 상태가 되기를, 즉 자연스럽게 그런 상태가 찾아오기를 기다리는데 말이야. 환경은 어느 정도 갖춘다 해도. 그런 의미에서 구구의례는 역시 좀 특별해."

"'좀' 정도가 아니에요! 특별한 게 아니라 비정상적이라고요!"

렌자부로가 별안간 흥분했다.

"그것 때문에 사기리··의 큰이모는 미쳐버리고 언니는 죽었다고요. 그래서 전 사기리∷도 얼른 윗집에서 나오는 게 나을 것 같아서 고등학교에 가라고 했다고요. 그런 걸 사기리· 어르신이……"

"그랬지. 하지만 사기리∷ 양이 고등학교로 진학해서 마을을 떠난다 해도 졸업하면 어차피 도로 불러들일 테니까……"

"그때는 취직을 하거나, 아니, 사기리∷라면 대학에 가는 것도……."

"그래. 방법은 이것저것 있겠지만, 마귀신앙이라는 근본적인 부분을 해결하지 않는 한 문제는 남지 않을까? 어떤 길을 선택하건 사기리∷는 늘 도로 불려와 무녀와 혼령받이 역할을 하게 될 염려가 항상 따라다닐 테니까."

겐야는 격앙된 렌자부로를 달래듯 천천히 설명했다.

"네…… 그러네요. 죄송해요. 잠깐 흥분했어요. 하지만 지난 일 년 사이에 사기리∷가 엄청 먼 곳으로 가버렸다는 생각이 자꾸만 들어서요."

"학교에 다니던 때는 아마 혼령받이 역할도 생활의 일부라는 의식이 사기리∷ 양한테 있었는지 몰라. 그런데 거의 전속처럼 되고 말았으니 아무래도 영향이 있겠지."

"아까 도조 씨는 우카노미타마가 강제로 신들린 상태로 만드는 약일지도 모른다고 했는데, 어르신은 지금도 사기리∷한테 가끔 그 비슷한 걸 마시게 한다고요."

"축귀에서 혼령받이한테 요구되는 게 그런 신들린 것 같은 상태에 몸과 마음 모두 빠져드는 거니까."

"하지만 그거 위험하지 않아요? 아무리 자기 손녀라지만 그 어르신은……."

렌자부로는 왜 그런지 뒷말을 잇지 못했다. 그러더니 방금 떠오른 것이 뻔한 말로 얼버무리려 했다.

"아, 아까 그 가미다리라는 데선 그런 마실 것을 쓰지 않나요?"
"글쎄, 나도 그렇게 자세히 아는 건 아니라."
겐야는 렌자부로의 묘한 태도가 신경쓰였지만 일단 대답하고 보았다.
"다만 약초 등을 달인 차는 어떤 의미에서 온갖 종교의식의 기본이라 할 수도 있거든. 마신 이를 황홀경에 빠뜨리고, 환각을 보여주고, 암시에 걸리기 쉽게 하는 역할과 더불어 말이야. 맞다. 좀 다른 이야기이긴 한데, 아마미 제도에 '구치'란 주언이 있거든. '저 집은 구치를 하는 집이다'라고 말한다니까 역시 그런 가계가 있다는 뜻이겠지. 이 구치를 차에 넣어 상대방에게 마시게 하는 걸 '구치 넣기'라고 한다나봐. 마신 사람은 물론 병이 들고. 동물의 마귀도 아니고 인간의 생령도 아닌, 정말이지 찾아보기 힘든 가계고 또 방법이라고……."
이번에는 겐야가 이상해졌다. 다만 뒷말을 잇지 못한다기보다 마음에 걸리는 게 있어 입을 다물어버린 느낌이다.
"왜요?"
"아니, 뭔가 생각날 것 같았는데……. 앗, 미안. 하던 이야기로 돌아가자면, 그 정도로 특수한 윗집의 가계에 관해 조사하는 건 결코 시간 낭비가 아니라는 거야."
"제 눈엔 뱀신하고 생령이 하나로 합쳐졌을 뿐 별로 다를 게 없는 것 같은데요. 그만큼 더 질이 나쁠 수도 있지만요."
"거기에 산신님까지 더해지니 일이 더 복잡해지는 거지. 애초에 뭉뚱그려 혼령이라고 하지만 신령, 조령, 생령, 사령, 악령 등이 있고 나아가 다양한 종류로 나뉘거든. 게다가 조령이 이윽고 신령이 되는 경우도 있는데, 윗집의 산신님이 그에 가깝다 할 수 있을 거야. 뿐만 아니라 산신님의 화신이라 여겨지는 허수아비님이 가장 두려운 존재로 기피되는 염매와 모습이 닮았다는 상황까지 있으니 상당히 복잡하게 뒤얽힌 건 틀림없어. 난 그 언저리를 꼭 풀어보고 싶어."

"이 마을에서 지금 실제로 벌어지고 있는 사건을 잊어버리지만 않으면 저도 얼마든지 응원하겠지만요."

보아하니 렌자부로는 겐야가 본래의 목적에 너무 열중할까봐 걱정하는 듯했다.

"물론 과거와 현재를 동시에 생각할 거야."

이제 곧 만날 다이젠처럼 되지 않겠다고 약속했을 때, 저 앞 오른쪽 경사면에 묘온사의 묘지가 보이기 시작했다. 어제 겐야가 길을 잃고 헤매다가 우연히 다다른 길에 어느새 들어선 모양이다.

계단 밑에 이르러 고마움을 표하고 렌자부로와 헤어진 겐야는, 구니하루의 죽음을 주지가 이미 알고 있을까 생각하며 한 계단씩 차근차근 올라가기 시작했다. 그러나 다이젠과의 두번째 만남은 이번에도 이루어지지 않고 연기되었다.

계단을 다 오른 순간, 등골이 오싹해질 정도의 무시무시한 비명이 마을 쪽에서 들려왔기 때문이다.

렌자부로의 수기 5

묘온사 계단 바로 밑에서 도조 겐야와 헤어진 나는 온 길을 되돌아가지 않고 반대쪽 지장갈림길로 향했다. 가운뎃길을 따라 큰신집으로 돌아갈 생각이었다. 날이 저물기 시작한 지금, 왕래가 뜸한, 아니, 아마도 전혀 없을 미로 같은 길을 홀로 걷고 싶지 않았기 때문이다. 물론 염매와 마주칠까봐 무서워서 그런 것은 아니다. 그저 별로 유쾌한 기분이 들지 않았을 뿐이다.

그렇기에 가운뎃길로 가려 했는데, 계단 앞으로 뻗은 길을 따라 기묘한 오거리로 나왔을 때 사당이 보이는 바람에 기분이 나빠졌다. 지난주 목요일 저녁, 지요가 사기리::의 생령을 봤다는 곳이다. 그녀가 사당 뒤에서 고개를 내밀고 꼼짝 않고 쳐다봤다는…….

'지요가 착각한 게 틀림없어. 신경증 때문이야.'

그렇게 생각하는 한편으로, 내가 그렇다고 믿으려 애쓴다는 것을 스스로도 알 수 있었다. 무의식중에 나 자신을 설득하려 하고 있었다.

그런데 오른쪽 대각선으로 뻗은 길의 분기점에서 조금 들어간 곳에 모셔진 사당을 보고 있으려니 당장에라도 그뒤에서 뭔가가 고개를 슬쩍 내밀 것 같았다. 어느새 위팔에 소름이 돋았다.

'이런 데서 꾸물거리고 있다간 날이 저물고 말 거야. 해가 지면 염매가 나와…….'

이어서 그런 생각에 사로잡힌 순간, 어린 시절 해질녘에 큰신집

툇마루에서 간 씨가 들려준 괴담이 생각났다.

불가해한 상황에서 아이들이 사라지는 신령납치, 세목나무의 지벌과 다양한 마귀의 화, 또 아랫집의 외눈박이 광에 사는 요괴와 도둑 늪의 터줏대감인 괴어, 구구산의 나가보즈, 그리고 윗집 창살방의 미치광이와 무서운 곳에 들어갔다가 미쳐버린 타지 사람, 마을의 어느 허수아비님이 움직이는가, 모습을 감추는 허수아비님은 어느 것인가 하는 소문, 나아가 염매가 떠돈다는 마주침오솔길의 괴이에 이르기까지, 대부분이 가가구시촌에 전해지는 민간전승이었다. 이곳에서 나고 자란 아이들에게 다른 지역의 괴담은 필요 없었다. 주위를 조금만 둘러보면 괴담이 사방에 널려 있었으니까.

그런 괴담 중에는 간 씨 자신의 체험담도 있었다. 그가 어려서 하하촌에 있는 학교에 다닐 때 이야기다.

바람이 슬슬 차게 느껴지기 시작한 어느 가을날, 쉬는 시간에 싸운 벌로 학교가 끝나고 남아야 했던 간 씨는 날 저문 산길을 가가구시촌까지 혼자 걸어왔다고 한다. 다른 아이들은 이미 오래전에 집에 가서 길을 걷는 사람은 간 씨밖에 없었다. 평소에는 학교에 갈 때나 집에 올 때나 마을 다른 아이들과 같이 다녔고 학교에 남아야 할 때도 같은 신세인 아이가 하나쯤은 더 있곤 했는데, 그때는 간 씨 혼자였다고 한다. 싸운 상대는 하하촌 아이였기 때문에 벌을 받고 나서 학교에서 헤어졌다.

간 씨는 점차 해가 기울어가는 쓸쓸한 산길을 힘없이 걷고 있었다. 어두워지기 전에는 돌아갈 수 있을 것 같았지만 해질녘의 산속은 뭐라 말할 수 없이 으스스했다. 이미 여러 번 다녀 익숙해졌을 길이 자꾸만 전혀 다른 낯선 길처럼 느껴졌다고 한다.

그런데 앞쪽 저 멀리에 자기처럼 혼자 걷는 아이가 보였다. 차림새로 볼 때 여자애 같았지만, 불안했던 간 씨는 동지가 생겼다고 기뻐하며 걸음을 서둘러 따라잡으려 했다. 그런데 아무리 빨리 걸어도 거리가 좁혀지지 않았다. 급기야 뛰기 시작했지만 뛰고 또 뛰어도 역시 비슷한 거리가 벌어져 있다. 아무리 봐도 앞을 가는 아이는 보통 속도로 걷는데 이상하다며 고개를 갸웃거리다가 문득 대체 저애가 누군가 하는 의문이 떠올랐다.

마을 아이는 물론 학교에 있는 아이는 남녀를 불문하고 빠짐없이 얼굴을 안다. 그런데 자기 앞을 걷는 아이에 해당되는 인물이 없었다. 뒷모습이라도 대개 금방 알아보는데 전혀 모르겠다. 그 사실을 깨달은 순간 간 씨는 멈춰서고 말았다.

그러자 앞을 걷던 아이도 멈췄다. 놀랄 겨를도 없이 아이가 등을 돌린 채 자기 쪽으로 슥 다가왔다.

간 씨는 허둥지둥 몸을 돌려 온 길을 되돌아가려 했다. 그런데 뒤에도 앞쪽의 아이와 비슷한 아이가 보였다. 뿐만 아니라 그 아이도 자기 쪽으로 다가오고 있었다. 차이라고는 정면을 보고 있다는 점뿐이었다. 그러나 간 씨는 순간적으로 상대방의 얼굴을 보면 안 된다는 것을 직감했다.

다행히 해 떨어지기 직전의 어둑어둑한 산길이었던 덕에 얼굴을 또렷이 보지 않을 수 있었던 모양이다. 그렇지만 앞에서도 뒤에서도 정체를 알 수 없는 존재가 다가오고 있었다. 왼쪽은 깎아지른 산면인 데다 나무가 무성하게 경사면을 뒤덮고 있어 올라갈 수 있을 성싶지 않았다. 오른쪽은 울창한 덤불이 이어지고 밑에서 물 흐르는 소리가 들려왔다. 그쪽도 가파른 비탈이었지만 도망칠 곳이라고는 그쪽밖에 없었다.

간 씨는 덤불을 헤치며 거의 미끄러지듯 경사면을 내려갔다. 하지만 너무 많이 내려가면 나중에 못 올라올 테니, 조금 내려간 곳의 관목에 발을 걸고 필사적으로 버텼다.

얼마 있다가 머리 위 길에서 목소리가 들려왔다.

"어디 갔나." "여기로 들어갔다." "도망쳤나." "도망 못 친다." "맛있나." "맛있겠지." "강에 들어갔나." "얼마나 맛있나." "윗도리는 나 줘." "아랫도리는 내가 갖지." "인간 아이는 오랜만이군." "오래됐지." "보이나." "보인다." "어디 있나." "저기 있다."

둘이 대화를 주고받는 것 같았지만 혼자서 자문자답하는 것처럼도 들렸다. 하지만 길에 있는 사람이 한 명이건 두 명이건 간 씨에게는 상관없었다. 그저 너무너무 무서워서 와들와들 떨고 있었다.

그때 머리 위에서 부스럭부스럭 소리가 났다. 길에 있던 뭔가가 덤불 속으로 들어온 것이다.

간 씨는 울며 몸을 지탱하고 있던 관목에서 뛰어내렸다. 그게 낭떠러지에서 뛰어내리는 것이나 다름없었던 모양이다. 물론 실제로는 덤불 속 경사면을 미끄러져 내려간 셈이지만 거의 낙하 상태였다고 한다. 그런데도 여기저기에 생채기가 생겼을 뿐 크게 다치지 않고 강변에 다다를 수 있었던 것은 운이 좋았다.

간 씨는 재빨리 좌우를 살펴보았다. 강을 따라 도망칠까 생각했기 때문이다. 그러나 상류와 하류 모두 얼마 못 가서 강변이 사라지고 또다시 울창한 덤불이 이어졌다. 어느 쪽으로 가건 금세 오도가도 못 하게 될 것이다. 자신이 처한 상황을 깨달았을 때 바로 뒤의 덤불이 부스럭거렸다.

간 씨는 재빨리 도망쳐 눈앞의 강물로 뛰어들었다. 다행히 제일 깊은 곳에서도 물이 가슴까지 차는 정도라, 강 한복판에 얼굴을 내민 비교적 평평한 바위 위로 기어오를 수 있었다. 그를 쫓아온 뭔가는 덤불 속에 머물고 있는 듯, 또다시 기분 나쁜 대화가 들려왔다. 물 흐르는 소리와 나무를 흔드는 바람 소리 때문에 반도 알아듣지 못했지만, 보아하니 해가 지기를 기다리는 듯했다. 왜 지금이 아닌지, 여기까지 쫓아와놓고 어째서 덤불 속에 있는지, 그리고 밤이 되면 무슨 일이 벌어질 것인지, 간 씨는 알 방도가 없었지만 생각만 해도 소변을 지릴 것 같았다고 한다.

결국 간 씨는 날이 완전히 저물면 자기가 어떻게 됐을지 모르고 끝났다. 직후에 마을 사람 둘이 우연히 위쪽 길을 지나갔기 때문이다. 도움을 청하자 한 사람이 밑으로 내려와 강변으로 돌아온 간 씨를 길로 끌어올려주었다. 그동안 덤불 속 어둠에서 자기를 꼼짝 않고 응시하는 시선이 줄곧 느껴졌다고 한다. 그뒤로도 한동안 학교에서 돌아오는 길에 비슷한 느낌에 시달리곤 했다. 하지만 간 씨도 절대 혼자 돌아오지 않았기 때문에 이윽고 섬뜩한 기적도 사라진 모양이다.

간 씨는 비슷한 체험을 그밖에도 여러 번 했다는데, 내가 성장하면서 이야기를 들을 기회가 줄어들었다. 내가 합리적인 사고방식을 익히기 시작했기 때문이다. 그렇지만 간 씨의 체험담이 거짓말이라고 생각한 적은 한 번도 없었다. 아마 '그러고 보니 이런 일이 있었죠' 하고 담담하게 이야기하는 모습에서 어린애를 겁주려는 의도가 조금도 느껴지지 않았기 때문이리라. 게다가 그의 이야기는 죄다 영문을 알 수 없고 앞뒤가 맞지 않는 내용이었는데도 어딘가 묘하게 현실적인 냄새가 났기 때문인지도 모른다.

'그렇군…… 비슷한가. 간 씨의 괴담하고 마을에서 일어나는 연쇄 괴사사건. 내용은 전혀 딴판인데 그에 들러붙은 정체를 알 수 없는 분위기에서 비슷한 냄새가 나.'

서서히 어두워지기 시작한 주변 상황과 별안간 생각난 여러 괴담, 그리고 현실 속 의문의 죽음 세 건에 관해 생각하다가, 나는 내가 어린애같이 겁에 질린 것을 깨달았다. 지난주만 해도 지요에게 묘온사에서 6시에 만나자는 전갈을 받고 아무렇지도 않게 혼자 길을 다녔는데, 지금은 견딜 수 없게 무서웠다. 나는 이때 비로소 마을 사람들이 맛보는 공포를 실감했던 것 같다. 왜 다들 저물녘이 되면 일찌감치 집 안에 틀어박히는지, 해가 지고 나서 외출할 때는 여럿이 같이 움직이는지 그 이유를 뼈저리게 이해했다.

'나, 나 참, 어이가 없어서……. 내가 지요도 아니고 겁낼 게 뭐

가 있어?'

 그래도 애써 허세를 부린 것은 무섭다고 생각하고 나면 헤어나지 못할 것 같았기 때문이다. 큰신집으로 돌아갈 수 없을지도 모른다고 진심으로 걱정했다.

 나는 사당에서 눈을 떼고 가운뎃길로 이어지는 길로 발을 들여놓으려 했다. 소름이 돋은 팔을 옷에 문지르며 지장갈림길에서 얼른 벗어나려고 발을 뗀 그때였다. 위팔의 소름 따위 순식간에 잊어버릴 만큼 어마어마한 한기가 느껴지며 온몸의 털이 주뼛 곤두섰다. 그러더니 오한에 호응하듯 비명이 들려왔다. 순간적으로 돌아본 곳에는 나없다길이 있었다. 비명은 그 길 저편에서 들려오고 있었다.

 나는 그 자리에 우뚝 서서 꼼짝도 하지 못했다. 머릿속에서 똑같은 말이 맴돌았다.

 '오한을 느낀 게 먼저고 비명은 그뒤였어. 오한을 느낀 게 먼저고 비명은 그뒤였어. 오한을 느낀 게 먼저고 비명은 그뒤였어.'

 그게 무엇을 의미하는지는 알 수 없었고 또 알고 싶지도 않았다. 나는 그저 그 사실에 충격을 받았다. 평소 같으면 단순한 우연이라고 신경도 쓰지 않았을 것이다. 그러나 이때는 옴짝달싹하지 못했다. 그런 나를 정신이 들게 한 것은, 곧이어 마음속에 떠오른 한 가지 의문이었다.

 '방금 그 비명, 사기리:: 목소리 아닌가?'

 젊은 여자, 그것도 소녀의 목소리였던 것은 확실하다.

"사기리:::!"

거기까지 생각한 순간, 나는 큰 소리로 부르짖으며 달리기 시작했다. 나없다길로 무작정 뛰어들었다.

구 년 전 아랫집 소작인의 일곱 살 먹은 딸 시즈에가 사라지면서 유명해진 길은, 얼마 동안 똑바로 이어지다가 대각선 왼쪽과 오른쪽 길로 갈라진다. 갈림길에서 오른쪽으로 꺾어지면 짧은 길이 나오고 왼편에 허수아비님이 모셔져 있다. 길은 다시 대각선 왼쪽으로 꺾어지며, 모퉁이 오른쪽에 조그만 사당이 있다. 지장갈림길의 사당은 지장보살님을 모셨지만, 이쪽은 마을 노인들도 무엇을 모신 곳인지 모를 정도로 낡고 허물어졌다. 그 앞으로 뻗은 길은 조금 구불구불해도 대체로 똑바로 이어지다가 이윽고 다시 두 갈래로 갈라진다.

이 구불구불한 길을 마을 사람들은 '마주침오솔길'이라고 불렀다. 길이 두 갈래로 갈라지는 길목에 허수아비님이 모셔져 있어서, 구불구불한 길에 들어서면 싫건 좋건 얼핏얼핏 보게 된다. 그런데 혼자 이 길에 발을 들여놓으면 허수아비님이 사라지고 없을 때가 있다고 했다. 혼자 있을 때에 한해 이따금 그런 현상이 일어난다는 것이다. 즉 분기점까지 와도 허수아비님이 없고 삿갓과 도롱이가 걸린 나무 막대기만 바닥에 꽂혀 있는 모양이다. 그 경우는 두 갈림길 중 어느 한쪽에서 허수아비님이 기다리고 있다고 했다. 운 좋게 아닌 쪽으로 가면 문제없지만 기다리는 쪽을 택하면…….

그렇지만 그 반대라고 하는 사람도 있다. 허수아비님을 만나면 좋은 일이 생기고 만나지 못하면 불행이 닥친다고. 요컨대 허수아비님을 가카산의 산신님으로 보느냐, 염매의 화신으로 보느냐, 그런 관점의 차이일 것이다. 다만 이 경우 바로 몸을 돌려 온 길을 되돌아가는 게 올바른 대처법이라는 점에서는 양쪽의 의견이 일치한다. 계속 가는 것은 엄청난 도박이라고……

그런 마주침오솔길을 반쯤 가면 왼쪽으로 흙벽에 사다리가 붙어 있다. 사다리를 올라가면 마을의 공유 재산인 농기구 등을 보관하는 도구창고가 있다. 덧붙여 설명하자면, 앞쪽 갈림길에 들어서서 얼마 동안은 길 양쪽이 흙벽으로 막혀 있기 때문에 낮에도 전체적으로 어둑어둑하고 음울하다. 한동안은 주위에 민가도 없는지라 세목나무 주변 못지않게 마을에서도 상당히 외진 곳 중 하나였다.

나는 나없다길을 달려가 오른쪽으로 모퉁이를 돌았다. 막다른 곳에서 왼쪽으로 꺾어져 마주침오솔길로 뛰어들었는데…….

허수아비님이 사라지고 없었다.

구불구불한 길 앞쪽으로 가까스로 보이는 두 갈래 길의 분기점에 모셔져 있을 허수아비님이 없었다. 그곳에 보이는 것이라고는 우두커니 선 사기리∷의 모습뿐이었다.

'역시 사기리∷의 비명이었나.'

허수아비님 대신 사기리∷가 있는 광경에 대한 경악보다 비명이 그애 것이었음을 알아들은 데 대한 놀라움(그렇게 예상해놓고도)이

더 컸다. 그런데 사기리::의 분위기가 이상했다. 비명을 질렀을 정도니 이성을 잃고 날뛸 만도 한데 그냥 우두커니 서서 길 한가운데를 응시하고만 있었다.

물론 나도 곧바로 알아차렸다. 사기리::를 본 직후에 그것을 발견했다. 하지만 우선은 사기리::가 무사한지 확인하느라, 아주 잠깐 그 기이한 광경이 시야에 들어오지 않았던 것이 틀림없다. 믿기지 않을지 모르지만 사실이다.

나와 사기리::의 중간 지점, 도구창고로 올라가는 사다리 밑 언저리, 마주침오솔길의 거의 중간 지점에 보인 것은……

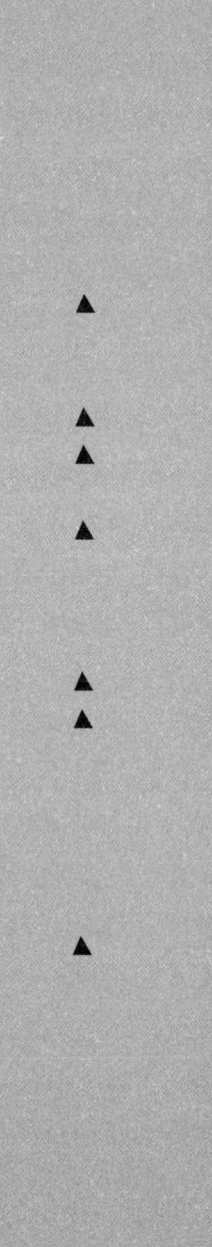

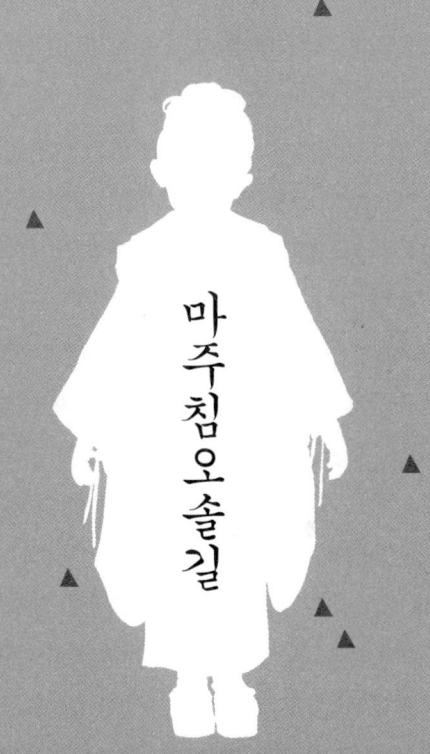

마주침오솔길

화요일 밤부터 수요일 저녁까지 경찰은 윗집에서 집요하게 조사를 계속했다. 특히 구니하루가 의문의 죽음을 당한 손님방에 있던 사람들, 이사무, 기누코, 사기리``, 구로코, 이렇게 네 명, 그리고 사건 직후 복도를 지나갔던 다쓰는 여러 차례 조사를 받아야 했다.
　가장 의심을 받은 사람은 구로코였다. 피해자가 기누코에게는 친오빠, 이사무에게는 처남인 데 비해 구로코만 피해자와의 관계를 알 수 없었다. 아니, 애초에 신원을 전혀 알 수 없으니 경찰이 애를 먹는 것도 당연했다.
　신원을 알려도 단서가 아무것도 없었다. 두건을 벗겨 비로소 오른쪽 절반이 흉터로 뒤덮인 얼굴을 볼 수 있었지만, 그것만으로는 아무 도움이 되지 않았다. 윗집에 오기 전 기억이 본인에게 일체 없는 데다 말을 하지 못하니 조사도 여의치 않았다. 유일하게 그를 잘 알고 손짓발짓과 필답을 가장 잘 이해하는 사기리˙ 무녀는 여전히 몸져누운 상태다보니 경찰도 상세한 질문을 하기 쉽지 않았다. 그다음으로 구로코를 이해하는 사기리``도 마찬가지로 앓아누웠으니 협조를 바랄 수 없다. 그야말로 속수무책인 상황이라 기껏 가장 유력한 용의자가 눈앞에 있는데도 경찰은 상당히 곤혹스러운 듯 보였다.

더욱이 수사관들을 당황하게 한 것은, 구로코의 범행이라 단정할 수 없는 상황이 사건 발생시 현장에 있었다는 사실이리라. 조사 결과 구니하루를 살해할 수 있었던 사람을 이사무와 기누코, 구로코로 좁힐 수 있었다. 그런데 세 사람은 피해자를 허수아비님으로 꾸미는 일이 절대로 불가능했다. 아니, 세 사람뿐 아니라 그런 일은 누구도 할 수 없었다. 경찰이 집요하리만큼 조사를 반복한 것도, 십중팔구 증언에서 모순을 발견해 사건 당시의 불가해한 상황 자체를 어떻게든 뒤엎으려 한 것이리라.

현장의 기이한 상황을 완벽하게 설명할 수 있는 해석, 즉 구니하루가 자살했을 가능성은 뜻밖에 경찰도 아직 완전히 버리지 않은 모양이다. 오사노 젠토쿠, 가가치 가쓰토라, 그리고 구니하루까지 세 명이 잇따라 괴이한 상황에서 죽은 사건을 어떻게 자살로 보느냐는 견해는 당연히 있었다. 그러나 반대로 그렇게라도 생각하지 않으면 사건이 해결될 것 같지 않다는 의견도 나온 모양이다.

마귀촌, 신령납치촌, 허수아비촌이라는 별명을 가진 대단히 특수하고 폐쇄적인 마을, 그중에서도 가장 기묘한 내력을 지닌 가가치 윗집을 무대로 발생한 일련의 괴사는 베테랑 수사관들조차 곤혹할 정도로 특이했다. 어떻게 임하면 좋을지 몰라 쩔쩔매는 것처럼 보이기까지 했다. 마을 사정을 잘 아는 경찰관이 옆 마을 하하촌의 주재소 순사 다테와키뿐인데, 그런 그가 묵고 있던 집에서 세번째 사건이 벌어졌으니 그럴 만도 하다. 경찰에게서 초조함과 노여움과 당혹이 느껴지는 것도 당연하다 할 수 있었다.

여담이지만 다테와키 순사는 꽤 호된 질책을 받은 듯 어젯밤 이래로 영 생기가 없었다. 도마야 의사 쪽이 경찰에 훨씬 도움이 됐을 지경이다.

어쨌든 가가치가 허수아비님의 노여움이 아니냐고 마을 사람들이 정색하고 수군거릴 정도로 인간의 이성을 뛰어넘은 연쇄 괴사 사건을, 너무나도 현실적인 대응밖에 못 하는 일본 경찰이 해결할 수 있을 리가 없었다.

저물녘이 되자 윗집에는 벌써부터 침체된 분위기가 감돌기 시작했다. 몇 번을 조사해도 사건의 기괴한 상황을 뒤엎지 못한 데다, 구로코의 신원이 금세 판명될 리도 없고, 피해자들의 공통점을 찾아낼 가능성도 없으며, 그렇다고 세 용의자에게 범행 동기가 있다고도 할 수 없는 현실 앞에서 수사관들은 막다른 골목에 부딪쳤다고 느끼기 시작했다. 한편 윗집 사람들은 주위에서 잇따라 발생한 무시무시한 사건에 대한 공포와 긴장으로 신경이 예민해진 상황에서 어젯밤부터 이어진 조사로 피로가 겹쳐 몸도 마음도 녹초가 됐는지, 둔중한 소처럼 꿈쩍도 않고 각자 자기 방에 틀어박혔다.

저택 곳곳에 무겁고 숨 막히는 공기가 깔려 있었다. 그 전까지 너무나 어수선했던 만큼 갑작스러운 변화가 섬뜩하게 느껴졌다.

그런데 그중에서 유일하게 작게나마 움직임을 보이는 인물이 있었다. 기누코였다. 그녀와 이사무는 대단하다고 탄복해야 할지, 아니면 어리석다고 비웃어야 할지, 일요일 모임에 관해 여전히 입을 꽉 다물고 있었다. 그러나 그녀는 다음은 자기 차례일지 모른다는 불안에 시달리는지, 윗집에서 도망칠 기회를 엿보는 것처럼 보였다. 전부 없었던 일로 돌리고 비밀에 부치면 괴사가 중단될 것이라는 다른 두 사람의 의견에 속으로는 찬동할 수 없었던 것이다. 직후에 구니하루가 죽었으니 당연한 일이지만……. 그렇다고 형부와의 약속을 깨고 경찰에 말할 마음도 없는 듯했다. 그래봤자 괴이가 그치지 않으리라는 것을 실감했기 때문이리라. 그렇다면 자기가 이 집에서, 이 마을에서 도망치는 수밖에 없다는 결론을 내린 게 분명했다.

기누코의 생각은 옳았다. 다만 그녀의 생각처럼 그렇게 간단한 일이 아니었다. 물론 본인은 알 턱이 없었다. 이윽고 뭐가 뭔지 알 수 없는 상황에서 죽음을 맞이하기 전까지는…….

기누코는 분명 자신은 운이 좋다고, 징조가 좋다고 생각했을 것이다. 가가구시촌 동문 앞에서 출발하는 ○○시행 버스의 막차가, 보통은 5시 반에 떠나는데 일주일 중 월수금 사흘만 6시 15분에 떠난다. 그리고 그때 윗집 전체가 마치 낮잠에 빠져든 듯 고요해서 은밀히 행동하면 들키지 않고 빠져나올 수 있는 상황이었던 것도 그녀에게는 다행이었다고 할 수 있다.

막상 집을 떠날 순간이 되자 기누코는 약간 망설이는 눈치를 보였다. 도망치는 데 대해서가 아니라 짐을 갖고 갈지 말지를 망설이는 것이다. 옷가지 등을 큼직한 가방에 쑤셔넣으려다가 만에 하나 누가 보면 일이 성가셔진다고 생각했는지 핸드백만 들고 나서려 했다. 그런데 결국 방으로 돌아오더니 작은 가방에 짐을 꾸렸다. 역시 여자는 여자다. 어디로 도망치건 최소한의 옷가지는 필요하다고 생각했으리라.

하지만 그녀에게 도망칠 곳이 있는지는 의문이었다. 가가구시촌에서 나고 자랐기 때문에 바깥세계를 거의 모르는 데다, ○○시로 나간 하하촌 가가치가의 중매로 ○○○ 지방에 있는 구가로 시집갔다가 친정이 마귀가계라는 사실이 알려져 쫓겨난 후 줄곧 윗집에서 지냈으니 갈 데가 있을 리 없었다. 그런데도 도망치려 한 것은 무시무시한 죽음이 자기를 향해 다가오고 있음을 실감했기 때문이리라. 좌우지간 이 집을, 이 마을을 떠나자고 결심한 것이다.

하늘이 심상치 않음을 보고 우산을 챙긴 기누코는 본채 남쪽 툇마루를 통해 살그머니 마당으로 나왔다. 그러나 경찰관 몇 명이 집 앞을 지키며 출입을 감시한다는 것을 바로 깨닫고 허둥지둥 되돌아왔다. 그 정도 경계는 예상하고 남을 만한 상황이었지만, 당시의 그녀에게 그런 주변머리까지 요구하는 것은 가혹한지도 모른다. 얼마 동안 마당 구석에 숨어 있더니 이윽고 결심이 선 듯 모습을 드러내고 집 뒤로 돌아가 큰계단을 내려가기 시작했다.

제아무리 윗집 사람이라도 큰 쪽이건 작은 쪽이건 집 뒤 계단을 내려가려면 상당한 용기가 필요하다. 아니, 오히려 윗집 사람이기에 금기를 깨뜨리는 데 엄청난 두려움을 느낄 터였다. 두 계단을 통해 히센천으로 갈 수 있는 사람은 무녀와 혼령받이뿐이라는 의식이 어릴 때부터 심어지기 때문이다. 그러나 기누코는 오랜 세월 지켜온 규칙을 깨뜨릴 정도로 세 사람에게 찾아온 의문의 죽음에 공포를 느끼고 있었다. 그런 그녀를 멈출 수 있는 것은 사기리˙ 무녀의 기도뿐이었지만, 그것을 바랄 수 없음을 본인이 가장 잘 알고 있었다. 도망치는 것 말고는 방법이 없다······.

기누코는 바라던 대로 들키지 않고 윗집에서 빠져나올 수 있었다. 적어도 그녀는 그렇게 생각했다. 그러나 기누코의 모습이 큰 계단으로 사라진 뒤 남쪽 별채에서 사기리∷가 나타났다.

사기리∷는 명백히 작은이모의 뒤를 쫓으려 하고 있었다. 하지만 그 모습은 은밀히 미행한다기보다 그저 아무 생각 없이 기누코를 따라가는 것처럼 보였다. 상대방이 알아채면 안 된다는 조심성이 전혀 느껴지지 않았다. 그저 몽유병 환자처럼 이모 뒤를 따라 걷는 느낌이었다. 기누코가 눈치채지 못한 것은 그저 한시라도 빨리 히센천 강변을 벗어나고 싶은 마음에 뒤를 돌아볼 여유가 없었기 때문이다.

필사적으로 걸음을 재촉하는 기누코와 어딘지 모르게 유유한 발걸음으로 뒤를 쫓는 사기리∷, 참으로 기묘한 두 사람의 모습을 히센천 강변에서 볼 수 있었다. 그 광경은 마치 기누코가 지나가던 나그네고, 사기리∷가 그에게 들러붙으려고 쫓아가는 염매인 것처럼 보였다.

작은정화소를 지나 윗집과 가운뎃집 사이의 좁은 길로 들어서 세목나무 옆으로 나온 기누코는 잠시 주저하더니 마을을 가로지르는 길을 택했다. 동문으로 이어지는 셋째 다리까지 가장 빨리 갈 수 있는 경로를 알기 때문일 것이다. 하지만 아무리 왕래가 급감하는 해질녘이라도 아직 마을 사람에게 목격될 염려가 있는 시간대였다. 그런데도 그녀가 마을 안길을 택한 것은, 마을로 들어온 경찰 차량이 큰신집 앞을 지나 가운뎃길로 나오는 길을 틀림없이 지날 것이기 때문이리라. 뭐니 뭐니 해도 오늘밤은 오사노 젠토쿠와 가가치 가쓰토라의 시신, 그리고 사기리∷가 돌아올 예정이다. 그게 조금 앞당겨질 가능성도 충분히 있다. 지금 상황에서 그녀가 그런 것과 맞닥뜨릴 위험을 무릅쓸 리 없다.

어딘지 모르게 멍한 사기리∷는 기누코의 생각이 이해되지 않는 듯 고개를 갸웃거리며 마을 안으로 향하는 이모를 얼마 동안 바라보았다. 그러더니 그녀의 뒷모습이 길모퉁이를 돌아 사라진 다음 다시 뒤를 쫓기 시작했다.

거기서부터는 길이 미로처럼 복잡한 데다 양옆이 흙벽으로 막힌 덕에, 설사 기누코가 뒤쪽을 경계했어도 사기리∷를 발견할 위험은 크지 않았다. 또 길 위로 올라가 잘만 움직이면 그녀를 앞지르는 것도 어렵지 않았다. 하기야 처음부터 미행하는 것으로 보이지 않았던 사기리∷는, 마을 안에 들어서서도 그저 이모를 따라갈 뿐 구태여 몸을 숨기려 하지 않았다. 마을의 특수한 지형이 그녀를 숨겨준 데 불과했다.

 마을 안을 지나 동남쪽으로 간 기누코는 이윽고 마주침오솔길에 들어서는 두 갈래 길 중 한쪽의 어귀까지 왔다. Y자의 아래 선이 마주침오솔길이라 치면 오른쪽 선 첫머리에 도착한 셈이다. 이곳을 지나 나없다길에서 지장갈림길을 거쳐 가운뎃길로 나가면 바로 눈앞이 셋째 다리다. 물론 오주천 동쪽으로도 마을은 계속되지만 중심부는 벗어나는 셈이다. 마을 사람에게 목격될 위험도 현격히 줄어들거니와, 동문 앞 버스 정거장까지 조금만 더 가면 된다.

 마주침오솔길을 무사히 빠져나갈 수만 있으면…….

 두 갈래 길 중 오른쪽으로 들어선 기누코는 또 다른 길과 합류하는 지점까지 갔다. 그곳에서 잠깐 주저하는 눈치를 보인 것은 마주침오솔길에 관한 이야기가 생각났기 때문이리라. 하지만 그녀는 반대 방향에서 길에 들어서려 하고 있다. 모습을 감춘다는 허수아비님도 자신의 바로 뒤, 갈림길 분기점에 틀림없이 보인다. 그것을 보고 안심했는지, 그녀는 마주침오솔길에 발을 들여놓더니 구불구불한 길을 걷기 시작했다. 그리고 도구창고 밑을 지나려 했다. 그때…….

 기누코를 향해 그림자가 뻗었다.

 그림자가 그녀와 포개지나 싶더니 그 직후 기누코는 숨을 거두었다.

 가가구시촌 남쪽 끄트머리, 마주침오솔길이라 불리는 기묘한 길 중간에서 가가치 기누코는 ×××에 의해 괴이한 죽음을 당한 네

번째 사람이 되었다.

사기리의 일기 6

"사기리⁈!"

갑자기 이름을 불려 정신을 차리자 마주침오솔길 저편에 렌 오빠가 보였다.

"꼬, 꼼짝 말고 거기 있어."

오빠는 그렇게 말하며 다가왔지만, 도중부터 오빠의 시선은 내가 아니라 길 한복판에 쓰러져 있는 기누코 이모의 기이한 모습으로 옮겨갔다.

"윽……."

목구멍에서 뭔가가 급격히 치밀었다. 그것이 비명인지, 위액인지는 알 수 없었지만 간신히 참았다. 그러나 그런 불쾌한 반응의 원인이 틀림없는 이모에게서 도저히 눈을 뗄 수 없었다.

기누코 이모의 온몸이 다 보였던 것은 아니다. 아니, 머리 밑에 허수아비님의 삿갓이 있고 몸은 도롱이로 덮여 있어서 거의 보이지 않았다. 그렇지만 펼쳐진 여자 우산이 입에서 돋아난 양 튀어나와 있는 기묘한 광경은 뇌리에 선명하게 박혔다. 그래, 이모의 입안에는 우산 한 자루가 손잡이 부분을 밑으로 한 채 꽂혀 있었다.

"레, 렌 오빠…… 이, 이모가……."

오빠는 천천히 내게 시선을 돌리고는 고개를 내저었다.

"틀렸어. 벌써 숨이 끊어졌어."

그렇게 대답하고는 또다시 시신에 눈길을 주었으나, 바로 다시 나를 돌아보았다.

"사기리::, 너 누구 본 사람 없어? 아니, 그보다 넌 어느 길로 왔지? 기누코 아주머니는 왜 여기 있는 거야?"

"이, 이모가 몰래 집에서 빠져나가는 게 보여서…… 그, 그래서 나도 모르게 뒤를 밟았는데 아직 몸이 좋지 못해서 어쩐지 머리가 멍한 게…… 그렇지만 아무도 못 봤어. 이쪽, 오른쪽 길로 이모를 따라왔는데 우리 말고는 아무도 없었어. 그, 그런데 이 길로 들어섰을 때 길 한복판에 뭐가 쓰러져 있어서…… 하, 하지만 이모는 안 보이고…… 그런데 자세히 보니까 쓰러진 게 허수아비님이라서, 그래서……."

"알았어. 이제 됐어."

누가 말려주지 않으면 말을 멈출 수 없을 듯한 공포에 사로잡혔을 때, 렌 오빠가 오른손을 들어 제지했다. 그 덕분에 나는 이럭저럭 말을 삼킬 수 있었다.

"그럼 범인은 저쪽 왼쪽 길로 도망갔다는 뜻이군."

그렇다면 렌 오빠도 여기로 오는 길에 아무도 못 봤다는 이야기다.

"거기요, 괜찮으십니까! 무슨 일 있었나요!"

그때 두 갈래 길 왼쪽에서 나를 부르는 듯한 목소리가 들려오더니 곧바로 도조 겐야 씨가 나타났다.

"도, 도조 씨, 여기는 웬일이에요?"

렌 오빠가 놀라 물었다.

"계단을 다 올라갔을 때 비명이 들리잖아. 그래서 쫓아가려 했는데 어디 있는지 알아야지. 이쪽저쪽 헤매다가 문득 이 길을 들여다봤더니 사람이 얼핏 보이길래, 이쪽인가 싶어서……."

"그렇군요. 도조 씨가 와줘서 다행이에요."

말과는 반대로 두 갈래 길 왼쪽을 응시하던 렌 오빠의 얼굴이 별안간 근심스러워졌다. 그러나 그보다 더 표정이 심각해진 사람은 도조 씨였다.

"저, 저 분은 누구시죠?"

"기누코 이모예요. 실은 방금 전 윗집에서 빠져나와…… 아마 버스 막차로 도망치려 하셨겠죠."

렌 오빠에게 말할 때보다 조금 진정됐는지, 그런 예상까지 덧붙여 도조 씨에게 설명했다.

"여기까지 도망쳤지만 결국 붙들리고 말았나."

무엇에 붙들렸다는 건지 묻고 싶었지만 역시 물을 수 없었다. 그도 모르리라 생각하는 한편, 그런 무서운 것의 정체를 알고 싶지 않았다고 순간적으로 느꼈는지도 모른다.

"흉기라고 할지, 이 돌로 머리를 직격당한 게 사인 같은데요."

렌 오빠가 시신 옆에 뒹굴고 있는, 이모의 머리보다 더 큰 묘비 같은 것을 가리켰다. 도조 씨는 가까이서 보고 싶은 눈치였지만 내 곁에서 떨어지려 하지 않았다. 현장을 어지럽히면 안 된다고 판단한 것이 틀림없다.

"뭐지? 비석처럼 보이는데."

"이 위 도구창고 옆에 있는 석총인데, 뭘 모셨는지는 아마 아무도 모를걸요."

"그걸 기누코 씨 머리 위로 떨어뜨렸나. 설마 밑을 지나가는데 우연히 떨어졌을 리는……"

"아니면 본인이 떨어뜨렸는지도 모르죠."

렌 오빠가 엄청난 말을 꺼냈다.

"뭐? 그, 그런 가능성이 있어?"

"돌에 밧줄이 묶여 있고 그 끄트머리가 오른손 안에 있거든요."

"그럼 기누코 씨는 사다리를 올라가 석총 같은 돌에 밧줄을 묶은 다음, 그 끝을 잡고 사다리를 내려와 줄을 잡아당겨 머리 위에 돌이 떨어지게 했다고?"

"그 전에 먼저 허수아비님처럼 차리고 우산을 입에 물어야 하겠지만요."

두 사람의 뇌리에는 십중팔구 그 너무나도 기이한 광경이 떠올라 있었으리라. 한동안 아무도 입을 열지 않았다.

"그런 의미에선 목을 매고 죽은 젠토쿠 도사, 물에 빠져 죽은 가쓰토라 씨, 독을 먹고 죽은 구니하루 씨 등 사인과 상황은 각기 달라도 현장이 자아내는 기이한 분위기는 똑같은데."

이윽고 도조 씨가 일련의 사건에 맴도는 섬뜩한 느낌을 언급하자, 렌 오빠가 흥분한 목소리로 말했다.

"그게 다가 아닐지도 몰라요. 도조 씨는 사기리∷의 비명을 언제

들었는지 알아요? 여기로 쫓아온 시간은요?"

"아차, 그렇군. 이거 내가 깜박했는걸."

그는 순간적으로 머리를 긁적이더니, 들었던 왼손을 황급히 내려 손목시계에 눈길을 주고는 지금 시각이 6시 4분이라고 가르쳐주었다.

"사기리::는 손목시계 같은 거 없을 테고 저도 마을에선 안 차서……. 그러니까 정확한 시간은 알 수 없지만……."

"설마 이렇게 된 건가? 사기리:: 양은 이쪽 길로 기누코 씨를 뒤따라왔다. 렌자부로 군은 사기리:: 양의 비명을 듣고 저쪽 길로 달려왔다. 그런데도 두 사람 다 아무도 만나지 못했으니 범인은 남은 한 길로 달아났어야 하는데, 그 길로는 내가 나타났다……."

도조 씨가 순식간에 상황을 파악하고 묻자 렌 오빠는 고개를 끄덕였다.

"제가 나없다길의 분기점에 접어들기 전에, 즉 오른쪽으로 꺾어지기 전에 범인이 왼쪽으로 뛰어들었을 가능성은 있어요. 하지만 비명을 들은 건 지장갈림길에서였으니까 몇 초 뒤에는 나없다길에 들어섰을 텐데요."

"그렇다면 문제는 기누코 씨가 이렇게 된 뒤, 요는 범인이 도망치려고 한 순간부터, 사기리:: 양이 비명을 지르기까지 얼마나 걸렸을까 하는 점인걸."

"저, 전 잘 모르겠어요. 다만 이모가 마주침오솔길로 사라지고 나서 이쪽 길 중간에서 잠시 기다렸어요. 여기는 사연이 있는 곳

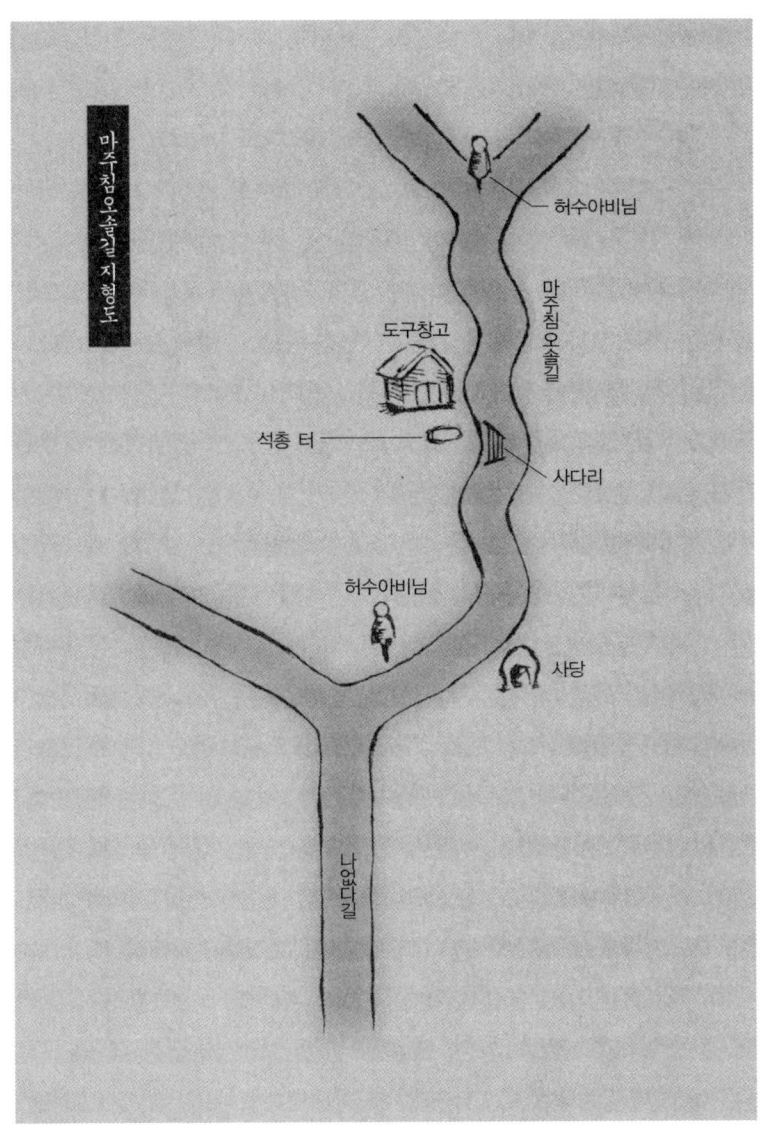

이니까 이모가 겁먹고 돌아오시기라도 했다가는 아무리 길이 구불구불해도 들킬 것 같아서…….”

“얼마나 기다렸죠? 뭘 기준으로 삼았습니까?”

“그냥 제 느낌일 뿐이지만 이모가 오솔길을 거의 다 가서 작은 사당이 있는 언저리까지 가셨겠다 싶을 때까지 기다렸어요.”

도조 씨와 렌 오빠는 내 이야기를 들으며 대략적인 시간을 가늠하려는지 눈앞의 구불구불한 길에 연신 눈길을 주었다.

“범인이 사전에 어디까지 준비했을지는 모르겠지만, 기누코 씨가 길의 절반을 왔을 때 돌을 떨어뜨렸다면 나머지 절반을 걸었을 정도의 시간 내에 허수아비님 차림이며 우산 장식을 했다는 뜻이야. 그것 자체는 불가능하지는 않겠지만, 범행 후 렌자부로 군 쪽으로 도망쳤다면 정말 빠듯하겠는데. 사당이 있는 모퉁이를 돈 순간 사기리:: 양이 이리로 들어섰다고 생각할 수밖에 없겠어. 아차, 중요한 질문을 깜박했네. 그럼 시신을 보고 곧바로 비명을 질렀습니까?”

도조 씨의 물음에 고개를 끄덕이자 이번에는 렌 오빠가 말했다.

“그럼 역시 무리에요. 나없다길하고 마주침오솔길을 잇는 길은 아닌 게 아니라 짧긴 하지만, 지장갈림길에 있던 전 곧바로 나없다길로 뛰어들었다고요. 그런데 저보다 그 길을 더 빨리 빠져나가 나없다길 끝에서 갈라지는 왼쪽 길로 도망쳤다는 건 아무리 그래도 말이 안 돼요.”

“그렇다면 범인은 사기리:: 양이 있던 길이 아닌, 내가 온 길 쪽으로 도망쳤다는 게 되지만 그래도 조건은 달라지지 않아. 즉 범인이 왼쪽 길로 들어서자마자 오른쪽 길에서 사기리:: 양이 나타났다는 게 돼. 그런데 사기리:: 양, 그때 이쪽 길은 보지 않았습니까?"

"네? 그건……."

나도 잘 기억나지 않았다. 길 한복판에 누워 있는 게 기누코 이모라는 것을 안 순간, 이모 말고는 아무것도 눈에 들어오지 않게 된 것 같다. 그런 식으로 서툴게 설명하자, 도조 씨는 충분히 이해한다고 위로하듯 고개를 끄덕였다.

"그렇지만 도조 씨가 온 길은 저기 분기점에서부터 꽤 길잖아요. 게다가 막다른 곳은 T자로겠다, 절 쪽에서 왔다는 건 이쪽에서 볼 때 왼쪽에서 나타났다는 뜻인데 그럼 오른쪽 길이 비교적 훤히 보이지 않나요?"

"오, 역시 잘 아는데. 그래, 맞아. 그 말은 그럼 범인이 이쪽 길로 달아났다 해도 내 눈에 띄지 않고 도망치는 건 좀 어려울 거라는 이야기군. 그럼 남은 건 저기뿐인데."

도조 씨가 가리킨 것은 기누코 이모 가까이 보이는 사다리였다.

"그렇군요. 시신 바로 옆이고 말이죠. 순간적으로 도망친다면 저기로 올라가는 게 자연스러울지도 몰라요."

사다리를 올려다보더니 당장 붙잡고 올라가려는 렌 오빠를 도조 씨가 황급히 말렸다.

"이 이상 현장을 어지럽히지 않는 게 좋아. 원래는 윗집에 있는 경찰에 바로 알렸어야 하는데. 내가 다녀올 테니까 두 사람은 여기 남아서 현장을 지켜주면 좋겠어. 렌자부로 군은 될 수 있으면 그곳에서 움직이지 말고 여기로 달려왔을 때 상태로 있어줘. 물론 시신은 건드리지 말고. 도구창고도 확인하려고 들면 안 돼."

도조 씨의 주의에 일일이 고개를 끄덕인 렌 오빠는 달려가려는 그에게 말했다.

"저 사다리로 도망친 사람이 아무도 없다면 무신당이나 손님방처럼 여기 마주침오솔길도 일종의 밀실 상태였던 거네요."

이윽고 도조 씨가 윗집에서 경찰과 함께 돌아오자, 평소 쓸쓸한 이 근방이 순식간에 소란에 휩싸였다. 그렇게 많은 사람이 한꺼번에 발을 들여놓은 것은 아마 마을이 생기고 처음일 것이다.

그러나 서산으로 넘어간 해를 대신해 준비된 조명이 눈앞의 길을 비추자 또다시 분위기가 바뀌었다. 아무리 주위가 술렁거려도 어둠 속에 떠오른 마주침오솔길에는 압도적이리만큼 사위스러운 존재감이 있었다. 물론 이모의 기이한 시신이 그 섬뜩한 분위기를 가중시킨 것은 말할 필요도 없지만.

도조 씨와 렌 오빠, 나, 우리 셋은 경찰의 현장검증과 조사에 늦은 시간까지 협조해야 했다. 특히 나는 기누코 이모와 함께 윗집에서 빠져나와 이모가 돌아가시기 직전까지 모습을 본 셈이니, 더욱 집요하게 조사를 받았다. 말 없이 밖으로 나온 것을 야단치거나 나를 의심하는 분위기는 아니었고, 좌우지간 뭐 본 게 없나, 들은 게 없나, 느낀 게 없나, 하는 질문의 연속이었다. 경찰로서는 현장 가까이 있었던 내게서 기필코 단서를 얻고 싶었으리라. 그렇지만 애석하게도 나는 기대에 부응할 수 없었다. 내가 알아차렸을 때 이모는 이미 그런 모습이었으니까.

수사에 참가한 도마야 선생님 덕분에 나만 먼저 집으로 돌아올 수 있었다. 그렇지만 윗집 안방으로 자리를 옮겨 조사를 계속 받아야 했다. 나를 쉬게 해주려는 선생님의 배려는 소용없게 된 셈이다.

그런데 그때 놀라운 일이 벌어졌다. 별안간 아버지가 안방으로 들어오더니 지난 일요일 가쓰토라 종조할아버지와 구니하루 삼촌이 불러내 어떤 이야기를 했노라고 털어놓았다. 게다가 수험자가 그 이야기를 엿듣고 억지로 자기도 가담하려 했다는 것이다. 수험자는 밀담 뒤 바로 무신당을 엿보고 히센천으로 향한 내 뒤를 밟은 것이 틀림없다.

당황한 경찰은 다른 방에서 듣겠다고 아버지를 데리고 나가려고 했으나 아버지는 아랑곳하지 않고 이야기를 계속했다. 결국은 내가 쫓겨나고 말았다. 하지만 평소의 아버지답지 않게 말이 빨랐던 덕에 안방에서 나오기 전에 거의 다 들었다. 얼마 있다가 다시 불려가 큰신집과의 혼인에 관해 짚이는 데가 있느냐고 완곡하게 질문을 받았으므로 내가 화요일에 엿들은 이야기가 틀림없었음을 확신했다.

이 사실이 드러나면서 경찰은 용의자의 범위를 윗집에서 단숨에 큰신집과 새신집 사람들까지 확대한 듯, 두 집에서도 조사가 시작되었다. 나 같은 문외한의 눈에도, 집안사람의 범행으로 생각하는 것조차 곤란한 상황에서 네 명이 죽었는데 가미구시가 사람이 범행을 저지른다는 것은 불가능해 보였다. 다만 동기를 생각하면 윗집 사람보다 혐의가 짙은 것은 분명했다. 보아하니 경찰은 살해 방법보다 동기를 중요시하는 모양이다. 기누코 이모의 사건 현장에서 도조 씨와 렌 오빠가 마주침오솔길의 밀실 상태를 아무리 설명해도 경찰이 별로 관심을 보이지 않았던 것을 봐도 틀림없을 것이다.

일요일 모임의 전말이 드러나면서 경찰도 비로소 사건의 배경을 파악하기 시작한 듯 다음과 같이 생각하고 있음을 알 수 있었다.

우선 범인은 모임에서 오간 이야기를 엿들은 것이 틀림없다. 또한 범인은 가가치가와 가미구시가, 즉 흑과 백의 혼인을 반기지 않는다고 볼 수 있다. 나아가 범인은 이모와 아버지가 도망칠지 모른다고 예상했다.

이 중에서 문제가 된 것은, 윗집을 빠져나간 이모가 마주침오솔길을 지나리라는 것을 범인이 예측할 수 있었는가, 그리고 앞지를 수 있었는가, 이 두 가지였다. 하지만 이것은 둘 다 가능하다는 게 간단히 판명되었다. 나도 그렇게 대답했다.

마을 밖으로 나가려면 산을 넘지 않는 한 동문으로 나갈 수밖에 없다. 이모가 여성이라는 사실을 고려하지 않아도, 그때 복장으로 보건대 산을 넘는다는 것은 있을 수 없다. 게다가 수요일 저물녘이라는 시각에서 6시 15분에 출발하는 막차를 탈 가능성이 높다고 짐작할 수 있다. 그렇다면 윗집에서 동문까지 가는 가장 **빠른**

경로를 생각해 앞질러가면 그만이다. 월요일 아침부터 화요일 밤까지 세 명이 잇따라 죽었으니 이모나 아버지가 도망칠지 모른다고 예상하는 것도 그리 부자연스러운 일이 아니다. 즉 범인이 이모를 죽이기는 대단히 간단했다고 생각할 수 있다. 물론 도조 씨와 렌 오빠가 집착하는 현장의 불가해한 밀실 상황이라는 수수께끼는 남지만.

그날 밤부터 아버지는 경찰의 보호를 받았다. 윗집에서 숙식하는 경찰관의 수도 늘었다. 출입은 전보다 더 엄중하게 통제되고 큰계단과 작은계단도 경찰관이 지켰다. 이제는 가가치가 사람보다 경찰 관계자가 더 많을 지경이었다.

그런 계엄태세 중에 수험자와 가쓰토라 종조할아버지의 시신이 돌아와 밤샘이 열렸다. 온 집 안에 긴장과 슬픔과 공포 등 온갖 감정이 소용돌이치는 뭐라 형언할 수 없는 기이한 분위기가 감돌았다. 사기리 이모가 병원 진찰 때문에 이틀 늦게 돌아오게 되어 그나마 다행이었지, 아니면 더 큰 혼란이 있었을지도 모른다.

도조 씨도 왔지만 집 안에서 자유로운 행동이 일절 금지되었던 탓에 거의 이야기를 나누지 못했다. 렌 오빠는 아예 밤샘에 참석하는 것 자체를 도요 어르신을 비롯한 집안사람들에게 허락받지 못했을 것이다. 흑과 백의 관계는 예전에 비하면 많이 자유로워진 것처럼 보이지만 관혼상제 등 공식적인 자리의 출입에 관해서는 아직 강고한 벽으로 가로막혀 있으니 그럴 만도 하다.

이튿날은 아침부터 현장검증에 입회했다. 물론 도조 씨와 렌 오빠도 있었다. 빠뜨린 점이 없는지 환할 때 다시 확인하기 위해서라고 했다.

그 결과 사다리를 올라간 언저리에 빗자루로 쓸어낸 듯한 자국이 발견되었다. 그곳에는 기누코 이모의 머리 위에 떨어진 석총의 받침대만 남아 있었는데, 주위의 흙이 고운 탓인지 받침대와 사다리 사이의 땅이 골라져 있었다. 빗자루는 도구창고에 있던 것이었다. 다만 범인이 그곳으로 도망친 것은 아니라고 했다. 주변 땅바닥에 흔적이 전혀 없었기 때문인데, 사다리를 오르내린 것은 확실하지만 도주에 사용하지는 않은 모양이다. 참고로 마주침오솔길은 발자국이 남기 어려운 흙이라 눈에 띄는 흔적은 찾아볼 수 없었다.

이 발견에 도조 씨와 렌 오빠가 흥분한 것은 말할 필요도 없으리라. 어젯밤에 그랬던 것처럼 마주침오솔길에서 범인이 도망치는 것이 불가능했다고 주장하기 시작했다.

하지만 경찰은 이모의 입안에 우산자루가 꽂혀 있었다는 사실을 문제로 삼았다. 아닌 게 아니라 수험자의 머리빗, 가쓰토라 종조할아버지의 젓가락, 구니하루 삼촌의 댓가지, 기누코 이모의 우산까지 의미는 알 수 없을지언정 일관되게 뭔가가 입에 쑤셔넣어졌다는 공통점이 있다. 경찰이 그 점에 주목하는 것도 수긍할 수 있었다.

이 수수께끼 같은 물건들에 관해서는 도조 씨와 렌 오빠도 속수무책인 듯 그럴싸한 의견을 내놓지 못했다. 물론 나도 도통 알 수 없었다.

덧붙이자면 어제 저녁의 알리바이에 관해 경찰을 완전히 납득시킬 수 있었던 사람은 거의 없었다. 가가치의 윗집, 가운뎃집, 아랫집과 가미구시의 큰신집과 새신집 사람들에 이르기까지 광범위하게 알리바이를 조사했지만, 윗집은 계속되던 혹독한 조사가 마침 일단락되어 다들 휴식을 취하던 때라(그렇기 때문에 기누코 이모도 빠져나갈 수 있었던 것인데) 대부분이 혼자 방에 틀어박혀 있었다. 가운뎃집과 아랫집도 윗집만큼은 아니라 해도 집요했던 조사에서 벗어나 한숨 돌리던 차라 비슷한 상태였던 모양이다. 한편 가미구시의 두 집안은 다들 자신들과는 무관한 일이라 생각했던 터라 별안간 알리바이를 요구한들 제대로 대답할 수 있는 사람이 없었다. 결국 무의미한 조사로 끝났다.

그날 오전 중으로 우리는 일단 경찰에게서 해방되었다. 그렇지만 언제 또다시 협조를 요구해올지 모르는 상황이었다. 경찰에서는 있는 곳을 늘 명확히 해두라고 몇 번씩 다짐을 두었다.

도조 씨는 도마야 선생님에게 부탁해 아직 은거소에 몸져누워 계시는 할머니를 만나러 갔다. 렌 오빠는 야에코 아주머니를 통해 새신집의 지즈코 아주머니에게서 지요의 상태가 좋지 못하다는 연락을 받고 투덜거리면서도 위문하러 갔다.

나는 무신당 배례소에 앉아 산신님을 모신(젠토쿠 사건 이후 새 허수아비님을 모셨다) 제단을 향해 열심히 참배를 드렸다. 아버지를 지켜달라고, 이제 더는 죽는 사람이 없게 해달라고, 어머니가 건강을 되찾게 해달라고, 이 기이한 상황이 진정되게 해달라고…….

하지만 이렇게 열심히 빌면서도 나는 알고 있었던 것 같다. 마음속 한구석으로 느끼고 있었던 것도 같다. 무의식중에 깨달았는지도 모른다.

이 사위스러운 괴사의 희생자가 분명 더 있으리라는 것을……

취재노트 6

도마야의 왕진에 동행하는 형태로 도조 겐야는 비로소 사기리˙ 부인을 만날 수 있었다. 그렇지만 어디까지나 의사의 지시에 따른다는 조건하에 이루어진 면담이었던 탓에, 사기리˙ 부인이 몸져누운 방에 들어가서도 도마야의 진찰이 끝날 때까지 침묵했다. 의사보다 조금 뒤로 물러나 앉아 일부러 부인의 눈에 띄지 않게 마음을 썼다.

"이분은 도조 겐야 씨라고, 소설을 쓰시는 분이오만……"

이윽고 청진기를 가방에 넣은 도마야가 겐야를 소개하자, 노녀는 일어나 앉으려는 기색을 보였다. 당황한 의사가 말리려 했지만 완강하게 말을 듣지 않고 비스듬히 일어나 앉아 정중하게 인사했다. 그렇지만 그뒤로는 도마야의 지시대로 얌전히 누워 의사가 소개하는 말을 들었다.

"그렇습니까. 잘 오셨습니다. 내가 이런 상태만 아니었으면 여러모로 도와드릴 수 있었을 것을…… 이런 꼬락서니니 말이지요."

겐야의 목적이 이 지방 민간전승의 수집이며 그중에서도 특히 마귀신앙에 관심이 있다는 말을 듣고, 사기리˙ 부인은 매우 애석하다는 표정을 지었다.

"아닙니다. 저야말로 좀더 일찍 찾아뵐 걸 그랬다고 후회하는 중입니다. 몸은 좀 어떠신지요?"

겐야는 문안 인사를 한 뒤 잠시 무난한 대화를 이었으나, 환자를 상대로 오래 있을 수도 없다 싶어 본론에 들어갔다.

"가가치가에 들린 마귀의 기원이라고 할지, 시초가 이 댁 선조에 해당되는 딸 쌍둥이의 신령납치라는 내용의 문헌이 가미구시가에 남아 있다고 합니다만……."

"흥, 가미구시가가 가진 문헌 따위 섣불리 믿지 않으시는 게 좋을 것 같습니다만."

온화했던 노녀의 표정이 갑자기 험악해졌다.

"다만 그곳에 쓰여 있다는 이야기에 관해서는, 뭐, 대체로 옳다고 해도 될 테지요. 조상님의 생령이 마을 사람에게 씐다는 허튼소리는 당연히 가미구시가가 악의를 가지고 꾸며낸 이야기겠습니다만."

"아, 예……."

환자 같지 않게 서슬이 퍼런 어조에 겐야는 대꾸도 제대로 하지 못했다. 그러나 이렇게 된 이상 핵심을 짚자고 각오를 굳혔다.

"그런데 가가치가는 마귀가계인 한편으로 윗집에서는 기도사로서 축귀를 하는 퇴마사 역할도 하시는데, 이건 언제부터……."

"아주 오래전부터 그랬지요."

"마귀 들린 집안이 되기 전부터 그랬다는 말씀인지요?"

"모든 것은 구구산 산신님의 뜻입니다. 우리는 산신님의 가호를 받으니까요."

"윗집을 중심으로 하는 이 지방의 마귀신앙은 기본적으로 뱀신님에 관한 것이라 생각합니다. 하지만 가가치가는 대대로 생령가계이기도 한 데다, 윗집에는 종교가로서의 일면도 있죠. 게다가 신앙의 대상이 구구산의 산신님, 즉 허수아비님인데, 허수아비님으로 말하자면 가카산에서 혼령맞이를 통해 내린 산신님도 허수아비님으로 불리잖습니까? 그렇기 때문에 그 영산을 모시는 가가구시 신사라는 존재가 있다고 생각할 수 있는데, 이건 대체 어떻게 된 걸까요? 그러니까 제가 여쭙고 싶은 건……."

"그런 것을 캐고 다녀봤자 도움 될 것 없습니다."

얼마 동안 겐야의 이야기를 듣고 있던 사기리* 부인이 느닷없이 그의 말을 단칼에 치듯 날카롭게 경고했다.

"아뇨, 저는 결코 산신님과 뱀신님의 정체를 밝혀내서 욕보이려는 마음에서가 아니라 어디까지나……."

"어떤 이유가 됐건 우리를 지켜주시는 신령님을 공연히 자극하다니 언어도단입니다."

"그런 게 아닙니다. 그런 불손한 생각에서가 아니라, 어디까지 알고 계시는지 모르겠습니다만 윗집 관계자들을 덮친 괴사에 관해……."

"어찌 됐든 그런 이야기는……."

"아뇨, 잠깐만 제 설명을 들어주십시오."

도마야가 겐야의 팔에 가볍게 손을 얹었다. 자기도 모르는 새에 노녀의 이부자리 쪽으로 몸을 내밀고 있었다.
"환자를 흥분하게 하면 곤란하오만."
"죄, 죄송합니다. 제가 그만…… 실례가 많았습니다."
겐야는 의사에게 사과하는 동시에 사기리˙ 부인에게도 머리를 숙였다.
"자, 이쯤 해둡시다."
도마야가 그렇게 재촉하면 겐야는 돌아갈 수밖에 없었다. 중요한 문제는 아무것도 묻지 못했지만 여기서 억지를 부려 의사를 노엽게 했다가는 돌이킬 수 없다. 물론 환자의 건강을 걱정해야 하는 것은 말할 필요도 없다.
"산신님은 말이지요."
겐야가 머리를 숙여 사과하고 일어나 방에서 나가려는데, 사기리˙ 부인의 목소리가 들렸다. 뒤를 돌아보자 그녀는 천장을 물끄러미 바라보며 말했다.
"허수아비님은 사악한 자에게 벌을 내리실 뿐 살인 따위는 아니 하십니다. 그 벌로 인해 목숨을 잃는 자가 있어도 말이지요."
마지막 말은 흐지부지 사라졌다. 노녀를 보니 눈을 감고 있었다. 겐야는 석연치 않은 기분으로 은거소를 뒤로해야 했다.
도마야보다 먼저 복도로 나온 겐야는 좋지 못한 일이라고 생각하면서도 산신님의 방이라는 옆방의 장지를 살짝 열어보았다. 단순한 호기심에서 그런 것이었는데, 어쩌면 부인과 제대로 이야기를 나누지 못한 데 대한 일종의 보상 행동이었는지도 모른다.

　문틈으로 안을 들여다보니 왼쪽에 무신당 배례소와 비슷한 제단이 있고 그 중앙에 허수아비님이 모셔져 있었다. 그것뿐이었으면 겐야도 이상하게 생각하지 않았을 것이다. 그러나 제단 부분을 제외하면 사기리::의 방과 똑같다는 것을 알아차린 순간 기분 나쁜 오한이 등골을 훑었다.

　지요가 본 건 내 생령이나 분신이 아닌 사기리:: 언니였어.

　사기리::의 말이 뇌리에 되살아났다.

　언니가 돌아온 거야. 되살아난 거야. 그래서…….

　그녀의 겁에 질린 표정이 눈앞에 선했다.

　사기리::의 목소리와 표정이 순간적으로 떠올랐을 정도로 사기리::의 방은 섬뜩했다. 물론 사기리 부인이 사기리::의 성장에 맞춰 사기리::의 방도 똑같이 꾸미기 때문이라는 것은 알겠다. 게다가 사기리::의 방보다 책이 훨씬 많은 책꽂이 등 다른 부분도 조금은 있었다. 그러나 눈앞의 공간에는 그런 뻔한 논리나 얼마 안 되는 차이만으로 도저히 떨칠 수 없는 분위기가 감돌고 있었다. 마치 사기리::가 정말로 살고 있는 듯한…….

　'아니, 그 반대야. 죽은 사람이 꼭 살아 있는 것처럼 이런 환경을 계속 만들었기 때문에 어느새 정말 살고 있는 듯한 분위기가 감돌기 시작한 거야.'

　여느 집의 방이었다면 기이하게 비쳤을 제단이 당연하게 느껴지고 반대로 신기할 것도 없는 소녀다운 방에 이상을 느낀다는 모순이 겐야는 못 견디게 무서웠다. 도마야가 나오는 낌새를 채고 장지를 얼른 닫지 않았더라면 사기리ᐨ의 방에 발을 들여놓지 않았을까, 그리고 그대로 행방불명되지 않았을까, 자꾸만 그런 생각이 들었다. 그런 불안이 또 공포를 부채질했다.

간신히 도망쳐 본채로 돌아오자 묘온사 주지가 전갈을 보냈다고 했다. 어제 아침에도, 오후에도 결국 절에 못 간 탓에 화가 난 주지가 역정을 내려고 부르는 건가 했는데, 그런 것치고는 전갈의 내용이 묘했다.

네 사람에게 공통점이 있다. 좌우지간 당장 와라.

네 사람이 의문의 죽음을 당한 피해자들을 일컫는다면, 이제 와서 새삼 공통점이 있다고 지적할 것도 없지 않나. 허수아비님 분장이라는 누가 봐도 알 수 있는 유사점이 있는 데다 입에 문 수수께끼의 물건들도 있으니. 이번 사건에 관해 마을에서 가장 어두울 주지가 가르쳐줄 새로운 사실이 있을 것 같지 않다.

그래도 겐야는 경관에게 행선지를 알린 뒤 묘온사로 갔다. 사기리˙ 부인과의 면담이 그런 식으로 끝난 것을 생각하면 그런 종류의 이야기를 할 수 있는 상대는 이제 도마야와 다이젠뿐이다. 그런데 그중 후자가 오라고 한다면 가지 않을 수 없다. 솔직히 윗집에서 잠시 벗어나 사기리ᐨ의 방을 보고 느낀 전율을 얼른 잊고 싶은 마음도 있었다.

묘온사에 이르자 지난번 그를 맞이했던 동자승이 바로 나와 이전과 똑같은 방으로 안내해주었다. 곧바로 다이젠이 나타났다.

"아니, 이게 웬일이오? 네 명이나 죽다니…… 어째서 저번에 왔을 때 나한테 설명하지 않은 거요?"

"네? 그렇지만 제가 분명히 처음에 젠토쿠 도사와 가쓰토라 씨에 대해 말씀드린 것 같은데요……. 그런데 주지스님께서 속사에 어두우시다고……."

겐야는 터무니없는 트집을 잡힌 듯한 억울한 마음에 반론하려고 했다.

"아니, 그게 아니라, 수험자가 빗을 물고 있었다는 사실 말이오. 게다가 가쓰토라는 젓가락이라던데."

"네, 그렇습니다. 그 이야기라면……."

아닌 게 아니라 그렇게까지 자세한 이야기는 하지 않았다. 하지만 그것도 주지가 관심을 전혀 보이지 않았기 때문 아닌가. 슬슬 화가 나려던 겐야는 퍼뜩 깨달았다.

"자, 잠깐만요! 설마 빗과 젓가락의 의미를……."

그런데 다이젠은 남의 이야기를 조금도 듣지 않았다.

"그리고 구니하루는 가느다란 댓가지에, 기누코는 우산. 아까 점심 전에 우리 집 녀석한테 처음으로 그 이야기를 듣고 깜짝 놀랐소. 왜 그런 중요한 걸 아무도 나한테 말해주지 않는 건지 도통 이해가 안 되는구먼."

이 정도로 온 마을이 떠들썩한 사건을 방금 전까지 거의 몰랐던 주지야말로 이해가 안 된다고 생각하면서도 겐야는 그런 말은 입도 벙긋하지 않았다.

"스님! 스님은 빗, 젓가락, 가느다란 댓가지, 우산, 그런 일련의 기묘한 물건의 정체를, 그게 무엇을 나타내는지, 그게 무슨 의미인지 아신다는 말씀이군요?"

이번에는 확실하게 들리게 큰 소리로 천천히, 다이젠의 얼굴을 응시하며 말했다.

"나 아직 귀 안 먹었소. 그렇게 노망난 늙은이 대하듯 말할 것 없잖소."

다이젠은 투덜거리면서도 겐야의 초조한 표정을 알아차렸는지 금세 말했다.

"도대체가 내가 오랜 세월에 걸쳐 연구해온 걸 그렇게 한 번에 바로 알 수 있게 이야기할 수 있을 리 없잖소."

그는 그런 말로 운을 뗐다.

"일전에 가가치가 본가는 원래 하하촌에 있었고 글자의 내력과 마을의 지리적 배경으로 볼 때 가가치라는 성이 하하촌의 지배자를 뜻한다는 설명은 했지? 그리고 《와묘루이주쇼》에서 큰 구렁이를 야마카카치로 표기하는 데서 가가치에 뱀의 혼령이라는 뜻도 있다는 걸 지적했소. 나아가 《고고슈이》에서 큰 뱀을 고어로 하하라고 하는 데서 하하촌은 뱀 마을이고, 가카는 뱀을 나타내는 하하가 자음변화된 것이라는 생각에서 더더욱 가가치가 뱀신과 관계가 깊다는 걸 알 수 있다고 했지."

"그랬죠. 그렇게 말씀하셨습니다."

"그 해석을 더욱 파고들면 가가구시촌도 '가가'라는 음으로 볼 때 뱀을 의미한다고 볼 수 있소."

"뱀의 빗 마을이 되는 건가요(일본어로 '구시'는 '빗')."

"그 빗 말이오만, 실은 뱀을 의미한다는 설이 민속학에 있거든."

"네? 그럼 가가구시촌은 뱀뱀촌이란……."

흥분한 나머지 말을 잇지 못하는 겐야를 더욱 몰아붙이듯 다이젠이 말했다.

"마찬가지로 뱀으로 간주되는 것 중에 실은 젓가락도 있다오."

"빗과 젓가락……. 그, 그럼 네 사람의 입에 들어 있던 건……."

"전부 뱀을 나타낸다고 봐도 틀리지 않겠지. 가느다란 댓가지가 뭔지 나도 처음엔 잘 알 수 없었소만 아마 대비일 거요. 가느다란 댓가지를 모아 만드니까 한 가닥 뽑아 고리로 만든 것 아니겠소?"

"하지만 어째서 일련의 물건이 뱀을 의미하는 게 되는 겁니까?"

"빗과 젓가락은 우선 긴 형태 때문이라고 여겨지오. 요새 빗은 가로로 길고 빗살이 많지만, 고대에는 세로로 길었거든. 빗살도 몇 개뿐이었고. 젓가락도 접는 젓가락이라 해서 대가리 부분이 붙어 있었다오. 즉 한 줄기였던 셈이오. 뱀하고 비슷한 그런 형태에, 아마 댁도 잘 알겠소만 이즈모의 스사노오노미코토와 미와산의 오모노누시노카미 신화가 얽히는 거요. 빗과 젓가락이 등장하잖소?"

"스사노오노미코토는 야마타노오로치, 즉 큰 뱀과 싸웠고, 오모노누시노카미는 뱀의 모습이었죠. 즉 둘 다 뱀이라는……."

"그렇지. 게다가 스사노오노미코토는 히노 천에서 상류에서 흘러온 젓가락을 주웠소. 또 야마타노오로치에게서 구출한 인물은 구시나다히메였고 말이지. 오모노누시노카미의 아내 야마토토도히모모소히메는 젓가락에 음부를 찔려 죽었고."

"꽤나 들어맞는 게 많은데요."

겐야의 관심은 단숨에 신화의 해석으로 옮아가려 했으나 다이젠은 담담히 말을 이었다.

"고대에는 다양한 나무와 풀로 뱀을 비유했소만, 그런 식물을 재료로 만든 예컨대 부채, 빗자루, 우산 같은 것도 뱀과 동일시됐다는 견해가 존재하거든. 다만 그런 식으로 말하자면 한도 끝도 없으니 나도 전부 동의하는 건 아니오. 그렇지만 방금 전 신화에 나오는 빗과 젓가락은 일종의 상징물이라 봐도 될 테지."

"신이 깃드는 주물입니까. 게다가 소위 말하는 신체神體가 아니라 신이 강림한 뒤의 허물 같은 것이라 받아들여도 될 것 같군요."

"흠, 과연. 부채나 빗자루, 우산 같은 것도 경우에 따라선 그런 용도로 쓰였을지 모르지. 다만 가가치 윗집의 구구의례에서 쌍둥이가 아흐레 동안 무신당에 마련된 산실에 틀어박히는데, 그 바깥에 빗자루를 세워놓는다고 하오."

"산실에 말씀입니까? 그건 빗자루가 예로부터 출산에 꼭 필요한 물건 중 하나였기 때문일까요? 빗자루신이 오셔야만 아기가 태어난다고 여겨졌죠. 평소 빗자루를 함부로 다루면 좀처럼 출산을 지켜보러 찾아와주지 않아서 난산이 된다고 한 겁니다."

"호, 제법 잘 아시는군."

"아뇨, 뭐. 그보다 구구의례에서 쌍둥이가 산실에 틀어박힌다는 행위는 대체 뭡니까?"

"아마 탈피겠지."

"타, 탈피라고요? 뱀이 허물을 벗는 그……."

"산실을 뱀의 껍질에 견주는 거요. 말하자면 윗집의 쌍둥이는 구구의례로 다시 태어나는 셈이오. 그때까지는 평범한 계집애였다가 구구의례로 무녀며 혼령받이라는, 보통 아이와는 다른 존재가 되는 거요. 게다가 의례 중에 목숨을 잃으면 산신님이 됐다고 여겨지고. 어느 쪽이건 산실에서 나올 때 쌍둥이는 탈피하는 거요. 빗자루를 세워놓는 건 그게 유사類似 산실이라는 증거 아니겠소? 뭐, 빗자루 자체에도 뱀이란 의미가 있으니 이중의 역할을 하는지도 모르겠소만."

"그렇다면 일련의 사건은 역시 가가치가 원인이……."

"……."

"연출 살인 아닌 상징물 살인인 셈이니……."

"그야 모르지."

다이젠은 가장 중요한 문제에 대해서는 서슴없이 고개를 내저었다.

"다만 피해자들의 입안에 뱀의 상징물이 있었다는 건, 억지로 갖다붙이는 걸지 몰라도 가가치의 '呀' 자에 맞춘 거라는 생각이 드는군."

"분명히 '입을 벌리다' 또는 '입 벌리고 웃는 소리'란 의미가 있다고……."

"그래. 말 나온 김에 덧붙이자면 허수아비님도 뱀을 나타낸다오. 아니, 본래 허수아비가 빗이나 젓가락처럼 뱀을 의미한다는 설이 있거든."

"논밭에 서 있는 허수아비 말씀입니까?"

"전에 《와묘루이주쇼》에서 큰 구렁이를 야마카카치라고 한다고 했을 때, 지금도 비슷한 표현이 있다는 예로 야마카가시란 뱀이 있다고 이야기하지 않았소? 야마카가시山ヵガシ와 허수아비(案山子 [가카시]) 둘 다 '山' 자가 들어가는 데다 카가시와 가카시, 음도 비슷하지. 허수아비님이 그런 이름으로 불리는 건, 허수아비하고 닮았기 때문만이 아니라 원래 뱀의 의미가 있었기 때문이겠지."

"가가치가가 뱀신 가계라는 사실을 생각하면 신앙의 대상인 허수아비님이 뱀신이어도 이상할 건……."

"그뿐만이 아니오. 허수아비님의 삿갓도 앞서 언급한 우산처럼 뱀을 나타낸다오. 재료가 같은 도롱이도 그렇고. 요컨대 허수아비님의 이름도, 몸도, 모든 게 뱀인 거요."

"즉 허수아비님 자체가 뱀신님의 상징물이라는 뜻이 되는군요. 하지만 애초에 허수아비님은 가카산의 산신님이 깃드는 곳이고 한편으로 염매의 화신으로도 간주됐던 셈이니, 그게 뱀신님이라 한다면……."

뱀과 연관된 사실만 잇따라 등장한 데다 그것이 가가치가 외부로까지 확대될 듯한 조짐이 보이자 겐야는 당황했다.

다이젠은 별안간 일어서더니 주칠을 한 함이 놓인 장식단 옆 선반으로 다가갔다. 그러고는 함 안에서 흰 종이와 만년필을 꺼내 들고 돌아왔다.

"자, 보시게. 가카哥々산의 '哥'란 글자는 좋은 말을 뜻하는 '可'를 둘 포갰지. 그래서 아름다운 목소리로 노래한다는 뜻을 나타내오만, 본래는 '何禍'로 표기했던 모양이거든. 그리고 가카산을 내려가 마을을 통과해 남쪽으로 흘러가는 오주천도 본래는 오자汪蛇천이었다 한단 말이지. 이 '汪'란 자에는 물이 넓고 깊다는 의미가 있는데, 난 산속에 있는 원류를 가리키는 게 아닐까 싶소. 즉 큰 뱀 한 마리가 산에서 내려와 마을을 통과하는 모습이 오주천인 거요."

"그럼 매년 봄에 올리는 혼령맞이 의례는, 화를 가져오는 산에서 그게 큰 뱀을 타고 마을 안으로 들어온다는……."

그러자 다이젠은 과거에는 봄에 가카산과 오주천에서 혼령맞이 제례를, 가을에 구구산과 히센천에서 혼령보내기 제례를 올렸다는 놀라운 사실을 이야기했다. 그에 따르면 봄에는 가카산에서 성스러운 산신님의 영을 영접했다가 가을에 마을의 재액을 온몸에 두른 상태(다이젠은 그게 염매가 아닐까 한다고 말했다)로 구구산으로 보내는 것이다. 그런 제례의 본모습이 묘온사에 남아 있는 문헌에 기록되어 있는 모양이다.

"하지만 그렇게 되면 가카何禍산에서 맞이한 뭔가는 화를 가져다주는 게 아니라 성스러운 신령님이라는 뜻인데……."

"일본의 신들은 본래 성품이 거칠고 난폭하거나 인간에게 재해를 가져다주는 존재가 많잖소? 그런 걸 받들어서 요는 신으로 만드는 셈이오. 가카何禍산이라고 두려워하던 때는 산에서 뭐가 내려올지 알 수 없었소. 하지만 가가구시촌과 오자천이라는 본래 이름에서 추측할 순 있었겠지. 그런데 한편으로 가가치가 마귀가 계라는 소문이 퍼진 거요. 그것도 뱀신이라고. 그렇지 않아도 뱀은 그리 좋게 여겨지지 않는데, 하물며 마을 전체가 숭배하는 산신님이 뱀이라면 더 난감한 일 아니겠소? 게다가 마귀신앙 문제도 있고. 결국 그런 여러 사정이 지금의 마을에 이르는 배경에 있지 않을까 싶소. 물론 지금 내가 말한 순서대로 논리 정연하게 진행된 건 아니겠지. 더 어수선한 혼돈 속에서 서서히 이런저런 부분이 조금씩 변화했을 거라 생각하오."

"잠깐만요. 그럼 이런 말씀입니까? 가카산에서 맞이하는 산신님은 허수아비님이고 구구산으로 보내는 허수아비님은 염매다. 염매는 구구산의 산신님이니 가가치가의 허수아비님은 염매며 또 뱀신님이기도 하다. 따라서 가카산의 산신님은 뱀신님이다. 본래 하나인 신령님이 혼령맞이와 혼령보내기를 통해 일주했던 건데, 지금은 관계성이 깨지는 바람에 신령님이 분열하고 말았다, 이런 겁니까?"

"그런 말을 해봤자 믿는 사람은 아무도 없겠소만."

아무래도 상관없다는 어조였지만 웬일로 주지가 조금 쓸쓸해 보였다. 하지만 그는 바로 여느 때의 표정을 되찾았다.

"아버지의 노력이 의미가 없었다는 걸 이제 아시겠지?"

"가미구시가와 가가치가의 혼인 말씀입니까."

"백이니 흑이니 구별하지만, 양쪽에서 신앙하는 산신이 실은 똑같은 뱀신이니 말이오. 그야말로 무슨 소리냐 싶지 않겠소."

"그건 그렇습니다만……. 하지만 방금 스님께서 하신 말씀을 아는 사람이 아무도 없는 데다 이야기한들 백의 집 사람들은 감정적으로 그런 해석을 도저히 받아들일 수 없을 테니, 역시 혼인을 맺어 양쪽이 서로 다가서는 길밖에…… 아, 그 전에 한 가지 알 수 없는 게 있는데요. 빗이 뱀의 상징물이고 가가구시촌이 뱀뱀촌이라면 가미구시가의 성씨는 어떻게 봐야 할까요? 이 마을의 원래 대지주였던 큰신집은요?"

얼마 동안 겐야의 얼굴을 꼼짝 않고 바라보던 다이젠은 한숨을 후 내쉬었다.

"뱀을 뜻하는 '가카' 또는 '하하'는 일설에 따르면 각각 '카'와 '하'의 첩어疊語라고 한다오. 즉 복합어란 말이지. 만약 그렇다면 '뱀'은 '카'요. 한편 신, 즉 '카미'는 고어로 '카무'고, 몸을 나타내는 '미'의 고어는 '무'거든. 즉 신(카무)이 뱀의 몸(카무)이 됐고 그 뒤 뱀의 몸(카미)이 신(카미)이 된 것이라는 해석이 있는 거요."

다이젠은 종이에 그 기묘한 등식을 적었다.

"하하촌의 가가치가만 뱀신 신앙을 갖고 있었던 게 아니라 가가구시촌의 가미구시가도 그랬다는 말씀입니까. 아니, 하지만 이 마을 대지주였다는 걸 생각하면 당연하다고 할지, 자연스러운 일일 수도……."

후반은 마치 자문하듯 중얼거리던 겐야가 갑자기 숨을 훅 들이마셨다.

"혹시 후발 이주자였던 가가치가는 가미구시가의 뱀신 신앙에 대항하기 위해서도 기도며 축귀 같은 종교적 성격을 갖게 됐는지도 모르겠는데요."

"허허, 과연. 그건 재미있는 해석이로군. 제법 그럴싸한 지적이라 생각하오. 만약 그렇다면, 가미구시가는 아마 자기들의 뱀신신앙을 가가치가의 마귀신앙으로 교묘하게 바꾼 게 아닐까. 가가치가에 본래 뱀신의 그림자가 있었다면 그리 어려운 일도 아니었을 테지. 뭐, 이 경우는 결과적으로 바꿨다기보다 전가했다는 말이 더 맞겠소만. 아무리 본래 신령님이었다 해도 말이지."

"그렇죠. 뭐, 자세한 건 이것저것 조사해볼 필요가 있겠지만, 스님 덕택에 석연치 않았던 몇몇 의문이 해소된 것 같습니다."

"흠, 그렇다면 다행이고. 하지만 어디까지나 그런 해석이 있다는 이야기요. 모든 건……."

다이젠은 무슨 생각인지 애초에 겐야를 부른 목적까지 의문시하는 듯한 태도를 보이기 시작했다.

"그게 무슨 말씀이신지요?"

"아니, 그러니까 방금 말한 그대로요. 확고한 근거가 있는 이야기가 아니다, 그런 식으로 볼 수도 있다는 것뿐이다, 그런 뜻이오."

"완전히 입증하기는 무리겠지만 이 절과 가가구시 신사에 문헌이 남아 있으니……. 어느 한쪽 집안에서 조사한다면 문제가 되겠지만 스님께서 개입해서 조사하시면……."

"음, 그건 차차 가능하면 해보고 싶다는 생각은 하오만, 지금 당장 뭘 어떻게 하기는 무리일 테고 또 그렇게 해서 알아낸 게 별 도움이 될 것 같지도 않소."

"일련의 사건 해결과는 무관하다는 말씀이십니까?"

겐야는 주지가 하려는 말이 그런 의미인가 싶어 물었다.

"아니, 그건 그쪽에서 알아서 생각하면 되고…… 어쩌면 사건의 근저에 역사적 배경이 얽혀 있을 가능성도 있으니 말이지. 다만 내가 아무리 세상사에 어두워도, 이번 사건의 원인은 그런 옛날 일이 아니라 좀더 최근의…… 아니, 그래봤자 지난 몇 십 년 동안 있었던 일이겠소만, 그 즈음을 주목하는 게 나을 것 같거든."

다이젠치고는 보기 드물게 미적댄다.

"뭔가 아시는 게 있는 겁니까? 만약 그렇다면 가르쳐주십시오. 물론 전 제삼자인 데다 타지 사람입니다만, 사기리:: 양이며 렌자부로 군을 알게 된 지금 그애들에게 꼭 힘이 돼주고 싶습니다. 저는 곤란하시다면 경찰을 불러올 테니……."

주지는 간곡히 부탁하는 겐야의 얼굴을 또다시 뚫어지게 바라보았다. 조금 전보다 훨씬 오래 본 것 같다.

"이걸 아는 사람은 돌아가신 아버지와 나뿐이오. 그렇지만 증거는 없소. 조사하려고 마음먹으면 방법이야 있겠지만 그렇게까지 할 생각은 없소. 그러니 정확히 말하자면 단순한 의혹에 불과하오만……."

"어떤 의혹입니까?"

"윗집의 죽은 사기리::와 지금 있는 사기리:: 쌍둥이가 이사무가 아니라 새신집 다케오의 자식이 아닐까 하는 의혹이오."

"그, 그럼 새신집의 지요 양이 사기리:: 양의 이복언니라는……."

"그렇지. 큰신집의 렌자부로는 엄연한 사촌오빠고."

백과 흑으로 명확히 나뉘어 있을 두 집안이 이미 오래전에 섞였을지도 모른다는 것을 알고 겐야는 몹시 놀랐다. 같은 뱀신님을 신앙했을지도 모른다는 역사가 시사되었을 때보다 충격이 더 컸다. 현재 살아 있는 사람들의 피가 섞여 태어난 아이가 있다는 이야기가 지나치게 현실적이었으리라. 하물며 그 아이가 사기리::라면 더하다.

"하, 하지만 큰신집 작은아들 다케오 씨와 윗집 사기리:: 씨의 연애 소동이 있은 이듬해 다케오 씨는 새신집의 지즈코 씨와, 사기리:: 씨는 아랫집 이사무 씨와 결혼했는데요. 그리고 오 년 뒤에 다케오 씨와 지즈코 씨 사이에 지요 양이 태어나고, 육 년 뒤에 사기리:: 씨와 이사무 씨 사이에 사기리 양 쌍둥이가 태어났습니다. 쌍둥이의 아버지가 다케오 씨라면 지요 씨가 태어난 전후로 다케오 씨와 사기리:: 씨 사이에 그런 관계가 있었다는 건데……."

"나도 자세한 사정은 모르오. 허나 다케오의 아내 지즈코가 본래 다케오의 형 스사오의 아내였는데 자식을 못 낳는다는 이유로 이혼당했다는 이야기는 아시오?"

"네. 도요 부인의 뜻으로 결혼 오 년째에 그렇게 됐다고 들었습니다. 그뒤 스사오 씨가 지즈코 씨의 동생 야에코 씨와 재혼했다는 것도요."

"거기까지 안다면 한결 수월하겠군. 알겠소? 야에코는 스사오에게 시집가 이듬해에 맏아들 렌타로를, 또 그 이듬해에 둘째 렌지로를, 그리고 그 이 년 뒤에 셋째 렌자부로를 낳았소. 한편, 자식을 못 낳는다고 이혼당한 지즈코는 렌자부로가 태어난 이듬해에 마침내 지요를 낳았지. 자기가 쫓겨나고 후처로 들어간 동생은 곧바로 아들만 셋을 연달아 낳았는데, 자기는 재혼하고 오 년 뒤에야 겨우 아이를 낳은 거요. 그것도 대를 이을 아들이 아니라 딸을. 지즈코의 심정이 어땠을지 생각하면 그 여자 성격을 아는 사람은 아마 오싹할 거요. 지즈코의 그런 감정이 남편인 다케오를 향했어도 무리는 아니지 않겠소? 그게 전 남편의 동생이라면 더더욱……."

"다케오 씨는 데릴사위로 들어간 새신집에서 마음 편히 지낼 수 없었다는 말씀입니까? 안 그래도 형과 이혼해서 쫓겨난 형수의 친정에 데릴사위로 들어간 건데 말이죠. 거기에 후계자 문제까지 얽혔다면 여간 큰일이 아니었겠는데요."

"아무리 분가라지만, 본가에 시집갔다 쫓겨난 지즈코 입장에선 경쟁의식이 엄청났겠지. 한편 사기리::도 상황은 마찬가지였거든. 그쪽은 자기 집이고 사기리˙ 부인은 친어머니라지만, 대를 이을 자식을, 그것도 쌍둥이 딸을 낳아야 한다는 역할이 있었던 거요.

이건 윗집뿐 아니라 가가치가 및 흑의 집 전체와 관련되는 문제니 말이오. 큰신집의 야에코가 잇따라 자식을 낳고 급기야 지즈코까지 배가 불렀으니 사기리::도 꽤나 정신적으로 궁지에 몰려 있었을 테지. 상대방이 가미구시가니 더했을 테고. 서로 그런 상황에 처해 있었을 때 우연히 우리 절에서 마주친 모양이오."

"다케오 씨와 사기리:: 씨가……."

"그런데 그뒤로 우리 아버지가 공연한 간섭을 했나보오."

"설마 절을 밀회 장소로 제공하셨다는……."

"아버지도 정말이지 대체 무슨 생각이셨는지. 과거에 이루어지지 못한 두 사람을 이렇게라도, 라고 생각했는지 아닌지는 알 수 없소만, 결과적으로는 뭐, 그런 셈이오. 아버지를 감싸는 건 아니오만, 적극적으로 그리했다기보다 보고도 못 본 척했다는 게 더 맞을 거요."

그래도 불륜을 도왔다는 사실에는 변함이 없다. 선대 주지 나름대로 두 집안을 결혼시키지 못한 데 대해 복잡한 심리가 있었다고 해도…….

"그렇지만 그것만으로 사기리 양 자매의 아버지가 다케오 씨라고 의심하기는……."

"그애들 어미인 사기리::와 당시 아랫집에 있던 이사무 사이에 그보다 먼저 결혼 이야기가 있었다는 건 아시오?"

"네, 그 이야기도 들었습니다. 하지만 이사무 씨가 병이 나서…… 앗, 설마……. 다 큰 성인인데도 풍진을 앓았다고, 그래서 결혼 이야기가 뒤로 미뤄졌다고…… 그럼 혹시 그 때문에 자식을 못 갖게 됐다는 말씀입니까?"

"아니, 그러니까 의혹일 뿐이고 증거는 전혀 없소. 이사무가 그런지 아닌지는 의사가 보면 알겠소만, 내가 이러쿵저러쿵할 일이 아니니 말이지. 허나 마을 사람들이 예전에 큰신집의 렌타로, 렌지로 형제와 윗집의 쌍둥이 자매가 닮았다고 비교한 건 꼭 억지만은 아니었을 거다 싶거든. 특히 렌지로는 쌍둥이 사이에 끼어도 이상할 것 없다고들 했지."

다이젠의 말을 듣고 겐야는 하마터면 소리 지를 뻔했다.

화요일 밤 큰신집에 다케오가 찾아와 이야기했을 때, 렌자부로는 아버지 스사오를 닮았지만 사진으로 본 렌타로와 렌지로는 작은아버지 다케오를 닮았다고 생각했다. 만약 다케오가 사기리 자매의 아버지라면, 쌍둥이는 그들과 사촌지간인 셈이니 네 명이 닮은 구석이 있어도 이상할 것 없다. 이복자매인데도 사기리와 지요가 다르게 생겼다는 사실을 생각하면 쌍둥이와 형제가 닮은 것은 꼭 하느님이 일부러 장난을 친 것 같다.

"의혹을 갖고 있는 계시는 분은 선대 주지스님과 스님뿐입니까?"

"아마 그럴 거요. 마을 사람들이 그런 말을 한 건 거꾸로 눈치를 전혀 못 챘다는 증거일 테지. 조금이라도 정말 의심했다면 그렇게까지 대놓고 말하지 않았을 테니까."

"앗, 어쩌면 가쓰토라 씨는 뭔가 알고 계셨는지도 모릅니다."

이사무가 경찰에 이야기한 일요일 모임에 관해서는 이번에도 도마야가 속속들이 가르쳐주었다. 겐야는 다이젠에게 간략하게 설명했다.

"그때 가쓰토라 씨가 만에 하나 사기리'' 양과 렌자부로 군의 혼인이 이루어지지 않더라도 비장의 수가 있다고 말한 모양입니다. 그러니 흑과 백이 이미 섞였다는 걸 알고 있었던 게 아닐까요? 다만 과거의 불륜을 밝히느니 미래의 경사를 계획하는 편이 흑과 백을 섞는 데 더 크게 이바지할 거라고 생각한 거죠."

"있을 수 있는 일이로군. 사기리' 부인이 딸의 불미한 행동을 알아차리고도 입을 다물었을 가능성은 높다고 생각하오. 가쓰토라는 부인의 동생이니 우연한 기회에 눈치챈 게 아니겠소?"

"아는 사람이 그밖에 더 있다면 다케오 씨와 이사무 씨겠군요. 비밀을 누설할 만한 사람은 없을 것 같습니다만. 하지만 일요일 모임에 가쓰토라 씨에 이사무 씨까지 두 사람씩이나 있었다는 사실은 과연 우연일지……."

"이 비밀을 안 탓에 차례차례 죽어가고 있다는 말이오?"

"모르겠습니다. 그렇지만 충분한 동기는 될 테죠. 하지만……스님, 이 사실을 공표하면 역시 곤란하겠죠?"

겐야는 난처한 표정으로 머리를 긁적였다.

"그래서 타지 사람인 댁한테 말한 거요. 내 입으로는 마을 사람들한테 도저히 말할 수 없거든. 게다가 댁은 사건하고도 관련이 있으니 말이지. 뒷일은 알아서 하시오."

주지는 서슴없이 말하고는 홀가분한 표정을 보였다.

'무슨 그런 무책임한 소리를…….'

겐야는 저도 모르게 울컥했지만, 유익할 듯한 정보를 이것저것 다이젠에게 얻은 건 사실이다보니 화를 내려야 낼 수가 없다. 또 다이젠의 말처럼 마지막 이야기는 자신이 타지 사람이기에 들을 수 있었다.

'얻은 정보를 활용해서 어떻게든 연쇄 괴사사건을 중단시키는 수밖에 없어.'

도조 겐야는 속으로 그렇게 자신을 타일렀다. 그러나 그로부터 몇 시간 뒤, 그는 자신의 무력함을 실감했다.

그날 밤 다섯번째 희생자가 나온 것이다.

렌자부로의 수기 6

"어째 이렇게 끔찍한 사건이 이어진다니. 렌자부로도 조심해야지, 윗집 따위에 드나들었다간 언제 어떤 화를 입을지……."

지즈코 큰이모는 나를 보기 무섭게 그런 말을 꺼내더니, 가가치가, 그중에서도 특히 윗집이 저주받았다는 이야기를 끝도 없이 늘어놓았다. 그 집에 엮이기만 해도 죽는다고 할 기세였다.

"네, 정말 무섭죠."

상대를 하거나 반론해봤자 이야기가 길어질 뿐이다. 나는 적당히 대꾸하고는 일부러 얼른 지요의 방으로 가려는 눈치를 보였다. 이모는 내게 윗집 흉을 보고 싶은 한편으로, 내가 조금이라도 빨리 딸에게 가기를 바랐다. 그 때문에 아쉬운 표정을 지으면서도 비교적 쉽게 놓아주었다. 내가 노린 대로 됐다.

'어이구야. 그나저나 진짜 피곤하네.'

어머니의 전갈을 받은 나는 마음이 내키지 않았지만 새신집으로 향했다. 일요일 저녁에 위문을 갔었으니 한동안 안 가도 된다고 안심했는데, 내가 너무 만만하게 생각한 모양이다. 분명 사건의 한복판에 놓인 윗집에 내가 빈번히 드나든다는 소문을 듣고 이모가 간섭하려 나선 게 틀림없다. 십중팔구 할머니와 어머니에게도 겉으로는 내 안전을 염려하는 척하면서 큰신집의 아들이 윗집에 뻔질나게 드나든다고 빈정거리고 있을 것이다.

그런데 알고 보니 나를 부른 사람은 이모가 아니라 지요였다. 그렇지만 누워 있지도 않았고 지난번보다는 좋아진 듯 보였으니 병문안을 와달라는 말은 거짓인 듯했다.

"몸이 안 좋다더니 멀쩡해 보이네."

나도 모르게 비아냥거리듯 말해놓고 후회했다. 그런 거짓말이라도 하지 않으면 만나러 와주지 않잖아, 라고 하듯 지요가 얼핏 쓸쓸한 표정을 지었기 때문이다.

"이제 학교에도 갈 수 있겠네. 그렇지만 여기서 고등학교에 다니려면 힘들지 않나? 그쪽에서 하숙이라도 하지그래?"

거북함을 얼버무리려고 생각난 대로 적당히 말했다가 또다시 후회했다. 마치 지요가 마을에 없는 편이 낫다는 말 같지 않나.

"지, 지금 마을에서 무서운 사건이 잇따라 벌어지고 있잖아. 여기 있으면 위험할지도 몰라. 조합 대표가 아버지한테 상의하러 찾아오더라."

"어머니는 위험한 건 윗집 사람뿐이라고 하셨어. 아니면 가가치가 사람 전원이거나 혹의 집 사람 모두거나⋯⋯."

어머니의 의견을 말하면서도 지요 자신은 그 말을 믿지 않는 듯했다.

"넌 아닌 것 같아?"

"지금까진 우연히 윗집 사람들이었지만 언제 이쪽을 노릴지 누가 알겠어?"

"노리다니 범인이 말이야? 이쪽이란 건 큰신집이랑 새신집이고? 대체 어째서?"

"사기리∷ 짓이니까⋯⋯."

"뭐? 너 아직도 지장갈림길에서 있었던 일을⋯⋯. 그때 사기리∷한테 알리바이가 있었다는 건 이제 너도 알 텐데. 아아, 그애 생령이라고? 그런 어처구니없는 소리를⋯⋯."

그러자 지요가 고개를 세차게 흔들었다. 그 모습이 너무나도 기이해서 발작이라도 일으켰나 싶어 순간 당황했는데 그애가 기절초풍할 소리를 했다.

"사기리∷도, 그애 생령도 아냐. 내가 말하는 건 언니 쪽 사기리∷야."

"언니라고? 너 그게 제정신으로 하는 소리냐?"

정말 지요의 머리가 이상해진 게 아닌가 걱정했는데, 금세 사기

리::도 같은 말을 했다는 것이 생각나 순간 오싹했다. 지금은 결코 예전처럼 가깝다고 할 수 없는 두 사람이 똑같은 생각을 갖고 있다는 우연(물론 그냥 우연이다)에 나도 모르게 한기를 느꼈다.

지요는 내 그런 변화를 민감하게 감지했다.

"지장갈림길에서 날 보고 있었던 건 언니 쪽이야. 그게 구구산의 산신님이었는지 염매였는지는 알 수 없지만 원래 모습으로 나온 게 틀림없어. 분명히 구구산이나 무신당에서 무슨 일이 있었던 거야. 그래서 봉인이 깨진 건지, 아니면 제사를 소홀히 해서 그런지, 언니 쪽 사기리::가 되살아난 거야……."

"그래, 좋아. 지장갈림길에 있었던 게 그애였다고 해도……."

나는 재빨리 태세를 바로잡았다. 이런 때는 지요에게 맞춰주면서 어디까지나 저쪽 논리 안에서 조리 있게 반론해 모순을 지적하는 수밖에 없다.

"왜 사기리::가 윗집 사람을 차례차례 죽이는데? 가족인데 이상하잖아. 가미구시가 사람을 노린다면 또 몰라도 바로 그 산신님을 모시는 사람들을……."

"그러니까 무섭다는 거야. 언제 공격이 이쪽을 향할지 알 수 없으니까."

지요의 말은 내 물음에 답이 되지 못했지만, 건강한 것은 몸뿐이고 정신적으로는 상당히 위태한 것이 아닌가 싶어 아무 말도 하지 않았다.

언니가 렌 오빠를 좋아했으니까…….

그때 사기리∷가 한 말이 뇌리를 스치는 동시에 어렸을 때 본, 관 밖으로 나온 하얀 손가락이 떠올랐다.

'사기리∷는 날 좋아해서 지요한테 붙었다……. 또 산 채로 산신님이 됐기 때문에 윗집 사람들에게 벌을 내리고 있다…….'

둘 다 조리는 선다고 생각했다가 흠칫 정신을 차렸다. 그런 식으로 생각한 나 자신이 무서웠다.

'지요한테 감화돼서 어쩌자는 거야? 뭣보다도 사기리∷가 죽도록 그냥 내버려둔 사람은 나잖아. 아무리 생각해도 이제 와서 지요를 질투해서 그애한테 붙는다는 건 말이 안 돼…… 아니, 그게 아냐! 애초에 생령이고 산신이고 그런 건 존재하지 않아.'

지난 며칠 새 완전히 미신에 물들고 만 것 같다. 그것도 옆에 도조가 있을 때는 괜찮은데, 혼자가 된 순간 이 꼬락서니다. 어쩌면 나도 모르게 도조에게 너무 의지하는지도 모르겠다.

"마을 사람들도 그러는걸."

내가 조용해진 것을 자기 의견에 관해 생각하기 때문이라고 착각한 지요가, 더 좋은 것을 가르쳐주겠다는 투로 말을 이었다.

"언니 쪽 사기리∷가 마을을 떠돌아다니는 모습을 봤다고……."

"그건 지장갈림길에서 있었던 일을 네가 떠들고 다녀서 그렇겠지. 그뒤 괴사가 이어진 탓에 마을 사람들이 두 개를 연결해서 그런 말을 하는 것뿐이야. 설사 실제로 본 사람이 있다 해도 그건 죽은 언니가 아니라 동생 쪽 사기리∷지. 그런 소리를 지껄이는 건 대부분 새신집 소작인 녀석들 아냐?"

"그렇지 않아. 작년부터 마을의 다른 사람들도 그런 말을 한단 말이야. 얼마 전까지만 해도 다들 사기리::라고 생각했어. 그애라고 하기엔 좀 이상하지만 혼령받이 역할 때문에 피곤해서 그런가 보다 하고. 하지만 윗집 사람들이 차례차례 죽기 시작하면서 사기리::가 아니라 언니 쪽 사기리::라는 걸 다들 깨달은 거야."

 지요의 말을 들은 순간 나는 또다시 몸서리를 쳤다. 게다가 이번에는 대단히 현실적인 전율이었다.

 예컨대 마을 사람 전원이 윗집의 연쇄 괴사사건의 범인이 염매가 된 사기리::라고 믿는다면, 전 같으면 나는 못마땅하게 생각했을 것이다. 그러나 방금 지요의 이야기를 듣고 그쪽이 차라리 나을지도 모르겠다 싶었다. 사람들의 믿음이 조금만 엇나가도 염매 사기리::라는 해석이 사기리::의 생령이라는 또 다른 해석으로 바뀔 가능성이 있기 때문이다. 지요는 처음에 사기리::의 생령을 봤다고 생각했으니 '바뀌는' 게 아니라 '되돌아가는' 셈이지만.

 '젠장, 이럴 땐 대체 어떻게 해야 하는 거지?'

 마을 사람들의 해석, 그것도 미신으로 똘똘 뭉친 위험한 믿음이 염매 사기리::에서 사기리::의 생령으로 발전하는 데 그치지 않고, 사기리:: 본인이었을지도 모른다는 생각까지 나아갈 염려가 있음을 깨닫고 몸서리를 친 것이다. 마을 사람들이 아무리 미신이 깊어도, 최종적으로 범인이 인간이라는 생각에 도달하는 것은 자연스러운 일이다. 즉, 경우에 따라서는 자칫하면⋯⋯.

 '마녀사냥이 시작될지도⋯⋯.'

사기리˙ 어르신이 살아 있는 동안은 괜찮을 것이다. 그러나 어르신은 현재 몸져누워 일어나지 못하고 있다. 어르신에게 만에 하나의 일이 생기고 한편으로 연쇄 괴사사건의 피해자가 윗집 이외의 마을 사람들 중에서 나온다면, 그런 마녀사냥이 시작되지 않으리라고 누가 장담할 수 있겠나. 그런 사태가 벌어지고 나면 사기리::의 어머니로는 감당할 수 없다.

'아니지, 아니야. 내가 너무 생각이 과한 거야.'

나는 애써 냉정을 되찾으려 했다. 애초에 사기리::의 소행이라고 생각하는 마을 사람들이 얼마나 되는지 지요의 이야기만으로는 알 수 없다. 게다가 전염병도 아닌데 의문의 죽음이 언제까지고 계속될 리 없다. 또 사기리˙ 어르신이 위독하다는 말은 못 들었다. 물론 최악의 경우 사태가 거기까지 악화되겠지만, 전부 한꺼번에 닥쳐들지는 않을 것이다.

'그렇긴 해도 하루라도 빨리 사건을 해결해야지, 안 그러면 큰일 날지도……'

나는 여전히 사기리::의 위협이라고 주장하는 지요의 이야기를 적당히 끊고 서둘러 큰신집으로 돌아왔다. 도조와 상의하기 위해서다. 이것이 단순한 기우인지, 현실적인 걱정인지, 이미 혼자서는 정상적인 판단이 불가능했다.

얼마 뒤 묘온사로 갔던 도조가 돌아왔다. 비웃지는 않을까 걱정하면서 마녀사냥에 대한 불안을 털어놓았다. 그러나 그는 진지하게 받아들였다.

"외부하고 단절된 폐쇄적인 사회에서 마귀가계라는 성가신 문제로 한 마을 안에서 백과 흑이 대립하는데 거기에 이번 사건 같은 의문의 죽음이 얽히면, 렌자부로 군이 걱정하는 사태도 충분히 생각할 수 있는 일이야. 렌자부로 군은 지금 당장, 단숨에 벌어지지는 않을 거라고 판단했지만, 나는 그 반대라고 생각해. 어떤 계기로 문득 바람의 방향이 바뀌면 상황이 급변할 염려가 있어. 게다가 설령 괴사가 중단돼도 사건이 해결되지 않아서 이 뭐라 말할 수 없이 섬뜩한 느낌만 남는다면? 그런 때 우연히, 이번 사건과 무관하게, 마을 사람이 조금이라도 미심쩍은 상황에서 죽는다면 어떻게 될까? 마녀사냥이 벌어져도 전혀 이상하지 않지."

 "심지어 해결되더라도 이 사건은 두고두고 마을에 기분 나쁜 영향을 남길 것 같아요."

 "그래…… 그건 나도 그럴 것 같아. 하지만 지금은 우선 지요 양이 말하는 소문에 관해 정확하게 알아볼 필요가 있겠는걸."

 "소문이 어느 정도 퍼졌는지, 되살아난 사기리::라는 이야기가 사기리::의 생령, 또는 본인이라는 의혹으로 바뀌지 않았는지를 확인하고 일찌감치 손을 써야 한다는 뜻인가요?"

 "렌자부로 군의 귀에 안 들어왔으니 아직 그렇게 널리 유포되지는 않았을 거야. 하지만 무슨 일이 생기기 전에 대처해두는 게 좋지. 물론 괴사 자체를 멈추지 못하면 방법이 없지만."

 "지요 말을 믿는 건 절대 아니지만, 괴사가 윗집 외부로 확대될 염려가 과연 있을까요?"

"사건의 배후에 범인이라 부를 수 있는 인물이 있을 경우 어떤 동기에 기인해 범행을 계속하고 있는 셈이니, 동기 여하에 따라선 있을 수 있는 일이라고 생각해. 다만 지금까지 피해자가 윗집, 그것도 문제의 일요일에 모였던 사람들 중에서 나왔다는 사실을 생각하면 가능성은 낮을지도 몰라. 그렇지만 범인한테 동기라 부를 수 있을 만큼 명확한 살해 이유가 없을 경우…… 일이 상당히 성가셔질 거야."

"무차별 살인이라고요?"

"범인 나름대로 피해자를 선택하는 이유는 있을지 몰라. 하지만 그게 우리 눈에는 도저히 이해할 수 없는 이유일 수도 있으니까."

"그리고 범인이라 부를 수 있는 인물이 없을 경우는……."

도조는 복잡한 표정을 지었다.

"그 경우에도 피해자들한테 어떤 공통점이 있을 거라고 생각하거든. 그것만 알면……."

도조는 말하다가 말고 허둥지둥 다이젠이 가르쳐주었다는 빗과 젓가락 등 상징물에 관해 이야기해주었다. 전에 나와 사기리가 빗과 젓가락에 대해 뭔가 생각날 듯하다고 했기 때문이리라.

"뱀이라고요?"

하지만 아쉽게도 그것이 뱀을 뜻한다는 말을 들어도 아무것도 떠오르지 않았다.

그렇지만 젓가락, 뱀, 빗자루, 우산, 허수아비, 이렇게 하나씩 떠올리다보니 내가 전혀 모르지는 않는다는 묘한 느낌이 들었다. 물론 사물로서 안다는 의미가 아니다. 그것들을 하나로 묶는 뭔가가 분명 있다. 하지만 그 느낌이 어디서 오는지, 무엇에 기인하는지는 아무리 머리를 쥐어짜도 알 수 없었다.

"사기리::양한테도 물어봐야 하는데."

나도 도조와 같은 생각이었지만, 해가 지면 윗집에 드나들기 더 힘들어진다. 어지간한 이유가 없으면 들어가지도 못한다. 전화를 걸까도 생각했지만, 결국 내일 아침 도마야에게 동행을 부탁해 사기리::를 만나기로 했다.

"아, 맞다. 가가구시 신사에 있다는 그 문헌은 렌자부로 군 아버님을 통해 도요 부인께 부탁드려봤지만 잘 안 됐어."

"도조 씨 부탁이라면 다 들어줄 것 같더니 역시 무리였나요."

"그것도 스사오 씨 말씀으로는, 보여줄 수 없다고 거절하시는 게 아니라 그런 게 없다고 하신다니 방법이 없지."

"할머니가 잡아떼는 거예요. 아직 노망나진 않았으니까요. 그래도 도조 씨는 여전히 윗집이 종교가가 된 기원이 어디에 있는지 확인할 생각이에요?"

"내가 지금부터 할 이야기는 당분간 렌자부로 군만 알고 있었으면 해."

도조는 별안간 정색하더니, 다이젠에게 들었다는 혼령맞이와 보내기 제례까지 연관되는, 가미구시가와 가가치가와 뱀신님에 얽힌 해석을 가르쳐주었다. 너무나도 엄청난 내용에 나는 기겁했다. 그런 이야기를 한들 믿어줄 사람이 과연 마을에 있을까.

"조바심 낼 필요는 없어. 렌자부로 군이 대학에서 민속학을 공부한 다음에라도, 아니, 오히려 그게 더 낫다고 생각해. 가미구시가와 묘온사의 문헌을 비교해 마을의 진짜 역사를 밝혀내는 거야. 물론 폭로가 목적이 아니라 마을에서 마귀신앙을 없애기 위해서."

그날 밤 사건에 연관된 이래로 방치했던 계몽 활동 문제에 관해 도조 씨와 여러 가지 이야기를 나누었다. 그렇지만 지금은 그럴 상황이 아니었던지라 적당히 해두었다. 그렇지 않아도 미신을 믿는 마을 사람들 사이에, 연쇄 괴사사건 탓에 저주라느니 지벌이라느니 화라느니 하는 이야기가 퍼져 있었으니까.

그뒤 도조는 나를 말 상대로 삼아 일련의 괴사사건을 둘러싼 여러 사실을 공책에 정리했다. 그리고 내일 우선 둘이 사기리⋮를 만나러 갔다가 도조는 관계자들을 만나 오늘밤 작업 과정에서 제기된 의문점을 확인하고, 나는 지요가 말했던 사기리⋮의 소문이 어디까지 퍼져 있는지 내용에 변화가 없는지 살피기로 각자 할 일을 정했다.

둘이서 그런 의논을 하는데 윗집에서 이사무가 죽었다는 소식이 들어왔다.

낫으로 목이 베여 윗집 서쪽 복도에 피투성이로 쓰러져 있는 사기리⋮의 아버지를 하필이면 사기리⋮가 발견했다. 사기리⋮는 무신당에서 남쪽 별채로 가려다가, 사기리ˊ 어르신이 원래 쓰던 방 앞에서 연결복도 쪽으로 머리를 두고 쓰러진 아버지를 봤다고 한다.

사건 당시 윗집 안팎에는 경찰관 여러 명이 순찰을 돌고 있었다. 한순간의 공백을 노린 대담한 범행이었다. 이사무의 괴사에 도조 겐야가 말하는 범인이라 부를 수 있는 인물이 있을 경우 그렇다는 말이지만…….
 가가치 이사무의 시신은 허수아비님의 차림새를 한 데다, 오른손에 자신의 목을 딴 낫을 들고 펼쳐진 부채를 입에 물고 있었다고 했다.

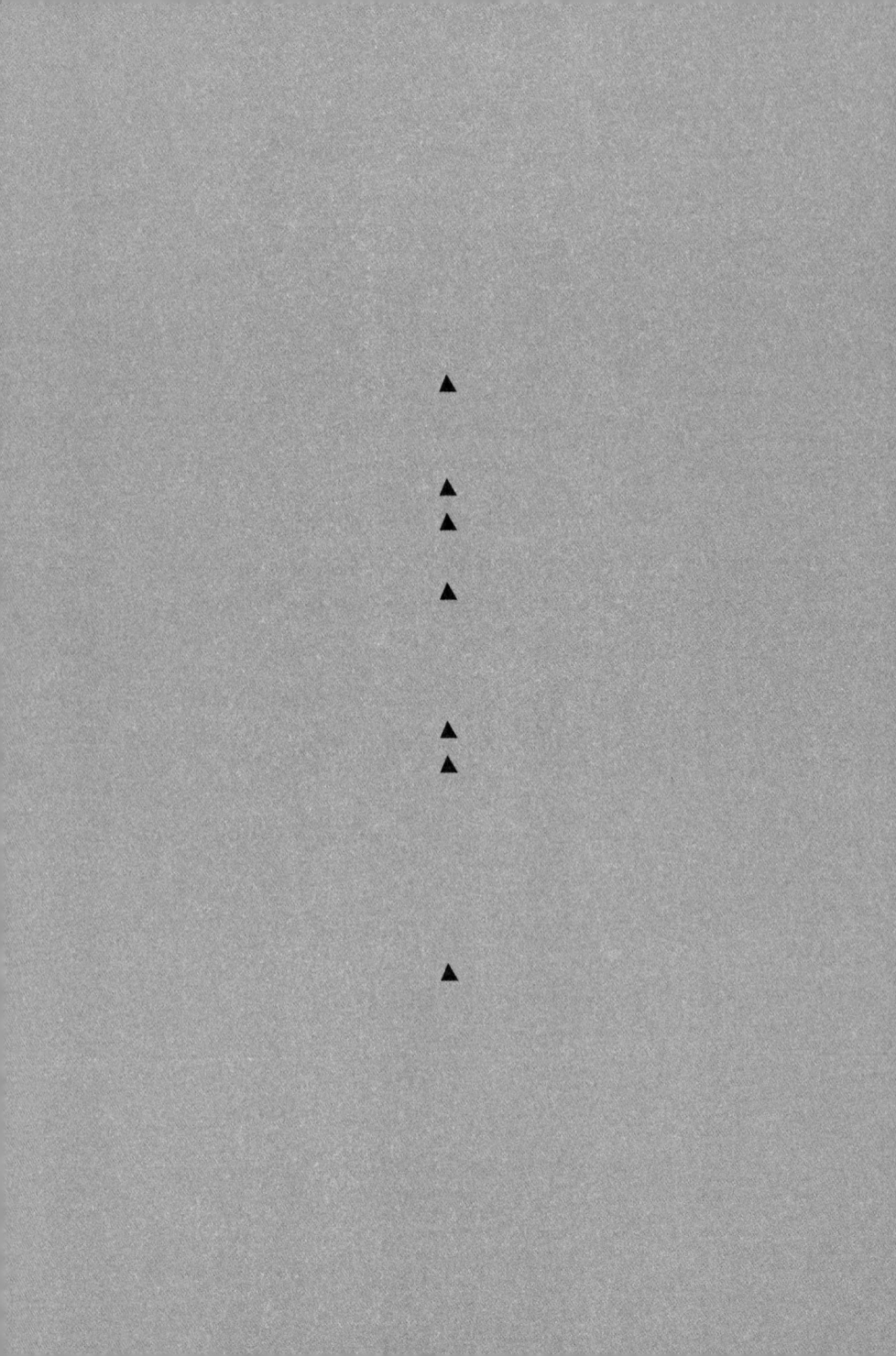

"이런 모양새가 될 줄은 몰랐기 때문에 저…… 어떻게 이야기를 시작하면 좋을지 솔직히 좀 당황스럽습니다."

무신당의 정화소 거의 중앙에 앉은 도조 겐야는 자신의 좌우로 앉은 사람들에게 곤혹스러운 눈길을 주면서 입을 열었다.

허수아비님의 정면이되 배례소에서 약간 떨어진 곳에 앉은 그를 중심으로, 왼쪽에 가가치가의 사기리::와 사기리:: 모녀, 도마야 의사, 수사를 지휘하는 경부 그리고 구로코가, 오른쪽에 큰신집의 스사오와 야에코, 렌자부로, 새신집의 다케오와 지즈코, 지요가 각각 비스듬하게 줄지어 앉아 있었다. 도조를 기점으로 두 줄이 부채꼴의 두 사선처럼 배례소까지 뻗은 모양새다.

목요일 밤 윗집에서 이사무가 의문의 죽음을 당한 뒤 공포와 긴장의 하룻밤이 지나고 이어서 현장검증과 조사가 계속되는 가운데 금요일 저녁을 맞은 지금, 무슨 까닭에서인지 이 사람들이 무신당에 소집되었다. 물론 두 집안의 친족은 그밖에도 더 있지만, 사건과 직접 관련이 있다고 추정되는 사람들만 부른 모양이다. 그것도 보아하니 도조의 당초 의도와는 매우 다른 형태로.

"전 원래 몇 분께만 말씀드릴 생각이었습니다. 조만간 모든 분들, 그리고 경찰분들께도 말씀드려야 했겠지만 아직 제 생각이 그 정도로 확실하게 정리된 게 아니기 때문입니다. 그래서……."

"면목 없소. 내가 여기 있는 경부에게 얼핏 말한 탓에 일이 이렇게 거창하게 됐군. 정말 미안하오."

도마야가 머리를 숙여 정중히 사과했다. 도조는 아니라고 고개를 저으면서도 시선은 의사 옆에 앉은 경부를 향했다. 아마 그 자신도 경찰의 진의를 알 수 없는 것이리라. 어디서 굴러먹던 개뼈다귀인지도 모를 애송이에게 왜 이런 자리를 마련해주는지, 의도가 무엇인지 몰라 당황한 것이 틀림없다.

"그렇지만 지금은 이런 기회를 주셔서 오히려 잘됐다는 생각이 듭니다. 두 집안 분들이 모인 자리에서 제삼자인 제가 이야기한다는 게, 내용을 생각하면 이것저것 문제점이 있습니다만 좋은 점도 많지 않을까 싶거든요. 하지만 그렇게 되면 사기리˙ 부인과 도요 부인, 그리고 다이젠 주지스님께서 계시지 않는 게 유감입니다만."

"사기리˙ 부인은 아직 거동하실 용태가 아니라 말이오. 은거소 방에 누워 계시오."

도마야가 가가치가 사람들 대신 대답했다.

"저희 어머니는 무슨 일이 있어도 이 댁에 걸음하기 싫다고 하셔서…… 죄송하지만 참석하지 않았습니다."

이어서 스사오가 의외로 선뜻 도요의 본심을 말했다.

여기서 전원이 새삼스레 그 자리에 모인 사람들을 둘러보았다. 아무도 뭐라 하지 않았지만, 가가치가에서 출석한 사람이 사기리 모녀뿐이라는 사실에 저마다 피해자들이 생각난 듯 썰렁한 공기가 당집 안을 메웠다.

"이런 식으로 사건 관계자가 한자리에 모이고 그 중앙에 도조 씨 같은 분이 계시니 꼭 탐정소설의 대단원 같구먼."

음울한 분위기를 불식시키려 했는지, 도마야가 그답지 않게 괴상한 목소리로 탄성을 질렀다. 그러나 짐짓 꾸민 듯한 말은 순식간에 당집 안의 어둠 속으로 사라져버리고 아무 효과도 주지 못했다. 지즈코가 과장되게 눈살을 찌푸렸을 뿐이다.

"탐정소설입니까…… 소설 속 명탐정처럼 이 끔찍한 사건을 해결할 수 있다면 좋겠습니다만……."

그래도 도조는 의사의 말을 진지하게 받아들인 듯했다.

"타지 사람인 제가 우연한 기회에 이 사건에 관여하게 됐습니다. 그렇지만 타지 사람이기에 여기 계시는 다른 분들께는 보이지 않는 걸 볼 수 있는지도 모릅니다. 또 원래 마을의 민간전승, 특히 마귀와 관련된 이야기를 수집하려는 목적으로 온 것이라 그런 입장에서 사건에 끼어든 탓에, 경찰분들과는 다른 식으로 볼 수 있었는지도 모릅니다. 어젯밤 렌자부로 군과 함께 사건을 정리하고, 오늘은 아침부터 방금 전까지 여러분들께 이것저것 여쭤봤습니다. 그 결과 제 나름대로 생각한 걸 원래는 도마야 선생님과 렌자부로 군…… 아니, 그 이야기는 이제 됐고, 이제부터 여러분께 말씀드리려 합니다."

도조도 그 나름대로 결심이 섰는지 그렇게 서두를 뗐다.

"사건의 발단을 어디에서 찾을 것인가, 이게 의외로 쉽지 않을 듯합니다. 시작은 물론 젠토쿠 도사, 즉 오사노 젠토쿠 씨가 목을 맨 일이라 할 수 있지만, 전 그보다 더 전에 이미 이번 사건이 시작됐다는 생각이 들거든요."

"'전에'라니 얼마나 더 전이란 말이오?"

도마야가 모두를 대표하듯 물었다.

"아주 오래 전이라고도 할 수 있고, 일 년 전, 또는 며칠 전이라고도 생각할 수 있습니다."

무척 기묘한 대답이었다. 그러나 이게 결과적으로 사람들의 관심을 끌었는지, 불편한 듯 꼼지락거리던 야에코도, 실쭉해서 외면하고 있던 지즈코도 어느새 몸을 내밀고 귀 기울여 듣는 자세를 취했다.

"그렇지만 일단은 가까운 사건부터 살펴보기로 하고 우선 며칠 전을 주목할까 합니다. 지난주 목요일 저녁, 지요 양이 지장갈림길에서 사기리:: 양의 생령을 보고 그에 씌었다. 그리고 일요일 저물녘, 그것을 퇴치해 봉한 주물을 사기리:: 양이 히센천에 떠내려보내려다가 괴이와 마주쳤다. 이건 사기리:: 양의 생령이 아니라 언니 사기리::가 아니었을까, 즉 신령이 된 사기리::라는 의견도 있습니다만……"

"그러니까 그건 애들이 환각을 본 거라고요."

도조가 두 사람의 체험을 자세히 설명하자 렌자부로가 끼어들었다.

"그래. 물론 그런 해석도 가능하지. 하지만 지금은 무슨 일이 있었는지, 또는 있었다고 여겨지고 있는지, 그걸 명백히 해두고 싶거든."

"아, 그렇네요. 죄송해요. 계속해주세요."

"여담이지만 지난 목요일 저물녘에 가가구시촌에 염매가 출몰했다는 소문이 이웃 하하촌까지 퍼졌습니다. 지요 양 일과 관계가 있는지는 알 수 없지만, 수상한 인물이 배회하고 다닌 건 분명한 것 같습니다."

"수상한 인물은 무슨, 사기리∷의 생령 아닙니까?"

지즈코가 그런 당연한 것도 모르냐는 투로 말했다. 사기리∷가 저도 모르게 고개를 떨어뜨리고 사기리∷가 딸을 위로하듯 손을 뻗으려 했을 때, 렌자부로가 신랄하게 반박했다.

"사기리∷의 생령이라면 누가 봐도 알 텐데요. 뭐, 신령이 된 언니 사기리∷라 해도 그럴 테고요. 그런데 누군지 알 수 없었으니까 염매가 나왔다는 소문이 퍼진 거잖아요."

삽시간에 이모와 조카 사이에 말다툼이 벌어질 듯한 분위기에 스사오와 다케오가 나서서 말려야 했다.

"저, 죄송합니다만 그런 해석은 나중에 하기로 하고, 제가 말씀드리고 싶은 건 그때 사기리∷ 양의 주위에서 사건이 벌어지기 시작한 게 아닌가 하는 겁니다."

도조의 지적으로 술렁이던 자리가 단숨에 조용해졌다.

"지장갈림길의 생령과 히센천의 괴이에 뒤이어, 급기야 사기리:: 양이 직전까지 있던 무신당에서 젠토쿠 도사가 목을 매고 죽었습니다. 오주천 상류의 나루터에서 가쓰토라 씨가 물에 빠져 죽은 사건에는 사기리:: 양이 직접 연관되지 않았지만, 피해자가 가족이라는 점을 간과할 수 없죠. 구니하루 씨가 손님방에서 독을 먹고 죽었을 때도, 기누코 씨가 마주침오솔길에서 생각지도 못한 죽음을 당했을 때도, 사기리:: 양은 현장에 있었습니다. 아버님인 이사무 씨가 돌아가셨을 때도 같은 집 안에 있었죠. 즉 늘 사기리:: 양의 주위에서 사건이 벌어졌다고 할 수 있습니다."

"전부 그애가 한 짓이라는 증거 아닌가요?"

"가만있지 못해? 함부로 그런 소리를 하는 게 아냐."

지즈코의 폭언에 다케오가 허둥지둥 야단쳤다. 그러나 개인차는 있을망정, 렌자부로를 제외하고 가미구시가 사람들이 사기리::를 보는 시선에는 하나같이 의혹이 어려 있었다.

"그렇지 않습니다. 사기리:: 양에게는 알리바이가 있거든요."

도조는 지장갈림길의 생령이 사기리::일 수 없다는 것, 히센천의 괴이가 대부분 그녀의 환각이었다 해도 강물에 떠내려보낸 주물이 돌아온 수수께끼는 풀이되지 않는다는 것, 적어도 사기리::가 젠토쿠 도사와 구니하루를 살해하는 일은 불가능했다는 것을 설명했다.

"사건은 분명히 이애 주위에서 벌어졌지만 이애가 범인인 건 아니라는 말씀이군."

도마야가 확인하듯 말했다. 아마도 다른 사람들에게 일러두기 위해서리라.

"그렇다면 범인은 이애에게 죄를 씌울 작정이었다는 뜻이오?"

"음, 글쎄요. 그 정도로 용의주도하게 계획을 세운 건 아니었다고 생각합니다. 잘하면 그렇게 될 수도 있겠다 하는 정도였겠죠. 실제로는 심술에 가까웠는지도 모릅니다. 단순히 사기리∷ 양에게 의혹의 시선이 향하면 그만이었습니다. 윗집으로, 가가치가 내부로 향하면……."

"잠깐만요. 그럼 지요가 본 생령도, 사기리∷가 마주친 괴이도, 그 녀석의, 범인의 소행이란 말인가요?"

렌자부로는 다섯 명이나 되는 사람이 불가해한 상황에서 죽은 사건보다 두 소녀의 기괴한 체험 쪽에 더 관심이 있는 듯했다.

"지장갈림길에서 있었던 일은 사기리∷ 양의 생령이라고 생각하니까 복잡해지는 거지, 단순히 누가 사당 뒤에 있었다고 생각하면 이상할 것 전혀 없지."

"그, 그렇지 않아요. 그건…… 정말 사기리∷였어요."

지요에 이어 지즈코까지 입을 열려는 낌새를 알아차렸는지 도조가 재빨리 말했다.

"아까 일 년쯤 전에 이미 사건이 시작됐다고 말씀드렸습니다만, 그 무렵부터 지요 양을 렌자부로 군과 약혼시키자는 이야기가 나왔습니다. 더 거슬러 올라가면 지요 양에게 마귀 현상이 일어나기 시작한 건 열한두 살 무렵부터고 그게 열일곱 살인 오늘날까지 계속됐죠. 게다가 일 년 전부터 특히 심해졌다고 하고요. 렌자부로 군과의 약혼 이야기가 등장한 일 년 전부터입니다."

"그, 그게 왜요……."

"타인의 연애 문제에 대해 이러쿵저러쿵하면 안 되겠습니다만, 지요 양은 렌자부로 군을 좋아하는데 렌자부로 군은 사기리∷ 양을 좋아하는 게 아닙니까?"

"대, 댁이 대체 무슨 권리로 우리 딸한테 그런 소리를……."

"죄, 죄송합니다. 이것도 사건의 해명에……."

"당신, 가만있어. 꼴사납게 무슨 짓이야."

"딸이 이렇게 수모를 당하는데 당신은 아버지로서 아무렇지도 않습니까? 그것도 타지 사람에, 한낱 글쟁이한테 말이에요. 경찰도 아닌 문외한이……."

"이 자리에서의 권한은 제가 허락했습니다만, 무슨 불만이라도 있으신지?"

지즈코의 폭언이 계속되려는 것을 경부의 목소리가 가로막았다. 모두가 어안이 벙벙해 경부를 빤히 쳐다보았지만, 가장 놀란 사람은 도조인 듯했다. 왜 이 자리를 자기에게 맡겼는지 짚이는 데가 전혀 없는 눈치였다.

"계속하시죠."

모두 조용해진 가운데, 경부는 자연스럽게 도조에게 뒷말을 재촉하고는 그의 이야기에 귀를 기울일 자세를 보였다.

"가, 감사합니다."

도조는 석연치 않은 기색이 역력했지만, 어쨌든 마음을 다잡고 이야기를 계속했다.

"제가 지적하고 싶었던 건, 지요 양이 지난 몇 년간 사춘기 소녀 특유의, 그것도 짝사랑이라는 연애 감정에 지배된 불안정한 정신 상태에 놓여 있지 않았을까 하는 겁니다. 거기에는 렌자부로 군에 대한 감정뿐 아니라 연적이라고도 할 수 있는 사기리:: 양에 대한 질투와 불안, 선망 등 상당히 복잡한 심리가 있었을 테죠. 물론……"

"우리 딸이 왜 이런 뱀 계집애를……"

지즈코가 또다시 분노를 표출했지만, 어디까지나 혼잣말처럼 중얼거렸을 뿐이었으므로 도조는 못 들은 척했다.

"물론 지요 양에게 일어난 모든 현상을 이런 해석으로 설명할 수 있다고 생각하진 않습니다. 전혀 별개의 심리적 요인이 있었을 가능성도 있고, 또 마귀 자체를 부인할 수도 없죠. 다만 렌자부로 군과 약혼한다는 이야기가 지요 양을, 특히 사기리:: 양에 대해서 더욱 예민하게 했을 가능성은 부정할 수 없지 않을까요."

"그런 정신 상태였기 때문에 지요가 누군가를 사기리::로 착각했다는 말씀인가. 뭐, 의사인 내가 보기에도 충분히 있을 수 있는 일이긴 하오만."

"게다가 그때 지요 양은 렌자부로 군을 불러내 이제 곧 만날 참이었습니다. 무의식중에 사기리:: 양을 떠올리고 있었어도 이상할 것 없죠."

"지요의 이야기는 그럴 것 같지만 사기리::가 한 체험은 어떻게 되죠? 대부분 무서운 곳의 분위기 탓이라고 할지, 사기리::의 환각이고 환청이겠지만요."

"나도 처음엔 그렇게 생각했어. 하지만 강물에 떠내려보낸 주물이 사기리:: 양의 어깨까지 이동했다는 물리적 현상은 환각이라는 말로 해결할 수 없거든. 그렇다면 사기리:: 양이 들은 발소리도, 감지한 기척도 실제 있었던 일로 검토할 필요가 생기는 거야."

"네? 하지만 사기리::는 두 번이나 뒤를 돌아봤는데요. 그런데도 아무것도 없었다는 건 발소리와 기척이 현실이 아니었다는 뜻 아닌가요?"

"그렇지만 그래선 주물이 설명되지 않는다는 말씀이로군."

흥분하는 렌자부로와는 대조적으로 도마야가 냉정하게 또다시 문제점을 지적했다.

"가장 간단하고 합리적인 설명은, 그때 무서운 곳에 사기리:: 양 외에 또 한 사람이 있었으며 그 사람이 사기리:: 양에게 잔뜩 겁을 준 끝에 물에서 미리 건져놓은 주물을 어깨 위에 올려놓았다는 겁니다. 주물은 아닌 게 아니라 강물에 떠내려갔지만, 사기리:: 양은 주물이 물속에 가라앉거나 하류로 사라지는 모습을 확인하지 못했거든요. 눈을 감고 주언을 외우고 있었으니까요."

"하기야 거기는 강 건너편에 덤불이 많은 데다 꽤 하류까지 이어지니까 덤불을 이용하면 숨는 것도 가능하겠지만……."

렌자부로가 히센천의 상황을 애써 떠올리는 표정을 보이면서도 어딘지 모르게 자신 없는 태도로 말했다. 그러더니 금세 고개를 흔들었다.

"하지만 사기리::가 처음에 돌아봤을 때는 그렇게 해서 넘겼을 수도 있겠지만, 두번째는 그 녀석이 사기리:: 바로 뒤까지 와 있었잖아요."

"그래. 강물에서 건진 주물을 들고 말이지."

"그럼 안 들킬 수 없지 않나요?"

"그런데 안 들킨 거야."

"왜죠? 덤불 속으로 도망칠 겨를이 없었잖아요."

"도망치지 않았어. 오히려 그 녀석은 꼼짝하지 않았을 거라고 생각해."

"사기리:: 뒤에서요? 말도 안 돼요! 어떻게 그러고 안 들킨다는 거죠?"

"아니, 그 녀석은 그 방법으로 숨을 수 있었던 거야."

"어떻게요? 어떻게 사기리::한테 들키지 않았다는 거예요?"

"사기리:: 양한테는 그 녀석이 보이지 않았기 때문이야."

도조와 렌자부로가 주고받는 말을 마른침을 삼키고 지켜보던 사람들이 일제히 크게 한숨을 내쉬었다. 그러나 도조가 한 말의 의미를 이해한 사람은 아무도 없는 듯했다.

"보이지 않았다는 건 대체 어떤 상황 탓에 그런 거요?"

도마야는 의사로서 호기심을 느낀 듯했다.

"이런저런 이야기를 여쭙는 가운데, 사기리:: 양이 일 년쯤 전부터 어딘지 모르게 멍했다, 뒤에서 다가가도 못 알아차리는 일이 빈번했다는 사실을 알았습니다. 그때 전 구구의례 뒤에 사기리:: 양을 진찰하신 도마야 선생님의 말씀이 생각나 이 두 가지가 관계가 있지 않을까 싶었던 겁니다."

"좌반신에 마비가 남고 잘 걷지 못하게 됐으며 치료 후에도 보행 능력이 저하됐다는 이야기는 아닌 게 아니라 했소만."

"선생님께서는 그런 증상이 뇌경색과 비슷하다고 하셨죠. 뇌경색은 종종 시야협착을 일으킵니다. 사기리:: 양은 좌반신이 마비됐다고 하는데, 이 경우 오른쪽 후대뇌동맥의 가지가 막혔을 가능성이 있습니다. 이 때문에 시각중추인 오른쪽 후두엽 및 오른쪽 시상이 경색돼서 왼쪽 시야가 좁아진 게 아닐까요. 그런 상태에서 왼쪽 어깨 너머로 돌아봐도 사기리:: 양이 볼 때 왼쪽에 위치하는 건 알아차리지 못하는, 즉 보이지 않는 상황이 발생한 겁니다. 여기에는 마물의 정체를 밝히기 위한 주법이 왼쪽 어깨 너머로 보는 것이라는 우연도 일조했습니다. 사기리:: 양이 우반신이 마비됐다거나 주법이 오른쪽 어깨 너머로 보는 것이었다면 이 불가해한 상황은 생기지 않았을 겁니다."

"의학적으로 있을 수 없는 일은 아니오만, 의례로부터 이미 몇 년이나 지났는데 과연 그런 일이 있을 수 있겠소? 하기야 이애 큰이모인 사기리::의 증상도 세월이 흐르면서 변화했으니 모르는 일이긴 하오만……."

 도마야는 명확히 부정도, 긍정도 할 수 없어 당혹을 금치 못하는 듯했다.

 "사기리∷와 지요한테 그런 악질적인 장난을 한 녀석이 수험자부터 시작해서 사기리∷의 아버지까지 죽인 범인인가요?"

 렌자부로가 도조를 재촉했다. 렌자부로뿐 아니라 모두가 의학적인 입증 따위 아무래도 상관없으며 그 인물과 일련의 괴사사건의 연관성이 문제라는 표정이었다.

 "젠토쿠 도사가 사기리∷ 양을 강변에서 봤다고 말한 건, 분명 그 인물을 가리킨 거라고 생각해. 다만 젠토쿠 도사는 그걸 밀회라고 착각한 게 아닐까. 연인들이 장난치는 중이었다고……."

 "밀회? 그럼 범인은 남자군요?"

 "전 처음 이번 사건 중 다수에 사기리∷ 양이 연관된 것처럼 보인다고 말씀드렸는데, 같은 지적을 할 수 있는 인물이 한 명 더 있습니다."

 도조는 렌자부로의 물음에 직접 대답하지 않고 그렇게 말하며 주위를 둘러보았다.

 "혹시……."

 순식간에 의미를 알아차린 듯한 도마야가 자기 쪽 줄 끝에 앉은 그 인물을 돌아보았다. 자연히 모든 사람의 시선이 그곳에 쏠리고 소리 없는 웅성거림이 당집 안을 메웠다.

 "네, 구로코 군입니다."

도조도 그를 빤히 응시했지만, 당사자인 구로코는 아무런 반응도 보이지 않고 얌전히 앉아 있었다.

"젠토쿠 도사가 목을 맸을 때 은거소를 포함해 무신당 안에 있던 사람은 사기리:: 양의 큰이모이신 사기리˙ 씨, 사기리˙ 부인, 그리고 구로코 군, 이렇게 세 명입니다. 사기리:: 씨는 가쓰토라 씨 사건 이후 완전한 알리바이가 있습니다. 사기리˙ 부인은 그날 아침부터 몸져누워 계셨으니 범행을 저지르는 건 무리죠. 그렇다면 남는 사람은 구로코 군뿐입니다."

"구로코는 부엌에 있는 모습을 가쓰토라 할아버지가 마당에서 목격했잖아요?"

"격자창 너머로 얼핏 보였을 뿐이지 구로코 군이 내내 시야에 있었던 건 아니야. 게다가 예컨대 막대기나 빗자루를 창가에 세워놓고 검은 헝겊조각이라도 씌워놓으면 구로코 군을 어느 정도 대신해줄 수 있을걸."

"그사이에 당집까지 갔다가 돌아왔다고요?"

"가쓰토라 씨는 구로코 군을 내내 감시했던 게 아니니까 불가능한 일은 아니지. 이후의 범행에 관해서도 같은 말을 할 수 있고. 가쓰토라 씨가 익사한 나루터는 어두웠어. 머리끝부터 발끝까지 검은 옷을 입은 구로코 군이라면 얼마든지 어둠을 틈탈 수 있었을 거야. 구니하루 씨의 죽음에 관해서는, 독을 넣을 기회가 있었던 세 사람 중에 지금도 살아 있는 사람은 구로코 군뿐이잖아?"

"하지만 구로코가 손님방에서 맨 먼저 나갔잖아요. 돌아와서 구니하루 아저씨를 허수아비님처럼 꾸미는 건 불가능하다고요."

"맨 처음 나갔기 때문에 아무도 모르게 옆방에 숨어들 수 있었다고 생각해. 그리고 다른 사람들이 없어지기를 기다려 구니하루 씨를 허수아비님으로 분장한 거야. 그러다 복도에서 인기척을, 그러니까 다쓰 씨의 기척을 느끼고 손님방을 통과해 남쪽 맨 끝 방까지 가서 숨은 거지."

"그렇지만 복도엔 다쓰가 있었고, 그뒤 사기리::의 아버지도 돌아왔는데요. 장지를 열면 바로 들키지 않겠어요?"

"반침 안에 숨어 있지 않았을까. 구로코 군이 보이지 않는다고 이상하게 여길 사람이 있을 테니까, 수사진이 도착해서 본격적으로 현장검증이 시작되기 전에 기회를 봐서 도망치면 그만이야."

"그럼 기누코 아주머니 때는요? 마주침오솔길에서 어떻게 도망칠 수 있었다는 거죠? 경찰에선 별로 문제 삼지 않았지만, 사기리::하고 저, 도조 씨가 세 방향에서 현장에 들어선 건 확실하잖아요."

렌자부로가 경부에게 빈정거린 것인지 아닌지는 알 수 없지만, 그의 시선은 도조만을 향하고 있었다.

"구로코 군은 렌자부로 군이 온 방향으로 도망친 거야."

"제가 온 방향이라고요? 그럼 제가 나뭇다길 분기점에서 오른쪽으로 꺾어지기 전에 구로코가 왼쪽 길로 들어갔다는 뜻인데, 그건 무리라고 그때 현장에서 결론 내렸잖아요."

"렌자부로 군에게 안 들킬 수 없다고 했지."

"그래요. 마주침오솔길하고 나없다길을 잇는 길에서 마주쳤을 거라고요."

"구로코 군은 그걸 교묘하게 피한 거야."

"무슨 수로······."

"물론 허수아비님 속에 숨어서."

"네? 뭐라고요?"

"구로코 군은 아마 오주천 나루터에서도 허수아비님 속에 숨어 가쓰토라 씨를 기다렸을 거야. 구니하루 씨가 신사에서 첫째 다리까지 주위를 살펴봤는데 아무도 발견하지 못했다면 그 수밖에 없다고 생각해. 허수아비님 뒤에 숨어 있었어도 구니하루 씨한테 발각됐을 테니까."

"하, 하지만 전에도 말한 것 같은데 이 마을 사람 중에······ 아, 구로코는 원래 타지 사람이니까 허수아비님에 대한 외경심이 없다는······ 아니, 그건 아니에요. 구로코는 산신님을 숭배한다고요. 그런 구로코가 산신님을 모독하는 행위를 할 리 있겠어요?"

"구로코 군이 그때도 **본인이었다면**······."

"······."

입을 다물어버린 렌자부로뿐 아니라 모든 사람이 구로코를 기분 나쁜 존재를 보듯 바라보았다.

"정신 상태가 아무리 불안정하다지만 지요 양이 사기리:: 양과 혼동하는 게 가능한 용모에, 사기리:: 양의 시야협착을 간파할 수 있는 눈을 지녔고, 젠토쿠 도사가 사기리:: 양과 밀회한다고 착각했고 그게 협박 재료가 될 만한 인물이며, 동시에 가쓰토라 씨 쪽에 협조하는 게 너무나도 뜻밖인 인물, 구로코 군으로 변장하는 게 가능할 만큼 그를 잘 알고, 그것도 허수아비님에 대해 외경심을 갖지 않는다는 조건을 생각하면……."

도조는 마지막에 구로코를 응시했다.

"그런 인물은 렌지로 군뿐입니다."

스사오와 야에코가 저도 모르게 마주 보더니 몸을 앞으로 내밀고, 렌자부로가 믿기지 않는다는 눈초리로 구로코를 쳐다보았다. 그러나 다른 사람들은 반대로 조금 뒤로 물러난 듯 보였다. 어떻게 반응하면 좋을지 순간적으로 알 수 없었는지도 모른다.

"렌지로 군이 어렸을 때 사기리:: 양 자매와 비교되곤 했다는 건 다들 아실 겁니다. 아무리 그래도 지금도 닮았을지는 의심스럽습니다만, 저물녘 지장갈림길에서 지요 양을 속이는 정도는 어렵지 않겠죠. 또 의학생인 그가 사기리:: 양의 상태를 알아차렸다는 것도 수긍할 수 있고, 구로코 군과 함께 있는 모습을 옛날부터 볼 수 있었다니 두 사람 사이에 교류가 있었다고 생각할 수 있습니다. 젠토쿠 도사가 렌지로 군을 알고 있었을 것 같지는 않지만, 적어도 가가치가 사람이 아니라고 추측할 순 있었겠죠. 또 가쓰토라 씨가 놀란 것도 렌지로 군이라면 말이 됩니다. 게다가 어렸을 때부터 병약했던 렌지로 군은 ○○시 시립병원에 여러 번 입퇴원을 반복한 탓에 이 마을에서 나고 자랐다고는 할 수 없는 환경에서 성장했습니다. 즉 다른 사람들처럼 허수아비님에 대해 여러 가지 감정을 품기는 쉽지 않았을 테죠."

"무슨 그런 터무니없는……."

"구로코로 변장하다니 대체 어떻게요?"

스사오의 중얼거림에 이어 렌자부로가 당연한 의문을 제기했다.

"대학에서 몰래 귀성했던 셈인데, 물론 버스를 타지 않고 산길을 넘어왔겠지. 옆 마을 초등학교에도 다녔다니까 그런 길을 알고 있어도 이상할 것 없어. 그리고 마을에 들어오기 전에 구로코 군과 같은 차림을 하면 그다음부터는 누가 봐도 문제없지. 윗집에 들어가는 것도 마찬가지고. 게다가 이 마을에선 어느 집이나 문을 열어놓고 살기 때문에 자유롭게 드나들 수 있고 그 집 사람한테 잘 들키지도 않는다고 렌자부로 군이 말했잖아? 구로코 군으로 변장하기는 머리로 생각하는 것보다 훨씬 간단할 거야."

"도, 동기는 뭐요? 렌지로가 이런 일을 할 동기가 없잖소."

도마야의 어조는 도조에게 묻는다기보다, 그가 정말 납득이 가게 설명할 수 있을지 근심하는 것처럼 들렸다.

"렌지로 군과 구로코 군의 관계가 어떤 것인지는 모릅니다. 아마 구로코 군이 가쓰토라 씨와 다른 분들이 의논한 내용을 렌지로 군에게 알린 게 발단이지 않았을까 싶습니다. 이사무 씨를 끌어들이고 젠토쿠 도사가 억지로 가담하기 전에도 세 분이 여러 차례 밀담을 나누었던 것 같으니 구로코 군이 그걸 엿들었겠죠. 그리고 렌지로 군에게 알린 겁니다. 구로코 군은 윗집 쪽 사람이지만, 두 집안의 혼담을 렌지로 군에게 가르쳐주는 정도로는 산신님이나 사기리˙ 어르신을 배신하는 게 아니니까요. 그래서 렌지로 군은 구로코 군으로 변장하고 스스로 상황을 살피기로 했습니다. 그러다 일요일의 밀담을 들은 겁니다. 그 안방은 원래 다실로 쓰이던 방이라 장식단 측벽에 채광창이 있죠. 바깥은 마당이니 그 부근에 숨어 있으면 충분히 엿들을 수 있습니다."

"아닌 게 아니라 렌지로 군은 옛날부터 마귀가계를 혐오했으니 가미구시가와 가가치가의 혼인을 참을 수 없었을 테지. 하지만 그렇다고 그런……."

"사회에 나갔을 때, 즉 렌지로 군의 입장에서 말하자면 의사가 되려 했을 때, 또는 결혼하려 했을 때가 되겠죠, 가미구시가가 마귀가계가 됨으로써 자신이 받게 될 차별을 사전에 배제하려 했다는 게 가장 큰 동기가 아닐까 싶습니다."

"취직과 결혼이 불리해진다는 이유만으로 다, 다섯 명이나 죽였다는 말씀이시오?"

도마야는 도저히 받아들일 수 없다는 표정이었다. 그것은 다른 사람들도 마찬가지인 듯했다. 다만 사기리 모녀만은 달랐다. 경직된 표정으로 서로 몸을 맞붙이고 있었다.

"그런 차별 때문에 취직을 못 해 스스로 목숨을 끊고, 본인들은 서로 사랑하는데 결혼을 못 해 동반자살을 한 예가 실제로 있다는 건 선생님도 아실 텐데요. 백이기에 흑이 됐을 때 받게 될 차별을 렌지로 군이 두려워했다는 건 이치에 맞는 일이라 생각합니다."

"그건 그렇소만……."

"작은형이 스스로를 궁지에 몰아넣었다면 있을 수 없는 일은 아니에요."

동기를 듣고 나서 꼼짝 않고 시선을 떨어뜨리고 있던 렌자부로가 나지막이 말했다.

곧바로 옆에서 야에코가 "아무리……" 하고 반응을 보였지만, 자신도 완전히 부정할 수 없는지 뒷말을 잇지 못했다.

"두건을 벗어줄 수 없겠나?"

아까부터 구로코를 유심히 살펴보던 스사오가 마침내 입을 열었다.

"그, 그래요! 그럼 가장 간단하잖아요!"

지즈코가 전 남편에게 동조하듯 소리쳤다. 그러나 그런 강경한 발언과는 반대로 구로코를 응시하는 표정은 공포로 가득 차 있었다. 그래도 그녀는 선동하듯 말을 이었다.

"어, 어서 두건을 벗어!"

그러나 당사자인 구로코는 난처한 듯 오른쪽으로 고개를 돌렸을 뿐, 즉 은거소로 이어지는 널문을 바라보았을 뿐이었다.

"경부님, 경부님께서 벗겨주시겠습니까?"

스사오가 경부를 돌아보며 말하자, 뜻밖에도 경부는 도조에게 눈길을 주고 마치 그의 반응을 기다리는 듯한 자세를 보였다.

"하지만 그건 어디까지나 상황증거죠."

눈앞에서 벌어지는 소동을 무시하는 건지, 아니면 아예 알아차리지 못하는지, 어느새 생각에 잠긴 표정으로 시선을 떨어뜨린 도조가 나지막이 말했다.

"게다가 렌지로 군이 범인이라면 도저히 설명이 안 되는 점이 있거든요."

이어서 혼잣말처럼 중얼거렸다. 도마야가 즉각 되물었다.

"그게 뭐요?"

"피해자들의 입안에 들어 있던 기묘한 물건들입니다."

도조는 묘온사의 다이젠에게 들었다는, 뱀과 관련된 상징물의 이야기를 했다.

"범인이 마치 가가치가 내부에 있는 것처럼 렌지로 군이 꾸민 것 아니오?"

"네. 뱀의 상징물을 사용한 동기로서는 가능하다고 생각합니다. 하지만 렌지로 군은 어떻게 상징물에 관해 알고 있었을까요? 렌지로 군은 두 집안에서, 아니, 온 마을에서 그런 지식에 가장 어두울 것 같은 인물 아닙니까?"

"십중팔구 방금 도조 씨에게 듣기 전까지 여기서 아무도 그런 걸 몰랐을 거요."

도마야의 말에 다들 고개를 끄덕였다. 스사오가 사기리::에게 가가치가에도 아는 사람이 없느냐고 묻자, 그녀는 고개를 끄덕이며 지금 처음 듣는다고 대답했다. 곧바로 지즈코가 모를 리가 없다고 말하는 바람에 또다시 분위기가 험악해졌다. 다케오가 아내를 나무랐지만 조금 전만큼 강경하지는 않았다. 지즈코도 그것을 알아차렸는지 점점 더 격하게 날뛰었다. 사기리::가 변변히 반론을 못 하니 사태는 더욱 수습될 기미가 보이지 않았다. 슬슬 도마야나 경부가 제지하겠다 싶었을 때였다.

"사기리∷ 양과 렌자부로 군만은 이 상징물에 뭔가 생각날 듯했다고 합니다."

소동이 계속되는 동안에도 생각에 잠겨 있던 도조가 말다툼 따위 없었다는 양 입을 열었다.

순간 좌중이 조용해졌다. 사기리∷뿐이었다면 이렇게 되지 않았을 것이다. 렌자부로의 이름까지 나왔기 때문에 다들 주목한 것처럼 보였다.

"하지만 두 사람은 상징물의 의미까지는 알지 못했습니다. 그렇지만 뭔가 자극을 받았다는 건 두 사람이 어디서 일련의 상징물들을 봤다는 뜻 아닐까요? 다른 분들은 볼 기회가 없었고 이 두 사람에게만 있었던 곳, 그것도 기억이 대부분 사라졌는데도 마음에 걸릴 정도로 머리 한구석에 남을 것 같은 장소에서. 그렇다면……."

도조가 얼굴을 들고 사기리를, 이어서 렌자부로를 보았다.

"구구산에 모셔진 사당 안이 아니었을까?"

"아!"

"……."

렌자부로는 무심코 탄성을 지르며 몸을 앞으로 내밀고 사기리∷는 반대로 생각에 잠기듯 시선을 떨어뜨렸다. 하지만 둘 다 짚이는 데가 있는 듯했다.

"전부 생각난 건 아니지만, 사당 안에 집에서 흔히 보는 물건들이…… 허수아비님 주위에 놓여 있었던 것 같아요."

"구구산에서 한 체험을 이야기하면서 렌자부로 군은 사당 안을 들여다보니 묘한 게 보였다, 일상생활 중에 보는 생활용품이 있었다는 식으로 설명했어. 그건 렌자부로 군이 본 게 머리빗이며 젓가락, 빗자루 같은 물건이라 그런 게 아닐까."

"전 그렇게 분명하게는……."

사기리::가 억지로 기억을 되살리려 한 탓에 머리가 아픈지 미간에 주름을 잡으며 말했다.

"그렇지만 온갖 물건이 사당 안에 있었던 것 같긴 해요. 어째서 이런 게 여기 있는 걸까 싶은 그런 물건들이 여러 개……."

"두 사람 다 사당 안의 허수아비님에게 압도돼서 그밖의 것을 잊어버렸을 테죠."

도조의 설명에 동의하면서도 렌자부로는 두통을 일으킨 사기리::를 걱정스레 바라보았다. 그러더니 별안간 퍼뜩 생각난 것처럼 말했다.

"잠깐만요. 그 말씀은 그럼 범인이……."

도조는 흥분한 렌자부로에게 고개를 가볍게 끄덕여 보이고는 차분하게 말했다.

"사기리라는 이름을 가지신 분이 여러 분이니 이 자리에선 사기리ˈ 부인을 주축으로 표현을 구분해서 쓸까 합니다. 먼저 사기리ˈ 부인은 당신의 구구의례 때, 따님 때, 그리고 손녀 때까지 적어도 세 번은 그 사당에 가셨을 테지만, 사기리ˈ 부인께서 범행을 저지르는 건 불가능합니다. 이어서 큰따님 사기리** 씨는 가쓰토라 씨의 괴사 이후 완벽한 알리바이가 있습니다. 작은따님 사기리** 씨는 모녀지간이니 손녀 사기리** 양과 닮았습니다. 즉 지요 양이 어머니를 딸로 잘못 봤을 가능성은 있습니다. 하지만 작은따님 사기리** 씨는 지난주 중반부터 주말까지 몸져누워 계셨으니 지장갈림길에 가셨을 수 없습니다. 큰손녀 사기리** 양은 세상을 떠났고, 작은손녀 사기리** 양은 알리바이가 있습니다. 구구의례에 참가했던 윗집의 쌍둥이들은 전원 혐의를 벗는 셈입니다. 그렇게 되면 윗집 쌍둥이를 제외하고 구구산에 들어가 사당을 본 사람으로 좁혀지는데, 그 조건에 부합되는 사람은 둘뿐입니다. 그중 한 명인 렌자부로 군에게는 동기가 전혀 없죠. 그럼 남는 인물은……."

도조는 뭐라 말할 수 없는 눈초리로 렌자부로를 보더니 말을 이었다.

"렌타로 군뿐입니다."

그 자리에 있던 모든 사람이 숨을 삼켰다. 다음 순간 그 때문에 산소 결핍을 일으킨 것처럼 모든 사람이 기침을 하기 시작했다. 그러나 그도 잠깐뿐, 금세 침묵이 당집 안을 메웠다.

"거짓말……."

이윽고 렌자부로의 입에서 짧지만 강렬한 감정이 담긴 부정의 말이 흘러나왔다.

"도조 씨, 지금 그 말은 렌타로가 구로코로 변장했다는 게 아니라 **구로코의 정체가 렌타로였다는 뜻이지?**"

도마야가 확인하듯 묻자 도조는 고개를 끄덕였다.

"렌타로 군이 구구산에서 행방불명된 건 십이 년 전입니다. 구로코 군이 윗집에 나타난 건 십몇 년 전이라고 들었습니다만, 렌자부로 군은 자기가 초등학교에 들어간 해에 구로코 군이 마을에 왔다고 했습니다. 즉 지금으로부터 십이 년 전입니다. 이게 첫번째 일치입니다. 그리고 결코 사교적이라 할 수 없는 렌지로 군이 구로코 군만은 상대했습니다. 어째서 렌지로 군은 구로코 군에게 관심을 가졌을까요?"

"렌지로가 어떤 계기로 구로코가 행방불명된 형일지 모른다는 생각을 했다는 거요? 그렇다면 구로코의 얼굴에 있는 흉터는 구구산을 방황했을 때 생긴 거로군. 원래 그 두 형제는 얼굴도 비슷했으니 말이오. 얼굴에 흉터가 있어도 어둑어둑한 지장갈림길에서 지요를 속이는 정도는 가능했을지도 모르지."

"농아란 말이 있습니다. 말을 못 하는 사람은 귀까지 안 들리는 경우가 많습니다. 그 반대도 그렇고요. 그런데 구로코 군은 말은 못 하지만 귀는 들립니다. 그렇다면 최소한 선천적으로 벙어리로 태어난 게 아니라 정신적으로 엄청난 충격을 받아 말을 못 하게 됐을 가능성도 생각할 수 있습니다."

"구구산에서 한 체험 말이로군. 그럼 렌타로를 발견한 게 사기리* 부인이란 뜻인데. 게다가 렌타로라는 걸 알면서 신원불명의 구로코라는 인물로 꾸몄다는 말씀이시오? 왜 그런 일을 한 거요?"

"그건 저도 모릅니다만, 렌타로 군이 기억을 잃었기 때문이 아닐까 싶습니다. 렌타로 군은 구구산에서 봐서는 안 될 걸 본 게 아닐까요. 그걸 언제 생각해낼지 모릅니다. 그래서 곁에 두기로 했습니다."

"그 말인즉 현재 렌타로는 기억을 되찾았고 일련의 사건은 렌타로의 윗집에 대한 복수라는 뜻이오?"

"그렇게 생각하면 구로코 군이 렌지로 군이라고 해석할 때보다 모든 현상이 더 자연스럽게 설명됩니다. 지요 양의 체험은 선생님이 지적하신 대로고, 사기리:: 양의 시야협착에 관해선 사기리˙ 부인에 이어 사기리:: 양의 시중을 들었으니 그걸 알아차렸다 해도 부자연스럽지 않습니다. 물론 젠토쿠 도사는 렌타로 군이 누군지 몰랐을 테죠. 구로코 군의 복장을 하지 않으면 낯선 청년이나 다름없으니까요. 게다가 히센천에서 본 게 뒷모습이었다면 얼굴의 흉터도 볼 수 없었을 테고요."

"구로코로서 행동했다면 모든 범행이 가능했겠소만…… 아니, 하지만 허수아비님에 대한 감정은 잘 모르겠군."

"기억을 잃었던 동안 허수아비님에 대한 공포심도 사라졌다. 구로코 군으로 생활하기 시작하면서 이번에는 허수아비님을 신앙하게 됐다. 그러다 기억을 되찾았을 때 두 감정이 충돌을 일으켜 결과적으로 사라져버린 게 아닐까요. 그래서 주저 없이 허수아비님 속에 숨을 수 있었던 겁니다."

"거짓말……."

딱 한마디 중얼거린 뒤 꼼짝 않고 도조와 도마야의 이야기를 듣고 있던 렌자부로가 또다시 입을 열었다.

"거짓말이야…… 거짓말일 거야…… 거짓말이야!"

벌떡 일어나 구로코 쪽으로 다가가려던 렌자부로가 갑자기 얼어붙은 듯 멈춰섰다. 자기도 어떻게 하면 좋을지 알 수 없는 것이리라.

"잠깐만, 렌 오빠."

그때 뜻밖에 사기리::가 움직였다. 그녀는 구로코 곁으로 다가가더니 손짓발짓을 곁들이며 뭐라 속삭였다. 모든 사람이 흥미롭게 두 사람을 지켜보았지만, 스사오와 야에코, 렌자부로의 시선이 가장 날카로웠던 것은 말할 필요도 없으리라.

"큰신집 분들께서 구로코를 확인해주셨으면 해요."

이윽고 이야기가 끝났는지, 사기리::가 허락을 구하듯 도조와 도마야, 경부에게 차례차례 시선을 돌렸다. 도마야가 말없이 도조와 경부의 의사를 확인하고는 사기리::를 향해 고개를 끄덕였다.

사기리::는 구로코와 함께 일어나 은거소로 통하는 널문 밖으로 사라졌다. 큰신집 세 사람도 함께 나갔다. 사기리::는 그들을 산신님의 방으로 안내해, 그곳에서 구로코가 두건을 벗고 큰신집 세 사람과 대면하게 했다. 판단은 한순간에 끝난 듯, 긴장한 나머지 몸을 바르르 떨고 있던 야에코가 별안간 울음을 터뜨렸다.

일곱 사람의 호기심 어린 시선을 받으며 다섯 사람이 당집으로 돌아와 도로 자리에 앉은 뒤, 스사오가 대표로 결과를 알렸다.

"지금 심정을 어떻게 표현하면 좋을지 잘 모르겠습니다만, 결과만 말씀드리자면 렌타로가 아닙니다."

구로코가 행방불명된 아들이고 형이라면 찾았다고 기뻐하는 것도 잠시, 그 즉시 범인으로서 경찰에 체포될 것이다. 딴 사람이라면 문제는 없지만 대신 아들, 형을 만날 수 있을지도 모른다고 품었던 희망이 삽시간에 무너지는 셈이다. 어느 쪽이건 큰신집 세 사람에게는 시련이었을 것이 틀림없다.

"죄송합니다. 사과드립니다."

도조가 세 사람에게 머리를 깊이 숙여 사과했다. 스사오는 보일 듯 말 듯 고개를 저었고, 야에코는 연신 눈물을 훔쳤다. 렌자부로는 복잡한 표정으로 그를 쳐다보고 있었다.

"대체 언제까지 이런 촌극을 계속할 생각인가요?"

지즈코가 도조와 경부 쪽을 보며 신랄하게 말을 내뱉었다. 옆자리의 다케오도 이제는 아내를 제지하려 하지 않았다. 지요는 여전히 감정적인 시선을 사기리::에게 던지고 있었다. 사기리::는 도조를 염려하듯 그의 안색을 살피고, 어머니 사기리::는 걱정스레 딸을 바라보았다. 구로코는 두건 때문에 표정은 전혀 알 수 없었지만, 잇따라 의심을 샀는데도 동요한 기색이 없었다. 일이 여기에 이르자 경부도 표정이 심각했지만 아직 잠자코 지켜볼 자세였다.

모두가 당집 안의 기이한 분위기에 잠겨 있으면서도 그것을 다른 사람과 공유하는 느낌은 없었다. 오히려 일부 사람을 제외하고 다들 당장에라도 당집에서 나가고 싶은 눈치였다.

"어디, 이쯤에서 범인의 특징을 다시 정리해볼까."

그런 가운데 유일하게 적극적인 사람이 도마야였다. 아무도 자신의 말에 호응하지 않는데도 아랑곳없이 담담하게 이야기하기 시작했다.

"구로코가 관여되지 않았다는 데서 새로 추가된 항목도 있고 말이지. 자, 그래서 범인의 조건 말이오만.

1. 지요가 저물녘 지장갈림길에서 사기리∷로 잘못 봐도 이상할 것 없는 인물.
2. 사기리∷가 왼쪽 방향으로 시야협착이 있음을 알아차려도 부자연스럽지 않을 인물.
3. 히센천에서 사기리∷에게 집적거리는 장면을 젠토쿠 도사가 보고 협박 재료로 삼을 만한 입장의 인물.
4. 무신당에서 젠토쿠 도사의 목을 맬 기회가 있었던 인물.
5. 가쓰토라에게 협조한다는 게 너무나도 뜻밖인 인물.
6. 구니하루의 잔에 독을 넣을 기회가 있었던 인물.
7. 구니하루를 독살한 뒤 허수아비님으로 분장시킬 기회가 있었던 인물.
8. 기누코가 죽은 마주침오솔길에서 도조 씨 등에게 들키지 않고 도망칠 수 있었던 인물. 허수아비님 속에 숨는 것이 유일한 방법이었다는 점에서 허수아비님에 대해 외경심을 갖지 않는 인물.
9. 머리빗이며 젓가락 등 뱀과 관련된 상징물의 존재와 의미를

알고 있었던 인물.

그리고 방금 정리하면서 생각났소만, 도조 씨가 마음에 걸린다고 했던 점 있잖소? 그 왜, 현장의 상황이 매번 자살로도 타살로도 볼 수 있는 수상한 상태였다는 수수께끼 말이오. 그걸 10번이라고 하지."

도마야가 천천히 전체를 정리하는 사이, 도조는 끼어들지 않고 잠자코 듣고 있는 듯 보였다. 그것은 의사가 말을 멈추고 도조에게 넌지시 주도권을 돌려준 다음에도 바뀌지 않았다.

숨 막히는 침묵이 당집 안에 흐르자, 마치 그에 호응하듯 격자창으로 비쳐들던 햇빛이 별안간 약해졌다.

사기리::가 배례소로 가서 제단 양옆의 촛대에 불을 켰다. 그리고 배례소 구석에서 촛대 두 개를 꺼내 정화소로 들고 와 그들이 앉은 자리 뒤에 하나씩 놓았다. 네 개의 촛불로 당집 안이 환해졌지만, 촛불의 불빛이 도조 겐야가 잠긴 어둠에까지 미칠지는 의문이었다.

그런데 도조는 사기리::가 자리로 돌아오기를 기다렸다는 듯 얼굴을 들었다.

"다시 한번 생각해봤습니다만 그런 조건에 해당되는 인물은 한 명밖에 없습니다."

"그게 누구요?"

"……사기리:: 양 본인입니다."

무신당 **521**

전원이 일제히 도조를 보았다. 다들 믿기지 않는다는 표정이었다. 지즈코조차 그랬다. 아니, 얄궂게도 그녀가 가장 놀란 듯 보였다. 그런 중에 뜻밖에도 당사자인 사기리::만은 달랐다. 경악도, 분노도, 절망도 보이지 않고, 그저 겁에 질린 눈으로 도조를 바라볼 뿐이었다.

"터, 터무니없는 소리…… 그런 일은 있을 수 없소."

"도조 씨! 지금 무슨 소리를 하는 건지 알고 있는 거예요?"

충격에서 깨어난 도마야와 렌자부로가 즉각 부정했다.

"이애가 범인일 수 없다는 건 댁이 처음에 우리에게 설명하지 않았소?"

"맞아요. 사기리::는 알리바이가 있는 데다 범행이 불가능했다고요. 뭣보다도 히센천의 괴이는 도조 씨가 말했다시피 사기리::의 시각 이상으로 해석하지 않으면 해결이 안 되잖아요."

"그렇지. 설사 모든 게 이애의 환각과 환청이고 주물도 꾸며낸 이야기라 해도…… 아니, 잠깐, 렌자부로. 진정하고 내 말 끝까지 들어라. 설사 그랬다 쳐도 젠토쿠 도사가 강변에서 뭔가를 봤다는 사실이 있는 한 이애의 거짓말이라 할 수는 없잖소. 수험자가 그런 거짓말을 했다는 건 아무리 그래도 이상하지."

"그런 이야기였군요. 선생님 말씀이 맞아요."

도조를 몰아세우는 두 사람의 호흡이 척척 맞았다. 그러나 도조는 보일 듯 말 듯 고개를 저었다.

"젠토쿠 도사가 봤다는 강변이 실은 히센천이 아니라 오주천이었다면요? 젠토쿠 도사는 사기리꞉꞉ 양에게 '내 그때 봤다! 강에 있던 그대를!'이라고만 했지, 강의 이름까지 말하지는 않았다고 하니까요."

"뭣이? 그게 무슨 뜻이오?"

"젠토쿠 도사가 본 건 일요일 저물녘 히센천에서 주물을 떠내려 보내려 했던 사기리꞉꞉ 양이 아니라, 그 전주 목요일 저물녘 **오주천 상류 나루터에서 하류를 향해 나룻배를 타고 가는 사기리꞉꞉ 양**일지도 모른다는 말씀입니다."

"아……."

렌자부로가 할 말을 잃고 도조에게서 사기리꞉꞉에게로 시선을 옮겼다. 도조는 도마야에 이어 렌자부로를 보며 말했다.

"첫째 다리에서 렌자부로 군을 만난 사기리꞉꞉ 양은 그곳에서 윗집으로 돌아갔습니다. 그러니 렌자부로 군을 앞질러 지장갈림길에 가는 일은 불가능하다고 여겨졌습니다. 하지만 윗집으로 돌아가는 척하면서, 렌자부로 군이 몸을 돌려 가운뎃길을 따라 걷기 시작한 순간 첫째 다리로 돌아가 나루터로 갔다면요? 그래서 그곳에 묶여 있던 배를 타고 하류로 내려갔다면, 렌자부로 군보다 먼저 지장갈림길까지 갈 수 있습니다. 오주천은 가운뎃길보다 높은 위치에 있으니, 길을 걷는 렌자부로 군에게 배는 보이지 않습니다. 가쓰토라 씨가 셋째 다리의 나루터에 배가 보이지 않는다고 했다는데(구니하루 씨가 그렇게 말했다고 이사무 씨가 증언했습니다), 그건 누가 하류로 배를 떠내려보냈다는 증거가 아닐까요? 가쓰토라 씨의 시신이 발견된 시점에서는 가쓰토라 씨가 나룻배를 탔다, 또는 누군가 가쓰토라 씨를 배에 태웠다고 판단이 내려졌지만, 나룻배는 가쓰토라 씨가 죽기 전에 이미 없어졌던 겁니다. 사기리∷ 양은 아마 나룻배를 타고 '다리 없음'이라 불리는 곳까지 가서, 그곳에서 배를 내려 지장갈림길로 앞질러 갔겠죠. 물론 순간적으로 한 행동일 겁니다. 렌자부로 군과 다리 어귀에서 이야기하던 중에 렌자부로 군이 지요 양을 만나러 가는 길이라는 걸 알았습니다. 거기서 앞질러 간다는 생각이 떠오른 거죠. 앞질러 가서 뭘 할 건지 구체적으로는 아무 생각 없었습니다. 그저 렌자부로 군보다 먼저 가서 지요 양에게 뭔가 해야겠다고 충동적으로 움직였을 뿐……."

도조는 마지막에 이르러 다시 도마야에게 얼굴을 돌렸다. 의사는 즉각 반박했다.

"무, 무신당은? 젠토쿠 도사는? 이애가 젠토쿠 도사를 매단다는 건 무리잖소."

"그 사건의 진상은 대단히 단순합니다. 젠토쿠 도사와 사기리∷ 양, 그리고 큰이모인 사기리∵ 씨, 이 세 사람 사이에 무슨 일이 있었는지 완전히 추측하기는 물론 어렵습니다. 당집에서 도망쳤던 사기리∷ 양이 돌아와 범행을 저질렀다, 큰이모와 처음부터 협력했다 등 가능성을 따지기 시작하면 한이 없으니까요. 그렇지만 머리를 부딪쳐서 정신을 잃었거나 사기리∷ 양이 때려 기절시킨 젠토쿠 도사를 우물의 도르래를 이용해 목을 매단 다음 당집에서 나갔다는 게 진상이겠죠. 회중시계가 수험자를 매달았을 때 품에서 떨어져 망가진 것이라는 견해도 아마 옳을 겁니다."

"허나 회중시계는 7시 7분 49초에서 멎어 있었잖소. 그리고 이 애가 7시 5분에 본채 서쪽 손님방 앞을 지나 남쪽 별채로 돌아가는 모습을 기치가 목격했지. 이 분 사십구 초 차라고는 해도 이건 어엿한 알리바이 아니오?"

"기치 씨는 손님방의 시계가 7시를 치는 소리를 들었습니다. 그런데 그 시계는 하루에 오 분씩 늦어지기 때문에 실제로는 7시 5분인 걸로 됐죠."

"그럼 문제없을 텐데?"

"네. 다만 손님방의 시계가 늦은 것과 반대로 회중시계가 빨리 갔다면……."

"뭣이?"

"가쓰토라 씨는 지난주 토요일 구니하루 씨가 주관하는 소작인 모임에 참석하셨을 때 누구보다도 빨리 도착해 기다려야 했노라고, 일요일 모임 때 투덜대셨다고 합니다. 이사무 씨 증언에 등장한 이야기인 모양인데 맞죠, 선생님?"

"그렇소. 이사무의 조서를 읽어봤으니 그건 틀림없소만……. 빨리 도착한 원인이 실은 빨리 가는 회중시계였다는 거요?"

"시계에 관해 다테와키 순사가 조사한 결과, 한동안 넣어두었던 시계를 그 주 토요일부터 가쓰토라 씨가 쓰기 시작했다가 젠토쿠 도사에게 줬다는 사실을 알 수 있었습니다. 평소 쓰던 시계가 아니었던 겁니다."

"으음……."

"무신당의 밀실 상태가 결코 범인이 의도한 결과가 아니라는 데는 선생님도 동의하시리라 생각합니다. 회중시계가 빨리 갔다고 해석하면 수수께끼는 지극히 자연스럽게 풀립니다."

"하지만 사기리::가 구니하루 아저씨 잔에 독을 넣는 건 절대로 무리 아닌가요?"

조용해진 도마야를 대신해 렌자부로가 따졌다.

"그건 도조 씨도 사건 당시 손님방에서 사람들이 있던 위치를 노트에 그려서 확인했을 텐데요."

도조는 어딘지 모르게 슬퍼 보이는 시선으로 렌자부로를 바라보았다.

"사기리:: 양만 구니하루 씨에게서 떨어져 있었어. 구니하루 씨 근처에 있었던 건 이사무 씨, 기누코 씨, 구로코 군이었지. 다만 그때 모든 사람의 시선은 그 봉지에 집중되어 있었어. 그런 의미에서 구니하루 씨의 잔은 완전히 무방비 상태였어."

"그렇죠. 하지만 사기리::는 잔에 가까이 갈 수 없으니까……."

"사기리:: 양이 어렸을 때 좋아했던, 잘했던 놀이가 뭐지?"

"네? 뜬금없이 무슨 소리예요?"

"렌자부로 군이 지요 양과 셋이서 자주 하고 놀았다고 이야기했지. 구구의례 뒤로 사기리:: 양이 다리가 불편해지면서 못 하게 됐지만."

"돌차기 말이에요? 그게 왜……."

"돌차기 중에서도 사기리:: 양은 '어디 가기'라는 놀이를 특히 좋아했어. 어디 가기는 중앙의 '하늘'과 그 주위의 열 개 구획에 돌을 던지는 놀이라지? 그걸 잘했다는 건 제구력이 있다는 증거 아닐까?"

"독을, 그것도 십중팔구 환약 같은 것을, 구니하루의 잔에 던져 넣었다는 말씀이시오?"

도마야가 도조의 생각을 눈치챈 듯 물었다.

"이때도 사기리:: 양은 현장의 상황을 불가해하게 만들려는 생각이 눈곱만큼도 없었을 겁니다. 아마 기회를 봐서 죽이려고 환약을 늘 지니고 다녔겠죠. 물론 출처는 사기리˙ 부인이 초근목피로 조합한 각종 약들입니다."

"구니하루를 허수아비님처럼 꾸미는 건……."

"네. 손님방에서 마지막으로 나온 사람이 사기리:: 양이었으니 아무런 문제도 없습니다."

"그럼 기누코 때는……."

"마을의 특이한 지형을 이용하면 앞지를 수 있다는 건 아실 겁니다. 그렇게 해서 범행을 저지른 뒤 방금 현장에 온 것처럼 위장하기는 어렵지 않습니다. 허수아비님 속에 숨을 필요도 없어요. 아니, 지금까지 설명했다시피 사기리:: 양은 별로 자신의 범행을 감추려고 한다는 생각이 안 든단 말이죠. 그렇기 때문에 거꾸로 성공한 게 아닐까요?"

도조, 도마야, 렌자부로, 세 명에게 쏠려 있던 시선이 일제히 사기리::를 향했다. 어머니인 사기리::만이 방패가 되어 날카로운 시선으로부터 딸을 보호하려는 것처럼 앞으로 나서려 했다. 그러나 사기리::는 살며시 어머니를 제지했다.

"제, 제가 아니에요. 아닌 게 아니라 도조 씨처럼 생각하면 저도 범행이 가능하다는 건 알겠지만…… 하지만 전 그런 끔찍한 짓을 한 기억이 전혀 없는걸요. 안 믿으실지 모르지만 전……."

목소리는 떨렸지만 천천히, 똑똑하게 말했다. 그 순간 도마야와 렌자부로도 정신이 퍼뜩 든 사람들처럼 반박하고 나섰다.

"흠, 뭣보다도 이애에게는 동기가 일절 없지 않소? 지요에게 친 장난 정도라면 있었을지 몰라도……."

"맞아요. 사기리::가 가쓰토라 할아버지를 비롯한 사람들을, 그것도 자기 친아버지까지 죽였다고요? 그럴 리 없잖아요. 게다가 지요 일만 해도 그래요. 유감이지만 사기리::는 지요를 질투할 만큼 날 좋아하지 않을걸요."

"그렇군. 그럼 이애의 소행일 수도 있는 건 젠토쿠 도사밖에 없다는 뜻이구먼. 수험자의 경우는 정당방어라고 할지, 뭐, 과잉방어가 되겠소만, 이애의 범행일 가능성을 검토할 여지는 어쩌면 있을지 모르겠군."

"선생님, 어떻게……."

"아니, 어디까지나 객관적으로 봐야 하지 않겠느냐."

"하지만 그렇다고…… 아! 히센천의 괴이도 있잖아요. 사기리::

의 시야협착으로 설명하려면 사기리:: 말고 누가 거기 또 있었다는 건 부정할 수 없죠. 그럼 역시 그 녀석이 진범 아닌가요? 설사 대부분 환각이고 환청이었다 해도 주물 문제는 남으니까요."

"히센천의 괴이에 관해서는 나도 좀 난감해."

두 사람의 공격을 받으며 잠자코 그들의 말을 귀 기울여 듣던 도조가 곤혹스러운 표정으로 대답했다.

"하지만 그밖의 불가해한 상황이 전부 설명된다면 주물은 순전한 우연이었다고 해석해도 될지 모른다고 생각한 거야."

"우연이라고요? 주물이 우연히 사기리:: 어깨에 들러붙었다고요? 무슨 그런 터무니없는……."

"하지만 그런 터무니없는 일이 벌어졌을 가능성이 아예 없지는 않지."

"왜요? 어떻게?"

"그때 사기리:: 양이 하류로 갈 때 엄청난 역풍이 불어서 상류로 돌아올 때는 바람이 순풍이었지. 강물에 떠내려보낸 주물이 사기리:: 양의 눈이 미치지 않는 곳에서, 강으로 튀어나온, 또는 강물 속의 나뭇가지 따위에 걸렸다가 강풍에 실려 날아왔다면? 그래서 우연히 사기리:: 양의 어깨 위에 떨어졌다면……."

"어처구니가 없네요. 그런 우연이……."

"있을 리가 없다고 생각하지만, 절대로 있을 수 없다고 부정할 수도 없잖아?"

"그건……."

"그럼 다른 모든 현상이 설명된다는 사실에 비추어……."

"쯧쯧, 주물 건은 그쯤 해둡시다. 그런 우연도 있을 수 있다는 건 나도 인정하오. 허나 그보다 더 중요한 건 동기 아니오? 다시 한번 말하지만 이애에게는 동기가 일절 없잖소."

도마야가 두 사람 사이에 끼어들어 정색하고 도조를 쏘아보았다.

"네, 사기리∷ 양 본인에게는 없습니다."

도조도 의사를 똑바로 보며 진지한 어조로 대답했다.

"본인에게 없다니 그게 무슨 뜻이오? 애초에 동기란 본인을 움직이는 것 아니오?"

"네. 그러니까 사기리∷ 양이 스스로의 의지로 몸을 움직인 게 아니란 뜻입니다."

"그, 그게 무슨 말인지 난 도통……."

"즉, 동기는 사기리∷ 양 본인이 아니라 사기리∷ 양을 자기 뜻대로 조종하는 존재 쪽에 있었던 겁니다."

"존재……?"

괴상한 소리를 지른 도마야는 곧 의아한 표정으로 되물었다.

"그 존재의 정체가 뭐요?"

"물론 산신님이 된 언니 쪽 사기리∷ 양입니다."

당집 안에 기분 나쁜 침묵이 흘렀다. 그러나 이전에도 찾아왔던 정적과는 어딘지 모르게 달랐다. 아마 모든 사람이 할 말을 잃고, 하나같이 마치 도조 겐야라는 타지 사람을 처음 본 양 이상한 눈초리로 꼼짝 않고 응시했기 때문이리라. 아무도 입을 열지 않고 도조를 뚫어져라 보기만 했기 때문이리라. 그들의 시선에서 불안, 경멸, 공포, 연민 등 다양한 감정을 읽어낼 수 있었지만, 공통된 것은 의심과 실망이었는지 모른다.

불편하기 그지없는 시선을 한 몸에 받으면서도 도조 겐야의 표정은 태연했다. 어쩌면 그는 은연중에 그에게 요구된 탐정소설의 명탐정 역할이 아니라 괴기소설에 등장하는 유령 사냥꾼이라는, 아무도 원치 않는 역할을 다하려 하고 있는지도 모른다. 그것이 무신당에 모인 사람들에게 받아들여질지 어떨지는 염두에 두지 않고…….

아니, 도조를 다른 시선으로 쳐다보는 사람이 그들 중 딱 한 명 있었다. 뜻밖에도 사기리∷였다. 그녀의 눈빛에도 불안과 공포는 있었지만 경멸과 연민은 눈곱만큼도 없었거니와, 어째선지 의심과 실망과 정반대되는 기대와 희망이 깃들어 있는 것처럼 보였다.

"도조 씨."

맨 처음 입을 연 사람은 역시 도마야였다.

"도조 씨가 말한 언니 쪽 사기리∷란, 가가치가의 산신님이 됐다는 사기리∷의 신령을 말하는 거요? 그 신령이 동생 사기리∷에게 빙의했다고?"

도마야는 그렇게 확인하고 도조의 얼굴을 살피며 말을 이었다.

"요컨대 이런 말씀이시오? 가가구시 신사의 문헌에 기록된 사건, 윗집의 삼 대에서 사 대 당주 때 딸 쌍둥이가 신령에게 납치돼서 아흐레간 실종됐는데 한 아이는 찾았지만 종종 신들린 상태에 빠지더니 급기야 사라진 또 한 아이가 빙의하게 됐다는 사건이 이 아이와 죽은 언니 사이에 똑같은 현상으로 나타나고 있다?"

"아무리 그런 일이……."

렌자부로가 믿을 수 없다는 듯 고개를 흔들었지만, 도조가 하는 말이라면 혹시 모른다는 망설임이 언뜻 비쳤다.

"음, 일종의 망상이라면 생각할 수 없는 일은 아니오만……."

도마야의 태도에서도 렌자부로와 비슷한 면이 엿보이는 것은 최종적으로 도조 겐야라는 인물을 높이 평가하기 때문일까.

"언니 쪽 사기리:: 양의 신령이 빙의했다는 해석은 민속학적 시각에서 볼 경우, 아니, 초심리학적 시각에서 볼 경우, 가능하다고 생각합니다."

"그럼 그 외의 시각도 있다는 말씀이시오?"

"네. 선생님 앞에서 이런 말씀을 드리기는 뭣합니다만, 의학적 시각에서 볼 경우입니다."

"즉, 망상이란……."

"아뇨, 아마 망상은 아닐 겁니다. 언니 쪽 사기리:: 양의 신령이 빙의했다는 초심리학적 해석을 정신의학에 의거해 다시 보면, 언니쪽 사기리:: 양의 인격이 동생 사기리:: 양에게 탄생했다는 해석이 되지 않을까요."

"인격…… 요는 그거요? 사기리::가 이중인격이라고? 하지만 일본에서는 그런 사례가 아직 한 번도 나타나지 않았소만."

"부처님한테 설법 같습니다만, 뭉뚱그려 이중인격이라 부르기는 해도 실은 다양한 사례가 있습니다. 그렇지만 본인 외의 다른 인격이 나타나는 중대한 요인 중 하나로 그 사람이 자라난 환경이 있다고 여겨지거든요. 사기리:: 양의 경우 가장 주목해야 할 것은, 물론 구구의례에서 오늘날에 이르기까지 사기리:: 양이 겪은 여러 체험과 본인을 둘러싼 주변 상황입니다."

"아닌 게 아니라 정상이 아닌 건 틀림없소만……."

"우선 구구의례에서 자신은 살아남고 언니는 죽었습니다. 사기리 부인의 총애를 한 몸에 받던 언니가, 열등감과 더불어 선망의 대상이던 언니가, 부인의 뒤를 이어 훌륭한 무녀가 됐을 언니가 죽은 겁니다. 게다가 이때의 언니는, 평범한 자매에서 말하는 연상의 존재가 아니라 자신의 분신이라고도 할 수 있는 쌍둥이 자매입니다. 더욱이 언니의 죽음은 병사도, 사고도, 자살도, 살인도 아니거든요. 아니, 단순한 죽음이 아니라 반대로 부활을 의미했습니다. 그렇게 보면 구구의례에서 산실에 아흐레씩이나 틀어박혀 가치가의 무녀와 혼령받이로 환생한다는 상황이 곧 재생과 부활이었던 셈입니다만. 그에 그치지 않고 언니는 산신님으로서, 허수아비님으로서 사기리:: 양 자신의 신앙 대상이 되고 말았습니다. 더욱이 이 점이 가장 중요합니다만, 그런 체험을 거쳐 사기리:: 양이 혼령받이 역할을 할 때마다 산신님을 자기 몸속에 옮기는 행위를 되풀이했습니다. 수백 번 반복했죠. 게다가 일 년 전부터는 그게 주된 생활이었습니다. 사기리:: 양 말에 따르면 혼령받이 역할을 하는 동안의 기억이 없다고 합니다만, 그런데도 사기리:: 양은 산신님으로서 발언을 한다는 사실이 존재합니다. 자기가 말하는 게 아니라 산신님의 말씀이라는 의식이 사기리∷ 양의 기억을 지우는 거겠죠. 하지만 실제로 이야기하는 사람은 물론 사기리∷ 양입니다. 이 상황은 상당히 기이합니다. 그게 수백 번 반복되는 사이에 사기리∷ 양의 머릿속에, 마음속에, 몸속에 언니 사기리∷ 양의 신령이라는 인격이 태어났다 해도 이상할 것 없죠."

"일어날 일이 일어났다는 말씀이시오?"

"네. 그걸 부추긴 요인 중 하나로, 은거소에 마련된 산신님의 방을 들 수 있을 것 같습니다. 산신님이 됐다고는 해도 인간으로서 완전히 죽었다고 생각할 수 있었다면 어쩌면 언니의 인격은 안 나타났을지도 모릅니다. 그런데 사기리˙ 부인은 언니를 산신님으로 받들어 모시는 한편으로 마치 언니가 살아 있는 것처럼 방을 꾸며주었습니다. 오랜 세월 계속된 부인의 비정상적인 행위가 사기리∷ 양에게 얼마나 큰 영향을 미쳤을지…… 저도 실제로는 알 수 없지만 생각만 해도 무섭습니다. 결코 무관하지는 않았을 겁니다."

"그럼 그 소문은……."

렌자부로가 뭔가 짚이는 데가 있는지 도조의 주의를 끌었다.

"그래, 그런 거야."

렌자부로만 알아들을 수 있는 대답을 한 뒤, 도조는 작년부터 마을에 퍼지기 시작했다는 언니 사기리∷의 목격담을 설명했다.

"물론 마을 사람들이 본 건 여기 있는 사기리∷ 양입니다만, 그

때 사기리∷ 양은 본인이 아니었습니다. 언니의 인격에 지배됐던 게 틀림없습니다. 그 때문에 마을 사람들은 사기리∷ 양을 언니라고 봤습니다. 어떤 의미에선 옳았던 셈입니다. 더 정확히 표현하자면 언니 사기리∷도 동생 사기리∷도 아닌 '사기리'라고 해야 할지도 모르겠습니다만……."

"동기는 자기방어라고 할 수 있겠군."

"가쓰토라 씨 등의 목적이 두 집안의 혼인뿐이었다면 이 사건은 일어나지 않았을지도 모릅니다. 그러나 그분들은 마귀신앙 자체를, 나아가 산신님까지 없애려 했습니다. 그 때문에 언니의 인격이 격노했겠죠. 그분들의 계획을 사기리∷ 양이 엿들었는지, 아니면 구로코 군이 가르쳐주었는지, 그것까지는 알 수 없습니다만."

"렌자부로와 지요 문제도 관계가 있었겠소?"

"사기리∷ 양에 따르면 언니는 렌자부로 군을 좋아했다고 합니다. 렌자부로 군 말로는 그런 눈치가 전혀 없었다고 합니다만, 사기리∷ 양 나름대로 어떤 비밀스러운 감정이 있었겠죠. 지요 양과 렌자부로 군을 약혼시킨다는 이야기가 등장한 작년 무렵부터 사기리∷ 양과 지요 양이 이상해진 것도 이렇게 보면 수긍이 갑니다. 그런 상황에 가쓰토라 씨 등의 계획이 더해지면서 언니의 인격이 대번에 활동을 개시했습니다. 앗, 두 집안의 혼인뿐이었다면 사건이 일어나지 않았을 거라고 말씀드렸는데, 그 말은 틀렸는지도 모르겠는데요. 언니가 렌자부로 군을 좋아해 지요 양을 질투했다면, 동생은 그 이상으로 질투했을 게 틀림없으니까요."

"히센천의 괴이는 물론 이 아이의 환각이고 환청이겠소만, 그걸 체험하게 한 건 어쩌면 언니의 인격일 수도 있겠군."

"그렇죠."

"그건 어떻게 되오? 그 왜, 도조 씨가 마음에 걸려 했던, 자살이라고도 타살이라고도 볼 수 있는 기묘한 상황의 의미는……."

"도조 부인을 만나뵀을 때, 제가 나가는데 부인은 허수아비님은 사악한 자에게 벌을 내릴 뿐 살인은 하지 않는다고 말씀하셨습니다. 즉 언니의 인격에게 일련의 사건은 살인이 아니라 어디까지나 산신님이 내린 벌이었던 셈입니다. 살해된 게 명백한 상황이 아니라, 피해자들이 자신의 죄를 인정하고 목숨을 끊은 형태로 만들고 싶었던 게 아닐까요."

"그렇군. 그걸 가장 뚜렷하게 나타내는 게 그 상징물인가."

"네. 그렇게 생각하면 범행 시의 참으로 무방비하다고 할지, 무계획적인 행동도 이해가 갑니다."

"산신님이 벌을 내리는 셈이니 살인을 하고 있다는 의식이 없다, 그렇기에 자신의 범행을 감추려고도 하지 않는다, 그런 거요?"

도마야는 비로소 납득했다는 표정을 보이더니 피로감에 젖은 한숨을 내쉬었다.

"언제부터 그랬는지는 모르지만 전 늘 느끼고 있었어요."

사기리::가 나지막이 중얼거렸다.

모든 사람의 시선이 그녀를 향했지만, 거기에는 당혹과 동정이 어린 것과 미움과 혐오로 가득 찬 것, 두 종류가 있었다. 그러나 당사자는 알아차리지 못하고 뜻밖에 안도의 표정을 짓고 있었다.

"언니 쪽 사기리::가…… 언니가…… 바로 곁에 있는 듯한 느낌이 늘 들어서…… 그야말로 저한테는 안 보이는 곳에서 절 뚫어지게 응시하는 것 같은…… 지켜봐주는 게 아니라 유심히 살펴보고 있다는……. 산신님과 무녀의 관계가 아니라, 전혀 별도의 존재가 된 언니가 아직 인간인 저한테 관심을 갖고 있는 듯한……. 선의보다는 악의가 어린, 신성하다기보다는 사악한 것의 눈초리로…… 꼼짝 않고, 계속, 한결같이, 언제까지고, 어디까지고, 절 보고 있다는……."

"언니 쪽 사기리::는 죽었어요!"

별안간 렌자부로가 벌떡 일어나더니 고함쳤다.

"아니, 사기리::한테는 작년부터 벌써 여러 번 말했지만, 사기리::는 살해됐어요. 그러니 산신님이 됐을 리가 없어요. 사기리::, 정신 차려! 내 말 잘 들어. 내가 살해됐다고 한 건 위험할 걸 알면서 우카노미타마를 마시게 했기 때문이 아니야. 말 그대로 사기리::는 살해된 거야. 젠장! 이렇게 될 줄 알았으면 사기리::한테라도 더 일찍 말할걸……."

렌자부로는 일어섰을 때의 기세를 잃고 고개를 떨어뜨리더니 그 자리에 주저앉고 말았다.

"그게 대체 무슨 소리냐? 똑똑히 이야기해봐라."

도마야가 그의 심상치 않은 분위기를 감지하고 재촉하자, 렌자부로는 과거에 무신당에서 자기가 했던 체험, 사기리::의 장례에 얽힌 이야기를 털어놓기 시작했다.

모든 사람이 그 내용에 충격을 받은 듯, 렌자부로가 이야기를 마친 순간 조용하던 당집 안이 술렁거리기 시작했다. 저마다 각각 뭐라 떠들고 있었다. 그 전까지 가까스로 유지되던 일종의 긴장 상태가 단숨에 깨진 듯했다.

그러나 기묘하게도 그런 가운데 도조 겐야만은 침묵했다. 일심 불란하게 뭔가를 생각하는 것처럼 보였다.

이윽고……

"그래, 그랬구나."

그가 얼굴을 들고 중얼거렸다. 정말 혼잣말처럼 중얼거렸는데도 그 목소리가 당집 안에 또렷하게 울려퍼졌다. 모든 사람이 입을 딱 다물더니 동시에 겐야를 돌아보았다.

"여러분, 사기리:: 양은 범인이 아닙니다."

도조가 좌중을 둘러보며 선언했다.

"지, 진범은 따로 있다는 말씀이오?"

도마야가 중얼거린 말에 도조는 고개를 끄덕이더니 오른손을 들었다.

"진범은 저기 있습니다."

배례소 쪽을 가리키며 말했다.

"저기라니…… 도조 씨, 설마……."

그가 가리킨 방향에는 단 한 명의 인물밖에 없었다.

"설마…… 아무리 그럴 리가……."

사기리::가 몹시 당황한 표정을 띠고 헛소리처럼 똑같은 말을 중얼중얼 반복했다.

"도조 씨, 설마……."

도마야가 조심스럽게 확인했다.

"사기리˙ 부인이 진범이란 말씀은 아니시겠지."

전원이 일제히 도조가 가리킨 방향을 보았다. 배례소, 그 너머의 은거소에 사기리˙ 무녀가 몸져누워 있을 방향을…….

"아닙니다."

그런데 뜻밖에도 도조는 대뜸 의사의 말을 부정했다.

"제가 가리키는 건 허수아비님입니다."

그러고는 또다시 오른손 검지로 배례소에 모셔진 허수아비님을 가리켰다.

그렇다. 도조 겐야는 괘씸하게도 이 나를 가리킨 것이다.

끝을 맺으며

　마지막으로 기괴한 이번 사건에 관해 내 나름의 해석을 기록해 두고자 한다.
　내가 렌자부로의 이야기에서 가장 마음에 걸린 것은 관 밖으로 나온 하얀 손가락이었다. 거기서 의문이 시작되어 그 의미하는 바를…… 아니, 처음부터 차례대로 설명하는 게 좋으리라.
　사기리::가 구구의례가 있고 나서 은거소에서 언니를 봤을 때, 사기리::는 얼굴이 온통 보랏빛으로 부풀고 군데군데 거무죽죽한, 괴물 같은 용모였다. 사기리::는 자기가 깨어났을 때도 손발이 약간 묘했다는 사실에서 언니는 온몸이 변색되고 심하게 부은 것이라고 생각했다. 그런데 그런 언니보다 훨씬 증상이 가벼웠을 사기리::가 원상태로 회복되기까지 일주일이나 걸렸는데도, 이튿날 사망해 이틀 후에 소생했다고 간주된 사기리::는, 렌자부로의 말에

따르면, 하얀 손가락을 관 속에서 내밀었다고 했다.

그것을 발견했을 때 사기리˚ 부인이 했다는 말이 또 묘했다. '이렇게 명예로운 일은 이 마을에서 좀처럼 없는 일이건만'은 도무지 총애하던 손녀에게 할 말 같지 않다. 마치 **대용품으로 삼은** 마을 아이에게 타이르는 것 같지 않나.

그 점을 깨달았을 때, 내 머릿속에 칠 년 전 혼령맞이 제례 전날에 신령에게 납치됐다는 가미구시 새신집 소작인 집의 여덟 살 먹은 남자애 이야기가 되살아났다. 게다가 그날 사기리˚ 부인이 하루 종일 집에 없었다는 사실이 있다. 렌자부로는 묘온사에 장례를 의논하러 간 모양이라고 생각했다. 그러나 나는 다이젠에게서, 그가 매년 혼령맞이와 보내기 때 준비가 시작되는 **전날부터** 이웃 마을로 도망친다는 천벌받을 행동을 계속하고 있다는 이야기를 들었다. 또, 사기리∷는 언니의 장례식 당일 갑자기 다이젠을 불러왔다고 말했다.

렌자부로가 깨달았듯 사기리∷는 되살아났다. 산신님이 됐다고 기뻐했던 사기리˚ 부인은 당황했지만, 아무리 그래도 그가 오해한 것 같은 방법으로 누구보다도 아끼던 손녀를 처치하려 하지는 않았다. 그렇지만 사기리∷가 산신님이 됐다는 소문은 이미 온 마을에 퍼진 다음이다. 이제 와서 없었던 일로 되돌릴 수는 없다. 그런 짓을 했다간 사기리∷가 가가치 윗집의 무녀로서 위엄을 잃게 된다. 그러다 사기리˚ 부인에게 문득 어떤 생각이 든 게 아닐까.

사기리∷를 말 그대로 살아 있는 신으로 만든다는, 그야말로 하늘의 계시 같은 근사한 생각이.

 사기리ˊ 부인은 혼령맞이 전날 사기리::를 대신할 아이를 물색해 납치하고는, 밀접한 관계로 맺어져 있는 오가키 의사에게 사기리::가 병사했다는 사망진단서를 쓰게 해 서둘러 장례를 마쳤다. 유일한 실패는 아마도 납치한 아이의 동생이 현장을 목격했다는 것이었으리라. 나중에 그 사실을 안 부인은, 동생에게 신기한 과자를 주어 입막음을 한 뒤 '산속 집' 이야기를 가르쳐 마을 사람들을 속인다는 꾀를 심어주었다. '네 형은 그 집에 살고 있고 이 과자도 형에게서 받아왔는데, 다른 사람들이 알면 더는 못 얻게 된다'라는 거짓말 정도는 했을지도 모른다. 아직 어렸던 동생은 그 말을 믿었을 것이다. 그러나 상대방은 어린애다. 언제 무심코 다른 사람에게 들통날지 모른다. 그래서 부인은 혼령보내기 전날 동생을 처치했다. 그날까지 기다린 것은 물론 형이 동생을 부른 것처럼 보이게 하려는 연출이다. 마을 사람들이 실제로 믿을지 아닐지는 문제가 아니다. 가가구시촌이라는 특수한 마을의 성격상, 그런 생각이 조금이라도 들게 하면 그것만으로 충분하다.

 살아 있는 신이 된 사기리::는 그때까지 사기리ˊ 부인이 쓰던 은거소의 다다미 열 첩 방에서 생활하기 시작했다. 그리고 기도며 축귀를 할 때는 배례소에 모신 허수아비님 속에 들어가 어디까지나 산신님으로서 의식에 임했다.

 혼령받이 역할을 맡은 사기리::가, 자신이 말한 기억이 없는 것도 당연했다. 정말 산신님의 말이었기 때문이다. 사기리::는 목적에 따라 산신님, 마귀, 생령 등으로 목소리를 달리했을 게 틀림없다. 사기리˚ 부인이 의식 전에 사기리::에게 차를 마시게 해 트랜스 상태에 빠지게 한 것도, 그것을 못 알아차리게 하기 위해서일 것이다. 정화소에 있는 퇴치할 놈과 동행인, 그리고 배례소 사이에는 늘 발이 내려져 있었다. 그렇기에 모두 사기리::의 목소리라고 생각했다. 딸 사기리::가 혼령받이 역할을 할 때는 윗집에 머물고 있는 종교가가 무신당에 동석하는 것을 사기리˚ 부인이 허락했건만 손녀 사기리::로 바뀐 후로 허용하지 않았다는 오사노 젠토쿠의 지적에는 이런 뒷사정이 있지 않았을까. 말하나마나 동업자에게는 발각될 염려가 있기 때문이다.

젠토쿠 도사가 살해된 상황은 아마 이런 게 아닐까.

사기리::가 수험자의 마수에서 벗어난 뒤, 큰이모인 사기리˙˙가 들어왔다. 젠토쿠 도사가 그녀에게 정신이 팔린 사이, 허수아비님 속에서 나온 사기리::가 마을 사람들이 바친 도구 중 어떤 것으로 그를 때려 기절시켰다. 그리고 도르래를 이용해 목을 매달았다. 사기리˙˙가 '그 남자는 허수아비님의 벌을 받았다. 나는 가가치가의 무녀로서 허수아비님을 거들었다'라고 한 것도 순전히 미친 사람의 헛소리만은 아니었던 셈이다. 방금 전 사기리::가 당집에서 나갔는데 허수아비님 속에서 사기리::가 나타나는 것을 사기리˙˙가 봤다면 어떨까. 그녀가 사기리::를 산신님이라고 믿었다 해도 이상할 것 없다.

다쓰가 연결복도에서 본 사람은 사기리::였고, 기치가 남쪽 별채로 돌아가는 모습을 본 것이 사기리∷였다. 시간적으로 전자가 아니라 후자가 먼저였다. 만약 다쓰가 본 사람이 사기리∷였다면 복장이 흐트러진 것을 이상하게 여겼을 것이다. 별채 자기 방으로 도망친 사기리∷는 도마야와 내가 찾아갈 때까지도 망연자실 상태였다. 우리가 방으로 들어가기 전에 어머니가 딸의 옷매무새를 고쳐줘야 할 정도로 흔적이 남아 있었다. 그런데 다쓰가 못 알아차렸다는 것은 이상하다. 기치가 몰랐던 것은, 그녀가 본 게 별채로 가는 사기리∷의 뒷모습이었기 때문이리라.

정리하자면 이렇게 된다. 사기리∷가 무신당 밖으로 나간다. 사기리∵가 대기소에서 당집 안으로 들어온다. 사기리∷가 허수아비님 속에서 모습을 드러낸다. 사기리∷가 젠토쿠를 때려 목을 매달고, 사기리∵가 그것을 거든다. 남쪽 별채로 돌아가는 사기리∷의 뒷모습을 기치가 목격한다(7시 5분). 사기리∷와 사기리∵가 젠토쿠를 매다는 중에 그의 품에서 회중시계가 떨어져 망가진다(7시 7분 49초). 범행을 마친 사기리∷가 무신당에서 나간다. 연결복도를 걷는 사기리∷를 다쓰가 목격한다.

본채로 들어간 사기리∷는 아마도 사기리˙ 부인이 원래 썼다는, 손님방 북쪽 옆방으로 들어갔을 것이다. 젠토쿠 도사의 시체가 발견되면 은거소에 있다가는 위험하기 때문이다. 사기리∷의 이런 피난 장소라고 할 공간 중에 히센천의 큰정화소도 포함됐던 모양이다. 사당치고는 너무 컸던 것도, 정말로 **신령님의 집**이었기 때문임을 알고 나면 수긍이 간다.

가쓰토라를 살해했을 때, 사기리::는 나루터의 허수아비님 속에 숨어 있었다. 구니하루를 살해했을 때도 마찬가지다. 그는 장식단을 등지고 앉아 있었으므로 거의 바로 뒤에 허수아비님이 있었던 셈이다. 사기리::는 봉지 소동을 틈타 도롱이의 재료인 지푸라기나 사초 끝에 독극물을 묻히고 그 즉석 촉수를 구니하루의 잔에 담근 것이다. 그리고 모든 사람이 방에서 나가기를 기다려 구니하루를 허수아비님으로 분장했다. 살짝 열린 복도 쪽 장지를 범인이 왜 안 닫았느냐 하는 작은 의문이 있었는데, 방 안쪽에 있던 사기리::에게는 그럴 여유가 없었다. 한시라도 빨리 작업을 마치고 손님방에서 나갈 필요가 있었다.

그 모습을 목격한 사람이 이번에도 다쓰였다. 여기서도 그녀의 증언을 잘 생각해보면, 그녀가 목격한 인물이 사기리::가 아님을 알 수 있다. 사기리::는 손님방에서 뛰쳐나가 무신당으로 갔을 텐데 다쓰는 그녀의 옆얼굴을 똑똑히 봤다고 했다. 다쓰와 반대 방향으로 뛰쳐나갔을 사기리::의 옆얼굴이 그렇게 단언할 수 있을 만큼 분명하게 보였다는 것은 이상하다. 옆얼굴이 보였다는 것은, 그 인물이 몸을 틀지 않고 곧장 복도로 나왔다는 사실을 입증한다. 즉 그 사람은 사기리::가 아니었다.

다쓰가 두 차례 목격한 사기리::의 복장이 사기리::와 똑같았던 것은, 어렸을 때부터 사기리::에게 주어진 물건은 모두 사기리::에게도 바쳐졌기 때문이다. 사기리::는 평소 동생과 같은 옷을 입도록 주의했을 것이 틀림없다. 여차하면 동생인 척해서 살아 있는 신의 존재를 들키지 않기 위해.

　기누코 살해 때는 허수아비님 속에 숨어 현장으로 달려가는 렌자부로를 피했고, 이사무 때는 사기리˙ 부인의 예전 방에 숨어 기회를 엿보다가 실행했으리라.

　한편, 사기리∷는 무신당의 허수아비님에만 숨어 있던 게 아닐 것이다. 윗집 곳곳에 있는 모든 허수아비님을 비롯해 큰신집과 새신집은 물론, 온 마을의 주된 허수아비님 속에 숨어 마을 사람들을 염탐하고 대화를 엿듣지 않았을까. 허수아비님 속에 숨어도 바깥을 보고 들을 수 있다는 것은 렌자부로의 체험으로도 입증되니 결코 무리는 아니다.

　사기리˙ 부인과 사기리∷가 조를 짜서 하는 기도며 축귀가 어째서 평판이 매우 좋았고 신탁도 잘 맞는다고 여겨졌는지 그 답이 여기에 있다. 마을 사람들은 윗집의 허수아비님과 생령이 평소 마을을 떠돌며 온갖 일을 보고 듣기 때문이라며 외경심을 품었던 모양인데, 실제로 그랬던 게 아닐까. 정말로 산신님이 직접 정보를 수집하고 다닌 게 아닐까.

　덧붙이자면 젠토쿠 도사가 히센천에서 본 것은 두 사기리의 모습이었다. 다만 그는 이때 윗집 쌍둥이의 비밀을 알았다고 착각했다. 살아 있는 신이 탄생한 복잡한 사정을 모르는 그는, 단순히 사기리˙ 부인이 쌍둥이 손녀를 이용해 사기를 친다고, 한쪽이 죽은 것처럼 꾸며 이인일역을 시키고 있다고 생각했다. 사기리˙ 부인도 그런 것은 처음부터 의도하지 않았으며 자매의 관계도 그렇게까지 저속한 것은 아니었지만, 사기리::의 행동만 보면 젠토쿠 도사의 짐작도 거의 틀리지 않는다고 할 수 있다.

사기리::가 곳곳의 허수아비님 속에 숨어 있었다는 추측은, 독자도 이미 읽었을 그녀의 기이한 일기 1에서 6장까지와, 사건 뒤에 그녀가 쓴 수기 7장이 모두 그곳에 모셔진 허수아비님의 시점에서 그려진다는 사실에서도 명백하다고 생각한다.

즉 말 그대로 신의 시점에서 묘사됐던 셈이다.

하기야 확인된 것이 아니니 사기리::가 온 마을의 허수아비님 속에 숨어 있었노라고 단언할 수는 없다. 확실하게 말할 수 있는 것은 무신당, 윗집 안방, 은거소, 오주천 상류의 나루터, 윗집 손님방, 기누코의 방 또는 실내가 보이는 곳, 마주침오솔길의 허수아비님 속뿐이다.

그렇지만 여기서 단서가 되는 묘사를 일일이 거론할 생각은 없다. 독자의 감흥만 깨뜨릴 것이 틀림없기 때문이다. 또 잘난 척하며 지적할 수 있을 만큼 사기리::의 일기와 수기를 꼼꼼하게 읽었다는 자신도 없다. 하지만 그렇다고 아무것도 안 하면 너무 재미없을 테니, 내가 알아차린 것 중 주된 부분만 몇 개 적어볼까 한다. 관심 없는 분은 그냥 넘기셔도 상관없다.

먼저 시각 = 시점 문제다. 예컨대 내가 윗집의 안방이나 손님방을 묘사할 경우, 보통은 출입구인 장지를 기점으로 오른쪽에 무엇이 있고 왼쪽에 누가 앉아 있다고 쓸 것이다. 특히 안방에는 앞방이 있으니 더더욱 그런 식으로 묘사하게 된다. 그러나 그렇게 보고 읽으면 위치 관계가 영 이상하다는 것을 깨닫게 된다. 특히 상석의 위치가 실제 방 구조와 정반대. 상석에 앉아 있을 가쓰토라며 이사무와 장식단의 위치 관계가 맞지 않는다. 방 안쪽에서, 허수아비님 쪽에서 본 묘사라고 생각하지 않는 한……. 이 같은 좌우 역전 못지않게 명확한 것이 인물 묘사의 차이일지 모른다. 허수아비님을 보고 앉은 사람은 표정 변화가 묘사되는데, 등지고 앉은 사람에 대해서는 그런 묘사가 일절 없다.

그러나 시점의 문제에서 가장 재미있는 것은 뭐니 뭐니 해도 무신당의 두 장면이리라. 먼저 사기리∷가 배례소에서 아침 근행을 하고 있을 때 젠토쿠 도사가 은거소에 숨어들었는데도 불구하고 사기리∷의 시점은 움직이지 않았다. 그런데 내가 구로코의 정체는 렌타로가 틀림없다고 그릇된 해석을 하는 바람에 큰신집 세 사람과 사기리∷, 구로코가 은거소로 들어갔을 때는 사기리∷의 시점이 이동했다. 젠토쿠 도사 때 시점이 변화하지 않은 것은 사기리∷가 근행 중이었기 때문 아닐까. 즉 근행의 대상인 산신님 자신이 움직일 수는 없는 노릇이라 그런 게 아닐까.

다만 이런 시점 이동에 관해서는, 무신당의 배례소 제단과 은거소 산신의 방 제단이 실은 이어져 있어 그곳으로 두 방을 오갈 수 있다는 사실을 모르면 사기리∷의 일기와 수기를 정독한들 알아차리지 못할지도 모른다. 시점의 문제를 간파하고 두 허수아비님의 위치 관계에 주목하는 한편으로 렌자부로의 체험에서 제단 속이 빈 공간이라는 점에 착안하면, 추측하는 게 아예 불가능하지는 않을 테지만.

이어서 청각의 문제를 보면, 소곤거리는 소리는 알아듣지 못했다는 것을 알 수 있다. 사기리˙ 부인이 병석에서 구로코에게 지시를 내린 장면 등에서 그것이 여실히 드러난다. 이때 부인이 자신과 구로코밖에 없는데도 목소리를 죽인 것은 물론 사기리∷의 존재를 알고 있었기 때문이다.

지각의 문제에서도 흥미로운 점이 많다. 히센천에서 사기리∷에게 일어난 일, 가쓰토라 등의 밀담 내용 등 본인이 그 자리에 있으면서 보고 들은 일은 다루는데, 그렇지 않은 일은 당연히 기록하지 못한다. 물론 반대 경우도 있다. 가카산의 혼령맞이와 보내기 제례를 과거에는 구구산에서도 행했다는 이야기를, 다이젠은 묘온사에 남아 있는 문헌에서 찾아볼 수 있다고만 말했다. 그러나 사기리∷의 일기에서는 가가치 윗집과 묘온사에 남아 있는 문헌에 있다고 한다. 즉 윗집에 있는 문헌의 존재를 다이젠은, 아니, 마을 어느 누구도 몰랐다. 그것을 알고 있던 사람은 사기리∷, 그리고 아마도 사기리˙ 부인뿐이었을 것이다. 그렇기에 산신님 허수아비님, 염매의 관계성에 대해 4장에서 한 것처럼 서술할 수 있었다.

그밖에도 세세한 묘사를 살펴보면 이것저것 재미있는 발견을 할 수 있다. 사기리∷는 허수아비님을 등진 상태를 일컬어 '겁도 없이'라고 한다든지, 허수아비님에 관해 '신령하신 모습'이라는 표현을 쓴다. 그러면서 한편으로 가쓰토라 등에 대해서는 '식충이라 해도 지장 없을 네 명' '공경해야 할 것을 함부로 대하고 두려워해

끝을 맺으며 549

야 할 것을 얕보는 작자들'이라고 한다.

　또 사기리::의 일기, 렌자부로의 수기, 내 취재노트와 비교해보면, 사기리::의 일기에서는 '가가치가와 가미구시가' '흑과 백', 렌자부로의 수기에서는 '가미구시가와 가가치가' '백과 흑'으로 반대되게 쓰는 것을 알 수 있다. 말할 것도 없이 두 사람의 입장 차이 때문이다. 참고로 내 취재노트에서는 경우에 따라 바꿔 썼다. 그러나 1에서 7장까지 사기리::의 일기와 수기를 보면 사기리::의 일기와 표현이 일치한다. 즉 가가치가의 입장에서 본 묘사임을 알 수 있다.

　가장 철저한 것이 '-ㄹ 터였다' '-ㄹ 듯한 목소리' '-ㄴ 듯했다' '-ㄴ 모양이었다' '-ㄴ 것처럼 여겨졌다' '-ㄴ 듯한 표정' '-ㄹ지도 모른다' '-ㄴ 것처럼 보였다' '-ㄴ 것 같았다' 같은 추측의 표현이다. 사기리:: 나름대로 단정할 수 있는 부분은 그렇게 쓰되, 기본적으로는 전부 그 자리의 상황과 인물의 표정, 목소리를 바탕으로 그녀가 추측한 묘사라는 점이 흥미롭다.

　'그래, -'라든지 '아니, -' 같은 표현을 사기리::와 사기리:: 둘 다 자주 쓴다는 공통점을, 외모 말고는 닮은 부분이 없을 쌍둥이의 몇 안 되는 유사점으로 보는 것은 억지가 너무 심한 걸까.

　나아가 모든 일기 및 수기에서 지장이 있을 듯한 지명 등은 내 판단으로 ○을 사용해 복자伏字로 표기했다. 또 사기리::가 쓴 글 중에 네 군데 정도 ×××라는 복자가 있을 텐데, 그 자리에는 원래 '산신님'이라는 세 글자가 있었음을 밝혀두고자 한다. 물론 이는,

그녀에게 자신은 가가치 사기리라는 인간이 아니라 산신님, 또는 허수아비님이라는 신령이었기 때문이다. 그녀 특유의 이런 감각은, 내가 배례소 쪽을 가리키며(실은 허수아비님을 가리키며) 진범을 지적했을 때 '그가 가리킨 방향에는 **단 한 명의 인물밖에 없었다**'라는 표현에도 현저하게 드러난다. 실제로는 그녀와 사기리˙ 부인, 이렇게 두 명이 있었지만, 그녀는 자신을 인간으로 인식하지 않는 탓에 '단 한 명의 인물'이라고 표현했다.

너무 시시콜콜 늘어놓아봤자 좋을 것 없으니 이쯤에서 그만두자.

배례소에 모신 허수아비님 속에 있는 사기리∷를 오에다 경부가 발견했다. 사기리 부인은 은거소에서 독을 먹고 죽은 시신으로 발견됐다. 스스로 먹었는지 사기리∷가 먹였는지, 결국 그것은 알 수 없었다. 명확히 밝히지 못한 것은 유감스럽게도 사건의 진상이 안개 속에 묻히고 끝났기 때문이다.

사기리∷는 경찰의 조사를 받았으나 망연자실 상태로 입을 열지 않아 경찰도 속수무책이었던 모양이다. 그런데 도마야가 동석했을 때 은거소의 사기리∷ 방에서 찾아낸 일기를 보여주자, 갑자기 수기 7장을 쓰기 시작했다고 한다. 그렇지만 다 쓰고 나서는 원상태로 돌아갔다. 그래서 정신감정을 받게 한 뒤 결국 그대로 입원시켰다. 경찰로서는 아무것도 입증하지 못한 채 가가구시촌 연쇄괴사사건을 종결지을 수밖에 없었던 셈이다. 뭐라 말할 수 없는 꺼림칙함만을 남긴 채……

참고로 그 경부, 오에다 신야는 과거 아버지가 집을 뛰쳐나와 제자로 들어갔던 사립탐정 오에다 다쿠마의 아들이었다. 나는 그를 몰랐지만, 경부는 내 정체를 알고 있었던 모양이다. 쇼와의 명탐정이라 칭송받던 아버지의 아들이라는 이유만으로 그런 기회를 내게 준 건지는 수수께끼지만, 이 경부와는 훗날 또다시 얽히게 된다.

기본적으로 사건은 미제로 남게 되었다고 할 수 있으나, 가가구시촌 전체에 미친 영향은 좋은 의미로나 나쁜 의미로나 컸다. 앞으로 그것이 어떤 현상으로 나타날지, 무엇이 없어지고 무엇이 생겨날지 전부를 예상하기는 쉽지 않지만, 마을이 눈에 띄게 달라질 것은 틀림없으리라.

무엇보다도 내가 안도한 것은 사기리∷가 언니의 속박에서 풀려난 것처럼 보였다는 사실이다. 물론 그녀를 둘러싼 상황은 가혹했지만, 본인이 적극적으로 이겨내려고 한다는 것을 알 수 있었기 때문에 내가 괜한 염려를 하는 게 아닐까 싶었을 정도다. 그때까지 그녀에게서 느껴졌던 온갖 위태로움이 어느새 말끔히 사라졌다. 허세도 있었을지 모르지만 그것이 무척 흐뭇하게 느껴졌다.

지장갈림길의 생령 소동에서 사기리∷에게 역시 알리바이가 있었음을 깨달은 것은 얼마 지나서였다. 사기리˙ 부인이 몸져누운 원인이 된 지요의 축귀가 있기 사흘 전, 부인은 증세가 가벼운 퇴치할 놈을 다루었는데 그게 바로 그 목요일 저물녘이었다. 지요의 생령 소동이 있었던 바로 그날이다. 부인이 축귀를 대부분 저물녘에 한다는 점, 그때 혼령받이 역의 사기리∷가 필요하다는 점을 생각하면, 지장갈림길까지 갔다가 올 시간이 없다. 사기리::가 '축귀도 증세가 가벼운 것으로 사흘 전에 오랜만에 하나 하신 정도'라고 일기에 썼으며, 사기리::도 월요일 아침 시점에서 '실은 나흘 전 저물녘부터 해가 지기까지 가가치 아랫집의 소작인 딸에게 들린 뱀신을 쫓아낸 게 오랜만에 소임을 다한 것이었다'라고 썼다. 더 빨리 깨달았어야 했다.

렌자부로는 이번 사건을 마을 사람들의 계몽 활동에 활용할 수 없을까 생각한 듯, 내게 큰신집에 좀더 머물러달라고 청했다. 그에게 힘이 되어주고 싶었거니와 그때는 아직 사기리::가 걱정되었던 터라 한동안 신세를 졌다. 큰신집에 머무는 동안, 다이젠에게 들은 다케오와 사기리:: 이야기를 가르쳐줄까 했지만 결국 그만두었다. 지금 두 집안의 혈통 문제를 밝혀봤자 백 측의 반발을 살 뿐이다 싶었기 때문이다. 다만 렌자부로에게 앞으로 도마야뿐 아니라 다이젠과도 상의하라고 일러두었다. 호락호락하지 않은 스님이기는 해도, 시기를 봐서 필요하다 싶으면 다케오와 사기리:: 이야기를 밝힐 것이라 판단해 한 조언이었다.

한동안 렌자부로의 의논 상대가 되어주다가 사기리::의 상태에 안심했을 무렵, 방랑의 피가 또다시 들끓어 길을 떠나기로 했다.

마을에서 지내는 마지막 날 밤, 렌자부로가 형 렌타로의 신령납치를 합리적으로 해석해달라고 부탁했다. 계단과 당집이 사라진 수수께끼를 풀어달라고 해서, 어디까지나 현상에만 의거한 해석이라는 조건을 달고 풀어보기로 했다.

나는 먼저 공책에 구구산의 구불구불한 길을 '<'로 그리고 아래쪽 선 오른쪽 끝에 A, 선이 꺾이는 부분에 B, 위쪽 선 오른쪽 끝에 C라고 썼다. 그리고 조금 위에 똑같이 '<'를 그리고 마찬가지로 밑에서부터 D, E, F로 표시했다. 그리고 C와 D를 직선으로 잇고 그 중간에 조그만 네모를 그렸다. 즉 형제는 A에서부터 올라와 C 지점에서 계단을 발견하고 도중의 당집(네모)을 경유해 D까지 계단을 올라갔다. 그리고 다시 구불구불한 길로 갔음을 그림으로 나타낸 셈이다. 그 점을 렌자부로에게 이해시킨 뒤 나는 B와 E를 점선으로 이어, 렌자부로의 할아버지가 올라갔다는 짐승길은 분명이 점선일 것이라고 설명했다.

물론 형제가 영산에 들어갔을 때 그런 길은 존재하지 않았다. 렌타로의 신령납치 소동이 구구산 수색으로까지 번졌을 때, 사기리˚ 부인의 지시로 흑의 집 소작인들이 영산의 초목을 베어 만든 임시 산길이었다는 것이 내 추리다. 렌타로의 할아버지 아마오와 사기리˚ 부인이 합의에 이르기까지 이틀이나 걸린 것은 이 길을 낼 시간이 필요했기 때문이다. B와 D에서 오른쪽으로 뻗는 길에는 베어낸 나무를 길목에 심어 위장했으리라. 부인의 뒤를 따라, 그것도 처음 구구산에 올라간 아마오가 위장을 간파하지 못한 것도 무리가 아니다. 게다가 렌자부로의 이야기에 나오는, 부적을 붙인 지팡이가 그 길 도중에 떨어져 있었으니 더 말할 것도 없다. 위장을 더욱 확실히 하기 위해 렌자부로가 당집 계단에 두고 온 지팡이를 옮겨다놓은 것이다. 아마오의 이야기 중에 길이 기울어져 있었다는 지적은 B와 C 사이보다 D와 E 사이의 거리가 더 짧았기 때문이리라. 구불구불한 길은 위로 갈수록 직선거리가 짧아졌다는 렌자부로의 이야기가 이를 뒷받침한다.

예상대로 렌자부로는 이어서 자신이 계단에서 본 것의 정체를 알고 싶어했다. 억지로 해석을 붙이자면, 영산에 들어가는 형제를 발견하고 쫓아온 윗집 사람이다. 렌자부로가 들은 당집 안에서 격자문을 연 소리는, 그 인물이 밖에서 문을 연 소리였다고 생각하는 편이 자연스럽다. 당집 안이 어지럽혀지지 않았는지 확인했는지도 모른다. 당집 밑을 지나 계단 구멍으로 얼굴을 내밀었을 때도, 그 인물이 엎드린 자세가 아니라 바로 누운 자세로 마지막 통로를 지나왔다면 부자연스럽게 뻗었다는 머리도 설명된다. 즉 렌자부로는 그 인물이 뒤통수를 보이며 구멍에서 나오려 한 순간을 얼핏 봤다는 이야기다. 형과 자신이 기어왔기 때문에 무의식중에 같은 자세를 떠올려 인간에게는 불가능한 움직임으로 보였으리라.

그렇지만 이것은 어디까지나 억지로 갖다붙인 해석이다. 이것이 진상이라고 주장할 마음은 없다.

떠나는 날 아침, 나와 렌자부로는 큰신집 앞에서 사기리::와 합류해 마을 동문 밖 버스 정거장으로 향했다. 그곳에서 도마야를 만났다. 마을에 왕진 올 일이 있었다고는 해도, 의사는 나를 배웅하려 일부러 일찍 와서 버스 정거장에서 기다리고 있었다.

세 사람에게 작별 인사를 하고 버스에 올라탄 나는 왔을 때와 마찬가지로 맨 뒷자리에 앉아 그들이 보이지 않을 때까지 손을 흔들었다. 버스가 커브를 돌아 세 사람이 시야에서 사라진 순간, 내 눈에 비친 것은 동문 앞에 모셔진 허수아비님의 모습이었다.

'마지막으로 보는 게 허수아비님인가.'

사기리::의 티 없는 미소가 벌써 아련해지기 시작했을 때.

별안간 마을에서 한 무서운 체험이 뇌리에 되살아났다. 괴사가 계속되던 그 주 화요일 저물녘, 묘온사로 가던 길에 마주친 뭔가.

결국 그때 체험은 아무에게도 말하지 않았다. 하지만 물론 사기리::였던 셈이다. 사건에 참견하는 타지 사람을 견제하려 했는지, 경우에 따라서는 죽이려 했는지, 그것은 모르지만 사기리::였던 것은 분명하다.

거기까지 생각했을 때, 문득 똑같은 체험을 한 지요가 생각나면서 어떤 사실을 깨닫고 아연했다.

지요가 지장갈림길에서 사기리::를 봤을 목요일 저물녘, 사기리˙ 부인이 오랜만에 축귀를 하고 있었기 때문에 혼령받이 역할을 하는 사기리::에게 알리바이가 있다고 생각했다. 그러나 그렇다면 산신을 연기해야 하는 사기리::에게도 어엿한 알리바이가 성립되지 않나…….

그렇다면 지요가 본 것은 대체 누구였나? 아니, 무엇이었나……?

버스는 어느새 산길을 달리고 있었다.

나는 이미 오래전에 보이지 않게 된 가가구시촌 쪽을 바라보며 어떤 의혹에 사로잡혀 떨고 있었다.

어쩌면 지요와 나는 **진짜** 염매와 마주친 게 아닐까.
그렇다면 내 해석은 완전히 뒤집히는 게 아닐까.
그런 의혹에…….

厭魅の如き憑くもの

참고문헌

이시즈카 다카토시, 《일본의 마귀-미신은 지금도 살아 있다》(미라이샤)
하야미 야스타카, 《마귀가계 미신-그 역사적 고찰》(아카시쇼텐)
요시다 데이고, 《일본의 마귀-사회인류학적 고찰》(주코신쇼)
가와시마 슈이치, 《집 동자가 보일 때》(미야이쇼텐)
요시노 히로코, 《일본인의 생사관-뱀으로 환생하는 조상신》(진분쇼인)
요시노 히로코, 《산의 신-역사易經·오행과 일본의 원시 뱀 신앙》(진분쇼인)
사사키 기젠, 《도노의 집 동자와 오시라님》(호분칸슛판)
고마쓰 가즈히코, 《마귀신앙론-요괴 연구에 대한 시도》(고단샤 학술문고)
고마쓰 가즈히코 책임 편집, 《괴이의 민속학 I 마귀》(가와데쇼보신샤)
이노구치 쇼지, 《민속학의 방법》(고단샤 학술문고)
미야모토 쓰네이치, 《마을의 성립-일본 민중사 4》(미라이샤)
야마시타 쓰토무, 《피차별 부락에서 보낸 나의 반생》(헤이본샤신쇼)

염매처럼 신들리는 것

1판 1쇄 발행 2012년 9월 25일 **1판 5쇄 발행** 2024년 9월 26일

지은이 미쓰다 신조 **옮긴이** 권영주
펴낸이 박강휘
편집 장선정 **디자인** 정지현

발행처 김영사
주소 경기도 파주시 문발로 197(문발동) 우편번호 10881
등록 1979년 5월 17일(제406-2003-036호)

구입 문의 전화 031)955-3100 **팩스** 031)955-3111
편집부 전화 02)3668-3295 **팩스** 02)745-4827 **전자우편** literature@gimmyoung.com
비채 블로그 blog.naver.com/viche_books
인스타그램 @drviche @viche_editors **트위터** @vichebook

ISBN 978-89-94343-72-3 03830
책값은 뒤표지에 있습니다.

비채는 김영사의 문학 브랜드입니다.